H. S. Laube · Wandas Vermächtnis

Während das Heilige Römische Reich der drohenden Gefahr durch die Tataren ausgesetzt ist, führt der Papst einen Dauerstreit mit Kaiser Friedrich II. um die Herrschaft in der diesseitigen Welt. Schlesien liegt am Rande dieser Welt – und gewinnt doch hohe Bedeutung in der großen Entwicklung zwischen Reich und römischer Kurie. Selbst die Böhmenkönige werfen begehrliche Blicke auf dieses fruchtbare aufstrebende Land. Seine Menschen durchleben die geschichtlichen und persönlichen Geschicke mit jener mitreißenden Leidenschaft, die aus den Quellen der Liebe, des Patriotismus und des Glaubens gespeist wird. Es sind achtzehn bewegende Jahre in der Geschichte Schlesiens, in denen Polen und Deutsche gemeinsam um eine vereinte und friedliche Zukunft ringen.

In mehr als dreißig Jahren Friedensarbeit als Bundeswehroffizier ist H. S. Laube mit den Parallelen von Geschichte und Gegenwart immer wieder hautnah konfrontiert worden. Der Autor lebte lange Zeit in Rom, wo auch seine beiden ersten Romane entstanden. Nach seiner Pensionierung recherchierte H.S. Laube für sein drittes Buch vier Jahre lang in Italien, Deutschland und Schlesien.

Nach »Der Falke« und »Die Erben des Staufers« führt er seine Leser diesmal nicht nach Italien sondern dorthin, wo der Autor selbst geboren wurde, in den Schatten der Bolkoburg, zu den polnischen Herzogtümern des 13. Jahrhunderts an der Grenze des Deutschen Reiches. H.S. Laube versetzt uns in die äußerst lebendige Szenerie des gesellschaftlichen und politischen Lebens des Mittelalters und gibt Einblick in ein bisher wenig beachtetes Kapitel deutsch-polnischer Geschichte. »Wandas Vermächtnis« ist eine spannende Lektüre zum Beginn einer neuen gemeinsamen Ära dieser beiden Länder in einem friedlichen Europa.

Der Autor ist heute in Bayern zu Hause, er lebt und und arbeitet in München.

H. S. Laube

Wandas Vermächtnis

Als Deutsche in Polen eine Heimat fanden
Ein Roman aus der Stauferzeit

BUCH&media

Für Harald, Kirill, Felix und für Birgit

Weitere Informationen über den Verlag und sein Programm
unter www.buchmedia.de

Bibliographische Information der Deutschen Bibliothek

Die Deutsche Bibliothek verzeichnet diese Publikation in der Deutschen
Nationalbibliographie; detaillierte bibliographische Daten sind im Internet
über <http://dnb.ddb.de> abrufbar.

Mai 2005
Buch&media GmbH, München
© 2005 H. S. Laube
Umschlaggestaltung: Kay Fretwurst, Freienbrink
Herstellung: Books on Demand GmbH, Norderstedt
Printed in Germany · ISBN 3-86520-107-5

... für das neue Jahrtausend:

Ein Jahrtausend lang haben die Deutschen und die Polen in Unfrieden miteinander gelebt. Expansionspolitik, Heerfahrten, Kreuzzüge und Schlachten standen im Mittelpunkt unseres Interesses. Nun ist ein neues Jahrtausend angebrochen und mit ihm – für ganz Europa – eine neue Hoffnung. Wir wünschen uns ein friedliches und fruchtbares Zusammenleben aller europäischen Völker. »Versöhnung« ist zur wichtigsten Herausforderung geworden. Da kann Schlesien zu einer Brücke werden, einer Brücke, über die nicht nur Polen und Deutsche friedlich aufeinander zugehen. Die Geschichte hat beiden Völkern eine Chance gegeben, ihre so wechselvollen Beziehungen neu zu gestalten. Das neue Jahrtausend hat in einer hoffnungsvollen Stimmung begonnen.

Dieser neuen Hoffnung ist dieses Buch gewidmet.

Für ihre Unterstützung bei meinen Recherchen und bei der Entwicklung meiner Geschichte danke ich:

Herrn Zbigniew Aleksy, Historisches Museum, Sroda Slaska/Neumarkt, Schlesien, Frau Dr. Almut Bues, Deutsches Historisches Institut Warschau, Herrn Dr. Winfried Irgang, Stellvertretender Direktor des Herder-Institutes, Marburg, Frau Dr. Heidi Steinbacher, Frau Ingeborg Castell, Herrn Dr. Wolf Seitz, Frau Anja Thea Bayer und Agnieszka Aleksy.

Inhalt

Kapitel 1
Der Mongolensturm · 9

Kapitel 2
Kloster Heinrichau · 21

Kapitel 3
Heimkehr ins grüne Tal · 46

Kapitel 4
Boleslaw Rogatka · 74

Kapitel 5
Mord · 96

Kapitel 6
Die Fahrt zu den Tataren · 126

Kapitel 7
Bruderkämpfe · 167

Kapitel 8
Heimkehr der verlorenen Söhne · 197

Kapitel 9
Glückssträhnen · 222

Kapitel 10
Bischof Thomas · 235

Kapite 11
Hoffnung · 248

Kapitel 12
Versöhnung · 268

Epilog · 297

Kapitel 1

Der Mongolensturm

I.

Herman horchte auf. Die Stille des Nachmittags wurde plötzlich von unbekannten Lauten gestört. War das Pferdegetrappel? Waren das Stimmen? Ja, es waren Pferde. Aber Menschen? Die Laute klangen schrill und gar nicht wie von Menschen. Er stieß Stan an.
»Hörst du das?« Stan hörte es auch. Sie duckten sich hinter den Busch und krochen vorsichtig Deckung suchend an den Rand des Waldes. Da kamen sie herangeprescht. Eine lange Reihe kleiner Pferde mit fremdartig und wild aussehenden Männern, die schrille Schreie ausstießen. Es waren Kriegsleute. Immer mehr von ihnen trieben ihre Pferde den Pfad entlang und an dem Versteck der beiden vorbei. Alles, was dort am Wege gewachsen war, trampelten sie nieder. Immer neue Krieger folgten nach. Staunend und mit ahnungsvoller Furcht verfolgten die beiden Jungen das außergewöhnliche Schauspiel. Ein riesiges Heer zog da vorbei. Diese Menschen waren von niedrigerem Wuchs als Herman es von Männern gewohnt war, von stämmiger, breitschultriger Statur. Ganz nahe galoppierten sie an ihnen vorüber. Herman duckte sich noch tiefer. Zäh und abgehärtet sahen sie aus. Ihre breiten Gesichter erregten einen widerlichen Eindruck. Dunkel, braun oder bronzen war die Haut, platte Nasen hatten sie, stark hervortretende Backenknochen und kleine geschlitzte Augen, die finster dreinblickten. Allein ihr Anblick war schon zum Fürchten, und dann noch dieses scheußliche Geschrei, das wie ein hässliches Wutgeheul klang.
»Sie reiten in Richtung des Klosters!«, sagte Stan angstvoll.
Herman beruhigte ihn. »Sie werden vorbeireiten. Warum sollten sie dem Kloster etwas anhaben? Die Mönche sind friedlich, sie tun keinem Menschen etwas zuleide.« Immer leiser flüsterten die beiden Freunde und machten sich ganz klein.
Plötzlich tauchte vor der Reiterkolonne ein Reh auf. In langen Sprüngen schnellte es gerade auf ihr Versteck zu. Wild aufheulend wie eine Meute hungriger Hunde stob eine Schar Krieger hinter ihm her. Da! Das Tier machte unvermittelt einen eigenartigen Satz und knickte mit den Hinterbeinen ein. Es versuchte sich wieder aufzuraffen. Von mehreren

Pfeilen getroffen brach es keine zehn Schritt vor ihrem Versteck zusammen. Ein Schaft hatte den schlanken Hals des Tieres durchschlagen. Fast gleichzeitig waren auch die Wilden heran. Herman glaubte sie förmlich riechen zu können. Am ganzen Körper zitternd verkrochen sich die beiden Knaben noch tiefer in ihrer Mulde, während die Fremden dem Tier den Hals aufschlitzten, es mit ungeheurer Geschwindigkeit aufbrachen und abhäuteten. Jeden Augenblick konnte einer von diesen Kriegern ein paar Schritte näher kommen, er würde geradezu über sie stolpern. Dann wäre es um Herman und Stan geschehen. Aber die Jäger waren viel zu sehr mit der Beute beschäftigt, um auf etwas anderes zu achten. In kurzer Zeit hatten sie das Reh zerteilt und die Fleischstücke unter ihren Satteldecken verstaut. Da sprangen sie auch schon wieder auf ihre kleinen Pferde – und ritten auf dem rohen Fleisch davon. Erleichtert atmeten Herman und Stan auf.

Der Tag verging, aber der Strom der Krieger ließ nicht nach. Die ganze Zeit über lagen die beiden Freunde auf dem Bauch und beobachteten das Vorbeiziehen des Kriegsvolkes. Aufkommenden Durst unterdrückten sie, Hunger hatten sie keinen. Mit Hunger hatten sie schon zu leben gelernt.

Was für Leute mochten das sein? Wie christliche Ritter sahen die Fremden nicht aus. Fremde Krieger waren nie friedlich, ihnen ging man besser aus dem Wege. Wo kamen sie her? Wo wollten sie hin? Und plötzlich fuhr es erst siedend heiß durch Hermans Kopf, dann erfasste eisiger Schrecken sein Herz. »Sind das die Tatern?«

Das mussten diese fürchterlichen Heiden sein, die Mönche nannten sie Mongolen, von denen so viel Schreckliches berichtet wurde. Ganze Landstriche hatten sie verwüstet und alle Lebewesen umgebracht. Wahllos Frauen, Männer, Kinder grausam erschlagen, alles Vieh abgeschlachtet oder weggetrieben.

»Das sind die Tatern!« Herman stieß die Worte mit einem zischenden Laut aus. Stan wusste, was er sagen wollte. Und die Bestätigung ließ nicht lange auf sich warten.

»Sieh doch, dort!« Er deutete auf eine Rauchsäule, die senkrecht zum Himmel stieg. Und schon folgte noch eine kleinere nach. »Das Kloster!«

»Großer Gott, sei uns gnädig!« Stan hob die Hände und betete. Herman drückte ihn zu Boden. »Um Himmels willen, Stan! Bleib liegen, wo du bist. Sie werden uns entdecken, wenn du so unvorsichtig bist. Wir müssen versteckt bleiben. Sie werden uns umbringen, wenn sie uns finden.« Erschrocken fiel Stan flach auf den Boden und verhielt sich ganz still.

Vorsichtig zogen sich die beiden weiter in das Unterholz des unwegsamen großen Waldes zurück, nicht ohne die Beeren und die Pilze, die sie gesammelt hatten, mitzunehmen. Sich nach Eiern oder anderem Essbaren umzusehen, dazu waren sie nicht gekommen. An einem kleinen, versteckt fließenden Rinnsal stillten sie ihren Durst. Bald fanden sie eine trockene Kuhle, in der sie einigermaßen geschützt liegen konnten, ohne gesehen zu werden. Sie dankten Gott, dass sie in ihrem Versteck unentdeckt blieben.

Nachts wurde es kalt, die beiden Freunde waren dafür nicht gerüstet. Sie rückten ganz eng zusammen. Aber sie fühlten sich sicherer in der Dunkelheit. Dennoch schreckten sie bei jedem Geräusch zusammen. Ob die Tatern auch im Dunkeln herumstreiften?

Mit der Dämmerung des nächsten Tages setzte der Strom der Reiter wieder ein. Den ganzen Tag über hielt er weiter an. Große Herden wilder Pferde liefen den vorbeiziehenden Haufen nach, auch fremdartige Rinder und blökende Schafe führten sie mit sich. Jetzt ritten auch Weiber und Kinder in der Heeressäule mit. Endlos schien der Zug zu sein.

»Was sollen wir nun machen?«, fragte Stan.

Herman wusste es auch nicht. »Auf gar keinen Fall uns sehen lassen«, meinte er.

»Wir werden uns hier versteckt halten, bis wir wissen, was wirklich geschieht«, er machte eine Pause, »... oder bis die Tatern abgezogen sind.«

Brandgeruch zog jetzt herüber und stieg in ihre Nasen. Sie wurden immer mehr von einer unbestimmten Furcht erfüllt. Was geschah da mit den frommen Brüdern im Kloster, was mit den anderen Zöglingen?

Herman hatte in der Nähe einen Baum entdeckt, dessen Äste sehr weit auseinander standen. Er war leicht zu besteigen. Am Abend des zweiten Tages überwog seine Neugier die Angst. Aus Richtung des Klosters war wieder eine dünne Rauchsäule aufgestiegen.

»Du bist verrückt«, klagte Stan, als er Hermans Vorbereitungen erkannte. »Du wirst uns verraten, wenn du da hinaufkletterst.« Aber Herman war schon dabei, auf der dem Pfad abgewandten Seite vorsichtig eine Astgabel nach der anderen zu erklimmen. Bis zum Kloster konnte er dennoch nicht sehen, andere Bäume verdeckten noch die Sicht. Nur die Masse der Krieger schien von hier oben aus immer größer zu werden. Da krachte plötzlich der Ast, auf dem Herman stand. Mit einem verhaltenen Aufschrei klammerte er sich an den Stamm und rutschte ein Stück herab, dann ließ er sich vollends fallen. Atemlose Stille. Das Herz schlug ihm bis zum Halse, es schien ihm die Brust zu sprengen. Waren sie entdeckt? Eine lange Zeit lagen sie an den Waldboden gepresst und wagten kaum zu atmen. Aber nichts passierte. Die Vorbeiziehenden hatten von dem Vorfall nichts bemerkt.

Einen weiteren vollen Tag lang zogen immer wieder Reiter auf mageren Steppenrossen vorüber, mit Lanzen, Bogen, zwei Fuß langen Pfeilen und mit Schilden von Weidenruten bewaffnet, während die beiden sich sorgfältig verborgen hielten. Inzwischen war ihre Angst etwas gewichen. Neugierig begannen sie Einzelheiten der Vorbeiziehenden wahrzunehmen.

»Es sieht aus, als ob sie Häute von Ochsen, Eseln oder Pferden tragen«, flüsterte Herman.

»Darauf scheinen Eisenplatten eingenäht zu sein«, ergänzte Stan. »Die dienen ihnen bestimmt als Panzer.«

»Und was sie wohl in den gefüllten Schläuchen aufbewahren?« Neugierig waren die beiden Freunde doch, mehr über diese Menschen zu erfahren.

Unvermittelt wurde der Strom der Vorbeiziehenden dünner. Und dann hörte er so plötzlich auf, wie er begonnen hatte.

II.

Babur, der Reitergeneral, hielt auf der Anhöhe oberhalb der Ansiedlung. Vor ihm lag das Kloster, das an zwei Seiten von einem Bach umflossen war. Baburs schwarzer Schnurrbart und der dünne Kinnbart verbargen nicht sein junges Gesicht. Energisch schob er sein Kinn nach vorn. Zwei Pelzschwänze zierten seinen spitz zulaufenden Helm mit der roten Quaste. Ein langer blaugrauer Filzmantel reichte ihm bis zum Stiefelansatz. Der Panzer aus Lederplättchen, auf die Eisenknöpfe zur Verstärkung aufgesetzt waren, schützte nicht nur seine Schultern, sondern auch seine Brust und bedeckte den Rücken bis zum Sattel hinab. Ein breiter Gürtel hielt den leichten Schutzumhang fest am Körper. Baburs rechte Hand ruhte auf einem kleinen massiven Schlagstock, den er auf seinen Oberschenkel stützte. An der Waffe war eine Lederpeitsche befestigt. Fest umfasste seine linke Hand die Zügel des schwarzen Hengstes. Das Ross trug einen bunt gewirkten Teppich anstelle eines Sattels und erschien etwas größer als die anderen Steppenpferde. Babur war mit der Vorhut geritten. Eine Gruppe von Beratern umgab ihn. Als er sein Ross zügelte, ritt ein Krieger mit dem Feldzeichen seines Tumens zu ihm. In dieser Gegend hatte bestimmt noch niemand ein derart fremdartiges Symbol gesehen. Es ähnelte einem auf einer langen Stange aufgespießten Helm, den ein gabelartiger Aufsatz krönte. Eigentümliche, bartartige Ausfransungen wehten lang von ihm herab. Der Stander machte Babur schon von weitem als Anführer des Heeresteils kenntlich. Er war einer der Heerführer des Mongolen-Khans Batu, der den Angriff auf Polen und Schlesien führte.

Die Unterführer blickten fragend zu ihrem Herrn auf. Witternd, wie ein wildes Tier, sah Babur sich um. Sein kühner Blick erfasste das blühende kleine Gemeinwesen mit bestellten Feldern, sorgsam bepflanzten

Gärten, sauberen Häusern, gepflegten Hütten, Stallungen, Wasserbecken, Brunnen und einem kleinen Kirchlein. Das Kloster Heinrichau lag nur durch den kleinen Wasserlauf getrennt schutzlos vor ihm. Mit der rechten Hand führte Babur eine schnelle, waagerechte Handbewegung unterhalb seines Kinns durch. Seine Finger waren dabei ausgestreckt und leicht gespreizt. Es war eine schneidende Handbewegung von links nach rechts an seinem Hals entlang. Seine Krieger verstanden die Geste. Wild aufheulend stürzten sie sich auf das Kloster. Nach wenigen Augenblicken drang Wehklagen aus der Siedlung Gottes empor, das sich zu einem jämmerlichen und verzweifelten Geschrei steigerte. Es vermischte sich mit dem Geheul der erbarmungslosen Eindringlinge. Schon züngelten Flammen an den Holzwänden der Stallungen empor. Die Tataren blieben ihrem Ruf nichts schuldig.

Babur hatte genug gesehen. Mit Einzelheiten hielt er sich nicht auf. Sich an den Gräueltaten zu ergötzen oder kleine Rachegelüste zu befriedigen, danach stand ihm nicht der Sinn. Er war ein Feldherr. Seine Krieger erfüllte eine aggressive Gier des Alles-Überrennen-Wollens, des Beherrschen-Wollens, sie trieb Mordlust an, Vernichtungssucht und Eroberungsdrang. Die Lust an der Jagd, die Leidenschaft, das Wild zu verfolgen, wer immer das Wild sein mochte, der Andere, der Fremde, der Schwächere, die Frau, das war das Leben seiner Krieger; zu beweisen, schneller, besser, geschickter, klüger zu sein als alle anderen und der sadistische Trieb zu vernichten, zu zerstören, zu zündeln und zu quälen.

Er, Babur, er brachte den genialen Feldzugplan des großen Mongolen-Khans in Übereinstimmung mit der realen Wirklichkeit. Nach Süden, über das Gebirge, und in Richtung Ungarn ging jetzt der Zug. Dort wollte er sich mit dem südlichen Arm des zahllosen Heeres vereinen. Die große Zangenbewegung, die Europa erfasst hatte, bedeckte eine Wegstrecke von zwanzig Tagesreisen in der Länge und fünfzehn in der Breite. Die nördliche Armee war auf keinerlei ernsthaften Widerstand gestoßen. Die polnische Hauptstadt Krakau hatten sie im März niedergebrannt. Der geschlagene Herzog von Krakau war nach Ungarn geflohen, dort würden sie ihn finden. Ende März hatten die Krieger die Oder überquert, Breslau eingenommen und niedergebrannt. Späher entdeckten einige Tagesmärsche westlich die Armee Herzog Heinrichs. Die nördliche Hauptstreitmacht erreichte Liegnitz, wo der schlesische Herzog Stellung bezogen hatte. Ein Lächeln huschte über Baburs Gesicht, als er daran dachte. Ein fürchterliches Schlachten war es gewesen. Sie hatten keine Lust auf eine Belagerung der Festung gehabt. Unwillig schüttelte sich Babur. Sie waren mit dem Gemetzel auf dem Schlachtfeld zufrieden. Was zählten da Frauen, Kinder oder Mönche? Das Jammern der gepeinigten Opfer perlte von ihm ab wie der Regen von seinem Filzmantel.

In Samarkand allein hatten sie dreimal zehntausend Einwohner gemordet, andere dreimal zehntausend in die Sklaverei verkauft. Das große Vorbild aller Mongolen, Dschingis-Khan, wie hatte er damals seine Siegeslaufbahn begonnen! Seine gefangenen Gegner ließ er in achtzig Kesseln sieden! Dem galt es nachzueifern. In Rjäsan erschlugen sie nach entsetzlichem Sturme Fürsten und Volk. Die Gefangenen wurden geschunden und zu Tode gemartert. Nadeln und Holzsplitter hatten sie ihnen unter die Nägel getrieben; die Frauen unter den Augen der sterbenden Männer entehrt. Wer sich dem von Gott zur Weltherrschaft ausersehenen Volke der Mongolen zu widersetzen wagte, für den durfte es keine Gnade geben. Babur wendete sein Pferd. Mit seiner Lederpeitsche wies er seinen Leuten den Weg und ritt weiter – nach Süden.

Herman und Stan hielten sich noch zwei volle Tage und Nächte im Unterholz des großen Urwaldes verborgen. Schließlich wagten sie sich, vorsichtig jede Deckung ausnutzend, zum Kloster zurück. Erstarrt blickten sie hinunter auf die Ruinen, auf das Ausmaß der blindwütigen Zerstörung. Noch nie in seinem ganzen Leben hatte Herman eine solche Verwüstung gesehen. Selbst die steinerne Kirche hatten die Wilden angezündet. Sie hatten wohl drinnen Holz aufgeschichtet, so dass das Mauerwerk von der Hitze zersprungen war. Von den Tataren war weit und breit nichts mehr zu sehen. Nach einer Weile aufmerksamer Beobachtung fassten sich die beiden Verschreckten ein Herz und wagten sich mitten in das Trümmerfeld hinein. Verkohlte Balken, zerbrochenes Gerät, zerborstene Wände, zerschlagene Hüttenreste. Ein Schlachtfeld! Zum ersten Mal sah Herman einen Erschlagenen. Es war einer der Mönche, grässlich verstümmelt. Die Tataren hatten ihn aufgespießt und geschunden. Um welchen Bruder es sich handelte, konnte man nicht mehr erkennen. Noch einen zweiten Toten fanden sie. Diesen Bruder hatten die Tataren zur Zielscheibe der Bogenschützen an einen Pfahl angebunden. Inzwischen hatten wohl wilde Tiere seinen gemarterten Leib völlig zerfleischt, so grausam konnten Menschen nicht gewesen sein. Die beiden Jungen waren fassungslos. Ob überhaupt einer der Mönche von Heinrichau dem Tode entronnen war? Herman glaubte nicht mehr an Überlebende.

In den nächsten Tagen tauchten jedoch wie durch ein Wunder noch ein paar der Brüder auf. Als Erster kam Petrus, der Prior, vorsichtig angeschlichen. Er brachte Piotr von Jauer und Stefan von Striegau mit, zwei der Zöglinge, die wie Herman und Stan hier ihre Erziehung erhalten sollten. Die beiden Heranwachsenden machten aus ihrem Unmut über die katastrophale Lage keinen Hehl. Herman fand das überflüssig und äußerst ungehörig. Alle litten sie unter dem, was hier über sie hereingebrochen war. Was half es da zu jammern oder gar Vorwürfe zu erheben? Etwas Selbstbeherrschung wäre angebrachter und nützlicher, fand Herman. Und er hielt mit seiner Meinung auch nicht hinter den Berg.

Noch sieben weitere Mönche kehrten zurück. Der Abt Bodo wurde von Adelman und Buchardus gestützt. Der greise Herr hatte sich das Bein böse verletzt. Nach drei Wochen erschien noch der Magister Eginhard. »Ich habe mich im Urwald verirrt und nicht mehr herausgefunden«, gestand er etwas beschämt. Und dann war Schluss. Nur diese acht Mönche und vier der Zöglinge hatten überlebt, die anderen blieben verschollen.

Und alle machten sie die gleiche furchtbare Erfahrung. Wie sah ihr schönes Kloster aus! Zerstört, verwüstet, abgebrannt und niedergehauen. Man hätte weinen mögen! Aber die Mönche weinten nicht. Sie knieten nieder und dankten ihrem Herrgott, dass er sie nicht alle vernichtet hatte. Und sie beteten um Gottes Hilfe für den Wiederaufbau des Zisterzienserklosters Heinrichau.

III.

Wanda mochte den Jungen von »da drüben«! »Die da drüben« waren die Leute auf der Bolkoburg. Da gab es Mädchen und Jungen, mit denen man herumtollen und viel Spaß haben konnte. Der Kastellan hielt davon gar nichts. Aber Wanda hatte ihren eigenen Kopf. »Was geht mich das an, ob ›die da drüben‹ dem Vater gefallen oder nicht?«, sagte sie. Dem Vater das zu sagen, traute sie sich nicht, aber Stan schon. »Warum hat er was gegen sie?«

»Weil die da drüben aus einem anderen Land gekommen sind«, sagte Stan. Aber ihm machte das auch nichts aus. Stan ritt ebenfalls gerne einmal zur Bolkoburg hinüber.

Wanda bewunderte ihren Bruder ein bisschen, weil er so mutig war und weil er viel mehr wusste als sie selbst. Sie mochte ihn, auch wenn er sie oft aufzog und wie ein Kind behandelte. Wanda wusste, dass auch Stan sie gern hatte – selbst einem Blinden wäre das aufgefallen.

»Irgendwo im Westen, da wo die Sonne untergeht, da müssen sie mal gewohnt haben«, sagte Stan. »Aber das ist schon so lange her, das wissen die da drüben selbst schon gar nicht mehr.« Dem Vater schien es dennoch im Magen zu liegen. Aber was ging sie das an?

»Eine neue Zeit bricht an! Ihr müsst euch was abgucken und lernen, dazulernen! Wenn wir nur immer so weiter machen wie bisher, werden uns die Neuen noch überholen.« Da war es wieder. Es beschäftigte den Vater, es ging ihm nicht aus dem Sinn. »Eine neue Zeit bricht an. Auch wir müssen uns darauf einstellen, ob es uns gefällt oder nicht.« Als Kastellan wachte er im Auftrag des Herzogs über Recht und Ordnung in seinem Gebiet, zu dem auch die Bolkoburg gehörte. Ernst blickte er jetzt auf seine Familie.

Seine brave Frau schabte Rüben, seine beiden Töchter spielten mit ein paar bunten Bändern und die beiden Söhne horchten erwartungsvoll, was sich der Vater wohl heute wieder ausgedacht hatte. Der Blick Michals blieb an den Söhnen hängen. »Du bist schon zu alt, um noch was Gescheites zu lernen, Janko. So eine Lehre bei den Mönchen dauert jahrelang, habe ich mir sagen lassen. Außerdem brauche ich dich hier auf der Burg. Aber du, Stan, du musst Lesen und Schreiben beherrschen und das Lateinische, das die gelehrten Herren und die Mönche sprechen. Das wird dir Tür und Tor öffnen. Und alle die Dinge, von denen wir noch nichts wissen, die aber auch für unsere Burg und unseren Geldsack von Nutzen sind, die sollst du dir abgucken. Die da drüben prahlen, sie wollen nicht nur doppelt so viel ernten wie wir, sondern das Zehnfache oder sogar das Zwanzigfache. Das Geheimnis wollen wir auch wissen.«

Wanda hörte gut zu, auch wenn sie sich den Anschein gab, nicht interessiert zu sein. Von den Mädchen war also nicht die Rede. Das war gut so. Erleichtert streichelte sie ihre kleine Schwester. Die verstand ohnehin noch nichts davon.

Stan blickte seinen Vater unsicher an. Widerspruch gab es bei dem alten Kastellan nicht. Sollte er ihn aber nicht wenigstens wissen lassen, was er dachte? »Ich lerne gerne, Vater, das weißt du ja«, begann er vorsichtig. »Und wir machen alle, was du willst.« Stan holte Luft. »Werde ich auch lernen ein Schwert zu führen?« Wie Hilfe suchend sah er seine Mutter an. Aber die schwieg. »Ich möchte auch das Schwert schwingen können, so wie Lech das starke, unbesiegbare Silna schwang.«

Der Kastellan verzog sein narbiges Gesicht zu einer Grimasse, die wohl ein Lächeln war. »Kommt noch, kommt noch. Jetzt gehst du erst einmal ins Kloster. Der Herzog persönlich hat mit den Zisterziensern gesprochen. Da haben sie sich bereit erklärt, dich aufzunehmen. Die Mönche wissen Dinge, von denen wir keine Ahnung haben. Da passt du mir gut auf und bringst alles Nützliche, was die dir beibringen, mit zurück auf die Burg. – Das Schwert kommt später«, fügte er noch an, während er sich schon Wanda zuwandte, die ein Jahr jünger als Stan war, und sie anfuhr: »Halte deine große Klappe, oder du kriegst eine gelangt.«

Das Mädchen hatte, während der Vater sprach, leise vor sich hin singend seinen Bruder aufgezogen. »Stan wird ein Mönchlein, aus dir machen sie ein Mönchlein. Und dein Schwert, hihi, das nehme ich. Das Schwert, das nehme ich.« Jetzt zog Wanda den Kopf ein und schwieg.

Stan war die Enttäuschung über die Entscheidung des Vaters anzusehen, aber er hütete sich zu widersprechen. Der Kastellan stand auf und wandte sich zum Gehen. Er hatte seine Familie genügend über seine Absichten informiert. Die Mutter schien sich unter ihrem Kopftuch zu verstecken, obwohl sie die bevorstehende Abreise Stans keineswegs erfreute. Nur Wanda war guter Dinge. Sie hüpfte von einem Bein auf das andere, streckte Stan die Zunge heraus und verschwand hinter dem

Turmhaus. Die kleine Agnieszka begann zu plärren, als Wanda wegrannte. Die Mutter stopfte ihr gleich ein süßes Stück Rübe in den Mund, auf dem die Kleine gierig herumkaute.

Janko hatte den Mund nicht aufgemacht. Er war wieder einmal gut davongekommen. Janko neigte schon zur Rundlichkeit, obwohl er erst vierzehn war. Er hatte gelernt zuzuhören, wenn sein Vater sprach. Bisher war ihm das gut bekommen. Janko blieb bei seiner Mutter sitzen und unterhielt sich jetzt mit gedämpfter Stimme mit ihr. Beide waren sie froh, dass der Kastellan beschlossen hatte, den Älteren nicht auch noch ins Kloster fortzuschicken.

Auf der anderen Seite des Grünen Tals, wie dieser Landstrich genannt wurde, war ebenfalls ein Vater dabei, seiner Familie eine Veränderung zu verkünden. »Herman geht nach Heinrichau! Abt Bodo hat zugestimmt. Ich bin froh, dass es geklappt hat. Die Zisterzienser sind fortschrittliche Mönche, sie verstehen nicht nur zu beten, sie arbeiten auch. Unglaublich, was sie aus den Äckern herauszaubern können. In Leubus habe ich es gesehen. Unglaublich, sage ich euch. Einen neuen Pflug haben sie mitgebracht, einen Wendepflug. Er reißt die Erde nicht bloß auf, sondern er gräbt sie auch um. So kommt das ausgeruhte Erdreich nach oben und das müde nach unten. Auch wie sie mit dem Wasser umgehen ist ganz erstaunlich! Sie regulieren es mit Dämmen und Kanälen. Damit bewässern sie die Felder. Selbst wenn der Regen ausbleibt und alles andere verdorrt, trägt ihre Erde reichlich Frucht. In den Klöstern dieser Mönche kann jeder etwas lernen. Außerdem«, Wolrad wandte sich nun seinem Sohn zu, »außerdem brauchst du jemanden, der gut auf dich aufpasst und dir auf die Finger klopft, wenn du herumtrödelst. Wir können dir hier nicht einmal Lesen und Schreiben beibringen, weil du dauernd den Kopf voller Flausen hast.«

»Ich möchte aber ein Ritter werden und kein Mönch«, maulte Herman.

»Das will jeder, ein Ritter werden. Aber erst einmal lernst du Ordnung und Disziplin, und was dir die Mönche sonst noch für das Leben mitgeben können. Dann sehen wir weiter. Einen Mönch will ich auch nicht aus dir machen.«

Wolrad war kein strenger Vater. Herman hatte erfahren, dass man mit ihm über alles reden konnte. Aber heute schien er nicht zum Diskutieren aufgelegt zu sein. Überhaupt war der Vater unruhiger geworden, fand Herman, seit die Mutter gestorben war. Er verlor viel leichter die Geduld, insgesamt war er auffahrender und weniger nachsichtig. Dennoch wollte Herman seinen Herzenswunsch noch einmal anbringen. Seinem einzigen Sohn gegenüber war der Vater immer verständnisvoll gewesen. »So eine glänzende Rüstung möchte ich und ein Schwert wie Notung. Es muss ja nicht von Wotan stammen wie das von Siegfried.

Ein Einfaches würde es auch tun. Oder eines, wie du es hast – und dann dazwischen hauen damit, dass es kracht. Das möchte ich lernen!« Er schlug mit seinen Armen in der Luft herum. »Und überhaupt: Als Siegfried aus Xanten auszog und den Rhein hinauffuhr, war er ja noch jünger als ich. Das singen die Sänger doch immer, nicht wahr? Warum darf ich das denn nicht?«

»Damals waren noch andere Zeiten. Da gab es auch noch Drachen. Heute muss man Lesen und Schreiben lernen und sich mit Latein auskennen. Heutzutage braucht ein richtiger Mann das – auch ein Ritter.«

Der Vater hatte schon Recht. Herman streifte lieber in der Burg herum, kletterte den Abhang hinunter zu dem wütenden Fluss, der voller Forellen und Krebse war, und schoss mit seinen Pfeilen auf Hasen. Auch wenn er nur ein einziges Mal einen erlegt hatte, war das eine aufregende Sache. Das mühsame Lernen, wie es der Bruder Wladimir nahezu täglich forderte, hielt doch nur von Wichtigerem ab.

Der Vater riss ihn aus seinen Träumen. »Der Jüngste von der Schweinhausburg, der Stanislaw, soll ebenfalls fortgeschickt werden, habe ich gehört. Da hast du dann wenigstens schon jemanden, den du kennst.«

»Ach der!«

»Zu Beginn der nächsten Woche geht es los. Richte dich darauf ein.« Damit war für Wolrad der Fall erledigt.

Herman stürmte nach draußen. ›Ein Kloster! Ein Kloster!‹ schrie es in ihm. Das hörte sich schrecklich an. Durch seinen Kopf schwirrten die Gedanken wie ein wild gewordener Bienenschwarm. Aber er hatte keine Ahnung, was ein Kloster wirklich war, auch nicht, was es bedeutete, in einem Kloster zu leben. ›Man darf die Hoffnung nie aufgeben‹, hatte die Mutter ihm immer eingeschärft. Daran erinnerte er sich jetzt. Und einer der Gedanken, der da in ihm aufblitzte, ließ sogar neue Hoffnung aufkeimen: ›Vielleicht erlebt man in so einem Kloster auch etwas Abenteuerliches! Vielleicht sind die dort gar nicht alle so alt und langweilig wie der Bruder Wladimir.‹ Der Bruder Wladimir war der einzige Mönch, den Herman kannte. So nett Wladimir sein mochte, er war eben ein alter Mann. »Versuchen kann man es ja«, sagte er sich dann. »Wenn es mir überhaupt nicht gefällt im Kloster, kann ich ja immer noch wegrennen.«

IV.

Es sollte nicht lange dauern, bis im Lande das ganze Ausmaß der Katastrophe bekannt wurde, die der Zerstörung des Klosters Heinrichau vorausgegangen war. Während das Unglück in Heinrichau, so fürchterlich es für alle Beteiligten ausgefallen war, nur das Kloster und seine nähere Umgebung betraf, war die Niederlage von Liegnitz eine gefährliche Bedrohung für das gesamte christliche Abendland. Deshalb war überall das Entsetzen, das die Menschen erfasste, gleichermaßen groß. Niemand wusste, was nun geschehen würde. Was hatten die Tataren im Sinn? Würden sie wiederkommen? Als sich die mongolische Bedrohung unaufhaltsam auf Polen zuwälzte, stellte Herzog Heinrich von Schlesien eine Armee auf. Alle seine Gefolgsleute folgten seinem Ruf, Polen und Deutsche gleichermaßen. Um zehntausend Mann war sein Heer den Mongolen überlegen. Einige Tagesmärsche entfernt standen weitere fünfmal zehntausend Mann seines Schwagers König Wenzel von Böhmen bereit. Zu Heinrichs Truppen gehörten auch ein schlagkräftiges Kontingent Deutscher Ordensritter, Templer und Johanniter, sowie kleinerer Ritterorden, wie Hospitaliter aus Frankreich. Obwohl die Ritter auf ihren schweren Rossen mit ihren flatternden Bannern und den in der Sonne glänzenden Helmen einen stolzen Anblick boten, bestand der Großteil der Armee aus einer Infanterie leibeigener Bauern, bewaffnet mit Heugabeln und Sensen. Auf der Wahlstatt bei Liegnitz versuchte der tapfere Herzog die Tataren aufzuhalten.

Nachdem sich die Mongolen die Reihen der jeweils anderen angesehen hatten, begannen sie am nächsten Tag ihre erprobte Taktik. Es war der 9. April 1241. Eine kleine, bewaffnete Vorhut ritt auf die christlichen Kämpfer zu, drehte ab und begann vor den polnischen Bogenschützen davon zu galoppieren. Herzog Heinrich ging in die Falle. Er schickte seine Kavallerie, den Stolz des deutschen Rittertums, auf eine selbstmörderische Verfolgungsjagd – mitten in die mongolischen Reihen. Unter dem Gewicht ihrer Rüstungen, der Schilde, der Lanzen und der Helme galoppierten die Christen hinter den flüchtenden Heiden her. Als die Kavallerie erst einmal von der Infanterie getrennt war, entfachten die Mongolen riesige Feuer, deren Rauchschwaden die beiden Einheiten endgültig auseinander rissen. Dann fand sich die Kavallerie von mongolischen Bogenschützen umringt. Die gepanzerten Ritter wirbelten herum und suchten den Feind. Wenn sie die Mongolen jedoch überhaupt durch den Rauch erblickten, dann waren sie weit weg. Von der Hügelkuppe schossen die ihren tödlichen Pfeilhagel ab. Währenddessen war eine andere Abteilung der Mongolen in einem weiten Bogen um das Schlachtfeld herumgeritten und hatte sich der ungeschützten Infanterie genähert. Keine der beiden Armeen konnte sehen, was mit der anderen geschah. Die Mongolen, die den Abstand zu ihren Opfern halten konnten, schossen einen Pfeilschwall nach dem anderen auf die Unglückseligen. Kettenhemden sind ein wirksamer Schutz gegen Schwertstreiche, aber gegen Pfeile und Speere völlig nutzlos. Das Gemetzel setzte sich fort, bis es für die Mongolen Zeit war, ihre eigene schwere Kavallerie einzusetzen. Die mongolische Kavallerie suchte den Nahkampf mit den

Rittern. Dies wurde zu einer schrecklichen und blutigen Begegnung. Die Mongolen mussten schwere Verluste hinnehmen. Doch sie waren wendiger – und sie siegten.

Die Schlacht war eine vollständige Katastrophe für das christliche Heer. Herzog Heinrich wurde auf der Flucht getötet, die Mongolen köpften und verstümmelten ihn. Seinen Kopf trugen sie auf einer langen Lanze um die Stadtmauern von Liegnitz herum. Aber vergeblich versuchten sie damit die tapferen Einwohner einzuschüchtern. Um jedoch das Ausmaß ihres Erfolges zu demonstrieren, befahlen die mongolischen Oberbefehlshaber, dass jedem Opfer ein Ohr abgeschnitten werden sollte. Sie schickten ihrem Khan Batu neun Säcke voller Ohren. Nach der Schlacht bei Liegnitz zogen die Mongolen überraschenderweise nicht weiter nach Westen; stattdessen ritten sie nach Süden.

In Heinrichau sprachen die Mönche scheu von dem, was sie lieber nicht hätten erfahren wollen. »Die christlichen Länder des Westens lagen offen und ungeschützt vor ihnen. Sie hätten bis zum großen Meer durchreiten können. Aber sie wendeten sich nach Süden.«

Magister Eginhard versuchte eine Erklärung für das Vorgefallene zu finden. »Das war hier im Kloster unser Verderben.« Herman entging nicht, dass es seinem Lehrer schwer fiel, diese Wendung des Schicksals zu begreifen. Immer noch stand das Grauen über das Erlebte in seinem Gesicht. »Eine Kolonne der Tataren entdeckte Heinrichau.« Der Magister bekreuzigte sich. Sein Gesicht machte einen hilflosen Eindruck. »Das Heer König Wenzels war nahezu doppelt so stark wie das seines Schwagers, wird berichtet. Aber als den König die Nachricht von Liegnitz erreichte, eilte er zurück nach Böhmen, um Verstärkung zu holen. Die Mongolen verfolgten zwar seine Armee, gingen aber der Begegnung mit ihr aus dem Wege. Sie kennen weder Schonung der Frauen und Kinder, noch halten sie den Besiegten ein Versprechen. Viele glauben, dass die Tataren der Hölle entstiegen sind.« Eginhard bekreuzigte sich wieder. »Ich gebe nur wieder, was mir berichtet worden ist.« Fast entschuldigend fügte er das hinzu. »Ihre Gestalt und ihr Gebaren erscheinen vielen Überlebenden kaum menschenähnlich. Der Zustand der Verwirrung wird zusätzlich mit fantastischen Geschichten aufgeheizt. Wie kann man die Geschwindigkeit und die großen Entfernungen, die sie mühelos zurücklegen, erklären? Überall und nirgendwo sind sie gleichzeitig und scheinbar ohne ein bestimmtes Ziel. Und dennoch bekommt man den Eindruck, dass sie einem großen Plan folgen. Obwohl die christlichen Kämpfer bei Liegnitz eine überwältigende Niederlage erlitten, folgte ihr der plötzliche Rückzug der Mongolen nach Süden. Wie ist das zu erklären? War es eine Flucht? Hat sie der heldenhafte Widerstand unseres Herzogs, der Herr sei seiner armen Seele gnädig, doch entmutigt?«

Kapitel 2

KLOSTER HEINRICHAU

I.

»Bist du satt geworden, Stan?«
Stan nickte. »Ich bin rechtschaffen müde.«
»Ist das ein Wunder?« Herman stupste ihn aufmunternd in die Seite. In den letzten Wochen hatten die Mönche den Jungen keinen Augenblick Ruhe gegönnt. Sie hatten geschuftet und gerackert, vom ersten Morgengrauen an, bis sie vor Dunkelheit nichts mehr sehen konnten. »Ora et labora! Der Heilige Benedikt hat es seinen Mönchen verordnet, und die Zisterzienser haben es dankbar übernommen. Können wir da für uns etwas anderes erwarten? Das ist die erste Regel der Mönche. Und wir leben, lernen und arbeiten nun mal in ihrem Kloster. ›Bete, mein Junge! Auf Gott musst du vertrauen‹, sagt Magister Eginhard immer.«
»Ja, ja.« Stan seufzte. »Du wirst sehen, mit Gottes Hilfe wird alles wieder gut, damit hat er sicher Recht.«
»Ihr beiden spinnt doch!«, mischte sich Piotr in ihre leise geführte Unterhaltung. »Ihr lasst euch einfach alles gefallen. Sie benutzen uns doch nur, um ihre Arbeit zu machen. Dadurch sparen sie sich andere Arbeitskräfte, die natürlich einen Lohn haben wollen. Und unser Unterricht? Der findet nicht statt.«
»Lass uns mit deinen Verdächtigungen und Anschuldigungen in Frieden, Piotr. Stan und ich, wir sind gerne hier, nicht wahr, Stan? Wir wollen das Beste daraus machen, auch wenn es uns nicht gerade gut geht im Augenblick. Du willst immer Unfrieden säen.« Herman konnte den ruppigen Jungen aus Jauer nicht leiden. ›Auch wenn er etwas älter ist als wir beide‹, dachte er, ›er ist keineswegs klüger.‹ Stan schwieg. Bei Auseinandersetzungen schwieg Stan meistens. Als er in Heinrichau angekommen war, war Herman der erste Zögling gewesen, auf den er traf. Und beide freuten sich, weil sie füreinander jeweils das einzige bekannte Gesicht im Kloster waren. Sie wurden schnell Freunde. Stan war kein ängstlicher Typ, aber seit das große Grauen über das Kloster gekommen war, hatte er gelernt, was Furcht bedeutet. Und er hatte den Schock noch immer nicht überwunden. Er war noch stiller geworden und er war vorsichtig.
»Habe ich nicht Recht, Stefan?«, wandte sich Piotr an seinen Freund.

Die vier waren die einzigen Schüler des Magister Eginhard, die bei dem Überfall am Leben geblieben waren.

»Ja, ausgenutzt haben sie uns schon«, antwortete der bedächtig. »Auf der anderen Seite – was hätten wir machen sollen? Sollen wir nur zusehen, wie sie sich abrackern? Schließlich ist es erst einmal wichtig zu überleben. Und dafür muss man halt etwas tun. Aber jetzt wird es schon höchste Zeit, da hast du Recht, Piotr. Ich bin nicht hierher gekommen, weil ich ein Kloster wiederaufbauen will.«

»Du bist auch zu weich, Stefan. Aber mit dir kann man wenigstens reden. Wir müssen etwas unternehmen. Die Mönche werden bestimmt weiterhin vor allem ihre Erfindungen im Kopfe haben, die sie für wunderbar halten.«

»Ja, mir gefällt es auch nicht mehr hier.«

»Endlich siehst du es auch ein, Stefan.« Es klang wie ein Stoßseufzer aus Piotrs Mund. »Mir geht das schon lange so. Je länger ich ihrer ewigen Tretmühle von Beten und Arbeiten, Beten und Arbeiten ausgeliefert bin, je mehr ich ihre Engstirnigkeit erkenne, umso mehr geht mir diese deutsche Kleinlichkeit und Rechthaberei auf die Nerven.« Und dann rückte er ganz nahe an Stefan heran und die beiden tuschelten leise miteinander.

Herman wandte sich wieder Stan zu. Er beachtete die anderen einfach nicht mehr. Mit leiser Stimme redete er auf Stan ein. »Ich habe einen Kanten Brot in die Tasche gesteckt.«

»Herman!« Stan war entsetzt.

»Ich dachte, du hättest bestimmt noch Hunger. Hier, nimm!«

Stan schluckte. Er hatte Mühe zu verhindern, dass ihm die Tränen in die Augen traten. Er wandte sich ab, er schämte sich. Aber dann nahm er doch den Kanten und verschlang ihn. Treuherzig blickte er Herman an. »Gott wird es dir danken – und uns verzeihen.« Er würde sich wohl nie daran gewöhnen können, dass die Mönche nur einmal am Tage eine Mahlzeit einnahmen – und eine so karge noch dazu. »Wir haben zu Hause auch nicht in Saus und Braus gelebt, aber zweimal am Tage haben wir schon gegessen in Swiny.«

»Sicher wird es bald besser werden, Stan. Erinnere dich doch nur, wie es hier aussah, als wir uns wieder aus dem Wald herausgetraut haben. Kaum ein Stein stand noch auf dem anderen. Erinnerst du dich?«

Stan nickte. »Ich hatte solche Angst, dass irgendwo noch einer dieser kleinen, braunen Männer mit dem rechteckigen Schädel und den Schlitzaugen versteckt sein könnte.«

»Aber es kam keiner, siehst du. Und jetzt? Wie sieht es jetzt hier aus? Die Mönche halten ja sogar schon wieder ihre Tagesordnung ein – trotz aller Unannehmlichkeiten. Der Hof ist ordentlich aufgeräumt, drei Holzhäuser sind schon fertig. Unser Kirchlein ist in einem der kleinen Häuser auch wieder eingerichtet. Zwei Kühe und ein paar Schafe und

Ziegen und Hühner, Gänse und Enten gibt es wieder. Sogar ein paar Rüben und Gemüse haben wir noch einbringen können. Also, hab' ein bisschen Mut. Es wird schon werden. Gott hat uns nicht vergessen.«
»Aber bald wird es richtig kalt werden, und wenn es erst einmal schneit – was machen wir dann, bei den wenigen Vorräten?«
»Das habe ich dir gar nicht erzählt. Weißt du, was ich heute früh vom Bauern Kicka gehört habe? Abt Bodo hat schon vor einiger Zeit an den Bischof von Breslau geschrieben und auch an den Herzog Boleslaw. Um Hilfe hat er gebeten, für den Wiederaufbau, vor allem wohl um Denare. Er will jetzt Nahrung kaufen. Es ist wohl das erste Mal, dass die Mönche Nahrung kaufen wollen. Aber damit kommen wir dann über den Winter.« Während sie leise redeten, rückten sie sich auf dem Lager für die Nacht zurecht. Herman hatte sich richtig ereifert, und Stan wollte ihm glauben. Er hörte ihn willig an, aber er war müde und die Augen fielen ihm zu.

Als Herman am ruhigen Atmen seines Freundes erkannte, dass er eingeschlafen war, streckte er sich aus und schloss ebenfalls die Augen. Aber der Schlaf wollte heute nicht kommen.

»Herman! Bist du noch wach?« Piotr war ganz nahe zu ihm herangerückt, er flüsterte fast in sein Ohr. Herman drehte sich zu ihm um. »Was ist? Was willst du noch!«

»Komm, sei nicht so abweisend, Herman. Ich meine es doch gar nicht schlecht. Aber ich bin nicht so gutgläubig wie ihr. Wir dürfen uns doch nicht völlig selbst aufgeben, verstehst du das nicht?« Er wartete einen Augenblick. Als Herman nicht antwortete, fuhr er fort. »Ich bin nicht so kritiklos wie du – und nicht so obrigkeitshörig wie Stan.«

»Stan ist nicht obrigkeitshörig«, zischte Herman ihn an. »Aber er ist kein Rebell.« Piotr ging darauf nicht ein. »Wenn du nur ein bisschen nachdenkst und deine Augen aufmachst, dann musst du es doch sehen, Herman: wir werden hier verhungern im Winter. Die Mönche schaffen es einfach nicht, diesen Trümmerhaufen rechtzeitig wieder herzurichten. Ich werde abhauen, bevor der Winter hier einbricht. Stefan auch. Kommst du mit?«

Herman traute seinen Ohren nicht. »Abhauen? Die Mönche im Stich lassen?«

»Na ja, ›im Stich lassen‹, was heißt das schon. Im Grunde werden sie froh sein. Dann haben sie ein paar hungrige Mäuler weniger.«

»Mein Vater hat mich hierher geschickt, damit ich bei den Zisterziensern etwas lerne. Wenn ich jetzt nachhause komme, haut er mir mit dem flachen Schwert den Buckel blau.«

Piotr lachte leise. »Was lernst du denn noch? Macht der Magister Eginhard etwa noch Unterricht? Nein, dafür ist keine Zeit mehr. Wir müssen schuften, schuften, schuften. Und zu fressen gibt es kaum etwas.

Herumstreunen müssen wir, um Beeren und Pilze zu sammeln. Fleisch kennen die sowieso nicht als Speise. Und seit die Tataren uns heimgesucht haben, ist eben alles anders geworden. Da gelten auch die alten Absprachen nicht mehr. Ich gehe.« Und dann wiederholte er die Frage: »Kommst du mit, Herman? Komm, lass uns gemeinsam abhauen.«

Herman hatte darüber nie nachgedacht. Er hatte zu Hause gelernt, ein Versprechen einzuhalten. Durchzuhalten, nicht aufzugeben, seinen Mann zu stehen – egal in welchem Alter man war, das hatte der Vater immer gepredigt. Selbst für die Mädchen galt das. ›Nach vorne musst du schauen, nicht zurück‹, hatte der Vater gesagt. ›Zurückzucken ist feige. Ein Ritter macht das nicht. Ein Ritter sieht der Herausforderung ins Auge. Er schlägt zurück – damit er siegt.‹ Das hatte sein Vater ihm beigebracht. Aber was Piotr da verführerisch flüsterte, dummes Zeug war das trotzdem nicht. Hatte Piotr nicht Recht? War es nicht klüger, noch vor Einbruch des Winters abzuhauen, als einem Versprechen nachzukommen, das doch nur Last und Entbehrung bedeutete. Die Zeiten hatten sich ja tatsächlich geändert. Vielleicht würden sie hier wirklich verhungern! Herman richtete sich halb auf. Dann schüttelte er den Kopf. »Nein, ich komme nicht mit. Ich gebe nicht auf. Ich bleibe hier.«

»Du bist dümmer, als ich dachte.« Piotr wandte sich ab. Da Herman ohnehin nicht viel von Piotr hielt, versuchte er, nicht weiter über ihn nachzudenken. Für Herman war ›abhauen‹ kein verlockendes Angebot, für ihn war es nur Flucht aus der Verantwortung. Und jetzt wollte er schlafen.

Aber mit dem Einschlafen war es erst einmal vorbei. Zu sehr beschäftigte ihn das Gesagte. Und er dachte an zu Hause. Zweimal hatte er nach dem Überfall der Tataren von zu Hause Nachrichten erhalten. Seither passierte ihm das öfter, dass er die Bolkosippe vor dem Einschlafen bei sich versammelt sah und sie Gespräche führen hörte. Die Nachrichten, die zu ihm gedrungen waren, waren beide Male kein Anlass zur Freude gewesen. Die Burg und die Hütten, die in Hayn standen, waren niedergebrannt worden. Aber sein Vater und der Großvater lebten, genauso wie der kleine Wulf und Oda, die bei ihnen wie eigene Kinder aufwuchsen. Von den anderen Familienangehörigen hatte er nichts gehört, aber die schienen sich auch gerettet zu haben. Dann brachte der Ritter Albert, der zum Hofe des Herzogs gehörte, die Nachricht vom Tode des alten Bolko mit. Trotz seines hohen Alters hatte der Großvater heldenhaft um seine Burg gekämpft. Sein ältester Sohn, Bolko der Jüngere, war jetzt der Herr der Burg – oder zumindest dessen, was davon übrig geblieben war. Der Ritter Albert wusste auch, dass außer seinem Vater von den anderen vier Brüdern nur noch Reinhard in Hayn geblieben war. Der arme Theo war bei der Verteidigung von mehreren Pfeilen getroffen worden und gestorben. Der gute Onkel Walto war verschwunden. Von dem

Jüngsten, von Rupert, wusste der Ritter Albert nichts zu erzählen. Aber den hatte es ohnehin schon länger fortgezogen. Von Rupert hatte man offensichtlich auch zu Hause nichts mehr gehört, seit er mit dem Kaiser nach Italien gezogen war. Vielleicht ist es doch gut, dachte Herman, dass Mutter dieses Unglück nicht mehr erlebt hat. Sie wäre sicher völlig verzweifelt gewesen und aus dem Weinen nicht mehr herausgekommen. Er betete für sie und für die Toten.

So viel hatten sie durchgemacht zu Hause. Konnte er da jetzt aufgeben und einfach abhauen? Nein, wenn er jetzt aufgab, das würde niemand verstehen. Was sollte er seinem Vater sagen: ›Ich musste beim Wiederaufbau des Klosters mithelfen‹? – ›Es gab wenig zu essen‹? – ›Die Mönche brauchten unsere Hilfe, aber ich hatte keine Lust‹? Freilich, diese Entwicklung im letzten Jahr, die hatte niemand voraussehen können, weder hier noch im Grünen Tal. Und mit dem Gedanken an das Grüne Tal schlief Herman ein.

II.

»Psst!« Der Sakristan schaute die beiden strafend an. Er machte ein gebieterisches Zeichen mit der Hand. Sie gehorchten und verließen schweigend den Kirchenraum, um den sauber geschnitzten, rechteckigen Holzfuß zum Bruder Arnoldus in das Torhaus zu bringen. Dass man auch gar nicht miteinander reden durfte! Sprechen hätte doch die Arbeit viel leichter gemacht, dachte Herman. Aber die Mönche waren eisern. Obwohl – nach dem Mongolensturm wurde viel mehr geredet als früher, als das Klosterleben noch in geordneten Bahnen verlief. Vorher, da verständigten sich die Mönche fast ausschließlich durch Handzeichen. Es sei denn, sie sangen oder priesen Gott in einem ihrer zahlreichen Stundengebete.

Magister Eginhard half dem Bruder Arnoldus, die Christusfigur an dem hölzernen Kruzifix zu befestigen. Die beiden Mönche schwiegen. Es war mehr die Erinnerung an die zurückliegenden Monate und weniger eine andachtsvolle Kontemplation zum Lobe Gottes. Was für ein Jahr es doch gewesen war! Fast gleichzeitig bekreuzigten sie sich, geradeso, als hätten sie den Gedanken laut ausgesprochen.

»Und dabei hat das Jahr so gut angefangen! Die Felder warfen bereits genug ab für unseren Lebensunterhalt. Wir überlegten schon, wie wir anbauen sollten, um mehr Platz für weitere Neuankömmlinge zu schaffen.«

»Vor zwanzig Jahren säumte hier noch undurchdringlicher Urwald den Flusslauf.«

»Aber der Bach und die Auen sind wirklich ein Geschenk des Himmels.«

»Ja, mit dem neuen Wehr können wir die Bewässerung unserer Felder und Gärten wieder vortrefflich kontrollieren. Für Mensch und Tier gibt es kristallklares Wasser in Hülle und Fülle.« Sie flüsterten, aber sie redeten.

»Ein Jammer, dass die meisten Gebäude noch aus Holz waren.«

»Uns hat es nicht gestört.« Arnoldus seufzte. »Aber die Tataren hatten leichtes Spiel sie niederzubrennen.«

»Am schlimmsten war für mich der Anblick der schwelenden Kirche, als wir uns wieder aus dem dichten Gehölz herausgewagt haben.« »Und dabei war gerade das Kirchlein schon gemauert. Hättest du geglaubt, dass es ebenfalls so gut brennt? Diese Heiden!«

»Arnoldus!« Eginhard sah in tadelnd an. Es war Arnoldus herausgerutscht wie eine Verwünschung, das »diese Heiden«. Eginhard schnaufte hörbar.

»Schon gut!« Arnoldus bekreuzigte sich. »Ich habe dir ja schon gebeichtet, wie schwer es mir fällt, den Tataren ihren Gottesfrevel zu vergeben. Aber der Herr hat mir geholfen.« Seine klobigen und schwielenbedeckten Hände machten wieder das Kreuzzeichen. Ein Lächeln trat auf sein Gesicht, er hatte sich wieder beruhigt. »Gott hat uns ein Zeichen geben wollen, davon bin ich überzeugt, Arnoldus. Als wir die eisernen Nägel vom Kruzifix in der Asche wiedergefunden haben, da wusste ich es: Wir sind ausgewählt weiterzumachen. Wir sollen die Kirche wieder aufbauen. Wo hast du eigentlich die Nägel aufbewahrt?«

»Ich habe sie verschlossen. Sie sind gut aufbewahrt, damit sie in dem Wirrwar nicht verloren gehen.« Eginhard überlegte, ob er dem Bruder Pförtner die Frage vollständig beantworten sollte. »Der Sakristan hat sie versteckt.«

»Dann hol' sie doch, damit wir sie wieder anbringen können.«

»Hm.« Eginhard war offensichtlich anderer Meinung, aber er schwieg. Nach einer Weile rückte er noch ein bisschen näher an Arnoldus heran und begann mit einer fast teilnahmslosen Stimme vor sich hin zu sprechen. »Die Nägel sind ein Zeichen! Aus der Asche gerettet, dem Kloster erhalten, wieder dem Licht zurückgegeben, wie auferstanden. Vielleicht sollten wir für das neue Kruzifix neue Nägel verwenden.«

»Und? Was soll mit den alten geschehen? Du kannst sie doch nicht wegwerfen! Du hast doch selbst gesagt, dass sie ein Zeichen sind, das uns der Herr gesandt hat.«

Eginhard ließ sich gerne bitten. Ab und zu erlag er der Versuchung, seiner Selbstgefälligkeit nachzugeben. »Was hältst du davon, wenn wir sie in ein schönes Kästchen hineinlegen und sie mit diesem Holzschrein in der neuen Kirche auf dem Altar so einmauern, dass man sie sehen kann. Sie sind doch so etwas wie eine Reliquie, nicht wahr? Man spürt förmlich, dass ihnen übernatürliche Kräfte entströmen.«

Arnoldus starrte Eginhard einen Moment mit offenem Mund an, dann hellte sich sein breites Gesicht auf und seine Augen strahlten. »Du bist wirklich klug, Eginhard!« Arnoldus freute sich auch dann, wenn andere klüger waren als er selbst.

»Das wird unserem Kloster eine schöne Tradition geben. Die Leute werden kommen und sie küssen.« Er dachte einen Moment nach. »Aber muss eine Reliquie, um echt zu sein, nicht auf einen Heiligen zurückgehen oder auf ein Ereignis, von dem sie ein Teil ist?«

»Es ist der Glaube, der sie echt macht, nicht sie den Glauben. Nach diesem Desaster, das die Tataren über uns gebracht haben, haben wir jede Hilfe bitter nötig.«

»Du bist wirklich klug, Eginhard!«

»Es freut mich, dass du das auch so siehst. Lass uns das machen. Ich werde den Vater Abt und den Sakristan ebenfalls davon überzeugen. Du schnitzt das Kästchen und verwahrst die Nägel darin. Wir wollten ja morgen ohnehin damit beginnen, den Altar im neuen Kirchlein zu mauern.«

»Wird es nicht zu kalt sein?«

»Nein, das glaube ich nicht. ›Jeden Tag ein paar Stunden dem Wiederaufbau unseres Gotteshauses widmen‹, das hat der Prior auch gesagt. ›In Stein unserem Glauben sichtbar Ausdruck verleihen, ein im Stein verkörpertes Abbild der Frömmigkeit‹.«

›Ein im Stein verkörpertes Abbild der Frömmigkeit?‹ Es klang pathetisch, wenn Bruder Arnoldus es wiederholte, aber ihr Leben war Gott geweiht, es war ihre Arbeit und ihr Gebet für den Herrn. Das war doch der einzige Grund, warum sie hier ausharren wollten.

Da brachten Herman und Stan den Fuß für das Kruzifix angeschleppt. »Und der Sakristan lässt fragen, ob ihr jetzt auch die Nägel haben wollt?«

Die beiden Zisterzienser sahen sich bedeutungsvoll an. »Nein, lasst mal«, antwortete Eginhard mit einem Lächeln, »darum kümmere ich mich schon selbst.« Die beiden Zöglinge verneigten sich stumm und verließen wieder das Torhaus. In der Tür stießen sie mit dem Bauern Kicka zusammen.

»Nu, nu, nu. Ihr beiden tut es aber eilig haben.« Er lachte gutmütig, obwohl sie ihn fast umgerannt hatten. »Wenn ich nicht schon so alt wäre, würde ich bestimmt mit euch rennen. Junge Füllen machen große Sprünge.« Er lachte meckernd, dann machte er Platz, aber sie hielten ihm die Tür auf. Herman fühlte Mitleid mit dem hochbetagten Alten, der im Kampf eine Hand eingebüßt hatte. Auch die andere war von einem Schwerthieb so schwer verletzt, dass er sie zur Arbeit nicht mehr gebrauchen konnte. Aber er strahlte dennoch immer gute Laune aus, jederzeit war er zu einem Scherz aufgelegt. Da sah Kicka den Abt Bodo mit einem gespornten Rittersmann aus der Tür des Gästehauses treten.

»Der Ritter Albert!«, schnaubte er. »Was will der denn schon wieder bei uns? Immer wenn ich den sehe, kommt mir die kalte Suppe wieder hoch. So ein verlogener Kerl! Dass der überhaupt kein Ehrgefühl und keine Gottesfurcht im Leibe hat. Dass der sich nicht schämt.« Und ganz gegen seine sonstige fröhliche Art schimpfte er weiter vor sich hin.

»Was hast du denn gegen den?«, wunderte sich Herman.

»Das ist ein ganz übler Schurke, der«, erwiderte Kicka. »Er will sich jetzt zum Schutzherrn des Klosters aufwerfen. Aber, das sage ich euch, das werde ich ihm versalzen.« Kicka zog die beiden mit sich in Richtung Aue zum neuen Wehr. Jetzt füllte es wieder die Gräben wie früher mit Wasser und versorgte die Felder. Ächzend ließ Kicka sich im Schatten einer riesigen Eiche nieder und ruhte seinen Rücken am rissigen Stamm des alten Baumes aus.

»Lange Jahre habe ich dem alten Herzog Heinrich Brodaty, dem Bärtigen, gedient. Er mochte mich, müsst ihr wissen. Er hat mich an seinen Hof geholt, als ich nicht mehr mit meinen Händen arbeiten konnte. Und ich habe es ihm vergolten. Ich habe mit meinen Einfällen seine ganze Familie und auch die adligen Damen und Herren zum Lachen gebracht. Auch bei seinem Sohn, den sie Pobozny, den Frommen, nennen, Gott hab´ ihn selig, habe ich noch für Heiterkeit gesorgt. Dem hatte ja der Vater die Gründung unseres Klosters hier überlassen und auch die Schirmvogtei darüber gegeben. Deshalb hat mich der Herzog den guten Äbten von Heinrichau anempfohlen, und die haben mir hier Unterschlupf gewährt. Laienbruder nennen sie mich!« Er lachte über das ganze Gesicht, als er ›Laienbruder‹ mit tiefer Stimme und mit Betonung aussprach. »Deshalb trage ich auch eine dunkle Tunika und einen Bart. Die richtigen Mönche sind alle geschoren.« Dabei klopfte er sich auf sein dickes, wollenes Hemd mit den langen Ärmeln, das von den Schultern bis fast zu den Knöcheln reichte. Seine Tunika war genau wie seine ›Kulle‹, das mantelartige Obergewand, dunkelbraun gefärbt. Die Farbe unterschied die Laienbrüder ebenfalls von den Chormönchen. Die Tunika der Mönche und ihre Kukulle mit der Kapuze stammten von weißen Schafen und waren aus heller ungebleichter und ungefärbter Wolle gefertigt. Das hatte den Zisterziensern den Namen ›Weiße Mönche‹ eingetragen. Bei der Arbeit trugen aber alle einen langen, schwarzen, schurzartigen Überwurf, der vorn und hinten bis kurz unterhalb der Knie herabfiel und die Tunika schützen sollte. Er wurde zusammen mit der Tunika und der Kukulle um die Hüfte mit einer Kordel befestigt.

»Abt Bodo versorgt mich wie seinen eigenen Vater. Es soll nicht zum Schaden der Mönche sein, sage ich euch. Ich habe dem Kloster den ganzen Besitz vermacht, den Großvater Glambo mir vererbt hat. Aber das tut jetzt nichts zur Sache.« Er räusperte sich. »Dieser Ritter Albert, den sie alle ›Albert mit dem Barte‹ nennen, weil er diesen fürchterlich anzusehenden Schnäuzer und den hässlichen Bart trägt, den habe ich zum ersten Mal am Hofe des Herzogs erlebt. An den erinnere ich mich noch sehr genau.« Er hatte sich in eine kleine Erregung hineingeredet. Aber dann fügte er mit Stolz hinzu: »Mit meinem Gedächtnis kann ich dem Kloster manchen guten Dienst erweisen. Dieser Albert machte sich damals nämlich bei Herzog Heinrich lieb Kind. Er versprach dem Kloster Heinrichau sein Gut Töpliwoda. Das war damals, als er an der Kreuzfahrt gegen die heidnischen Pruzzen teilnahm und um sein Seelenheil besorgt war.« Er machte eine Pause und schnäuzte sich in den Ärmel. »Damals begannen die Ordensritter ihren Kampf gegen diese Heiden. Der Kampf ist noch lange nicht zu Ende, sage ich euch, auch wenn der Herman von Salza nicht mehr lebt.« Er machte wieder eine Pause, diesmal schnäuzte er sich aber nicht in seinen Ärmel, sondern zwischen zwei Fingern auf den Boden. »Unter Heinrich dem Bärtigen herrschte noch so großes Vertrauen, müsst ihr wissen, dass die Mönche ohne Furcht vor Trug und Falschheit über diese Schenkung keinen Brief verlangten. Zu Zeiten dieser beiden Herzöge da war das so. Treue und Glauben waren noch so groß, dass man einfach nicht an eine Urkunde dachte. So verlangte auch niemand von dem Ritter Albert eine geschriebene und gesiegelte Schenkungsurkunde. Deshalb konnten die Mönche jetzt, nach dem Abzug der Tataren, auch nicht beweisen, welche Felder und welche Wälder und welche Güter ihnen gehörten. Und alle sind sie gekommen, die benachbarten noblen Barone und Freiherren. Mit List und mit Gewalt haben sie versucht, die Stiftsgüter an sich zu reißen in der allgemeinen Verwirrung.« Zornesröte stand jetzt in Kickas Gesicht. »Dieser Ritter Albert ist der Schlimmste von allen, sage ich euch. Er hat den Abt gar arg bedrängt und belästigt, und er will sich sogar zum Schutzherrn des Klosters aufwerfen. Natürlich hätte das die Mönche gekostet!« Er machte mit dem ihm verbliebenen Daumen und Zeigefinger seiner linken Hand die Bewegung des Geldzählens. »›Nicht mit mir‹, habe ich zu Abt Bodo gesagt, ›ich habe ein langes Gedächtnis‹, habe ich gesagt. Und dann habe ich ihm alles erzählt, was ich am Hofe des Herzogs gehört und gesehen habe. Aber der Schurke gibt anscheinend immer noch nicht auf. Ich sage euch aber, es wird ihm nicht gelingen. Nicht mit mir, das sage ich euch!«

Herman bewunderte den alten Bauern, der Recht und Gerechtigkeit auf seine Fahne geschrieben hatte. Da kam Petrus, der Prior, angelaufen. Er winkte Kicka, ihm zu folgen. Mühsam richtete der Bauer sich auf, sah die beiden bedeutungsvoll an und flüsterte: »Dem werde ich es zeigen!«

»Was für ein Mann, dieser Kicka!« Stan war tief beeindruckt. »Der ist ein richtiger Held, was meinst du? So mutig wie der möchte ich auch einmal werden.«

Herman nickte. »Ich auch, aber ein richtiger Mann, mit einer glänzenden Rüstung und einem richtigen Schwert. Einer der dazwischen haut, dass es kracht.« Das war leicht gesagt. Er dachte daran, wie ihn seine Mutter, als sie noch lebte, immer gescholten hatte zu Hause in Hayn. Ob er sich nun mit den anderen Jungen prügelte, oder ob er die schönen Äpfel hinter der Kate der Burgleute stahl, oder ob er auf den Heuboden kletterte und noch warme Eier austrank – sie schimpfte mit ihm. »Tunichtgut« hatte sie gerufen und »Raufbold« und ihm gedroht. Als er zwölf geworden war, hatte er ihr versprochen, sich zu bessern, vernünftiger zu werden und ihr weniger Sorgen zu bereiten. Wie zur Festigung seiner guten Absichten hatte da sein Vater verkündet, dass er ihn zu den frommen Brüdern schicken werde. Aber Vater hatte ihn nie gescholten, wenn er sich wie ein kleiner Raubritter benahm und manchen in Schrecken versetzte. Vater hatte ihn höchstens zur Seite gezogen, wenn sich wieder einmal jemand beschwerte. »Ich will nicht immer diese Klagen hören, Herman. Das bringt nur Unfrieden. Wenn du so dumm bist, dich erwischen zu lassen, dann verdienst du Prügel«, hatte er in ruhigem Ton hinzugefügt. »Das nächste Mal sage ich das nicht nur.« Nein, seinem Vater war anderes wichtiger gewesen.

Und hier in Heinrichau? Da predigten die Mönche die ›Liebe zu deinem Nächsten‹, und ›wenn dich jemand auf die linke Backe schlägt, dann halte ihm die rechte hin‹, aber nicht, ›wie zeige ich es den Schurken, die Recht und Unrecht nicht voneinander unterscheiden können‹. Die Brüder trugen alle nur ein Messer. Auch nach der bösen Erfahrung mit den Tataren hatte er bei ihnen ein Schwert noch nicht gesehen. Wie sollte er es da anstellen ein Held zu werden? »Ich will gerne lernen, was die Mönche uns hier beibringen, Stan, aber ich glaube nicht, dass die hier Helden aus uns machen wollen.«

Stan sah ihn erstaunt an. »Wie meinst du das denn?«

»Warum haben deine Leute dich denn zu den Zisterziensern geschickt?«

Stan dachte nach. Ja, warum hatte sein Vater ihn hierher geschickt? »›Du musst zu den Zisterziensern gehen, bei denen wirst du lernen, was uns hier fehlt‹, hat mein Vater immer gesagt. ›Das große Wissen der Mönche vom Ackerbau und von der Kunst das Wasser zu beherrschen, davon sollst du dir abgucken so viel du kannst. In ihrem Haushalt gibt es immer sauberes Trinkwasser für Mensch und Vieh. Für ihr Gewerbe mit den Mühlen, ihre Schmieden und ihre Werkstätten, da ist das Wasser die Kraft, die alles bewegt. Wenn du dir das abguckst, dann kannst du unser Swiny und unsere Ländereien einmal mit großem Gewinn ausbauen.‹. Ja, das hat er immer gesagt. Deshalb halte ich mich auch immer an den Bruder Buchardus, der für die Wasserregulierung verantwortlich ist, und an den Bruder Adelman, den der Abt gerade zum Kellermeister gemacht hat. Es ist zwar schade, dass der Magister Eginhard seit der Zerstörung kaum mehr Zeit für unseren Unterricht hat, aber von den beiden anderen lerne ich dafür umso mehr.«

Dieser Stan! Der sammelte tatsächlich jedes Korn auf und machte ein Getreidefeld daraus! »Und wie ist dein Vater ausgerechnet auf Heinrichau gekommen? Die Mönche haben sich hier ja wirklich in einer völlig einsamen Gegend versteckt. Leubus am Oderfluss ist doch ein weit größeres Zisterzienserkloster und es liegt näher an der Burg. Hierher sind wir immerhin mehrere Tage geritten.«

»Gerade weil das Kloster so klein ist, hat Vater gesagt, werde ich mehr sehen als in einem großen Betrieb. Leubus liegt zwar näher, es ist älter und schöner, aber eben viel größer. Und einsam sind die Klöster der Zisterzienser alle, hat er gesagt, denn sie suchen sich mit Absicht Täler aus, in denen sich sonst kein Mensch ansiedeln würde. Der Boden oder die Wasserverhältnisse können schlecht sein, die Täler sind vielleicht unzugänglich oder haben zu wenig Sonne, oder es gibt dort alte Wassergeister, die man besser meidet. Flussufer sind oft Überschwemmungen ausgesetzt, Flussbette verändern sich, oder der Wasserstand weist je nach Jahreszeit große Schwankungen auf. Aber die Zisterzienser wissen mehr als wir Sterblichen. Die Mönche haben eine Erleuchtung von Gott erhalten. Sie machen aus Flusstälern reiche und fruchtbare Fluren, sie entwässern Feuchtgebiete, machen das Land urbar, sie bauen Dämme dort, wo sie hingehören. Sie graben an der richtigen Stelle Kanäle und verlegen Flussläufe. Die Zisterzienser finden laufend schlaue Lösungen, und sie machen die Gegend bewohnbar.«

»Mann«, staunte Herman, »und das hast du dir alles gemerkt?«

»Na, klar! Denkst du, ich würde es sonst hier aushalten können? Ich leiere mir das immer wieder vor. Manchmal schließe ich es auch in meine Gebete mit ein. Du kannst dir nicht vorstellen, wie schwer mir das Leben im Kloster fällt. Aber ich möchte auf gar keinen Fall meinen Vater enttäuschen.« Und nach einer kurzen Pause fügte er hinzu: »Es würde mir wahrscheinlich auch nicht gut bekommen.«

Herman wusste nicht recht, warum ihn sein Vater ausgerechnet nach Heinrichau geschickt hatte. Aber vielleicht hatte es etwas mit dem Fürsten zu tun, dem Piasten-Herzog. Herman hatte sehr wohl bemerkt, dass der Vater große Stücke auf den frommen Herzog Heinrich hielt. Und der hatte das Kloster ja gegründet und nach ihm war es auch benannt worden. Dass der Herzog sich besonders um das Wachsen und Gedeihen seines Klosters kümmerte, hatte der Vater erzählt. Auch sonst war der Vater von Herzog Heinrich immer sehr begeistert gewesen. Aber nun war der fromme Heinrich tot.

III.

»Psst! Der Vater Abt hat gerade hohen Besuch bekommen!« Kicka schien immer über alles auf dem Laufenden zu sein. Er kam aus dem Innenhof des Klosters und setzte sich neben die vier Jünglinge, die auf dem Feld in der Aue noch nach Rüben suchten.

»Besuch? Bei uns? Die müssen sich verlaufen haben.« Als sie sich aufrichteten, sahen sie es selbst. Sie erspähten die Pferde im Wirtschaftshof. Früher war der Hof in einem großen Rechteck von Gebäuden, flachen Stallungen mit kleinen, kuscheligen Dachgauben und mit geräumigen Geräteschuppen wie von einem Wall umgeben gewesen. Jetzt erlaubten große Lücken aus jeder Himmelsrichtung einen Durchblick. Die Rösser waren vor dem Gästehaus angebunden, in dem jetzt der Abt seine Stube eingerichtet hatte. Herman zählte sechs schöne Pferde mit Decken.

»Keine Wappen von Rittern!«, stellte Stan fest. Drei Knechte mit Waffen kümmerten sich um die Tiere.

»Und wer ist da in so großer Zahl und mit so schönen Pferden bei uns eingerückt?«, wollte Piotr wissen.

Das konnte der Bauer Kicka auch nicht sagen. Aber eines wusste er: »Hohe Herren müssen es sein. Zumindest einer von ihnen. Ein breitkrempiger Hut mit einer Kordel, wie sie die Kirchenfürsten tragen, hing auf seinem Rücken. Er hatte einen weiten schwarzen Umhang an und sah sehr würdevoll aus.«

Das Rätselraten sollte nicht lange dauern. Sie sahen Mönche in die Abtklause ein- und ausgehen und dann kam Bruder Adelman, der neuernannte Zellerar, eilenden Schrittes aus dem Klosterhof gerade auf sie zu. Alle vier bückten sich wieder eifrig und scharrten nach Rüben. Nur der Bauer Kicka spöttelte: »Na, Bruder Adelman, haben die hochedlen Herren dich aus dem Kloster gejagt, weil du keinen Wein zur Begrüßung auftragen kannst? Der Wildschweinbraten ist ebenfalls verschwunden, nicht wahr?« Er kicherte belustigt über seinen eigenen Scherz.

Der Mönch blieb mit vom Laufen hochrotem Kopf stehen. »Viel schlimmer, als dein Spott ahnen kann«, antwortete er ernst. »Es ist der Stellvertreter des Landesbischofs mit seinem Gefolge. Er hat um Nachtherberge gebeten. Allein die Unterbringung der Gäste wird dem Bruder Magnus schon Sorgen bereiten. Dompropst Petrus kommt aus Breslau, er ist von Bischof Thomas persönlich gesandt worden. Er wird wohl auch morgen noch bleiben wollen.« Es klang fast wie ein Bedauern. »Wir sind in großer Verlegenheit.« Er schluckte. »Wir haben nur noch vier Brote im ganzen Kloster.« Herman hatte richtig Mitleid mit ihm, so unglücklich sah der Zellerar aus. »Es ist nicht meine Schuld, das wissen alle.« Er atmete immer noch schwer. »Also, wir müssen etwas tun, hat der Vater Abt gesagt. Deshalb hat er mich auf die benachbarten Edelhöfe und zu der Einsiedlerin geschickt, um für die Bewirtung der Gäste wenigstens das nötige Brot auftragen zu können. Ich bitte euch, helft mir. Ich werde mit Piotr und Stefan nach Alt-Heinrichau laufen und ihr beide«, er wandte sich an Herman und Stan, »ihr beide eilt zum Gutshof Reumen und bittet dort im Namen des Barmherzigen um Brote.«

»Dann kann ich doch nach Glambowitz gehen. Dort bekomme ich auf jeden Fall Brote. Die kennen mich doch alle. Mir geben sie immer etwas.«

Der Mönch sah den alten Kicka mit einem betroffenen Blick an, dann segnete er ihn und sagte leise: »Wenn du das tun willst, Bruder Kicka, Gott wird es dir vergelten.« Dann teilte er ihm Stefan zu und schon stoben sie in drei Himmelsrichtungen auseinander. Selbst Kicka stapfte zügiger als sonst vorwärts.

Die Proviantboten kamen nicht nur mit den erbetenen Broten zurück zum Kloster. Einige Bauern hatten ihnen großzügig auch Milch und Käse mitgegeben und sogar eine Wurst war dabei. Alle strahlten ob des unerwarteten Segens. Nur Piotr zischelte boshaft: »Wenn ich noch länger hier bleibe, verachte ich diese Franken und Sachsen nur noch mehr. Alles wissen sie besser, aber genug zu essen bringen sie nicht auf den Tisch.«

Mit großer Erleichterung ließ Abt Bodo von seinem Reichtum am Abend auftragen.

Am nächsten Tag erzählte ihnen Kicka, wie der Abt dem Generalvikar die Lage des Klosters geschildert hatte. Das junge Stift Heinrichau hatte durch das Wüten der Heiden mehr als zehn Brüder verloren. Alles Vieh hatten die Tataren abgeschlachtet. Wild erlegen konnten sie nicht selbst, aber das bereitete ihnen weniger Sorgen, denn der Verzehr von Fleisch war ohnehin nur den Kranken gestattet und denen, die zur Ader gelassen worden waren. Die Mönche hatten allerdings wieder einen kleinen Taubenschlag gebaut. Auch zwei Kühe hatten sie inzwischen erwerben können. Von den Bienenstöcken des Klosters hatten nur zwei das Desaster überlebt. Dennoch waren Honig und Bienenwachs wieder ihre erste Einnahmequelle geworden. Hilfe von den Nachbarn hatten sie eigentlich kaum erfahren. Die Nachbarn hatten sich mehr dadurch bemerkbar gemacht, dass sie den Mönchen Teile ihres Besitzes wegzunehmen drohten. All dies hatte der Abt dem Generalvikar erklärt.

Der Bauer Kicka wusste auch zu berichten, dass dieser auf erneute Bittbriefe des Abtes Antworten von Bischof Thomas und von Herzog Boleslaw mitgebracht hatte. Diesmal hatten beide, der Herzog und der Breslauer Bischof, zwar geantwortet, aber Hilfe hatten sie auch nicht zusagen können. Offensichtlich waren sie beide selbst in finanziellen Nöten. Deshalb wollte der Abt nun auf Anraten des Generalvikars noch ein weiteres Schreiben abfassen, diesmal an die Herzogin Anna, die Mutter Boleslaws.

»Ihr müsst nämlich wissen«, tat sich Kicka wichtig, »seit der hehre Stifter unseres Klosters, der fromme Heinrich, tot ist, haben wir zwar seinen Sohn Boleslaw als Regenten, da er aber noch nicht als großjährig gilt, wird die gute Herzogin Anna bestimmt noch bis ins nächste Jahr hinein Oberregentin im Herzogtum bleiben. Und schaden kann das Bittschreiben nicht. Doppelt genäht hält ja bekanntlich sowieso besser!« Er lachte wieder sein meckerndes Lachen. »Im Spätsommer war unser Herr Abt auch schon einmal wochenlang unterwegs, da soll er auch in Leubus vorgesprochen haben.«

Obwohl Herman nicht bemerkt hatte, dass sich in Heinrichau auf alle diese Mühen des Abtes hin etwas geändert hätte, stieg der Gottesmann in seinen Augen noch um einige Ellen. Welches unerschütterliche Gottvertrauen musste den Abt erfüllen, dass er die großen Schicksalsschläge mit einer solchen bewundernswerten Stärke ertragen konnte. Niemals verschwand das gütige Lächeln um seine Lippen. Und nie fehlte ein freundliches Wort für die jungen Leute, wenn der Abt mit ihnen zusammentraf. Zu gerne hätte Herman mehr über ihn gewusst. Abt Bodo sprach nie von sich selbst, auch nicht in den stillen Stunden, in denen er manchmal mit ihnen zusammensaß und sich doch ein kleines Gespräch entwickelte. Dann sprach er über das Kloster und darüber, wie die Bauten aus Stein ausgeführt werden sollten, in einfachen, harmonischen Proportionen und ausgefeilter handwerklicher Kunst. Dass diese äußere Einfachheit eine geistliche Botschaft berge, erzählte er, weil die Architektur hier der direkte und unmittelbare Spiegel des Lebens sei, das sich darin abspiele; und wie diese Bauweise mit ihrer einfachen Linienführung und ihrem Verzicht auf Farben auf die Mönche wirken solle. »Was unsere Architektur beseelt, ist nicht die Farbe, sondern das Licht«, hatte er einmal ausgeführt. »Ein langsamer Prozess, wie so ein Lichtstrahl sich bewegt. Das ist es, was wir jeden Tag sehen, wenn wir achtmal am Tage im Chor stehen, eine Jahreszeit um die andere, Jahr für Jahr. Das Licht und der Stein wirken zusammen, um der Seele, die für diese Inspiration offen ist, die Unbeständigkeit der Welt und die immerwährende Schönheit des Schöpfers zu offenbaren.« Niemand sagte dann ein Wort, alle lauschten sie andächtig. »Unsere Botschaft beruht auf einem einfachen Gebot. Es lautet: ›Werde innerlich! Erkenne dich selbst!‹ Sich selbst zu erkennen bedeutet für Zisterzienser, sich als ein Ebenbild Gottes zu erkennen, das nur wenig geringer ist als die Engel. Und wo genau ist das Ebenbild Gottes zu erkennen? Nicht in der Welt, nicht auf den bemalten Wänden einer Kirche oder im fein gearbeiteten Glas ihrer Fenster, sondern in der Seele des Menschen ...« Dann faltete der Abt die Hände zum Gebet.

»Vacate et videte quoniam ego sum Deus – ›Werdet still und sehet: Ich bin Gott‹, so lesen wir es im Psalm 45,11 in der Vulgata.«

So stellte sich Herman den lieben Gott vor, so wie Abt Bodo musste er sein: gütig, ruhig, aufmerksam und klug, mit hellen, klaren Augen, durch die man hindurchsehen konnte. Er sprach bedächtig schreitend, langsam, klar und betont. Jedes Wort saß. Seine Gesten waren sparsam. Wenn er eine Handbewegung machte, dann hatte das eine bestimmte Bedeutung, dann verlieh es seinen Worten noch mehr Gewicht. Er konnte seine Hände ruhig im Schoß liegen lassen, gefaltet oder einfach entspannt, und nur seine Augen sprachen. Auch die anderen Brüder achteten und verehrten ihren Abt. Herman hatte nie gehört, dass jemand

Widerworte gegen ihn geäußert hätte. Alle schienen seine fromme Überlegenheit zu akzeptieren.

Der Besuch der Herren aus Breslau ging zu ihrer aller Enttäuschung mit einem Missklang zu Ende. An dem Tag, den der Dompropst Petrus für seine Abreise bestimmt hatte, fehlten bei den Laudes, den gemeinsamen Lobgesängen im Morgengrauen, Piotr und Stefan. Herman hatte die beiden schon beim Aufstehen vermisst, aber sich weiter keine Gedanken darüber gemacht. Nach der Prim, dem Gebet bei Sonnenaufgang, wussten auch alle anderen, dass die beiden älteren Zöglinge verschwunden waren. Alles Rufen und Suchen blieb vergeblich. Herman erinnerte sich plötzlich wieder an die Worte Piotrs in der Nacht. ›Sie sind tatsächlich abgehauen!‹, dachte er entsetzt. Was konnte er da jetzt noch tun? Nichts würde sich ändern, wenn er dem Abt davon berichtete. Besser, er behielt das Gespräch weiterhin für sich.

Inzwischen wagte sich einer der Knechte aus Breslau mit einer weiteren Hiobsbotschaft zum Dompropst Petrus. Mit gesenktem Kopf gestand er: »Herr, zwei Eurer Rösser müssen sich losgerissen haben. Sie sind ausgebrochen. Wir können sie nicht mehr finden.« Der Generalvikar fuhr auf, aber es gelang ihm seine Beherrschung zu wahren. Noch einmal hub große Hektik an, alle halfen nach den Pferden zu suchen. Es dauerte nicht lange, bis das eine Verschwinden mit dem anderen in Verbindung gebracht wurde. Als alles Suchen vergeblich blieb, wurde es zur Gewissheit, dass sich die beiden Burschen mit den zwei schönsten Pferden davongemacht hatten. Es war schwer auszumachen, ob beim Abt das Entsetzen oder die Beschämung größer waren. Der Generalvikar lief erregt auf und ab. Herman konnte nicht hören, was er dem Abt mit heftigen Gesten erläuterte, nach einer Freudenbotschaft sah es jedoch nicht aus. Aber niemand konnte etwas tun, um die unerfreuliche Situation zu ändern. Und so zogen die Gäste schließlich auf den verbliebenen vier Pferden von dannen. Außer den bewaffneten Knechten marschierten jetzt auch zwei der Herren zu Fuß weiter.

Von den erbettelten Broten waren noch ein paar übrig geblieben. Jetzt war selbst dieses Geschenk für niemanden ein rechter Grund zur Freude. Welcher Ungehorsam wurde hier sichtbar! Welcher gottlästerlichen Sünde hatten sich Piotr und Stefan schuldig gemacht!

IV.

Stan balancierte vor Herman über den schmalen Holzsteg, den Buchardus gezimmert und zusammen mit Arnoldus über den Bach gelegt hatte. Über das provisorische Brücklein erreichten sie das höher gelegene Land und den Wald trockenen Fußes. Sie folgten Eginhard, der weit ausgreifend die Anhöhe hinanstieg. Ein schmaler Pfad verschwand zwischen

Büschen in Richtung der verkohlten Ruinen, die einst die Hütten von Alt-Heinrichau gewesen waren. Eginhard bog jedoch schon bald nach links in Richtung Wald ab, wo sich der Pfad bereits in den Feldern verlor. Wenig entfernt vom Bachrand begann dort das dichte Unterholz des schier unendlichen Urwalds. In Richtung Sonnenuntergang hatte ihn noch keiner von ihnen zu durchqueren gewagt. Hier war er unberührt von Menschenhand. Die Mönche hatten nur unten im Tal gerodet, wo sie die Klostergebäude errichtet, und am Rande der Aue Felder angelegt hatten. Holz gab es in Hülle und Fülle, aber sie suchten passendes, trockenes für einen neuen Pflug, da der alte tags zuvor zerbrochen war. Der Wald wurde schon nach ein paar Schritten immer dichter und undurchdringlicher. Eginhard suchte nach einem keilförmigen Kloben aus hartem Holz, der möglichst wenig Bearbeitung brauchte und schon eine pflugähnliche Form aufwies. »Wir wollen im nächsten Jahr die Erde wieder richtig aufreißen, so wie wir es mit dem alten Wendepflug tun konnten.«

»Wendepflug?«, horchte Stan auf. Eginhard freute sich über sein Interesse und musste ihm diese neue Art des Pflügens, die die Siedler und die Mönche aus dem Westen mitgebracht hatten, genau erklären.

Es war schwierig über umgestürzte Bäume und durch herabhängende Äste in dem dichten Unterholz voranzukommen. Herman zwängte sich zwischen einem Gestrüpp hindurch und entdeckte einen Eichenklotz, der einem Pflug gar nicht unähnlich sah.

»Hier, Pater, sieh doch! Sogar so etwas wie ein Griff ist da schon dran.«

»Psst!« Mit einem schnellen Schritt war Eginhard bei ihm und hielt ihm die Hand auf den Mund. Da hörten die beiden Jungen es auch, da waren Stimmen! Überrascht hielten alle drei den Atem an. Die Laute kamen noch aus ziemlicher Ferne, aber – sie klangen fremd. Sie konnten nicht von Mönchen aus dem Kloster kommen. Sofort versteckten sich die Drei in einer kleinen Senke hinter einer Barriere von Dornen.

»Fremde!«, stieß Eginhard hervor. Böse Erinnerungen krochen in ihm hoch. »Das kann nichts Gutes bedeuten. Wer verirrt sich schon in diese abgelegene Gegend!«

Auch Stan und Herman waren gewarnt genug vom letzten Mal, als sie fremde Stimmen, Schreie und Pferdegetrappel gehört hatten. Da waren sie beide ebenfalls in diesem verwunschenen Wald gewesen, allerdings weiter entfernt vom Kloster als heute. Die Tataren? Herman zog Stan zu sich heran. Zusammen krochen sie fast in den Boden. Eginhard betete und auch die beiden Burschen schickten Stoßgebete zum Himmel. Aber sie vernahmen kein Pferdegetrappel und auch keine Schreie, sondern nur ein Knarren und laute Zurufe. Nun schien es, als ob die Laute in vertrauter Sprache erklangen. Irgendwie kamen sie ihnen jetzt doch bekannt vor.

Herman hob den Kopf und wagte sich etwas nach vorne. Er sah eine kleine Gruppe von Männern, sechs oder acht waren es wohl, mit einem Fuhrwerk, das von vier Kühen oder Ochsen gezogen wurde. Von dem Wagen kam das Knarren. An ihm war noch anderes Viehzeug angebunden, ein paar Ziegen und Schafe. Der Leiterwagen war hoch beladen und die Ochsen, die ihn zogen, kamen nur langsam voran. Bei näherem Hinsehen machten die Männer auf Herman durchaus keinen kriegerischen Eindruck.

»Sie sehen aus wie Handelsleute«, flüsterte er Eginhard zu, »oder sogar wie Mönche.«

»Mönche?« Die Fremden trugen lange, helle Mäntel mit Kapuzen, einige auch einen mantelförmigen Umhang und warme Wollmützen. Weißer Atem drang aus den Mäulern der Rinder. Die Gruppe hielt auf das Kloster zu und schien friedlich und guter Dinge zu sein. Sie redeten und lachten, als ob sie sich über etwas freuten. Warum war Eginhard immer noch so argwöhnisch?

»Ja, tatsächlich, sie sehen aus wie Mönche, wie Zisterzienser mit ihrer Kulle«, flüsterte Stan.

»Psst!« Aber auch Eginhard begann seinen Argwohn zu verlieren. Dennoch blieb er erst einmal vorsichtig im Versteck um weiter zu beobachten, was die Leute vorhatten. Sie steuerten geradewegs auf die Klosteranlage zu. Noch bevor sie den Steg erreicht haben konnten, riefen sie schon laut über den Bach.

»Hallo, hallo! Gott zum Grüße, Brüder!«

Nun konnte sich Eginhard nicht mehr länger halten. Er sprang auf und stürzte aus dem Dickicht heraus, gefolgt von Stan und Herman. Aufgeregt liefen sie den Ankömmlingen hinterher. Es waren tatsächlich Zisterzienser!

»Hallo, hallo! Gott zum Grüße!«

Das war ein Umarmen, ein Händeschütteln und sich auf die Schulter Klopfen. Tränen traten in Eginhards Augen.

»Gott segne dich, Holger! Bist du es wirklich? Gelobt sei Jesus Christus.«

Er kannte den Anführer der kleinen Gruppe. Sie umarmten sich und küssten sich auf die Wangen. Der kleine Zug hatte den Steg erreicht und musste anhalten. Auf der anderen Seite schaute vorsichtig Arnoldus aus dem Torhaus heraus. Sein misstrauisches Gesicht verwandelte sich schnell in ungläubiges Staunen, als er Holger zusammen mit Eginhard über den Steg kommen sah. Holger bat im Namen des Gekreuzigten um Einlass und Arnoldus begrüßte den Ankömmling mit »Deo gratias«. Dann öffnete er die Tür, sprach »Benedicite« und erkundigte sich ganz formal nach Holgers Begehren.

»Gottes Segen sei mit dir, Bruder Pförtner, der Abt von Leubus sendet uns zu Abt Bodo. Euch zu helfen ist unser Auftrag und eilig sind wir den weiten Weg geschritten. Ein gnädiger Gott hat uns wunderbar beschützt.«

Arnoldus beugte vor seinem Klosterbruder die Knie und führte ihn ins Klosterinnere zum Abt. Auch Abt Bodo wollte seine Freude nicht verbergen, als er die gute Nachricht vernahm. So waren seine Bitten um Unterstützung des Tochterklosters auf offene Herzen gestoßen. Ja, in Heinrichau herrschte Not, aber aufgegeben hätte er das Kloster nicht, nein, nimmermehr. Und nun schien alles gut zu werden. Auch die anderen Mönche waren inzwischen zur Begrüßung herbeigeeilt und alle lobten sie Gott in einem Dankgottesdienst. Dann entband der Abt die Neuankömmlinge und seine Brüder sogar für den Rest des Tages von ihrem Schweigegelöbnis. Nun konnte Holger vom Mutterkloster berichten und davon, wie es ihm im Mongolensturm ergangen war.

»Leubus ist mit Gottes Hilfe das Schlimmste erspart geblieben. Wie ihr wisst, liegt das Kloster nicht an der Hohen Straße, über die sich der Schwall der Tatarenflut ergossen hat. Das Odergewässer und die von ihm ausfernden Sümpfe haben uns geschützt wie ein von Gott geschaffener Verteidigungswall.« Alle hörten sie gespannt zu, als die Neuangekommenen erzählten, wie ungeheuerlich ihnen noch die Spuren der Verwüstung und das Elend in dem Land erschienen waren, durch das sie in den letzten Tagen gezogen waren. Aber dann redeten alle durcheinander. Jeder wollte sich seine Erlebnisse von der Seele reden. Schließlich erfuhren die Heinrichauer, was sonst noch im Lande passiert war. »Viele Mönche der Klöster Schlesiens haben den Tod gefunden. Die Nonnen von Trebnitz sind geflohen und haben sich im Lande zerstreut. Zu unser aller Freude hat sich die gütige Herzogin Hedwig«, so erzählten sie, »mit der Äbtissin Gertrud retten können. Sie konnte zur Oderburg Krossen entkommen. Aber nun muss sie mit ihrem frommen Werk wieder ganz von vorne beginnen.«

Unter den Neuankömmlingen waren auch drei bärtige Laienbrüder. Sie nahmen an den Gesprächen nicht teil. Sie machten sich sofort an die Arbeit, um das Küchengebäude und den Wärmeraum möglichst noch vor Einbruch des Winters zu vollenden. Aber auch das Dach über dem neuen Kirchenbau wollten sie noch gemeinsam mit den Mönchen fertig stellen.

V.

Es war unheimlich still. Herman war aufgewacht und lauschte in die stockdunkle Nacht hinein. Vögel sangen nicht in der Nacht, aber die Natur schlief dennoch nicht völlig ein, sie war immer voller kleiner interessanter Geräusche. Ein Rascheln im Stroh, vielleicht das Schnüffeln eines Igels oder das Huschen einer Maus. Den Ruf eines Uhus hörte man und das leise Scharren der Äste. Ja, selbst wenn das Laub schon abgefallen war, kamen von den Bäumen leise Geräusche, als ob sie sich heimlich etwas zuflüstern wollten. Drüben am Bach war auch immer Leben, zumindest ein Plätschern des Wassers oder ein leises Gurgeln war zu hören. Aber jetzt – kein einziger Laut! War er aufgewacht, weil es so unheimlich still war? Er hörte auch Stan nicht atmen, niemand schnarchte heute. Totenstille.

Herman wickelte sich vorsichtig aus seinem Fell heraus und stand leise auf. Er schlich zur Tür, aber er verhielt, weil er das Knarren fürchtete, das sie meistens beim Öffnen von sich gab. Ganz vorsichtig und ganz langsam schob er sie einen Spaltbreit auf und steckte seine Nase hinaus. Eine eigentümliche Dunkelheit war das. Es war nicht stockdunkel, es war eher milchig schwarz. Etwas berührte seine Augen, er fuhr mit der Hand darüber und wusste plötzlich was es war: Es schneite! In dicken schweren Flocken fiel lautlos der Schnee vom Himmel herab und hüllte die Erde in ein mattes Laken, bedeckte den Boden, versteckte die Bäume und Büsche und ließ die Hütten verschwinden. Und der Schnee verschluckte jeden Laut. Es schneite!

Herman kam gar nicht etwa auf den Gedanken aufzujuchzen und hinauszutollen. Er blieb ganz ruhig. Er trat einen Schritt vor die Tür, aber der Schnee lag schon fußhoch, und er zog sich sofort wieder in die Blockhütte zurück. Wie eine Schicht dichter, weißer Daunenfedern legten sich die feuchten Flocken über die Klostergebäude. Ein Glück, dass die Mönche gleich eine solide Unterkunft gebaut hatten. Sie stand auf der kleinen Insel, die sich sanft aus der Aue heraushob. Hier blieb das Haus auch bei Hochwasser auf dem Trockenen. So wie die Mönche den Bach gezähmt und um die flache Erhebung herumgeleitet hatten, gewährte er dem Kloster sogar einen gewissen Schutz.

Nein, Herman sprang nicht aufgeregt herum, er war ja kein Kind mehr, er fühlte sich erwachsen. Sollte er die anderen wecken? Aber was konnten sie schon tun? Die paar Tiere, die sie besaßen, standen inzwischen ebenfalls alle unter einem festen Dach, die waren also geschützt. Und sonst? Es war ja noch nicht hell, und zu den Laudes würden alle selbst den Schnee sehen. Vorsichtig schloss Herman die Tür wieder und schlich sich zurück auf sein Lager. Die ganze Welt war jetzt eingeschneit, und nirgendwo war mehr ein Laut zu hören. Es kam ihm vor, als ob damit alles Leid und alles Unheil ausgelöscht werden könnte, zugedeckt von einer weißen Decke der Barmherzigkeit. Tiere und Menschen duckten sich unter einem Wunder Gottes, nein, beugten sich demütig, kamen zur Ruhe. Das Leben in Heinrichau würde sich wie ein Pulsschlag beim Einschlafen verlangsamen, so wie alle Bewegungen im Schnee. Und schließlich würde unter dieser Decke, die der Himmel ausbreitete, zum Stillstand kommen, was Böse gewesen. Das musste der

Friede sein. Endlich! Gott gab den Menschen ein Zeichen zum Frieden und alle mussten gehorchen, denn sie konnten sich ihm so wenig entziehen wie dem Schnee. Herman lächelte. So einfach war das. Und lächelnd schlief er wieder ein.

Noch im Morgengrauen, sofort nach dem Singen der Laudes, begannen alle Hand anzulegen, Wege freizuschaufeln und Fensterluken und Türen abzudichten, damit der Wind draußen blieb und der Schnee nicht in die Räume hinein wehte. Sogar der Bauer Kicka machte sich nützlich, indem er die Pfade zwischen den Türen der einzelnen Gebäude festtrampelte. Sie hatten den ganzen Tag zu tun sich auf den frühen Winteranfang einzustellen. Immer wieder schaute Herman zum Himmel in der Hoffnung, eine lichte Stelle in dem grauen Vorhang über sich zu erspähen, die ein Ende des weißen Segens ankündigte. Aber es schneite noch bis in die frühen Abendstunden. Lautlos und sanft fielen die Flocken herab und deckten die Welt des Klosters zu. Und der Schnee sorgte für immer neue Arbeit.

»Der Schnee ist früh gekommen dieses Jahr«, hörte Herman den Magister Eginhard leise sagen. Er hielt im Schaufeln inne. »Gerade eine Woche seid ihr jetzt hier. Stell dir bloß vor, ihr wäret vom Schnee unterwegs überrascht worden!« Holger, der die Neuankömmlinge angeführt hatte und der neben ihm arbeitete, schüttelte den Kopf. Er wollte es sich offenbar lieber nicht vorstellen.

»Du kannst aufhören«, wandte sich Eginhard an Herman, »jetzt erreichst du schon den Stall. Stan, füttere du die Viecher, Herman hilft dir.« Die beiden kletterten durch den letzten Schneehaufen und verschwanden im Schuppen. Es war jetzt recht eng hier drin mit den neuen Tieren, die die Mönche aus Leubus mitgebracht hatten. Aber die dicht gedrängten Tierleiber verbreiteten auch eine schöne Wärme. Herman und Stan brauchten länger als sonst, bis sie den Stall gesäubert und die Tiere gefüttert hatten. Herman lehnte am warmen Körper einer Kuh und ließ seinen Blick besorgt über das Gesicht seines Freundes gleiten.

»Was schaust du so trübsinnig, Stan?« Irgendwie fühlte Herman sich für ihn verantwortlich, ohne sich erklären zu können, weshalb. »Und vorhin hörte ich dich seufzen, warum hast du so tief geseufzt, Stan?«

Stan sah ihn mit seinen dunklen traurigen Augen an, dann sprach er leise, wie zu sich selbst: »An zu Hause habe ich gedacht, an Vater und Mutter, und an Wanda.«

»Meinst du, wir hätten doch auf Piotr hören und rechtzeitig mit den beiden anderen abhauen sollen, bevor der Schnee kam?«

»Nein, nein!«, wehrte Stan ganz erschrocken ab. »Ich habe eben nur an zu Hause gedacht. An unsere Burg, an Mutter, wie sie sich abmüht und sich um alles kümmert und dass ich doch froh sein kann, dass wir hier so gut davon gekommen sind. Aber eigentlich weiß Mutter gar nicht, wie es mir geht. Und an meine Schwester Wanda habe ich gedacht. An Wanda denke ich oft. Sie ist ein so fröhliches, lustiges Mädchen, weißt du. Ich habe dir ja schon viel von ihr erzählt. Ihr Lachen hört man in der ganzen Burg. Ich glaube, sie ist die Einzige, die ich wirklich vermisse.«

»Sorg dich nicht um sie, Stan.« Herman sprach es beschwichtigend. »Du hörst es ja auch täglich: Unser aller Leben liegt in Gottes Hand! Sicher sind sie bei dir zu Hause alle wohlauf, sonst hätten wir schon wieder einmal etwas gehört.«

»Ich mache mir auch gar keine Sorgen um sie, Herman. Mutter ist ja bei ihnen. Sie ist immer die Starke in unserer Familie, obwohl Vater das Sagen hat. Sie ist wie ein ruhender Pol. ›Gott hat unsere Familie in Liebe umarmt‹, sagt sie immer, ›sonst wären wir nicht so glücklich‹. Nein, Sorgen mache ich mir eigentlich keine.« Stan war jetzt ganz lebendig geworden.

»Na, was ist es denn dann?«

Stan blickte wieder bedrückt vor sich hin. Und dann kam es heraus: »Ich wäre eben selbst ganz gerne zu Hause jetzt.« Aber dann gab er sich einen Ruck und fügte hinzu: »Ach, weißt du, Herman, ich bin froh, dass wir beide uns so gut verstehen. Das macht es mir viel einfacher hier auszuharren.« Er stockte. Dann fuhr er fort: »Trotzdem hoffe ich, dass wir bald wieder nach Hause dürfen. Dann kannst du auch selbst sehen, was für ein feiner Kerl Wanda ist.« Jetzt lachte er sogar.

»So ist es recht. Das ist schon besser, Stan. Ja, auf deine Wanda bin ich inzwischen wirklich neugierig, deine Erzählungen machen mich richtig gespannt auf sie.«

Herman dachte selten an zu Hause. Er war froh, dass sein Vater noch lebte. Er hatte sich damit abgefunden, dass auch seine Familie bei dem Überfall der Tataren Opfer gelassen hatte und einige Verwandte umgekommen waren. Er glaubte an die ewige Weisheit Gottes, der wusste, was er erlaubte und was nicht. Gott würde es recht machen.

An diesem ersten richtigen Winterabend waren nicht nur die jungen Leute müde von der Arbeit. Nach dem Abendbrot hatte Eginhard den beiden noch erlaubt sich in der Wärmestube aufzuhalten, bevor sie in die Schlafkammer gingen.

»Geht's dir jetzt besser, Stanislaw?«, fragte Magister Eginhard. Stan nickte, hielt aber den Kopf gesenkt. Eigentlich schämte er sich etwas, dass er so völlig erschöpft war.

»Lasst uns beten.« Sie knieten nieder, Eginhard sprach das Gebet. »Herrgott, himmlischer Vater, wir danken Dir. Wir loben Dich in Deinem Großmut, wir preisen Deine Güte und wir bekennen, wie schwer es uns fällt, Deiner nimmer endenden Gnade wert zu erscheinen. Du hast Deine schützende Hand über unser kümmerliches Leben gehalten und Du gibst uns wieder ein Dach über dem Kopf. Du lässt uns nicht verhungern und nicht erfrieren. Herr, unser Gott, Du hast uns gerettet. Wir danken Dir von ganzem Herzen. Herr, stehe uns auch morgen wieder bei und schenke uns unser tägliches Brot. Wir bitten Dich auch, sei der Seele unseres Stifters gnädig, dem guten Herzog Heinrich. Und Herr, erlöse uns von der Wut der Tataren. Amen.«

›Der Seele des frommen Herzogs Heinrich‹ und ›der Erlösung von der Wut der Tataren‹ gedachten die Mönche jetzt bei jedem Gebet. Der Bischof Thomas hatte das wohl so verfügt.

»Hier, nimm mein Fell, Stan, du zitterst ja wieder. Und nun ab mit euch, geht schlafen. Der Herr sei mit euch.«

Sie stapften über den verschneiten Hof und waren froh, dass sie jetzt zu den Schuhen aus Kuhleder noch diese gamaschenartigen Stoffstiefel bekommen hatten, die aus demselben Wollstoff genäht waren wie die Tuniken. Nur die Beinkleider zogen sie aus, dann rollten sie sich in dem kalten Schlafraum auf ihrer Matte zusammen und versuchten zu schlafen. Stan wollte sein Fell mit Herman teilen, aber das ging nun wirklich nicht.

»Los, wickele dich ein.« Stan widersprach nicht, er nickte und verkroch sich gehorsam unter dem Schafsfell. Herman rückte nahe heran, rollte sich ganz rund und schlief ebenfalls sofort ein.

Zu Eginhard war Adelman in den Wärmeraum getreten. Er hatte den Burschen beim Überqueren des Hofes nachgeblickt.

»Sie sind gute Kerle«, sagte er. Eginhard nickte.

VI.

Die Tage wurden jetzt ruhiger. Sie waren kürzer, die Dunkelheit brach früher herein, es blieb mehr Zeit zum Schlafen und folglich weniger zum Arbeiten. Aber das *Opus dei*, die liturgischen Pflichten des ›Göttlichen Offiziums‹, die den zisterziensischen Tagesrhythmus bestimmten, ging dennoch seinen gewohnten Gang. Nur den Ablauf hatte der Abt etwas verschoben und die ›Geistliche Lesung‹ beträchtlich verlängert. Sieben Mal am Tag standen die Mönche am Altar und sangen im Chorgebet die Tageszeiten, zusätzlich öffnete noch einmal das Nachtoffizium in den frühen Morgenstunden ihre Seele der Erleuchtung Gottes.

Auch Herman und Stan hörten den klopfenden Ruf der *tabula lignea* oder das durchdringende Signal des *cymbalum*, das oft am Tage benutzt wurde, wenn Brüder auf den Feldern über größere Entfernungen herbeigerufen werden mussten. Aber die Zöglinge brauchten dem Schlag des Klöppels gegen den hohlen Holzkasten oder des Hammers gegen das Metall nicht zu folgen, sondern durften ihre Gebete wie die Laienbrüder an dem Ort verrichten, wo sie gerade ihrer Arbeit nachgingen.

Bald nachdem der erste Schnee gefallen war, verkündete Magister Eginhard, dass sie nun wieder mit regelmäßigem Unterricht beginnen würden. Vom Studieren, vom Singen, Lesen und Schreiben, dem Berechnen des Ostertermins und all dem anderen interessanten Lehrstoff war seit dem Einbruch der Mongolen selten die Rede gewesen, viel seltener als auch Eginhard es geplant hatte. Nun beherrschten die Grundkenntnisse für den Gottesdienst ihren Stundenplan. Vor allem war es die *grammatica*, das Latein, das sie ins Schwitzen brachte. Die Staats- und Kirchensprache war der einzige Unterrichtsstoff, mit dem sich Herman nicht anfreunden konnte. Dass die Regeln des ›Doctrinale puerorum‹, des Lateinlehrbuchs des Magisters, in Versen abgefasst waren, trug nicht dazu bei das Erlernen der Sprache beliebter zu machen. Für den Magister aber war das Wort Gottes Rahmen und Inhalt aller Lehre. Damit allein wollte er sich allerdings dennoch nicht zufrieden geben.

»Setzt euren ganzen Fleiß darein, alle Wissenschaften des Geistes zu studieren, zu euer, eurer Eltern und eurer Fürsten Freude und Nutzen. Auch wenn ihr nicht ein Leben im Dienste und zur Ehre Gottes führen wollt«, bei diesen Worten schlug Eginhard seine Augen zum Himmel auf, als ob man sich eben in das Unvermeidliche fügen müsse, »… so muss doch auch ein Ritter zumindest die Heilige Schrift kennen, über die Grundkenntnisse des Lateinischen verfügen und die gebräuchlichsten Kanzleiformen beherrschen. ›Der Mensch ist ein politisches Wesen‹, sagt schon Aristoteles.« Für den griechischen Philosophen Aristoteles schien Eginhard eine grenzenlose Bewunderung zu haben. Aber es gab auch noch andere, die es ihm mit ihrer Philosophie und ihren Erkenntnissen vom Wesen der Dinge angetan hatten: Da waren christliche Philosophen wie der heilige Augustinus und der ›Doktor Universalis‹, Albertus Magnus. Auch er war natürlich ein Mönch gewesen, »allerdings Dominikaner«, fügte Eginhard mit einem leichten Unterton hinzu. »Ein großer Lehrer und ein Gelehrter mit einem ungeheuren Wissen. Seine Lehre scheint stark von dem jüdischen Philosophen Moses Maimonides beeinflusst zu sein.« Als er merkte, wie seine Schüler mehr als gewöhnlich aufmerkten, hielt er inne. »Ihr seid überrascht? Nun, ihr müsst wissen, dass die drei großen Religionen einen gemeinsamen Hintergrund haben. Die jüdische Religion ist die Mutter des Christentums und der arabische Prophet Mohammed hat aus beiden Lehren geschöpft. So verehren dann auch nicht nur die Christen die Heilige Stadt Jerusalem, auch den Juden und den Anhängern der Lehre Mohammeds ist sie heilig.« Eginhard war mit Jerusalem noch nicht fertig. »Seit 150 Jahren kämpfen christliche Fürsten und fromme Kreuzritter wieder um die hohe Stadt Jerusalem und versuchen sie den Andersgläubigen zu entreißen. Viele Ordensritter haben ihr Leben in den Dienst dieser Aufgabe gestellt. Aber immer wieder gelingt es andersgläubigen Völkern unsere Gottesstreiter zu vertreiben. Nur einem Einzigen ist die Gnade zuteil geworden friedlich in der Heiligen Stadt einzuziehen. Einzig dem weisen Kaiser Friedrich ist es gelungen sie ohne einen Schwertstreich in Besitz zu nehmen, als König von Jerusalem. Dennoch ging sie den Streitern Gottes eines Tages wieder verloren. Die Gnade Gottes ist groß, aber die Wege des Herrn sind unerforschlich.«

Es waren interessante Gespräche mit dem Magister und er wusste fesselnd zu erzählen. Eigentlich war es gar kein Unterricht, den Eginhard da führte, dachte Herman, eigentlich waren es Predigten.

Herman hätte schon dem verehrten Magister zuliebe gern alles für richtig befunden, was er ihnen vor Augen führte und es ohne Nachfrage akzeptiert. Wenn nur Eginhard nicht immer wieder selbst absichtlich Zweifel geweckt hätte. Nur schwach ahnte Herman, dass der Meister damit das Ziel verfolgte seine Schüler zum Nachdenken zu zwingen, er wollte sie dazu bringen die Dinge zu hinterfragen. Sie sollten lernen sich zu wundern und zu staunen. Und immer wieder erfuhren sie, welche Verehrung der Lehrer dem Philosophen Aristoteles gegenüber empfand. »Ich sage euch, Aristoteles war ein ganz großes Genie! Nur der Kaiser Friedrich kommt ihm heute gleich. Man sagt, der große Herrscher wage sogar den Philosophen herauszufordern. Er wagt es seine Lehre und seine Theorien zu überprüfen. Der Herrscher will die Ursachen des Geschehens in der Natur erforschen, will nicht einfach glauben, was man ihm berichtet, will experimentieren und Beweise vorlegen. Das nenne ich einen wahrhaft großen Geist.« Und damit war er dann wieder beim Kaiser des Heiligen Römischen Reiches. »Der Kaiser Friedrich ist nicht nur ein großer Kenner der Schriften des Aristoteles, er ist auch ein Freund der Zisterzienser.« Eginhard gestattete sich ein ganz klein wenig Stolz aus seiner Stimme klingen zu lassen. »Ständig sind zisterziensische Mönche in seiner Kanzlei tätig, ja, er fördert unseren Orden, er beschäftigt auch unsere Baumeister an seinem Hofe. Überhaupt haben alle Stauferkaiser sich immer deutlich dem Orden der Zisterzienser zugeneigt.«

So wanderte der Magister Eginhard mühelos – und wie es schien planlos – vom Singen und von der ›grammatica‹ zur Erziehung und zum Papst in Rom, von der Wissenschaft und der Forschung zur Philosophie, vom Lesen und Schreiben zur Staatskunst und zum Leben am Hofe des faszinierenden Kaisers aus dem Hause der Staufer.

Herman und Stan waren beide davon überzeugt, dass sie einen besseren Lehrer nicht hätten finden können. Mehr als einmal bedauerten sie, dass ihnen im Laufe des Jahres so viele Gelegenheiten entgangen waren seinen Unterricht zu genießen. Herman konnte das laut beklagen. Stan war da der Zuversichtlichere.

»Was hilft es, wenn wir Vergangenem nachtrauern, Herman? Bei uns zu Hause waren wir immer zuversichtlich. Wie oft haben Wanda und ich im Gras gesessen, gesungen und gelacht und uns vorgenommen alles Unangenehme zu überwinden.« Dabei sah er seinen Freund herausfordernd an. Stans Zuversicht beeindruckte Herman, aber er blieb skeptisch. Stan gab jedoch nicht auf. »Weißt du, wenn Wanda und ich uns darüber unterhalten haben, wie Vater sich immer wieder über unsere Nachbarn ärgert, dann haben wir davon geträumt, dass sich alle Menschen einmal vertragen werden. Die Polen untereinander und die Deutschen untereinander und auch die Deutschen mit den Polen. Sie werden eines Tages friedlich und frohen Mutes aufeinander zugehen.« Stan war fest davon überzeugt, dass die alten und die neuen Bewohner Schlesiens aus dem Unglück, das durch die Tataren über sie gekommen war, gelernt hatten, dass sie nun erkennen würden, dass sie nur gemeinsam in Frieden leben konnten. Sie würden in Zukunft sogar stark genug sein, solche Einfälle von feindlichen Horden abzuwehren.

Vorerst holte sie jedoch der Alltag in Heinrichau immer wieder recht dramatisch ein. Schon bald schaute die Not aus allen Ritzen der kargen Unterkünfte. Je weiter der Winter fortschritt, umso mehr bereitete es den Klosterleuten Mühe unbeschadet von einem Tag zum anderen zu kommen.

So feierten sie es schon als großes freudiges Ereignis, als die beiden Freunde zufällig auf etwas Essbares stießen. Sie wollten eine Kuh einfangen, die sich losgerissen hatte und aus dem Hof herausgerannt war. Das Tier machte auf dem Feld an einer durch einen Wall geschützten Stelle Halt. Als sich die beiden Verfolger genauer umsahen, entdeckten sie dort, wo die Kuh stand, eine verschüttete Grube mit Vorräten. Sie war offensichtlich vergessen worden. Zur Freude aller waren die Feldfrüchte noch genießbar, die dort geschützt in der Erde lagerten.

Kapitel 3

HEIMKEHR INS GRÜNE TAL

I.

Stans Mutter ist gestorben!« Eines Nachmittags, zu Beginn des Frühjahrs, brachte Wolrad von Hayn die Botschaft nach Heinrichau. Er unterrichtete erst den Magister Eginhard. Der bat alle drei, Stan, Herman und Wolrad, in den Kirchenraum zum Gebet. Danach durfte Wolrad sprechen. Leise berichtete er, was er gehört hatte. Hatte Michal, Stans Vater, ihn geschickt? Nein, Wolrad hatte mit Michal nicht gesprochen. Er wusste es eben, wie man im Grünen Tal fast alles wusste. Gegen Ende des Winters war es gewesen. Stans Mutter war von den Verletzungen, die sie im letzten Jahr bei der Belagerung der Burg erlitten hatte, nie mehr richtig genesen. Eginhard legte Stan die Hand auf die Schulter und Herman erfasste seine beiden Hände. Dann knieten sie wieder nieder und beteten für die Seele der Verstorbenen. Stanislaw weinte nicht, aber sie wussten, wie sehr er unter dem Verlust litt. Er hatte seine Mutter geliebt.

Herman hatte seinen Vater überglücklich begrüßt und Rauf, der große Wolfshund, der Wolrad begleitete, erkannte Herman sofort wieder. Schwanzwedelnd sprang er an ihm hoch. Die graue, zottelige Rasse stamme von keltischen Kriegshunden ab, hatte der Großvater einmal erzählt. Die Hunde erreichen die Schulterhöhe eines mittleren Mannes. Ihre Aufgabe sei es gewesen, römische Legionäre aus dem Sattel zu holen. Aber Rauf war ein guter Hund – solange er nicht auf einen Gegner gehetzt wurde.

Nach so langer Zeit der Abwesenheit fragte Herman nicht einmal, was seinen Vater nach Heinrichau verschlagen hatte. Aber das stellte sich sehr schnell heraus, und es traf Herman wie ein Blitz aus heiterem Himmel. Es war nicht die Nachricht vom Tode der Mutter Stans, die ihn hatte nach Heinrichau reiten lassen. Wolrad wollte seinen Sohn nach Hause holen. Herman hörte die gute Nachricht mit großer Freude. Er hätte genauso hoch springen können wie Rauf, so glücklich war er wieder auf die heimische Burg zurückkehren zu können.

Wolrad berichtete, dass die Not in Hayn groß war und dass auf der Burg und in der Siedlung jetzt jede Hand beim Wiederaufbau gebraucht wurde. Da erhob auch der Abt keinen Einspruch. Nur Stan war unglücklich.

»Du willst wirklich fortgehen? Und ich soll ganz alleine hier bleiben?« Mit seiner Schwermut steckte er Herman an. Es fiel ihm nicht leicht seinen Freund im Kloster zurückzulassen. Dazu kam, dass Stan die Nachricht, die Wolrad mitgebracht hatte, sichtbar zu schaffen machte. Vater und Sohn versuchten ihn zu trösten. »Aber du bist doch nicht alleine hier.« Schon als er es aussprach, wurde Herman gewahr, wie dumm die Ausrede war. Er ahnte recht genau, wie es Stan zumute sein musste. Er fühlte sich unwohl in seiner Haut. Ihm war, als ob er seinen Freund im Stich ließe.

»Ich habe nur zwei wirkliche Freude, Herman, dich und meine Schwester Wanda. Und beide werden sie nun weit, weit weg sein.« Es klang sehr traurig.

»Willst du nicht einfach mit uns kommen?« Stan schüttelte seinen Kopf. »Du kennst meinen Vater nicht.«

Herman verabschiedete sich von den Mönchen und bedankte sich bei ihnen. Schwer fiel ihm der Abschied vom Magister Eginhard und dem Bauern Kicka. Der Lehrer umarmte ihn und wünschte ihm Gottes Segen. Der alte Kicka war ganz gerührt, als er die Gefühlsregung bei dem jungen Mann bemerkte. Die Mönche, die sich im Hof aufhielten, winkten und Abt Bodo begleitete ihn bis zum Torhaus und erteilte ihm ebenfalls seinen Segen. Als sie den Bach überquerten, kam Stan herbeigelaufen.

»Ich möchte dich noch ein Stück begleiten«, sagte er. Schweigend gingen sie nebeneinander her. Jeder dachte an die gemeinsame Zeit, es war eine schöne Zeit der Freundschaft gewesen. Bei Alt-Heinrichau verabschiedete sich auch Stan. Die beiden Freunde umarmten sich noch einmal und Herman verstaute den Brief gut, den Stan ihm mitgab.

»Bitte bringe ihn meinem Vater«, bat er. »Ich habe ihn gebeten, mich ebenfalls heimkommen zu lassen.«

Herman saß auf und sprengte hinter seinem Vater her, den schmalen Pfad entlang, der immer weiter nach Westen führte, immer dem Sonnuntergang zu. Die Sonne würde ihnen den Weg zeigen – nach Hause. Rauf stürmte ihm voran.

II.

Als sie am zweiten Tag aus einem Waldstück herausritten, sahen sie linker Hand einen lang gestreckten Bergrücken den Blick zum Horizont versperren.

»Der Zobtenberg!«, sagte der Vater. Und als ob er ihm ein Geheimnis verriete: »Unser heiliger Berg.«

»Unser heiliger Berg? Du hast mir erzählt, dass unsere Vorfahren ihn vor langer, langer Zeit als heiligen Berg betrachtet haben, aber ›unser heiliger Berg‹?«

Wolrad überkam plötzlich das Gefühl sehr alt zu sein – und bis zum Hals angefüllt mit Erfahrung und Wissen. Er fühlte, wie es aus ihm herausdrängte. So viel hatte er zu geben, weiterzugeben, was er mit seinem Sohn teilen wollte, was der Sohn wissen sollte. Herman war jetzt kein Kind mehr, er war ein junger Mann. Herman war aufgeschlossen und er fragte neugierig, er war begierig zu wissen. Wolrad konnte ihm aufzeigen, wie die Dinge zusammenhingen, konnte ihm die Hintergründe erklären. Unendlich Vielfältiges hatte Wolrad im Laufe seines Lebens erfahren und gesammelt – was davon war das Wichtigste? Wie viel hatte es gekostet diese Erfahrungen zu erringen – sie zu erleben. Blieb ihm genug Zeit das weiterzugeben? Die Zeit rann ihm unter den Fingern davon, fürchtete Wolrad. Er musste nun jede Gelegenheit dafür nutzen. Jetzt konnte Wolrad auch verstehen, warum es Menschen geben sollte, die in feierlicher Zeremonie Herz oder Hirn eines Mannes verschlangen, dem sie besondere Fähigkeiten zuschrieben. Sie hofften wohl sich auf diese Weise den geistigen Besitz des bewunderten Opfers anzueignen, seine Erfahrungen, vielleicht auch seine körperlichen Fähigkeiten. Dankbar sah Wolrad seinen Sohn an.

»Der Zobten ist immer noch von vielen Geheimnissen umgeben, Herman. Natürlich haben unsere Familien den christlichen Glauben angenommen, aber deshalb sind die Mythen der Alten nicht gestorben. Und so lange ist es auch noch gar nicht her, dass die Menschen hier getauft worden sind.«

»Erzähl doch Vater! Was für Mythen?«

»Der Zobten ist nicht nur ein Ort des friedlichen Miteinanders sondern auch eine Stätte der Auseinandersetzungen und des Kampfes. Der Bergrücken war als strategischer Punkt ebenso wichtig wie als heiliger Ort. Einige Alte wollen wissen, dass der Berg unseren Vorfahren schon immer heilig gewesen ist.«

»Der Magister Eginhard hat uns erzählt, dass der Name Schlesien, oder *Slask* auf Polnisch, keinen polnischen Ursprung hat. Er soll an die Silinger erinnern, einen germanischen Stamm, der hier gewohnt hat und der mit den Wandalen verwandt war. Über Jahrhunderte sollen sie dieses Gebiet bevölkert haben.«

»Ja, ja, das wird wohl so gewesen sein. Es gibt Anzeichen, dass das Deutsche nie völlig verschwunden ist. Zum Beispiel in Nimptsch, dieser kleinen Festung, deren Namen ja ›deutsch‹ bedeutet.

Aber wie das immer ist, es gibt da mehrere Meinungen. Für uns ist das auch nicht mehr wichtig, die Zeit hat diese Menschen fortgeschwemmt. Andere Vorfahren haben hier schon ihre Götter angebetet und alle haben sie herabgeschaut auf das weite, fruchtbare Land, das damals noch mehr von diesen undurchdringlichen Wäldern bedeckt gewesen sein mag. Die fernen Abhänge der riesigen Gebirgskette, die grüne fruchtbare Ebene, die unendlichen Wälder, kaum menschliche Ansiedlungen, der breite Strom, der immer wieder von anderen wasserreichen Flüssen gespeist wird und sich langsam zum Meere hinwälzt, das hat sie alle in den Bann geschlagen.«

Sie waren stundenlang weiter geritten und erklommen am späten Nachmittag den dichten Wald des Zobtenberges. Schließlich machten sie Rast und Herman ließ sich auf einem großen Steinbrocken nieder. Er hatte den Kopf in die Hände gestützt, er sann über das Gehörte nach. Wolrads großer Wolfshund lag wenige Schritte entfernt wie schlafend hingestreckt, sein Kopf ruhte auf seinen Vorderpfoten, aber die Augen waren auf ihn gerichtet. Das Moos, das Hermans Stein wie eine grüne Decke überzog, war warm von den Strahlen der Sonne. Eine Lerche stieg noch einmal steil in den blauen Frühlingshimmel und sang das Lied ihres Lebens. Ihr Trällern trug Hermans Gedanken noch weiter fort, während Wolrad leise weiter seinen Erzählungen nachhing. Damals hatten die Stämme der Germanen, denen der Zobten heilig gewesen war, sich nach Süden gewandt. Was hatten sie wohl gesucht? Neues Land? Grünere Weideflächen? Mehr Sonne? Freundlichere Nachbarn? Abenteuer, Schätze, oder Frauen? Sein Vater wusste es nicht. An die Donau waren sie gezogen und dann donauaufwärts bis nach Frankreich, sogar auf die spanische Halbinsel. Einige waren tief unten im Süden über das Meer gesetzt, hatten das ferne Afrika erreicht und ein großes Königreich gegründet. Ihre starke Flotte kreuzte auf dem Mittelmeer, nach Italien waren sie von dort gezogen, sogar Rom hatten sie erobert.

Ein kapitaler Hirsch trat auf die Schneise, die in die Lichtung mündete. Rauf war inzwischen zu Hermans Füßen eingeschlafen, aber nun wurde er hellwach. Herman legte ihm mit einer langsamen Bewegung die Hand beruhigend auf den Kopf. Er spürte, wie der Hund vor Erregung und Spannung zitterte. Der Hirsch verhielt und sog die Witterung ein. Aber der Wind stand günstig für sie – und sie bewegten sich nicht. Mit erhobenem Haupt schritt das Tier langsam auf den gegenüberliegenden Rand der Lichtung zu. Zwei Hirschkühe folgten ihm. Sie traten in den schattigen Laubwald ein und waren verschwunden. Der Gedanke einen Jagdspeer zu fassen und zu schleudern, oder einen Pfeil auf die Tiere abzuschießen, war Herman gar nicht gekommen. Wolrad erhob sich. Einige Vögel, die im Gras gesessen hatten, flatterten erschreckt auf und suchten das Weite. Wolrad kletterte mit dem Hund den Abhang hinab zu der Stelle, an der sie die Pferde angebunden hatten. Er bewegte sich ganz behutsam, als ob er ungern von dieser Stelle auf dem Berge fortginge.

»Ich komme gleich nach«, sagte Herman und stand auf, um noch ein Stück Richtung Gipfel zu steigen.

Langsam begannen feuchtnasse Nebelschwaden durch das Gehölz zu ziehen. Ein sanftes Wiegen der ungeformten Fetzen gewann zögernd Gestalt, die grauweiße Masse wurde dichter und dichter. Der Junge wischte sich eine nebelfeuchte Locke aus dem Gesicht und starrte ungläubig auf die kreisenden Bewegungen der Luft. Waren das Gestalten? Diese schlanken, durchsichtigen Formen, die weißen, wehenden Gewänder, waren das menschliche Wesen? Da, zwischen den hohen Stämmen der Fichten, das Auf und Nieder, das Kreisen und Hüpfen, war das ein Tanz? Sie kamen und sie schwebten davon; so wie sie erschienen, so waren sie wieder im mystischen Dunkel des Frühlingsabends verschwunden. Jetzt, nachdem sich die Gestalten entfernt hatten, erfüllte ein eigenartiges Rauschen die Luft. Es wurde höher und intensiver, es war wie ein Surren, wie ein Schwirren und Klirren, wie von vielen kleinen silbernen Flügeln. Herman blickte sich suchend um. Rund um ihn herum schienen die Flügel durch den Zauberwald zu schwirren, unsichtbar für sein menschliches Auge. Manchmal schien der Tanz der Nebelgeister in einem vorwitzigen Lichtstrahl zu verblassen, dem es gelungen war von oben durch das dichte Laubdach zu dringen. Dann wieder waren die Spitzen der knochigen Nadelbäume schon völlig im Grau des Nebels verschwunden.

»Wer seid ihr?« Seine helle Stimme trug nicht weit, der Nebel verschluckte sie. Aber die Wipfel der Bäume erfasste ein mächtiges Rauschen, wie ein Windstoß, so dass sie sich widerwillig bogen und ächzten.

»Des Zauberers Kinder sind wir«, glaubte er da zu vernehmen, »wir sind die letzten Hüter des heiligen Berges – und die Wächter seiner Geschichte.«

Zwei der schemenhaften Wesen schwebten ganz nahe heran, Herman spürte den Lufthauch ihrer Bewegung. Sie strichen mit ihren schlanken Geisterfingern über sein Haar. Er fühlte die feuchte, kalte Berührung in seinem Gesicht. Mit großen dunklen Augen, wie tiefe Bergseen nach Sonnenuntergang, so sahen sie ihn geheimnisvoll an.

»So sprecht doch, ihr Wächter, was ist eure Botschaft?«

Das Schwirren ließ nach, plötzlich war es ganz still im Wald. Das letzte Licht vom Himmel erlosch, nur die beiden geheimnisvollen Wesen strahlten in einem milden, fahlen Leuchten. Sie blähten ihre zarte Gestalten auf, wie um tief Luft zu holen, und der Dickere der beiden begann mit tiefer Stimme zu sprechen: »Dreitausend Jahre halten wir hier auf dem heiligen Berge die Wacht. Dreitausend Jahre ziehen die sterblichen Irdischen an uns vorbei und sehen uns nicht. Dreitausend Jahre opfern sie schon ihren Göttern auf diesen dunklen Steinen des Weltalls, dreitausend Jahre sind wir die Hüter des Schatzes des Berges.«

»Dem friedlichen Weben der Menschen hat unser Ahne den Berg euch geweiht«, fiel die zweite Gestalt mit heller weiblicher Stimme ein. »Aber wütendes Schlachten und Morden musste er schauen. Immer wieder dringt der hässliche Lärm des Krieges herauf in die heilige Stille des Berges.«

»Den Altar haben Völker errichtet, die vom Aufgang der Sonne hierher gezogen sind. Kelten und Slawen haben voller Hoffnung zu ihren Göttern geschaut, Germanen ihrem Wotan geopfert. Sie alle haben hier gebetet, gedankt und gefastet, ihre Gaben dargebracht und den Opferrauch zum Allerheiligen aufsteigen lassen.«

»Zerstört ist der Altar«, fiel die zarte weibliche Stimme wieder ein, »verbrannt ist der Tempel, geschlagen die heiligen Bäume, der himmlische Felsen zersprengt. Nur schwarze Quader sind noch geblieben, als eine letzte Mahnung zum Frieden. Ein großer Priester muss es sein, dem das Werk noch gelingen kann.« Und immer leiser werdend hörte er sie noch sagen: »Noch immer warten wir auf die Erfüllung des Versprechens.«

»Und du, Menschenkind, worauf wartest du noch hier?«

»Junge, worauf wartest du denn noch hier?« Wolrad rüttelte an Hermans Schulter und lachte. »Es ist fast dunkel, und immer noch schläfst du den Schlaf des Gerechten. Willst du denn nicht mit zu dem Feuer kommen, dass ich unten entzündet habe? Willst du die Nacht hier oben alleine verbringen?« Herman reckte sich und stand auf. Er rieb sich die Augen und blickte suchend um sich.

»Ich bin eingeschlafen. Mir ist kalt. Auch habe ich das Gefühl, in einer Pfütze gelegen zu haben.«

Wolrad lachte wieder. »Das hast du nicht. Auf den alten, schwarzen Runensteinen hast du geschlafen. Muss recht unbequem gewesen sein. Aber bei dem feuchten Nebel heute Abend hier ist es kein Wunder, dass es dir kalt und nass vorkommt. Hätte ich nicht geahnt, wo du herumträumst, wärst du hier vielleicht erfroren.«

»Gut, dass du mich geweckt hast, Vater.« Dann besann er sich. »Ich habe einen eigenartigen Traum gehabt, Vater. Diese sagenumwobenen alten Steine mit den geheimnisvollen Runenzeichen haben mir ihre Geschichte erzählen wollen.«

»Du hattest früher auch immer eigenartige Träume, Herman. Was war es denn dieses Mal?«

Herman überhörte den Spott. »Zwei Hüter des heiligen Berges, wie sie sich genannt haben, haben mir eine Geschichte erzählt, die schon dreitausend Jahre alt ist.«

»Dreitausend Jahre?«, staunte Wolrad. »Das ist ja noch länger, als ich sie gehört habe. Und, was ist dabei herausgekommen?«

»Eine tiefe Sehnsucht nach Frieden bewegte die Geister des Berges ...«

Wolrad lachte nicht, er blieb ernst. Er sah den jungen Mann an und erkannte, dass er ihm ähnlich geworden war.

»Ja, das ist wirklich ein eigenartiger Traum«, sagte er dann und stocherte mit einem Ast in der Glut des Feuers. »Wenn ich mich in die Vergangenheit des Berges zurückversetze, dann sehen meine Träume ganz anders aus. Ich sehe die Wandalen hier um ihre Lagerfeuer hocken. An den geheimnisvollen Steinen, einen Speerwurf entfernt von dem alten grauen Heiden-Heiligtum, feiern sie die Sommersonnenwende, die kürzeste Nacht des Jahres. Da begann bei den Germanen das neue Jahr. Ernst und lautlos stieren sie in die lodernden Flammen, während sie aus hohlen Hörnern ihren Honigwein trinken. Die runenbedeckten Steine gelten ihnen als Altar. Wenn dann die Nacht fortschreitet, singen sie dem längsten Tag dumpfe, rhythmische Lieder entgegen – berauschte, mettrunkene Jünger des Kriegsgottes Odin. Ob mit Met oder Bier, sie fiebern dem Morgengrauen und der Sonne entgegen, ob sie ihnen nun scheinen mag oder nicht. Auf dem kleinen Plateau schreien sie fanatisch ›Heil Odin‹, ballen die Fäuste und gestikulieren verwegen. Sie warten die kürzeste Nacht hindurch auf den Beginn des germanischen Jahres.

Und da ist auch eine Seherin. Allein sitzt sie in wallenden Gewändern auf einem Kuhfell, die Hände mit mystischen Zeichen bemalt, und lässt die Kraft der Steine auf sich wirken. Hunderte brennender Fackeln, lodernde Sonnenwendfeuer, lassen die Steine während der kurzen Nacht funkeln. Opferlichter auf dem Naturaltar, über dem schwarze Fledermäuse winzige Glühwürmchen jagen. Hohepriester und Hexen kauern vor den Steinen, winselnd, wispernd, klagend und schreiend, heulend, kreischend, murmelnd, beschwörend. Sie geben der Nacht der Nächte die Stimme, die sich heiser mit dumpfen Trommeln und auf- und abschwellendem Gesang vermischt. Wotan aber bleibt unsichtbar.

Und irgendwann geht dann die Sonne auf – ob strahlend hell am Himmel oder hinter bleigrauen Wolken verborgen. Selbst wenn Regenschauer ihre Gesichter peitschen, neben ihnen Blitze einschlagen und donnernde Sturmböen an ihnen zerren, starren die Männer gebannt auf eine Kerbe im Felsen – wenn darauf die ersten Strahlen zu sehen sind, hat ein neues Jahr begonnen ...«

III.

Herman trieb sein Pferd mit heftigem Druck seiner Schenkel immer wieder an. Wolrad hatte etwas Mühe mitzuhalten. Das leise plätschernde Wasser, das nach Striegau floss, hatten sie hinter sich gelassen, linker Hand musste gleich die auf der Kuppe eines gewaltigen Basaltfelsens ruhende Burganlage auftauchen. Das Bild, das sich ihm bot, war anders, als er es in Erinnerung hatte. Überhaupt hatte sich vieles verändert, seit er nach

Heinrichau gegangen war. Aber er war noch zu weit entfernt, um schon Einzelheiten erkennen zu können. Vor Herman öffnete sich das liebliche Grüne Tal, das seinen Großvater so sehr bezaubert hatte, dass er beschloss, eine Fläche in dem dichten Wald abzuholzen um hier sein neues Zuhause zu gründen. Auf dem aus dem Talkessel zum Westen hin herausragenden Bergrücken hatte er sich ein festes Haus gebaut, das im Laufe der Jahre zu einer kleinen Festung aufgewachsen war, umgeben von einem hohen Holzwall. Diesen Platz hatte der Großvater mit Bedacht gewählt. Im Zuge der alten Straße von Böhmen über den Landshuter Pass nach Jauer schaute der Berg in weitem Umkreis hoch aus dem dichten, menschenleeren Waldgebiet heraus und schloss das Grüne Tal wie ein Pfropfen ab – sie hatten es immer schon »das Grüne Tal« genannt. Der Berg fiel nach Norden und Westen steil zu einem reißenden Fluss ab, der Neiße hieß und den die Neusiedler »die Wütende« getauft hatten. Der Basaltfelsen beherrschte den Eingang zum Talkessel. Nur der viereckige Klotz der Schweinhausburg mit dem im Verhältnis zu seinem massigen Haupthaus unscheinbaren runden Wehrturm war in gehörigem Abstand im Norden ebenfalls über den Baumwipfeln auszumachen. Nach Osten zu gab es so weit das Auge reichte keine hohen Erhebungen mehr. Nur nach der entgegengesetzten Seite stieg das Gelände langsam an und endete am Horizont in einer Kette hoher Berge, die von Mittag bis Sonnenuntergang wie ein Vorhang die Welt abzuriegeln schien, das riesige Schneegebirge.

Nun sah Herman, dass neue Bauten auf dem Bergrücken standen. Überall wurde noch gezimmert und gewerkelt.

»Die Häuser sind noch immer aus Holz, Vater?«

»Ja, wir mussten erst einmal so schnell wie möglich die Leute unterbringen. Aber der neue Bergfried soll ganz aus Stein gebaut und riesengroß werden. Auch das Haupthaus, das wir zum Fluss hin bauen, wird schon mit Steinen errichtet. Für die neue Schutzmauer, mit der wir die Gebäude umgeben, haben wir angefangen große Quadersteine zu verwenden. Sie wird erst einmal enger um die Burg herum gelegt als früher. Wir haben alle schwer geschuftet hier, Holz gefällt, Erde bewegt, Steine aus der Umgebung herbeigeschleppt und aufgesetzt. Wir können dringend noch ein paar kräftige Hände brauchen. Hoffentlich hast du wenigstens im Kloster deine Zeit nicht vertrödelt.« Herman hatte das Gefühl, dass ihn der Vater beinahe vorwurfsvoll anschaute. »Und hier am Fuße des Berges stehen auch schon wieder ein paar Katen um den alten Marktplatz, wie du siehst. Es sind weniger als früher und noch sind sie nicht alle fertig. Aber wir sind jetzt auch weniger Leute.«

Sie waren bei den Häusern am Fuße des Hanges angekommen, wo eine Hand voll einfacher Bauernkaten entlang der Straße links und rechts aufgereiht stand. Die Bauern arbeiteten mit Frauen und Kindern auf den Feldern, die sich hinter den Häusern ausdehnten. Ein altes Weib stand vor seiner Hütte und grüßte. Zwei Männer, die einen Leiterwagen reparierten, zogen ihre Kappen. Herman zog ebenfalls seinen Jagdhut und schwenkte ihn. Langsam stapften die Pferde den Burgberg hinan. Die Sonne stand tief über dem Gebirge. Herman war hungrig.

Als sie in den Burghof einritten, kam der kleine Wulf von dem neuen Holzturm heruntergestiegen, von wo aus er ihre Ankunft beobachtet hatte. Er duckte sich hinter seinen Schild.

»Ich habe ›Alarm‹ gerufen, ›Feind in Sicht‹, aber die Männer haben das Tor nicht geschlossen«, beschwerte er sich. Dann fuchtelte er mit seinem Holzschwert gegen Herman und rief: »Wer bist du, fremder Ritter? Öffne dein Visier oder stelle dich zum Kampf!« Sie lachten und Herman umarmte den Kleinen. Hinter Wulf kletterte Magda, die Frau des Burgherrn, mit ihrer kleinen Tochter Gertrude auf dem Arm ebenfalls vom Turm herab. Offensichtlich hatte sie die Aussicht übernommen. Alle begrüßten sie Herman freudig und ausgelassen. Die Männer, die am neuen Wehrturm mit Felsbrocken hantierten, traten hinzu ohne ihre Waffen aufzunehmen und grüßten. Bolko, Wolrads ältester Bruder und Herr über die Burg, fand sich ebenfalls schnell ein, und mit ihm kam Reinhard, der andere der beiden Brüder seines Vaters, die noch übrig geblieben waren. Auch sie trugen Arbeitskleidung. Sie fassten Wolrad und Herman mit festem Gruß an den Armen. Und als schließlich auch noch Walburga mit fliegender Schürze aus der Küche herbeirannte, war fast die ganze Familie um die Ankömmlinge versammelt. Walburga trug ein schwarzes Kopftuch und ein schwarzes Kleid, sie trauerte noch um ihren Mann. Ein Knecht rieb die Pferde ab und tränkte sie, zwei Mägde reichten Herman Wasser. Er trank und wusch sich Gesicht und Hände. Alle waren sie froh über seine Heimkehr. Und Herman war es ebenfalls zufrieden, wieder zu Hause zu sein.

»Nun fehlen nur noch Gernot und der Bruder Wladimir, wo sind die denn?«

»Mein Ältester ist zur Jagd geritten und der Franziskaner wollte ihn begleiten. Er hat sogar einen Speer und ein langes Jagdmesser mitgenommen.« Bolko lachte gutmütig. Dass der Mönch mit seinem Sohn ritt, freute ihn. Gernot vertrug sich nicht mit jedem, und der Mönch würde einen guten Einfluss auf ihn ausüben, hoffte er. Die anderen Burgbewohner hatten nur kurz gegrüßt und sich dann wieder an die Arbeit gemacht. Die Letzte, die noch herübergerannt kam, um Herman willkommen zu heißen, war Walburgas Nichte, die dicke Oda. Herman staunte, gewachsen war sie und noch molliger als zuvor.

»Hallo Dicke«, grüßte er sie, »du hast aber zugenommen. Aus Kummer über meine Abwesenheit?« Das Mädchen wurde puterrot und verbarg ihr Gesicht in der Schürze.

»Herman! Musst du sie schon wieder aufziehen!«, schalt ihn Walburga. »Sie kommt dich begrüßen, und du bist hässlich zu ihr.«

Herman nahm Oda begütigend in den Arm. »Ich will dich nicht ärgern, ich mag dich doch«, sagte er und gab ihr einen Kuss auf die Wange. Da wurde sie noch röter und verlegener und rannte mit fliegenden Zöpfen davon.

Am nächsten Morgen wollte Herman das Versprechen einlösen, das er seinem Freund gegeben hatte. »Vater, ich möchte zur Schweinhausburg reiten, Stans Brief abliefern.« Zu seinem Erstaunen antwortete der: »Sehr gut, ich reite mit.«

Wolrad holte sich auch gleich sein Ross, schwang sich hinauf, und schon trabten sie los. Der Ritt durch das Grüne Tal an diesem herrlichen Frühlingsmorgen wurde zu einem Vergnügen. Die Bäume entlang des Baches wölbten sich über den Weg wie ein Dach, durch das die Sonne helle und dunkle Flecken von Licht und Schatten auf die schlanken Stämme warf. Aus dem grünen Blätterwald starrten vom Steinberg bedrohlich die grauen, unregelmäßigen Umfassungsmauern und der hohe rechteckige Wehrturm der Schweinhausburg in den Himmel. Zum ersten Mal fiel Herman auf, dass er ein solch rechteckiges Turmhaus mit fünf Geschossen sonst noch nirgends gesehen hatte. Je näher sie kamen, umso mächtiger wurde die Burg. Ja, sie schien tatsächlich keinen Schaden gelitten zu haben. Als sie unterhalb der Burg in einem Bogen um den Berg herumritten, um zum Tor zu gelangen, blickte er wieder hinauf; hier sah er nur graue Mauern über terrassenförmig aufsteigendem Tonschiefer abweisend aufgetürmt. Sie erstiegen die mit Eichen bewachsene Anhöhe. Mit ihrem schattenreichen Laubhimmel deckten die hochgewachsenen Bäume den Pfad ab, der zum Tor führte. Von einem der beiden kräftigen, dreiviertelrunden Türme, die es bewachten, wurden sie schon beobachtet und gemeldet. Als die beiden Reiter über die hölzerne Vorbrücke und über die Zugbrücke trabten, wurde unverzüglich das Eingangstor geöffnet. Eine geräumige Halle öffnete sich vor ihnen. Ein junger Ritter, ohne Harnisch, in farbenfreudiger Kleidung, aber mit einem Achtung heischenden Schwert gegürtet, begrüßte sie. »Willkommen in der Zamek Swiny, Wolrad von Hayn. Was führt dich zu uns?«

»Herman, meinen Sohn, begleite ich, edler Janko, er bringt eine Botschaft für deinen Vater.«

Der Sohn des Burgherrn begrüßte auch Herman freundlich. Mit seinen sechzehn Jahren war er schon ganz Herr im Hause. Herman erklärte sein Anliegen. Aus der Halle gelangten sie in den freiliegenden Burghof, aus dessen Mitte sich der gewaltige Wohnturm erhob. Davor nahmen sich das Gerüst und die Winde eines Ziehbrunnens geradezu zierlich aus. Wie anders schaute es doch hier aus, als auf ihrem einfachen, zur Festung ausgebauten Platz aus dicken Bohlen und Brettern. Herman kam sein eigenes Zuhause nun recht ärmlich vor.

Wolrad steuerte sofort auf eine Seitenhalle zu, rief einem Mädchen, das gerade heraustrat, einen Gruß und eine Frage zu und war verschwunden. Das Mädchen, sie mochte fünfzehn sein oder sechzehn, kam mit langsamen Schritten auf Herman zu. ›Erwartungsvoll‹, schoss es Herman unwillkürlich durch den Kopf. Er beobachtete fasziniert ihre anmutigen Bewegungen, sah, wie ihr kastanienbraunes Haar in einem langen Zopf den Rücken herabschwang, sah, wie sich die festen und verlockenden Hügel der Brust unter dem Kleid abzeichneten und wie sie ihn mit lustigen Augen neugierig musterte. Das war Wanda! Herman errötete gegen seinen Willen. Hinter ihr kam ein kleines, vielleicht dreijähriges Mädchen mit einer Rotznase hergerannt, das sofort auf Herman zusteuerte und sich an sein Bein klammerte.

»Komm her, Agnieszka, lass den fremden Mann in Ruhe«, mahnte die Ältere. Herman streichelte der Kleinen über den hellbraunen Schopf, und sie langte mit ihren Ärmchen nach ihm, so dass er sie auf den Arm nahm und mit leisen Worten mit ihr sprach.

»Kennst du den Herman von Hayn, Wanda?«, fragte Janko und erläuternd, mit einer ausladenden Handbewegung, fügte er hinzu: »Das sind meine Schwestern.« Er wandte sich wieder Wanda zu. »Reiche dem jungen Herrn eine Erfrischung, damit er seinen Durst löschen kann, Wanda.«

Herman hatte von Stan so viel über Wanda gehört, sie war ihm so vertraut, als hätte er mit ihr auf der gleichen Burg gelebt. Und doch war ihm, als hätte er gerade eine neue Welt entdeckt. Ein Entzücken erfasste ihn, das ihn taumeln machte – nicht allein aus geschmeichelter Eitelkeit, weil sie ihm so natürlich ihre Aufmerksamkeit schenkte. Er war verzaubert und gleichzeitig völlig verunsichert. War es der Aufenthalt in der Abgeschiedenheit des Klosters, der die Begegnung zu solch einem ungeheuren Erlebnis machte? Voller Hingabe, aber wie geistesabwesend, streichelte er die kleine Agnieszka, ohne sich recht bewusst zu werden, was er da tat. Nur kurz begrüßten Herman und Wanda sich, dann traten sie miteinander in die Halle. Wanda langte nach einem Becher.

»Wo hast du denn gesteckt?« Ihre Stimme klang hell und melodisch in seinen Ohren. »Dich habe ich doch noch nie auf unserer Burg gesehen.« Sie war genauso hochgewachsen wie er, gertenschlank. Ihr Mund war groß, wenn sie lachte, und sie hatte allerliebste kleine Ohren. Sie war ein hübsches Mädchen. Nun spürte Herman, wie er wieder rot wurde.

»Doch, doch, wir sind uns schon begegnet, unten im Dorf. Ich weiß es noch genau. Ich kam von Hayn herübergeritten. Und gesehen habe ich dich schon ein paar Mal. Aber das ist schon länger her. Ich habe lange in Heinrichau studiert, zusammen mit deinem Bruder Stanislaw. Wir haben uns gut verstanden, wir beide. Stan hat immer wieder von dir gesprochen, geschwärmt hat er von dir. Er mag dich sehr. Deshalb kommt es mir so vor, als ob ich dich schon ganz gut kenne. Dass du ihm fehlst, hat er mir oft gesagt.«

»Ich bin immer hier«, ihr ganzes Gesicht lachte. »Wenn wir ihm fehlen, dann soll er wieder heimkommen, das Nesthäkchen.«

»Das ist genau der Grund, warum ich heute zu euch reite.«

In diesem Augenblick drang Lärm aus dem Hof in die Halle. Sie traten an die Tür und sahen den Herrn Kastellan, der gerade zum Tor hereingeritten kam. Sein Pferd dampfte. Er sprang ab und mit einem Fluch trat er nach einem Hund, der jaulend davonsprang. Laut rief er nach dem Knecht, der sein Pferd versorgen und ihm die Stiefeln ausziehen sollte. Wanda kam herbeigestürzt und redete beruhigend auf ihn ein. »Hier hast du was zu trinken, Vater. Was ist denn geschehen?«

»Dieser verfluchte Boleslaw! Ich bin zu ihm geritten, weil ich Hilfe von ihm erwartet habe: für den Wiederaufbau der Kirche, für den Kauf von Vieh und Pferden, für die Leute, die alles verloren haben. Und was hat er gesagt? ›Bist du verrückt?‹ Hat er mich angeschrieen. ›Ich soll dir helfen? Du bist doch der Kastellan. Wer hilft denn mir? Hast du eine Ahnung, was mir alles fehlt!‹ Ganz rot ist er geworden im Gesicht. ›Deine Abgaben werde ich erhöhen! Und zwar sofort. Ab heute führst du ein Zehnt mehr von deiner Ernte an mich ab und von allen deinen sonstigen Erträgen!« Michal trank hastig und fluchte gottserbärmlich, bevor er weiterredete. »›Herr Herzog‹, habe ich bestürzt gerufen, ›das kannst du doch nicht machen. Wir wissen doch selbst kaum, wie wir uns von dem Schlag erholen sollen.‹ ›Und ob ich das machen kann‹, hat er mich angebrüllt. ›Sieh dir gefälligst deine Nachbarn an! Die sind so lange noch gar nicht im Lande, deren Burg war noch ganz aus Holz und nicht aus Stein wie deine. Die sind völlig abgebrannt. Haben die mich um Hilfe gebeten? Nein! Im Gegenteil! Die haben mir inzwischen Knechte geschickt und Handwerker, um beim Wiederaufbau des zerstörten Liegnitz hier zu helfen. An denen sollst du dir ein Beispiel nehmen, du fauler Bauer.‹«

Michal stampfte erbost mit dem Fuß auf. »›Fauler Bauer‹ hat er mich genannt.« Und wieder folgte eine Lawine von Flüchen.

»Komm, Vater, wir haben noch mehr zu trinken.« Wanda zog ihn am Arm.

»Und dann, Vater? Das hast du dir doch nicht gefallen lassen?«, warf Janko ein.

»›Herr‹, habe ich protestiert, ›wie sprichst du mit mir? Ich bin dein Kastellan!‹ Da hat er mir auch noch gedroht. ›Diese alte Wichtigtuerei der Kastellane. Euren überzogenen Einfluss habe ich satt! Die ganze Kastellanwirtschaft werde ich abschaffen. Ihr denkt doch nur an euch selbst und euren eigenen Beutel. Nur Ärger habe ich mit euch. Die Zeiten haben sich geändert, Herr Kastellan‹, hat er höhnisch gesagt, ›ich stütze mich auf die, die mich unterstützen!‹«

Der Kastellan war hochrot im Gesicht und offensichtlich tief in seiner Ehre getroffen. »Solch eine unverschämte Gemeinheit!«, brauste er noch einmal auf. »Wir haben den Piastenherzögen immer treu gedient. Und jetzt kriechen ihnen diese unterwürfigen *Niemcy* in den Hintern! Schon sind die eigenen Landsleute vergessen und die Herren schnappen plötzlich über.« Da sah er plötzlich Herman in der Tür des Hauses stehen.

»Wer ist das denn?«, fragte er unwirsch.

»Das ist Herman von der Burg in Hayn.«

»Was will der denn hier?«

»Er hat uns was auszurichten, glaube ich, von Stan.«

Der Kastellan sah den jungen Mann misstrauisch und prüfend an. Er leerte den Krug, den Wanda ihm gereicht hatte, ohne Herman aus den Augen zu lassen. »Komm her«, bellte er, »stimmt das?«

»Ja, Herr Kastellan, ich habe einen Brief von Eurem Sohn Stanislaw mitgebracht. Den soll ich Euch geben.« Damit nahm er das säuberlich gefaltete Schreiben aus dem Lederbeutel und reichte es ihm. Der Kastellan entfaltete es, warf einen kurzen Blick auf die ihm unverständlichen Zeichen und gab es zurück. »Lies vor!«

»Lieber Vater! Wir hungern hier jeden Tag. Die Mönche schuften wie die Ochsen und wir helfen ihnen. Unterricht haben wir nur noch wenig. Das Kloster ist völlig zerstört gewesen und mit dem Aufbauen kommen wir nur langsam voran. Ich bin jetzt der letzte Zögling, der noch übrig geblieben ist. Brauchst du mich nicht auf der Zamek Swiny? Ich würde gerne zurückkommen. Dein Sohn Stanislaw.«

Der Kastellan nahm Herman das Schreiben aus der Hand und setzte sich auf eine Bank. Wortlos stürzte er noch einen Krug des erfrischenden Gebräus hinunter. Da drang ein lautes, fast schrilles »Nein!« aus einer der Stuben – oder kam es von oben, die Treppe herunter? Der Kastellan fuhr herum und sprang auf. »War das Jana?« Nun waren eine weibliche Stimme und die leisere eines Mannes zu hören. »Wer ist da bei ihr?«, rief der Kastellan und stürmte in das Haus und die Treppe hinauf. Wanda hatte die Hände vor den Mund geschlagen und sah erschrocken ihrem erregten Vater nach.

»Mein Gott, das war Jana! Ist dieser Wolrad wieder bei ihr?«

Da hörten sie auch schon die Antwort. »Du geiler Bock! Habe ich dir nicht schon einmal gesagt, dass du die Frau in Ruhe lassen sollst? Verschwinde oder ich werd's dir zeigen!« Sie hörten Gepolter und Klirren und Flüche des Kastellans. Dann kam Wolrad die Treppe heruntergestolpert, gefolgt vom Kastellan, der sein Schwert gezogen hatte und hinter ihm herstocherte. Aber Wolrad war schneller und gewann Abstand.

»Lass uns gehen, Herman, dies ist kein gastfreundliches Haus mehr«, rief Wolrad, sichtlich nicht allzu sehr beeindruckt von dem Wutausbruch des Burgherrn, und lief zum Tor und zu den Pferden. »Und gehabt euch wohl.« Und damit entschwand er aus dem Hof.

»Wenn du dich hier noch einmal sehen lässt, schlage ich dir den Schädel ein!«, brüllte ihm der Kastellan hinterher. Er hatte wieder seinen hochroten Kopf bekommen. Vor Herman blieb er schwer atmend stehen und sah ihn drohend an. Herman wusste nicht, was geschehen war und wie ernst es dem Kastellan mit seiner Wut war, aber er fürchtete, dass mit ihm nicht gut Kirschen essen war. Der Kastellan hatte immer noch sein scharfes Schwert in der Hand. Er sprach kein Wort. Da verabschiedete Herman sich artig, warf Wanda noch einen verlangenden Blick zu und folgte seinem Vater.

»Ich kann die ganze Sippe nicht ausstehen«, hörte er den Kastellan im Weggehen sagen. Herman beeilte sich Wolrad einzuholen, aber der war in dem dichten und ausgedehnten Laubwald nicht mehr zusehen.

IV.

Herman hatte erwartet, dass sein Vater von sich aus auf den dramatischen Rauswurf aus der Zamek Swiny zu sprechen kommen würde, aber nichts geschah. Der Eindruck drängte sich ihm auf, dass Wolrad ein Gespräch mit ihm direkt zu vermeiden suchte. Da fasste sich Herman ein Herz. Er begann vorsichtig tastend. »Das war ja ein jähes Ende unseres Besuches gestern, nicht wahr, Vater?« Aber der ließ sich nicht so leicht aus seiner Reserve locken. Er brummte nur etwas vor sich hin, das wie »stimmt« klang.

Herman wurde mutiger. »Was war da eigentlich los gestern, Vater? Hast du den Kastellan absichtlich herausfordern wollen?« Und nach einer Pause, als der Vater immer noch nicht reagierte, fügte er hinzu: »Wie sich der Alte aufgeregt hat! Ich habe mich richtig unwohl gefühlt in meiner Haut.«

»Ach was!«, fuhr Wolrad jetzt auf. »Der alte Hahnrei ist nur eifersüchtig auf jedes männliche Wesen, das dem Mädchen nahe kommt. Das Ganze ist doch gar nicht der Rede wert gewesen«, versuchte er den Zusammenstoß herunterzuspielen. »Der alte Mann führt sich als Beschützer der Jana auf. Und weißt du warum? Er macht ihr selbst den Hof. Seit sein eigenes Eheweib, die Johanna, im Winter ihren Verletzungen erlegen ist, die sie bei der Verteidigung der Burg erlitten hat.«

Herman lachte unbefangen. »Wer ist denn diese Jana eigentlich?«

»Ach ja, das kannst du nicht wissen. Jana ist die Witwe des Burgvogts der Schweinhausburg. Wenn der junge Mann nicht so tapfer den Torturm verteidigt hätte, wären die Wilden vielleicht doch noch eingedrungen. Nun ist das arme Mädchen ganz allein. Gerade erst ist sie achtzehn geworden und ausgesprochen hübsch ist sie dazu. Natürlich zieht das blühende junge Weib die begehrlichen Blicke der Männer auf sich. Aber von dem alten Kastellan will sie nichts wissen und das ärgert ihn. Das verstehe ich sogar. Deshalb führt er sich so auf.« Die Erklärung hörte sich so einfach an, dass Herman geneigt war, seinem Vater zu glauben. Aber ihm konnte natürlich auch das Interesse nicht entgehen, das Wolrad selbst der jungen Witwe entgegenbrachte. Herman schaute prüfend auf seinen Vater. Wolrad war ein stattlicher Mann, dem man sein Alter noch nicht ansah. Mutter war nun schon ein paar Jahre beim lieben Gott. Sicher konnte sie ihm niemand aus seinem Herzen wegnehmen – aber Vater? Herman dachte einen Augenblick nach. Ob er ihn einfach fragte? Ob Wolrad sich einsam fühlte?

Als Herman das Gespräch darauf brachte, blickte Wolrad seinen Sohn erstaunt an. Ja, nun fiel es ihm auf: Sein Herman war ein Mann geworden, die Zeit im Kloster hatte ihn reifen lassen. Das war eine erfreuliche Erkenntnis.

»Warum fragst du?«, wich er dennoch der Frage aus. ›Offensichtlich ist ihm die Fragerei unangenehm‹, dachte Herman. Der Sohn wollte nicht weiter in den Vater dringen. Das Leben ging eben weiter. Aber er trat zu Wolrad und der ergriff seine Hände. Sie hielten sich eine zeitlang fest. Herman lächelte ihn an und es war ihm leichter ums Herz.

Eigentlich war Herman diese Jana herzlich egal, ihn bedrückte etwas ganz anderes. Seit gestern machte er sich darüber weit mehr Gedanken als über Vaters Gefühle oder darüber, was Jana bewegen mochte.

»Vater, meinst du, dass der Alte mich nun auch wegscheucht, wenn ich um Einlass bitte?« Nun war es schon wieder an Wolrad, überrascht zu sein.

»Warum? Was willst du denn in dem alten Säuhäusel?« Herman zuckte zusammen. Er mochte den Ausdruck nicht, mit dem sie unten in Hayn die Schweinhausburg belegten.

»Mir gefällt dieser Name überhaupt nicht, Vater. Ich mag die Leute, die dort drüben wohnen.«

Aber Wolrad winkte ab. »Das ist doch nicht bös gemeint. Das hängt doch mit dem Namen der Burg zusammen und weil sie doch eine Sau in ihrem Wappen führen.« Aber er konnte sich keinen Reim aus Hermans Worten machen. »Du musst schon ein bisschen deutlicher mit mir reden. Ich kann deine Gedanken nicht raten. Was willst du denn dort?« Aber nun zögerte auch Herman. Sollte er seinem Vater seinen Herzenswunsch offenbaren? Sollte er ihm sagen, dass Wanda es ihm angetan hatte, dass er sie wieder sehen musste? Vielleicht würde der Vater ihn auslachen?

»Ach, nur so, ich meine nur. Wenn ich wieder einmal hinreiten möchte.« Dann fiel ihm plötzlich eine gute Ausrede ein. »Wenn zum Beispiel Stan aus dem Kloster zurückkommt, und ich ihn sehen möchte? Wir sind doch Freunde geworden im Kloster.«

»Dagegen wird der Alte wohl nichts haben können, denke ich.«

Damit war das Gespräch erst einmal zu Ende, aber Herman war unzufrieden. Er dachte an Wanda. Sie ging ihm nicht mehr aus dem Kopf. Alles in ihm schien voll zu sein von ihr. Alles in ihm verlangte danach, ihr nahe zu sein. Das Mädchen hatte sein Herz eingefangen. Und nun fürchtete er, dass der alte Kastellan ihm den Zugang zu ihr verwehren könnte. Er nahm sich vor, Wolrad bei nächster Gelegenheit den wahren Grund für seine Sehnsucht nach der Schweinhausburg zu nennen.

Herman dachte an Wanda. Er trat an den Rand des Turmes, hielt sich mit beiden Händen an der Brüstung fest und blickte hinüber zur Schweinhausburg. Das massive Turmhaus hob sich deutlich gegen die Waldkulisse ab. Mit seinem Dach ragte es sogar etwas darüber hinaus in den blauen Himmel. Da wohnte sie. Größer und umfangreicher und schöner war ihre Burg, da konnte man sich gut verstecken. Ob er sich wohl hineinschleichen konnte und sie überraschen? Wieder sah er sie mit ihren langsamen, erwartungsvollen Schritten auf ihn zukommen. Wie anmutig sie sich bewegte. Ihre lustigen Augen schienen ihn leicht spöttisch zu mustern, ihr ganzes Gesicht lachte, lachte ihn an. Gebannt sah er auf ihren Mund, ihre Lippen waren leicht geöffnet, als ob sie auf seinen Kuss wartete. Hell und melodisch drang ihre Stimme in sein Ohr. Er streckte seine Arme aus, mit beiden Händen konnte er die Burg umfassen. Er hielt sie in seinen Händen, er glaubte Wanda in den Händen zu halten, sie berühren zu können. Seine Hände wölbten sich über die Hügel ihrer Brust ...

»Was machst du denn da für Verrenkungen? Sind das die neuen Übungen aus dem Kloster?« Herman fuhr herum. Wolrad war unbemerkt auf die Plattform des kleinen Holzturms getreten und sah ihn lachend an. »Na, was ist los?«

Zuerst wurde Herman rot und verlegen, aber dann sah er seinen Vater offen an. »Ich habe an Wanda gedacht, ich möchte sie gerne wieder sehen.«

»Dann reite doch zu ihr hin!«

›Vater hat eine sehr natürliche Art, Probleme zu lösen‹, dachte Herman. »Meinst du wirklich?«

»Warum denn nicht? Willst du hier warten, bis sie kommt?«

»Und der Herr Kastellan?«

»Der Herr Kastellan!« Es klang gedehnt und wie ein Seufzer. »Das weiß ich auch nicht, was der sagen wird. Vermutlich wird er nicht begeistert sein. Aber versuchen kannst du es ja. Wer nicht wagt, der nicht gewinnt.«

Herman war froh. Nicht nur wegen Wolrads Antwort. Je älter er wurde, umso mehr erkannte er, was für einen verständnisvollen Freund er in seinem Vater hatte.

»Willst du wieder mitkommen?«, fragte er spitzbübisch.

Nun lachte Wolrad aus vollem Halse. »Das würde ich zu gerne tun. Aber das lasse ich vorerst lieber bleiben.« Dann kam ein ernster Zug um seinen Mund. »Aber wenn du Jana sehen solltest, kannst du sie ja auf unsere Burg einladen – am besten gleich mitbringen.«

»Glaubst du, sie würde kommen?«

Wolrad schüttelte den Kopf. »Nein, ich fürchte nein. Sie scheint wirklich in tiefer Trauer um ihren gefallenen Mann zu sein. Er hat sie blutjung aus Jauer auf die Burg geführt und sie hat ihn wohl sehr geliebt. Nein, ich glaube nicht, dass sie käme«, wiederholte er. »Sie braucht wohl ihre Zeit. Aber deshalb muss man ja nicht tatenlos herumstehen.«

»Also, was machen wir?« Herman fühlte sich plötzlich rund herum wohl. »Wie wär's mit einem unterirdischen Gang von hier zur Schweinhausburg?«

»Blendende Idee!«, stimmte der Vater zu. »Wird nur ein paar Tage dauern. Bis dahin werden die Mädchen alte Frauen sein!« Sie lachten beide gelöst. Seite an Seite standen sie und blickten hinaus in das weite Land. Sie sahen die Vorberge des Riesengebirges, schauten den großen Hau, der den Grenzwald verstärkte und der ein Schutz gewesen war gegen die Einfälle der Böhmen. Im dunklen Blau erkannten sie den Hochwald und den Sattelwald. Da grüßte aus weiter Ferne der Vater Zobten, der von hier aus ganz flach zu sein schien. Durch graublaue Nebel lugte die Eule hervor, inmitten eines Rahmens bewaldeter Hügel, und zwischen ihnen lagen die gesegneten Gefilde, wo im blumigen Tal die Neiße floss.

»Ein schönes Land.« Wolrad hatte es ausgesprochen. Herman nickte. Aber sein Blick kehrte immer wieder zu der Schweinhausburg zurück. »Da gibt es noch einen weiteren Dorn im empfindlichen Fleische des alten Michal.« Wolrad war Hermans Blick gefolgt. »Als du im Kloster warst, ist im Wald von Swiny, in seinem Wald, ein deutscher Ritter mit seinem Knappen erschlagen worden. Der Kastellan von Swiny hatte wohl geschäftliche Beziehungen zu ihm und man hat ihm den Mord anhängen wollen. Verstehst du? Ihm, der doch das Recht in dieser Gegend vertreten soll. Das Gericht des Herzogs hat das Verfahren zwar eingestellt, weil beim besten Willen weder dem alten Michal noch jemandem in seiner Familie etwas nachzuweisen war, aber der Kastellan hat die Schmach nie verwunden.«

»Kanntest du den Ritter?«

Wolrad machte eine weit ausholende Geste. »Ich habe ihn schon gesehen – früher, in Liegnitz«, antwortete er knapp.

»Und, weiß man inzwischen, wer ihn erschlagen hat?«

Wolrad räusperte sich und schüttelte den Kopf. »Nein, das ist nie herausgekommen. Aber das ist jetzt schon Geschichte. Die Mordtat ereignete sich ja schon, bevor die Tataren das Land überrannten. Heute redet niemand mehr darüber.« Herman war an dem Verbrechen ebenfalls nicht weiter interessiert. Er hatte nicht einmal nach dem Namen des Ritters gefragt. Solche Untaten kamen leider gar nicht so selten vor.

»Du bist kein Kastellan, Vater. Bolko, unser Burgherr, ist auch kein Kastellan, nicht wahr? Oder wird er einmal einer?«
»Nein, ich bin kein Kastellan, auch Bruder Bolko ist keiner. Für uns gilt das polnische Recht nicht mehr, wir sind freie deutsche Ritter.«
»Wird denn Janko einmal Kastellan werden?«
»Das glaube ich schon. Obwohl man auch davon spricht, dass der neue Herzog Änderungen plant. Aber Genaueres weiß ich nicht.« Es gab so vieles, was Herman noch über die Schweinhausburg hätte wissen wollen, aber er fragte nicht weiter. Er überlegte vielmehr, wie er es anstellen konnte, Wanda wieder zu sehen. Vielleicht sollte er doch einfach hinüberreiten, wie sein Vater ihm geraten hatte.

V.

Herman hatte sie gesehen, den Mittelpunkt all seines Sehnens. Aber was für eine Enttäuschung! Wanda hatte ihr Pferd nicht gezügelt, sie hatte nicht angehalten, sie war nicht zu ihm hingeritten, nein, sie jagte einfach weiter – weiter hinter diesem Mann her. Zwar hatte sie ihm zugewunken, sie hatte ihn also erkannt. Aber Wanda war einfach weitergeritten. Herman war verzweifelt. Und er hatte auch den Mann erkannt, dem sie gefolgt war. Wanda war hinter Piotr hergejagt, ausgerechnet hinter Piotr von Jauer. Kein Begleiter war beschützend mit durch das Tal geritten und den Steinberg hinaufgepresscht, nein, allein mit Piotr von Jauer war sie geritten. Den konnte Herman schon in Heinrichau nicht leiden. Überall gelang es ihm, Ärger zu verbreiten. Und Piotr hatte auch noch gewunken, höhnisch natürlich, glaubte Herman. Ausgerechnet Piotr von Jauer!
Herman lag im Gras und verfolgte den Flug eines Raubvogels. Es war offensichtlich ein Falke. Hoch oben zog er seine weiten, schwerelos erscheinenden Kreise. Er schien immer genau über der Schweinhausburg wieder Höhe zu gewinnen und eine neue Runde zu beginnen. Blickte er auf Wanda herab und auch auf Piotr? Was er da wohl sah? Fliegen müsste man können, dachte Herman. Dann würde ich jetzt im Burghof landen, neben Wanda. Ob der widerwärtige Piotr immer noch bei ihr war? Aus Hermans Blickwinkel machten die massigen, ellendicken Wehrmauern der Burg einen drohenden, unüberwindlichen Eindruck. Für den Falken sahen sie sicher aus wie eine Spielzeugschachtel, die nur wenig über das liebliche Tal hinausragt. Ein Seufzer entrang sich Hermans Brust, ein Seufzer, der die Sehnsucht ausdrückte, losgelöst zu sein von den Fesseln dieser Erde und ihren Enttäuschungen und von zwei Mädchenarmen umfangen zu werden. Der Gipfel der Glückseligkeit. Warum musste er die Burg aus einem solch ungünstigen Blickwinkel anschauen? Wo war der Falke? Herman schlug mit beiden Händen auf den feuchten, federnden Wiesenboden, wie um sich selbst zu zeigen, dass er noch Kraft hatte.

Dann sprang er kurzentschlossen auf sein Pferd und preschte den Steinberg hinan. Das Burgtor war geschlossen. Er pochte mit beiden Fäusten dagegen. Ein Kopf erschien auf der Wehrmauer.
»Herman von Hayn, ich begehre Einlass!«
Zwei Bewaffnete öffneten ihm das schwere Tor. Er holte tief Luft und führte sein Pferd in das Heiligtum.
»Wanda!«
»Herman, was willst du denn hier?«
»Dich will ich sehen!«
»Mich?« Sie lachte kokett. »Hast du keine Angst?«, fragte sie dann spöttisch.
»Genau das ist es. Eigentlich fürchte ich mich. Aber ich muss dich sehen, muss mit dir sprechen, sonst finde ich keine Ruhe.« Es war ihm todernst mit seinen Worten und sie spürte es. Aber er sah sich trotzdem um. Weder Piotr noch der Kastellan waren zu sehen. Nicht einmal Janko. »Wo sind sie alle?«
»Ach«, sie lachte, »Vater und Piotr trinken hinten im Gärtlein. Janko ist auch irgendwo. Willst du zu ihnen, oder willst du wirklich zu mir?« Er war also doch hier.
»Kommst du mit mir?«
»Mit dir? Wohin?«
»Irgendwohin! Hier raus, damit wir miteinander reden können.« Sie überlegte einen Augenblick, dann lachte sie wieder. »Warum nicht. Piotr wird sich wundern.« Wieder dieser Stich in seiner Brust. Aber Herman ließ sich nichts anmerken. Sie zog ein Pferd aus dem Stall, ohne eine Satteldecke, mit einem Satz saß sie auf seinem Rücken. Und schon ritten sie zum Tor hinaus.
Jetzt musste er reden, auch wenn es noch so schwer fiel.
»Tag um Tag ist vergangen, immer wieder bin ich durch das Grüne Tal gestreift und habe in der Nähe deiner Burg gelauert – und habe dich nicht gesehen. Und nun mit diesem Piotr!« Herman lehnte sich gegen den Stamm einer alten rissigen Eiche. Sie lag hingegossen vor ihm im Gras und kaute an einem Halm. Ihr Rock war etwas nach oben gerutscht, er sah ein schlankes, langes Mädchenbein. Er rutschte neben sie.
»Hast du etwas gegen ihn?« Sie lächelte schelmisch. »Kennst du ihn denn überhaupt?«
»Und ob ich ihn kenne. Wir sind doch miteinander in Heinrichau gewesen. Auch Stan konnte ihn nicht ausstehen.«
»Warum denn nicht?«
»Weil er hinterhältig und unaufrichtig war. Pferde hat er auch gestohlen.«
»Ich weiß, ich weiß! Ein gelungener Streich war das!« Sie lachte amüsiert. »Er sagt, dass der Bischof seine zwei Pferde zurückbekommen hat.«

»Kennst du ihn denn schon lange?«

»Ja, schon ein paar Monate. Kurz vor dem ersten Schnee tauchte er bei uns auf der Burg auf. Stan habe ihn geschickt, hat er erzählt. So wie du es auch behauptest.« Herman glaubte sich verhört zu haben.

»Was hast du da gesagt? Wer hat ihn geschickt?« Sie wiederholte ihre Worte. Unerhört war das! Mit seinen begeisternden Erzählungen von seiner Schwester hatte Stan offensichtlich nicht nur Herman auf die Fährte gesetzt sondern auch Piotr. Und beide waren sie Wanda verfallen.

»Das ist gelogen!«, empörte Herman sich, »Stan hätte ihn niemals darum gebeten. Außerdem ist er bei Nacht und Nebel abgehauen, zusammen mit diesem Stefan aus Striegau.« Aber er hasste es fortwährend nur über Piotr zu reden, deswegen suchte er nicht Wandas Nähe. Er hatte sich nach ihr gesehnt. »Der Schuft hat es ausgenutzt, dass Stan immer so von dir geschwärmt hat. Mir hat dein Bruder das Herz für dich geöffnet«, fügte er leise hinzu.

»Mein kleines Brüderchen«, sie lachte wieder übers ganze Gesicht, »dieser Schlingel. Sieh mal an! Hetzt die Männer auf mich.« Sie sah hinreißend aus, mit ihren vom Ritt geröteten Wangen, den großen neugierigen Augen, ihrem engen Mieder und ihren schlanken Hüften. Langsam streckte er seinen Arm aus, wie um sie nicht zu erschrecken, und berührte ihre Hand. Sie zog sie nicht zurück. Er hatte erwartet, dass sie sich ihm entziehen würde, ihm auf die Finger klopfen, ihn schelten würde. Aber nein, es schien ihr zu gefallen! Da wurde er mutiger. Ganz nahe rückte er an sie heran. Er spürte ihre Wärme, ihren Atem, den Duft ihres erhitzten Körpers. Ein Schauer durchfuhr ihn. Aber er traute sich nicht, sie zu küssen.

Wie anders hatte sich doch Piotr verhalten, dachte Wanda. Auch er hatte seine Blicke nicht von ihr losreißen können. Aber als sie das erste Mal alleine mit ihm war, hatte er ihre Hand ergriffen, und sie einfach zu sich herangezogen. Förmlich auf sie gestürzt hatte er sich. Ganz fest hatte er sie gehalten und an sich gedrückt. Ihr war fast die Luft weggeblieben, so leidenschaftlich hatte er sie geküsst. Dann aber war er plötzlich einen Schritt zurückgetreten. Tief und heftig war sein Atem gegangen. ›Nein‹, hatte er leise hervorgestoßen, ›ich will dich nicht einfach nehmen. Das kann ich mit jeder anderen machen. Dich will ich zu meinem Eheweib machen.‹ Wieder hatte er sie geküsst, dass es ihr fast den Atem verschlug. Dann war er ohne ein weiteres Wort gegangen. Völlig aufgewühlt hatte er sie stehen gelassen.

Wanda blickte Herman an. »Du bist ein kleiner Feigling, Herman!« Sie sprang auf, rannte zu ihrem Pferd, saß auf und galoppierte davon. Herman rannte ebenfalls zu seinem Pferd, aber sie bog schon in die Baumallee ein, die zur Schweinhausburg hinaufführte. Ihr langer Zopf flog im Wind, sie drehte sich nicht mehr nach ihm um.

VI.

Der Kastellan hatte ein Einsehen. Er erlaubte Stan, ebenfalls aus Heinrichau nach Hause zurückzukehren. Michal schickte zwei seiner Burgleute zu den Mönchen, sie sollten dem Kloster Geschenke überbringen und Stan abholen. Ein feines Altartuch, das die Frauen im Winter gestickt hatten, und zwei Wachskerzen übergaben sie dem Sakristan. Auch zwei Sack Getreide und etwas Käse nahm der Zellerar mit großer Dankbarkeit an. Der Abt segnete die Boten und seinen letzten Zögling und ließ Stan in Frieden und mit Gott ziehen.

Stan war glücklich. Er hatte nur einen Gedanken: Nach Hause! Er gönnte seinen Begleitern keine Muße. Endlich! Der junge Mann ließ sich von dem vertrauten Bild der Größe und Schönheit fesseln, das seine Burg bot. Welch großartiger Anblick, wie sich der Hauptturm in malerischer Verschiebung mächtig zwischen den hohen Seitenflügeln erhob. Mit Genugtuung empfand er, wie drohend die grauen Mauern auf jeden Feind wirken mussten. Nachdem sein Pferd die Anhöhe erklommen hatte, öffnete sich das Eingangstor wie von Geisterhand und er trat in die geräumige Halle. Nichts hatte sich verändert. Erst rechts und dann links schaute er in den Saal, er sah die Eingänge zu den Nebenstuben, unter denen sich die Kellerräume befanden – er war wieder zu Hause. Er trat hinaus in den geräumigen offenen Burghof, erblickte den Eingang des unterirdischen Ganges zu einem der Wachtürme und den niedrigen gewölbten Gang, der unter der Burg verlief und versteckt unweit des Eingangstores mündete, überall die altvertrauten Gegenstände – alles war wie früher.

Im Nu waren die Bewohner der Burg im Hof versammelt. Stan kniete nieder und umfasste die Beine des Vaters, der beide Hände auf seinen Kopf legte und mit bewegter Stimme ein paar Mal wiederholte: »Mein Sohn, was bist du groß geworden, mein lieber Junge! – Wenn das deine Mutter noch erleben könnte.« Michal war sichtlich gerührt und räusperte sich mehrmals. Auch Stan musste ein paar Mal schlucken. Und als Wanda ihrem Bruder um den Hals fiel und ihn fest drückte, traten Stan doch die Tränen in den Augen. Er küsste erst sie und dann die kleine Agnieszka. Sie konnte laufen und plappern, aber sie erkannte ihn nicht mehr. Sogar die hübsche Jana war zur Begrüßung auf den Hof gekommen, ihr Gesicht mit einem schwarzen Schleier verhüllt. Dann scheuchte der Kastellan alle mit einer weit ausholenden Geste wieder vom Hof.

»Was steht ihr hier rum und glotzt? Jatzek, schlachte das Schwein. Heute Abend feiern wir die Heimkehr meines Sohnes. Und ihr geht jetzt alle gefälligst an die Arbeit.«

Er selbst schritt mit einer auffordernden Kopfbewegung seiner Familie voran und steuerte auf die kleine Nische im Saal zu, wo die Marienfigur aufgestellt war. Stan kniete neben seinem Vater und neben Wanda nieder, und andächtig dankten sie Gott für seine Heimkehr. Stan hatte Mühe, sich zu konzentrieren, aber er betete inbrünstig. Er betete für seine Mutter, für die Mönche in Heinrichau, für alle, die gefallen waren und besonders für die, die noch am Leben waren. »Herr gib uns jetzt deinen Frieden, lass all das Morden und Totschlagen ein Ende haben.«

Es wurde ein richtiges Fest zu Ehren des heimgekehrten Sohnes. Schon am Nachmittag strömte der Duft der über dem Feuer röstenden Sau verlockend durch die ganze Burg. Alle halfen sie bei der Vorbereitung des Festschmauses. Auch Janko drehte ein Weilchen mit Stan zusammen den Spieß. Versonnen blickte er in die vom tropfenden Fett aufzischenden Flammen. Er schwieg. Aber Stan kannte seinen älteren Bruder. Er wusste, dass Janko sich ebenfalls über seine Heimkehr freute, auch wenn er keine Worte darüber verlor. Jankos Gedanken und Gefühle musste man erraten. Er kam ganz nach der Mutter.

Auch frisches Brot war gebacken und schon am Nachmittag gleich einmal aufgeschnitten worden, damit es schneller fest wurde. Als sich am Abend die Burgleute versammelt hatten und das Essen und Trinken begann, schnitt der Kastellan selbst mit einem langen Messer die Fleischstücke ab. Er verteilte sie auf die großen Brotscheiben, die als Teller dienten. Das war ein Festschmaus! Eine Magd füllte die Becher immer wieder mit dem kühlen Bier nach, das der Kastellan aus dem Keller holen ließ. Selbst die Mädchen tranken eifrig in vollen Zügen. Nur Agnieszka nahm Stan den Krug sofort wieder weg, als sie ihn sich in einem unbeobachteten Moment gegriffen hatte. Begierig lauschten die Burgleute Stans Erzählungen vom Kloster. Spannende Erlebnisse und richtige Abenteuer hörten sie selten. Und selbst Michal war in der frohen Runde gelöst und gab sich gesprächig.

Am nächsten Tag sattelte Stan gerade sein Pferd um seinen Freund Herman aufzusuchen, als Piotr von Jauer auf den Burghof ritt. Lässig winkte er Stan zu. »Haben sie dich auch rausgelassen? Oder bist du rausgeworfen worden aus dem Kloster?« Ohne weitere Worte wollte er an ihm vorbei, ganz so, als ob er auf der Burg zu Hause wäre. Stan erholte sich schnell von seiner Überraschung, baute sich vor ihm auf und fragte unfreundlich nach seinem Begehr. Piotr lachte nur – herablassend, wie es Stan schien.

»Zu deiner Beruhigung, zu dir will ich bestimmt nicht. Ich komme meine Verlobte besuchen.« Damit verschwand er im Haus. Ziemlich verdutzt stand Stan da. Zuerst dachte er, Piotr hätte Jana gemeint. Aber bald dämmerte ihm die Wahrheit und er war erschüttert. Er suchte seinen Vater, fand ihn aber nicht. Sobald Piotr wieder weggeritten war, stellte er Wanda zur Rede.

»Was treibst du denn mit dem Kerl? Das ist doch kein Umgang für dich! Bist du wirklich mit ihm verlobt? Wanda, wie kannst du nur?«

Aber Wanda warf kokett ihren Kopf in den Nacken, dass der Zopf flog. »Was heißt hier verlobt?« Wenn Wanda etwas nicht ausstehen konnte, dann war es genau das: Wenn andere ihr sagen wollten, was sie zu tun und was sie zu lassen hatte. Wanda ließ Stan einfach stehen. Und Stan konnte es nicht fassen. Wie hatte sie sich verändert! Aus dem lieben, umgänglichen Mädchen schien eine eigensinnige kleine Kratzbürste geworden zu sein.

Stans Ritt durch das Grüne Tal nach Hayn war kurz. Die beiden Freunde fielen sich in die Arme. Ein langes fröhliches Erzählen und Sich-Erinnern begann. Schon bald kam ihr Gespräch auf Wanda. »Du wirst es nicht glauben, Herman. Wen habe ich auf unserer Burg getroffen?« Herman ahnte nichts Gutes.

»Na?«

»Den aufsässigen Piotr, Piotr aus Jauer!«

»Schon wieder?« Herman berichtete nun ebenfalls von seinem enttäuschenden Erlebnis mit ihm und dann gestand er Stan, dass er sich in seine Schwester verliebt hatte. Stan schmunzelte, aber er nickte nur, er entschloss sich, erst einmal zu schweigen.

»Ich habe mich bei ihr so dämlich benommen, Stan«, beichtete Herman. »Du kannst dir das gar nicht vorstellen. Wenn ich darüber nachdenke, könnte ich mich jedes Mal selbst ohrfeigen. Ich war so zögerlich, so ängstlich, ich wollte sie doch nicht verletzen.« Dass sie ihn einen Feigling genannt hatte, behielt er für sich. »Und sie war so forsch! Und dann hat sie mich richtig kratzbürstig behandelt«, beklagte er sich.

Stan nickte verständnisvoll. »Ja, sie scheint ein kleines Luder geworden zu sein. Ich hatte vorhin auch schon den Eindruck. Aber weißt du, das Kratzbürstige liegt sicher in der Familie. Da darfst du dir nicht viel draus machen. Du weißt doch, dass wir dieses Borstentier in unserem Wappen haben. ›Widerborstig‹, sage ich dir. Das ist eines der Familienmerkmale. Habe ich dir eigentlich schon erzählt, wie wir zu dem feisten Wildschwein mit den zwei starken Hauern und dem langen abstehenden Borstenkamm auf seinem Rücken in unserem Wappenschild gekommen sind?« versuchte er Herman abzulenken. Herman schüttelte missmutig den Kopf. »Das ist eine von diesen ganz alten Geschichten, weißt du. Die Schweinhausburg leitet ihren Namen ja von dem slawischen ›Swiny‹ ab, wie du weißt. Das bedeutet ›Wildschwein‹. Die Sage geht nun, dass der Name des Stammes und Geschlechtes von einem Ritter stammt, der ein wildes Schwein, anstatt es zu erlegen, bei den Ohren gefangen hat, als es ihm auf der Jagd begegnete. Er soll es der in Böhmen regierenden Herzogin Libussa gebracht und zu ihren Füßen niedergelegt haben. Die Herzogin war von diesem Ergebenheitsbeweis so angetan, dass sie ihm daraufhin einen goldenen Gürtel geschenkt hat. Und wie das so ist in den alten Geschichten, nahm ihre Schwester Kasche den mutigen Ritter wegen dieser männlichen Tat zum Gemahl. Also hieß er nicht mehr Biboy, sondern Ritter von Schweinichen. Daher das Borstentier!«

Herman lächelte höflich, aber er hatte nur halb zugehört. Er war wütend. »Und diesen ... Piotr, das will ich dir sagen, den hasse ich wirklich.« Herman richtete sich auf. »Nächstes Mal werde ich ihm ein paar in seine große Fresse hauen.« Er sah Stan ernst an. »Und bei Wanda werde ich nächstes Mal alles besser machen.« Er schluckte und fügte kleinlaut hinzu: »Wenn es mit Wanda ein nächstes Mal gibt.«

»Herman, so kenne ich dich gar nicht. Komm, hol uns was zu trinken, und dann lass uns einen Plan machen.«

Nach einigen Krügen Bier kamen sie überein dem Piotr die Suppe gründlich zu versalzen. Als Erstes würde Herman seinen Freund am nächsten Tag besuchen kommen. Stan würde schon dafür sorgen, dass sich Herman in der Schweinhausburg wie zu Hause fühlen konnte. Gemeinsam würden sie mit Piotr fertig werden. Und Herman würde sich danach ungestört Wanda widmen und um sie werben können.

Aber zu Hermans großem Kummer schien ihn Wanda weder an diesem noch an den nächsten Tagen überhaupt richtig wahrzunehmen. Die Freunde trafen sich zwar regelmäßig – ›mit und ohne Herzensmaid‹, wie Stan lachend scherzte – und wenn Wanda auftauchte, war sie fröhlich wie immer, aber an Herman konnte sie vorbeigehen, als wäre er ein Fremder. Sprach er mit ihr, dann antwortete sie oft in einem eher spöttischen, leicht überlegenen Ton, der ihn schmerzte. Herman war verzweifelt.

Der Kastellan nahm von Herman überhaupt keine Notiz. ›Immer noch besser, als wenn er mich rauskeilt‹, dachte Herman. Auch Stan hatte bemerkt, dass sein Vater zunehmend eigenbrötlerisch und kritischer geworden war. »Die dort oben« schienen ihm ganz besonders im Magen zu liegen. Mit »denen dort oben« meinte er »die in Breslau« oder auch »die in Liegnitz«. Darüber vergaß er sogar »die dort drüben«.

»Ich kann mich nicht erinnern, dass Vater sich früher derart abwertend geäußert hat«, meinte Stan, als Herman sich darüber wunderte. »Seit der junge Herzog Boleslaw durch das Land zieht, scheint aber tatsächlich vieles anders geworden zu sein in Schlesien. Habt ihr in Hayn auch den Eindruck, Herman?«

»Ja, die Leute auf der Burg erzählen manch hässliche Geschichte über ihn. ›Rogatka‹ nennen sie ihn, ›der Wilde‹. Sein Vater, der fromme Heinrich, hat wohl, als er noch lebte, immer das Schlimmste verhütet, sagen sie. Aber uns hat Boleslaw nichts getan. Im Gegenteil. Mein Vater und auch Onkel Bolko halten große Stücke auf ihn.«

»Mein Vater kann ihn überhaupt nicht leiden. In letzter Zeit hat er es zu Hause gar nicht mehr verbergen wollen. Dieser Stimmungsumschwung wundert mich. Früher gingen ihm seine Piasten über alles.

Nun sieht es mir fast so aus, als ob er sie am liebsten alle miteinander zum Teufel jagen würde.«
»Da wunderst du dich noch? Wenn mir jemand versucht hätte, einen Mord in die Schuhe zu schieben, oder gar zwei, wäre meine Liebe auch abgekühlt.«
»Einen Mord? Was meinst du denn damit?«
»Na, komm! Die Zwei, die in eurem Wald erschlagen wurden, hast du etwa nichts davon gehört?«
»Zwei Tote in unserem Wald? Jetzt? Wann? Davon weiß ich nichts. Und was hat mein Vater damit zu tun?«
Es stellte sich heraus, dass Stan vom Tod des Rabensteiners und seines Knappen im Wald von Swiny keine Ahnung hatte. Sie waren ja beide noch im Kloster gewesen, als der Überfall passiert war. Aber in Hayn sprach man schon manchmal darüber. Allerdings mehr deswegen, weil sich die Leute wunderten, dass absolut kein Schuldiger gefunden worden war. Und das mitten im Frieden. »Nicht einmal einen Verdächtigen konnte das Gericht finden«, berichtete Herman, was er hatte sagen hören, »außer deinem Vater ...«

VII.

Die Welt war damals tatsächlich friedlich gewesen im Grünen Tal, als der fromme Herzog Heinrich noch für Ruhe und Ordnung im Lande sorgte. Im Jahre, bevor der Mongolensturm über Schlesien hereinbrach, sprach auch noch niemand von den Tataren: Die waren ja so weit weg. Herman und Stan hatten beide dem Grünen Tal Lebewohl gesagt. Als sie in das Kloster Heinrichau zogen, begann sich der Laubwald von Swiny langsam herbstlich zu färben. Das satte Grün in seinen vielfältigen Schattierungen machte einer bunten Palette von leuchtenden Farben Platz. Von der hoch darüber herausragenden Burg sah der Wald aus wie ein kunstvoll komponierter Flickenteppich. Über allem lag eine himmlische Ruhe.

Vergnügt summte Wanda ein kleines Lied vor sich hin und sah hinab in das Tal. Friedlich lag es zu ihren Füßen. Dort unten herrschte noch das Grün vor. Sollte sie ihr Pferd satteln und hinunterreiten in den kleinen Flecken? Ein leiser Windhauch strich über die nackte Haut ihrer Arme und Beine. Die warme Herbstsonne wärmte wohltuend ihre Schenkel. Sie zog ihren Rock hoch und ließ ihre Beine über die Burgmauer baumeln. Eine schläfrige Trägheit erfasste sie und ganz im Gegensatz zu ihrem sonstigen Ungestüm konnte sie sich heute nicht aufraffen. Seit ihr Bruder Stan vom Vater ins Kloster geschickt worden war, gab es niemanden mehr auf der Burg, mit dem sich fröhlich herumtollen ließ. Deshalb zog es sie jetzt öfter in den Flecken hinunter oder gar hinüber zum anderen Ende des Tals nach Hayn. Junge Männer gab es in der Gegend nicht viele. Lautes Donnern gegen das schwere Burgtor weckte sie aus ihren Tagträumen. »Aufmachen, aufmachen! Wir bringen einen Toten!«

Wanda sprang von der Mauer, ordnete ihren langen Rock, kletterte die Holztreppe in den Hof hinab und hastete zum Tor, das der Wächter gerade öffnete. Draußen standen zwei Reisige, Männer mit Brustharnischen, Schwert und Schild. Die Wappen der beiden hatte sie schon gesehen. Die gehörten zur Burg am anderen Ende des Tales. Aber da war noch einer! Quer über den Rücken eines edlen Pferdes, das eine rotsilberne Decke trug, hatten sie einen leblosen Körper gebunden. Janko, ihr älterer Bruder, kam ebenfalls gerade in vollem Galopp die Allee heraufgejagt.

»Ich habe nichts weiter gefunden«, rief er und sprang am Tor von seinem schweißbedeckten Pferd ab.

»Da muss ein Kampf gewesen sein. Wohl in der Überzahl die anderen. Sie haben ihn erschlagen. Wir sahen noch die Spuren von einigen Pferden, zerstampfte Erde, abgebrochene Äste. Gar nicht weit von hier, in unserem Wald, oben in Richtung Jauer, an der scharfen Biegung des Weges. Es muss ein Ritter aus Jauer oder Liegnitz sein. Ich kenne das Wappen nicht. Da war noch ein Knappe. Den haben wir gleich verscharrt. Ein ganz junges Kerlchen. Übel zugerichtet haben sie den. Was das wohl für Unholde gewesen sind?« Janko stieß all das heraus, in Erregung und außer Atem.

»Und du kennst ihn nicht?« Michal, der Burgherr, war dazugetreten. Er hatte den Bericht seines Sohnes mitangehört. Janko schüttelte den Kopf. Der Kastellan besah sich das Wappen des Toten: ein gespaltener rotsilberner Schild, drei silberne Streitkolben im linken Feld; im rechten Feld ein schwarzer Rabe, der von einer Zinne auf einem Berg Ausschau hält. Michal nickte. Dann trat er an den Toten heran und hob seinen Kopf etwas. »Ich kenne ihn!« Überrascht sahen alle den Kastellan an. »Er stammt aus Liegnitz! Es ist der Rabensteiner. Ein fränkischer Ritter aus der Umgebung des Herzogs. Albrecht vom Rabenstein heißt er. Ein ganz scharfer Hund der. Wir müssen Herzog Heinrich verständigen.« Er wandte sich den beiden Gewappneten zu und musterte sie mit misstrauischem Blick. »Und ihr? Wer seid ihr?«

»Erkennt Ihr mich nicht, Herr Kastellan? Wolrad von Hayn! Und dies ist mein Bruder Reinhard.« Langsam schüttelte der Alte den Kopf.

Da griff Janko erklärend ein. »Wolrad, drüben von der Burg, Vater. Bei uns habe ich ihn auch schon gesehen. Er hat heute erzählt, dass sein Sohn Herman ebenfalls bei den Zisterziensern im Kloster studiert, wie unser Stan. Die beiden Jungen sind Freunde in Heinrichau, hat er gesagt.« Er nickte Wolrad aufmunternd zu. »Wir kamen miteinander von Jauer herübergeritten und haben die Toten gemeinsam gefunden«, fuhr Janko hastig fort.

Jedem der Angekommenen war anzusehen, dass ihm die Aufregung über das ungeheuerliche Verbrechen noch in den Knochen steckte. Nur der Kastellan schien ganz ruhig zu sein. Zu Jankos Worten nickte er nur und besah sich die Kleidung des Toten genau. Dann klopfte er sie ab.

»Trug er etwas bei sich?«

»Wir haben nichts gefunden«, antwortete Janko, »kein Geld und keine Dokumente. Auch bei dem Knappen nichts. Ihre Pferde waren ebenfalls verschwunden. Wir dachten erst, dass die Mörder sie mitgenommen haben. Aber dieses hier trieb sich noch in der Nähe herum. Wir haben es eingefangen.«

»Es werden wohl Wegelagerer gewesen sein, die sie überfallen und ausgeraubt haben.« Wolrad warf die Vermutung ein. »Heutzutage ist man ja nirgends mehr vor Gesindel sicher.«

»Hier waren wir bisher sicher«, knurrte der Alte unwirsch, während er den Toten untersuchte. Als er damit fertig war, gab er den Männern den Weg frei. Dann gab er Anweisungen für die Beerdigung des Toten.

Noch am selben Tag ritt der Kastellan nach Liegnitz, nicht ohne sich die Stelle genau anzusehen, wo die Mordtat geschehen war. Aber auf der Liegnitzer Burg traf er den Herzog nicht an. Der Notar, Magister Konrad von Löwenberg, versicherte ihm jedoch, dass er sich der Sache annehmen werde.

»Der Herzog wird zu gegebener Zeit ein Blutgericht einberufen, das ist klar. Halsgericht!« Er lachte selbstgefällig. »Die Mörder werden ihrer Strafe nicht entgehen«, erklärte er im Brustton der Überzeugung. »Sowohl Todes- als auch Verstümmelungsstrafen verhängt unser Landesherr bei solchen Verbrechen. Hin und wieder hat er sich leider auch schon mit der Abgabe von Blutgeld zufrieden gegeben. Geld kann unser Herzog immer brauchen«, fügte er augenzwinkernd hinzu. »Und für denjenigen, durch dessen Zeugnis der Verbrecher überführt wird, winkt eine saftige Belohnung. Das letzte Mal hat der Herzog auf eine Belohnung von fünf Kühen erkannt.«

Für den Kastellan war das alles nichts Neues. Er war an einer schnellen Bestrafung der Schuldigen interessiert. In seiner Kastellanei sollte das Recht herrschen und nicht die Willkür. Eine harte und eine schnelle Strafe würden als Abschreckung dienen. Welche Strafe verhängt werden würde, das war Sache des Herzogs. Aber da der Herzog in seinem Land unterwegs war, konnte Michal nichts weiter ausrichten. Der Notar unternahm ebenfalls nichts um die Mörder zu fassen. Er wartete auf den Herzog. Enttäuscht kehrte Michal schon am nächsten Tag unverrichteter Dinge nach Swiny zurück.

Zur gleichen Zeit verbreitete sich im Grünen Tal die Nachricht von den Morden wie ein Lauffeuer. Die Leute gerieten in helle Aufregung, die Gerüchte und Spekulationen kochten über wie ein Kessel Brühe, den die Magd zu lange über dem Feuer hängen lässt. Dabei blieben Straßenräuber und Wegelagerer nicht die Einzigen, die von den Leuten verdächtigt wurden. Plötzlich wussten einige, dass der Rabensteiner dem Herzog besonders nahe gestanden habe. Zu seinen engsten Vertrauten habe er gehört. Eine Botschaft des Herzogs solle der Ermordete bei sich gehabt haben. Viel Geld sei im Spiel gewesen, um Hab und Gut sei es gegangen. Aber wenn der Kastellan nachfragte, dann wussten die Leute doch nichts Genaues, dann hatten sie es nur gehört.

Kapitel 4

BOLESLAW ROGATKA

I.

Die beiden Toten im Wald von Swiny waren wie ein böses Omen, ein erstes Zeichen, dass Unheil im Anzug war. Die Zeiten danach blieben nicht mehr lange friedlich. Noch kurz bevor Herzog Heinrich mit seinem Heer auszog um sich den Mongolen entgegen zu werfen, klagte er den Kastellan des Mordes an. In Liegnitz hielt er ein Blutgericht ab. Bei der Gerichtsverhandlung wurde nach Dokumenten des Herzogs gefragt, die der Ermordete bei sich gehabt haben sollte. Aber niemand erfuhr, um was es sich da handelte. Jemand schien zu wissen, dass der Kastellan von Swiny und der Ritter Rabensteiner in Geldgeschäfte verwickelt waren. Offensichtlich schuldete der Kastellan dem Ritter noch eine größere Summe, wurde behauptet. Dem Ritter sollte er versprochen haben ihm für einen Teil des Geldes einen Wald bei Jauer zu überschreiben. Trotz einiger Mahnungen habe Michal aber nicht gezahlt und auch für den Wald keine Urkunde ausgehändigt. Dokumente wurden keine gefunden. Der Kastellan bestritt die Geschäfte nicht, aber er behauptete, dass er die Schulden allesamt beglichen habe. Das schien für das Gericht ein Motiv zu sein. Der Kastellan konnte aber nachweisen, dass er am Tag des Überfalls seine Burg überhaupt nicht verlassen hatte. Aber war nicht sein Sohn Janko am Tatort gewesen? Er hatte doch auch die Toten gefunden! Janko hatte sich jedoch den ganzen Tag in Jauer aufgehalten. Das konnte er beweisen. Deshalb hatte der Herzog Michal und seinen Sohn von dem Verdacht freisprechen müssen. Aber der Kastellan hatte das Gefühl gehabt, dass der Herzog den Freispruch nur widerwillig verkündet hatte. Und Michal war nicht der Einzige, dem sich dieser Eindruck aufdrängte. Ein Stachel war beim alten Michal stecken geblieben.

»Herzog Boleslaw hat sich nach dem Tode seines Vaters um diesen Mordfall nicht mehr gekümmert«, schloss Herman seinen Bericht. »Er ist also nach wie vor ungeklärt. Da musst du dich nicht wundern, wenn bei euch niemand darüber reden mag. Deinem Vater steckt das ganze Blutgericht noch in den Knochen.« Stan war sprachlos. Ungläubig starrte er Herman an.

»Mann, das ist ja eine ganz fürchterliche Geschichte. Dass mir davon nie jemand etwas erzählt hat«, wunderte er sich dennoch. »Darüber hat bei uns auf der Burg tatsächlich niemand ein Wort verloren.« Stan war erschüttert. Es dauerte lange, bis sie alle Einzelheiten, die Herman bekannt waren, hin- und herdiskutiert hatten und dennoch saß Stan die ganze Mordgeschichte wie ein Kloß im Halse.

Aber schließlich rückte er noch mit etwas anderen heraus, das ihn beschäftigte: »Das ist wirklich Grund genug für meinen Vater, nicht bei bester Laune zu sein, denn er ist eine ehrliche Haut. Dennoch frage ich mich, ob das wohl alles ist.«

»Wieso? Denkst du, da gibt es noch mehr, das ihn belastet?«

»Ich höre ihn jetzt auch hin und wieder über ›diese verdammten Niemcy‹ fluchen. Wen er damit meinen könnte, war mir erst nicht klar gewesen. Dann habe ich Wanda gefragt und die hat mir von dem Zwischenfall mit deinem Vater und Jana, der jungen Witwe unseres Burgvogts, erzählt. Ich habe auch den starken Verdacht, dass unser Freund Piotr zusätzlich ganz geschickt Salz auf seine Wunden streut.

»Ja, mein Vater hat sich recht ungeschickt benommen. Er findet die junge Frau sehr attraktiv. Wir haben darüber geredet.«

»Tatsächlich? Das hat dir dein Vater erzählt?« Stan war überrascht. Dann gestand er: »Wanda hat auch bemerkt, dass mein Vater der Jana selbst nachstellt. Aber die schließt sich ein und will vom keinem etwas wissen, auch von meinem Vater nicht.«

Die beiden Freunde stiegen auf den hölzernen Wehrgang, der oben an der Burgmauer entlanglief. Sie schwiegen und jeder hing seinen eigenen Gedanken nach. Der Gang machte den Rand der Befestigung für die Verteidiger begehbar. Von den massigen, ellendicken Wehrmauern hatten sie einen Blick weit über das liebliche Tal hinaus, auch hinüber zur Burg Bolkos. Danach ging das dichte Baumgewirr wieder in sanfte grüne Höhenzüge über, stieg dann im Süden und Westen ganz allmählich immer höher und steiler zum Riesengebirge an. Nach der anderen Seite konnte sie sogar bis zum Zobten hinüberblicken.

»Einen schönen Platz haben sich deine Leute hier ausgesucht«, stellte Herman nach einer Weile fest. »Und die Wehranlagen sind so beeindruckend, da wundert es mich nicht, dass die Mongolen unverrichteter Dinge abgezogen sind.«

»Wenn du erst einmal alles gesehen hättest. Unten in den Kellergewölben steht auch noch eine mächtige zylinderförmige Welle. Das ist eine unserer besonderen Überraschungen, ein Verteidigungsmittel. Wir rollen es einem anrückenden Feind entgegen, wie eine Walze. Das mögen sie alle nicht.« Er lachte. »Die Burg ist schon seit mehr als zweihundert Jahren der Stammsitz meiner Ahnen. Noch nie ist sie eingenommen worden. Unser Geschlecht ist nach ihr benannt. Vater nennt sie nur Swiny.«

»Wir nennen sie Schweinhausburg. Die Mönche haben meistens die deutsche Schreibweise benutzt, ›Schweinichen‹ oder eben ›Schweinhausburg‹, stimmt's?«

»Es bedeutet sowieso alles das Gleiche. Vater hat erzählt, die Familie ist aus Böhmen eingewandert. Ich glaube, deshalb hält er auch so große Stücke auf den König Wenzel und lässt den Kontakt nicht abreißen. Aber vielleicht liegt es auch daran, dass der fromme Herzog Heinrich, der Pobozny, wie er ihn nennt, damals die Tochter des Prager Königs zur Frau genommen hat. Die Herzogin Anna soll sehr fromm sein, fast wie ihre Schwiegermutter, die Herzogin Hedwig.« Stan dachte einen Augenblick nach. »Jedenfalls hatten unsere Vorfahren schon in der ersten Hälfte des vorigen Jahrhunderts die Burg als Magnatenbesitz inne. Swiny war immer ein vorgeschobener Posten unserer Siedlungen im südlichen Grenzwald von Schlesien, hat der Vater gesagt. Ich glaube, er war immer sehr stolz darauf, denn da kommt den Herren der Burg eine besondere Verantwortung zu.« Zusammen mit anderen Burgen lag Swiny günstig am Rande des undurchdringlichen Grenzwaldes. Der Schutz, den dieser Urwald gewährte, wurde noch einmal von dem befestigten Grenzverhau verstärkt, der Preseka. Miteinander bildeten der Grenzwald, die Burgen und der Grenzverhau, genau wie die Befestigungsanlagen der neuen Städte mit ihren Mauern und Wachtürmen und Gräben, einen wirksamen Schutz vor überraschenden Angriffen.

»Ja«, sagte Herman nach Stans Erklärungen, »da habt ihr eine lange Geschichte. Wir dagegen sind erst ein paar Jahrzehnte ...«

Plötzlich waren sie nicht mehr allein. Der Kastellan war zu ihnen getreten. Er legte Stan die Hand auf die Schulter.

»Mein Sohn! Wie der Burgherr kommst du dir hier oben vor, nicht wahr?«, und zu Herman gewandt, schon wieder in seiner schroffen Art: »Und du? Was machst du denn hier?«

»Aber Vater! Herman ist doch mein Freund, unser Freund. Warum bist du so abweisend zu ihm?« Und als der Vater ihm nicht gleich antwortete, setzte Stan nach: »Was hast du gegen die Leute von Hayn, Vater? Du bist in letzter Zeit so bitter. Was ist los, Vater?«

Er war nah an den Kastellan herangetreten. Voller Zuneigung legte er ihm die Hand auf den Arm. Aber der Vater schwieg immer noch. Er zog jedoch den jungen Mann fester an seine Seite und legte seinen Arm um ihn. Dann wandte er sich wieder Herman zu. »Mir fällt auf, dass du dich um Wanda bemühst. Ich billige deine Werbung nicht, möchte ich dir sagen. Lass das Mädchen in Ruhe!« Betroffen sahen sich die beiden Freunde an. Aber der Kastellan wartete keine Erwiderung ab. »Da gibt es einen jungen Mann, der Wanda schon seit letztem Jahr den Hof macht. Er will sie heiraten. Ich habe Piotr von Jauer gesagt, dass ich nichts dagegen habe.«

»Aber Vater! Bei uns Polen haben doch die Frauen immer selbst entschieden, wen sie haben wollen. Willst du das ändern? Willst du das für Wanda entscheiden?«

»Du hältst dich da raus, Stan!«

»Ich glaube, es wird Zeit, dass ich heimreite«, warf Herman ein. Er wollte nicht schon wieder Zeuge eines Streites werden. Aber Stan machte aus seiner Ansicht keinen Hehl.

»Du kannst ruhig hier bleiben, Herman. Vater wird nichts dagegen haben, wenn du mich besuchst. Nicht wahr, Vater?«

Der Kastellan mochte seinen jüngsten Sohn. Er war der intelligentere und energischere seiner beiden Söhne. Und gegen den jungen Deutschen hatte er eigentlich nichts, er fand ihn sogar recht sympathisch. Aber sollte er sich von ihm in sein Konzept pfuschen lassen?

»Meine Meinung kennt ihr ja«, antwortete er kurz angebunden.

»Gut, Vater, wir respektieren sie.« Aber nun wollte Stan es wissen. Deshalb ließ er nicht locker. »Aber sag doch, Vater, was hast du eigentlich gegen die ›Niemcy‹? Immer wieder lassen sie die Galle in dir hoch kommen. Was haben sie dir getan? Warum bist du so wütend auf sie?« Und leise fügte er hinzu: »Früher habe ich dich doch nie so gesehen, Vater.«

An dem Blick, den ihm sein Vater zuwarf, konnte Stan erkennen, dass der Vater ihm nicht böse war. Aber die Frage schien ihm dennoch nicht zu gefallen.

»Ach, das war im Ärger gesprochen. Ich habe keinen Grund, auf die Leute in Hayn eine Wut zu haben. Sie benehmen sich ordentlich, sie stehlen nicht und sie wildern nicht. Händel scheinen sie aus dem Wege zu gehen, als Kastellan habe ich keine Schwierigkeiten mit ihnen. Trotzdem will ich keinen von denen hier auf der Burg sehen!«

»Aber Vater, du weißt doch, dass Herman mein Freund ist, mein bester!«

Der Kastellan sah zu der flachen Befestigung hinüber, die sich auf der anderen Seite über das Grüne Tal erhob. Dann blickte er Herman ins Gesicht. »Dein Vater ist ein aufdringlicher Frechling.« Herman wusste, warum der Alte das dachte, deshalb nahm er sich vor, ihm diese Beleidigung nicht übel zu nehmen.

»Aber was habe ich damit zu tun, dass Ihr meinen Vater nicht mögt?« Vom Kastellan wollte er nichts, er wollte zu Wanda.

»Ich respektiere den Kastellan, ich achte den Burgherrn, ich will ein guter Nachbar und Freund sein.«

Stan kam ihm zu Hilfe. »Du sagtest, dass du als Kastellan keine Schwierigkeiten mit ihnen hast. Dann ist es ja gut. Warum hast du überhaupt etwas zu tun mit ihnen, Vater?«

»Das will ich dir sagen. Siehst du, das ganze Land gehörte einmal dem

Herzog.« Der Kastellan ließ sich tatsächlich ablenken und erzählte die lange Geschichte der Polen. Die beiden jungen Männer hörten bereitwillig zu. »Der Herzog konnte aber nicht überall gleichzeitig sein. Deshalb setzte er auf bestimmten Burgen, die es in seinem Land gab, einen Kastellan ein. Das ist sozusagen sein Auge und sein Ohr vor Ort, so ähnlich etwa wie ein Burgherr auch einen Burgvogt für die alltäglichen Probleme ernennt. Der soll für ihn auf sein Land und seine Leute aufpassen, er ist sein Vertreter. Nach der polnischen Landesverfassung ist ein solcher Burgbezirk verwaltungsmäßiger, militärischer und gesetzgeberischer Mittelpunkt mit der Kastellanei an der Spitze. Der Kastellan ist also der Vertreter des Herzogs. Er verwaltet für ihn das Land, ja er darf sogar Recht sprechen in seinem Namen.« Stolz klang aus seinen Worten.

»Unsere Vorfahren auf der Burg waren alle Kastellane, nicht wahr Vater?«

»Ja, Stan. Aber jetzt gibt es Bestrebungen, die Kastellaneien abzuschaffen. Ich habe in Liegnitz schon davon reden hören. Da steckt bestimmt auch wieder unser junger Herzog dahinter.« Nun regte er sich doch wieder auf. Seine Stimme war heftig geworden. Stan wollte nicht weiterfragen. Aber der Vater fuhr schon von alleine fort. »Boleslaw ist unser Lehnsherr und wir liefern ihm Zinsen ab in Form von Geld und Getreide. Andere Abgaben und Dienste brauchen wir nicht mehr zu leisten. Nur im Krieg gelten andere Regeln. Aber das ist ja selbstverständlich, nicht wahr – wenn uns allen Gefahr droht. Aber der Herzog hat uns gegenüber auch Pflichten. Dieser, der scheint das vergessen zu haben. Er will nur immer haben, haben, haben. Sonst scheinen wir ihn nicht zu interessieren.«

II.

Überrascht blickte Herman auf. Die Stimme kannte er doch. Und seine Freude hätte größer nicht sein können – es war tatsächlich Stan, der da vom Pferd sprang.

»Stan, mein lieber Freund! Das ist eine Freude, dich hier zu sehen! Sollst du etwa auch nach Liegnitz kommen?« Stan war nicht überrascht, Herman auf der Burg des Piastenherzogs anzutreffen. Er wusste, dass Wolrad von Hayn seinen Sohn als Knappen an eine der Residenzen Boleslaws gegeben hatte.

»Ja, da staunst du, Herman, nicht wahr?«

»Dass dein Vater sich ebenfalls dazu durchgerungen hat!«

»Das war wirklich eine unerwartete Entscheidung von ihm. Ich kann es selbst kaum glauben. Er hat tatsächlich zugestimmt, dass ich hier eine höfische Ausbildung erhalten soll. ›An den Waffen des Ritters‹, hat er gesagt. Der Herzog hat anscheinend darauf bestanden, dass der Sohn seines Kastellans eine ritterliche Erziehung bekommt.«

»Und wie geht es Wanda?« Die unerwartete Ankunft seines Freundes war eine lang ersehnte Gelegenheit, endlich etwas von dem Mädchen zu hören, das ihn nicht zur Ruhe kommen ließ. Gespannt sah er Stan an.

»Och …, Wanda«, sagte der gedehnt, »da hat sich nicht viel geändert. Sie rennt immer noch mit dem giftigen Piotr herum. Der ist eben immer da, wenn sie jemanden um sich braucht – während du so weit weg bist.« Dann tat ihm seine Bemerkung Leid. »Ich glaube, sie gibt sich mit ihm mehr aus Zeitvertreib ab und nicht, weil sie in ihn vernarrt ist. Gegen dich hat sie nichts, das weiß ich.« Herman war dennoch enttäuscht. Das einzige Mädchen, das ihm etwas bedeutete, schien sich immer mehr diesem anderen zuzuwenden.

Während so für Herman das Wiedersehen eine Mischung aus Freude und Enttäuschung wurde, war der weitläufige Hof der Liegnitzer Burg zum Leben erwacht. Tammo von Tettau betrat mit seinen jungen Schützlingen in der Nordostecke der Befestigung die ovale Bahn, die rund um den hier aufragenden Hedwigsturm angelegt war. Pferde waren jedoch keine zu sehen. Tammo selbst lief zusammen mit seinen Schützlingen in dieser Bahn Runde um Runde. Die Jungen, sie mochten um die zehn Jahre alt sein, hatten Mühe mit dem im gestreckten Lauf dahinstürmenden Zuchtmeister Schritt zu halten. Durch die beiden jungen Männer ließen sie sich in ihren Übungen nicht stören.

»Was machen die denn da?«, fragte Stan neugierig.

»Die stählen ihre jungen Körper, kräftig und gelenkig sollen sie werden!« Herman lachte, »Tammo ist knallhart und gönnt den Pagen keine Pause. Die Edlen des Landes schicken ihre Knaben gerne an den Hof, damit sie bei der Frau Herzogin oder bei der Frau eines der hohen Herren hier Dienst verrichten. Älter als sieben Jahre müssen sie sein, bevor sie als Pagen dienen dürfen. Überall am Hofe siehst du sie ihre Aufgabe verrichten. Auch bei Tisch helfen sie beim Bedienen. Auf diese Art lernen sie gleich noch die guten Sitten und den Anstand zu respektieren und andere wichtige Dinge, die ihnen im Leben weiterhelfen. So werden sie mit dem Leben bei Hofe vertraut und ganz unauffällig entwickelt sich eine erste Beziehung zur Familie des Landesfürsten. Tammo ist ihr Zuchtmeister, er ist für ihre körperliche Ertüchtigung verantwortlich.«

»Herman! Wo trödelst du wieder herum?«, tönte es da aus der inneren Palisadenumzäunung.

»Ekhard von Mülbitz verlangt nach seinem Knappen! Mach's gut, Stan, wir sehen uns. Ich muss rennen.« Und im Weglaufen rief Herman noch: »Weißt du denn, wem du dienen sollst?«

»Nein, nicht so recht. Ich weiß nur, dass er Otto heißt. Mein Vater hat alles arrangiert. Mich hat er nicht gefragt.«

In den folgenden Tagen sahen sich die beiden Freunde selten, denn als Knappe im persönlichen Dienst eines Ritters zu stehen, war eine Sache, die weder am Tage noch abends viel Muße gewährte. Aber wenn die Freunde sich über den Weg liefen, freuten sie sich jedes Mal und hatten sich einiges zu erzählen. Stan berichtete bald, dass er mit seinem Herrn Ritter recht zufrieden war. Sein Vater hatte ihm natürlich einen Adligen ausgesucht, der aus einer alteingesessenen polnischen Familie stammte. Der junge Otto schien auch schon eine Stimme beim Herzog zu haben und nicht ohne Einfluss zu sein. Persönlich verband Otto allerdings mit der Familie aus Swiny nicht viel. Hermans Ritter Ekhard dagegen war ein alter Freund seines Vaters. Ekhard und Wolrad waren in ihrer Jugend gemeinsam viel herumgezogen. Besonders in den im Westen an Schlesien angrenzenden Fürstentümern hatten sie manches Abenteuer miteinander bestanden. Aus dieser Zeit verband beide auch eine alte Freundschaft mit dem Markgrafen von Meißen, in dessen Diensten sie gemeinsam gestanden hatten. Diese familiäre Vertrautheit Ekhards mit seinem Vater und seiner Familie machte Hermans Leben am Hofe leicht und erfreulich. Deshalb war er recht zufrieden mit seinem Los. Sofort hatte er an den mannigfachen Spielen gefallen gefunden, zu denen die Knappen gedrängt wurden. Sie sollten lernen, unkontrollierte Gefühle zu beherrschen und ein Übermaß an Wut, Neid, Hass und Habgier im Zaun zu halten. Das würde ihnen helfen, auch in der Hitze des Gefechtes Herr über sich selbst zu bleiben. Dem Spielen mit Würfeln, mit Spielsteinen und auch dem Schachspiel wurde eine wichtige Rolle als Übung für geistige Gewandtheit und ruhige Überlegung zugeschrieben. Aber als Knappe, sei es nun Edelknappe oder Schildknappe, war man eben vor allem ein Lehrling. Knappen führten aus, was ihnen aufgetragen wurde. Ihre Meinung war nicht gefragt, reden war ihnen höchstens erlaubt, wenn sie an der Reihe waren, das heißt, wenn sie gefragt wurden. Und Herman musste sich auch eingestehen, dass er gar nicht wissen konnte, worauf es bei Hofe ankam. Dafür hatte er weder im Kloster noch zu Hause auf der Burg Erfahrung sammeln können. Also machte er Augen und Ohren auf, und hielt sein Maul geschlossen.

»Zuhören und zuschauen, mir ja nichts entgehen lassen, alles in mich aufnehmen – die Tugenden des Ritters ...«, Herman machte ein Gesicht, als ob Stan ihm mit einem Eisenschuh auf den Fuß getreten hätte. Der lachte. Aber Herman spöttelte schon weiter: »Wenn ich mir manche der Barone hier ansehe, dann erinnert mich das mehr an eine Bauernwirtschaft als an eine herzogliche Residenz.« Stan ließ sich nicht anstecken, aber Herman redete weiter. »Die Lanze und das beidseitig geschliffene Schwert, das sind die Waffen des Ritters, die musst du beherrschen. Sonst nehmen sie dich doch nicht für voll. Uns lassen sie ja nur mit Pfeil und Bogen herumlaufen, wenn wir unsere Herren begleiten. Messer und

Dolch darfst du gerade noch mit dir führen, aber das Schwert oder die Lanze? ›Noch nicht!‹, heißt es jedes Mal. ›Seid froh, dass ihr nicht Äxte, Keulen und Schleudern tragen müsst, wie die Bauern und die Knechte.‹ Nein«, Herman sah sich um und sprach leiser weiter, »ich übe schon immer heimlich. Es dauert mir alles zu lange. Ich gucke mir von den Erfahrungen und den Tugenden meines Herrn so viel wie möglich ab.« Stan hatte schon immer bewundert, wie Herman aus jeder Situation das Beste zu machen verstand.

Ekhard von Mühlbitz hatte es eilig. Aufgeregt trabte Herman hinter ihm her. Der Herzog war nach Liegnitz gekommen. Er hielt sich jetzt öfter hier auf. Die Männer munkelten, dass er dem Einfluss und der strengen Erziehung seiner Mutter und seiner Großmutter in Breslau entgehen wolle. Treibende Kraft schien da die Großmutter zu sein. Sie wollte den Knaben von Jugend auf daran gewöhnen, Unangenehmes leicht zu ertragen und ihn abhärten. Dazu gehörte, dass die Herzogin Hedwig ihren Enkel mit demselben Wasser zu waschen pflegte, das die Zisterzienserinnen aus dem Kloster Trebnitz beim Fußbade benutzten und mit dem sie sich selbst zunächst Augen und Hals netzte. Die Herzogin glaubte, dass dieses Wasser, mit dem sich die Ordensschwestern gewaschen hatten, geweiht sei und dass davon auch ihren Enkeln ein Segen zuflösse. Jetzt fielen Boleslaw die Frauen auch noch mit ihren ständigen Vorhaltungen, Vorwürfen und Ratschlägen auf die Nerven. Da hielt er sich wohl lieber von Breslau fern. Aber der Herzog hatte auch einige praktische Gründe, warum es ihn immer wieder ausgerechnet nach Liegnitz zog. Hier trieb er den Wiederaufbau der zerstörten Stadt voran. Sein Plan war, ein neues Liegnitz südwestlich der Burg anzulegen. Er wollte es nach deutschem Recht aussetzen und auch vermehrt Deutsche hier ansiedeln.

Vor der Zerstörung durch die Mongolen hatten hier hauptsächlich Polen gelebt. Die Deutschen, die bereits zugezogen waren, hatten sich um die vier Kirchen herum niedergelassen, die die Marktsiedlung bereits besaß. Am südlichen Hang des Festungsberges gab es auch ein Judenviertel. Der Ort war noch nicht befestigt gewesen und noch standen neben den aus Holz und Rasen aufgehäuften Hütten nur wenige Häuser aus Backsteinen. Aber man begann Wallgräben aufzuwerfen, und schon herrschte reges christliches Leben. Der neben der Marienkirche, der ältesten Kirche der Stadt, gelegene Bischofshof, das Gastquartier des Bischofs von Breslau, gab Zeugnis davon. Schon blühte der Handel, Handwerker und Kaufleute fanden lohnenden Absatz. Unter dem Schutz der Burg und günstig an den ostwestlichen und nordsüdlichen Verkehrswegen gelegen, erlangte die Stadt Liegnitz bereits eine gewisse Bedeutung. Auch einen Philosophen und Naturforscher hatte sie hervorgebracht, er hieß Witelo. Er war hier geboren und hatte in der Stadt gelebt, bis es ihn nach dem Süden gezogen hatte, nach Italien. Außer den Erinnerungen hatten die Mongolen in Liegnitz alles niedergebrannt. Der Herzog forderte Ekhard auf an seiner Tafelrunde teilzunehmen. Herman begleitete ihn. Für Herman war es das erste Mal, dass er zugegen war, wenn der Herzog mit seinen Ratgebern speiste. Er bekam keinen Sitzplatz zugewiesen, sondern nahm hinter seinem Ritter Aufstellung, so wie auch die anderen Knappen hinter ihren Herren bereit standen. Boleslaw schien guter Dinge zu sein. Er verkündete mit lautstarker Stimme, dass er ein großartiges Fest plane, etwas, was in Schlesien noch nie da gewesen sei. Hastig trank er aus einem großen Pokal.

»Und dieses große Ereignis wird die Blüte der schlesischen Ritterschaft zusammenführen. Zum ersten Mal in der Geschichte Schlesiens werden wir ein Turnier abhalten. Ja, ich habe ein ritterliches Turnier ausgeschrieben, für den 24. Februar nächsten Jahres in Löwenberg. Ein großartiges Fest soll es werden, ein Fest für richtige Männer. Damit werden wir den Anschluss gewinnen an die neue Zeit, wie sie schon im Reich, in Frankreich und auch in Böhmen ihren Einzug gehalten hat.«

Großes Stimmengewirr, alle waren sie überrascht, keiner wusste jedoch so recht, was da auf ihn zukam. Gehört hatten die Männer natürlich alle schon viel von diesen Wettkämpfen der Ritter, die im Römischen Reich des illustren Kaisers Friedrich, mehr noch aber an den Höfen des Frankenreiches gepflegt wurden. Aber teilgenommen hatte noch keiner der Anwesenden an einem solchen Turnier – mit einer Ausnahme.

»Gunter von Biberstein, du kommst gerade aus Prag zurück, wo mein Oheim Wenzel schon solche Turniere abhält. Komm, erzähle uns, was du da erlebt hast.« Gunter ließ sich nicht lange bitten. Stille trat an der Tafel ein, nur das Schlürfen der Trinkenden war noch zu hören. Gespannt lauschten die Männer seinen Ausführungen. Und Gunter wusste so interessant zu berichten, dass die Tafelrunde ungeduldig mit den Füßen scharrte, wenn er eine längere Pause eintreten ließ.

»Die Sänger preisen immer wieder das Pfingstfest des Kaisers Friedrich in Mainz mit seinen Turnieren und seiner Prachtentfaltung als Höhepunkt ritterlicher Feste. Das Fest gilt als großes Vorbild. Der Kaiser veranstaltete es in Verbindung mit dem Reichstag. Ich kann euch berichten, auch in Prag weiß man Feste zu feiern und mitreißende Turniere auszurichten. Ein herrliches Bild ist es, wenn die Edelsten der Ritter in ihren glänzenden Rüstungen mit den farbigen Federbüschen auf ihren Helmen herangesprengt kommen. Die schweren Rosse herrlich herausgeputzt, auch an Brust und Stirn geschützt, damit sie nicht unnötig verletzt werden. Geschmückt sind sie mit bunten Decken, die das Wappen des Streiters tragen, für das der Ritter Ruhm und Ehre erkämpfen will. Und der König sitzt auf seiner Tribüne, umgeben von schönen Frauen, von seinen Herren, Rittern und Vasallen, während sich das Schauspiel zu seinen Füßen entfaltet. Auch dein Turnier wird ein Zeichen deiner Macht werden, Herzog, das verspreche ich dir, ein Symbol für deinen Anspruch auf ganz Polen.«

»Sehr gut, Gunter!« Boleslaw strahlte. »Mein Turnier! Ich bin der Herzog von Schlesien und von ganz Polen. Und wer das nicht glauben will, dem werde ich es zeigen.« Die Runde brüllte Beifall und prostete Zustimmung. Die Krüge machten noch schneller die Runde. Otto räusperte sich.

»Wird es nicht ein bisschen verfrüht sein, Herzog?«

»Wieso verfrüht?«, fuhr Boleslaw auf. »Meinst du wegen des Wetters? Das bisschen Kälte wird euch doch nichts ausmachen? Ich bestimme, ob es früh ist oder nicht. Es ist eher spät.«

Aber Otto ließ sich nicht einschüchtern. »Ich meine nicht so sehr des Wetters wegen, Herr Herzog. Obwohl es im Februar immer bitter kalt ist, besonders in Löwenberg.« Jemand lachte. »Ich meine – du erlaubst mir, daran zu erinnern, Herzog –, ich meine, die Tataren sind ja immer noch nicht weit weg. Noch stehen sie in Ungarn und dann ...«, er zögerte etwas, Herman kam es vor, als ob er etwas verlegen war, »... weil doch noch Trauer im Lande herrscht – Trauer für unseren Herzog Heinrich, meine ich. Die Herzogin Anna hat doch ein Jahr lang jede öffentliche Lustbarkeit und Musik untersagt.« Alle blickten gespannt auf Boleslaw. Aber der wischte den Einwand mit einer Handbewegung fort.

»Eben deswegen halten wir das Turnier ja so früh ab um meinem Vater Gerechtigkeit widerfahren zu lassen. Trauern hilft ihm auch nicht, trauern hilft niemandem. Wir ehren ihn, wenn wir seinen Sieg feiern. Die Mongolen sind abgezogen, sage ich euch. Die sind endgültig besiegt. Herzog Heinrich hat die Mongolen vernichtend geschlagen.« Herman war überrascht, dass niemand wagte, eine andere Meinung zu äußern. Eine Landestrauer war doch eine ernste Sache. Und dann mussten die Ritter doch auch alle wissen, dass es bei der Schlacht nicht ganz so zugegangen war, wie der Herzog behauptete. In Heinrichau jedenfalls hatte der Magister Eginhard die Geschichte ein paar Mal erzählt: Herzog Heinrichs großes Heer war völlig aufgerieben worden. Die Blüte der polnischen und der deutschen Ritterschaft Schlesiens und mancherlei Verbündete mit ihnen waren von den zehntausenden kleinen mongolischen Kriegern niedergemacht worden. Auch die Bauern, Handwerker und die Bergleute aus Herzog Heinrichs Ländern waren tot auf dem Schlachtfeld geblieben, oder sie waren gefangen genommen und weggeschleppt worden. Selbst die Ritter aus den westlicher gelegenen Landstrichen, die noch rechtzeitig von einigen Fürsten aus dem Reich zur Unterstützung in Marsch gesetzt worden waren, waren allesamt niedergemetzelt worden, gemeinsam mit ihrem frommen Anführer. Die große Anstrengung des Abendlandes gegen die Heiden war auf der Wahlstatt vor Liegnitz verblutet.

»Am Tage nach der Schlacht flohen sie bereits Hals über Kopf nach Süden. Mit erstaunlicher Schnelligkeit hasteten sie über die vom Tauwetter angeschwollenen Gebirgsflüsse und drangen über die Berge nach Mähren hinüber. Auch der Böhmenkönig ist zu spät gekommen, so schnell sind sie geflohen. Und der deutsche König Konrad hat sein Heer erst gar nicht mehr in Marsch gesetzt. Als der Staufer das Kreuz genommen und mit anderen Fürsten gegen die Heiden zu ziehen gelobte, da hatten die Tataren Polen schon längst wieder verlassen. Auch in der bayrischen Ostmark, als sie schon vor Wien standen, haben sich die Tataren nicht mehr aufgehalten, sondern sind fluchtartig davongeritten.« Boleslaw war aufgestanden und erhob jetzt seinen Krug wie zum Gruße.

»Freunde, dem Opfertod meines Vaters allein ist der große Sieg zu verdanken! Auf Herzog Heinrich Pobozny, auf Heinrich den Frommen!«

Am unteren Ende der langen Tafel saßen zwei Mönche, die schon recht ergraut waren. Der eine war Konrad, der Pfarrer der Pfarrkirche zur Himmelfahrt Mariä in Löwenberg, einer der beiden Kirchen des Bergwerkstädtchens. Boleslaw hatte ihn nach Liegnitz kommen lassen, damit er an den Besprechungen zur Vorbereitung des Turniers teilnehmen konnte. Der andere war Heinrich von Lähn, der Burgkaplan der Festung am Bober, die Boleslaw besonders liebte. Heinrich war Bayer. Er galt bei Hofe viel, er war einer der Lehrer Boleslaws gewesen. Dieser erhob sich nun.

»Auf dein Wohl, Boleslaw, und auf das Wohl deines Vaters!« Boleslaw mochte den Bayern, auch wenn er seinen Rat wenig achtete. Er hob seinen Pokal, aber er blickte misstrauisch, er kannte seinen Lehrer.

»Sicherlich ist es dir in der Eile entgangen«, fuhr dieser dann auch fort, »dass der 24. Februar nächsten Jahres der Matthiastag ist?«

Boleslaw stutzte, aber nur ganz kurz, dann erwiderte er ausgesprochen freundlich: »Natürlich nicht, Kaplan Heinrich. Gerade weil es ein hoher Feiertag der Kirche ist, möchte ich das Fest an diesem Tage abhalten.« Der Bayer erhob keine weiteren Einwände und der Abend ging immer mehr in ein Saufgelage über. Als sie spät in der Nacht die Runde verließen, Ekhard und Otto Arm in Arm, hörte Herman, wie Ekhard sagte: »Wenn er sich einmal etwas in den Kopf gesetzt hat, kannst du es ihm nicht mehr ausreden.« Er stolperte, aber Otto hielt ihn fest. »Ob es der Sieg seines Vaters über die Mongolen ist oder das Turnier an einem hohen Feiertag.«

»So ist er nun einmal. In einem allerdings spricht er nur die Wahrheit aus«, verteidigte Otto den Herzog, »das Schlachtfeld haben wir behauptet. Die Festung Liegnitz hat dem Ansturm der Tataren ebenfalls widerstanden, sie hat wenig Schaden erlitten. Die Verteidiger der Burg haben wacker dem Angriff standgehalten.«

»Als ob das schon ausreichte, daraus eine Niederlage der Mongolen zu machen? Was ich immer noch vermisse, ist ein großer Plan. Wir müssen doch einer Rückkehr der blutrünstigen Heiden besser begegnen als beim letzten Mal!«

III.

»Und warum will der Herzog sein großes Turnier in Löwenberg abhalten und nicht in Liegnitz oder besser noch in Breslau?«

»Tja! Breslau wird tatsächlich immer mehr zum Mittelpunkt des Landes. Dort steht auf der Dominsel die herrliche Burg und in den Oderauen ließe sich ein gar trefflicher Wettkampf ausrichten. Der Herzog sagt aber, die Stadt habe sich von der Zerstörung noch nicht wieder erholt. Ich vermute, das ist nicht der wahre Grund. Für seinen Geschmack schauen ihm dort – wie auch in Liegnitz – wohl zu viele Menschen auf die Finger und reden ihm drein. Er wird mit seinen Rittern ganz ungestört turnieren wollen ohne die ständigen Ermahnungen von der Mutter, der Großmutter und dem Bischof Thomas. Der Kirchenfürst führt nämlich ein recht strenges Regiment. Und Boleslaw gegenüber ist er schon immer ziemlich kritisch gewesen.«

Ekhard und Otto ritten in einer kleinen Gruppe von Rittern aus Liegnitz. Die Knappen und die Knechte trabten neben den Pferden her. Herman, der die Frage gestellt hatte, nickte. Die Antwort Ekhards traf wahrscheinlich den Kern, aber ging diese Abgrenzung nicht ein bisschen weit? Aber dafür tagelang nach Westen reiten, sich ein kleines Bergwerkstädtchen am Rande des Gebirges aussuchen? Nicht einmal eine großartige Burganlage sollte es da geben. Er fasste also nach: »Boleslaw ist aber doch der Herzog, was kümmern ihn da die anderen?«

»Das stellst du dir so einfach vor. Du weißt doch, dass nach unserem Recht noch die Herzogin Anna die Regentschaft über das Großherzogtum ausübt. Sie regiert zusammen mit ihm. Er wird offiziell erst im Laufe dieses Jahres ›majorem‹. Erst dann wird ihm seine Mutter die Regentschaft vollständig in die Hände legen. Aber die Mittel, die er braucht, um sich Polen wieder ganz zurückzuholen, die wird er von ihr bestimmt nicht erhalten.« Ekhard lachte. »Dann wird er sich wohl noch weniger um ihre Vorstellungen scheren.« Zwei andere Ritter lachten ebenfalls. »Außerdem liebt Boleslaw diese Gegend entlang des Flusses Bober. Sie ist für ihren großen Wildreichtum bekannt. Ein ideales Jagdrevier. Zudem liegt Löwenberg an einem Strang der wichtigen großen Handelsstraße. Sie verbindet die großen Städte im Reich mit Breslau und Krakau, die ›Hohe Straße‹ wird sie genannt. Wenn es die nicht gäbe, kämen wir von Liegnitz aus auch nicht so schnell dorthin. Und dann liegt ganz in der Nähe von Löwenberg einer der Lieblingsaufenthalte des Herzogs, die Burg Lähn.«

Herman sog alle diese Informationen in sich auf. Das war das Schöne an seiner neuen Aufgabe: Aus jeder Unterhaltung der Herren konnte man etwas erfahren. Die beiden Ritter wussten das und Otto ergänzte dann auch bereitwillig: »Das Bergwerkstädtchen hat sogar schon eine geschichtliche Bedeutung erlangt. Hier hat der Großvater unseres Herzogs deutsche Bergleute sesshaft gemacht, als er sich entschloss, Schlesien für deutsche Siedler zu öffnen. Seinen Vögten gab er auch den Auftrag, dort die deutsche Verwaltung und die deutsche Gerichtsbarkeit einzuführen. Damit gehört Löwenberg zu den ersten beiden Stadtgründungen, die der Herzog nach deutschem Recht aussetzte.«

Herman erinnerte sich, dass in Heinrichau auch Magister Eginhard manchmal über die Siedlungspolitik Heinrich I. gesprochen hatte. Der Herzog war der erste Fürst gewesen, der außerhalb des Reiches mit der Ansiedlung von Deutschen im Waldgebiet begonnen hatte. Die Aussetzung neuer bäuerlicher Siedlungen sollte zugleich einer Sicherung der Grenzen seines Herzogtums dienen. Zunächst ergriff die Gründerwelle den Bereich des Grenzverhaus, der Preseka. An der seinem Herrschaftsbereich zugewandten Seite des Waldgürtels verstärkte die Preseka den Schutz vor Angriffen von außen. Dann drangen die Einwanderer langsam auch nach außen in die Grenzwälder vor. Auf diese Weise entstand im Südwesten des Herzogtums auf Rodungsboden am Gebirgsrand ein breiter Streifen großer deutscher Bauerndörfer, die den Kern für den deutschen Neustamm der Schlesier abgaben. Vor allem aber entstand eine neue deutsche Städtereihe als Mittelpunkte am Gebirgsrand wie Naumburg am Queis, Schönau, Bolkenhayn, Striegau, Freiburg, Reichenbach, Neisse und Ziegenhals.

»Vergesst mir nicht einen anderen Grund! Ich halte ihn für den bedeutendsten.« Herman schreckte aus seinen Erinnerungen und blickte gespannt auf Ekhard. »Löwenberg besitzt wie Goldberg, das das Metall sogar im Namen führt, bedeutende Goldvorkommen! Was glaubt ihr, wie das unseren Boleslaw anzieht, wo sein Beutel doch immer so gähnend leer ist.« Fröhliches Gelächter antwortete dem Ausspruch.

Als sie aus den Wäldern heraustraten, durch die sie die meiste Zeit geritten waren, sahen sie Löwenberg in einem freundlichen Talkessel umgeben von schneebedeckten Matten vor sich liegen. Starke Mauern mit viereckigen Basteien und kleineren Türmen schlossen die Stadt ein. Der dichte Wald ging an den steilen Talhängen in niedriges Gebüsch über. Ein Wasser durchfloss die Ebene, der Bober. Auf seinem linken Ufer war die Stadt entstanden. Als sie durch das Stadttor eintraten, sahen sie, dass die Vorbereitungen für das große schlesische Turnier schon in vollem Gange waren. Die engen Gassen der Stadt wimmelten von Leuten, die geschäftig hin und herrannten. Handwerker, Schmiede und Sattler schleppten Sattelzeug, Schilde, Pferdegeschirr und Teile von Ritterrüstungen umher. Aber die größte Geschäftigkeit spielte sich offensichtlich vor den Mauern der Stadt ab. Hier sollte das Turnier stattfinden. Hier wurde am Tage hart gearbeitet, man steckte die Kampfbahnen ab und baute die Tribünen auf. Der Herzog hatte die richtigen Leute mit den Vorbereitungen beauftragt. Abends ließen es sich Ritter und Knechte in der Stadt gut gehen. Viele der edlen Herren hatten bei reichen Bürgern der Stadt Herberge gefunden und erfreuten dort die Töchter des Hauses mit Geschichten ihrer Heldentaten. Die Türen der Schänken standen weit offen, so groß war das Gedränge. Von überall her klangen Musik und Gelächter. Der Rat hatte bis Mitternacht das Aufspielen zum Tanze erlaubt. Solchen Jubel und Trubel hatte es in der Stadt noch nie gegeben und einige Unentwegte tanzten mitten in der Nacht sogar noch auf der Straße.

Herman war von allem tief beeindruckt. Neugierig lief er durch die Gassen, er interessierte sich für alles. Die Trachten der Stadtleute waren verschieden von denen, die er kannte, farbenprächtiger die der Frauen und die der Männer offensichtlich von den Bergleuten beeinflusst. Immer wieder wanderten seine Augen hinter den adrett in warmen roten und blauen Wollstoffen gekleideten Mädchen und Frauen her. Völlig unerwartet erlebte er jedoch eine große Überraschung.

Eine Gruppe Mädchen hüpfte kichernd aus einem Planwagen. Sie wurden in eines der Gästehäuser geleitet, die in der festen Stadt eingerichtet worden waren. Herman hatte noch nie so viele Mädchen auf einmal gesehen – und plötzlich – er schaute zweimal hin. Das konnte doch nicht wahr sein! Mit ein paar Sprüngen war er mitten unter ihnen und hielt eine am Arm fest.

»Wanda!« Es war tatsächlich Wanda. ›Sie ist noch schöner geworden‹, dachte er. Ihre Zähne blitzten, wenn ihr Gesicht lachte. Und es lachte ihn tatsächlich mit einer solchen Vertrautheit an, dass er es für Zuneigung, ja Liebe halten musste. Sie war genauso biegsam und gertenschlank, wie sie so oft vor seinen Augen erschien, aber das ganze Mädchen schien doch weiblicher geworden zu sein.

Ihr metallisch schimmerndes Haar hatte sie hoch gesteckt, dadurch erschienen die Wangen breiter. Die dichten, leuchtend kastanienbraunen Locken gaben ihr etwas Fremdartiges, Anziehendes. Wie auf einem kleinen Deckchen lagen Sommersprossen über ihrer Nase und erweckten einen fröhlichen Eindruck. Ihre leicht mandelförmigen Augen wurden seitlich aufwärts etwas enger, wenn sie lachte. Die Farbe hätte er nicht bestimmen können: Leuchtend waren sie. Herman fühlte mehr, als er es sah, wie die beiden Sterne ihn aufmunternd, ja neckisch anstrahlten. Jedes kleinste Fleckchen seines Körpers sehnte sich danach, dieses Mädchen zu berühren, sie festzuhalten, sie an sich zu drücken.

Wandas Freundin Oda, mit der Herman auf der Bolkoburg aufgewachsen war, war ebenfalls erwartungsvoll stehen geblieben, als er herangesprungen kam. Herman begrüßte sie freundschaftlich, aber er nahm sie kaum wahr. Er hatte nur Augen und Ohren für Wanda. Oda fühlte körperlichen Schmerz. War ihre heimliche Liebe an Herman verschwendet? Erbost stampfte sie mit ihrem Fuß auf den Boden. Zornig sah sie sich um – und erblickte Stefan aus Striegau. Hatte der nicht immer vergeblich versucht mit ihr anzubändeln? Wild entschlossen lief sie schnurstracks auf ihn zu.

An diesem Abend trafen sich Herman und Wanda. Die Dunkelheit war schon hereingebrochen. Hinter den Pferdeställen versteckte er sich mit ihr in einer Ecke, wo sie niemand stören würde. Es war kalt, aber Herman hätte eine weit größere Kälte gerne ertragen, wenn er nur in Wandas Nähe sein durfte. Bei dem geringen Licht konnte er nur ihre Konturen erkennen. Er ahnte den abschätzenden Blick ihrer Augen, ihr leicht amüsiertes Lächeln. Er spürte ihre verlockende Wärme. Sie ließ sich von ihm umarmen. Er fand ihren Mund und er küsste sie. Unbeholfen kam er sich vor. Sie musste bemerken, wie unerfahren er war. Das ärgerte ihn, aber es spornte ihn auch an, kühner zu werden. Er sagte ihr, wie schön er sie fand, wie sehr er sich nach ihr gesehnt und wie froh er war, dass er sie endlich gefunden hatte.

»Ich liebe dich, Wanda.« Ganz fest drückte er sie an sich und wieder suchte er ihren Mund. Ihre Unterlippe fühlte sich voll und weich an, als er seinen Mund auf ihren presste. Ihr Körper war härter, weniger mädchenhaft, als er sie jetzt fest hielt. Es war ein wunderbares Gefühl, sie so an sich zu pressen. Sie sprach kein Wort, aber sie gab kleine, leise gurrende Laute von sich. Ihre Hände waren immer in Bewegung, strichen an seinem Kopf, an seinem Hals entlang. Ungeschickt hielt er sie fest.

Ihre Hände glitten an ihm herab, wieder zum Kopf, dann zur Brust und weiter hinab. Sie fasste ihn an. Er war überrascht, erstarrte, ein Schauer lief ihm über den Rücken. Es war angenehm, aber er war verwirrt, wusste nicht, was er jetzt tun sollte. Ein freudiges Gefühl erfasste ihn. Sie streichelte ihn, er zerfloss. Sie lachte hörbar. Hatte sie es bemerkt?

»Ich muss jetzt gehen«, mit heiserer Stimme flüsterte sie die Worte. Aber sie umarmte ihn noch einmal und drückte ihn. Bevor er sie richtig festhalten konnte, löste sie sich mit einer schnellen Bewegung aus seinen Armen und rannte weg.

Wie ein begossener Pudel stand Herman da. Bestürzt blickte er an sich herunter, aber es gab nichts zu sehen. Dann folgten seine Augen dem weghuschenden Mädchen. Sie war hinter der Scheune hervorgetreten, der helle Schein eines Lagerfeuers traf ihre Gestalt. Sie raffte ihren langen Rock etwas hoch, damit sie besser laufen konnte. Ihre schlanken Beine sprangen geschickt über einen quer liegenden Baumstamm, dann verschwand sie aus seinem Blickfeld.

Herman war wütend – nicht auf das Mädchen. Von ihr war er überwältigt. Wütend war er über sich selbst. Wanda hatte ihn überrascht, darauf war er nicht gefasst gewesen. Warum hatte sie gelacht? Weil er unerfahren war? Hatte sie ihn ausgelacht?

›Na, warte‹, schwor er sich grimmig und doch auch wieder freudig erregt, ›das passiert mir nicht wieder! Das nächste Mal nehme ich das Heft in die Hand, da bist du dran!‹ Dennoch fühlte er sich tief beschämt. Dann musste er lachen. »Ich nehme das Heft in die Hand!« Er sprach es leise lachend. Er langte nach seinem Dolch und fasste den Griff fester. Dessen Heft wusste er richtig in die Hand zu nehmen, aber ein Mädchen konnte ihn allemal verlegen machen. Mit jedem Mädchen würde er seine Mühe haben. Aber Wanda konnte ihn völlig verunsichern. Wanda machte ihn befangen und verwirrte ihn und dann fiel ihm nichts mehr ein. Er ärgerte sich immer noch, dass seine Phantasie einfach versagte. Erst hinterher, ja hinterher hatte er Ideen, was er hätte tun können – hinterher, wenn es zu spät war. Aber dann lächelte er auch wieder. Er hatte sie geküsst! Er hatte Wanda geküsst! Und Wanda hatte seine Zuneigung erwidert. Sie war sehr lieb zu ihm gewesen. Er konnte den nächsten Tag kaum erwarten.

IV.

Wanda mochte den kräftigen jungen Mann mehr, als sie zu erkennen gab. Gut sah er aus und er war so ernst – und so unkompliziert. »Er ist leicht zu durchschauen«, dachte sie. »Was er sich jetzt ausdenken mag, ist einfach zu erraten.« Sie freute sich ungemein, wenn sie an ihr kleines Erlebnis von gestern Abend dachte. Und sie freute sich noch mehr auf das nächste Treffen. Sie hatte Herman am Nachmittag gesehen und ihn ganz lieb gegrüßt. Wanda gefiel, dass er unsicher ihr gegenüber war und etwas scheu. Ihre beiden Brüder waren das überhaupt nicht. Sie waren zusammen aufgewachsen und besonders Janko, der Älteste, hatte sie in eine harte Schule genommen, wie einen kleinen Bruder – nicht wie ein Mädchen. Janko und Stan kannten vor ihr keine Geheimnisse, sie waren eine kleine verschworene Gemeinschaft. In der Gesellschaft ihrer Brüder hatte sie sich auch wie ein Junge gefühlt. Und die jungen Männer, die sie kannte, waren ebenfalls alles andere als scheu. Vor allem Piotr, der war das genaue Gegenteil.

Ihre Gedanken an Herman verflogen bald wieder, die Tänze waren jetzt erst einmal wichtiger. Wanda und Oda gehörten zu einer Gruppe Mädchen, die aus Jauer und seiner Umgebung gekommen war. Der Herzog hatte junge Mädchen nach Löwenberg bringen lassen, weil sie an einigen Abenden singen und tanzen sollten. Unterhaltung für die edlen Ritter, wenn sie an der Tafel saßen und sich von den Anstrengungen des Turniers erholten. Noch hatte das Turnier nicht begonnen. Nach und nach kamen die edlen Herren gerade erst herangeritten. Aber der Herzog hatte bereits eine Reihe von festlichen Veranstaltungen vorbereiten lassen und geübt werden mussten die Darbietungen auch. An diesem Abend fanden die ersten Auftritte der Mädchen statt.

Wanda konzentrierte sich auf den Tanz. Lachende Gesichter wollten die Mädchen zeigen, die Figuren mussten stimmen und gut aussehen sollte es auch. Es war ein wirbelnder, quirliger Tanz des Frühlings, eine musikalische Anbetung der neu aufbrechenden Lust am Leben. Die Körper der Mädchen drehten sich immer schneller, die weiten, bunten Röcke der farbigen Trachten flogen in kreisrundem Bogen. Sie lachten und sangen und tanzten, die Hofleute und die Ritter klatschten, feuerten sie an mit lustigen Sprüchen und beifälligen Rufen. Das ganze Temperament der Jugend schien sich in Kreisen und Wirbeln zu entfalten. Immer schneller und wilder wurden die Rhythmen der Musikanten – und plötzlich brachen sie ab.

Außer Atem hielten die Mädchen inne, mit fliegenden Körpern, mit vom Tanz geröteten Gesichtern. Sie verbeugten sich tief zum Herzog hin, machten einen Knicks, die bunten Röcke reizend gespreizt und reihten sich ein zum Ausmarsch.

Boleslaw, die Nase hoch gerötet vom Alkohol und seiner aufgereizten Phantasie, stierte mit halb geneigtem Kopf und gierigen Augen auf die jungen Leiber der Mädchen. Kichernd defilierten sie an ihm vorüber. Da griff er zu. Er fasste Wanda am Arm und zog sie auf seinen Schoß. Sie lachte, strich kokett mit ihrem Körper an ihm entlang und versuchte sich mit einer Drehung aus seinem Griff zu entwinden. Spielerisch flog der Rock, die Beine stemmten sich gegen seinen Schenkel, aber sie konnte nicht entkommen. Mit beiden Händen packte er ihre schlanke Hüfte. Wieder versuchte sie sich ihm zu entziehen, noch immer spielerisch, tänzerisch, lachend, um ihrer abgezogenen Gruppe zu folgen. Da ließ er sie unvermittelt los und sie sprang den schon davongeeilten Mädchen nach. Alle waren verschwunden und eine neue Gruppe stürmte in den Saal. Artisten begannen mit bunten Bällen zu jonglieren, während die Musikanten eine langsamere, wiegende Melodie anstimmten. Schwerfällig erhob sich der Herzog und verließ den Saal.

Wanda hatte das kurze Gerangel mit dem Herzog mehr erregt, als sie selbst wahrhaben wollte. Ihre Wangen waren blutrot angelaufen, ihr Atem ging heftig und hastig, mit sich überschlagender Stimme erzählte sie Oda, was sie erlebt hatte. Sie fand den Herzog attraktiv, er war ein ansehnlicher Mann. So jung noch, breitschultrig, kräftig, mit ebenmäßigen Gesichtszügen. Dass er trotz seiner jungen Jahre nahezu völlig kahl war, gab ihm eine besondere, männliche Note. Dem Blick, der unter seinen buschigen Augenbrauen hervorgeschossen kam, konnte man nicht ausweichen. Wanda war ganz angetan von der Kraft, mit der er sie fest gehalten hatte, und sie sprudelte ihre Gefühle heraus. Schließlich hatte er von den vielen Mädchen ausgerechnet sie herausgegriffen, da musste sie doch einen großen Eindruck auf ihn gemacht haben, nicht wahr?

Plötzlich stand der Herzog in der Tür des Schlafsaales der Mädchen. »Komm!«, sagte er, sonst nichts. Er hatte die Hand zu ihr hin ausgestreckt und seine Geste war nicht misszuverstehen. Wanda zögerte. Sie sah sich Hilfe suchend um – und schüttelte den Kopf. Ihre braunen Locken flogen um ihr schönes Gesicht. Das trug nicht dazu bei, den Herzog zu entmutigen.

»Komm, ich will dir etwas zeigen. Ihr könnt alle kommen«, fügte er mit rauer Stimme hinzu. Er war zu ihr getreten, fasste sie am Arm und zog die Widerstrebende mit sich fort. Wanda wehrte sich, aber wohl nicht heftig genug. Die übrigen Mädchen im Schlafsaal kicherten, aber keine folgte ihr. Alle blieben sie, wo sie waren – bis auf Oda. Als der Herzog mit seiner Beute im Dunkel des Ganges verschwand, folgte sie zögernd und vorsichtig ihrer Freundin.

Boleslaw zog das Mädchen mit sich – und plötzlich war Wanda mit ihm allein. Mit rohem Griff zerrte er sie ganz nahe zu sich heran – aus dem Spiel war Ernst geworden. Er strich über ihr Haar und über ihren Körper, sein Atem roch nach dem scharfen Gebräu, das die Männer tranken. Entsetzt wich Wanda zurück, sie zitterte. Jetzt wehrte sie sich heftig. Ihr samtschwarzes Mieder riss auf. Sie schrie, keuchend zerriss er ihren Rock. Sie rannte davon – sie wollte davon rennen, aber mit unbarmherzigem Griff hielt er sie umfangen. Sie wehrte sich verzweifelt, krallte ihre Nägel in seinen Arm, umsonst. Niemand schien ihre Schreie zu hören, niemand wollte sie hören. Brutal drückte er sie nieder und zwang ihr seinen Willen auf. Alles um sie drehte sich, ihr Herz raste, ihr Kopf schwirrte, ihre Sinne taumelten. Wäre es doch nur das Gebräu gewesen, das ihre Sinne benebelte. Es geschah alles so schnell. Schmerz durchzuckte sie. Wanda wünschte sich ohnmächtig zu werden, aber Gott erfüllte ihr den Wunsch nicht. Sie erlebte die ganze grausame, erniedrigende Wirklichkeit brutaler männlicher Gewalt bei vollem Bewusstsein.

V.

Herman hielt am Abend vergeblich Ausschau nach Wanda. Er konnte sich keinen Reim auf ihr Verhalten machen. War es seine Unerfahrenheit? Aber er erinnerte sich auch, dass er Otto hatte sagen hören: ›Wer versteht schon die Weiber?‹ Wenn es anderen auch so ging, musste es vielleicht so sein. Aber er war unglücklich, dass er sie nicht antraf.

Am nächsten Tag begleitete er Ekhard auf den Turnierplatz. Interessant, die Vorbereitungen der Kontrahenten auf die Wettkämpfe zu beobachten. Die Schwerter mit den kostbaren Klingen und Griffen wurden blankgeputzt, obwohl die Herolde bereits verkündet hatten, dass es nicht erlaubt sein würde, die scharfen Doppelklingen zu benutzen. Es sollte ein Wettkampf werden und kein Blutvergießen. Auf die Lanzenspitzen setzten die Waffenschmiede deshalb die kleinen Turnierkrönchen. Alles Dinge, die den schlesischen Rittern fremd und neu vorkamen. Die Kriegsleute waren in großer Zahl nach Löwenberg gekommen. Auch aus der Markgrafschaft Meißen und aus Böhmen waren einige angereist. Derweil übten sich die Knechte im Messerkampf und warfen die Streitaxt. Einige waren besonders geschickt mit ihrer Schleuder. Sie galt genau wie Pfeil und Bogen als gefährliche Waffe, weil sie schon aus einer Entfernung eingesetzt werden konnte, in der der Ritter mit seinem Schwert oder der Lanze noch keine Chance hatte. Auch zwei Falkner bereiteten sich auf die Vorführung ihrer kostbaren Vögel vor. Otto erzählte, dass der Herzog beschlossen hatte, eine eigene Falkenzucht aufzuziehen, so wie es jetzt an den Höfen der Staufer Mode war. Es war Boleslaw gelungen seinem Vetter, dem Böhmenkönig, einen Falkner abzuwerben, den dieser vom Kaiser Friedrich als Geschenk erhalten hatte.

Herman war neugierig. Er begann ein Gespräch mit dem Falkner und durfte sich einen der Beizvögel näher ansehen. Der Vogel saß auf der Faust seines Hegers. Natürlich war die mit einem dicken Handschuh geschützt. »Die scharfen Greifwerkzeuge zerfetzen doch sonst meinen Arm!«, erklärte der Mann mit ruhiger Stimme. Herman fiel der starke, hübsch gebogene Schnabel des Falken auf. Mit seinen gelb eingefassten, großen runden Augen verfolgte das edle Tier wachsam, was um ihn herum vor sich ging. Sein Kopf war flach abgeplattet, wie um ihn im Sturzflug noch schneller werden zu lassen. Kleine weiße Federspitzen unterbrachen das hellblaugraue Gefieder. Sie erweckten den Anschein eines kunstvoll gehäkelten Deckchens, nur dass es völlig glatt und nicht genoppt war. Die gelben Füße steckten in Adlergamaschen. Das hell gesprenkelte Kleid ließ seine kräftigen Schulterpartien noch stärker hervortreten.

»Mit seinem scharfen Schnabel reißt er Fleischstücke ab, die ich ihm zuteile«, erklärte der Falkner. Plötzlich schreckte der Falke zusammen und stieß einen gellenden Schrei aus. Herman zuckte zurück, er war ihm wohl zu nahe gekommen. Doch der Falkner strich dem Vogel mit dem Zeigefinger sanft über den Rücken, worauf er sich beruhigte.

»Ein schönes Tier«, entfuhr es Herman. Der Falkner lächelte zufrieden. »Ja, und ein guter Jäger ist er auch.«

Eine besondere Freude bereitete es Herman die bunten Schilde der Ritter zu bewundern. Jeder Freie hatte sein eigenes Wappen und war stolz darauf es auf seinem Schild zu präsentieren. Da waren Raben, Falken, Stiere, Lämmer, Bäume, Ähren und Rösser zu bewundern, die

Vielfalt war so groß. Immer wieder gab es noch etwas Neues. Plötzlich entdeckte Herman das Wappen seiner Familie. In Blau ein mehrstöckiger schwebender, silberner Zinnenturm mit einem spitzen roten Dach. Oben schwebte links und rechts ein goldener Stern und vorne strömte das Wasser. Herman fühlte, wie plötzlich seine eigenen Augen feucht wurden. Ja, so schwebte die Burg majestätisch über dem Grünen Tal und der Wütenden Neiße, stolz in den Himmel aufragend. Wachsam war sie am Tage wie in der Stille der Nacht und der Weite des klaren Sternenhimmels.

Herman wischte sich die Augen. Wer mochte da aus Hayn gekommen sein? Neugierig ging er näher und erkannte seinen Vater! Er stand in einer Gruppe mit anderen Rittern. Sie steckten ihre Köpfe zusammen und schienen zu flüstern. Es sah fast aus wie eine Verschwörung. Dann sah er auch Reinhard, seinen Onkel, mitten in dem Kreis stehen. Der gestikulierte heftig mit seinen Armen. Irgendetwas stimmte nicht. Herman hatte die edlen Rittersleute noch nie so heimlich tun und sogar flüstern sehen. Sonst brüllten sie immer, riefen sich Parolen, laute Aufmunterungen oder Schimpfwörter zu. Sich still zu verhalten, schienen sie nicht gelernt zu haben. Misstrauisch geworden trat Herman vorsichtig näher.

»Das lasse ich nicht mit mir machen. Ich mache da nicht mit«, hörte er. »Er äfft damit doch nur seinen geliebten Oheim nach.« Und ein anderer sagte: »Nicht an einem solchen heiligen Feiertag.« Aber mehr war nicht auszumachen. Schließlich stieß er seinen Vater an. Der fuhr herum. »Herman! Du auch hier!« Er fasste ihn an beiden Armen. »Hätte ich mir auch denken können«, verbesserte er sich dann.

»Was ist los, Vater? Warum tut ihr so geheimnisvoll?« Wolrad zog ihn von den anderen fort und erklärte, was vorgefallen war.

»Unter unserem jugendlichen Herzog geschieht vieles, was unter den alten ruhmreichen Herzögen unerhört gewesen wäre. Herr Boleslaw verhält sich in vielem immer noch recht kindisch. So auch mit diesem Turnier. Viele Ritter sind seinem Rufe nur widerwillig gefolgt. Wir sind doch jetzt alle treue Kinder unserer Kirche. Es ist gleichgültig ob aus polnischer oder deutscher Sippe – die hohen Feiertage der Kirche halten wir in Ehren. Boleslaw nimmt es da nicht so genau. Warum sonst musste er ausgerechnet den Tag des Heiligen Matthias zum Turniertag bestimmen. Nun sind die Ritter zwar nach Löwenberg gekommen, aber sie haben immerhin so viel Gottesfurcht, dass sie an diesem Matthiastage kein Waffengetümmel veranstalten wollen.«

»Mutig! Mutig!« Herman war beeindruckt. »Und was wollt ihr nun machen?«

»Tja, so ganz raus ist das noch nicht. Es ist nicht das erste Mal, dass Boleslaws Gefolgsleute gegen eine Entscheidung ihres Herzogs Widerstand leisten. Aber bisher waren es immer nur Einzelne gewesen. Diesmal ist es jedoch eine geschlossene Front. Mit einer Stimme haben sie gesagt: ›Herr, wenn du nicht Gott ein feierliches und dankheischendes Opfer bringst, werden wir nicht in die Stechbahn einziehen.‹«

»Ein Opfer?«, fragte Herman.

»Nun, Albert mit dem Barte hat vorgeschlagen dem Herzog zu erklären, wenn er nicht zum Ersatze für die Verletzung des Feiertages Gott ein feierliches Opfer darbringt, wird keiner der anwesenden schlesischen Ritter teilnehmen. Dann hat Albert die älteren Ritter beiseite genommen und sich mit ihnen beraten. Einige verlangten, dass das Turnier überhaupt nicht stattfinden soll. Aber das waren nur ein paar. Die meisten sind willens selbst am 24. Februar zu turnieren. Sie möchten aber, dass der Herzog ein sichtbares Zeichen setzt, wie er es mit der Kirche hält. Du weißt es doch auch, dass er keiner Streiterei mit dem Bischof aus dem Wege geht.«

Am Nachmittag hatten sich die Ritter offensichtlich geeinigt. Der Ritter Albert mit dem Barte erklärte sich bereit, dem Herzog ihren Vorschlag zu unterbreiten. Noch bevor Boleslaw das Turnier eröffnete, trat Albert vor den Herzog. »Ich spreche im Namen der hier versammelten Herren und ruhmreichen Ritter. Es gibt ein Kloster im Lande meines Herrn, nicht weit von Neisse, das an Vermögen und Besitz sehr gering ist, Heinrichau geheißen. Ihr wisst alle, wie arg gerade dieses Kloster beim Rückzug der Mongolen gelitten hat. Vor den Toren von Heinrichau hat mein Herr ein kleines Landgut namens Jaurowitz. Wir bitten nun, dass Ihr dieses Landgut jenem so armen Kloster für Eure Sünden verschafft. Das wären dann gleich zwei Fliegen mit einem Streich und sicher ein Gott sehr wohlgefälliges Werk.«

Die Ritter unterstützten ihn einhellig: »Herr, wenn du uns versprichst, nach den Worten deines Ritters und unseres Freundes Albert deinem Kloster das Landgut zu geben, so erfreuen wir dich heute durch Turnieren«.

Dem Herzog lag zu viel an seinem Turnier, als dass er es hätte aufs Spiel setzen wollen. Deshalb nahm er den Vorschlag an. Eidlich und mit aufgehobener Rechten versprach er die Schenkung an das Kloster Heinrichau. »Ich verspreche euch allen mein kleines Erbgut zu Gottes Ehre und für meine und eure Sünden diesem Kloster zu opfern.«

So hatte sich Herman das Verhältnis des Herzogs zu seinen Rittern nicht vorgestellt. Musste er mit ihnen um die Bedingungen feilschen, unter denen sie bereit waren, mit ihm an einem Strang zu ziehen? Stan sah die Dinge jedoch anders. Als Herman seinem Freund erzählte, was er gehört und gesehen hatte, erwiderte der: »Seine Barone haben keine Angst mehr vor ihm. Und sie mischen sich in Dinge ein, die sie nichts angehen. Glaubst du vielleicht, dass der Feiertag wieder heilig wird, wenn der Herzog dafür Geld bezahlt?«

Die Ritter turnierten also schließlich trotz des Festtages und trotz der Winterkälte, so wie sie versprochen hatten. Es wurde noch ein großes Fest. Der junge Adel Schlesiens begann mit demselben Geschick, Anstand und ritterlichen Sinn in das neue Zeitalter zu reiten, wie es die französischen und die böhmischen Ritter und die Ritter des Kaisers vorgemacht hatten. Schon bald sollte man sie auch außerhalb des Herzogtums auf ritterliche Abenteuer ausgehen sehen.

Herman hatte allerdings keine rechte Freude mehr an den Wettkämpfen. Er verzehrte sich vor Sehnsucht nach Wanda. Aber zu seiner großen Enttäuschung gelang es ihm nicht einmal auch nur ein Wort an sie zu richten. Er sah sie zwar noch, aber ganz offensichtlich wich sie ihm aus, ja sie vermied es sogar, ihm nahe zu kommen. Und gar mit ihr allein zu sein, daran war überhaupt nicht zu denken. Herman konnte sich keinen Reim darauf machen. Wie hätte er auch ahnen können, was jetzt in dem Mädchen vor sich ging? Für Wanda war eine Welt zusammengebrochen. Ihr natürliches, starkes Selbstbewusstsein und ihre forsche Unbefangenheit waren zerstört. Die körperliche Gewalt, der sie nicht hatte entfliehen können, hatte ihr gezeigt, wie verletzlich sie war. Plötzlich war sie unsicher und scheu, Charakterzüge, die sie bisher nicht gekannt hatte. Herman jedoch wusste nicht mehr, woran er war. Stan wollte er nicht schon wieder seinen Kummer klagen und außer neuen Selbstvorwürfen fiel ihm nichts ein, was er als Grund für Wandas Verhalten hätte ansehen können.

Kapitel 5

Mord

I.

»Ich werde heiraten!«, verkündete Boleslaw. Lautes Stimmengewirr, die versammelten Ritter waren überrascht. »Ja, ich werde die Tochter des Grafen Heinrich von Anhalt heiraten.« Ein kurzes »Ahhh ...« ging durch die Reihen, dann schlugen sie anerkennend mit ihren Fäusten auf die schwere Tischplatte. Boleslaw hob seinen Becher. Alle standen auf und stießen mit ihm an. Er lachte ein lautes, dröhnendes Lachen. »Die liebreizende Hedwig, sie wird gerade sechzehn.« Diesmal klang sein Lachen sehr selbstgefällig. Die Runde applaudierte, prostete ihm zu, und wünschte ihm alles Gute. Aber nicht alle waren begeistert.

»Die kleine Hedwig beneide ich nicht!« Herman hörte, was Ekhard seinem Nachbarn ins Ohr flüsterte. Aber er war mit seinen Gedanken woanders.

Nur wenige Wochen hatte es Herman in Liegnitz gehalten, es zog ihn nach Swiny und zu Wanda. Als er sich der Burg näherte, war es ihm, als ob er sie schon von weitem auf der Burgmauer sitzen und in die Ferne schauen sah. Und er hatte richtig beobachtet. Er fand Wanda hinten über dem Wehrgang, auf einem Platz, den man vom Burghof nicht einsehen konnte. Sie schaute hinaus in das Land. Blickte sie hinüber zur Bolkoburg?

»Ach, Herman, du!«, sagte sie mit leiser Stimme. »Ich habe an dich gedacht.« Herman traute seinen Ohren nicht.

»Und ich habe geglaubt, du bist mir böse.« Ein Stein fiel ihm vom Herzen. »Ich wusste überhaupt nicht, woran ich war.«

»Seit Löwenberg hat sich die Welt verändert. Alles um mich herum erscheint mir in einem anderen Licht, alles scheint sich gewandelt zu haben.« Wandas helle Stimme klang dunkel, aber Herman empfand den Wandel in ihrem Verhalten nicht unangenehm. Sein Herz hüpfte vor Freude. ›Ich habe es geschafft! Ich habe es geschafft!‹, sang es in ihm. ›Ich habe die Welt für sie verwandelt!‹ So verstand er sie. Ganz verkehrt lag er damit nicht, nur war nicht er der Auslöser dieser Wandlung. Wanda fühlte sich klein und verletzlich, deshalb war sie vor der Welt und vor sich selbst geflohen. Dabei war ihr die Flachheit ihres bisherigen Lebens bewusst geworden. Und als sie in langen wehmütigen Stunden darüber nachgedacht hatte, da hatte sie zum ersten Mal erkannt, welche aufrichtige Liebe Herman für sie empfand.

»Dinge, die mir wichtig waren, erscheinen mir jetzt bedeutungslos«, gestand sie ihm. »Und manches, was ich vorher gar nicht beachtet habe, ist plötzlich ungemein wichtig geworden.« Es klang sybillinisch, aber für Herman war es das Geständnis, dass er ihr wichtig war.

»Und Piotr?« Er konnte die Frage nicht unterdrücken.

»Ach, Piotr«, seufzte sie. »Er war ehrlich zu mir. Es hat mir immer imponiert, wie forsch und draufgängerisch er war. Aber es hat mich auch gekränkt, wie er mit meinen Gefühlen spielt. Gerade so, als ob er das Recht hätte sie anzufachen oder abzulöschen wie ein kleines Feuer und so wie es ihm beliebt. Ich sehe ihn jetzt mit anderen Augen.« Sie sah ihn offen an. »Jetzt mag ich ihm nicht einmal mehr glauben, dass er meinetwegen hierher kommt. Er geht auf der Burg ein und aus, als ob sie ihm gehört. Oft habe ich den Eindruck, dass er eigentlich wegen Vater heraufgeritten kommt und nicht meinetwegen. Die beiden sitzen doch die meiste Zeit beisammen und reden und tuscheln. Manchmal erwecken sie sogar den Eindruck, als ob sie etwas zu verbergen hätten.«

Tatsächlich konnte sie von den Gesprächsfetzen, die sie ab und zu aufschnappte, nur vermuten, dass die beiden kräftig auf den Herzog schimpften und dass sie das verband.

»Sie fallen wie eine Ameisenplage über das Land her«, hatte sie den Kastellan sagen hören, und Piotr hatte gerufen: »Wir müssen den Anfängen wehren.« Oder ein anderes Mal: »Wir wollen einen Fürsten, der zu uns hält und nicht zu den Fremden.« Manchmal wurde Piotr wirklich laut und unbeherrscht. Dann verschwand er wieder und ab und an vergaß er sogar ihr Lebewohl zu sagen.

Aber das mochte sie Herman gar nicht erzählen. Was ihr Piotr aber aus dem Dunkel geschichtlicher Vorzeit vorgeschwärmt hatte, darüber konnte sie unbefangen sprechen.

»Ich weiß, du magst Piotr nicht. Aber du darfst ihm nicht böse sein, Herman. Piotr ist nicht schlecht. Weißt du, eigentlich ist er ein romantischer Mensch«, versuchte sie Hermans Misstrauen zu zerstreuen und seinen Unwillen über den lästigen Konkurrenten zu besänftigen. »Oft hat er mir von früheren polnischen Prinzen vorgeschwärmt, die er bewundert. Das zeigt doch, dass er ein Herz hat. Damit du weißt, was ich meine, will ich dir eine seiner Geschichten erzählen.« Herman saß ihr zu Füßen und hörte aufmerksam zu. »»Wir brauchen einen neuen Prinzen Krak«, hat er gesagt. König Krak hat den Drachen getötet, der an der Weichsel hauste. Über der Drachenhöhle hat er dann auf dem Berge Wawel seine Burg errichtet. Daraus ist die Stadt Krakau entstanden. Aber Krak ist dann von der Weichsel nach Gnesen gezogen, denn dort in Gnesen hatte lange vorher Lech, der erste Führer des Stammes der Polanen, seinen Adlerhorst gebaut. Aus diesem Stamm ist unser Volk gewachsen und dort hat Krak sein Schwert in die heilige Eiche gestoßen.« Wanda verhielt einen Augenblick und dachte nach. »Immer wenn in Piotrs Geschichten von Gnesen die Rede war, war er wie verwandelt. Da hat er mich ganz andächtig angeschaut, so, als ob er von einer heiligen Sache spricht. ›Und dort in Gnesen‹, erzählte er mir, ›da ist Krak unser Führer geworden.‹ Zuerst haben die Wojewoden Krak nämlich nicht getraut, obwohl das Volk ihn immer verehrte. Als ihren Führer anerkannt haben sie ihn erst, als er das Schwert Lechs aus der heiligen Eiche in Gnesen herausgezogen hat. Das war seit Generationen in dieser Eiche versenkt und niemand hat es herausgekriegt. Ganz wild und kraftvoll hat Krak das Schwert geschwungen. Da sind ihm die Männer gefolgt. Und er hat sein Volk von der Herrschaft der Fremden befreit. Von Sieg zu Sieg hat er sie geführt. Ein ganz großer König ist er geworden. ›So etwas brauchen wir‹, hat Piotr dann ausgerufen. ›Wir brauchen einen starken Anführer, der das heilige Schwert unseres Vorvaters Lech in der Faust schwingt. Dann werden wir uns auch von allem befreien, was uns fremd ist.‹«

Herman hörte Wanda mit ernster Miene zu. Aber ihm waren Lech und Krak völlig gleichgültig – und auch Piotr, solange Wanda nichts an ihm fand. Für Herman war einzig wichtig, dass sie wie umgewandelt war. Das bedeutete für ihn das große Glück und die wahre Liebe. Aber Wanda war noch nicht ganz fertig mit ihrer Geschichte.

»Weißt du, Herman, für mich sind Krak und Lech auch nicht wichtig«, sagte sie, als hätte sie seine Gedanken erraten, »das ist nun mal die Geschichte unseres Volkes. Aber eines, finde ich, ist doch wichtig – für mich – und für uns. Dass wir nicht da stehen bleiben, wo Piotrs Geschichten enden. Wichtig ist doch, dass wir uns vertragen, auch heute.« Dann fügte sie noch hinzu: »Gerade heute, nicht wahr?«

»Ich liebe dich, Wanda.« Herman war vor ihr auf die Knie gefallen. Sie holte in einem tiefen Seufzer Luft und nahm sein Gesicht in beide Hände. Ihre weichen Hände wärmten seine Wangen und hielten sie fest. »Ich weiß es, Herman«, erwiderte sie. »Ich habe dich auch sehr gern. Aber lass mir ein bisschen Zeit.« Herman war glücklich. Sie sprachen nicht mehr viel an diesem Nachmittag. Schweigend saßen sie nebeneinander und schauten hinaus in das Land. Als die Sonne untergehen wollte, nahm Herman Abschied. Er umarmte seine Wanda und drückte sie fest an sich. Der Ritt zurück nach Liegnitz erschien ihm wie ein Flug auf Wolken.

Boleslaw hatte tatsächlich die Vorbereitungen für seinen Feldzug gegen seine polnischen Vettern zügig vorangetrieben. Es galt seinen Anspruch auf das ganze Polen durchzusetzen. Für Herman war es das erste Mal, dass er mit den Männern an einem kriegerischen Unternehmen teilnehmen würde. Anfangs wusste er nicht so recht, ob er sich darüber freuen sollte oder nicht. Schließlich waren es keine wirklichen Feinde, wie die Mongolen zum Beispiel. Es waren seine Landsleute. Aber dann freute er sich doch. Das würde ihm Gelegenheit geben, seinem Fürsten zu zeigen, was wirklich in ihm steckte. Stan dagegen schien noch weniger begeistert zu sein. Er war merkwürdig still geworden. Ihn zog es jetzt öfter in die Kapelle, die vor dem Palastgebäude stand. Dort kniete er nieder und betete. Er betete für Frieden.

Bevor der Feldzug losging, bat Herman seinen Herrn noch einmal um Erlaubnis den Hof verlassen zu dürfen.

»Um mich von meinen Leuten zu verabschieden«, sagte er zu Ekhard. Der Mann lächelte verständnisvoll und mit einem Augenzwinkern fragte er: »Reicht dir eine Woche?«

Dieses Verabschieden, das war tatsächlich nur die halbe Wahrheit. Herman wollte Wanda wieder sehen. Jetzt, bevor er ins Feld zog, wollte er klare Verhältnisse schaffen. Er verzehrte sich nach ihr und seine Phantasie spielte ihm wunderschöne Geschichten vor, die ihn bis ins Mark erschauern ließen. Er wollte ihr viele, viele Male sagen, wie sehr er sie verehrte und was er für sie empfand. Er wollte vor ihr auf die Knie fallen, sie mit seinen Armen umfassen und ihr immer wieder sagen, dass er sie liebte, dass er sie immer lieben werde. Er wollte diese innige Gemeinsamkeit mit ihr erleben. Dann wollte er Lebewohl sagen und sie bitten auf ihn zu warten.

Er war gerade vor der Schweinhausburg abgesessen, da sah er sie aus dem Tor treten. Sie drehte noch einmal um, offensichtlich hatte ihr jemand etwas zugerufen. Als sie zum zweiten Mal heraustrat, trug sie einen Korb an ihrem Arm. Herman hatte Mühe, ruhig zu bleiben. Sein Pferd hatte er an einen Baum gebunden. Er blieb am Waldrand stehen und wartete. Langsam kam sie den Weg herabgestiegen, noch mehr verlangsamte sie ihre Schritte, als sie ihn erkannte. Dann stand sie still. Sie blickte zu ihm herüber. Da rannte er los, in kurzen schnellen Sprüngen auf sie zu. Sie fielen sich in die Arme wie zwei Verdurstende, die nach dem köstlichen Nass lechzten. Jetzt war er sicher, dass auch Wanda auf ihn gewartet hatte. Er umfasste sie, streichelte sie, küsste sie. Ganz eng drückte sie sich an ihn und sie erwiderte seine Zärtlichkeiten. Er presste sie nur noch fester an seine Brust. So selbstverständlich war das auf einmal. Herman war überrascht, aber er war zu glücklich um darüber nachdenken zu können. Es war die erste einer langen Reihe glücklicher Stunden, die sie miteinander erlebten. Die Tage schienen nicht lang genug zu sein, die Nächte waren lau und voller Lust und merkwürdig kurz. Herman vermochte nicht zu glauben, dass der Herrgott es so gut mit ihm meinte. Ob Michal sich überwinden würde, oder ob er immer noch nichts von ihm wissen wollte, kümmerte weder ihn noch Wanda. Sie waren wie im siebenten Himmel. Herman hatte endlich sein Ziel erreicht, Wanda gehörte ihm, sie war völlig sein.

Die gemeinsamen Sorgen mit dem Wiederaufbau verbanden alle Bewohner des Grünen Tales. Aber ganz ohne Einfluss blieb auch die Liebe der beiden jungen Leute auf die zwei Burgen nicht. Herman schien es, als ob das ganze Grüne Tal von dem Überschwang seiner Gefühle erfasst wurde. Selbst der hart gesottene Michal blieb vom Strahlen seiner Tochter nicht unberührt. Auch Wandas kleine Schwester Agnieszka schien sich in Herman zu verlieben. Wann immer er auftauchte, hing die knapp Fünfjährige an seinem Hals. Er mochte das Mädchen und er sagte ihr, dass sie ihrer großen Schwester schon ganz ähnlich sehe. Das gefiel Agnieszka sehr. Und seine Wanda, der kokettierende Wildfang, war zu einer hingebungsvollen, besorgten Geliebten geworden. So sehr schien sie sich gewandelt zu haben, dass sie völlig in ihrem Herman aufging.

Das zeigte sich auch, als Piotr von Jauer wieder auf der Schweinhausburg auftauchte. Anfangs erschien er jeden Tag auf der Burg. Das erste Mal stritt er mit Wanda, dann wurde er zudringlich. Sie forderte ihn mit großem Ernst auf sie nicht mehr zu besuchen, sie wolle nichts mehr mit ihm zu tun haben. Da lachte er nur und suchte Michal auf. Beim zweiten Mal wurde er zornig, fasste sie hart an ihren beiden Armen und beschimpfte sie. Herman sprang hinzu und zog sein Schwert. Piotr stutzte überrascht, dann zuckte er zurück und ließ sie los. Laute Verwünschungen ausstoßend verließ er die Burg. Das nächste Mal versuchte er noch einmal mit ihr zu reden, aber er wurde wieder abgewiesen. Danach würdigte er weder Wanda noch Herman mehr eines Blickes, sondern marschierte jedes Mal an ihnen vorbei und schnurstracks zu Michal. Mit dem Kastellan führte er lange Gespräche. Einmal, als Piotr laut wurde, konnten die beiden Verliebten hören, was er sagte, obwohl sie sich nicht im Burghof, sondern auf ihrem Lieblingsplätzchen auf der Burgmauer aufhielten.

»Du darfst deine Tochter nicht einem Fremden geben. Das Mädchen gehört mir.«

»Ich gebe sie keinem Fremden«, wehrte sich Michal.

»Aber du verhinderst es nicht.«

»Sie ist alt genug selbst zu entscheiden, was sie will. In Polen haben die Frauen schon immer selbst entschieden.«

Wanda lächelte, als sie das hörte und drückte Hermans Hand. Aber Piotr wurde nur noch zorniger. »Du hast keinerlei Stolz. Sie nehmen unser Land, sie nehmen unsere Mädchen – und du zuckst die Schultern und lässt es geschehen. Was für ein miserabler Kastellan du bist!« Dann hörten sie, wie Piotr davonstürmte. Das war das letzte Mal, dass sie Piotr auf der Burg antrafen.

Die beiden Verliebten verloren kein Wort mehr über ihn und Piotr ließ auch nichts mehr von sich hören. Herman freute sich. Er hatte seinen Widersacher ausgestochen. Wanda verehrte er dafür noch mehr. Gefürchtet hatte er Piotr nicht mehr, aber er atmete dennoch erleichtert auf. Wanda hatte sich für ihn entschieden. Herman war glücklich und überall war Sonnenschein.

Etwas anderes machte ihn allerdings doch etwas besorgt. Am vorletzten Tag schien es, dass mit Wandas Gesundheit nicht alles zum Allerbesten stand. Er bemerkte, dass es ihr am Morgen nicht gut ging. Ihr wurde richtig übel. Aber sie wehrte seine Besorgnis mit einer Handbewegung ab. »Nichts, Herman, es ist wirklich nichts«, sagte sie, »das vergeht wieder.« Sie wurde aber ganz still und zog sich allein in ihre Kammer zurück. Dieser Zustand hielt allerdings nicht lange an und auf ihre Lust am Leben schien es keinen Einfluss zu haben. Wanda blieb die kleine abenteuerlustige junge Frau, die es ihm angetan hatte und der er völlig verfallen war.

Die Tage, die Herman im Grünen Tal bleiben durfte, waren wie im Fluge vergangen. Herzog Boleslaw brach viel zu schnell zu seinem Krieg gegen seine polnischen Widersacher auf. Schweren Herzens nahm Herman Abschied von Wanda. Aber er ritt mit einer ruhigen Gewissheit: Wanda würde auf ihn warten.

Mit seinem Herrn und des Herzogs Kriegsleuten zog er in Breslau über den Oderfluss in das polnische Kernland. Herman wusste nur, dass das Hauptziel des Herzogs Krakau war. Als bekannt geworden war, dass die Krakauer ihren Fürsten Boleslaw den Schamhaften zurückgerufen hatten, hatte Rogatka erkannt, dass er dieser Herausforderung sofort Einhalt bieten musste. Sein Anspruch auf das gesamte Polen war gefährdet. Aber nicht nur Krakau war abgefallen, auch in Kalisch und in Srim hatten die Einwohner nächtlicherweise die Besatzung überfallen und die Burggrafen ermordet. Sie waren noch von Boleslaws Vater eingesetzt worden. So zog Herman mit dem kleinen Heerbann in die östlichen Landesteile und wieder zurück nach Breslau und wieder in die polnischen Fürstentümer zwischen Oder und Weichsel, ohne dass Boleslaw Rogatka der Lösung seines Problems wirklich näher kam. Nach Swiny kam Herman dabei nicht.

Fast ein halbes Jahr verging, bis er Wanda wieder sah. Endlich war es so weit. Wie das blühende Leben sah sie aus, hübscher als er ihr Bild in seinem Herzen getragen hatte, noch weiblicher und mit rosigen Wangen. Sie eilte auf ihn zu und er umarmte sie. Voller Freude und voller Rührung waren sie beide den Tränen nahe. Erst dann bemerkte Herman, dass ihr Körper rundlicher, kräftiger geworden war. Überrascht und fragend sah er sie an. Sie strich über ihren Leib und nickte, »Ja, ein Kind.«

»Unser Kind!«, rief er glücklich. Zärtlich streichelte Herman ihren

Leib. Und Wanda überflutete ihn mit ihrem strahlenden, das ganze Gesicht verklärenden Lächeln. Er nahm ihre Hände, er drückte sie an sich, er war außer sich vor Freude. »Du machst mich zum glücklichsten Mann dieser Erde, meine Geliebte. Jetzt werden wir heiraten! Auch dein Vater kann nun nichts mehr dagegen haben.«

II.

Herman schaute sich suchend um. So weit konnten sie doch noch gar nicht vorausgeritten sein. Er spornte seinen Hengst zu größerer Eile an. Nicht, weil er sich Sorgen um die beiden Frauen gemacht hätte, nein, dazu gab es keinen Grund. Nur hätte er den Weg von Jauer zur heimischen Burg gerne mit ihnen gemeinsam zurückgelegt. Wanda nahe zu sein, war für ihn das Höchste auf Erden. Sie war so aufregend kokett, seine lebenslustige Liebste. Ausgesprochen hübsch war sie, die Männer umschwärmten sie – mit und ohne Minnegesang, dachte er lachend. Sie war sein angebetetes Weib. Immer wieder entdeckte er etwas Neues, Unbekanntes an ihr, das ihn noch mehr fesselte. Sie war ein lustiger Gesprächspartner. Aber sie war eben auch eine unruhige kleine Seele, seine Wanda. Warten, etwas ruhig abwarten, das konnte sie jedenfalls nicht. Bei ihr musste immer etwas passieren, es musste husch, husch, hurtig gehen und oft hielt sie ihn ganz schön in Atem. Und jetzt war sie schwanger. Jeder konnte es jetzt sehen im Grünen Tal. Herman war stolz auf seine Wanda. Er hatte sie von Michal zur Frau verlangt. Aber der Dickschädel war nicht gewillt gewesen nachzugeben. Tief drinnen hatte er wohl Herman immer noch nicht akzeptiert. Aber Michal war nicht zornig geworden diesmal. Selbst Wanda hatte erst gezögert. Für den verwirrten Herman war das völlig unverständlich gewesen. Aber dann hatte er alle Vorbehalte ausräumen können. Und sie war ihm auf die Burg Bolkos gefolgt. Noch in diesem Monat sollte die Hochzeit sein.

Heute hatte sie gebettelt mit ihm nach Jauer reiten zu dürfen und er hatte freudig zugestimmt. Auch als sie Oda, mit der sie ja eng befreundet war, mitnehmen wollte, war ihm das recht gewesen. »Wir werden aber langsam reiten, gemächlich. Versprichst du mir das, Wanda?« Lachend hatte sie genickt. Herman hatte sich bemüht, seine Geschäfte dort so schnell wie möglich zu erledigen. Aber dann hatte sie eben wieder ihre Unruhe gepackt und mit einem kurzen »Ich reite mit Oda schon voraus!« war sie aufs Pferd geklettert.

»So warte doch einen Augenblick, du kannst doch nicht ohne mich zurückreiten«, hatte er noch gerufen.

»Das kurze Stück Weges bis zur Burg schaffen wir auch alleine!« Und schon war sie mit ihrer Freundin verschwunden gewesen. Sie mussten

doch schneller geritten sein, die beiden. Herman preschte den schmalen, schattigen Pfad unter dem schützenden Laubdach der Buchen entlang und den letzten Hügel hinan, der ihm den Blick in das liebliche, lang gestreckte Tal öffnen würde – da stutzte er.
Er zügelte seinen Hengst. Boxer schnaubte und stieg auf der Hinterhand. Was war das? Langsam ritt er an das Gebüsch heran, fixierte den Gegenstand seiner Aufmerksamkeit. Er zog das Schwert aus der Scheide.
»Ist da jemand? Wer da?«
Keine Antwort.
Die Äste waren abgebrochen, überall war der Boden aufgewühlt und was da aus dem Busch herauslugte, das sah wie ein Bein aus. Herman stieg nicht ab, sondern rückte etwas von den Büschen ab. Er blickte suchend umher. Außer dem Singen einiger Vögel und einem leichten Rauschen des Laubwaldes war kein Laut zu hören.
»Ist da jemand?« Er lenkte Boxer um das Buschwerk herum, suchte die Umgebung ab. Niemand! Herman sprang von seinem Pferd. Mit dem langen Schwert hob er die Zweige über dem Bein etwas an – und erstarrte. Das war eine Frau! Er beugte sich nieder und erschauderte. Sie war tot, der Kopf war zerschmettert. Aber ihr Haar! Panik ergriff ihn. Er kniete sich neben den Körper und drehte ihn herum – war es Wanda?
Hatte Wanda nicht ein grünes Reitkleid getragen? Oder war es doch ein braunes – wie dieses hier? Oder hatte Oda diesen braunen Anzug angehabt? Er war völlig verwirrt, er wusste es nicht mehr. Nein, Oda konnte es nicht sein. Sie war barfuss, aber die Füße waren nicht schmutzig – Wandas Füße. Ihre Schuhe oder Stiefel waren verschwunden.
»Nein! Nein!« Er schrie es hinaus. Es war Wanda! »Es darf nicht Wanda sein!«, schrie er. Er wollte es nicht glauben. Es durfte nicht Wanda sein. Aber es war niemand anders, auch Oda konnte es nicht sein. Angst und Panik schnürte seinen Brustkorb zusammen. Er schwang sich auf Boxer und preschte die kurze Strecke nach Swiny. Er würde auf der Schweinhausburg nach ihnen fragen und dann weiter nach Hayn und sich dort erkundigen, dann zu seiner Burg reiten und da würde er sie finden. Ja, er würde sie schon finden. Mit seinem Schwertknauf donnerte er gegen das massive Tor der Schweinhausburg.
»Aufmachen! Aufmachen! Ich bin es, Herman!« Endlich. »In eurem Wald liegt eine Tote! Habt ihr Wanda gesehen? Oder Oda?«
»Eine Tote?«
»Was ist los?«
»Wer ist es?«
Die beiden Frauen hatten hier nicht Einlass begehrt. Hastig erzählte er das Wenige, was er wusste, dann wendete er Boxer und donnerte wieder über die kleine Zugbrücke. ›Es kann nicht Wanda sein. Ich suche

sie. Ich reite nach Bolkow.« Halblaut wiederholte er immer wieder diese drei Sätze.

Den Steinberg hinab, durch das Tal entlang des Flusses und wieder bergan. Sein Boxer keuchte, als er ihn den heimischen Burgberg hinauftrieb. Wanda würde dort sein und über seine Ängstlichkeit lachen, ihren Spott mit ihm treiben, so wie es ihr immer Spaß machte. Und alles würde wieder gut sein. Das Burgtor war verschlossen. Es dauerte eine Weile, bis jemand öffnete. Wanda war nicht in der Burg angekommen. Er suchte sie vergebens. Auch Oda war wie vom Erdboden verschluckt.

Herman war jetzt ganz ruhig geworden, beängstigend ruhig. Er nahm sich zwei bewaffnete Knechte und ritt mit ihnen zurück zum Jauerberg. »Warum? Warum?« waren die einzigen Gedanken, die er denken konnte. »Warum?« Wanda hatte nie jemandem etwas zuleide getan. Was war geschehen? Wer konnte solch ein Verbrechen begehen?

Als Herman sich dem Ort des grausigen Fundes näherte, formierte sich gerade ein kleiner Zug. Der Kastellan, Janko und Stan ritten voran. Knechte führten einen Zelter, auf dem ein in eine Decke gewickelter Körper gebunden war. Es war Wanda! Jetzt konnte er sich nicht mehr selbst täuschen. Er war vom Pferd gesprungen um den leblosen Körper zu umfangen.

»Was hast du damit zu tun, Herman?« Voller Verzweiflung und Misstrauen sah Michal ihn an. »Meine Tochter ist schändlich erschlagen worden. Was hast du damit zu tun, Herman?«

»Kastellan! Sie ist von Jauer aus mit Oda vorausgeritten. Ich bin nur ganz wenig später hinter ihr hergeritten. Ich konnte sie nicht einholen. Dann habe ich sie gefunden.«

»Du hast die beiden Mädchen allein reiten lassen?« Barsch fuhr Michal ihn an. »Bist du verrückt geworden? In diesen unsicheren Zeiten!« Herman schluckte stumm. Was sollte er dem Vorwurf entgegnen? Hilfe suchend sah er Stan an. Das Gesicht des Freundes war wie versteinert, nur in seinen Augen stand der namenlose Schmerz, den beide teilten.

»Hoffentlich kannst du mir das alles gut erklären«, presste der Kastellan hervor und setzte noch leiser hinzu: »Wenn dir dein Leben lieb ist!« Dabei verzerrte ein eigenartiger Ausdruck sein von Wind und Wetter gezeichnetes Gesicht.

III.

Sie beerdigten Wanda unter den Mauern der Schweinhausburg. Ein kleiner Trauerzug schritt durch das Burgtor und bog gleich nach der Brücke rechts zu der kleinen ebenen Lichtung ab, die von oben, von der östlichen Mauer aus, gut einzusehen war. Michal ging zwischen Janko und dem Priester der St. Nikolauskirche am Talhang. Stan, einen Schritt hinter den beiden, führte Agnieska an der Hand. Die Burgleute und die paar Hörigen, die noch in Swiny hausten, folgten mit gesenkten Köpfen. Der Abstand zwischen Stan und Michal war nicht zufällig. Stan hatte die halbe Nacht mit seinem Vater und seinem Bruder im Burghof gesessen. Ihr Gespräch hatte in gemeinsamer Trauer begonnen. Die drei Männer waren eins in ihrer Trauer, sie trauerten um den Sonnenschein von Swiny. Doch in hitziger Diskussion und mit bitteren Vorwürfen hatte es geendet. Wer war der Mörder?

»Es wird unheimlich im Wald von Swiny«, lüftete Janko einen Zipfel seiner Gedanken. Er hörte sonst lieber zu. Aber der mysteriöse Tod seiner Schwester öffnete ihm die Lippen.

»Es sieht wieder aus wie damals, als der Ritter Rabensteiner und sein Knappe im Wald erschlagen aufgefunden wurden.«

»Ihr habt mir nie etwas von diesem Mord erzählt.« Stan warf es so unbefangen wie möglich ein. »Erst von Herman habe ich zufällig davon erfahren.«

Der Kastellan fühlte sich nicht angesprochen und schwieg. Janko nahm den Ball auf. »Das war genauso unerklärlich. Und die Mörder sind nicht gefunden worden.« Da Stan einiges mehr darüber gehört hatte und auch wusste, dass das Thema seinem Vater unangenehm sein musste, ließ er es dabei bewenden.

»Wer mag das sein? Umher streifende Gesetzlose, oder Wegelagerer, oder Straßenräuber? Ausgestoßene? Oder vielleicht Raubritter?«, fragte er mehr sich selbst als die beiden Männer.

»Oder ob sie Wanda oder Oda vielleicht gekannt haben?«, wunderte sich Janko. Das war zu viel für den Alten.

»Ihr glaubt doch wohl nicht, dass Fremde die Mörder gewesen sind? Wegelagerer, die nur zufällig auf die Frauen gestoßen sind? Was hätten die von den beiden jungen Dingern rauben wollen? Die Pferde? Oder die Schuhe? Lächerlich! Der Mord an Wanda und auch der damals am Rabensteiner, die sehen mir verdammt ähnlich aus. Ich bin fest davon überzeugt, dass wir die Mörder kennen – gut kennen sogar.« Er holte Luft. »In unserem Wald gibt es keine Gesetzlosen.« Stan sah seinen Vater aufmerksam an. Im Gesicht des Alten arbeitete es, seine Backenmuskeln waren angespannt.

»Hast du jemanden bestimmten im Auge, Vater?«

Der alte Kastellan richtete sich auf. »Jemand hat einen Grund für diese Verbrechen. Diese Menschen wurden nicht aus Langeweile umgebracht. Es hat etwas mit uns allen zu tun. Wer kann ein Motiv haben, einen Grund, eine hübsche junge Frau umzubringen?« Die beiden jungen Männer sahen sich an, ohne dass ihnen eine Erleuchtung gekommen wäre. Aber der Alte fuhr fort. »Seid ihr einmal unsere Nachbarn durchgegangen? Wer könnte da wohl einen Grund haben, Wandas Tod zu wünschen?«

Stan fühlte, wie ihm das Blut zu Kopfe stieg. Mit gedämpfter aber scharfer Stimme fuhr er seinen Vater an: »Vater! Wenn du wieder mit deinem Misstrauen – man kann es schon Hass nennen – auf die Deutschen anfängst, dann werde ich ungeheuer zornig mit dir.« Michal hatte sich unter Kontrolle. Er blieb völlig ruhig.

»In mir ist ein furchtbarer Verdacht aufgetaucht«, sagte er. »Dieser junge Deutsche hatte doch einen Grund, nicht wahr? Ich wollte ihm meine Tochter nicht zur Frau geben. Er hat mich inständig gebeten, Schluss zu machen mit den alten Gegensätzen. Aber ich wollte sie nicht begraben. Er hat Wanda trotzdem aus unserer Burg weggeführt. Weder er noch Wanda haben sich von mir daran hindern lassen. Und jetzt erinnere ich mich, dass er zum Abschied noch die kleine Agnieszka geküsst hat, so als sähe er sie zum letzten Mal. Dann hat er sich abgewandt. Aber er hat sich doch noch einmal umgedreht. Wild entschlossen hat er mich angesehen, beinahe drohend.«

Stan war außer sich. Fassungslosigkeit über die Verdächtigungen seines Vaters mischte sich mit Wut über dessen Sturheit.

»Herman liebte Wanda über alles, Vater. Er war glücklich mit ihr. Er freute sich über ihr Kind. Ich bin zutiefst enttäuscht von dir – und über deine Verdächtigungen und Verblendung.« Er sprang auf. »Mir tun deine ewigen Anschuldigungen wirklich weh. Das ist doch lächerlich. Herman hat nichts damit zu tun. Er wollte Wanda zu seiner Ehefrau nehmen.«

Stan sah seinen Vater mit einem unbeschreibbar traurigen Blick an. Dann fing er sich wieder. »Hast du dir schon einmal überlegt, wer vielleicht nicht glücklich gewesen sein könnte, dass Wanda schwanger war?«, versuchte er seinen Vater auf eine andere Fährte zu lenken.

»Eben!« war alles, was Michal erwiderte.

»Vater!« Es war fast ein Aufschrei. »Hermans Familie hatte nichts gegen das Mädchen und auch nichts gegen das Kind. Ich kenne die Leute – du nicht. Du willst sie ja gar nicht kennen!« Stan wurde immer erregter, da ließ sich auch Michal anstecken und sie brüllten sich gegenseitig an.

»Wenn du Recht hättest, wärest du da nicht ein viel besseres Ziel gewesen?«, fragte schließlich der Sohn den Vater. Aber Michal wurde dadurch nicht unsicher. Die Anschuldigungen wurden immer heftiger, Beleidigungen folgten, so dass es schließlich Janko zu bunt wurde. Er bemühte sich die beiden erhitzten Gemüter zu besänftigen. Als ihm das nicht gelang, ließ er sie stehen und ging ins Haus. Stan verteidigte weiter Herman und seine Familie, aber das Gespräch hatte jede Sachlichkeit verloren.

Das war letzte Nacht gewesen. Jetzt folgte auch Herman der Toten. Er ging direkt hinter Stan. Der hatte am Morgen noch schnell einen Boten mit der Nachricht zu ihm geschickt, dass Wanda zu Grabe getragen werden sollte. Herman war allein gekommen. Er wusste, dass aus Hayn niemand willkommen sein würde. Herman hatte Mühe seine Tränen zurückzuhalten. Er hatte Wanda geliebt, er würde sie immer lieben. Er war völlig verzweifelt und er machte sich schwere Vorwürfe.

›Hätte ich sie doch nicht alleine reiten lassen, wäre sie jetzt noch am Leben.‹ Dieser Gedanke zermarterte ihm die Seele. Aber hätte das etwas geholfen? Die Mörder hätten dann eben eine andere Gelegenheit abgewartet. Oder es wäre anders gekommen und auch er selbst wäre dort im Wald von Swiny getötet worden. Dann hätte er wenigstens ihr Schicksal geteilt.

Friedlich und schattig wies der Waldweg vor dem Burgtor den Weg zur Lichtung. Die kleine Gruppe Trauernder versammelte sich um das ausgeworfene Erdreich am Rande eines kleinen Gräberfeldes. Ein paar Holzkreuze, einige schon alt und verwittert, schmückten die Gräber. Eine Reihe sah aus, als ob sie erst kürzlich aufgestellt worden war. Am hinteren Rand gab es vier Gräber, die steinerne Kreuze schmückten und die mit schweren Steinen abgedeckt waren.

Der Priester sprach nur kurz. Er sprach von Schuld und von Vergebung. Er rief auf zur Versöhnung. Als er seinen Segen über der Toten aussprach, bekreuzigten sich alle. Die Männer senkten den Leichnam in das Grab, ein Seufzen ging durch die kleine Gruppe, einige schluchzten laut auf. Herman trat ebenfalls hinzu. Die kleine Agnieszka riss sich los und klammerte sich an ihn. Niemand sagte ein Wort. Herman kniete nieder, Wandas kleine Schwester in seine Arme einschließend, und versank in ein Gebet. Es war ein verwirrtes Gebet, voller Wut und voller Verzweiflung. Arme Wanda. »Herr, nimm sie in Gnaden in deinem Schoß auf!«, schloss er. »Herr vergib uns unsere Schuld.«

Eilig schaufelten die Männer das Grab zu.

IV.

Ein paar Tage lang bemühte sich der Kastellan Licht in das Dunkel um den Mord seiner Tochter zu bringen – ohne Erfolg. Währenddessen sandte er auch einen Boten zum Herzog um die Bluttat zu melden.

Am Morgen nach der Beerdigung, also zwei Tage nach der Bluttat, tauchte Oda wieder auf der Bolkoburg auf. Sie kam ohne ihr Pferd zu Fuß den Berg herauf. Fast die gesamte Burgbesatzung Bolkos war unterwegs gewesen, hatte nach ihr gesucht. Aber sie hatten keine Spur von ihr gefunden. Nun stand Oda plötzlich vor dem Tor. Ihr Gang war der einer alten Frau. Sie schlurfte, manchmal stolperte sie. Sie war völlig verstört. Alle redeten auf sie ein, versuchten sie auszufragen, sie mit Essen und Trinken zu verwöhnen. Es half nichts. Sie sprach kein Wort. Konnte sie vielleicht gar nicht mehr sprechen? Niemand wusste, wo sie die zwei Nächte zugebracht hatte. Sie musste wohl die ganze Zeit herumgeirrt sein. Es blieb ein Rätsel.

Bolko sandte nach einem Arzt aus Striegau. Die Mägde bereiteten Oda ein heißes Bad und steckten sie ins Bett. Am Abend stotterte sie zusammenhangloses, wirres Zeug, wie im Fieberwahn. Dann jedoch schwieg sie wieder völlig und reagierte auf keine Fragen mehr. Das Furchtbare, das sie erlebt hatte, war ihr wie ein Schock in Glieder und Verstand gefahren.

Nach den Anweisungen des Medizinmannes kochten die Frauen Oda eine wässrige, weinhaltige Brühe aus den Blättern und dem Samen des Basilikenkrautes. Geduldig flößte Walburga ihrer Nichte den Trunk ein. »Das Blatt dieser Pflanze hilft gegen solche plötzlich auftretenden Störungen und den Verlust des Sprachvermögens«, hatte der Arzt erklärt, »es unterbindet auch die Einwirkungen von Dämonen und bösen Geistern auf den Verstand der Menschen«. Rasch hatte er sich bei diesen Worten bekreuzigt.

Auch der Bruder Wladimir kümmerte sich um Oda. Er kniete vor ihrem Bett. Laut und inbrünstig betete er für ihr Seelenheil und ihre Genesung.

»Warum?«, fragten sich die Menschen in Bolkow und in Swiny. »Warum?« Beide Frauen, jung und lebenslustig, waren doch stets freundlich zu jedermann gewesen. Konnte es Eifersucht sein? Nein, diese Idee wurde schnell wieder verworfen, niemand mochte sie für ein Motiv halten. Nicht bei der pummeligen Oda. Auch die Leute von Hayn dachten an Fremde, Gesetzlose, die in den unendlichen Urwäldern hausten, die die Grenze zu Böhmen säumten. Aber anders als der Kastellan von Swiny verdächtigte hier niemand einen Mörder aus der Nachbarschaft.

Oder waren sie alle in Gefahr? War es vielleicht ein Racheakt, eine Vergeltung, eine fürchterliche Drohung für die neuen Siedler in Hayn? Bolko machte sich Sorgen um die Sicherheit seiner Leute. Was konnte man tun? Im Grünen Tal herrschte helle Aufregung. »Das ist nun schon das zweite Mal, dass in diesem Wald gemordet wird«, sagte Bodo. Und dann wurde auch hier die Frage aufgeworfen: »Ob der Mord an dem Ritter und seinem Knappen vielleicht von den selben Leuten verübt worden ist, die Wanda umgebracht haben?«

»Wieso ist eigentlich Oda nichts passiert?« Die Frage blieb unbeantwortet im Raum stehen. Niemand wusste etwas, aber niemand suchte einen Grund bei Wanda selbst, Wanda war für alle einfach ein unglückliches Opfer. Bis auf Wolrad. Wolrad sprach den Verdacht aus, dass es nicht Zufall gewesen war, dass die Mörder gerade Wanda aufgelauert hatten.

»Kann es nicht vielleicht doch etwas mit dir zu tun haben?« Er sah Herman fragend an.

»Wäre ich da nicht selbst ein viel besseres Opfer gewesen?«, fragte Herman zurück. Darauf wusste auch Wolrad keine Antwort.

Bolko rief jetzt jeden Morgen die Männer der Burg zusammen um mit ihnen zu beraten, was zu tun sei. Aber da sie nicht wussten, vor wem sie sich in Acht nehmen sollten, konnte auch keiner mit einer guten Idee aufwarten. Bis eines Tages Wolrad die kleine Versammlung mit einer Mitteilung überraschte. »Ich habe mich entschlossen, das Grüne Tal zu verlassen. Hier ist meines Bleibens nicht mehr«, erklärte er. Große Überraschung bei den Versammelten.

»Und warum willst du uns so plötzlich verlassen?«, fragte Bolko. Herman ahnte die Antwort. Er wusste um die fruchtlosen Bemühungen des Vaters um die junge Frau auf der Schweinhausburg. Aber war das ein Grund?

»Das ist schwer zu erklären.« Die Worte fielen Wolrad offensichtlich nicht leicht. »Die offene Feindschaft unseres Nachbarn geht mir jeden Tag mehr gegen den Strich. Ich weiß, ich bin ein gut Teil die Ursache dafür – ungerechtfertigter Weise. Aber es macht mich unzufrieden mit mir selbst und unruhig.« Er sah Herman an. Herman glaubte ihm und er hatte das Gefühl, dass seines Vaters Blick voller Wohlwollen auf ihm ruhte. »Ich bin froh, dass Herman heimgekommen ist. Mich zieht es wieder hinaus.« Sie versuchten ihm auszureden, dass die Spannung zwischen den Nachbarburgen etwas mit ihm persönlich zu tun habe. Bolko meinte, dass Wolrads Weggehen auf die Spannungen keinen Einfluss haben würde. Aber Wolrads Entschluss stand fest.

»Doch, doch«, bestand er auf seiner Entscheidung. »Es wird euch helfen. Der Mord an Hermans Braut wird den verbohrten Alten von der Schweinhausburg noch mehr gegen uns alle aufbringen, obwohl es auch dafür keinen vernünftigen Grund gibt. Michal ist noch dazu der Kastellan, er ist das Recht in unserer Gegend. Das macht das Ganze noch schlimmer. Da kann er sich einreden, dass nicht seine persönliche Abneigung, sondern sein Amt ihn misstrauisch, sogar feindselig machen muss. Am liebsten würde ich ihm das Dach über dem Kopf anzünden. Aber dann habt ihr auch wieder alle drunter zu leiden. Es wird sicher helfen, wenn wenigstens ich einfach von hier verschwinde.« Wolrad stand auf und ging unruhig auf und ab. »Außerdem zieht es mich wieder hinaus. Die Aufbauarbeiten in unserer Burg sind gut vorangekommen. Das Gröbste habt ihr überstanden. Ihr braucht mich nicht mehr. Und Herman ist nun zurückgekommen, eine kräftige Hilfe. Ich reite nach Liegnitz. Oder vielleicht mache ich mich an die Verfolgung der Tataren.« Beim letzten Satz lachte er schon wieder. Die Männer nahmen das Geständnis Wolrads nicht allzu ernst. Sie mühten sich weiter redlich ihn zum Bleiben zu überreden. Nur Herman wusste, dass sein Vater nicht aufzuhalten sein würde. Und so kam es auch. Wolrad ließ nicht mehr mit sich reden.

Inzwischen hatte sich der Mord bis nach Jauer und nach Striegau herumgesprochen und sorgte auch dort für Aufregung und wilde Gerüchte. Weder aus Liegnitz noch aus Breslau kam jedoch auf die Meldung des Kastellans hin eine Nachricht, was der Herzog zu tun gedachte. Dann wurde im Grünen Tal bekannt, dass das Blutgericht des Herzogs nicht zusammentreten könne.

»Wir können auch nicht urteilen«, ließ ein Notar des Hofes verlauten. »Niemand weiß, wo der Herzog sich aufhält. Ihr müsst beten, dass der Herzog kommt und Recht spricht.«

Ein anderes Mal hieß es: »Der Herzog ist wieder mit seinem Geiger Surrian unterwegs. Wir suchen ihn noch.« Hinter vorgehaltener Hand wurde erzählt, dass der Herzog mit seinem Geiger einer Schönen gefolgt sei, die mit Flötenspielern unterwegs war. Ganz wunderschön singen solle sie, hieß es.

Als Herman davon erfuhr, war er fürchterlich aufgebracht. »Ein Herzog hat auch Pflichten! Er kann nicht einfach verschwinden«, schimpfte er. »Einfach seine Geschäfte vergessen und seinem Vergnügen nachlaufen. Er ist der oberste Gerichtsherr! Das Verbrechen schreit doch nach Gerechtigkeit und Bestrafung!« Da war niemand, der ihm widersprochen hätte.

Seit der Schandtat waren Tage vergangen, da tauchten eines abends plötzlich vor der Burg in Hayn Bewaffnete mit Fackeln auf. Sie ritten unter dem Burgberg herum und schrien Drohungen hinauf. Bolko, der Burgherr, versetzte seine Männer in Alarmbereitschaft, die Wachen am Tor wurden verstärkt. Auch auf den Mauern zogen Wachen auf, ihre Ablösung wurde abgestimmt. Rund um die Uhr sollten sie beobachten, was draußen vor sich ging. Wasser wurde den kleinen Torturm hinaufgeschleppt, Steine und Felsbrocken in Stellung gebracht. Auch den Frauen und Jugendlichen ließ Bolko Waffen aushändigen. Als mitten in der Nacht die Leute aus den Katen am Hang angstorfüllt an das Tor pochten und Einlass in die Burg begehrten, ließ Bodo das Tor öffnen. Die Leute schlugen im Hof ihr Lager auf und Bolko plante sie ebenfalls mit ein für die Wachen. Herman wollte sofort hinausreiten um herauszufinden, was die Schreier eigentlich im Schilde führten. Es gab doch gar keinen Krieg. Aber nach einer längeren Beratung wurde beschlossen, damit zu warten bis es hell wurde. Die Männer, die vor der Burg lagerten, zogen die ganze Nacht nicht ab. Der Schein ihrer Lagerfeuer war eine unübersehbare Drohung.

Als es hell geworden war, hörten sie wieder die Schreie. Immer deutlicher wurden die Rufe, bis auch Herman schließlich verstand, was die Männer da draußen verlangten.

»Rückt den Herman raus. Wir wollen den Mörder des Mädchens. Er muss hängen!«

Niemand in der Burg dachte im Ernst an eine Auslieferung Hermans. »Was soll das denn?« Bolko schüttelte ungläubig den Kopf. »So ein Schwachsinn!«

Herman fand das Ganze lächerlich. Anfangs lachte er nur über die Dummheit dieser Irregeleiteten – genau wie die anderen Burgbewohner auch. Wer mochte sie aufgehetzt haben? Woher mochten sie kommen? Doch nicht etwa aus Swiny? Nein, so weit durfte es nicht kommen. Erst als vier von den Gesellen direkt vor das Burgtor ritten und Herman einen von ihnen erkannte, wurde ihm klar, welche Kreise die Gerüchte um den Mord bereits gezogen hatten – und wie ernst die Lage war. Der Anführer war Piotr von Jauer!

»Was hat Piotr damit zu tun? Warum treibt sich Piotr von Jauer da draußen herum?« Herman konnte es nicht fassen.

»Piotr und seine Spießgesellen bedrohen unsere Burg. Wenn das weitere Kreise zieht, werden auch die friedlichsten Bewohner bedroht.« Als Bolko sich über die Gefahr klar geworden war, trat er ganz nahe an die Brüstung heran.

»Warum hetzt du die Leute auf, Piotr?«, schrie er. »Bei uns gibt es keine Mörder. Such sie woanders!« Unten hoben sie die Bogen. Zwei Pfeile schwirrten heran, verfehlten aber ihr Ziel. Die Brüllerei war sinnlos. Bolko trat von der Brüstung zurück. Es war wohl besser vorsichtig zu sein.

Am nächsten Tag waren die bewaffneten Störenfriede zu einer stattlichen Zahl von etwa dreißig Leuten angewachsen. Piotr hatte es tatsächlich geschafft eine richtige Belagerung zu organisieren und den Zugang zur Burg abzuschneiden. Nun entschloss sich Bolko eine Delegation zur Verhandlung nach draußen zu schicken. Herman, der darauf brannte, Piotr gegenüber zu treten, gebot er jedoch in der Burg zu bleiben. Widerstrebend fügte Herman sich. Das Ergebnis, das Reinhard, der Bruder des Burgherrn, und der Mönch Wladimir zurückbrachten, versetzte alle in helle Aufregung.

»Die Verrückten dort draußen fordern die Auslieferung Hermans, weil sie ihn für den Mörder Wandas halten«, berichtete Reinhard. »Und damit nicht genug. Sie wollen auch seinen Vater! Sie behaupten, sie hätten Beweise, dass die beiden Wanda gemeinsam umgebracht haben.«

»Auch Wolrad!«, bestätigte Wladimir. »Als ich daran erinnert habe, dass für Kapitalverbrechen allein das Hochgericht des Herzogs zuständig ist, haben sie nur hämisch gelacht. ›Auf den Herzog und sein Halsgericht können wir nicht warten‹, hat Piotr geschrien. ›Wir werden selbst für Gerechtigkeit sorgen und die Bluttat sühnen‹. Mit ihm war nicht zu reden. Ein anderer hat ihm den Rücken gestärkt und immer ›Richtig so!‹ gerufen. ›Die Mörder bringen es sonst noch fertig sich beim Herzog gegen ein Blutgeld freizukaufen‹, hat der andere gegiftet. Da haben sie alle tückisch gelacht.«

»Als ich ihnen gesagt habe, dass sich Wolrad gar nicht mehr auf der Burg aufhält, wurde Piotr fürchterlich wütend«, berichtete Reinhard weiter. »Er hat geflucht und wilde Verwünschungen auf ihn und uns alle ausgestoßen. ›Wir werden die Burg anzünden‹, hat er gedroht.« Der

Mönch schüttelte voller Entsetzen seinen Kopf. »Zwei seiner Kumpanen mussten ihn zurückhalten, er wollte auf uns losgehen.«

Bolko lehnte die Forderungen natürlich kategorisch ab. Er und seine Männer beobachteten aber von nun an die Vorgänge am Burghang noch wachsamer als zuvor. Herman erbot sich, sich durch die Belagerung zu stehlen um den Kastellan zum Einschreiten aufzufordern. Er war schließlich das Gesetz im Grünen Tal. Er musste für Recht und Ordnung sorgen. Aber Bolko lehnte auch diesen Vorschlag ab. »Vorerst noch nicht«, sagte er. »Wenn es nicht schlimmer kommt, werden wir alleine damit fertig. Ich denke auch, Piotr und seine Spießgesellen werden wieder zur Vernunft kommen. Mir wäre es lieber, wenn wir die Hilfe des Kastellans nicht in Anspruch nehmen müssten. – Außerdem können dem Kastellan die Vorgänge in Hayn nicht verborgen bleiben«, fügte er nach kurzer Überlegung hinzu.

Odas Zustand hatte sich indes nicht verändert. Sie schien ein anderer Mensch geworden zu sein. Keiner in der Familie kam mehr mit ihr zurecht. Sie, die so zutraulich und lieb zu allen gewesen war, die auf jeden offen zugegangen war, sie zog sich jetzt völlig zurück. Sie mied alle. Sie sprach immer noch kein Wort. Herman sah ihr die Seelenpein förmlich an, unter der sie litt. Der Bruder Wladimir bemühte sich besonders um sie.

»Du musst beten, Oda«, sagte er immer wieder, »beten zu Gott. Ihm kannst du dich anvertrauen, er wird dir helfen.« Aber sie reagierte auch auf seine Worte nicht und ließ nicht erkennen, ob sie ihn überhaupt verstand. Beichten wollte sie auch nicht, so sehr er sich auch um sie bemühte.

»Gott weiß, wie schwer du an deinem Wissen und deinem Gewissen tragen musst. Er wird dir helfen, wenn du ihm nur vertraust.« Aber sie konnte es wohl nicht. Ihr Vertrauen war zerstört. Wenn sie Herman begegnete, schien sie besonders traurig zu werden. Manchmal dachte er, dass Stan vielleicht der Einzige wäre, der ihren verhärteten Kern aufbrechen konnte. Aber Stan, wo war Stan jetzt? Wahrscheinlich wieder in Liegnitz.

Als die Belagerung der Burg sich immer länger hinzog, zählte Herman schließlich zwei und zwei zusammen: Der ganze Mummenschanz musste mit der verschmähten Liebe Piotrs zu Wanda zu tun haben. Piotr konnte nicht verwinden, dass Wanda sich von ihm abgewandt hatte. Piotr fühlte sich gedemütigt und suchte einen Schuldigen. Da kamen ihm Herman und dessen Familie gerade recht. Piotr mochte die neuen Siedler ohnehin nicht. Der Mord kam ihm wahrscheinlich wie eine Bestätigung für das vor, was er schon immer gedacht hatte.

Die Zahl der Belagerer nahm immer noch zu. Hermans Vermutung, dass Piotrs verschmähte Liebe hinter der Bedrohung stehen mochte und dass der Mordverdacht nur ein Vorwand für seine Rache war, fand auch bei den Burgleuten Zustimmung. Aber es half niemandem weiter.

Schließlich entschied Bolko einen Boten nach Liegnitz zu senden. Er sollte versuchen, nachts durch die Umzingelung zu schleichen und Hilfe vom Herzog erbitten. Auf den Kastellan der Schweinhausburg konnten sie jetzt sicherlich nicht zählen, sonst hätte der schon längst etwas unternommen. Ihm konnte doch das Treiben am anderen Ende des Tales nicht verborgen geblieben sein.

Wieder hielt Bolko Kriegsrat mit seinen Männern. Da kam Herman mit einem völlig überraschenden Vorschlag heraus. Er hatte sich zu einer Entscheidung durchgerungen. »Ich werde die Burg verlassen, ich werde fortreiten von hier. Dann ist euer Problem erst einmal gelöst. Und dabei kann ich auch gleich die Leute in Liegnitz alarmieren.«

»So weit kommt das!« Bolko war sehr bestimmt. »Bei uns wird niemand im Stich gelassen. Warum willst du denn abhauen? Ich sehe keinen Grund dafür«, erklärte er kategorisch.

Sollte Herman offenbaren, was ihn wirklich bewegte? Sollte er gestehen, dass es weniger dieser Piotr war, als die stete Erinnerung an Wanda, die ihn forttrieb? Selbst wenn er nur vom Wehrgang aus ins Land blickte, erinnerte ihn das an Wanda. Sein Blick fiel dann auf die Schweinhausburg, die im Norden über den Wald herausragte. Früher hatte das eine tiefe Sehnsucht in ihm hervorgerufen, jetzt erzeugte es nur noch Bitterkeit und Schmerz. Diese Burg war für ihn Wanda. Dann tauchte ihr Bild wieder vor ihm auf. Alles im Grünen Tal erinnerte Herman an Wanda und er wünschte sich weit, weit weg. Dabei wurde ihm das Eingeschlossensein auf der Burg immer unerträglicher.

»Es ist weniger die Drohung, die draußen vor der Burg gegen mich gerichtet wird. Die treibt mich nicht fort. Und wenn es tatsächlich zu einem Blutgericht kommen sollte, dann wird sich schnell unser aller Unschuld herausstellen. Nein, ich fürchte nicht um mein Leben«, versicherte er. »Aber nach Wandas Tod hält mich nichts mehr im Grünen Tal. Wanda war mein Ein und mein Alles. Ich werde schon sehen, wie ich weiterkomme. Um mich braucht ihr euch keine Sorgen zu machen. Irgendwann wäre ich sowieso einmal aufgebrochen. Ewig wollte ich mich nicht an der Burg festklammern.« Und mit einem fast verlegenen Lächeln fügte er hinzu: »Schließlich möchte ich auch noch einmal zum Ritter geschlagen werden.« Er sah sich Zustimmung heischend um.

»Hier rauzukommen wird auch kein Problem sein. Ich kenne mich aus hier am Berg. Ich kenne die Gegend wie meine Westentasche, jeden Stein und jeden Busch kenne ich. Die Banditen dort unten können nicht überall gleichzeitig sein.«

»Was willst du denn machen? Bei uns bist du doch immer noch besser aufgehoben.«

»Mein Entschluss steht fest. Ihr habt ohnehin nichts mit dem ganzen Unheil zu tun. Das ist ausschließlich meine Sache. Ich gehe. Wenn Piotr das erfährt, wird er auch abziehen. Ihm geht es doch nur darum, Rache an mir zu üben. Er kann es nicht verwinden, dass ich ihm Wanda weggenommen habe.«

»Aber wenn du jetzt abhaust, werden sie das als Eingeständnis deiner Schuld werten!«

»Ich werde herausfinden, wer diesen Mord begangen hat. Das schwöre ich bei meiner Liebe zu Wanda. Wanda stand für mich für Versöhnung. Auch deshalb werde ich das Verbrechen rächen.«

Herman war zuversichtlich, sein Gewissen war rein, er hatte sich nichts vorzuwerfen. Auch Bolko konnte ihn nicht mehr umstimmen. Überdies musste sich der Burgherr eingestehen, dass sich Herman bis zum Beweis der Unschuld tatsächlich seines Lebens nicht mehr sicher sein konnte. Mit diesen Burschen war nicht zu spaßen. War es da nicht doch ratsam ihn ziehen zu lassen? Aber wohin? Breslau oder Liegnitz zum Beispiel, die Residenzen der Piasten, waren jetzt ebenfalls keine guten Zufluchtsorte.

Da machte Reinhard einen Vorschlag: »Vielleicht wäre es wirklich nicht schlecht, wenn du erst einmal eine Zeit lang verschwindest. Der aufgewirbelte Staub wird sich setzen und wir werden hoffentlich bald herausfinden, wer die Mörder wirklich sind. Jetzt sind die Gemüter hier viel zu aufgerührt, da kannst du auch kein gerechtes Verfahren erwarten. Wie wäre es, wenn du eine Weile nach Prag gingest? Das ist weit genug weg, da haben auch die Piasten keinen Zugriff. Deiner Erfahrung tut es ebenfalls gut. Am Hof des Böhmenkönigs kannst du eine Menge lernen. Inzwischen klären wir hier die Sache auf.« Reinhard sah sich um, was wohl die anderen von seinem Vorschlag hielten. Der eine oder andere nickte zustimmend. Es folgten lange Beratungen, in denen das Für und das Wider viele Male hin und hergewendet wurde, aber am Ende fanden alle, dass Reinhards Vorschlag keine schlechte Lösung für den Augenblick wäre. Also, auf nach Prag!

Herman fiel der Abschied leicht. Zum ersten Mal freute er sich seine Heimatburg verlassen zu können. Er suchte in der kleinen Kammer, die er mit Wulf teilte, seine sieben Sachen zusammen. Hier hatte auch Wolrad geschlafen, als er noch auf der Burg weilte. Herman wusste, dass sein Vater ein kleines Versteck hinter einem losen Stein in der Mauer gehabt hatte. Dort bewahrte er wohl Dinge auf, die ihm wichtig genug erschienen sie nicht offen herumliegen zu lassen. Er fand das Versteck und stöberte darin herum. Vielleicht waren da noch ein paar Denare. Eine kleine Ritze erregte seine Aufmerksamkeit. Er kratze, kratzte sie breiter auf und entdeckte dahinter einen weiteren kleinen Hohlraum. Ein paar gefaltete Pergamentblätter kamen zum Vorschein. Ihm war ganz eigenartig zu Mute. Eine unerklärliche Scheu überkam ihn. Die Blätter sahen etwas vergilbt aus. Er strich sie glatt. Erst nach näherem Hinsehen entzifferte er den Namen ›Albrecht vom Rabenstein‹ auf allen drei Schreiben. Eines der Blätter trug den Namenszug des Rabensteiners. Der »Kastellan Michal von Swiny« stand unter einem anderen, gefolgt von drei unbeholfenen Kreuzen, ein drittes war vom Herzog Heinrich signiert und gesiegelt worden. Sie handelten von Geschäften, es ging um Geld.

Herman erinnerte sich an den Namen, den er auf allen drei Dokumenten las. So hieß doch dieser Ritter, der damals bei dem ersten Mord im Wald von Swiny erschlagen und ausgeraubt worden war. Wie kamen diese Schreiben in das Versteck Wolrads? Herman widerstrebte es, die Dokumente mit dem Mord in Verbindung zu bringen. Dennoch lief es ihm eiskalt den Rücken hinunter. Musste nicht derjenige, der im Besitz der persönlichen Schreiben des Ritters war, in irgendeiner Weise an dem Überfall beteiligt gewesen sein? Ein fürchterlicher Verdacht keimte in Herman auf. Er wehrte sich dagegen, er wollte nicht, dass er sich in seinem Kopf festsetzte. Er versteckte die Blätter wieder und verschloss das Versteck noch sorgfältiger als vorher. Er wollte nicht nur den Fund sondern auch jede Erinnerung daran wegschließen. Aber Herman vermochte es nicht, mit den Schreiben auch die Gedanken daran aus der Welt zu schaffen. Sie verfolgten ihn weiter und das Verbrechen im Wald von Swiny auch. Das Verbrechen? Herman wand sich in Gedanken. Es waren doch zwei Verbrechen! Nein, Herman schüttelte sich. Das konnte nicht sein. Das durfte nicht sein. Für einen solchen Zusammenhang gab es beim besten Willen keinen Grund. Aber Herman war zutiefst beunruhigt. In der nächsten Nacht verließ er heimlich die Burg. Bevor er wegritt, versuchte er noch einmal Oda zum Sprechen zu bewegen. Aber sie öffnete ihren Mund nicht. Später erfuhr er, dass es noch fast ein halbes Jahr dauern sollte, bis sie wieder einen vernünftigen Satz über ihre Lippen brachte. Das grausame Erlebnis im Wald von Swiny hatte sie völlig verstört. Aber auch als es ihr gelang, wieder zu reden, konnte sie den Burgleuten nichts über das erzählen, was ihr und Wanda damals im Wald widerfahren war.

VI.

»Singt mir etwas!«, rief der König. »Jetzt können wir aufatmen: Die Mongolen sind tatsächlich auch aus Ungarn abgezogen. Sie sind nach Sonnenaufgang hin verschwunden. Also, wenn das kein Grund zum Feiern ist!« Die Männer, die um König Wenzel versammelt waren, sahen aus wie ein bunter, zufällig zusammengewürfelter Haufen in einer der Tavernen unten an der Moldau. Farbenfrohe Umhänge und Beinkleider, leichtes Schuhwerk, ein paar warme Kappen, nur wenige trugen einen Harnisch. Aber keiner hatte auf ein Schwert oder einen eindrucksvollen Dolch im Gürtel verzichtet. Das gehörte zum Manne wie ein

Krug des guten Bieres, das in Prag gebraut wurde. Alle waren sie Ritter König Wenzels und mit ihm zechten sie am Königshofe. Von den Worten des Herrschers schien niemand so recht beeindruckt. Wer hatte in Böhmen denn noch an eine Gefahr geglaubt? Die Leute vergaßen schon, was sie gestern noch geängstigt hatte. Es war doch so lange her, seit die Tatarenhorden durch Böhmen gezogen waren.

Der König nahm auf einem gewöhnlichen Hocker zwischen seinen Kriegsleuten Platz. Sie hatten sich in einem Kreis um eine freie Fläche herum postiert, in der ein Sänger mit erhobenem Haupte Aufstellung genommen hatte. Mit ihm standen drei Musikanten in der Mitte, zwei mit hölzernen Pfeifen, einer mit einer Fidel. Einer der Ritter stieß den Sänger auffordernd in die Seite. »Reinmar sing uns etwas!«

Der König klatschte. »Nimm deine Fiedel und tritt her zu mir.« Der Sänger ließ sich nicht lange bitten.

»Über Euren Sieg über die Mongolen?« Niemand wagte zu lachen. »Rede keinen Unsinn!«, herrschte ihn der König an, aber er reagierte nicht weiter auf die Anspielung. »Sing uns was von der höfischen Welt der Staufer.« Reinmar nahm seine kleine Geige und trat vor König Wenzel.

»Hm, hm«, räusperte er sich, zog seinen Hut, machte mit einer weit ausholenden Gebärde eine tiefe Verbeugung vor dem König und begann, zuerst leise, einen Sprechgesang zu intonieren:

Gar traurig ist der Staufer Los,
Nur einer der war wahrhaft groß:
Der Kaiser Rotbart lobesam,
Der gar zum Flusse Weichsel kam.
Doch unser Kaiser Friederich
Traut nicht mal bis zur Elbe sich.

Reinmar sah den König aufmerksam an. Als der keine Miene verzog, fuhr er lauter, melodischer und klagender fort:

Italien lässt ihn nimmer los,
Da ward die Not im Reiche groß.
In Händel verstrickt er das Ewige Rom,
Der Bannstrahl des Papstes traf ihn schon,
Die englische Kaiserin im Kindbett starb,
Unser König Heinrich in der Haft verdarb.
Und Konrad gar, ein Knabe noch, zu jung als König:
Die Fürsten achten ihn gar wenig.
Auch Jerusalem hat Friedrich verlor'n,
Der Papst trieb ihn aus Rom davon ...

»Genug mit diesem Trauergesang, genug damit!« Jetzt sprang der König auf. »Hat denn niemand mehr etwas Fröhliches, Lustiges?« Ein Aufschrei! »Bei aller Achtung für das große Geschlecht der Staufer, in Böhmen gibt es keinen Grund zur Traurigkeit.« König Wenzel I. war immer ein treuer Anhänger Kaiser Friedrich II. gewesen. Wenzels Gemahlin, die Königin Kunigunde, war schließlich die Tochter des in Bamberg ermordeten Königs Philipp von Hohenstaufen. Der König sah seine Adligen herausfordernd an und sofort erhob sich einer und begann ein Loblied auf den prachtvollen König Wenzel von Prag zu intonieren. Die Männer waren froh, dass Wenzel sich nicht weiter über das Liedchen Reinmars aufregte. Sie drängten sich nun in den Kreis und stritten um die Reihefolge und das Thema des Gesanges. Da war der Bann schnell gebrochen. Zwei Deutsche begannen eine rhythmische Weise vom Vater Rhein. Stürmischer Beifall belohnte die Darbietung. Ein paar Ritter aus der bayrischen Ostmark mochten nicht zurückstehen, sie begannen von ihrem schönen Donaustrom zu singen. Zwei Italiener folgten mit einem rührenden Liedchen auf die italienische Mama.

In diese Runde wurde Herman von einem Hofbeamten geführt, der ihn dem König vorstellte. Herman wurde sofort in die Mitte gestoßen, er sollte singen. Herman hatte noch nie vor einem König gestanden. Obwohl unter dem Abendhimmel Prags in den Anlagen der Burg nicht viel von einem Königshof auszumachen war, fühlte er sich klein und unscheinbar. Ihm fiel auch nicht gleich eine gute Melodie ein. Er trat von einem Fuß auf den anderen. Da aber kam ihm die Idee. Ja, von seiner Heimat konnte er singen, von seinen Bergen, von seiner Liebsten.

»Und in dem Schneegebirge, da fließt ein Brünnlein kalt ...« Seine helle, klare Stimme drang durch die Abendluft und schien in die Ferne zu schweben, wo sein Heimatland unter grünen Eichen, am reißenden Strom, unter blitzenden Sternen wartete. Es war ein wehmütiges Liedchen und es war still geworden in der Runde. Als er geendet hatte, erntete er mehr als höflichen Beifall.

»Hierher, junger Mann«, rief ihn der König, »Wie alt bist du und wo kommst du her?«

»Sechzehn werde ich und komme aus Schlesien, Majestät. Mein Vaterhaus ist die Bolkoburg. Wir sind dem Herzog von Liegnitz und von Breslau ergeben.«

»Papperlapp, Herzog von Liegnitz und von Breslau! Das ist altes böhmisches Land. Breslau ist eine böhmische Gründung. Eines Tages wird es zu uns zurückkommen.« Die Runde klatschte Beifall und trank ihm zu. »Und du wirst uns dabei helfen, junger Mann! Deshalb bist du doch hier, nicht wahr!« Herman schluckte, dann richtete er sich auf und sah dem Herrscher ins Gesicht. Wenzel war kleiner als Herman. Er schaute ihn nicht unfreundlich an. Aber Herman musste sich erst daran gewöhnen, dass er nur in ein Auge blickte. Das andere war durch eine schwarze Klappe verdeckt. Man erzählte, dass die Augenklappe eine leere Höhle verschloss. Einst hatte der König auf der Jagd durch einen zurückprallenden Ast ein Auge verloren, weshalb ihn die Leute auch den »Einäugigen« nannten.

»Nein, Herr König. Ich bin zu euch gekommen, weil ich von euch lernen kann. Ich möchte ein guter Ritter werden.«

Die mutige Antwort gefiel König Wenzel. An seinem Hofe wurden Königs- und Fürstensöhne zu Rittern gemacht. Auch Heinrich, der Sohn seiner Schwester, der Herzogin Anna von Schlesien, hatte an seinem Hofe einen Teil seiner Jugend verbracht und Rittersitte angenommen. Dieser Heinrich war das genaue Gegenteil seines Bruders Boleslaw Rogatka geworden, hatte Wenzel mit Genugtuung feststellen können. Und der König führte es auf seinen Einfluss zurück. Der würde einmal ein guter Herzog Schlesiens werden – und dazu aufgeschlossen dem Böhmen gegenüber.

»Da bist du bei mir genau richtig. Ullrich!« Der König sah sich um. »Ullrich von Kärnten!« Ein stattlicher Ritter erhob sich. »Nein, nicht du, Vetter. In eurer Familie heißen sie ja alle Ullrich.« Er lachte und zeigte auf einen jüngeren Ritter. »Ullrich, du kümmerst dich um den Grünschnabel!«

VI.

Stan war wieder an den Hof von Liegnitz zurückgekehrt. Dort herrschte noch immer tiefe Trauer um die verstorbene Herzogin Hedwig. Beide Völker, das deutsche und das polnische, verehrten sie gleichermaßen. Mit ihrem starken Geist hatte die Großmutter Boleslaws jahrzehntelang über das Leben am Hofe gewacht, obwohl sie in den letzten Jahren schwer krank war. Auch Anna, ihre Schwiegertochter, orientierte sich an dem festen Glauben der Herzogin Hedwig und lebte ganz nach ihrem Beispiel. In der Familie schien die tiefe Hinwendung zu Gott fest verankert zu sein. Die Heilige Elisabeth von Thüringen, die Muhme Annas, war ihnen allen leuchtendes Beispiel.

Selbst Boleslaw konnte sich der Trauer nicht entziehen, obwohl seine Großmutter keine Gelegenheit versäumt hatte vor dem missratenen Enkel zu warnen. Sogar Stan hatte das miterlebt. In Gegenwart der Herzogin Anna war von Boleslawas Benehmen die Rede gewesen – Boleslaw selbst war gar nicht anwesend. Da rief die strenge Fürstin: »Wehe, wehe dir Boleslaus, was wirst du noch für Unheil über dein Land bringen!« Und als Boleslaw seine junge Gemahlin zugeführt wurde, die ebenfalls Hedwig hieß, wusste schon bald der ganze Hof, was die alte Dame der jungen Braut gleich beim ersten Empfang voraussagte: »Gott stehe dir bei, meine Tochter. Du wirst viel Ungemach erdulden müssen von Boleslaus!«

Stan fand es noch ein Glück, dass Boleslaw nicht gleich ungehörige Erwiderungen gegeben hatte, wie es sonst seine Art war. Er lachte nur. An ihm perlten solche Aussprüche der Herzogin Hedwig ab wie Regen an einer aufgespannten Kuhhaut. Manchmal tat Boleslaw solche Kritik mit einer einzigen abschätzigen Bemerkung ab: »Weiberregiment!« Das war alles.

Für Stan hatte sich durch den Tod der Herzogin nichts geändert. Auch nicht durch die Großjährigkeit Boleslaws. Mit Genugtuung stellte er fest, wie er ganz selbstverständlich immer mehr ein Teil des Hofes wurde. Und er gewann zunehmend Gefallen an dem Leben auf der Burg in Liegnitz. Auch Otto war zufrieden mit den Fortschritten, die sein Knappe in der Ausbildung zum Ritter machte. Und dann geschah etwas, das Stans Freude am Leben in Liegnitz noch erhöhte.

Stan begegnete nämlich einem Mädchen. Es bezauberte ihn mit einem entzückenden Lächeln. Nachdem er sie einmal nur gesehen hatte, musste er immerfort an sie denken. Sie ging ihm nicht mehr aus dem Sinn. Möglichst unverfänglich erkundete er bei seinem Ritter, wer die hübsche Kleine war. Otto kannte sich aus, er wusste, dass das Mädchen ebenfalls auf der Burg lebte, zusammen mit seiner Mutter. Die Leute nannten sie ›die kleine Rabensteinerin‹. Mutter und Tochter lebten alleine auf der Burg. Das war nicht ungewöhnlich. Die Männer hielten sich selten lange bei Hofe auf, wenn sie kein Amt bekleideten. Erst später fand Stan heraus, dass der Vater des Rabensteiner Mädchens nicht mehr am Leben war.

Die kleine Rabensteinerin war noch jung, sie war wirklich noch ein Mädchen. Aber sie sah süß aus mit ihrem kurzen, braunen Haar. Ein paar aufmerksame, kluge Augen blickten ihn an und als er sie reden hörte, bekam er sofort einen gehörigen Respekt vor ihr: ›Sie weiß, was sie will! Vielleicht ist das darauf zurückzuführen‹, dachte er, ›dass sie ohne Vater aufwächst. Sie muss sich wohl ihrer Haut alleine wehren und das versteht sie offensichtlich.‹ Jedenfalls gefiel ihm ihr keckes, bestimmtes Wesen, das so gar nicht zu ihrer verhaltenen, unfertigen Weiblichkeit zu passen schien.

Zum ersten Mal hatte Stan sie in der Kapelle gesehen, die mitten im Burghof vor dem Fürstenpalast stand. Eigentlich war Stan weniger wegen des Gottesdienstes in die Kapelle eingetreten, sondern weil ihn der kompakte zwölfeckige Bau aus Granit und rötlichem Marmor anzog. Otto hatte erzählt, dass Heinrich der Bärtige, der die Liegnitzer Burganlage aus Stein errichtet und neu befestigt hatte, auch den gewaltigen Palast und die Kapelle mit dem Presbyterium erbaut hatte. Der Kapellenbau war den beiden Heiligen Benedikt und Lorenz geweiht. Als Stan die hübsche Kirche genügend bestaunt hatte, schickte er sich an zu beten. Da wurde er in seiner Andacht abgelenkt – diesmal von dem Mädchen. Die hübsche Betende kniete neben ihrer Mutter in der Mitte des innen völlig runden Gotteshauses, gleich hinter der Herzogin Anna, und folgte andächtig versunken der lateinischen Liturgie. Stan kniete schräg hinter ihr. Er beobachtete, wie ein Sonnenstrahl durch eines der kleinen Bogenfenster der Kapelle direkt auf das weiche Gesicht der Kleinen fiel. Es hob sich gegen das helle Licht ab und erstrahlte in einem milden, gedämpften Glanz. Stan war, als erblickte er das Gesicht eines Engels. Er konnte seine Augen nicht von dem Mädchen wenden. Jemand, der ihn beobachtete, musste seine Andacht für echt halten, so versunken war er. Nach dem Gottesdienst verließ das hochgewachsene Mädchen gemessenen Schrittes mit ihrer Mutter und der Herzogin die kleine Basilika und stieg die hölzerne Außentreppe zum dritten Stock des Fürstenhauses empor. Stan blieb im Burghof stehen und blickte sehnsüchtig die Treppe hinauf zu der Tür, durch die der Engel verschwunden war.

Das nächste Mal sah er die hübsche Rabensteinerin, wie sie mit ihrer Mutter die Burg verließ und zur Siedlung hinunter schritt. Die Mutter trug einen bis zu den Füßen reichenden, langen schwarzen Mantel und hatte sich mit einem dicken Wollschal völlig vermummt. Das Mädchen sah in ihrer dunkelgrünen Wolljacke und dem langen braunen Rock fast wie erwachsen aus. Auf dem Kopf trug es eine einfach gestrickte braune Wollmütze. Stan richtete es ein, dass er ihnen am Burgtor begegnete. Artig zog er seinen Hut, so wie er es gelernt hatte.

»Stanislaw von Swiny«, stellte er sich vor, »darf ich euch den Korb tragen?« Die Tochter errötete. Die Mutter zuckte bei dem Wort ›Swiny‹ unmerklich zusammen, doch dann nickte sie huldvoll und fragte Stan, wem er diene. Er antwortete ihr beflissen. Nach dem Verlassen der Burg wandten die beiden Frauen sich nach rechts den Weg hinab und dem Markt zu, der an derselben Stelle wieder entstanden war, an der er auch vor der Brandschatzung durch die Mongolen seinen Platz gehabt hatte. Stan führte ein angeregtes Gespräch mit der Mutter. Schon bevor sie auf dem Markt angekommen waren, glaubte er, dass sie von ihm sehr angetan war. Tatsächlich verbarg sie nicht, dass ihr der höfliche junge Knappe gefiel. Bald hatte er auch herausgefunden, dass die kleine Rabensteinerin mit Vornamen Heida hieß. Sie diente der Herzogin Anna, die immer einige junge Mädchen aus guten Familien zur Erziehung bei sich aufnahm. Das Mädchen sprach zwar kaum ein Wort, aber die Mutter war sehr gesprächig, bis sie die Reihe Buden und Stände erreichten, in denen Händler und Bauern feilboten, was täglich gebraucht wurde. Kranz- und Schuhbänke lösten sich mit Brot- und Fleischbänken ab. Stände für Tuche und Wollsachen gab es. Auch ein Gewürzhändler pries seine kostbare Ware an, deren exotischer Duft die Nase verwöhnte. Um diese Stände herum hatten die Bauern aus der Umgebung schon bei Sonnenaufgang ihre zweirädrigen Karren aufgestellt, auf denen sie Geflügel und Stallhasen feilhielten, Butter, Eier und Käse. Natürlich wurden auch Obst und Gemüse angeboten. Stan fand es erstaunlich, was selbst zum Ende des Winters noch alles auf dem Markt zu haben war. Die Äpfel sahen so pausbackig aus, als ob sie gerade vom Baum gepflückt worden wären. Eigentlich kannte er das auch von Swiny her. Man musste sie nur richtig lagern. Manche Feldfrüchte wie weiße Rüben, Steckrüben und Möhren, hielten sich gut in den Erdmieten. Knoblauchzehen und Sellerieknollen gab es und schöne Köpfe Blaukraut und Weißkraut. Die Bauern lösten einfach die äußeren, unansehnlichen Blätter ab und schon konnten sie einen frischen Krautkopf anpreisen. Der Rosenkohl und der Grünkohl schmeckten ohnehin erst richtig, wenn sie Frost abbekommen hatten, dann waren sie nicht mehr bitter. Die Bauern ließen sie einfach auf dem Feld stehen, bis sie das Gemüse brauchten. Linsen und Bohnen gab es genauso wie getrocknete Erbsen und natürlich vielerlei Backobst, Pflaumen, Äpfel- und Birnenscheiben. In Swiny wurde das Obst immer auf dem Dachboden in einer Obstdarre an Schnüre zum Austrocknen gehängt. Dann konnte man es ebenfalls gut den ganzen Winter über aufbewahren. Für den Hof des Herzogs wurden die Waren selbstverständlich auf der Burg angeliefert. Da trugen die Händler auch geschlissene Federn für die Betten, eine Vielzahl von Teesorten, Tränken und Heilkräutern und Lavendelblüten für das Badewasser hinauf und so nützliche Dinge wie aus Weiden geflochtene Körbe und aus den Astkreuzen junger Fichten geschnitzte Quirle und Kochlöffel für die Küchen. Aber Heidas Mutter erzählte, dass sie den morgendlichen Gang zum Markt vorzog. Hier traf sie Leute, die sie kannte und mit denen sie manches kleine Schwätzchen halten konnte. Bauern mit ihren dicken Wollsachen und den aufgeplusterten Pelzmützen und Markfrauen mit ihren dunklen Wollumhängen ließen sich gerne in ein Gespräch ziehen. Sie machten immer ein freundliches Gesicht, obwohl sie schon seit Sonnenaufgang dort standen. Auf dem schmutzig festgetretenen Schnee trappelten sie geschäftig umher und schlugen sich die Hände um den Körper, um sich warm zu halten. »Der Winter will heuer gar nicht weichen. Alles wartet auf den Frühling!«

Ein paar Händler hatten sich mit mitgebrachten dürren Ästen ein kleines Feuerchen angezündet, an dem sie sich die Hände wärmten. Die dünnen Rauchsäulen stiegen senkrecht in die Höhe. Schwarz, braun und grau waren auch die Farben der dicken langen Mäntel und Umhänge der Frauen und der Mädchen, die zum Einkaufen gekommen waren. Männer sah Stan nicht unter den Käufern, das war Sache der Frauen.

Es war ein schöner klarer Februarmorgen und für Stan erschien die ganze Welt in einem neuen freundlichen Licht. Er wollte weiter höfliche Unterhaltung pflegen. Aber die Mutter war mit ihren Bekannten beschäftigt. Stan wandte sich an Heida. »Ich wollte nachher aufs Eis gehen. Kommst du mit?« Heida sah ihre Mutter fragend an. Aber die schien die Frage nicht gehört zu haben. Heida nickte leicht. Als die drei wieder der Burg zustrebten, war zur Stadt hin, dort, wo sich einige Holzhütten bis in die Ansiedlung hineinzogen, Hämmern und Klopfen zu hören. Offensichtlich ging trotz der Winterkälte der Bau des neuen Straßennetzes des Herzogs weiter.

Heida hatte sich aus dem Haus gestohlen und Stan getroffen. In großen Sprüngen stürmten sie den der Stadt abgewandten Hang des Burgberges hinunter. Die vom Katzbach überschwemmten Wiesen waren zugefroren. Junge Leute tummelten sich auf der spiegelnden Fläche. Einige waren tief vermummt, andere trugen leichtere Kleidung, schienen aber die Kälte nicht zu spüren, so tollten sie herum. Stan hatte etwas Mühe, mit Heida Schritt zu halten. Er trug einen kleinen rechteckigen Holzbock, der auf zwei glatten flachgehobelten Kufen ruhte. Sie waren noch mit zwei weiteren Hölzern miteinander verbunden. Er hatte das Gestell im Stall gefunden. Der Holzklotz war der Sitz für Heida.

»Setz' dich drauf!«, forderte er sie auf. Dann fasste er sie an den Schultern und schob sie über das Eis. Das kleine Gefährt rutschte auf der glatten Eisfläche wie von selbst umher. Kreuz und quer stieß er die Rutsche und schleuderte sie herum. Heidas Nase war rot von der Kälte und ihre Wangen vor Erregung. Ihre Augen blitzten, sie juchzte vor Freude und hielt sich manchmal auch an Stan fest. Die beiden waren ausgelassen wie zwei Kinder, die noch nie eine Eisfläche gesehen hatten. Unbeholfen schlitterten sie auf der spiegelglatten Bahn umher und plötzlich kippte der Schlitten um. Auch Stan fiel auf das kalte, harte Eis. Heida rutschte auf den Knien und dann auf dem Hintern weiter. Aber es konnte ihr nicht wild genug zugehen. »Das ist so ein Spaß!«, stieß sie außer Atem hervor. »Lange habe ich keinen solchen Spaß gehabt.« Und als das Gefährt in einer Schleuderkurve wieder umkippte und sie blaue Flecken haben musste, lachte sie nur, hob den Schlitten auf, setzte sich drauf und rief: »Los, Stan, weiter! Schieb schneller!« Das war ganz nach Stans Geschmack. Er war glücklich. Erst als es dunkel zu werden begann, eilten sie wieder in die schützenden Mauern auf der Anhöhe zurück.

Das Leben auf der Burg mit seinen vielen kleinen Pflichten sorgte für einen abwechslungsreichen Alltag. Aber es gab auch immer wieder neue Erlebnisse, die Stan in Atem hielten. Des Öfteren war der Herzog selbst für eine Überraschung gut, aber auch Boleslaws Pflichten als oberster Gerichtsherr konnten für Aufregung sorgen. Eine solche bahnte sich an, als der Herzog vier Brüder festnehmen ließ, die im Dorfe Bobolitz lebten. Sie waren als Raubritter verklagt worden. Sofort entstand unter den Rittern am Hofe Streit, was mit ihnen geschehen sollte. Es war üblich geworden, dass der Herzog nicht seinen Hofrat anhörte, sondern lieber seinen Rittern folgte. Er hatte sich von ihnen bereits so sehr abhängig gemacht, dass sie weit mehr Einfluss ausübten, als ihnen zustand.

Wegen der »Behandlung« der vier Raubritter bildeten sich zwei Parteien. Die einen verlangten ein ordentliches Gerichtsverfahren, die anderen wollten ein Gottesurteil.

»Im Reich hat der Kaiser das Gottesurteil verboten«, ließ sich Otto vernehmen. »Ja«, pflichtete ihm ein anderer bei, »auch Zweikämpfe und sogar die Folter mag er nicht mehr dulden.«

»Nicht alle diese neuen Sitten finden meine Zustimmung«, befand Boleslaw. »Was unsere Ahnen gut fanden, muss deshalb nun nicht plötzlich zum alten Eisen geworfen werden.« Daher gab er schließlich denen Recht, die das Schicksal der vier räuberischen Brüder nach polnischem Recht durch das Gottesurteil im Zweikampf entscheiden lassen wollten.

»Ihr habt den Hals verwirkt«, verkündete der Herzog, »aber ich werde euch meine Güte zeigen, indem ich euch eine letzte Chance gebe. Gott der Herr soll entscheiden, ob ihr den Tod verdient habt oder nicht. Vier meiner treuen Ritter sollen sich im Zweikampf mit euch messen und wir werden sehen, wie der Herrgott entscheidet.«

Ekhard von Mühlbitz unterhielt sich leise mit Otto. »Ich verstehe eure Bräuche nicht. Solche grausamen Methoden sind doch gar nicht nötig. Man kann doch Raubrittern auch auf andere Art und Weise ein für alle Mal die Lust am Rauben verderben. Im Reich kennen wir da eine bewährte Lösung. Schon oft habe ich sie angewandt gesehen. Wenn der Herrscher das gesetzlose Treiben satt hat, lässt er die Burg des Raubritters erobern und zerstören. Dann wird die Ruine mit Salz bestreut, angepinkelt und verflucht. Das wirkt immer, sage ich dir. Danach wächst dort kein Halm mehr und nie wieder lässt sich dort ein Räuber nieder.«

Otto lachte.

»Warum schlägst du das nicht dem Herzog vor?«

Ekhard tippte sich mit dem Zeigefinger an die Stirn. »Der macht mich doch nur lächerlich.«

Boleslaw wählte drei polnische Ritter aus, einer von ihnen war Otto von Liegnitz, und an seine Seite befahl er Stan, seinen Knappen. Die Männer waren etwas verwundert über diese eigenartige Auswahl. Stan galt doch noch nicht als Ritter. Aber auf ihre Einwände erklärte der Herzog, dass einer der vier Räuber auch noch ein ganz junges Kerlchen sei und er wolle Gerechtigkeit walten lassen. Was er nicht ansprach, was aber jeder erkennen konnte: Die vier Gefangenen waren von der Kerkerhaft schon geschwächt. Ihre bärtigen Gesichter hatten lange kein Wasser mehr gesehen. Die zwei Älteren sahen erbarmungswürdig aus. Der Herrgott würde es schwer haben gerecht mit ihnen zu sein.

Stans Herz hüpfte vor Freude, als er ausgewählt wurde. Ungeduldig hatte er darauf gewartet, sich endlich bewähren zu können. Er wollte seinen Mut und seine Mannhaftigkeit unter Beweis stellen. Die Jagd allein konnte da nicht genügen, auch wenn sie ihn noch so sehr begeisterte. Stan wollte selbst Taten vollbringen, er wollte zeigen, was in ihm steckte. ›Es ist wie so oft schon in meinem Leben‹, dachte er dann, ›je begieriger ich auf etwas warte, umso mehr wird meine Geduld und meine Ausdauer auf die Probe gestellt. Aber‹, und er warf sich vor sich selbst in die Brust, ›irre machen lasse ich mich trotzdem nicht. Ich weiß, was ich will!‹ Nun war der Moment gekommen! Stan sollte kämpfen, und das vor den Augen des Herzogs und seiner Ritter.

Die vier Auserwählten Boleslaws rückten vorsichtig näher. Alle acht Männer kämpften zu Fuß, weil den Räubern keine Pferde mehr anvertraut wurden. Der Herzog und seine Ritter hatten einen großen Kreis gebildet, so dass niemand daraus entweichen konnte. Die vier Verurteilten standen mit dem Rücken zueinander, die anderen versuchten durch ihre Schildabwehr durchzubrechen und sie zu Fehlern zu verleiten. Erbarmungslos schlugen sie auf die Schilde und die Gegner ein. Tapfer wehrten sich die Gefangenen ihrer Haut. Sie kämpften um ihr Leben. In ihrer Verzweiflung entwickelten sie ungeheure Kräfte. Auch Otto schlug wild auf sie ein. Tollkühn wagte er sich sehr weit vor. Da machte einer der vier einen kleinen Ausfall und schon war Otto in Schwierigkeiten. Ein Schlag brachte ihn aus dem Gleichgewicht, er strauchelte. Der andere stürzte sich auf Otto und war im Nu über ihm. Blitzschnell reagierte Stan. Alle Vorsicht vergessend sprang er nach vorne und schlug mit seinem Schwert dem Angreifer in die Beine. Der knickte ein wie ein Strohhalm. Otto kam wieder auf die Füße. Mit einem gewaltigen Schlag spaltete er dem Gegner den Schädel. Ein dicker Blutstrahl traf Stan. Er schüttelte sich. Aber die Zuschauer klatschten voller Begeisterung und riefen Beifall.

Auch der Kampf der anderen dauerte nicht lange, dann waren alle vier Gefangenen niedergestreckt. Die Ritter feierten das gerechte Urteil. Stan wurde allenthalben gelobt. Der Herzog klopfte ihm sogar auf die Schulter. Die vier Gefolgsleute Boleslaws hatten einen recht ungleichen Kampf gewonnen und die Opfer ein grausames Schicksal erlitten, aber das schien niemanden zu belasten. Gott hatte sein Urteil gesprochen. Stan bedauerte nur, dass die Rabensteiner Maid den Kampf nicht gesehen hatte.

Der Herzog verfügte, dass das Eigentum der Erschlagenen dem Kloster Heinrichau zufallen sollte, allerdings gegen eine Ablösung von einigen hundert Mark Silber – er brauchte Geld. Bei der Bestätigung darüber wurde auch des Herzogs jüngerer Bruder Heinrich als Zeuge herangezogen. Das war das erste Mal, dass Stan den jungen Herzog Heinrich sah, den die Ritter *Bialy* nannten, den Weißen. Es stimmte, was sie sich erzählten: Der Jüngling mit dem strohblonden Haarschopf trat auf wie ein richtiger Fürst.

Die Einflussnahme der Ritter und Barone auf die Regierungsgeschäfte und sogar auf die Rechtsprechung Boleslaws war, wie bei der Verurteilung der Raubritter, kein Einzelfall. Böse Zungen behaupteten sogar, dass die Ritter statt seiner das Land regierten und sich von seinen Besitztümern und der Kirche aneigneten, was ihnen beliebte. Seine Torheiten und seine Verschwendung erregten Aufsehen. Dazu kamen die ständigen Kriegszüge, die Boleslaw zur Erhaltung seiner Macht in Polen führte. Obwohl viele davon profitierten, beratschlagten die Besonnenen heimlich, wie sie ihren Herzog zur Vernunft bringen könnten. Der junge Heinrich Bialy machte sich diese Stimmung zunutze, er machte sich zu ihrem Sprecher und drohte Boleslaw.

»Durch dein Verhalten als Fürst und als Christ bereitest du dem Lande fortwährend Ärgernis. Damit machst du nicht nur dich, sondern uns alle verächtlich. Wir fordern, dass du Besserung gelobst.« Boleslaw lachte über diese Anmaßung und knallte herablassend mit seiner langen Peitsche. Das erbitterte alle. »Wenn du nicht Besserung gelobst, werden wir dich dazu zwingen«, rief Heinrich wütend. Und als Boleslaw sich einfach umdrehte und sie stehen ließ, gebot Heinrich den anwesenden Rittern seinen Bruder gefangen zu nehmen. Mit den Worten »Es ist unerträglich, wie du die Gesetze und die guten Sitten verletzt« umzingelten sie ihn. Bevor Boleslaw sich von seiner Überraschung erholte, nahmen sie ihm sein Schwert, seinen Dolch und seine Peitsche ab. Heinrich ließ ihn in einem Turmzimmer der Burg festsetzen. Erst als Boleslaw vor den versammelten Rittern Besserung versprach, ließ der junge Heinrich ihn wieder frei.

»Das ist noch nie dagewesen!« Stan war fassungslos. »Diese Demütigung durch seinen eigenen Bruder wird Boleslaw niemals vergessen.«

Kapitel 6

Die Fahrt zu den Tataren

I.

Wohlwollend blickte der Papst auf den Mönch, der vor ihm auf dem Boden kniete. Der Heilige Vater beugte sich etwas vor und legte dem Franziskaner seine ringgeschmückte Hand auf das Haupt, gleichsam als wolle er einen Lebensstrom geistlicher Stärkung direkt auf ihn hinüberleiten und den Mönch für die schwierige Mission wappnen, die er ihm aufgetragen hatte.

»Der Herr sei mit dir, Frater Giovanni. Du bist schon immer ein unerschrockener Bekenner des Glaubens gewesen, der mutig Neuland für die Heilige Kirche erschlossen hat. Du warst einer der ersten Jünger und Weggefährten des heiligen Franziskus. Der ›Poverello‹, dein großer umbrischer Bruder, hat dich mit dem Feuer des Glaubens erfüllt. Der Herr und dein Glaube werden dir die Kraft geben, die du brauchst, wenn deine Mission dich in die entlegensten Gegenden Asiens führt. Die ganze Christenheit blickt auf dich, Frater Giovanni.« Ungewöhnlich, fast zärtlich klangen diese Worte des Heiligen Vaters, der sonst nicht dafür bekannt war, dass er Gefühlen nachgab.

»Den Kampf gegen die Tataren werden wir zu einem Hauptpunkt unseres Konzils im Juni machen. Deine Mission soll der heiligen Mutter Kirche und der gesamten christlichen Welt zum ersten Mal Nachricht von diesem wilden, barbarischen Volke und von seinem Kaiser bringen. Er fällt in unsere Länder ein, er streckt seine blutigen Hände mit mörderischem Furor gegen alle Länder und Völker in Asien und in Europa aus. Ein gottloser Heide, der jede Bindung menschlicher Bruderschaft verloren hat. Weder Geschlecht noch Alter schont er. Mit Schwert und Feuer wütet er ohne Unterschied gegen alle. Tod und Schrecken verbreitet er. Du wirst mir berichten, Frater Giovanni, warum er immer wieder andere Völker auszulöschen strebt und was er in Zukunft zu tun gedenkt.« Der Mönch beugte sein Haupt noch tiefer und Innozenz erhob die Hand zum Segen.

»Ziehet hin in Frieden. Der Herr behüte euch und beschütze euch auf allen euren Wegen, der Herr segne euren Auszug und«, er erhob die Stimme, »der Herr segne eure Rückkehr in unseren Schoß. Der Segen des Herrn sei mit euch und allen euren Helfern. Amen.«

Giovanni erhob sich. Es gelang ihm nicht so elegant, wie er es sich vor den Augen des allmächtigen Stellvertreters Christi auf Erden gewünscht hätte. Der Mönch wusste, dass dieses »Allmächtiger« nicht bloß eine der vielen Höflichkeitsfloskeln war, mit denen der Papst angesprochen wurde. Papst Innozenz IV. hatte schließlich zu Johanni die Kirchenfürsten der gesamten christlichen Welt und die Gesandten der Könige zu einem Konzil hier nach Lyon einberufen. Die Spatzen pfiffen es von den Dächern, dass er seinen Kampf gegen den häretischen Kaiser aus dem schwäbischen Hause Hohenstaufen damit krönen wollte, dass er dem Kaiser öffentlich den Prozess machen und ihn verurteilen wollte. Papst Innozenz war nicht nur die höchste kirchliche Autorität und der oberste geistliche Richter auf Erden, er wollte auch deren allmächtiger weltlicher Herrscher sein. Innozenz war dabei, dem Kaiser das Reichsschwert zu entwinden. Sein unversöhnlicher Hass auf alles Staufische war die eine Seite seines Wesens. Die andere war sein strategischer Weitblick. Hatte denn der Kaiser Friedrich II. etwas Nachhaltiges unternommen gegen diesen Sturm aus dem Osten? »Stupor Mundi« lautete einer seiner Titel, der tatsächlich das Staunen der Welt über die ungeheure Intelligenz und Vielseitigkeit des Staufers, über seine wissenschaftlichen und staatsmännischen Leistungen zum Ausdruck brachte. Eine moderne Welt hatte er in seinem Reich zu schaffen begonnen, wie sie noch von niemandem erträumt worden war. Aber hatte dieser Kaiser etwas gegen die Tataren unternommen? Außer Reden, Aufrufen und Briefen gab es da nicht viel.

Wie bewunderte Giovanni da den Weitblick des Papstes. Innozenz schickte eine Gesandtschaft zur mongolischen Hauptstadt Karakorum! Tausende von Meilen durch Gegenden, die noch kein Christ aus dem Abendland freiwillig betreten hatte, durch Urwälder, über reißende Ströme, durch unendliche Steppen, durch todbringende heiße Wüsten und unüberwindliche raue Gebirge, voller Schnee und Eis, durch Gebiete wilder und kriegerischer Stämme, die Reisende ausplünderten und umbrachten.

Und wen betraute dieser Papst mit seiner kühnen Mission zum Großen Khan in Karakorum? Einen einfachen Mönch. Den Frater Giovanni da Pian del Carpine! Einen Franziskaner aus Umbrien, der das Feuer seines Glaubens direkt von Franziskus von Assisi empfangen hatte.

Giovanni war auf die Beine gekommen. Er verneigte sich noch einmal vor dem Stellvertreter Christi auf Erden, küsste seinen über dem eleganten roten Handschuh getragenen Ring und wandte sich, gebückt rückwärts gehend, zum Ausgang. Giovanni war immerhin 63 Jahre alt und die Jahre hatten ihre Spuren hinterlassen. Aber sein Geist und seine Willenskraft ließen seinem Körper keine Wahl. Giovanni war bereit, es mit dem jüngsten Krieger aufzunehmen. Nein, er fürchtete den langen

Weg nicht von Lyon, quer durch Europa durch die Steppen Russlands bis in die unbekannten Weiten Asiens. In die Hauptstadt des Mongolen-Khans wollte er ziehen, das war sein Auftrag, den würde er ausführen. Der Herr würde ihn leiten und der Herr würde ihn beschützen. Er würde ihn finden, den Kaiser der Tataren. Auge und Ohren und alle Sinne würde er offen halten und dem Heiligen Vater die Informationen bringen, die der Nachrichtendienst der Kurie brauchte. Um die Abwehrmaßnahmen der Kirche gegen die Gefahr aus dem Osten zu organisieren, war die päpstliche Kurie auf den Erfolg seiner Mission angewiesen.

Mit dem Frater Giovanni hatte sich noch ein zweiter Franziskaner erhoben, der bescheiden hinter ihm kniete. Von ihm hatte der Papst nur bei seinem Segen Notiz genommen. Die Kurie hatte den Bruder Stephan zu Giovannis Reisegefährten bestimmt. Der Bruder Stephan war erheblich jünger als der Umbrer, er stammte aus Böhmen. Das hatte den Ausschlag gegeben. Denn die Reise sollte über Prag führen, eine wichtige Etappe auf der Fahrt. In Prag herrschte König Wenzel, ein freigebiger Wohltäter der Minoriten und Clarissen. Der Bruder Stephan kam nämlich aus dem Prager Konvent von St. Jacobus, er kannte den Hof in Prag und er kannte den König, auf dessen Unterstützung Giovanni zählte.

Als Giovanni mit dem Bruder Stephan die Kathedrale Saint-Jean verließ, in der das Gespräch mit dem Papst stattgefunden hatte, verstaute er sorgfältig das vom Heiligen Vater unterzeichnete Schreiben. Innozenz hatte es ihm für den Großkhan aushändigen lassen. Wie lange würde er es in seinem Lederbeutel aufbewahren müssen, den er unter seiner braunen Kutte auf der Brust trug? Zügig strebten die beiden Mönche ihrer Unterkunft auf der Halbinsel zwischen Saône und Rhône zu. Die Straßen waren voll gepackt mit Menschen, Karren, Fuhrwerken und Tieren. Schon zur Zeit des Augustus war Lyon Hauptstadt von Gallia Lugdunensis gewesen, aber jetzt schwoll sie zu bisher ungekannter Größe an. Seit der Papst im Dezember eingezogen war und seine Absicht verkündet hatte, bald ein großes Konzil abzuhalten, schien Gott und die Welt Lyon entdeckt zu haben. Giovanni konnte das geschäftige Treiben nicht beeindrucken. Großes galt es zu tun, wahrhaft Großes. Giovanni schmunzelte vor sich hin. Natürlich wollte er nicht bis an das Ende der Welt auf eigenen Füßen laufen, in seinen Sandalen, und noch dazu barfuss. Dazu war er viel zu schlecht zu Fuß.

»Wir werden erst einmal bei meinem *Asinello* vorbeischauen«, sagte er zu Stephan. Auf dem Wege zu ihrer Zelle traten sie in den Stall, in dem der Graue untergebracht war. »Ich liebe mein Eselchen«, gestand Giovanni. Der spitzte die Ohren, als er seinen Herrn witterte und blickte ihn aus klugen großen Augen erwartungsvoll an. Giovanni besah sich die Hufe des Tieres, klopfte ihm anerkennend auf den Rücken und kraulte ihm den Schopf und die Mähne.

»Ja, ja, *asinello mio*! Dich hat mir der Herrgott geschenkt, du bist ein großer Segen.«

II.

»Deine Franziskaner-Brüder, die Minoriten des Konventes von St. Jacobus, haben unser Kloster zu einem Zentrum des Glaubens in unserem Prag gemacht. Viel haben wir von ihrem Ordensprovinzial gehört, Bruder Johannes.« König Wenzel nannte den Franziskaner ›Bruder Johannes‹. Das ›Giovanni‹ ging den Menschen nördlich der Alpen nicht so leicht von den Lippen. »Wir wissen sehr wohl, wie erfolgreich du die Verbreitung des Ordens in Deutschland betrieben hast. Mit kluger Umsicht hast du sie dann nicht nur zu uns nach Böhmen vorgeschoben.« Giovanni beugte sein Haupt vor dem König und bescheiden abwehrend erwiderte er: »König Wenzel, wir folgen nur der Botschaft Jesu Christi. Er hat uns aufgetragen: ›Gehet hin in alle Welt und lehret alle Völker.‹ Wir sind überzeugt, dass unsere Arbeit gerade erst begonnen hat.«

Herman lauschte atemlos den Worten des großen Mannes. Er hatte mit Ullrich in der Runde Platz genommen, die der König an seinem Gespräch mit dem Mönch teinehmen ließ. Herman war überrascht, dass ein Mann in diesem Alter noch so ein ungeheures Unterfangen wagen wollte. Herman wusste nicht, wie alt der Mönch tatsächlich war, aber er schätzte ihn auf weit über fünfzig Jahre. Giovanni machte zwar einen robusten Eindruck, aber er war ein großer, schwerer Mann, sogar etwas korpulent. Deshalb ritt er wohl auch auf einem Esel.

»Nicht nur der Mutter Kirche wird es großen Nutzen bringen, den christlichen Glauben zu den Heiden zu tragen. Bruder Johannes, erzähle uns doch, wie du das fertig bringst, erzähle uns von deiner bisherigen Mission. Wir sind gespannt es aus deinem Munde zu hören.« Herman sah dem Mönch an, wie peinlich ihm diese Aufforderung war. Aber wohl oder übel musste er sich nun zu einem Bericht über sich selbst bequemen.

»Bereits 1221 sind wir mit Cäsarius von Speyer, dem ersten Provinzial des Franziskanerordens auf deutschem Boden, von Perugia aus über die Alpen unter wahrer Hungersnot bis Augsburg gelangt. Wir wurden über Würzburg nach Worms und Speyer den Rheinstrom hinunter bis nach Köln gesandt. An allen jenen Orten predigten wir und die Menschen schenkten uns Gehör. Auf dem Ordenskapitel in Speyer im Jahre 1223 wurden wir nach Sachsen beordert um dort den Franziskanern Wege zu bahnen. Dies gelang uns so wohl, dass schon im folgenden Jahr Brüder nach Hildesheim, Braunschweig, Goslar und Magdeburg übersiedelten. Im Jahre 1228 wurde ich zum Ordensprovinzial Deutschlands ernannt und uns gelang die Verbreitung des Ordens in den angrenzenden Ländern im Norden. Wie ihr wisst, siedelten sich in dieser Zeit die Franziskaner auch in Böhmen und im polnischen Schlesien an. Nach der unglückseligen Schlacht auf der Wahlstatt waren wir wieder in Deutschland und erhielten schon damals vom Papst den Auftrag, die deutschen Völker zu einem Kreuzzug gegen die Tataren aufzufordern. Und jetzt übertrug uns der Heilige Vater die Gesandtschaft an den Hof des Großkhans der Tataren.« Giovanni versuchte offensichtlich seinen Lebensweg in dürren Worten zu schildern, aber seine Zuhörer waren dennoch von der ungeheuren Leistung des Mönches und von seiner Beredsamkeit beeindruckt. Herman fiel auf, dass Giovanni derart bescheiden war, dass er von ›uns‹ und ›wir‹ sprach. Auf keinen Fall wollte er seine Mitstreiter vergessen. Der König fasste seine Hochachtung in Worte.

»Wahrhaft heldenhafte Taten hast du vollbracht, Bruder Johannes. Der Heilige Vater hat wohl gewählt, als er dich zu seinem Botschafter erkor, der das Wort Christi bis hin zum Kaiser der Tataren tragen soll.«

»Wir wissen, dass König Wenzel den Minoriten seit jeher gewogen ist«, erwiderte Giovanni. »Deshalb suchen wir Euren Rat über die Fortsetzung der Reise einzuholen. Deshalb sind wir über Köln, wo uns gütiger Weise Knechte und Diener zugesellt wurden, die uns in einfacher Kleidung begleiten und sich auf der langen Reise um uns kümmern, eilends zu Euch gekommen.« Giovanni blickte auf und sah den König erwartungsvoll an. Und König Wenzel war gerne bereit, den Botschafter des Heiligen Vaters mit Rat und Tat zu unterstützen.

»Ich rate dir«, erwiderte er, »deinen Weg nach Polen zu nehmen, Bruder Johannes, über Breslau. Der Herzog Boleslaw dort, ein Verwandter von mir, wird dir sicherlich helfen können. Nicht nur mit Proviant und anderen Mitteln sondern auch mit Rat und Tat. An seinem Hofe weiß man mehr über die Mongolen und Herzog Boleslaw kennt auch die russischen Fürsten. Das wird dir dienlich sein für deine Fahrt durchs russische Land. Ich werde dir ein sicheres Geleit geben, ich werde dich auf meine Kosten zum Herzog von Schlesien bringen lassen.«

König Wenzel war bei dem Gespräch mit dem Gesandten des Papstes klar geworden, dass dessen Reise zu den Mongolen auch ihm eine einmalige Gelegenheit bot. Er konnte seine Großzügigkeit mit einem kleinen Eigennutz verbinden. Der König formulierte es so: »Eine kleine Bitte musst du mir allerdings erfüllen, Bruder Johannes.« Der Mönch neigte wieder demütig das Haupt. »Wenn wir die Kraft dazu haben, mit Gottes Hilfe und mit großer Freude.«

»Es wird dich keine Kraft kosten, im Gegenteil. Ich biete dir ein paar kräftige Hände an, die mit zupacken können, wenn Not am Mann sein sollte.« Der Mönch blickte ihn aufmerksam, aber nicht mehr ganz so unbefangen an. Der König fuhr etwas leiser fort. »Auch wir wollen so viel wie möglich über das wilde Volk im Osten erfahren, das uns schon einmal so übel mitgespielt hat. Ich bin damals mit meinem Heer zu spät gekommen um meinem Freund, Herzog Heinrich Pobozny, noch zum Sieg zu verhelfen. Aber ich habe die Mongolen unerbittlich verfolgt. Und dabei ist mir schon damals eines klar geworden: Wir wissen viel zu wenig über ihr Wesen, über ihr Heer und über ihre Kriegslisten. Deshalb ist es mir auch nicht gelungen sie einzuholen und zum Kampf zu stellen. Über ihre langfristigen Ziele wissen wir gar nichts. Nichts schützt uns vor ihrer Wiederkehr. Deshalb möchte ich eigene Kundschafter in deiner Gesandtschaft haben, die mir helfen sollen auf wirksame Abwehr zu sinnen. Ich bitte dich zwei meiner Männer mit dir ziehen zu lassen.«

Herman sah, wie sich Giovanni erschrocken aufrichtete. Kundschafter des Königs beim Legaten des Heiligen Vaters? Auch der König gewahrte das Zögern des Mönches und er erriet auch den Grund. »Sei unbesorgt. Ich habe nicht daran gedacht dir zwei Ritter in voller Rüstung auf den Hals zu laden. Die würden wahrscheinlich nur dich und deine Mission gefährden. Meine Leute werden sich ebenso verkleiden, wie die Diener und Knechte, die du schon aus Deutschland mitgebracht hast.«

Giovanni zögerte immer noch. Dann gab er sich einen Ruck und fragte: »Und an wen hat der Herr König gedacht?«

Wenzel blickte in die Runde. Er wusste, dass er sich auf seine Männer verlassen konnte. Aber diese Mission war eine besondere Sache. Körperliche Zähigkeit und Ausdauer waren eine Seite, Intelligenz und eine gewisse Schläue die andere. Er deutete auf Ullrich von Kärnten. »Ich habe an Ullrich gedacht, der soll dein Begleiter sein«, und nach einer kleinen Pause fügte er hinzu, »zusammen mit seinem Knappen.«

Ullrich und Herman sahen sich erstaunt an. Herman strahlte, sprang auf und verneigte sich tief vor dem König. Dann wurde er sich seines Vorpreschens bewusst und blickte erschrocken zu Ullrich hinüber. Aber auch der hatte sich von der Überraschung erholt. Er stand ebenfalls auf, erhob sein Schwert wie zum Gruße und rief laut: »Mein Schwert für König Wenzel!«

III.

Als Giovanni auf seinem Esel in Breslau eintraf, sicher von den Gewappneten König Wenzels über das Gebirge geleitet, wurde er wie ein alter Freund empfangen. Bereits im Jahre 1236 hatte er, damals als Ordensprovinzial Deutschlands, auf Bitten Herzog Heinrichs die ersten Minoriten nach Breslau entsandt. Einige Mönche waren aus Bayern gekommen, die meisten jedoch waren Sendlinge des Prager Konventes von St. Jacobus, die auch in Breslau ihre Kirche nebst Kloster dem Apostel Jacobus weihten. Einer dieser Fratres hatte es in Breslau zu großem Einfluss gebracht. Der Bruder Herbord, ein Franziskaner von deutscher Herkunft, war Kustos des Minoritenkonvents geworden und schon über Jahrzehnte hinweg außerdem der Vertraute und der Beichtvater der Mutter Boleslaws. Dieser Bruder Herbord berichtete am Hofe regelmäßig über Giovanni und seinen unermüdlichen Eifer, mit dem er in seinen Predigten den Kampf gegen die Heiden im Osten und gegen den gemeinsamen Feind verkündete. Bruder Herbord sorgte nun dafür, dass Giovanni und Stephan ein gebührender Empfang bereitet wurde. Die Herzogin Anna begrüßte die beiden Mönche persönlich. Sogar Herzog Boleslaw erschien um sich Giovanni vorstellen zu lassen.

»Ein Italiener in den unwirtlichen Steppen und den Wüsteneien Asiens!« Boleslaw lachte aus vollem Halse. »Du hast Mut, Mönchlein! Und das in deinem Alter! Wenn das nur gut geht.«

Unbeeindruckt erläuterte Giovanni seine Reisepläne. Bescheiden wies er auf die große Unterstützung hin, die ihm bisher allenthalben zuteil geworden und die er durch die anderen Mitglieder seiner Delegation erfahre. »In Breslau wird noch ein weiterer Gefährte dazukommen«, schloss Giovanni. »Der Bruder Benedikt, der ebenfalls den Franziskanern angehört, soll mir als Dolmetscher dienen. So ist es bestimmt worden.«

Boleslaw horchte auf. Ein polnischer Franziskaner trat also hier noch zu der Reisegruppe des Mönches dazu. Der Herzog beriet sich mit zwei seiner Vertrauten. Inzwischen war durchgesickert, dass der böhmische König eigene Leute in die Reisegruppe eingeschleust hatte. War das nicht auch für Boleslaw eine einmalige Gelegenheit, Erkenntnisse im Osten sammeln zu lassen? Über diese Tataren konnte man nie genug in Erfahrung bringen. Seine beiden Ratgeber sahen das genauso.

Gleichzeitig bekundete auch die Breslauer Kaufmannschaft Interesse an Giovannis Reise. Sie war an einer Ausweitung des Handels in die jetzt von den Mongolen beherrschten Gebiete interessiert. Die Breslauer Kaufleute besaßen bereits besondere Kaufkammern und Boleslaw pflegte ein gutes Verhältnis zu ihnen, denn ihre Abgaben waren eine fest eingeplante Einnahmequelle. So hatte Boleslaw auch zugestimmt, dass die Kaufleute einen öffentlichen Jahrmarkt einrichten durften, auf dem es Bürgern und Fremden nicht erlaubt war Tuch feilzuhalten. Nun wurden die Kaufleute beim ihm vorstellig und Jakub, ihr Sprecher, suchte die Unterstützung des Herzogs für ihren Plan, einen ihrer Fernhändler mit auf die Reise zu schicken. Boleslaw verhandelte mit den Bittstellern, beschloss aber, stattdessen einen eigenen Kundschafter aus dem Kreise seiner Vertrauten in die Reisegruppe des Mönches einzuschleusen.

»Bruder Johannes, du musst noch einen weiteren Gefährten in deiner Gesandtschaft aufnehmen. Ich möchte einen meiner Männer aus Schlesien mit auf deine Reise schicken.« Giovanni zögerte. Wenn das so weiter ging, würde er bald nur noch von Spionen christlicher Fürsten umgeben sein. Aber Unentschlossenheit war seinem Wesen fremd. Der

Papst hatte nicht nur einen Mann mit eisernem Willen sondern auch mit diplomatischem Fingerspitzengefühl ausgewählt. Es hätte gar nicht der großzügigen Unterstützung bedurft, die die Herzogin Anna ihm ankündigte, um ihn geneigter zu machen. Giovanni willigte ein, dem Wunsch des Herzogs nachzukommen. Herman, der sich im Hintergrund hielt, hatte das Tauziehen aufmerksam beobachtet. Er konnte nicht umhin anzuerkennen: Giovanni machte sich nicht unnötig Feinde.

So traten auch in Breslau schließlich zwei neue Mitglieder zu der Gruppe hinzu. Der eine war der Mönch Benedikt und der andere – Herman traute seinen Augen nicht – der andere war Stan! Aber wie sah der aus? Er trug nicht einmal ein langes Schwert sondern er war gekleidet wie ein Fahrensmann. Dennoch trat er, einen kecken Hut mit einer Feder auf dem Kopf, so selbstsicher auf wie ein Edelmann. So kannte er Stan überhaupt nicht. Als die offizielle Besprechung beendet war, gab Herman sich zu erkennen.

»Hallo Stan! Du sollst mit uns ziehen? Und wie anders du daherkommst!« Aber es war ein Staunen auf beiden Seiten. Auch Stan war überrascht vom Auftreten seines Freundes und mehr noch darüber, dass Herman sich nach Schlesien hineinwagte, in eine Residenz des Herzogs. Hermans zweite Frage war dann auch sofort: »Weißt du etwas Neues über den Mord an Wanda?« Der Verdacht, der wohl noch auf ihm lasten mochte, beunruhigte ihn wenig.

Stan schüttelte den Kopf. »Eigentlich nicht«, gestand er, »aber es gibt da eine Entwicklung, die die Anschuldigungen, die gegen dich laut wurden, noch unglaubwürdiger macht.«

»Erzähle, Stan, los, erzähle.«

»Das ist eine lange Geschichte! Erst einmal freue ich mich, dass wir miteinander ziehen können.«

Das ging Herman genauso. Nun würden sie viel Zeit füreinander haben. Und den Herausforderungen, die auf sie zukamen, würden sie gemeinsam entgegentreten. Herman war immer noch irritiert von Stans Kleidung. »Du siehst so verwandelt aus, anders als ich dich kenne. Was ist los? Bist du gar ein Edler geworden?«

Stan lachte. »Nein, noch nicht.« Er strahlte über das ganze junge Gesicht. »Aber der Herzog hat mich zum Ritter geschlagen.«

»Was?« Herman war sprachlos. »Jetzt schon? Wie hast du das denn angestellt?«

Stan ließ sich nicht lange bitten. Er erzählte seinem Freund, wie er in Liegnitz durch Zufall Zeuge eines Gespräches geworden war, ohne selbst bemerkt worden zu sein. Drei Ritter waren fürchterlich und noch dazu recht unvorsichtig über den Herzog hergezogen. Nun war das nicht allzu aufregend, viele schimpften über den Herzog. Gute Gründe, weswegen Unmut angebracht war, gab es auch mehr als genug. Erst kürzlich hatte er zwei seiner Schwestern, die die Mutter in die Obhut der Nonnen von Trebnitz gegeben hatte, der Klausur wieder entrissen. Warum? Weil er sie verheiraten wollte um daraus seinen Nutzen zu ziehen. Also, wenn die drei Ritter sich nur darüber aufgeregt hätten, wäre Stan nicht weiter aufmerksam geworden. Aber hier ging es offensichtlich um mehr. Sie hatten ganz konkret davon gesprochen, dass man den Herzog entmachten müsse. Dann hatten die Drei von einem Anschlag gesprochen, der geplant sei, wenn Boleslaw das nächste Mal nach Liegnitz komme. Den Herzog zu ›entmachten‹, könne das Problem allein nämlich nicht lösen, waren sie sich einig. Das hatte Stan gehört.

»Zwei der drei kannte ich gut. Mich konnten sie zum Glück nicht sehen. Du kennst die beiden auch. Einer war unser Freund Piotr aus Jauer.«

»Piotr! Das ist ja interessant!«

»Eben. Schon deshalb denke ich, sollte man auf seine Anschuldigungen gegen dich überhaupt nichts geben.« Herman lachte, ihm taten die aufrichtigen Worte gut.

»Sehr gut, sehr gut. Wenn das nur alle Leute so sähen. Und die anderen beiden?«

»Einer war Stefan. Er rennt immer noch wie ein Hündchen an der Leine immer hinter ihm her, ganz wie damals im Kloster. Den Dritten kannte ich nicht. Natürlich habe ich mich von da an aufmerksam um die drei gekümmert. Und tatsächlich ist es mir gelungen herauszufinden, dass sie zu einer Gruppe von Verschwörern gehörten, die unserem Herzog ans Leder wollen. An seiner Stelle wollen sie seinen Bruder Heinrich Bialy auf den Thron heben. Und offensichtlich schrecken sie auch nicht davor zurück Boleslaw umzubringen. Na, als ich das erst raus hatte, war es klar, dass ich handeln musste. Unglücklicherweise waren die Häscher des Herzogs aber zu unvorsichtig und zu langsam, die Verschwörer sind ihnen entkommen. Aber wenigstens wissen wir, wer sie sind. Und erst einmal sind wir das Gesindel los.«

»Mensch, dieser Piotr!« Herman konnte das Gehörte kaum fassen. »Das hast du aber gut gemacht, Stan. Und – was noch?«

»Na ja, als ich dem Herzog von der Verschwörung berichtet habe und auch noch Namen angeben konnte, da war er natürlich sehr froh und dankbar. Und in seiner Freude hat er mich auf der Stelle zum Ritter geschlagen.«

Anerkennend gratulierte Herman seinem kühnen Freund. Er freute sich mit ihm und die Verschwörung beherrschte eine Weile ihr Gespräch. Aber immer noch irritierte Herman die eigenartige Kleidung Stans. »Aber du bist überhaupt nicht wie ein Ritter gekleidet. Warum trägst du denn kein Schwert? Wo ist dein Wappenhemd? Du siehst ja eher wie ein Kaufmann aus.«

»So soll es sein! Da zum einen der Bruder Giovanni keine Kriegsleute um sich herum haben möchte und zum anderen die Breslauer Kaufleute den Herzog gebeten haben auch ihre Interessen bei der Reise zu berücksichtigen, kam er mit diesen schließlich überein, dass derjenige Ritter, den er für die Mission auswählen würde, sich auch um die Interessen der Breslauer Kaufmannschaft kümmern sollte. Offensichtlich setzt der Herzog ein gewisses Vertrauen in mich. Nun diene ich zwei Herren.« Er lachte. »So reise ich als Kaufmann verkleidet. Das hat der Bruder Johannes akzeptiert.«

»Aber du verstehst doch gar nichts von Kaufmannsgeschäften, Stan!«

»So stimmt das nicht, mein Lieber. Wie du dich vielleicht noch erinnerst, habe ich mich schon im Kloster immer für wirtschaftliche Dinge interessiert. Und dann habe ich mich hier mit einem Fernhändler angefreundet. Jakub heißt er, ein tüchtiger Mann. Er hat in den Kaufkammern großen Einfluss. Mit dem habe ich mich zusammengesetzt. Jakub hat mich eingehend eingewiesen. Er hat mir erklärt, woran die Kaufleute interessiert sind: am Handel mit Pelzen und Fellen vor allem, und dann wollen sie wissen, welche unserer Waren, unserer Tuche und Stoffe die Tataren wohl besonders gut annehmen würden. Und weißt du, Herman, es macht mir richtig Spaß, dem Jakub den Gefallen zu tun. Aber«, schloss er seinen Bericht, »meine Hauptaufgabe bleibt natürlich für unseren Herzog Augen und Ohren offen zu halten.«

»Genau wie ich für den Böhmenkönig. Ich freue mich richtig auf dieses Abenteuer, Stan.« Mehr als einmal wunderten sich die beiden Freunde noch über diese Fügung des Schicksals.

»Nun werden wir die Mongolen kennen lernen, unter denen wir so gelitten haben. Wir werden mit ihnen sprechen, bei ihnen wohnen. So ganz wohl ist mir nicht bei dem Gedanken, Stan – dir kann ich das ja gestehen. Aber dann muss ich auch sagen, dass ein anderes Gefühl in mir überwiegt: Ich bin neugierig! Richtig neugierig bin ich mehr über diese Wilden zu erfahren.« Stan pflichtete ihm freudig bei.

So fanden sich die beiden jungen Männer aus dem Grünen Tal als Kundschafter wieder, die den persönlichen Gesandten des Papstes an den Hof des Großkhans der Mongolen begleiten sollten. Als Frater Giovanni von Herzog Boleslaw verabschiedet wurde, war seine Gruppe auf zehn Männer angewachsen. Ein bunter Haufen war es. Die drei Mönche in ihren groben braunen Kutten mit dem weißen Strickgürtel weigerten sich eine andere Kopfbedeckung zu tragen als ihre Kapuzen. Zusätzlich zu ihren Sandalen hatten sie jedoch nach einigem Zögern feste Stiefel angenommen. Die Herren trugen Pelzmützen und hatten bunte Röcke und dicke Mäntel übergezogen. Darüber warfen einige noch Pelze aus Schaffellen. Von den Hüften der meisten hingen kurze Schwerter. Auch die Diener und Knechte mit ihren langen, bis zu den Knien reichenden leinenen Leibröcken in grauer oder brauner Farbe waren mit festen Stiefeln ausgerüstet worden. Ihre Kappen waren aus Wolle oder aus Leder gefertigt, das sie selbst mit warmen Stoffen ausgefüttert hatten.

Mit Empfehlungsbriefen an die russischen Fürsten, durch deren Land sie ziehen wollten, und mit den nötigen Reisemitteln von der Herzogin Anna versehen ging ihr Ritt von Breslau aus weiter nach Krakau. Der Stadt sah man noch die Wunden an, die die Zerstörung durch die Mongolen ein paar Jahre zuvor hinterlassen hatte. Herman kam vieles bekannt vor. Ihn erinnerten die stolze Festung an der Weichsel und die Königsburg auf dem Berg Wawel an Wandas Erzählungen. Hier war es gewesen, wo der Prinz Krak, der große Held der Polen, den Drachen besiegt hatte! Stan war ganz begeistert von den alten Legenden, als Herman sich mit ihm darüber unterhielt. Aber wehmütig meinte er dann: »Einen solchen Anführer gibt es wohl heutzutage gar nicht mehr.«

Beim Herzog Conrad in Krakau trafen sie auf den russischen Fürsten Vasilico, der sie über das Leben und Treiben der Tataren näher unterrichten konnte. Giovanni musste jedoch seine Absicht, hier noch ein Bündnis gegen die Mongolen zustande zu bringen, bald aufgeben. Weder der Fürst Vasilico noch Prinz Daniel Romanowitsch noch irgendein anderer Fürst waren bereit offen gegen Khan Batu zu rebellieren. Batu, erfuhren sie, war der Khan der Goldenen Horde. Er herrschte vom Schwarzen Meer bis zum Kaspischen Meer. Seine Herrschaft, erzählte man, erstreckte sich auch noch weit, weit nach Osten. Fürst Vasilico war es auch, der wusste, dass die Mongolen von jedem Gesandten bedeutende Geschenke verlangten und dass man ohne solche nichts auszurichten vermochte. Giovannis Männer kauften deshalb für das Geld, das sie für ihren Reiseunterhalt besaßen, Biberfelle und anderes Pelzwerk. Auch Herzog Conrad, seine Gemahlin und der Bischof von Krakau schenkten ihnen noch viele kostbare Felle, die sie ebenfalls mitnahmen um sich einer freundlichen Aufnahme zu versichern.

In all dem Wirbel blieb Giovanni ein ruhender Pol. Sein unerschütterliches Gottvertrauen ließ ihn auch schwierigste Situationen mit einer ungeheuren Stärke ertragen. Immer hatte er ein freundliches Wort für diejenigen, die mit ihm reisten. Herman bewunderte den Gottesmann grenzenlos. Gespannt lauschten seine wissbegierigen Begleiter, wenn der Mönch mit leiser Stimme aber mit leuchtenden Augen von Rom erzählte und vom großen Papst Innozenz, der jetzt in Lyon Hof hielt. Aber am eifrigsten wurde der Mönch, wenn er von seinem großen Vorbild, dem Bruder Franziskus berichtete. Von ihm erzählte er, dass er selbst mit den Vögeln zu sprechen wusste, dass er sich mit den Tieren im Wald unterhalten hatte – und sogar mit der Sonne.

IV.

Im tiefsten russischen Winter zog die kleine Gruppe Giovannis nun durch das Land. Völlig überwältigt gewahrte Herman die Trostlosigkeit, die allerorts herrschte, als sie in Kiew ankamen. Die stolze Stadt war drei Jahre zuvor ebenfalls der mongolischen Invasion zum Opfer gefallen war. Überall sah man die schrecklichen Spuren: Der Boden war noch immer übersät von den gebleichten Knochen zahlloser Opfer und die Stadt lag in Trümmern.

Schon bald gewahrten sie, dass sich das Land fest in der Hand der mongolischen Armee befand. Völlig überraschend begegneten sie den asiatischen Kriegern und standen ihnen Auge in Auge gegenüber. Hoch aufgerichtet mit erhobener rechter Hand, in der er sein Kruzifix hielt, ging der Frater Giovanni auf die Mongolen zu. In der linken Hand hielt er die Schriftrolle des Papstes. Die Bewaffneten ritten in furchterregender Weise auf ihn zu. Fürchterlich anzusehen waren sie – auch ohne dass sie drohend die Waffen gegen ihn erhoben. Nur halb so groß wie Frater Giovanni erweckten vor allem ihre Gesichter einen abstoßenden Eindruck. Ihre platten Nasen, die stark hervortretenden Backenknochen, ihre kleinen geschlitzten Augen, der verkniffene Mund und der fransige kleine Bart stießen Giovannis Leute ab. Die Krieger umzingelten die Gruppe des Mönchs und stießen schrille Schreie aus. Dann beruhigten sie sich etwas und stellten Fragen: Was für Männer waren diese Fremden? Was hatten sie hier zu suchen? Warum wagten sie es in ihr Reich einzudringen?

Herman konnte nicht erkennen, ob die Antworten des Dolmetschers sie befriedigten, aber die Krieger brachten die Christen zum Ordu, dem Lager der Tataren, und zu einem Kommandanten, der diese Militäreinheit befehligte. Mühsam erklärte Giovanni mit Hilfe verschiedener Dolmetscher den Zweck der Mission. Zu Hermans Erstaunen durften sie schließlich weiterreisen. Sie sollten zu Batus Lager gebracht werden, damit der Khan über ihr weiteres Schicksal bestimmen konnte. Der Kommandant verlangte jedoch, dass sie – den Bräuchen entsprechend – eine Geisel zurücklassen sollten. Der Frater Giovanni versuchte den Kommandanten davon zu überzeugen, dass eine solche Vorsichtsmaßnahme nicht notwendig wäre. Aber vergebens.

»Eine solche Forderung hätte auch von einem christlichen Fürsten kommen können«, meinte Herman. »So unerwartet ist das nicht.« Auch Giovanni musste das zugeben. Und so blieben der Bruder Stephan und einer der Diener im Lager zurück. Die anderen wurden weitergeleitet. In Komanien kamen sie durch Gegenden, die wiederum von Schädeln und Gebeinen getöteter Menschen gesäumt waren. Unbegraben lagen sie umher. Auch wenn niemand es ihnen verriet, wussten sie, was das bedeutete: Sie stammten von den Gefangenen, die die Mongolen aus den westlichen Ländern mit sich geschleppt hatten. Herman schüttelte sich. »Mein Gott, die Ärmsten! Was mag uns da noch bevorstehen!«, sagte er zu Ullrich. Der mochte nicht widersprechen.

Am 4. April 1246 erreichte Giovannis Gruppe die neue Hauptstadt Sarai, die Batu Khan unweit der Ufer des Wolgaflusses angelegt hatte. Zum ersten Mal begegneten ihnen nun auch Frauen. Bisher hatten sie nur Männer gesehen, Reiter, Krieger, Hirten und immer wieder Berittene. Die Frauen schienen von noch kleinerem Wuchs zu sein als die Männer. Aber Herman fand sie nicht so hässlich, wie ihm die Mongolen anfangs vorgekommen waren. Sie kamen zierlich daher, ihre Gesichtszüge waren weicher, ebenmäßiger und viele hatten keine platten sondern recht reizende Stupsnasen. Die Frauen und Mädchen schienen nicht scheu zu sein. Ihre dunklen Augen schauten die Ankömmlinge neugierig an und ihre breiten Gesichter konnten in ihrer Fremdheit durchaus auch attraktiv wirken. Das strähnige, schwarze Haar hielten sie meistens unter einer Kappe. Dunkles Blau, Grau und Blaugrau waren die Farben, die ihnen am meisten zu gefallen schienen. Weit geschnittene Hosen aus Woll- oder Leinenstoffen trugen sie, ihre langärmligen Jacken waren am Hals hochgeschlossen. Oft sah Herman auch, dass sie ihren Oberkörper zusätzlich in eine Art ärmellose Weste gewickelt hatten, die mit einer Spange an der Seite zusammengehalten wurde. Die Westen trugen sie auch in rötlichen oder gelblichen Farbtönen.

Gleich am ersten Tag erfuhren Giovannis Männer, dass es bei den Mongolen Brauch war, dass sich alle Fremden verschiedenen Reinigungsriten, wie die Mongolen sie nannten, unterziehen mussten. Erst dann wurden sie als willkommeme Gäste behandelt. Für die Ankömmlinge gehörte das Durchschreiten zweier Feuer dazu um sich von allen bösen Absichten zu befreien. Darauf folgte eine rituelle Verbeugung vor einer ausgestopften Filzpuppe des Dschingis Khan. Später erfuhr Herman, dass solche Reinigungsriten manchmal auch einen Ritt auf einem Yak einschlossen. Die Yaks waren genügsame, trittsichere, langhaarige Rinder. Sie waren witterungsunempfindlich und die Mongolen führten sie wie ihre Pferde in riesigen Herden mit. Offensichtlich mochten die Rinder aber Reiter nicht besonders gern und Herman war froh, dass ihnen wenigstens diese Erfahrung erspart blieb.

Batu, der Khan der Goldenen Horde, war bei diesen Zeremonien anwesend. Er unterschied sich wenig von seinen Kriegern. Seine Pelze mochten vielleicht kostbarer sein, aber er verhielt sich wie einer der Ihren. Die Christen wurden ihm nicht vorgestellt.

Der Frater Giovanni entzog sich keiner einzigen Herausforderung und bestand trotz seiner fülligen Behäbigkeit alle Prüfungen. Auch die anderen gaben sich große Mühe es ihm gleich zu tun. Einer nach dem anderen wagte die Sprünge. Als Herman zusammen mit Ullrich durch die beiden Feuer sprang, passierte es. Ullrich stolperte und fiel so unglücklich zwischen die Steine, dass er sich das rechte Bein brach. In unnatürlicher Weise stand es zur Seite ab. Ein beunruhigendes Gemurmel ging durch die Reihen der Umstehenden. Aber eine Handbewegung Batus stoppte es und einige der kleinen Männer hoben Ullrich auf und trugen ihn weg. Herman folgte ihnen. Sie schienen zu wissen, was sie zu tun hatten und versorgten das gebrochene Bein. Ullrich stöhnte. Herman hielt seine Hände fest und versuchte ihm Trost und Beistand zu sein.

Als Herman seinen Ritter am nächsten Morgen in ihr gemeinsames Zelt tragen ließ, war klar: Ullrich konnte nicht mehr alleine aufstehen. An Gehen oder Reiten war nicht zu denken. Tapfer hielt der Verletzte den Schmerz aus, aber er würde auf seinem Lager geduldig die Heilung abwarten müssen. Und die Mongolen waren nun misstrauisch geworden. Hatte dieser Fremde nicht bei der Feuerprobe versagt? Was würden sie nun mit ihm machen? Dennoch wurde Ullrich von ihren Wundheilern versorgt. Sie behandelten ihn wie einen der Ihren.

So wie die beiden Mönche hatten auch Herman und Stan alle noch folgenden Proben der Mongolen zur Zufriedenheit der Gastgeber erfüllt. Wie zur Belohnung wurde ihnen nun ein Trunk angeboten. Er brannte höllisch, aber sie tranken das Gebräu ohne mit der Wimper zu zucken. Auch das überstanden sie. Bald wussten sie, dass es sich um den traditionellen Yak-Schnaps handelte, ein Getränk, das überall und bei jeder Gelegenheit als eine Art Verdauungsgetränk gereicht wurde. Nun wurden der Frater Giovanni und seine Gruppe am Hofe des Herrschers Batu wie eine hoch geehrte Gesandtschaft behandelt. Auch Batus neue Stadt durften sie jetzt besichtigen. Ihre Ausmaße und ihre Pracht überraschte Herman gleichermaßen. Dennoch beherrschten noch weitgehend die geduckten schwarzen Filzzelte der Mongolen das Bild.

Batu hielt seine Audienzen und zahlreiche Empfänge in einem besonders schönen weißen Leinenzelt ab. Es hatte einst dem ungarischen König Bela IV. gehört. Darin empfingen nun Batu Khan und seine Frauen und Beamten auch ihre Gäste aus dem christlichen Europa. Sie boten ihnen herrliches Essen und den besten Wein aus goldenen Gefäßen an. Herman langte ungehemmt zu, mit Stan labte er sich an den kulinarischen Kostbarkeiten. Erstaunlich fand er, welche Vielfalt von Speisen aus Hammelfleisch bereitet werden konnten. Dabei schien der Khan scharfe Gewürze zu schätzen. Eine Speise hatte es Herman besonders angetan. Offensichtlich war eine Art Schnaps darin enthalten, eine ziemlich bittere Gärung aus Stutenmilch, die aufheiternd auf die Gäste wirkte.

Die beiden Mönche mussten das alles jedoch ablehnen, sie begnügten sich mit Haferschleim und Wasser. Sie befanden sich gerade mitten in der Fastenzeit. Aber alle durften sie auf Seidenteppichen sitzen, umgeben von wunderschön geschmückten Frauen und von festlich gekleideten Beamten. Langsam begann Herman an den fremdländisch aussehenden, zierlichen Frauen mit den runden Gesichtern und den hohen Backenknochen Gefallen zu finden. Ihre schwarzen Augen zogen ihn magisch an. Aber da er sich nicht mit ihnen verständigen konnte, blieb es bei bewundernden Blicken. So warteten die Gäste auf die Wünsche des Batu Khan.

Vom ersten Tage an bemühte sich Herman so viel wie möglich von der Sprache der Mongolen aufzuschnappen. Immer wieder suchte er auch den Kontakt mit den Bewohnern der Zeltstadt. Er sprach mit den Handwerkern, aber verständigen konnte er sich fast ausschließlich mit Gesten und Lauten. Neugierig begafften die Kinder den fremdländischen Mann. Ein kleiner Junge kam ganz nahe heran und berührte ihn mit seiner Hand. Große Kulleraugen blickten ihn aus einem kugelrunden, kahl geschorenen Köpfchen an. Die Nase schien von einem dicken Daumen plattgedrückt worden zu sein. Herman lächelte das braune Gesicht an und ein Lachen mit blitzenden Zähnen dankte ihm dafür. Er kauerte sich nieder und sprach ermunternd auf den Kleinen ein. Er streckte seine Hand aus, in der er ein Stück Fladenbrot hielt. Der Junge setzte sich zu ihm. Sofort rannte laut schreiend eine junge Frau in brauner Bundhose und einer blauen Bluse heran, fasste den Jungen am Arm und riss ihn mit sich fort. »Schade«, dachte Herman. »Die fürchtet sicher, dass die ›weiße Spitznase‹ ihren Sohn auffrisst.«

Abends, als auch die Frauen um ein Lagerfeuer saßen und Hammelfleisch an Spießen brieten, sah er die ängstliche Mutter wieder. Er lächelte sie an, aber zwei Krieger mit langen Schnurrbärten, die links und rechts von ihr saßen und grimmig in das Feuer blickten, hielten ihn davon ab, zu ihr zu treten. Dann begannen die Frauen zu singen. Auf- und abschwellende, dumpf klingende Lieder. Die Männer tanzten. Wilde Sprünge vollführten sie, immer im Kreis herum. Dabei schwangen sie ihre Krummschwerter und stießen schrille Kriegsschreie oder ein Geheule aus, das etwas von einer großen Lust ahnen ließ. Zwei Handtrommeln schlugen den Takt, ein Tamburin und eine Rassel begleiteten sie. Die Frauen leisteten ihren Beitrag mit aufmunternden Rufen. Als der Tanz der Männer wilder wurde, fielen die Frauen in ein rhythmisches Klatschen. Die hell flackernden Lagerfeuer verwandelten die Szene in ein bewegtes, blitzschnell wechselndes Spiel von Licht und Schatten. Herman bedauerte, dass er ihre Gesänge nicht verstehen konnte und nahm sich wieder vor, so schnell wie möglich ihre Sprache zu erlernen.

Nachdem der Khan die päpstlichen Briefe hatte übersetzen und vorlesen lassen, ließ Batu seinen Entschluss verkünden: Die Mönche sollten sie persönlich nach Karakorum bringen um sie selbst dem Großen Khan zu überreichen. Daraufhin beriet sich der Frater Giovanni mit Ullrich,

Herman, Stan und dem Bruder Benedikt. Giovanni vertrat die Meinung, dass Ullrich nicht allein zurückbleiben, sondern dass sein Knappe bei ihm bleiben sollte. Ullrich war das nicht unrecht.

»Was wollen wir eigentlich in Karakorum, du und ich?«, fragte er Herman mit schmerzverzerrtem Gesicht. »Für unseren König und für Böhmen liegt hier die Gefahr, hier an der Wolga und am Kaspischen Meer. Bei Batu und bei der Goldenen Horde können wir alles erfahren, was wir wissen wollen. Da brauchen wir nicht noch weiterzureiten, immer weiter in den Osten, nach Karakorum. Wenn Gefahr droht, dann droht sie von hier.«

Giovanni nickte zustimmend. »Batu hat die Streitereien der Russen untereinander zu seinem eigenen Vorteil genutzt. Er hat sich als Herrscher über ganz Russland gesetzt und sich die russischen Prinzen unterworfen, angefangen mit Jaroslaw von Nowgorod bis zu den Prinzen von Chernigow und Galizien. Seine Herrschaft reicht jetzt schon von Bulgarien bis Nowgorod, obwohl er seine Armeen nur selten westlicher als Kiew einsetzt. Dieser Khan ist unser mächtiger Nachbar im Osten.«

»Sagtest du nicht auch, dass er nicht einmal zur Wahl des neuen Großkhans nach Karakorum reiten wollte?«

»So hat er sich mir gegenüber geäußert. Sein brillanter Feldherr Subutai hat die kaiserlichen Tumen zurückgeführt, er selbst hatte kein Bedürfnis bei der Wahl dabei zu sein. Er ist hier geblieben um seine Hauptstadt aufzubauen.«

»So stark fühlt er sich also schon!«

»Die Frage der Nachfolge Ogedeis ist in diesem Frühling in Karakorum bereits geklärt worden, hat er gesagt. Die Regentin Toregene hat endlich genügend Stimmen erworben, hat er gesagt, um die Wahl ihres Sohnes Guyuk zu sichern. Dabei hat er bitter gelacht. Und Guyuk soll in ein paar Monaten als neuer Großkhan aller Mongolen gekrönt werden. Die Hofbeamten Batus haben mir zugetragen, dass Guyuk dem Trinken und der Ausschweifung noch mehr zugetan sein soll als sein verstorbener Vater.«

»Also, Batu scheint daran zu liegen, dass wir Gelegenheit erhalten, die gesamte Herrlichkeit des mongolischen Reiches und seiner Zeremonien mit eigenen Augen zu sehen«, warf Ullrich wieder ein. »Wenn ihr da hinreiten wollt, dann müsst ihr nun ohne mich ziehen. Und du, Herman?«

»Ich werde bei dir bleiben, Ullrich. Ich werde dich gesund pflegen.« Herman trat an Ullrichs Lager. Niemand widersprach.

Der beleibte Mönch aus Umbrien jedoch nahm mit dem Rest seiner kleinen Gruppe und einer Eskorte der Mongolen die Strapazen der weiteren Reise durch Wüsten und Gebirge auf sich. Sie machten sich auf den Weg zu einer der wichtigsten Hauptstädte der Welt, hinein in den politischen Strudel um die Nachfolge des Großen Khan. Zu seinem größten Bedauern musste Giovanni auch seinen geliebten Asinello in Sarai zurücklassen. Denn um nach Karakorum zu gelangen, sollten sie über die Straßen des gut funktionierenden Yam-Systems geleitet werden, und das ging nur mit schnellen Pferden. An jeder seiner Stationen konnten sie die Pferde wechseln. Da würde die Reise mit einer unglaublichen Geschwindigkeit vonstatten gehen, so dass der Esel keine Hilfe sein konnte. Er würde nicht mithalten können.

Mit trauriger Miene vertraute Giovanni Herman seinen Asinello an. Er instruierte ihn auch genau, wie er das Tier füttern, pflegen und behandeln sollte:

Berg auf treib mich nicht,
Berg ab reit mich nicht.
In der Ebene, da schon mich nicht.
Aber im Stall: Da vergiss mich nicht.

Das habe ihm *asinello mio* während einer ihrer langen gemeinsamen Wanderungen verraten, gab der Mönch Herman noch im Weggehen preis.

V.

Die Wochen vergingen und Herman gewöhnte sich immer mehr an das Leben am Hofe Batus. Er konnte sich nun schon leidlich mit den Mongolen verständigen. Der Khan hatte ihm auch gestattet im Versammlungszelt jeweils zwischen den Kriegern Platz zu nehmen. Aufmerksam verfolgte er dort die geschickten Schwert-Tänze der Männer, mit denen sie den Khan erfreuten. Mehr als einmal zuckte Herman erschrocken zusammen, weil es so aussah, als ob die Krieger sich gegenseitig aufspießen würden. Als die Trommeln und Pauken eine Pause einlegten, zog der Khan ihn in ein Gespräch, bei dem zwei Dolmetscher halfen.

»Du hast also dem Sohn des Mannes gedient, dem wir in Schlesien die Ohren abgeschnitten haben?« Herman bestätigte es, versäumte aber nicht Herzog Heinrich als den Retter der Christenheit zu bezeichnen. Er wiederholte eigentlich nur, was er Herzog Boleslaw über seinen Vater hatte sagen hören. »›Der Abzug der Mongolen ist allein das Verdienst des Herzogs von Schlesien. Herzog Heinrich hat die Mongolen besiegt!‹, so habe ich seinen Sohn sagen hören.«

Die Krieger, die um den Khan versammelt waren, sprangen auf und nahmen eine drohende Haltung an. Babur, einer der Heerführer des Khans, zog seinen Säbel, stürzte auf den jungen Christen zu und holte mit seinem Schwert zum Schlage aus. Batu sah Herman einen Moment lang überrascht an. Aber schnell gebot er mit einer Handbewegung

Ruhe. Der General hielt inne und trat zurück. Da lachte Batu aus vollem Halse, schlug sich auf die Schenkel. Er konnte sich gar nicht wieder beruhigen.

»Hohohoho, habt ihr das gehört?«, prustete er. »Der Anführer der Christen, dem ihr die Ohren abgeschnitten habt, dessen Kopf ihr auf die Lanze gesteckt habt, der soll uns besiegt haben?« Er lachte wieder dröhnend. »Und dann soll er uns auch noch zum Abzug gezwungen haben! Das ist wirklich der Gipfel der Lügen. Ist das die Wahrheit, die eure Christenprediger verkünden?« Die versammelten Anführer schlugen mit ihren Dolchen und Säbeln gegen ihre Schilde und führten einen dumpf klingenden, melodisch auf- und abschwellenden Singsang aus. Batu hatte die Aufgebrachten geschickt wieder unter Kontrolle gebracht. Und Herman hütete sich nun noch weitere Worte Boleslaws zu wiederholen. Aber er erinnerte sich ganz genau, wie der Herzog mit dem Sieg seines Vaters geprahlt hatte.

»Jetzt ist es amtlich!«, hatte er eines Tages gerufen. »Sogar aus Ungarn sind sie blitzschnell verschwunden. Die Gerüchte erzählen zwar, jemand soll die wilden Horden nach Asien zurückgerufen haben. Da hätten sie sich auf ihre Pferdchen geschwungen und seien weggeritten – dummes Geschwätz!« Wieder hatte Boleslaw selbstsicher gelacht. »Alles dummes Zeug, dieses Rückrufen der Heerführer! Der Rückzug der Mongolen ist allein das Verdienst meines Vaters. Seine Heldentat!«

Herman sah die kleinen, gelben Männer mit ihren Waffen im Halbkreis stehen. Sie blickten ihn immer noch finster an. Nein, das alles würde er doch lieber für sich behalten. Während er nachdachte, bemerkte er, dass auch Batu Khan ihn durchdringend ansah und ebenfalls einen Augenblick zu überlegen schien. Dann erhob der Khan sich wie die anderen. Er nahm seinen Becher, leerte ihn in einem Zuge und ging einen Schritt auf die Krieger zu. »Ruhe Männer!«, rief er. »Ihr könnt euch wieder niederlassen. Ich will dem armen Unwissenden erzählen, was gewesen ist. Woher soll er die Wahrheit kennen? Und von Kriegskunst und von Eroberungen haben diese Christen ohnehin keine Ahnung. Auf unsere Siege! Auf die Eroberung der Welt durch das große Volk der Mongolen! Auf den Khan!« Er trank jetzt aus einer großen Kanne, das Bier lief ihm rechts und links die Mundwinkel und den Bart herab. Die Männer nahmen murmelnd oder murrend Platz. Bier wurde überall herumgereicht und sie tranken. Auch der Khan setzte sich wieder. Er begann zu reden.

»Höre, du kleine milchgesichtige Spitznase mit den großen runden Knopfaugen. Wir«, er schlug sich mit der Faust auf die Brust, »wir haben das Heer deines Herzogs vernichtet. Nach Süden sind wir abgedreht, weil wir erst einmal dem König aus Böhmen aus dem Wege gehen wollten – um ihn später umso besser zu überraschen. Im Süden gab es in diesem Jahr leichtere Beute: Mähren, die Mark um Wien, Ungarn, das waren unsere Ziele. Bis an die dalmatische Küste, bis an das adriatische Meer sind wir gezogen. Furcht und Schrecken haben wir verbreitet. Wir wären zurückgekehrt im nächsten Jahr um auch dem Böhmen eine Lektion zu erteilen, sein Heer zu vernichten, sein Land zu verwüsten. Bis zum großen Meer im Westen wären wir durchgeritten. Niemand konnte uns aufhalten. Aber da hat sich das ganz große Unglück ereignet.«

Herman nickte. »Ja, das weiß ich. Der Tod eures Großkhans!« Wütend sah ihn Batu an. Herman zuckte erschrocken zusammen. Schon wieder war ihm etwas herausgerutscht.

»Schweig, du Grünschnabel! Nichts weißt du! Natürlich, der Große Khan war auch gestorben. Und das erfordert traditionell eine Umgruppierung der kaiserlichen Tumen, unserer großen Militäreinheiten. Aber niemand von euch im Westen hat bisher erfahren, warum wir so schnell das Feld räumen mussten. Wir haben das Geheimnis stets gewahrt. Warum sollten wir zugeben, dass auch wir verwundbar sind? In Wahrheit gab es eine ganz andere Ursache für unseren Rückzug! Die Götter haben uns gegeißelt mit ihrem Zorn. Zu milde waren wir und zu nachsichtig mit den westlichen Völkern. Zu wenige haben wir erschlagen und zu viel ist unserer Zerstörung entgangen. Da haben sie uns eine fürchterliche Krankheit geschickt. Der Milzbrand war es! In Ungarn! Ja, der Milzbrand! Weißt du, was das ist? Weißt du, was das bedeutet? Da starben unsere Pferdeherden dahin. Und mit ihnen starben die Krieger und die Weiber und die Kinder. Die Weideflächen des Landes waren vergiftet! Die Schafherden, die Yak-Herden, unsere Tiere bekamen den Fluch zuerst. Es war der Milzbrand, der die Weideflächen in Ungarn verseuchte. Die Seuche unterbrach unseren Nachschub und unsere Verbindung mit Karakorum. Alle siechten sie dahin. So zornig waren die Götter mit uns, dass selbst die Toten noch gestraft wurden. Ungewöhnlich hellrot und dünn floss das Blut aus ihren Wunden, lange noch nachdem wir sie begraben hatten. Die Götter haben uns gezwungen umzukehren, nicht eure lächerlichen, schwerfälligen Ritterheere! Die Götter grollten uns, weil wir zu viele von den Euren am Leben gelassen haben. Aber wir werden zurückkehren! Wir werden unser Werk der Vernichtung vollenden. Gnadenlos!«

Der Khan der Goldenen Horde sah furchterregend aus, als er sich das große Drama von der Seele schrie. Seine Krieger tönten immer wieder im Chor ihren Beifall, laut klopften sie auf ihre Schilde und alle spülten sie die schreckliche Erinnerung mit reichlichem Biergebräu hinunter. An diesem Abend schlich Herman bedrückt in sein Zelt zurück. Das dramatische Erlebnis hatte auch ihn mitgenommen. Und er ärgerte sich. Er ärgerte sich über seine Unbeherrschtheit.

Abgesehen von diesem Zwischenfall erregte die Anwesenheit Hermans und Ullrichs am Hofe des Khans kein großes Aufsehen mehr, ihnen tat auch niemand etwas zuleide. Die Mongolen behandelten die beiden Christen gut, sie waren gleichermaßen Gefangene und doch Gäste am Hofe. Schon bald erkannte Herman, dass der Khan die Wahrheit gesprochen hatte, als er von einer Wahl sprach, die sie hätten. »Wir behandeln unsere Gefangenen entweder als Sklaven«, hatte er gesagt, »oder wir integrieren sie in unsere Gemeinschaft – wenn sie sich nach entsprechender Erziehung zu uns bekennen.«

Unbehelligt konnte Herman umhergehen, im Lager, am Hofe und in Sarai. Überall sah er, wie die Hauptstadt der Goldenen Horde, die Batu neu gegründet hatte, schnell aufblühte. Mit den Tributzahlungen, die reichlich von den unterworfenen Stämmen und ihren Fürsten eingingen, entwickelte sie sich schnell zu einem blühenden Handels- und Regierungszentrum.

Ullrich konnte nur daran teilhaben, soweit sich Ereignisse in Sichtweite seines Zeltes ereigneten. Der Zustand seines Beines verbesserte sich nicht wesentlich, obwohl der Wunderheiler der Mongolen seine Sache zu verstehen schien. Der kleine dürre Medizinmann schiente und versorgte das Bein regelmäßig. Aber einer der beiden Knochen im Unterschenkel schien so unglücklich gebrochen zu sein, dass er nicht wieder zusammenwachsen wollte, wie das normalerweise geschah. Ungeduldig und fluchend musste Ullrich auf seinem Lager ausharren. Sein Zelt war so bequem wie nur möglich ausgestattet worden, aber selbst das erfreute ihn wenig. Außer dem farbigen Filzschmuck, den Herman schon in vielen Zelten gesehen hatte, waren ein kleiner Teppich aufgehängt und zwei Pelze auf den Diwan gelegt worden. Kupferne Gefäße standen bereit und die kleine Feuerstelle war mit Steinen eingefasst.

Herman konnte an solchen fremdartigen Dingen seine Freude haben. Und für ihn flogen die Tage und die Wochen an der Wolga nur so dahin. Es gab so viel zu sehen, von allen Seiten stürzte eine Vielzahl unbekannter Eindrücke auf ihn ein: die Zelte, in denen die Nomaden wohnten; die Krieger mit ihren halbwilden Pferden und ihre Ausrüstung; ihre Kriegs- und Reiterspiele; die Frauen und die Mädchen, die ihn unverhohlen neugierig betrachteten; die Kinder, die sich schon so wild und ungebärdig verhielten wie die Erwachsenen. Auch ihre einfachen Essgewohnheiten, ihre säuerlichen Getränke, ihre Handwerksarbeiten, alles war neu, fremd und interessant für Herman. Voller Erstaunen sah er, was die Mongolen alles aus Filz herzustellen verstanden. Sie stampften ihn aus Wolle und anderen Tierhaaren in einer seifigen Brühe und walkten ihn dann kräftig aus. Das Filzmaterial für ihre runden Jurten und Zelte verfestigten sie zu einem wasserdichten, dicken Stoff, der sowohl gegen Kälte wie gegen Hitze isolierend wirkte. In den Zelten war die Ausstattung ebenfalls größtenteils aus Filz hergestellt: Zeltdecken als Raumteiler, die mit farbigen Filzornamenten geschmückt waren, ihre

Kleidung, Tragetaschen, Satteldecken und Satteltaschen waren aus Filz. Natürlich nutzten ihn auch die Krieger. Sie verwendeten ihn sogar für ihre Brustpanzer und ihre kleinen Schilde – alles war aus Filz, stellte Herman fest.

Inzwischen konnte er sich schon recht gut mit den Mongolen verständigen. Ihm half dabei, dass er die Zuneigung eines hübschen Mädchens gewinnen konnte. Er hatte sie beobachtet, wie sie vor einer Jurte niederkniete. Sie befestigte wohl den Verschluss der Türklappe, damit Katzen und streunende Hunde nicht eindringen konnten. Die perfekte Rundung, die er von hinten sah, erinnerte ihn an einen der kleinen handlichen kupfernen Kessel, wie er ihn so oft sah. Unwillkürlich musste er lachen. ›Wie ein Kupferkesselchen!‹ Dabei trug sie einen graublauen, groben Wollrock. ›Ob ihre Haut wohl am ganzen Körper kupfern ist?‹, dachte er. Ihm wurde warm ums Herz. Sie war aufgestanden und drehte sich zu ihm um. ›Ob sie mein Lachen gehört hat?‹ Sie war einen guten Kopf kleiner als er. Jetzt lachte er sie voll an. Für einen kurzen Moment lächelte sie zurück und eine Reihe blendend weißer Zähne blitzte ihn an. Sie hatte ein rundes Gesicht mit einer Stupsnase und vollen Lippen, viel voller als bei den Mädchen sonst hier.

Dann fiel ihm ihr schwingender Gang auf. Mit wiegendem, leichtem Schritt, der etwas Katzenartiges hatte, kam sie ihm entgegen. Jetzt zogen ihre schmale Taille und die Wölbungen ihrer Brust seine Augen an. Ihr Rock und das Oberteil des Kleides aus demselben Stoff lagen eng an. Fast wie ein Reitkleid der Damen bei uns am Hof, dachte er. Vielleicht war es das, was ihn so aufregte. Sie trug braune Lederstiefelchen. Und als sie nach einem gleichgültigen Blick aus ihren hübschen Augen von dannen zog, sah er, dass ihr Rock vorne übereinander gefaltet war und bei manchem Schritt ihr Knie freigab. Ihr Schritt hatte wieder dieses Schwingen, das ihm so weiblich verlockend vorkam. Herman fand sie hübsch und er fand sie verführerisch. Aber er musste sich eingestehen, dass es vielleicht reine Einbildung war, dass auch sie ihm zugetan war. Das junge Weib hatte ihm absolut keinen Anlass zu einer solchen Annahme gegeben. Wie lange hatte er schon kein Mädchen mehr berührt? Herman verlangte es nach ihr.

›Warum habe ich sie nicht angesprochen?‹, fragte er sich vorwurfsvoll. Er gab sich einen Ruck und rannte hinter ihr her. Da verschwand sie in einer Jurte. Abrupt blieb Herman stehen. Dann drehte er sich um und marschierte mürrisch zu Ullrichs Zelt. Aber am nächsten Tag sah er ›Kesselchen‹ wieder und schon bald gelang es ihm, eine Unterhaltung mit ihr zu beginnen. Zuerst war es mehr eine Folge von Gesten und Lauten gewesen, eine aufregende Zeichensprache, aber nach und nach wurden Worte und Sätze daraus. Sie hieß Shajar, aber er blieb bei seinem ›Kesselchen‹. Er versuchte ihr auch einige Worte seiner Sprache beizubringen und ihr schien der Unterricht genauso viel Spaß zu machen wie ihm. Stundenlang konnte er so mit ihr vor Ullrichs Jurte sitzen und mit fröhlichem Lachen einen Schritt nach dem anderen in eine neue Welt tun. Eines Tages erzählte ›Kesselchen‹ ihm ihre Geschichte von der Herkunft der Mongolen. Da wusste Herman, dass er mit ihrer Sprache keine großen Probleme mehr hatte.

»Weißt du, woher der Stamm der Mongolen kommt?«, fragte sie ihn. Er schüttelte den Kopf, er wusste es nicht. Mit einem geheimnisvollen Lächeln sah sie Herman an. »Du musst dir ein unendlich weites Weideland vorstellen, bis an den Rand des Himmels mit einem dichten grünen Grasteppich bedeckt. Es liegt weit im Nordosten der Mongolei. Durchzogen wird das sanft gewellte Land von den wasserreichen und vielarmig gewundenen Ästen des Flusses Onon. Ein ideales Weideland, ein wildreiches Land, lieblich und fruchtbar. Saftige Büsche und kleine Baumgruppen lockern es auf. Ein klarer Himmel überwölbt es. Hier ließen sich vor langen, langen Zeiten der blaue Wolf und das falbenfarbige Reh nieder. Sie lebten friedlich und glücklich miteinander in diesem herrlichen Land. Ihre Nachkommen waren es, die den Stamm der Mongolen begründeten. Unserer Legende nach ist das der Geburtsort der Mongolen.«

Herman zog Ullrich oft mit in das Gespräch hinein, das er mit ›Kesselchen‹ führte. Aber Ullrich war unzufrieden, er war der Welt der Mongolen gegenüber wenig aufgeschlossen. Schuld daran war sicher sein Bein, das ihn jeden Tag aufs Neue ärgerte. »Schlimm genug, dass ich mich ihrer Gastfreundschaft nicht entziehen kann,« erklärte er kategorisch, »aber die Sprache der Heiden werde ich bestimmt nicht lernen.«

Es dauerte nicht allzu lange, bis es Herman gelang, von dem ›Herrn der Pfannen‹ ein eigenes Pferd zu bekommen. Ein mageres kleines Steppenross war es, aber es bereitete ihm große Freude. Nun konnte er auch mit ›Kesselchen‹ durch die Landschaft reiten, die jetzt vom betörenden Farbenrausch des Spätsommers überzogen war. ›Kesselchen‹ war eine wilde Reiterin, die ihr Pferd genauso gut beherrschte wie die mongolischen Krieger. Sie dirigierte es mit ihren Schenkeln und sie zeigte Herman, was auch den Mädchen von kleinster Kindheit an beigebracht wurde. Es unterschied sich nicht von dem, was er schon bei den Bogenschützen gesehen hatte: die blitzschnelle Wendung des Reiters nach hinten um einen Verfolger abzuwehren; das Anhalten aus dem vollen Galopp heraus um einen Pfeil zielsicher abzufeuern; das Niedertauchen und Verbergen an der Flanke des Tieres, Schutz gegen Angriffe von schwerfällig Gepanzerten; das Aufspringen auf das laufende Pferd. ›Kesselchen‹ erschien ihm wie eine wilde Windsbraut, und wenn ihr langes, glänzendes schwarzes Haar im Winde flatterte, sah sie hinreißend schön aus. Zum großen Fluss hinunter ritten sie und es raubte ihm den Atem, als sie ohne die geringste Scheu ihre Kleider ablegte und nackt in das Wasser sprang. Sie war ein liebes Mädchen, aber seinen Annäherungsversuchen widersetzte sie sich zu seiner großen Enttäuschung standhaft.

Am großen Fluss, der träge und verträumt dahinfloss, hatte er noch ein anderes Erlebnis. Herman ritt mit ›Kesselchen‹ gemächlich am Ufer entlang und sie genossen die große Stille an dem breiten Gewässer, als sie auf einmal Hundegebell und laute Stimmen hörten. Eine Gruppe mongolischer Krieger nahte. Auch sie verfolgten den Flusslauf und Herman erkannte Babur unter ihnen, den Reitergeneral des Khans. Zwei, nein, drei seiner Männer trugen jeweils zwei Falken auf ihren Armen. Die Augen der Vögel waren aber nicht mit einer Lederhaube verdeckt und bei dem Galopp flatterten sie an ihrer Langfessel. Ah, sie flogen auch über den Köpfen ihrer Falkner oder saßen wechselweise auf den handschuhbewehrten Armen. Herman zügelte sein Pferd und sah zu, wie einer der Falken sich in Erwartung seiner Beute hoch oben auf der Luftströmung treiben ließ. Einen Augenblick neidete er ihm diese Freiheit. Dann rief er sich ins Gedächtnis, dass der Falke durch Training und Anlage gezwungen war, jeden Tag am Ende der Jagd zu Panzerhandschuh, Lederkappe und Käfig zurückzukehren. Im Augenblick aber war der Vogel frei, so wie er selbst – im Augenblick. Hier konnte er den Wind spüren, sich mit ihm über die Erde erheben. Auch in Schlesien hatte Herman hin und wieder diese schönen Beizvögel beobachtet. Hier schienen sie viel wilder zu sein, wie ihre Herren auch, und sie passten gut in die ebenso wilde Landschaft.

Ein paar Krieger ritten ihre Pferde langsam durch das hohe Gras um die Beute aufzuscheuchen. Herman beobachtete, wie der Falke in der Höhe seine Flügel zu drehen schien, tiefer tauchte und sich wieder zurechtschüttelte. Dann erspähte er mit seinen goldenen Augen das Opfertier, das, aufgeschreckt durch den schweren Hufschlag der Pferde auf dem Erdreich, hundert Fuß unter ihm davonhuschte. Im Sturzflug ließ sich der Falke herabfallen. Herman verfolgte seinen Fall und beobachtete, wie er ganz in seiner Nähe, dem Schwert des Henkers gleich, auf den Rücken des Hasen herabstieß und ihn mit messerscharfen Krallen packte. Der Hase kämpfte, zappelte einen Augenblick lang wild herum und war dann still. Der Vogel schlug mit seinen großen Schwingen und ließ sich auf das Opfer nieder. Für einen Moment konnte Herman sehen, wie sich das Scharlachrot zwischen den Klauen des Vogels auf dem hellen Fell ausbreitete. Die Begleiter Baburs stürmten zu ihm heran, das Wild zu holen.

Der Falkner kehrte mit breitem Grinsen zurück, den Falken, dessen Kopf er jetzt mit einem ledernen Helm bedeckt hatte, hoch auf dem linken behandschuhten Arm. Hinter Babur trugen einige Männer die Trophäen des Tages: ein Dutzend Hasen und Kaninchen, die an Stangen festgebunden waren, und eine halbe Strebe mit Fasanen.

Herman ritt mit dem Mädchen heran und begrüßte den General. »Ein gutes Tagesergebnis«, rief er. »Mich begeistert Eure Jagd. Ein edles Vergnügen. Ich bewundere Euch.« Babur lachte geschmeichelt.

»Wir lieben alle die Jagd mit den Beizvögeln. Unser Khan gebietet über viele Falkner und Jäger. Die Falkenaufzucht ist ihm ein ganz besonderes Vergnügen. Du solltest diese Kunst des Jagens auch erlernen. Kannst du sie ihm nicht beibringen?«, fragte er, zu Shajar gewandt. »Euch Christen kann man nicht genug beibringen.« Dann stieß er seinem Pferd die Hacken in die Seite. »Die Sonne steht schon tief«, rief er, »ihr solltet zurückreiten. Kommt, schließt euch uns an.«

Obwohl niemand Herman hinderte sich frei zu bewegen, hielt dennoch ständig ein Krieger vor seinem Zelt Wache. Der kleine Mann saß gewöhnlich auf einem Baumstumpf in der Nähe des Zeltes. Ein Pferd, das zu ihm gehört hätte, war nicht zu sehen. Herman konnte ein Gefühl des Mitleids nicht unterdrücken. Er überlegte, warum er mit dem Wachtposten, der doch auf sie aufpassen sollte, Mitleid hatte. Er betrachtete den kleinen Soldaten genauer. Der Mongole machte einen traurigen Eindruck. Den linken Ellenbogen auf seinem Knie und den breitknochigen Kopf in die linke Hand gestützt starrte er mit weit aufgerissenen Augen vor sich hin. Aber der Blick war leer, er sah Herman nicht, er sah seine Umgebung nicht. Auch sein langer Schnurrbart schien traurig nach unten zu hängen, die beiden Spitzen zitterten leicht. Das Haar des Kriegers war kurzgeschoren, nur vorne hing so etwas wie eine kleine schwarze Locke auf die Stirn. Er trug einen Filzkoller, der mit seinen Lederschuppen nur den Oberkörper schützte, darunter trug er ein langärmeliges Wollhemd. Seine Beine hatte er unter sich zum Schneidersitz gekreuzt, eine große bauschige Hose von undefinierbarer Farbe bedeckte alles. Ein breites, gegliedertes Lederband quer über der Brust hielt den Köcher, aus dem Pfeilschafte herausragten. Wo er wohl seinen Bogen verborgen hatte? Der Bogen war die gefährlichste Waffe, über die die Mongolen verfügten. Sie schnitzten ihn aus Bambus und Yak-Horn und er verlieh ihren Pfeilen eine ungeheure Geschwindigkeit. Herman hatte Wunderdinge darüber gehört. Aber vielleicht wollte der Krieger auch gar nicht schießen.

Herman hatte wohl ein Geräusch gemacht. Der Soldat blickte ihn an. Herman hielt seinem Blick stand. Wie alt der Mann sein mochte? Man konnte in dem gelblichfahlen Gesicht auch nicht erkennen, ob er freundlich oder unwirsch guckte. Die Züge waren ausdruckslos wie der Glanz seiner Augen, nicht einmal besonders wachsam. Was er wohl dachte?

»Hallo, Krieger! Bist du krank?« Der andere antwortete nicht. Vielleicht versteht er mich gar nicht, dachte Herman, so gut bin ich halt noch nicht in ihrer Sprache. Er versuchte es noch einmal und probierte seine Kenntnisse aus. Wieder keine Antwort. In Hayn hatten sie die Mongolen immer Wilde genannt, Heiden und Barbaren. ›Die Tataren kommen!‹ war ein Ausruf, mit dem man Angst und Schrecken verbreiten konnte. Dieser hier kam ihm gar nicht wild oder barbarisch vor. Er sah aus wie ein normaler Mensch – und er war traurig. Aber sich mit dem Fremden unterhalten, das wollte er offensichtlich nicht.

Am Morgen gellten schrill vielstimmige Schreie durch die Luft. Sie schreckten Herman aus dem Schlaf. Einen Augenblick dachte er, ihn narre ein Traum, dann sprang er blitzschnell von seinem Lager auf. Das Donnern von Hufen ließ den Boden erbeben. Der Lärm nahm zu. Sie kamen näher. Ein Überfall? Er griff sein langes Jagdmesser und schlug vorsichtig die Zeltklappe beiseite. Mongolische Krieger rasten auf ihren Steppenpferden unweit der Zeltgruppe vorbei. Eine niedrige Staubwolke stieg von ihren Hufen auf, die die dürre Grasnarbe zermalmten. Ein ganzes Reiterheer schien in einem unübersehbaren Strom vorbeizupreschen. Die langen Bogen der Krieger zielten drohend in Richtung der Zelte. Gefährlich schwenkten sie Macheten und Ketten. Köcher und Schilde trugen sie auf dem Rücken. Da entdeckte Herman ihre Feldzeichen. Fremdländische Symbole trugen sie in ihrer Mitte. Sie unterschieden sich wesentlich von den Zeichen, die er aus seiner Heimat kannte. Stander, die wie Helme und wie Tier- oder Menschenköpfe aussahen, mit eigentümlichen bartartigen Ausfransungen. Die hatte er doch schon gesehen! Die kannte er doch. Die Ausfransungen waren Yak-Haare. Dschingis Khan hatte diese Standarten ursprünglich seinen »Neun Horden« als Wahrzeichen verliehen. Nein, das waren keine Feinde. Das waren die Krieger Batu Khans, die hier vorbeirasten. Wie ein riesiger Kreisel drehte sich das Reiterheer in sich selbst hinein. Dann, wie von Geisterhand gelenkt, öffnete sich der Kreisel und ihre Waffen schwenkend verloren sich die Berittenen in der sich weit ausdehnenden Ebene.

Herman eilte auf einen kleinen Hügel, den er jetzt erreichen konnte, ohne von den Hufen niedergetrampelt zu werden. Er hatte Babur erspäht, den Reitergeneral, der dort mit einigen anderen Anführern das Manöver beobachtete. Es war eines ihrer wilden Kriegs- und Reiterspiele, das die Kriegsherren angesetzt hatten. Bereitwillig ließ sich Herman von ihren Ritualen einfangen.

Nun kamen sie zurückgeritten. Sie waren nicht in der Ferne verschwunden. Sie hatten sich nur neu formiert. In langen einzelnen Reihen, die aus mehreren Einheiten bestanden, näherten sich die kleinen Krieger wieder. Den ersten Reihen schwerer Reiterei folgten leichter Berittene. An der Spitze und an den Flanken ritten weitere kleinere Abteilungen. Dann stürmten die hinteren Linien der leichten Reiterei durch die schwere Kavallerie hindurch und galoppierten vor. Statt den Nahkampf zu suchen, verleiteten ihre Anführer kleine gegnerische Schwadronen so dazu, über ihre eigenen Linien zu reiten. Kurz vor dem Zusammentreffen mit dem hier unsichtbaren Feind brachen die Reiter plötzlich aus, drehten um – und »flohen«. Herman konnte sich gut vorstellen, wie sie – mit den feindlichen Reiterhaufen dicht auf den Fersen – direkt zu ihrer wartenden Armee galoppierten. Wenn in diesem Moment die Bogenschützen einen vernichtenden Pfeilhagel abschossen, gingen die feindlichen Ritter darin mit Ross und Reiter unter.

Herman sah Babur anerkennend nicken. Zufrieden wandte sich der General seinen Unterführern zu und redete auf sie ein. Auch die schienen zu lächeln. Inzwischen hatte sich die Reiterei in geordneter Formation genähert. Sie hielten an. Nach dem wilden Getümmel und dem zum Himmel steigenden Lärm folgte eine unnatürliche Stille. Sie lastete erwartungsvoll auf der Menge. Die Krieger warteten auf ein Zeichen ihres Generals. Mit einem Peitschenknall gab er seinen Begleitern das erhoffte Signal. Die warfen drei Falken in die Luft, die in steilem Bogen zum Himmel stiegen. Ein unglaubliches Gebrüll war die Antwort. Und in einem irrsinnigen Getümmel wendeten die Reiter ihre Pferde und stürmten davon.

So oft er konnte, beobachtete Herman jetzt die Übungen der mongolischen Reiterei. Bewundernd stellte er fest, wie äußerst diszipliniert diese fremde Kriegsmaschine organisiert war. Anders als in den christlichen Ritterheeren kannte hier jeder Soldat seinen Platz und seine Aufgaben. Sie kämpften als Teil einer massiven Formation mit bestens geübten Manövern. Aber sie waren nicht gepanzert wie die christlichen Ritter, sie waren recht wenig geschützt: Ein seidenes Unterhemd, ein langer Filzmantel und ein Lederharnisch machten sie leicht und wendig. So konnten sie die Geschwindigkeit und die Wendigkeit ihrer Pferde am besten nutzen. Auch wenn sie nur ›übten‹, machten sie einen furchterregenden Eindruck.

Nachdem Herman diese Manöver einige Male beobachtet hatte, versuchte er bei ihren Übungen mitzumachen. Anfangs zum großen Gespött der »Wilden«, die bei ihren Kapriolen stets ein infernalisches Wutgeheul ausstießen, als ob sie in eine richtige Schlacht preschten. Herman ritt den Anführern zu langsam, er konnte nicht schnell genug wenden und mit seinem Bogen traf er überhaupt nichts, wenn er in vollem Galopp schoss. Die kleinen Reiter waren Meister im Bogenschießen. Die Zielgenauigkeit, die Entfernungen, über die sie schossen und die Schnelligkeit, die sie dabei entwickelten, suchten ihresgleichen. Sie wussten mit den zwei Fuß langen Pfeilen so genau zu treffen, dass der erste Schuss schon tödlich sein konnte. Ihre tellerförmigen Steigbügel erlaubten es ihnen, die Zügel loszulassen und im Galopp aus dem Sattel in jede Richtung zu schießen. Sogar während des Reitens nach rückwärts gewendet brachten sie es zu Meisterschüssen. Auch ihre Lanzen schleuderten sie geschickter und weiter, als er es jemals gesehen hatte.

Herman war begeistert. Er erzählte Ullrich, was er gesehen und erlebt hatte. Zu seiner großen Enttäuschung war Ullrich wenig interessiert. Selbst dass sie oft ihre Manöver wie in einer richtigen Schlacht mit zwei Parteien durchführten, machte auf ihn keinen Eindruck. Erst als Ullrich eines Tages mit Krücken, die er sich selbst geschnitzt hatte, im Lager herumhumpeln konnte, änderte sich seine Apathie etwas. Von da an begann er Hoffnung zu schöpfen. Und von da an begann er auch sich wieder für seine Umgebung zu interessieren. Eines Tages versuchte Ullrich zum ersten Mal wieder vorsichtig zu reiten. Sofort ergriff Herman die Gelegenheit und machte jeden Tag eine kleine Runde mit ihm. Und nun ging es bergauf mit Ullrich. Er hatte Mut gefasst und seine Genesung machte schnellere Fortschritte.

Als sie eines Nachmittags von solch einem kleinen Ausritt zurückkamen, half Herman dem Genesenden wie gewöhnlich vom Pferd. »Heute hat mich das Reiten wieder sehr angestrengt«, klagte Ullrich. »Ich werde wohl nie wieder völlig gesunden.«

»Dummes Zeug«, erwiderte Herman. »Leg dich nur ein Weilchen hin, ruhe dich aus. Ich spaziere noch ein wenig durch das Lager und berichte dir dann.«

Er liebte es die fremde Vielfalt der ausgedehnten mongolischen Zeltstadt auf sich wirken zu lassen. Langsam schlenderte er durch die unregelmäßigen Reihen ihrer Jurten. Unvermittelt blieb er stehen. Sein Blick fiel auf eine junge Frau, die auf einem Lederkissen saß und in eine Stickerei vertieft war.

Ihr Haar, straff am Kopf anliegend wie eine dunkelbraune glänzende Haut, war kunstvoll in einen Kringel geschlungen, der in einer kleinen Bürste endete. Ihre Frisur erinnerte Herman an den Helmputz eines römischen Centurio, den er auf einer Zeichnung im Kloster gesehen hatte. Diese Bürste war das einzig Lustige an dem Mädchen. Der unregelmäßige Haaransatz machte ihre leicht zurückweichende Stirn noch höher und gab ihr etwas Weltfernes. Verstärkt wurde dieser Eindruck durch den melancholischen Blick ihrer großen mandelförmigen Augen unter schmalen geraden Augenbrauen. Wenn sie aufschaute, blickte sie vor sich hin wie ins Leere. War sie gelangweilt? Ihr Blick hatte etwas Wägendes, Zeitloses – oder war es Unsicherheit? Mit breiten ausladenden Backenknochen und einem etwas vorstehenden Kinn strahlte ihr blasses, glattes Gesicht eine rätselhafte Entrücktheit aus.

Herman setzte sich in ihre Nähe, so dass er sie weiter beobachten konnte. Als wäre sie erfüllt von Traurigkeit, neigten sich ihre Mundwinkel leicht abwärts und die roten, nicht übermäßig vollen Lippen ließen ihr hübsches Gesicht noch weißer erscheinen. Ihre schmale Nase, weiblich und zierlich, war kühn geschwungen wie ihr Kinn und schien auf Energie und Willenskraft hinzudeuten. Wenn sie ihm ihr Profil zeigte, fiel ihm auf, dass sie große Ohren hatte, die nach hinten gezogenen waren. Der Haaransatz dort trat weit zurück, so dass ihr Gesicht noch größer wirkte als von vorn. Nur am oberen Rand ihrer Ohren konnte er etwas Farbe ausmachen. Ein leichtes Rosa verriet, dass sie aus Fleisch und Blut war. Sie war zu ungewöhnlich, nein, sie war von einer betörenden, außergewöhnlichen Schönheit. Sie saß da, als ob sie in sich hineinhorchte, unbewegt von dem, was um sie herum vorging.

Herman stand auf, mit bedachten Schritten trat er langsam näher. Ihren langen, geraden Nacken zierte eine eng anliegende, einfach geschmiedete Goldkette, die nicht bis zu dem kleinen runden Ausschnitt ihres Kleides reichte. An ihren schlanken Fingern trug sie einen einzigen dicken Ring aus Bernstein, ohne Aufsatz, ohne Verzierung. »Eine hübsche Stickerei, was soll es werden?« Erschrocken sah sie ihn an. Der Blick aus großen braunen Augen ließ ihn erschauern.

»Ach, nichts Besonderes. Meine Beschäftigung.« Ein Hauch von Rot erschien auf ihren bleichen Wangen. Sie war aufgestanden und raffte ihre Stickerei zusammen. Nun schritt sie auf die Große Pforte zu. Im Vergleich mit den anderen Frauen der Mongolen war sie ungewöhnlich groß. Sie schritt. Ihre Ellenbogen blieben eng an den Hüften anliegend, nur die Unterarme und die Hände schwangen leicht aus. Hatte er sie erschreckt? Sollte er ihr folgen und sich entschuldigen?

Als sie verschwunden war, trat Herman zu Ulus, dem ›Herrn der Pfannen‹. »Großer Meister, ich bewundere eure Umsicht.« Der ›Herr der Pfannen‹ sah ihn misstrauisch an. »Die vielen blanken Kupferpfannen beim Gastmahl geben dem Essen einen festlichen, reichen Anstrich. Ich habe den Eindruck, dass der Khan immer wieder sehr erfreut ist über diesen gelungenen Aufwand, den Ihr für alle sichtbar macht. Einmal mehr sieht er sich bestätigt als der reichste und glücklichste Mann der Erde.« Nun strahlte der ›Herr der Pfannen‹. Sein Misstrauen war verflogen. Er erzählte, welche Mühe es bereitet, die vielen Sklaven und Diener, die er für seine Arbeit beschäftigte und die der Khan aus aller Herren Länder zusammengestohlen hatte, unter einen Hut zu bringen. Er hielt sie zu sinnvoller und nützlicher Arbeit an. Nach einer Weile rückte Herman mit der Frage heraus, die ihn eigentlich beschäftigte.

»Wer war eigentlich die fremdartig schöne, blasse junge Frau? Sie saß abseits, für sich alleine, und war so völlig versunken in ihre Strickerei.«

Der ›Herr der Pfannen‹ verneigte sich ehrfürchtig, so als stünde sie vor ihm, und sagte leise: »Oh, du meinst die edle Prinzessin Marwa. Die sitzt immer nur bei ihrer Stickerei. Ich vermag gar nicht zu sagen, ob sie diese Nadelarbeit wirklich so liebt. Aber was ich zu sagen weiß, ist kein großes Geheimnis. Sie spricht seit dem tragischen Tode ihres Mannes kaum mit jemandem. Prinz Tröge war ihre große Liebe. Nun ist sie immer allein und sitzt eben über ihrer Nadelarbeit. Auch vor dem Tod ihres Mannes hat sie schon etwas wehmütig und entrückt ausgesehen. Aber jetzt ist sie wirklich traurig.«

Prinzessin Marwa! Herman hatte bis zu diesem heutigen Abend noch nichts von ihr gehört. Er verabschiedete sich sehr förmlich von dem ›Herrn der Pfannen‹ und schlenderte langsam auf die Große Pforte des Palastes zu. Wo mochte sie wohl hingegangen sein? Als er durch die Pforte auf die Terrasse gelangte, die einen Teil des Gartens überschaute, blieb er stehen. Er sah in die dämmerige Abendluft hinaus, ein farbenprächtiger Sonnenuntergang warf sein flutendes Licht auf die Landschaft. War die Prinzessin in den Garten gegangen oder hatte sie den Weg zu dem Frauenhaus genommen? Oder wo hätte sie sonst hingehen können? Während er noch vor sich hin sann, erschien Babur, der Reitergeneral des Khans, mit zwei Kriegern. Als er Herman sah, führte er ein kurzes, leises Gespräch mit ihnen und entließ die Krieger dann. Babur schritt auf Herman zu.

»Na, kleiner Draufgänger? Wonach steht dir heute der Sinn?« Herman fühlte sich geschmeichelt. »Ach nichts, Herr, ich schnappe nur ein bisschen frische Luft. Dieser beißende Rauch von all den Herdfeuern und der Geruch von Hammelfleisch schlägt mir zuweilen noch auf den Magen.« Babur lachte und schlug Herman wohl wollend auf die Schulter.

»Dann lass uns doch miteinander einen kleinen Gang machen! Oder ziehst du einen scharfen Ritt auf schnellen Rennern vor?«

»Nein, nein«, beeilte sich Herman zu versichern, »einen Gang im prachtvollen Garten in Eurer Begleitung bei geistvollen Gesprächen – was könnte es Besseres geben?«

»Schmeichler! Du lernst wirklich schnell!«

Sie waren ein Stück in den weiten Park hineingegangen und wandelten an einem Heckengesträuch entlang. Der General machte gerade eine Pause in seinem Vortrag, da hörte Herman plötzlich ein Schluchzen. Er sah sie im selben Moment. Sie saß in einer Ausbuchtung des Heckenwerks, das einen Brunnen einschloss, und weinte. Babur hatte es auch wahrgenommen und gemeinsam traten die beiden Männer zu ihr.

»Edle Prinzessin, ich bin untröstlich, Euch so traurig zu sehen. Darf ich Euch unsere Gesellschaft anbieten?«

Marwa wandte ihr tränenüberströmtes Gesicht ab, nickte leicht und versuchte sich zu sammeln. Ihre Tränen trocknete sie mit den langen, weiten Ärmeln ihres Gewandes. Sie sah so hinreißend aus, dass Herman vergaß etwas zu sagen. Der Reitergeneral sprach dafür umso mehr. Er erzählte ihr von dem Gast aus dem Abendland, der zu ihnen gekommen war. »Er soll uns so viel wie möglich von seinem Land und seinen Leuten berichten. Gleichzeitig kann er hier lernen ein richtiger Krieger zu werden. Vielleicht bleibt er dann bei uns.« Herman wurde sich unangenehm bewusst, dass er noch kein einziges Wort gesprochen hatte. Hier bot sich endlich eine gute Gelegenheit.

»Mehr kann kein Gast verwöhnt werden, Herr«, entgegnete er vorsichtig. »Ich könnte es zu Hause kaum besser haben als bei Euch.«

»Hahaha«, amüsierte sich Babur, »auch die vielen Gefangenen, die wir von unseren Feldzügen mitbringen, behandeln wir wie Gäste, willkommene Gäste. Am Ende bleiben sie dann freiwillig hier. Viele heiraten hier eine unserer Frauen oder auch eine der Fremden. Manche bringen es sogar zu hohen Ehren und Ämtern am Hofe. Batu Khan ist ein weiser Herrscher. Er versammelt junge Männer, viel versprechende Talente und Krieger um sich um seinen Glanz zu erhöhen.«

Marwa strich sich mit beiden Händen über ihr glattes Haar, hob dabei den Kopf, und zum ersten Mal traf Herman voll der Blick ihrer großen, wundervollen Augen. Er beugte sich vor, ergriff ihre Hand und küsste sie. Sie zog ihre Hand zurück und senkte ihren Kopf.

»Edle Prinzessin, ich lege mein Herz zu Euren Füßen, ich bin Euer Diener. Ich bitte Euch, lasst mich wissen, wie ich Euch dienen kann.« Er suchte fieberhaft in seinem Gedächtnis, was er über die Minne und den Minnegesang wusste. Zu gerne wäre er in einschmeichelnden Gesang ausgebrochen, wenn ihm nur etwas Passendes eingefallen wäre.

Babur lächelte verständnisvoll. »Seht Ihr, edle Marwa, dieser Christ bewundert Euch und liegt Euch zu Füßen. Lasst Euch seine Geschichte erzählen. Für einen Christen hat er schon eine Menge erlebt.« Babur hatte sich zu ihr auf die Bank gesetzt, erhob sich jetzt aber und machte eine einladende Handbewegung zu Herman. »Nimm doch Platz. Ich muss leider zurück in den Palast. Geschäfte!« Er lachte bedeutungsvoll. »Ihr entschuldigt mich doch, edle Prinzessin, unser Rotschopf wird meine Stelle einnehmen.« Herman lief nun auch noch rot an. Er spürte es. Unschlüssig stand er vor Marwa. Wieder blickte sie ihn voll an, da nahm er einfach neben ihr auf der Bank Platz. Geistesgegenwärtig ergriff er ihre Hand, die sie ihm entgegengestreckt hatte. Sie war weich, zart und kühl. Er fasste sich ein Herz und zog die Hand herüber auf seinen Schoß, dabei hielt er sie weiter fest in der seinen.

Marwa mochte kaum älter sein als er. Von ihr schien ein Hauch von himmlischer Unberührtheit auszugehen. Die Bewegung der Hand hatte bewirkt, dass sie sich leicht an ihn lehnte. Nun schlang er seinen anderen Arm um ihre Schulter und zog sie vollends an sich. Da begann sie wieder zu weinen. Die Tränen schossen aus den Augen, ihr ganzer Körper bebte, sie schluchzte bitterlich. »Ich will sterben. Es ist so schrecklich. Es ist so fürchterlich.«

»Aber, aber«, Herman strich über ihr Haar, »wir leben doch. Wir wollen leben. Das Leben ist doch wunderbar und schön. Wir müssen es nur mit beiden Händen ergreifen – und fest halten.« Die Tränen hörten nicht auf zu fließen.

»Alle bemühen sich um mich, verwöhnen mich. Ich will ihr Mitleid nicht. Und ich will auch nichts geschenkt haben. Sie können ihr Gold behalten. Ich bin so allein. So schrecklich einsam. Bald werden sie mich wegschicken oder verkaufen oder verheiraten. Ich will lieber sterben.« Herman erschrak über so viel Mutlosigkeit und Verzweiflung. Dann gewann die süße Nähe ihres Körpers die Oberhand über seine Gefühle. Er zog ihren Kopf an seine Schulter und streichelte ihren bebenden Körper. Sie ließ ihn gewähren und wurde schließlich ganz still. Herman spürte, dass sie aufgehört hatte zu weinen, sehen konnte er es nicht. So saßen sie eine lange Zeit, herrliche Augenblicke für Herman. Dann – es schien eine Ewigkeit vergangen zu sein – nahm sie ganz vorsichtig Hermans Hände, legte sie zurück in seinen Schoß und stand auf. Herman erhob sich ebenfalls.

»Ich danke dir«, sagte sie leise. »Lebe wohl!« Langsam schritt sie von dannen. In diesem Moment wurde Herman sich bewusst, dass er völlig vergessen hatte, dass die Mongolen eigentlich seine Feinde waren. Er fühlte sich rundherum wohl bei ihnen und in ihrem Sarai.

VI.

Die Zeit verging Herman wie im Fluge. Seit er Prinzessin Marwa begegnet war, schien sie noch schneller zu enteilen, obwohl er die Prinzessin bisher noch nicht wieder gesehen hatte. Schon wieder war eine ganze Woche die Wolga hinuntergeflossen. Ab und zu dachte er an seinen Freund Stan und den Frater Giovanni, von denen sie nun schon so lange nichts mehr gehört hatten. Auch Ullrich erwähnte den außergewöhnlichen Mönch. »Ob wir den frommen Bruder Johannes wohl jemals wieder zu Gesicht bekommen?«

»Der war nicht nur fromm, der war auch ungeheuer mutig«, erwiderte Herman.

»Todesmutig! Wenn ich mich an die Geschichte erinnere, die ich einst in Breslau gehört habe, muss ich immer an ihn denken. Da erzählte einer von einem Abt in Schlesien in der Zeit, als die Tataren das Land überrannten. In grenzenlosem Gottvertrauen hatte der Abt sich den wilden heidnischen Horden entgegengestellt, das Kruzifix in ausgestreckter Hand wie zum Schutz vor sich haltend. Genauso wie auch unser furchtloser Frater immer den Heiden entgegenging. Als dieser Abt in Schlesien also den Tataren so entgegentrat, haben sie ihn einfach niedergeritten. Als wäre er ein Niemand gewesen, eine Erscheinung. Ich hoffe nur, dass es unserem mutigen Bruder nicht ebenso ergangen ist.«

So verging der Winter und plötzlich war an der Wolga der Frühling eingekehrt. Überall entstand neues Leben, alles wuchs, grünte und blühte, die Sonne schien wärmer auf die Haut und ein wohliges Behagen erfasste die Gemüter der Menschen. Herman war, als ob er nach dem langen Winter zum ersten Mal voll durchatmen konnte. Jetzt ritt er auch wieder mit ›Kesselchen‹ zum großen Fluss hinunter. Das Gras duftete frisch, die Vögel sangen, nur das Wasser floss noch immer träge dahin. Sie machten unter einer gewaltigen Eiche Rast, lagen nebeneinander aber nicht im Schatten des Baumes sondern im Sonnenlicht. Herman schloss die Augen. Noch wenige Augenblicke dieser unendlichen Ruhe und Entspannung und der Schlummer würde ihn hinwegtragen. Plötzlich fühlte er ein Kitzeln an der Nase. Er wischte darüber, aber das Kitzeln kam wieder. Als er träge die Augen öffnete, sah er in das Gesicht von ›Kesselchen‹. Sie neckte ihn mit einem langen Grashalm. Herman war sofort hellwach. Dennoch hob er nur ganz langsam, wie um sie nicht zu erschrecken, seine beiden Arme, schlang sie um ihren schlanken Körper und zog sie zu sich herunter. Er küsste sie. Sie wehrte sich kaum. Wohlig hielt er sie fest. Er streichelte ihr Gesicht und ihren Hals mit seinen Lippen. Ganz langsam öffnete er ihr Mieder und ließ die Wärme ihres Körpers auf seinen überströmen. Sein Verlangen war so gewaltig geworden, dass er immer kühner wurde und sie aus ihrem Kokon auswickelte. Sie verschlangen sich ineinander und ließen ihrer Lust wie die prall aufspringenden Knospen des Frühlings freien Lauf. Schwer atmend lagen sie nebeneinander. Herman hielt immer noch die Hüften ›Kesselchens‹ umschlungen. Als sein Atem ruhiger ging, begann er wieder, sie zärtlich zu küssen. Sie streichelte ihm mit ihren warmen Händen erregend über Brust und Lenden und kuschelte sich mit geschlossenen Augen noch enger an ihn. Die helle Frühlingssonne überflutete sie mit ihren Strahlen und hüllte sie vollends ein.

Erst am späten Nachmittag ritten sie zurück. Herman schien es, als ob er noch weiter in die Ferne blicken konnte, als ob der Himmel noch blauer leuchtete, die Blumen noch farbiger blühten und die Vögel noch schöner sangen. Leise summte er eine Melodie vor sich hin, liebevoll blickte er zu ›Kesselchen‹ hinüber. Sie saß wie angegossen auf ihrem Pferd und sie erwiderte fröhlich sein Lächeln.

Man sah, man hörte und fühlte das neue Leben, das an der Wolga eingekehrt war nicht nur, es roch sogar nach Frühling. Vielleicht empfand Herman es auch nur so, weil in ihm alles sang und klang und sprang. Der Duft, der Kesselchen umgab, begleitete ihn. Sein Herz war übervoll und er konnte sich nicht vorstellen, dass es woanders hätte schöner sein können.

Und plötzlich stand Frater Giovanni vor ihm. Hagerer und ausgemergelt aber immer noch mit seinem abgeklärten Lächeln um die Lippen und einem entschlossenen Blitzen in seinen Augen. Seine Gruppe war auf vier Mann zusammengeschmolzen. Stan war dabei. Die Wiedersehensfreude hätte größer nicht sein können, als sie in Sarai in Batus Lager einritten.

»Stan! Ich könnte jubeln!« Stan war genauso voller Rührung wie

Herman und sie hatten beide das Gefühl, dass ihr Wiedersehen ein Geschenk des Himmels war. Auch der Bruder Benedikt aus Breslau war mit zurückgekehrt, der Vierte in der Gruppe war einer der Diener. Sie schienen alle vier gesund zu sein, aber sie sahen müde aus und sie waren hungrig und durstig.

»Ein ganzes Jahr ist vergangen! Wieder ist es Mai. Wo habt ihr denn bloß gesteckt die ganze Zeit?«

»Das ist vielleicht eine Frage!« Stan lachte. »In Karakorum! Wir haben den Großen Khan gekrönt!« Er lachte wieder. »Natürlich nicht wir selbst, aber wir waren dabei.« Herman ließ ihm kaum Zeit ein erfrischendes Bad zu nehmen. Während sich Stan an den aufgetragenen Speisen labte, musste er erzählen. Auch Ullrich hörte gespannt zu.

»Die Mongolenstämme haben ihren neuen Großen Khan im letzten Jahr im August gekrönt. In Sira-Ordu haben sie ihm ein fantastisches Fest dargeboten. Tausende von Reitern mit Fahnen und Lanzen und riesigen Bogen ritten wunderbare wilde und abenteuerliche Kriegsspiele. Vier Tage lang dauerten die feierlichen Handlungen und an jedem Tag wechselten die Farben, die am Hof getragen wurden. Wie glänzten die Harnische und die Brustplatten in der Sonne, mit denen die mongolischen Anführer und ihre Pferde geschmückt waren! Allein deren Goldwert hätte uns unsagbar reich gemacht. Die riesigen Mengen von Seide, Brokat, Pelzen und Juwelen, die als Tribut für den neuen Großen Khan gebracht wurden, haben selbst unseren Frater beeindruckt. Und der hat sich schließlich der Armut verschrieben. Bei der Krönung selbst wurde Guyuk von vier Prinzen auf einer kostbaren Liege getragen, damit er über die Köpfe der versammelten Menge hinwegsehen konnte. Zu einem großen Thron haben sie ihn getragen, ganz aus solidem Gold und Elfenbein, verziert mit Perlen und Edelsteinen. Von dem russischen Goldschmied Cosmas soll der angefertigt worden sein. Den Schmied haben sie natürlich auch irgendwann als Gefangenen mit sich weggeschleppt. Und am Schluss hat der neue Große Khan verkündet, wie er zu herrschen gedenkt.« Erwartungsvoll sahen ihn die Zuhörer an.

»›Von nun an soll mein Wort als Schwert dienen‹, das ist die Losung des neuen Großkhans.« Stan konnte stundenlang schwärmen von den Feierlichkeiten bei der Krönung und den ausschweifenden Festlichkeiten. Immer wieder forderten ihn Ullrich und Herman auf, noch mehr zu erzählen und immer wieder stellten sie Fragen über Fragen.

»Wir folgten einem Weg, der nördlich des Aral-Sees durch Khwarazmia führte, an Utrar vorbei, wo Dschingis Khan die Eroberung des Westens begonnen hat. Im Juli erreichten wir die Altai-Berge und kamen in Guyuks Ordu an. Tausende von Meilen haben wir hinter uns gelassen. Täglich sind wir mehr als das Doppelte dessen geritten, das man bei uns an einem Tage als Äußerstes zu leisten vermag. Etwas mehr als drei Monate haben wir für die Hinreise gebraucht. Wir sind mit dem Frater Giovanni weiter nach Osten gedrungen als irgendein Europäer vor uns. Länder und Menschen haben wir gesehen, von denen ihr niemals geträumt habt. Wir haben auch gehört, dass viele Deutsche sich als Knechte bei den Mongolenkhans befinden. Sie sollen nach Gold graben und Waffen für die Mongolen schmieden.«

»Das sind bestimmt die Goldberger Knappen aus Schlesien«, unterbrach ihn Herman, »sie wurden damals im Vordertreffen auf der Wahlstatt von den Mongolen umzingelt. Sie wurden gefangen genommen, obwohl sie mit ihren Berghämmern wie wild auf die Feinde einschlugen. Dann wurden sie also verschleppt und nicht erschlagen. Man hat nie eine Spur von ihnen gefunden.«

»Ja«, bestätigte Stan, »die Mongolen schonen offensichtlich Künstler und Handwerker – und nicht nur die aus Schlesien. Es gab da auch Gefangene aus anderen Ländern. Wir trafen einen Goldschmied aus Paris und eine Frau aus Metz in Lothringen, beide wurden in Ungarn gefangen genommen. Sie leben jetzt am Hofe des Großkhans. Ich hatte heimlich gehofft, etwas von unseren Verwandten und Bekannten aus dem Grünen Tal zu hören, die damals ebenfalls spurlos verschwunden sind. Aber wenn sie in die Sklaverei entführt wurden, dann werden sie woanders gefangen gehalten. Wir haben von den Unsrigen nichts in Erfahrung gebracht.«

Auch Herman erzählte, was sie in der Zwischenzeit bei der Goldenen Horde erlebt hatten. Er war voll des Lobes, wie gut es ihnen ergangen war und wie anständig die Tataren sie als Gäste behandelt hatten.

»Aber sie kennen keine Menschlichkeit«, wandte Stan ein. Ihre Gerechtigkeit ist die Gerechtigkeit des Stärkeren.«

»Sie sind keine Christen«, gab Herman zu bedenken, »deshalb ist für uns alles, was sie machen, anfechtbar.«

»Ihnen fehlt die göttliche Gnade.« Giovanni war hinzugetreten. »Deshalb kann von ihnen nicht Gutes kommen.«

»Aber sie glauben doch auch an einen Gott«, erwiderte Herman. Giovanni schüttelte den Kopf. »Du darfst ihre heidnischen Bräuche nicht mit dem wahren Glauben vergleichen. Es gibt keinen Vergleich. Es gibt nur den wahren Glauben und sonst nichts.« Er entfernte sich wieder. Hier im Lager verbrachte er die meiste Zeit in der Meditation und im Gebet. Das gab ihm die Kraft seine Mission zu Ende zu führen.

Stan berichtete weiter, dass Karakorum keine Oase des Friedens gewesen sei. »Der Minister war ein Mohammedaner, ein muslimischer Händler, der sich Abd al-Tahman nannte. Das Herrscherhaus selbst hatte sich zu einer Ränkeschmiede entwickelt. Der Statthalter von Transoxanien soll sogar von einer Einheit kaiserlicher Wachen verfolgt worden sein und hier bei Batu Khan Zuflucht gesucht haben.«

»Und dann ist es dem Frater Giovanni tatsächlich gelungen vom neuen Großen Khan mehrmals feierlich empfangen zu werden. Aber das geschah erst im November, denn wir hatten keine Geschenke mehr. Damit hatten wir doch bei Batu gut Wetter gemacht. Das fand der Große Khan gar nicht lustig. Deshalb hat er uns monatelang warten lassen. Aber Giovanni hat ihm doch noch die Botschaft des Papstes überreichen können und er hat sie ihm auch erläutert. Daraufhin hat Guyuk eine eigene Botschaft an den Heiligen Vater gerichtet. Einig geworden sind sie sich nicht, die beiden. Aber ich habe den Frater Giovanni mehr als einmal bewundert. Der hat sich nicht einschüchtern lassen. Spannend wurde es, als der Großkhan ankündigte, er werde eine eigene Gesandtschaft auswählen, die mit uns zum Papst nach Lyon reisen sollte. Wenig fürchtete Giovanni so sehr wie diese versprochene Begleitung an den Hof des Papstes. Mit allen Mitteln hat er versucht den Großkhan davon abzuhalten. ›Da würden die Tataren doch selbst sehen‹, erklärte er uns, ›wie schwach unsere christlichen Fürsten im Westen sind! Sie würden erkennen, dass das Abendland in sich zerstritten und kein ernst zu nehmender Gegner für diese zum äußersten entschlossenen Horden sein kann.‹ Es ist wirklich unglaublich, wie dieser außergewöhnliche Mönch alle Klippen glücklich umschifft hat! Tatsächlich gelang es ihm, auch diese Gefahr abzuwenden.« Der Bruder Benedikt, der bei ihnen saß, nickte zustimmend.

»Aber«, wandte Herman leise ein, »ich glaube, dass diese Herrscher hier so gut informiert sind, dass sie schon lange wissen, wie es bei uns aussieht.«

»Du hast Recht. Wahrscheinlich wissen sie nur zu genau, dass wir schwach sind. Wir haben überall gesehen, wie sie sich auf neue Feldzüge vorbereiten.« Eingehend besprachen sie diese Gefahr.

»Nach den feierlichen Empfängen, die uns gewährt wurden, haben wir noch im November Guyuks Zeltstadt wieder verlassen«, erzählte Benedikt. »Ich bin heilfroh, dass wir schon wieder bis hierher gekommen sind. Nun haben wir die größte Strecke Weges bereits hinter uns.«

»Aber sagt doch, wenn ihr erst im November Karakorum verlassen habt, dann seid ihr ja den ganzen Winter unterwegs gewesen?«

»Ja, das war manchmal fürchterlich, auch wenn sich unsere Bewacher um uns gekümmert haben. Es kam vor, dass wir wochenlang in einem Ordu im Schnee festsaßen.« Und dann erzählte Stan, dass die Täler, in denen die Mongolen leben, dramatischen Klimaschwankungen unterworfen sind. Der Winter lässt die Seen und Flüsse sechs Monde lang zufrieren. Nur wenige, geschütztere Täler halten noch ihre Grasnarbe und bieten gutes Weideland für die Schaf-, Ziegen-, Rinder- und Pferdeherden. Überall sorgen die Schafe für die Grundlebensmittel Fleisch, Milch und Käse. Und sie liefern den Mongolen Leder und Wolle für

Kleidung sowie für den Filz, aus dem sie auch ihre Zelte bauen. Rinder werden ebenfalls wegen ihres Fleisches gehalten, vor allem aber als Lasttiere genutzt. Im Herbst schlachten die Familien einige Schafe, bereiten das Hammelfleisch zu und frieren es dann ein, indem sie es einfach im Boden eingraben, bevor der Schnee kommt. In den langen Wintermonaten kochen die Nomaden das gefrorene Fleischstück in Kesseln zu einem dicken Eintopf. Eine andere Mahlzeit in den langen Wintern ist Ayrag, eine ziemlich bittere Gärung aus Stutenmilch.

»Das schmeckte aber trotzdem nicht schlecht,« meinte Stan schmunzelnd.

»Ja«, bestätigte Herman, »diese Suppe kennen sie hier auch.«

»Im November, als wir aufbrachen, waren die Flüsse, Bäche und Seen vollständig zugefroren«, schloss Stan seine Schilderung von den Beschwernissen im Winter. »Wasser können die Menschen in dieser Zeit dort nur gewinnen, indem sie mühsam große Eisblöcke herausschneiden und zum nächsten Feuer schleppen. Bis April rührt sich in manchen Gegenden gar nichts. Bin ich froh, dass wir das hinter uns haben.«

Nachdem sich die vier mutigen Abgesandten etwas erholt hatten, bat Giovanni den Khan um die Erlaubnis sie weiterreisen zu lassen. Aber der Khan der Goldenen Horde wollte sich ebenfalls genau über die Dinge berichten lassen, die Giovanni gehört und gesehen hatte. Besonders die Reaktion Guyuks auf die Botschaft des Papstes interessierte ihn.

»Ich habe dem Großen Khan das Dokument unseres Heiligen Vaters vorgetragen: ›Cum non solum homines‹, eine diplomatische, aber auch eine mahnende Botschaft, die mir Papst Innozenz IV. anvertraut hat: ›… Warum versuchst du die anderen Völker auszulöschen und was hast du vor, in der Zukunft zu tun?‹, habe ich mit dem Dokument des Heiligen Vaters gefragt. ›Es ruft eine Stimme in der Wüste: Bereitet dem Herrn den Weg, macht ihm das Tor auf.‹ Ich habe versucht ihm die Botschaft Christi zu erläutern.«

»Und was hat Guyuk darauf erwidert?«

»›Ich verstehe nicht, was deine Worte und deine Vorschläge bedeuten sollen,‹ hat er geantwortet. ›Was wir getan haben, hat uns der große Dschingis Khan befohlen. Diese Völker haben sich uns und dem Gesetz Gottes nicht bedingungslos unterworfen. Deshalb werden wir die ganze Erde unterwerfen und sie verwüsten zur Ehre Gottes des Allerhöchsten. Wir werden alle töten, die sich uns nicht unterwerfen wollen.« Batu Khan nickte nur. Er kannte Dschingis Khans Vermächtnis. Wieder sah er den Mönch fragend an. »Da habe ich geantwortet: ›Gehet hin in alle Welt und taufet alle Völker. Wer glaubt, der wird erlöst werden; wer nicht glaubt, der wird verdammt …‹. Darauf hat der Guyuk Khan erwidert: ›Woher wollt ihr wissen, dass ihr diejenigen seid, denen Gott seine Gnade erweisen will? Wenn nicht wir diese göttliche Macht erhalten hätten, wie hätten wir als einfache Menschen alles dies vollbringen und die halbe Welt erobern können?'« Giovanni räusperte sich und verhielt einen Augenblick. Dann fuhr er fort. »'Sage deinem Herrn', hat der Große Khan mir aufgetragen, 'ich bin die Festung Gottes und Herrscher über die gesamte Menschheit. Wenn ihr unseren Frieden annehmt und in unsere Hände eure Burgen übergebt, dann kannst du, Papst, mit den Christen, die bei euch Macht haben zu uns kommen um mit uns über einen Frieden zu verhandeln. Nur dann werden wir glauben, dass ihr mit uns in Frieden leben wollt.'« Giovanni räusperte sich wieder. Die Erklärungen des Großen Khans, die seiner Überzeugung und seinem Glauben widersprachen, berichtete er in einem eigenartig gekünstelten Tonfall. Er hüstelte sich noch einmal die Kehle frei, dann fuhr er fort: »Auf sein Siegel hat der Kaiser Guyuk ebenfalls schreiben lassen: 'Gott ist im Himmel und Guyuk Khan über der Erde, Siegel des Kaisers über die gesamte Menschheit und Festung Gottes'.«

»Und?«

»Das konnte ich nicht unwidersprochen lassen. – Dann hat er mit Krieg gedroht!«

Batu Khan beendete das Gespräch ohne weitere Fragen, aber er blieb wohl wollend und freundlich. Und dann ließ er – zu ihrer aller Überraschung – den Mönch und seine Begleiter ohne weitere Verzögerung ziehen. Auch Ullrich und Herman durften mit Giovanni das Lager verlassen. Das kleine, froh gestimmte Häuflein verabschiedete sich von allen, mit denen sie vertrauter geworden waren. ›Kesselchen‹ konnte Herman jedoch nirgends finden. Als sie miteinander aus Sarai fortritten, sah er in einiger Entfernung zwei Reiter, die ihnen eine Zeit lang folgten – mehrere Stunden lang. Dann waren sie plötzlich verschwunden. Er hätte schwören mögen, dass es zwei Frauen gewesen waren. Das lange Haar, ihre Art zu reiten, ihre Bewegungen, ihre Kleidung, alles sprach dafür. Wehmütig dachte er an die traurige Prinzessin Marwa und an das wilde ›Kesselchen‹.

Frater Giovanni und seine Begleiter wurden in Breslau wie von den Toten Auferstandene begrüßt. Mehr als zwei Jahre waren seit ihrer Abreise vergangen. Nun ging schon der Sommer des Jahres 1247 zu Ende. Der Mönch Giovanni hatte das Wunder vollbracht, er hatte gewagt zu den fernen Heiden am hintersten Ende Asiens vorzudringen. Aufrecht und mutig hatte Giovanni den Herrschern der Heiden die Stirn geboten. Und – das Wichtigste: Giovanni hatte seinen Auftrag erfüllt und sie waren am Leben geblieben. Aus Herman und Stan waren ganze Männer geworden. Nun sah man es auch an der selbstbewussten Art, mit der sie auftraten.

Stan wurde in Breslau vom Herzog Boleslaw und sogar von der Herzogin Anna hoch geehrt. Die edle Fürstin freute sich aufrichtig über die Rückkehr der Männer und betete dankbar mit ihnen zusammen. Als der erste Trubel vorbei war, suchte Stan den Jakub, den Handelsmann, auf. Zufällig hielt der sich gerade wieder in der Stadt auf. Jakub war hoch erfreut über Stans Rückkehr und über seinen Besuch. Aber zu Stans Erstaunen fragte er ihn nicht nach Waren und nach Handelsgewohnheiten aus sondern nach den Sitten und Gebräuchen der Mongolen. Stan berichtete begeistert von der langen Reise. Ganz natürlich kam er darauf zu sprechen, was die Handwerker und Bauern in Sarai und in Karakorum herstellten, welches Wild die Jäger erlegten, welche Kleidung die Frauen trugen und woran die Menschen Freude hatten. So konnte sich Jakub ein gutes Bild machen, welche Güter für ihn interessant sein könnten und womit er die Wünsche der Tataren befriedigen konnte. »Was fandest du auf ihren Märkten?« war das Einzige, das er noch wissen wollte. Am Ende schien Jakub mit Stans Auskünften recht zufrieden zu sein.

VII.

Als Herman in Breslau wieder heimatliche Laute vernahm, schienen alle Barrieren, die Erziehung und Erfahrung in ihm aufgerichtet hatten, niederzubrechen. Mit seinen 19 Jahren hungerte er nach körperlicher Wärme. Die Erinnerung an die langen Entbehrungen schmolz wie der Schnee im Frühling dahin. Hier verstand er die Feinheiten des gesprochenen Wortes, hier erkannte er auch die kleinen Gesten und wusste die Zeichen der Körpersprache zu deuten. Die Menschen waren ihm nicht fremd, hier war er zu Hause. Die stählerne Selbstsicherheit, die ihn die Zeit in der fremden Welt hatte überdauern lassen, brach wie ein kunstvolles Glasgehäuse, in das ein Stein geworfen wird, klirrend in sich zusammen. Herman wollte sich anlehnen und er wollte von zwei weichen Armen umfangen werden. Ihn verlangte nach Geborgenheit, Wärme und einem weiblichen Körper. Herman ging hinunter zum Anlegeplatz am Flusshafen, wo die Dirnen sich jedem anboten, der vorüberging. Als er unschlüssig durch die engen, von Pfützen und Abfall übersäten Gassen schlenderte, stieg der Geruch von abgestandenem Wasser, Fischen, Kot und Urin in seine Nase. Er vernahm das Fluchen der Männer, das Kreischen der Frauen und das Weinen der Kinder. Unverhohlen betrachtete er die jungen Weiber, die ihm entgegenkamen und sich anboten. Aber ihre bemalten Gesichter, die anzüglichen Bewegungen ihrer Hände und ihres Körpers und ihre aufdringlichen Bemerkungen stießen ihn ab. Herman kehrte um. Langsam und missmutig stieg er wieder zur befestigten Stadt hinauf. Seine Stiefel waren bis zum Knöchel mit Schlamm bedeckt. Er schämte sich.

Aber dieses enttäuschende Erlebnis hielt nicht viel länger als einen Tag vor. Eine der Hofdamen, ein fülliges Mädchen mit einem freundlichen Gesicht, dessen roter Haarschopf unter dem Häubchen hervorquoll, suchte seine Nähe. Ihm kam es vor, als ob sie seine Not erraten hatte. Mit großen, neugierigen Augen blickte sie den Abenteurer an. Allein sich mit ihr in der Muttersprache zu unterhalten, bereitete ihm Vergnügen. Es gab ihm ein Gefühl der Vertrautheit, des Heimfindens. Wie eine Klette hängte er sich an das Pummelchen. Ihre Umarmung schien natürliche Vollkommenheit. Sein Sehnen nach Vertrautheit und Heimatlichem fand seine Erfüllung in erlösender Nähe. Sie nahm ihn mit ihren weichen, warmen Armen auf und umschlang in vollkommen. Herman war, als wäre er erst jetzt gerettet und in Sicherheit geborgen. Lange hatte es gedauert. Er hatte die Belastung der ständig über ihm schwebenden Gefahr überwunden, Herman war heimgekehrt. Erschöpfung übermannte ihn, erlöst schlief er ein.

Sobald sie Zeit fanden, erkundigten sich sowohl Stan als auch Herman nach Neuigkeiten aus Swiny und Bolkow. Aber sie erfuhren nichts Überraschendes, auch nichts Neues über das Verbrechen an Wanda. Aber das Trauma von Wandas Tod, das Herman immer noch verfolgte, hatte sich mit der Zeit in ein Vermächtnis verwandelt. Sie hatte keine Scheu davor, als polnische Frau einen deutschen Mann zu lieben. Das unbefangene Miteinander in den so verschiedenartigen Familien, das Wanda so fröhlich vorgelebt hatte, war für Herman zu einer Vision geworden, eine Aufforderung, Trennendes zu überwinden – über alle Grenzen der verschiedenen Herkunft und Traditionen hinweg. Wenn die Zeit gekommen war, würde er dieses Vermächtnis seiner Geliebten weitertragen.

Als Giovanni aufbrach, verabschiedeten sich die Freunde. Hoch und heilig versprachen sie sich bald wieder zueinander zu kommen. Stan blieb in Breslau, Herman begleitete den Frater über das Gebirge nach Böhmen. In Prag erwartete König Wenzel die Heimkehrer. An langen Abenden berichteten sie dem König über ihre Erlebnisse. Ullrich lobte Herman in höchsten Tönen und der König war mit Hermans Berichten aus dem Land der Goldenen Horde so zufrieden, dass er beschloss, Herman bei einem der nächsten großen Feiertage zum Ritter zu schlagen.

Schon einige Zeit vor Giovannis Rückkehr war auch der Bruder Stefan mit seinem Begleiter in Prag eingetroffen. Die Mongolen hatten die beiden freigegeben.

Sowohl vom König wie auch vom Bischof Bruno von Schauenburg wurde Giovanni mit großer Hochachtung behandelt. Er berichtete treu, was er für wesentlich hielt, aber er wollte weiterreisen. Dafür erhielt Giovanni alle Unterstützung vom König, die er begehrte.

Nach einer kurzen Rast zog der Frater nun mit dem Bruder Benedikt weiter nach Westen. Sie gingen wieder bei Köln über den Rhein und zogen von Lüttich weiter nach Lyon. Am 18. November 1247 meldete sich Giovanni bei Papst Innozenz IV. zurück. Der behielt seinen mutigen Gesandten drei Monate bei sich, denn er wollte jede Einzelheit seiner abenteuerlichen Fahrt von ihm persönlich erfahren. Dann erhob der Papst den Frater Giovanni zum Erzbischof von Antivari in Dalmatien. Und der tapfere Mönch hatte endlich Zeit seinen Bericht über die außerordentlichen Gefahren und Leiden zu vollenden, die sie während der Reise und am Hofe des Großkhans Guyuk erlebt hatten. Giovanni hatte seine Niederschrift erst auf der Heimreise begonnen, wie er auch allen seinen Gefährten verboten hatte, irgendetwas niederzuschreiben, solange sie noch nicht wieder christliches Land erreicht hatten. Giovannis Beschreibung wurde ein umfangreiches Buch. Der detaillierte Reisebericht enthielt die allerersten europäischen Erkenntnisse über die Geschichte und die Lebensweise der Mongolen.

VIII.

»Herman hier, Herman da!« In Prag war Herman nun plötzlich ein gefragter Mann. »Deine Erfahrungen und deine Erlebnisse sind unschätzbar für uns«, wiederholte sogar der König verschiedentlich. Alles, wofür Herman sich bei der Goldenen Horde so eingehend interessiert hatte, die Kriegsspiele, die Reiterei und die Taktik der Mongolen, ihre Lebensweise und ihre Denkart, alles war jetzt zu Hermans großer Freude gefragt. Und es verging kein Tag, an dem er nicht aufgefordert wurde zu erzählen, zu berichten und Ratschläge zu erteilen. König Wenzel kündigte an, dass er ihm die Aufsicht über die Ausbildung seiner Ritter übertragen wolle. So viel christliche Pflichterfüllung musste angemessen gewürdigt werden!

Den Namenstag des heiligen Nikolaus bestimmte der König zum Tag, an dem Herman die Ritterweihe empfangen sollte. Die Edlen, die im Ritterstand zusammentraten, hatten verschiedene Bräuche vom Klosterleben entlehnt. So hatte Herman sich sorgfältig auf den Tag vorzubereiten. Die Tradition schrieb eine Generalbeichte vor, der der Empfang der heiligen Kommunion folgte. Ein viertägiges Fasten schloss sich an, das mit Almosengaben und Gebeten einherging. Während dieser Zeit musste er drei verschiedene Gewänder tragen: zuerst ein weißes, das ihn erinnern sollte, dass er rein und unbefleckt vor Gott wandeln müsse. Dann trug er ein rotes Gewand um anzudeuten, dass er bereit sein müsse sein Blut für seinen Glauben zu vergießen. Endlich kleidete er sich ganz in Schwarz, was ihn an den Tod mahnen sollte.

Am Morgen des heiß ersehnten Tages wurde Herman gebadet und gesalbt und kostbare Kleider wurden ihm angelegt. Unter Ullrichs Führung geleitete ihn eine Gruppe von Rittern in glänzenden Prunkrüstungen zusammen mit zwei weiteren Knappen zum St.-Veits-Dom auf der Prager Burg. Die beiden Knappen hatten ihre Prüfungen bestanden und der König wollte sie ebenfalls auszeichnen. Während des Gottesdienstes vollzog der König selbst die Zeremonie. Herman kniete am Grab Herzog Wenzels des Heiligen. Er tat das Gelübde fromm zu sein, keinem Unrecht zuzufügen und das Vermächtnis Wandas weiterzutragen. Das Gelübte schloss die Verpflichtung ein Armen zu helfen, Witwen und Waisen, Kinder und Frauen zu beschützen wie auch Geistliche, Kranke, Wallfahrer, Gefangene und wehrlose Unterdrückte. Natürlich gelobte er auch die Religion zu verteidigen, stets wahr zu sein und Treue und Recht zu üben. Herman verpflichtete sich ferner dem Vaterland zu dienen und gegen die Heiden, wo immer sie auftauchten, das Schwert zu führen. Dem König Wenzel gelobte er Gehorsam zu leisten, von ausländischen Fürsten aber nie eine Besoldung anzunehmen.

Nun stimmte ein Mönchschor einen feierlichen Choralgesang an. Die Ritter, die ihn in die Kirche geleitet hatten, und einige Edelfrauen reichten ihm die goldenen Sporen, den Panzer und die Handschuhe. Dann kniete Herman abermals nieder um den Ritterschlag zu empfangen. König Wenzel schlug ihn dreimal mit flacher Klinge auf Hals und Schulter, im Namen Gottes, des heiligen Michael und des heiligen Georg, der beiden Schutzpatrone der Ritterschaft. Und nun überreichte der König ihm das geweihte Schwert mit den Worten:

Zu Gottes und Marien Ehr'
Empfang dies und sonst keines mehr,
Sei tapfer, bieder und gerecht,
Besser Ritter als Knecht.

Es war ein bewegendes Ereignis. Herman erhob sich und wurde mit den übrigen Zeichen seiner Würde geschmückt, mit Helm, Schild und Lanze. Da war keine unter den herausgeputzten Edelfräulein, die nicht der Zeremonie aufmerksam gefolgt wäre und die ihren Blick von dem strahlenden Ritter hätte wenden können. Und die hübsche Svatava, die schon lange ein Auge auf ihn geworfen hatte, überlegte, ob sie nicht in Ohnmacht fallen sollte um seine Aufmerksamkeit zu erregen. Aber Herman hatte kein Auge für die Mädchen.

Nachdem auch die anderen beiden jungen Männer ihren Ritterschlag empfangen hatten, traten sie gemeinsam mit dem König vor das Portal. Knappen halfen Herman in seiner Rüstung auf das herbeigeführte Sreitross zu steigen. Er tummelte es munter, Lanze und Schwert schwingend und sprengte davon.

»Herman der Ritter« sang es in ihm.

Herman bemerkte gar nicht, dass die Glocken von St. Veit selbst bei diesem festlichen Anlass nicht läuteten. Der kauzige König vertrug nämlich deren Geläute nicht. Deshalb war nicht nur in Prag sondern auch in jeder Stadt, wohin der König kam, das Läuten untersagt. Herman war einfach glücklich.

Kapitel 7

BRUDERKÄMPFE

I.

Staunend ging Stan durch die Stadt, als sähe er sie zum ersten Mal. Dabei war er doch früher schon oft in Breslau, auf der Dominsel und auf der Burg gewesen. Aber nach dem entbehrungsreichen Abenteuer in den Steppen und Wüsten Asiens schien das Leben einen völlig neuen Sinn bekommen zu haben. Selbst altvertraute Stätten erschienen ihm wie ein neugefundenes Paradies. Aber bald stellte er fest, dass sich einer nicht verändert hatte: Herzog Boleslaw! Schon bei ihrer ersten Begegnung, als er Boleslaw und seinen Beratern ausführlich Bericht erstattete, fühlte er sich in alte Zeiten zurückversetzt.

»Rogatka! Sie nennen mich Rogatka! Herabwürdigend ist es gemeint, aber ich mag diesen Spitznamen: der Wilde! Natürlich wollen sie mich nicht ›Herrscher‹ nennen, sie neiden mir mein Erbe. Aber Boleslaw heißt ›Herrscher‹! Ich bin ›Herzog von Schlesien und Polen‹, von ganz Polen! Was mir zusteht, das werde ich mir holen!« Stämmig, mit vor Erregung geröteten Wangen stand er vor ihnen. Boleslaw zeigte seinen Rittern, dass es ihm an Selbstvertrauen nicht mangelte. Herausfordernd blickten seine blauen Augen in die Runde. Er trug keinen Bart, sein Gesicht war geschabt. Er hatte das Zeichen der Freien nicht nötig. Dass er mit seinen dreißig Jahren völlig kahlköpfig war, unterstrich seine männliche Wirkung – besonders auf die Frauen. Aber Frauen waren jetzt nicht anwesend.

Für Stan drängten sich die Probleme wieder in den Vordergrund, die in den abenteuerlichen Monaten mit dem Bruder Johannes in den Hintergrund getreten waren. So wenig er sich auf der Fahrt in Asien mit den Morden im Wald von Swiny beschäftigt hatte, so sehr beschäftigten sie ihn jetzt wieder. Sie schienen mit Macht von ihm Besitz zu ergreifen. Vertrugen sich die Bewohner des Grünen Tales wieder? Und wie war es mit den anderen Leuten der Gegend? Zuerst erkundigte Stan sich in der Kanzlei eingehend nach dem Sachstand der Untersuchungen, die den Mord an dem Ritter Albrecht betrafen. Was er erfuhr war unbefriedigend, aber irgendwie beruhigte es ihn auch. Seit dem Mord war so vieles andere Schreckliche und Bedeutende passiert. Gegen seinen Vater gab es offensichtlich keine weiteren Verdachtsmomente – gut! Stan hatte den Ritter ohnehin nicht gekannt. Er fragte sich, ob er eigentlich wirklich an der Aufklärung interessiert war? Vielleicht war es besser, wenn das Rätsel ungelöst blieb.

Mit Wanda hatte die Sache eine völlig andere Bewandtnis. Sie war schließlich seine Schwester gewesen. Gegen Herman war zum Glück keine offizielle Anklage erhoben worden. Aber Stan wollte seinem Freund so bald wie möglich eine Rückkehr nach Schlesien erleichtern. An Herman durfte nichts hängen bleiben. So bemühte Stan sich weiter intensiv um die Aufklärung des grausamen Mordes an Wanda. Es schien der Suche nach einer Nadel im Heuhaufen zu gleichen. Nur eines war sicher: Herman hatte Stan nie in Verdacht gehabt.

Jetzt tauchte auch wieder das Bild eines knienden Engels vor Stans innerem Auge auf. Auf das hübsche Gesicht des Mädchens fiel ein Sonnenstrahl, der durch ein kleines Bogenfenster in die Kapelle auf der Liegnitzer Burg eindrang. Liegnitz! Das kurze braune Haar des Mädchens erstrahlte in einem milden, gedämpften Glanz. Jedes Mal, wenn ihm ihr Bild erschien, blickte die andächtig Betende auf und lächelte Stan an. Er wollte das Mädchen suchen, er wollte Heida wieder sehen.

Doch lange Zeit war es Stan nicht vergönnt sich mit seinen eigenen Sorgen und Träumen zu beschäftigen. Er wurde wieder in den Strudel der großen Politik hineingezogen. Auf der Dominsel begegnete er Otto, der war in Eile.

»Ist etwas passiert, Otto? Warum hetzt du dich so?«

»Ganz große Sache, Stan, die Herzogin Anna teilt Schlesien auf!«

»Was? Ich dachte, es wäre ausgemachte Sache, dass Boleslaw das ganze Erbe behalten würde.«

»Da hast du Recht. Das hätte Boleslaw nie im Leben erwartet. Offensichtlich traut die Herzogin ihm nicht mehr zu das Erbe zusammenzuhalten. Heinrich, ihr zweiter Sohn, ist volljährig geworden, das hat sie zum Anlass genommen Schlesien aufzuteilen. Der Bruder nennt sich Herzog Heinrich III.«

»Irgendwie kann einem der Boleslaw doch Leid tun. Dass die außerschlesischen Besitzungen an Polen zurückfallen, konnte er schon nicht verhindern. Aber er hatte doch zumindest erwartet, dass er Heinrich immer in seinem Schlepptau hinter sich her ziehen kann.«

»Nun hat die Herzogin dem Jüngeren Niederschlesien mit Liegnitz, Glogau, Sagan, Jauer, Wohlau und dem Land Lebus zuerkannt. Boleslaw behält nur das Fürstentum Breslau.«

»Und die anderen beiden Brüder? Conrad und Wladislaw sind doch auch schon beide über zwanzig.«

»Die sollen Miterben bei den beiden Älteren werden. Wenn das mal gut geht. Die beiden waren für den geistlichen Stand bestimmt. Conrad studiert in Frankreich, in Paris, er ist für den bischöflichen Stuhl in Passau vorgesehen. Im letzten Jahr ist er bereits vom Passauer Kapitel zum Dompropst gewählt worden. Und Wladislaw studiert in Italien, in Padua. Aber nun sehen die beiden natürlich auch, dass es da etwas zu verteilen gibt. Ich bin mal gespannt, wie die Herzogin mit den Forderungen ihrer jüngeren Söhne zu Recht kommt.«

Es wurde ein dramatisches Jahr für Schlesien, das Jahr 1248. Sobald der Plan der Herzogin bekannt wurde, regte sich auch schon allenthalben Widerstand. Die Barone wollten mitreden. Bei Boleslaw war das selbst bei seinen Rittern an der Tagesordnung und deshalb nichts Neues.

»Unruhige Zeiten, Stan, wir werden nach Liegnitz reiten.« Otto hielt Stan vorzüglich auf dem Laufenden. »Mache dich bereit.«

»Das kommt aber überraschend. Was ist los?«

»Boleslaw will seinen Bruder besuchen, der sich gerade dort aufhält. Die Herzogin und der Bischof Thomas kommen ebenfalls mit.«

»Donnerwetter! Sogar der Bischof! Das muss aber was Ernstes sein. Boleslaw kann doch Heinrich überhaupt nicht ausstehen.«

»Denke ich auch. Auch mit dem Bischof hat er nicht viel im Sinn. Vielleicht proben die Barone wieder den Aufstand. Ich habe gehört, sie hätten sich hinter Heinrich gesteckt. Ihnen soll es lieber sein, dass Boleslaw von hier verschwindet und dass Heinrich in Breslau bleibt.«

»Schöne Bescherung«, platzte Stan heraus.

»Heinrich kümmert sich um seine Untertanen. Er zeigt Herz und menschliches Verständnis. Ihn umgibt auch etwas Herrschaftliches, Vornehmes, Fürstliches. Nicht wenig trägt dazu bei, dass er die Künste liebt. Er singt und dichtet und er passt eher zu dem Bild, das man sich von einem Landesvater macht.«

II.

Stan war nicht wieder nach Breslau zurückgeritten, er sollte erst einmal in Liegnitz bleiben. Da fand er eines Sonntags die kleine Rabensteinerin wieder. Er begegnete ihr in der Kapelle der Burg, wo er sie auch zuerst entdeckt hatte. Sein Traumbild war eine hochgewachsene junge Frau geworden. Ein hübsches Weib war sie, stellte Stan bewundernd fest. Aber eine eigenartige Kühle ging von ihr aus, als verliefe zwischen ihnen eine kleine Mauer. Vielleicht war die Mauer niedrig. Aber Heidas Blick schien ihn davon abzuhalten einfach darüber zu springen. Warum sah sie ihn so ernst an? Stan unterhielt sich mit ihr, als er mit ihr und der Mutter auf einer Bank im Burggarten saß. Die beiden Frauen waren inzwischen von der Burg in die Stadt gezogen. Mit der Mutter verstand Stan sich immer noch gut. Sie forderte ihn sogar auf sie zu besuchen. Sie war sehr gesprächig – wie immer. Sie erzählte ihm von ihrer Familie.

Der Vater ihres Mannes war schon mit der seligen Herzogin Hedwig ins Land gekommen. Die Familie des Rabensteiners stammte nämlich aus Franken, berichtete sie. Der Alte habe ihr einmal voller Stolz die Abschrift einer alten Besitzurkunde gezeigt, die er sorgsam aufbewahrte. Sie hatte sich genau gemerkt, dass die Urkunde vom Herrn Conrad von Schlüsselberg ausgestellt worden war, der dem ›Adelichen Grafen‹ die Burg Rabenstein neben anderen Gütern zu Lehen gegeben habe. Das Dokument sei wie so manches andere seit dem gewaltsamen Tode ihres Mannes verschwunden. Sie habe sich jedoch nie um diese Dinge gekümmert. Vielleicht hätte sie es tun sollen, denn dann wüsste sie vielleicht auch, was noch sonst alles abhanden gekommen war.

»Gewaltsamer Tod?«, fragte Stan. »Davon habt Ihr mir noch nichts erzählt.«

»Ach ja«, seufzte sie, »eine schreckliche Geschichte. Mein Albrecht wurde erschlagen. Mitten im Frieden. In einem Wald, unweit von Jauer. Kommst du nicht aus der Gegend?«

Albrecht? Mord im Wald! Unweit von Jauer? Wie Schuppen fiel es Stan da von den Augen. Rabensteiner! Natürlich, dass er da nicht gleich draufgekommen war. »Bei Swiny?«, fragte er.

»Ja, so sagten die Leute damals, glaube ich. Swiny.«

Stan berührte diese neue Erkenntnis ganz eigenartig: Heidas Vater war der Ritter Rabensteiner, der im Wald von Swiny auf so mysteriöse Weise ums Leben gekommen war. In Swiny! Heidas Vater! Im Wald, der zur Burg seiner Familie gehörte! Eigentlich hätte ihm klar sein müssen, dass da verwandtschaftliche Verbindungen bestehen mussten. Sie hießen ja alle Rabensteiner. Nun erst vermochte er Heida richtig einzuordnen.

»Das tut mir sehr Leid!«, brachte er heraus. Es klang zurückhaltender, als er eigentlich beabsichtigt hatte. Sollte er der Frau erzählen, dass der Mord im Wald seiner eigenen Familie geschehen war? Stan konnte sich nicht dazu durchringen. Aber änderte das etwas an seiner Zuneigung zu Heida? Nein! Das änderte überhaupt nichts. Heida schien ihm nur noch näher zu kommen, vertrauter und liebenswerter zu werden. Aber Stan entschied, dass er nun erst einmal nicht weiter auf die Geschichte eingehen wollte.

Bald fand Stan heraus, dass die Mutter mit ihrer Tochter gar nicht recht zufrieden war. »Wenn dein Vater noch lebte«, hörte er sie einmal schelten, »dann hätte er nicht geduldet, wie du diesen Mann anlachst.« Meinte sie ihn? Nein, auf keinen Fall war er gemeint. Gegen ihn hatte die Mutter bisher nichts einzuwenden gehabt. Zu seinem großen Kummer lachte Heida ihn auch nicht so liebevoll an. Stan hatte aber schon beobachtet, wie Heida den Otto schelmisch anlächelte. Meinte die Mutter also Otto? Aber Otto hielt sich meistens in Breslau auf, ihn führten seine Aufgaben selten nach Liegnitz. Deshalb hielt sich auch Stans Besorgnis in Grenzen.

»Dein Vater hätte dir schon mit vierzehn Jahren einen Mann ausgesucht«, zeterte wieder einmal die Mutter. »Oder er hätte dich ins Kloster gesteckt. Aber so läufst du immer noch ohne eine Haube herum.« Stan war froh, dass Heida noch nicht unter der Haube war. Er fühlte sich wohl in ihrer Nähe, auch wenn sich ihr Gespräch fast nur um Dinge des Alltags zu drehen schien und oberflächlich dahinplätscherte. Aber wenn Stan ins Schwärmen kam und etwas von seiner Erziehung im Kloster Heinrichau, von den von ihm verehrten Zisterziensern oder von den Mythen der alten Griechen erzählte, dann hörte Heida aufmerksam zu. Mit Genugtuung bemerkte Stan, dass sie empfänglich für seine Passionen war. Und er nahm sich vor den Garten zu pflegen, der sich ihm darbot.

III.

Es blieb nicht lange ruhig in Liegnitz. Vorbereitungen für die Ankunft Herzog Boleslaws wurden getroffen. Und dann zog er mit Flaggen und Bannern in Liegnitz ein. Sogar ein paar Trommler marschierten mit. Zu Stans Überraschung kam Boleslaw mit seinem gesamten Tross den Burgberg heraufgeritten. Stan entdeckte auch Otto unter den Ankömmlingen und eilte auf ihn zu, als er gerade von seinem Pferd sprang.

»Was ist denn jetzt los, Otto? Sieht aus, als kommt ihr mit Sack und Pack. Und mit so vielen Rittern. Wollt ihr die Liegnitzer Burg erobern?«

»Nicht nötig, sie gehört uns jetzt ganz allein! Und damit du Bescheid weißt, Stanislaw«, er warf sich in die Brust und sah lausbubenhaft ernst auf ihn herab, den Kopf noch etwas höher haltend, »du sprichst mit dem Herrn Kastellan. Ich bin der Kastellan von Liegnitz!«

»Was?«

»Jawohl, der verehrenswürdige Herr Herzog Boleslaw hat mich zum *kasztelan legnicki* gemacht. Uns«, er warf sich wieder in die Brust, »uns gehört jetzt Liegnitz und Niederschlesien. Wir haben es eingetauscht gegen Breslau – wie Hans im Glück!« Das war wirklich eine Überraschung!

An dem Abend saßen die beiden in der Taverne im Burgkeller. Bei viel Bier erzählte Otto seinem Freund eine phantastisch anmutende Geschichte. »Boleslaw musste tatsächlich mit Sack und Pack aus Breslau abhauen.«

»Hat Heinrich euch Breslau einfach abgenommen?«

»Na ja, ›genommen‹ ist nicht das richtige Wort. Die korrekte Formulierung, die der Hof benutzt, lautet: ›Herzog Boleslaw und Herzog Heinrich haben getauscht.‹ Das heißt, Boleslaw muss das gesamte Breslauer Land räumen. Er bekommt Niederschlesien mit Liegnitz, Glogau und Lebus. Und dazu muss er auch noch seinen Bruder Conrad mitversorgen. Heinrich dagegen bleibt an der Seite seiner Mutter in Breslau und behält als Teilhaber den noch minderjährigen Wladislaw.«

»Dass Boleslaw sich das alles so gefallen lässt«, wunderte sich Stan.

»Er hat sich in Breslau selbst die Machtbasis entzogen, sozusagen den Boden unter den eigenen Füßen. Er machte dort vor allem durch seine Eskapaden von sich sprechen. Du weißt selbst, was sie ihm alles vorwerfen: seine Schulden, seine ständigen Geldforderungen, seine Unzuverlässigkeit, sein rabiates Vorgehen gegen die Frauen im Lande. Es ist schon sprichwörtlich, dass er seine eigenen Landsleute überfällt, wenn es für ihn etwas zu holen gibt. Dann sein ewiger Streit mit dem Breslauer Bischof. Der wird auch gebetet haben, dass ihm Boleslaw so weit wie möglich vom Halse gehalten wird. Dass er Geistliche beraubt, beschuldigen sie ihn, ihnen ihr Eigentum wegnimmt, in Kirchen und Klöster einbricht und so weiter und so weiter. Als Boleslaw der Teilung des Erbes nicht mehr ausweichen konnte, hatte er, wie du weißt, seinem Bruder Liegnitz und Glogau angeboten. Er wollte Breslau für sich behalten. Nun, das ist ihm nicht gelungen. Die Landstände sind seiner zügellosen Herrschaft müde geworden. Für Heinrich war es ein Leichtes sich als der Retter in der Not anzubieten. Auch die Herzogin Anna erwartet von der Herrschaft ihrer beiden besser gesinnten Söhne, die jetzt mit ihr in Breslau bleiben, weit größere Gewähr für ihre Sicherheit und die ihrer Einkünfte.«

Stan kam aus dem Staunen nicht mehr heraus. »Das hört sich ja unglaublich an.«

»Ich habe immer zu Boleslaw gehalten, habe ich gesagt. Daran wird sich auch jetzt nichts ändern. Das weiß er auch. Als ich spontan erklärt habe, dass ich natürlich mit nach Liegnitz ziehe, komme was wolle, da hat Boleslaw noch in der Breslauer Burg verkündet: ›Dich mache ich in Liegnitz zum Kastellan. Du bist eine treue Seele, Otto.‹«

Auch für Stan gab es keinen Zweifel. »Für mich ändert sich auch nichts. Ich halte zu Boleslaw. Wenn ihm Liegnitz gehört, bleibt er auch unser Lehnsherr auf Swiny und das Grüne Tal gehört ihm ebenfalls. Mich zieht ohnehin nichts nach Breslau.«

IV.

Breslau und das Breslauer Land waren nun für Boleslaw verloren. So sahen es alle. Und der Herzog fügte sich offensichtlich, wenn auch zähneknirschend, in die veränderten Verhältnisse. Einen großen Anteil daran hatte der neue Legat des Papstes. Jacob von Lüttich, ein Franzose, war Archidiakon in Lüttich gewesen, aber er war mit den Verhältnissen in Schlesien und in Polen bestens vertraut. Der Papst hatte ihn nach Polen entsandt um die Kirche in dem von Zwietracht geschüttelten Land zu stärken. Die Bindung an die römische Kirche schien das einzig Verlässliche zu sein, das den Untertanen der Piastenfürsten in Schlesien Halt gab. Der Legat forderte den Herzog zur Mäßigung auf und bemühte sich um Aussöhnung der Brüder untereinander und mit der Mutter. Seiner Vermittlung gelang es sogar eine Versöhnung zwischen dem Herzog und dem Bischof Thomas zu erreichen. Aber der Legat forderte auch einen Preis und am Ende konnte der Herzog nicht umhin ein Dokument zu unterzeichnen, das ihn schmerzen musste. Das Fazit des Vertrages war: »Die Güter und Untertanen der Kirche werden fortan von allen Dienstleistungen befreit.«

»Stelle dir nur vor, was das für ihn bedeutet!«, klagte Otto. »Bares Geld geht dem Herzog da verloren.«

Boleslaw war dann auch höchst unzufrieden mit dieser Entwicklung. Doch seine Träume von einem großen polnischen Königreich unter seiner Führung waren keineswegs ausgeträumt. Diejenigen, die ihn näher kannten, wussten, dass sein Auge und sein Herz sich nicht von Breslau lösen konnten. Der Waffenstillstand zwischen den Brüdern herrschte nur an der Oberfläche. Boleslaw wühlte weiter gegen Heinrich und Heinrich unterstützte die Opposition gegen Boleslaw.

Für einen Mann wie Piotr von Jauer war diese Feindschaft der Brüder wie Wasser für einen Fisch. Und Piotrs Wasser flossen jetzt in Breslau, dort konnte er sich frei bewegen. Dort traf er sich mit seinen Verschworenen in der Kneipe ›Zum Schweidnitzer Tor‹. Dort besprachen sie die nächsten Schritte, die sie gehen wollten. Boleslaws Situation war nicht gefestigt, deshalb schien Piotr jetzt die Gelegenheit günstig. Die Männer waren in guter Stimmung und Piotr ließ seinen patriotischen Träumen freien Lauf.

»Ein Symbol werden wir jetzt aufrichten, das Symbol für unseren Kampf«, verkündete er. »Schon unseren Vorfahren war es das gottgesandte Wahrzeichen für das polnische Volk und für seine Freiheit.« Die Männer merkten auf. »Den weißen Adler werden wir uns als Zeichen erwählen.«

»Den weißen Adler!« Ein anschwellendes Raunen ging durch den Raum. Sie alle kannten die alten Geschichten – und sie liebten sie. Lech, der junge König, der sein Volk nach einer langen Wanderung in das Land zwischen Weichsel und Oder geführt hatte, hatte das Nest des weißen Adlers in der heiligen Eiche entdeckt. An diesem heiligen Ort hatte Lech seine Hauptstadt gegründet: Gnesen, die erste Hauptstadt der jungen Nation.

Piotr schlug mit der Faust auf den Tisch. In die Stille hinein, die entstand, verkündete er sein Programm: »›Dieser weiße Adler sei das Zeichen unseres Volkes‹, hat Lech damals verkündet. ›Der Himmel hat ihn uns geschenkt, den weißen Adler. Weiß wie die Reinheit unserer Ideale, wie der Glaube, den wir in sie setzen.‹ Und wir«, Piotr sah sich um, »wir wollen vollenden, was Lech begonnen hat. Unter diesem weißen Adler mit der goldenen Krone auf dem Haupte werden wir von nun an kämpfen, kämpfen für ein einiges Polen – das den Polen gehört.«

In Liegnitz ahnte niemand von diesen verräterischen, gegen den Herzog gerichteten Machenschaften der Verschwörer. Am wenigsten Boleslaw selbst. Seine Gedanken kreisten um seine neue Hauptstadt. Erstaunlich schnell begann er sich ernsthaft mit ihrem Ausbau zu befassen. Dafür brauchte er Geld und nochmals Geld. Und auch seinen Baronen wurde schnell offenbar, dass er zwar Liegnitz zur Hauptstadt seines neuen Herzogtums machte, dass er aber deswegen seine Großmachtträume nicht aufgegeben hatte.

»Ihr seid doch mit Gott und der Welt verwandt, mit den Fürstenhöfen von Meißen und Brandenburg. Der König Wenzel von Böhmen ist euer Oheim.«

»Lasst mich mit der Verwandtschaft in Ruhe. Die rücken mir doch nichts raus!«

»Und Euer Herr Taufpate, der Bischof Thomas in Breslau? Der lebt doch besser als ein wohlhabender weltlicher Fürst.«

»Erst habe ich dem Bischof bei der Vollendung des Breslauer Doms großzügig geholfen und jetzt, wo ich Hilfe brauche, da weist er mich hochnäsig ab. Natürlich bin ich ihn um Geld angegangen. ›Für meine Feldzüge‹, habe ich gesagt, ›für Polen. Das ist auch vorteilhaft für den Bischof von Breslau und die römische Kirche, wenn die Piasten wieder in ganz Polen mächtig sind.‹ Aber der Bischof will mir nichts leihen: ›Geld nur gegen Güter, gegen Wälder und Dörfer.‹ Dieser elende Geldsack.« Boleslaw schnaubte wütend. »Aber da ist das letzte Wort noch nicht gesprochen. Dem Bischof werde ich es zeigen.« Beifälliges Gemurmel war die Antwort.

»Und Euer großer Nachbar im Westen? Was sagt der deutsche König? Er ist doch der Lehnsherr.«

»Wisst ihr das nicht selbst? Der Kaiser Friedrich vergnügt sich wieder in seinem geliebten Italien und der junge König Konrad hat genug damit zu tun, sich seine Feinde vom Halse zu halten. Helft mir!«

»Und was bietet Ihr dafür, Herzog?« Seine Untertanen waren natürlich bereit ihm unter die Arme zu greifen – wenn für sie nur ebenfalls genug dabei heraussprang.

»Da gibt es Fürstentümer, Grafschaften, Rittergüter und andere Herrschaften, die ich verlässlichen Männern anvertrauen will. Es wird sich lohnen für jeden, der mir seinen Schwertarm zur Verfügung stellt und der treu zu mir hält.« Die Männer verfolgten ihn und seine Rede mit wachen Blicken, aber die Blicke zeugten wenig von Nächstenliebe.

»Nur gemeinsam mit mir könnt ihr Schlesien aufbauen. Wer zu mir hält, dessen Schaden soll es nicht sein. Wer nicht für mich ist, der ist gegen mich.« Dann besann er sich, dass er über seine neue Hauptstadt sprechen wollte. »Zuerst werde ich die Burg erneuern, sie ausbauen und verbessern«, verkündete er. »Begonnen habe ich auch schon, wie ihr wisst, südwestlich davon die Stadt planmäßig anlegen zu lassen. Schöner und größer soll sie werden als alles, was jemals zuvor hier gestanden hat. Heinrich von Gräben habe ich als Baumeister bestimmt. Er hat unsere Planungen vervollständigt und aufgezeichnet. Heinrich von Gräben«, wandte er sich an den gelehrten Meister, »Heinrich, lass die Herren die neuesten Pläne sehen und erläutere sie ihnen.« Der Ritter, ein hochgewachsener Mann mit einem offenen Blick, trug keine Rüstung. Mit seinen kurzen Stiefeln, dem schwarzen Barett und dem ärmellosen Lederüberwurf über einer bauschigen, langärmligen schwarzen Bluse sah er einem der Handwerksmeister in der Stadt ähnlich. Ein kurz gestutzter blonder Bart schmückte sein Gesicht. Der Baumeister hatte an einem Stangengerüst gegerbte Häute aufgehängt. Auf Boleslaws Handbewegung hin rollte er sie auf und ließ sie von den Querstangen herabhängen. Die Herren sahen mit klaren Strichen Pläne und Skizzen der Stadt aufgezeichnet. Der Baumeister verneigte sich vor den versammelten Edlen und begann seine Aufzeichnungen zu erläutern. Mit einer langen, dünnen Pergamentrolle deutete er auf den Zeichnungen an, wie sich die Stadt entwickeln sollte. »Ganz neuartig, mit einem Netz rechtwinklig zueinander laufender Straßen entsteht die Stadt. Auf der Grundlage der alten Verkehrswege, der parallel zueinander verlaufenden leicht geschwungenen Haynauerstraße und der Goldbergerstraße, entsteht unter Einbeziehung der Peterskirche dieses Straßennetz. Jetzt erkennt ihr schon den großen rechteckigen Markt als Mittelpunkt zwischen den beiden Hauptstraßen.« Heinrich deutete auf das Rechteck. »Hier errichten wir das Rathaus, die Tuchhallen und die Verkaufsbuden.«

Liegnitz war eine bescheidene Marktsiedlung gewesen, die die Mongolen total zerstört hatten. Die wenigen erhaltenen Stadtteile waren in die neue Anlage mit einbezogen. Aber hier entstand etwas, das in Niederschlesien seines Gleichen suchen konnte. Dazu sollte ein mächtiger Mauerring die natürlichen Hindernisse ergänzen.

Eifrig begutachteten und diskutierten die Versammelten die Zeichnungen und die Berechnungen. Heinrich von Gräben fand mit seinen fachmännischen Plänen breite Zustimmung. Den Herren gefiel besonders, wie der Flusslauf und die kleinen Wasseradern in die Planungen miteinbezogen worden waren.

Der Baumeister benutzte die entstehende Pause um noch weitere Erläuterungen zu geben. Jetzt befasste er sich mit den Möglichkeiten der Wegeführung aus der Stadt heraus in das Umland. »Und dann werden wir auch die am gegenüberliegenden Ufer bereits stehenden niedrigen

Hütten eingliedern«, schloss er seine Ausführungen. Zumindest mit diesen Plänen für Liegnitz fand der Herzog die volle Zustimmung seiner Barone und Ritter.

V.

Stan nutzte die erstbeste Gelegenheit um Swiny wieder zu sehen. Nach seiner langen Abwesenheit wurde er mit großer Freude empfangen. Das war ein erhebendes Erlebnis. Doch schon bei der Begrüßung mischte sich für Stan Trauer unter die Freude: Sein Vater war gestorben. Ganz überraschend hatte Michal wenige Wochen vor Stans Rückkehr der Schlag getroffen. Der alte Kastellan war jedoch noch überall gegenwärtig.

»Er regte sich immer so auf«, erzählte Janko. »Gott hab ihn selig. Auch wenn er oft recht raubeinig war – er hat es gut gemeint.« Stan vermisste die Autorität, die sein Vater ganz selbstverständlich ausgestrahlt hatte. Er hatte allen stets ein Gefühl der Sicherheit gegeben. Jetzt war Janko der Herr der Burg. Janko sollte auch die Kastellanei übertragen bekommen, war ihm gesagt worden.

Zu Ehren Stans ließ Janko ein Schwein schlachten und die Burgleute feierten ausgiebig seine glückliche Heimkehr aus dem Lande der Tataren. Alle wollten sie seine Geschichten hören, aber Agnieszka lauschte besonders begierig seinen Erzählungen. Ein paar Mal fragte sie ihn auch sehr eingehend über Herman aus, wie es ihm ergangen sei und was er jetzt wohl mache. Stan wunderte sich zwar über das Interesse seiner Schwester, aber er freute sich über ihren Wissensdurst. Sie war ein aufgewecktes, großes Mädchen geworden, das immer wieder seine Nähe suchte. Ihr Haar hatte sie jetzt in einen langen Zopf geflochten, der ihr fast bis zu den Hüften reichte. Ein paar der kleinen hellbraunen Löckchen fielen in die Stirn. Mit ihrem langen roten Rock und einer weißen Bluse mit kurzen Ärmeln sah sie aus wie der Frühling persönlich. Stan strich ihr liebevoll über den Kopf.

»Lass das!«, sagte sie und schüttelte ihn lachend ab.

Janko kam nach dem Begrüßungstrubel noch am ersten Abend auf den Bruder Wladimir zu sprechen. »Was hast du eigentlich mit dem Mönch von Bolkow zu tun?«, fragte er Stan mit gerunzelter Stirn. Auch Janko konnte misstrauisch sein – wie sein Vater.

»Ich? Welcher Mönch?« Stan war verwundert.

»Wladimir, der polnische Franziskaner, der in Bolkow geblieben ist. Er hat Vater kurz vor seinem Tod nach dir gefragt. Er ist extra zu uns heraufgestiegen, obwohl er nun auch schon recht betagt ist.« Bei der letzten Bemerkung lachte er ein meckerndes Lachen, das fast wie das Michals klang. Janko hatte das »auch« besonders betont. »›Dein Sohn Stanislaw soll mich aufsuchen!‹, hat er zu Vater gesagt, ›Ich muss mit ihm sprechen.‹ Und Vater war wieder ganz erregt, denn was der Mönch von dir wollte, hat er nicht verraten. Was hast du denn mit dem zu schaffen?« Stan konnte ihm keine befriedigende Antwort geben. Er wusste es nicht.

Gleich am nächsten Tag machte er sich jedoch auf nach Hayn, zur Burg Bolkos. Die Burg und ihre Bewohner befanden sich nach all diesen Jahren, die er abwesend war, noch immer in einer Art besonderer Wachsamkeit. Gleichzeitig wurde aber fieberhaft weitergebaut. Ein herrlicher neuer Wehrturm aus festem Gestein entstand, ganz anders konzipiert als es auf den Burgen des Landes üblich war. Er wuchs aus einer mächtigen Steinkuppel heraus, die den Kern der Befestigungsanlage darstellte. Sie diente den Bewohnern als Hauptbollwerk. Die Burgmauer, ganz aus Felsquadern und anderem Gestein, war bereits fertiggestellt.

Stan wurde ohne langes Fragen eingelassen. Er hatte den Eindruck, dass der Mönch auf ihn gewartet hatte. Wladimir zog ihn auf die vorgeschobene Bastion, von der aus man direkt nach Swiny am anderen Ende des Grünen Tals hinüberblickte. Nach einigen belanglosen Floskeln, die ihr Gespräch eröffneten und ein paar höflichen Fragen Wladimirs nach der Fahrt zu den Tataren, fragte Stan geradeheraus: »Was ist es, das du mir zu sagen hast?«

»Es ist wegen deiner Schwester, Stanislaw.«

»Agnieszka?« Stan war erstaunt.

»Nein, natürlich nicht Agnieszka. Es ist wegen Wanda.«

Wanda lebte nun schon beinahe fünf Jahre nicht mehr. Stan hatte eine Weile lang nicht mehr an sie und ihr tragisches Ende gedacht. »Wegen Wanda? Kommt das arme Mädchen denn nie zur Ruhe?«

»Ja, wegen deiner Schwester Wanda. Ich soll dir etwas ausrichten, von Oda. Du erinnerst dich doch an ihre Freundin Oda, die hier auf der Burg lebte?« Stan erinnerte sich gut an die kleine, lustige Dicke. Er erinnerte sich auch, dass sie damals an diesem vermaledeiten Tag mit Wanda geritten war und dass sie danach nicht mehr hatte sprechen wollen – oder können.

»Das Letzte, an das ich mich erinnere, ist, dass sie immer noch ganz verstört war.«

»Oda hat den Schleier genommen, sie hat der Welt entsagt und ist im Kloster Trebnitz aufgenommen worden. Aber vorher hat sie mir gebeichtet. Lange hat es gedauert, bis sie dazu fähig war. Sie hat mir erlaubt, dir, dem Bruder, den Wanda geliebt hat, alles zu erzählen, was sie über den Tod deiner Schwester weiß.« Was mochte Oda erzählt haben? Was mochten sie und der Mönch besprochen haben? Wladimir sah Stan nicht an, während er sprach. Stan wartete. Die beiden Männer blickten hinunter von den Mauern der Burg, den steil abfallenden Hang hinab in das Tal der Wütenden Neiße. Es war Stan, als stünde die Zeit still, als könnten sie von hoch oben das Geschehen auf der Erde tief unter ihnen überblicken. Und was dort unten geschah, war weit, weit weg, irgendwie unwirklich.

»Oda ist ein unglückliches Mädchen gewesen. Gott hat sie sehr hart geprüft«, begann der Mönch. »Den ersten großen Schock erlitt sie wohl damals in Löwenberg, als das große Turnier stattfinden sollte.« Der Mönch erzählte mit tonloser Stimme, was er wusste und was er von Oda erfahren hatte. Und Stan war ganz Ohr.

»Oda und Wanda waren in einer Tanzgruppe, die für den Herzog und seine Ritter tanzen sollte. Der Herzog war ausgelassen. Er war betrunken und seine Ritter auch. Das zügellose Benehmen der Männer traf die empfindsame Oda. Zudem hatte sie Hermans Missachtung zutiefst verletzt. Sie liebte Herman, aber der hatte nur Augen für Wanda. Alles schien jedoch gut zu werden für Oda, als Stefan aus Striegau begann, ihr den Hof zu machen. Oda lebte auf. Doch dann geschah das Furchtbare und Oda geriet dabei selbst in allergrößte Gefahr. Als die beiden Mädchen allein von Jauer zurückritten und Swiny fast erreicht hatten, da sprengten plötzlich zwei Reiter aus dem Gehölz und versperrten ihnen den Weg. ›Ha, Wanda!‹ Einer rief ihren Namen und ließ Flüche und üble Schimpfwörter folgen. Er hatte seinen Helm nicht geschlossen. Oda sah sein hochrotes Gesicht. Und Oda sah das Erstaunen in Wandas Gesicht. Kein einziges Wort brachte sie mehr hervor. Da zerschmetterte der Gepanzerte dem überraschten Mädchen mit einer ungeheuren Wucht den Kopf. Tot fiel sie vom Pferd. Aber der Mörder schlug immer noch auf das Mädchen ein. Dabei stieß er ein hässliches Lachen aus. Dann wandte er sich Oda zu. Als er sein Schwert auch gegen sie erhob, ritt der Zweite dazwischen und wehrte ihn ab. Sein Gesicht konnte Oda nicht sehen, sein Visier war halb geschlossen. Aber als er schrie ›Die nicht! Die lass entkommen!‹, da wusste Oda, wer es war. Stefan, ihr Stefan hatte sich schützend vor sie gestellt. Oda hatte ihren Liebsten erkannt und er war einer der Mörder! Stefan hat sie entkommen lassen. Wie von Furien verfolgt floh Oda. Sie ritt und ritt und ritt, ohne zu wissen wohin und wie lange. Ihr Liebster hatte sie vor dem Tode bewahrt, aber er hatte den fürchterlichen Mord an Wanda mitbegangen. Stefan hatte ihn sogar mitgeplant.« Der Mönch machte eine Pause.

»Tja, und dann hat Oda sechs Monate lang kein einziges Wort gesprochen. Was sie erlebt und was sie gesehen hatte, hat ihr den Verstand geraubt.« Er sah Stan an. »Und Herman ist unschuldig! Das soll ich dir sagen.«

Stan hatte den Bericht Wladimirs stumm angehört, erschüttert, wie ein Mensch es nicht tiefer sein kann. Er brachte kein Wort über die Lippen. Wladimir ließ ihm Zeit. Stan blickte hinab von der Bastion. Das Grüne Tal war nach einem langen Winter wieder zu einem blühenden Garten erwacht. Die Natur ließ sich von Schmerz und Leid und von Schuld nicht beeindrucken. Die Vögel sangen wie im Paradies, ein leiser Windhauch trug den Duft der Blumen und des Grases zu ihnen herauf.

»Und wer war der Mörder? Hat sie den auch erkannt?«

Der Mönch nickte. »Auch den. Sie sagt, es war Piotr, Piotr aus Jauer. Sie sei sich sicher.«

»Also doch! Er hat es nicht verwinden können, dass Wanda einem anderen den Vorzug gegeben hat.« Schweigend nickten sie nun beide. Aber sie konnten es dennoch nicht fassen. Eine wehrlose junge Frau hatten die Schurken kaltblütig umgebracht. Die Grausamkeit des Geschehenen kam den beiden Männern absurd vor – und unverständlich. »Diese gemeinen Mörder!«, stieß Stan endlich hervor. »Sie werden nicht entkommen. Ich werde Wanda rächen!«

Das war jedoch nicht die vollständige Beichte Odas gewesen. Noch mehr drückte die junge Frau nieder und ließ sie verzweifeln. Aber Wladimir wollte Wandas Bruder schonen, er wollte nicht alles weitergeben. Wladimir hielt es für besser, einen Teil von Odas Geständnis für immer in sich zu verschließen. Es war der schwere Schlag, der Oda in Löwenberg traf, den er für sich behielt. Auch dort wurde Oda schon Zeugin eines Verbrechens. Und sie hatte, gelähmt vor Angst, nichts getan um ihrer Freundin zu Hilfe zu kommen. Weder Stan noch Herman würden deshalb jemals erfahren, was auch Wanda aus Scham niemandem verraten hatte: Wie der Herzog Wanda gegriffen hatte. Wie die Mädchen der Tanzgruppe kichernd und schwätzend zugesehen hatten, als noch alles wie ein aufregendes, prickelndes Spiel gewirkt hatte. Da war Oda neugierig ihrer Freundin Wanda nachgeschlichen. Mit weit aufgerissenen, angsterfüllten Augen hatte Oda miterlebt, wie Boleslaw Wanda Gewalt antat. Aber Oda verriet niemandem die erniedrigende Schmach, die ihre Freundin erleiden musste. Würde es nicht eine bequeme Verurteilung für die anderen sein? Zuerst traf es doch immer die Mädchen: Sie hätten die Männer verführt, nur zu willig wären sie gewesen, sie hätten sich nicht genug gewehrt, im Grunde hätten sie es auch gewollt. Mit diesem Urteil waren die Leute schnell dabei. Nicht einmal Wanda erfuhr von ihr, dass sie unfreiwillig diese schreckliche Schandtat mit ansehen musste und wie sehr sie selbst damit gepeinigt wurde. Oda vergrub das Erlebte in ihrem Herzen, aber sie litt darunter – und sie wurde damit nicht fertig.

Dass der Herzog Wanda Gewalt angetan hatte, blieb so auch in Zukunft behütet von dem heiligen Bund zwischen Oda und ihrem Beichtvater. Der Mönch war jedoch überzeugt, dass Herman nicht der Vater von Wandas ungeborenem Kind war.

Stan trug die wahre Geschichte des Mordes im Wald von Swiny unverzüglich an den Hof des Herzogs zum Gerichtsherrn. Begierig nahmen die Rechtsgelehrten die Anschuldigungen auf. Sie beschlossen einen Magister zu den Zisterzienserinnen nach Trebnitz reisen zu lassen um Oda im Kloster zu verhören. Wenn sie die Geschichte bestätigte, war das die Grundlage für eine neue Untersuchung des Verbrechens und für die Anklage. Dann würde der Fall noch einmal aufgerollt werden. Der Herzog würde entscheiden müssen, was zu tun sei. Von den Mördern fehlte jedoch jede Spur.

Stan war froh, dass der Mord an seiner Schwester aufgeklärt war. Er freute sich vor allem, dass er damit Herman helfen konnte. Mit dieser Nachricht würde er seinem Freund den Weg ebnen, wieder unbescholten und unverdächtigt nach Liegnitz und ins Grüne Tal zurückzukehren.

Es dauerte nicht lange, bis Stan eine Gelegenheit fand eine Botschaft nach Prag auf den Weg zu bringen.

VI.

»Er verpfändet das Land! Aber damit ist doch Lebus endgültig verloren, für das sein Vater und sein Großvater so heftig gekämpft haben!« Bei aller treuen Gefolgschaft zum Herzog war Otto entsetzt. Aufgeregt berichtete der Kastellan seinem ehemaligen Knappen davon.

»Boleslaw braucht mehr Geld um seinem Bruder Breslau wieder zu entreißen. Aus seinen Baronen ist nicht genügend herauszuholen. Da sieht der Herzog eine Chance seine leeren Kassen zu füllen um damit Hilfstruppen für seine Kriegszüge zu werben. Er hält es für eine brillante Idee, wenn er die beiden Parteien gegeneinander ausspielt. Damit will er sich noch einen gewissen Einfluss erhalten.«

»Wer ist denn die andere Partei?«, wunderte sich Stan.

»Erzbischof Wilbrand von Magdeburg war immer schon am Lande Lebus interessiert, das weißt du, weil es eine Brücke zu seinen Ansprüchen in Pommern bildet. Und dass die Markgrafen Johann und Otto von Brandenburg ebenfalls darauf brennen ihren Einfluss über den Oderfluss hinaus auszudehnen, das wird jetzt deutlich.«

Mit den Mitteln, die Boleslaw so zusammenscharrte, begann er einen Kleinkrieg gegen seinen Bruder Heinrich zu führen. Neumarkt war die erste Stadt, auf die er bei seinem Zug gegen Breslau stieß – jetzt die erste Stadt Heinrichs. Auf einem Hügel unweit der Oder, am Neumarkter Wasser gelegen, war die Stadt ein Rastplatz auf halbem Wege zwischen den herzoglichen Residenzen Liegnitz und Breslau. Der polnische Name ›Sroda‹ deutete auf den ›mittwochs‹ gehaltenen Wochenmarkt hin. Die Stadt lag verkehrsgünstig an der ›Hohen Straße‹ und an der ›Niederen Straße‹, den beiden ostwestlichen Handelsstraßen, die Breslau und den Osten Europas mit dem Reich verbanden. In den ersten Regierungsjahren Herzog Heinrichs I. war Neumarkt etwa gleichzeitig mit Goldberg und Löwenberg entstanden und damit eine der frühesten planmäßig angelegten deutschrechtlichen Städte. Das in Neumarkt praktizierte deutsche Recht, das ›ius Theutonicum Srodense‹, wurde zahlreichen Städten und Dörfern in Schlesien und in Groß- und Kleinpolen verliehen. Es fußte auf dem Magdeburger Recht und war in einzelnen Punkten den schlesischen Verhältnissen angepasst.

Für Boleslaw war das alles ohne Bedeutung. Ihn interessierte, dass die Stadt jetzt in dem Teil Schlesiens lag, der seinem Bruder Heinrich zugesprochen worden war. »Ha, sie trauen mir nicht! Sie halten noch zu meinem Bruder! Denen werde ich es zeigen!«, rief er aus, als Kundschafter meldeten, dass die herzogliche Stadtburg in der Nordwestecke der Stadt verteidigt wurde. Boleslaws Rachegelüste hatten ihr erstes Opfer gefunden. Boleslaw hatte kein Interesse an einer langen Belagerung. Hier befand er sich auf einer Rache- und Strafexpedition. Das vor der Stadt liegende Aussätzigenspital mit der dazugehörigen romanischen Marienkirche, das seine Großmutter, die Herzogin Hedwig, gegründet hatte, ließ er unbehelligt liegen, ebenso das Franziskanerkloster in der Südostecke der Stadt. War nicht heute Mittwoch, der Tag des Wochenmarktes? Die Stadt musste voller Menschen sein. Der Herzog gab seinen Truppen den Befehl zum Sturm. Die Stadtmauer war noch nicht voll ausgebaut und kein Hindernis für seine Söldnerscharen. Sie trieben die Menschen vor sich her und zerrten Frauen und Kinder aus den Häusern heraus. Ihre schrillen Schreie schienen die Ohren der Kriegsleute nicht zu erreichen. Erste Flammen züngelten aus den dicht gedrängten Hütten, erstes unschuldiges Blut floss. Von zwei Seiten stürmten sie durch die Gassen auf den Markt zu. Karren stürzten um, Stände fielen in sich zusammen, Obst kullerte auf den Boden, Körbe und Kasten wurden umgestoßen, die Waren auf der Erde verstreut. Mit Spießen und Schwertern trieb die Soldateska die schreienden Menschen unbarmherzig vorwärts.

Im Westen schloss den Markt die spätromanische Basilika von St. Andreas ab, die älteste Stadtpfarrkirche Schlesiens. Auf Boleslaw übten die schreienden, angsterfüllten Bürger Neumarkts, die nun in dem sechsjochigen Langhaus der Stadtpfarrkirche Zuflucht suchten, eine eigenartige Faszination aus. In jedem dieser panikartig fliehenden Männer, Frauen und Kinder glaubte er seinen verhassten Bruder zu erkennen. Hier konnte er ihn treffen, jetzt konnte er ihn bestrafen. Schluchzende Weiber und wimmernde Kinder stolperten um Gnade bittend vorwärts. Bei den Söldnern schienen die Verzweiflung, die Klagerufe, das Blut und die Todesangst der Verfolgten einen bösen Instinkt geweckt zu haben, der sie genauso dämonisierte wie ihren Herzog. Boleslaws Gesichtszüge waren unter dem Helm kaum zu erkennen, so grausam waren sie verzerrt.

Hoch zu Ross blickte Boleslaw in das Getümmel – und befahl die Kirche anzuzünden. Von seiner blutrünstigen Grausamkeit erfasst befolgten die Kriegsknechte willig den Befehl. Im Nu stand das Gotteshaus in Flammen. Die jämmerlichen Todesschreie der Gemarterten fanden keine Gnade vor den Ohren des Herzogs und seiner Leute.

Die »Tatarennachricht« von diesem Frevel des Liegnitzer Herzogs machte ihre Runde sogar bis nach Prag.

»Boleslaw Rogatka hat Neumarkt eingenommen und niedergebrannt!« Stan konnte es nicht fassen. »Eingenommen? Niedergebrannt? Das ist doch kein Feindesland! Was hat er denn da gesucht?«

»Er zieht gegen seinen Bruder zu Felde. St. Andreas hat er anzünden lassen. Und er hat zugelassen, dass dabei etwa achthundert Bürger, die sich in die Kirche gerettet hatten, Männer, Frauen und Kinder, in den Flammen umkamen.«

Sicherlich hatte es mit Boleslaws Schandtaten in Neumarkt zu tun, dass der päpstliche Legat im Oktober 1248 eine Große Synode der gesamten Gnesener Kirchenprovinz abhielt. Auch die Aufteilung Schlesiens mochte eine Rolle für die Einberufung gespielt haben. Oder waren Boleslaws Pläne mit Lebus schon durchgesickert? Für die Herzogin Anna und für Herzog Heinrich war die Anwesenheit der kirchlichen Würdenträger jedenfalls ein erfreuliches Ereignis. Huldvoll wollte die Herzogin die illustre Versammlung von Bischöfen in Breslau begrüßen. Auch der Vogt und die Ältesten der Stadt kamen um die hohen Herren willkommen zu heißen. Die Persönlichkeiten der Bischöfe, die sich um den Legaten versammelten, beeindruckten nicht nur die gaffenden Breslauer: Da waren der Erzbischof Fulko von Gnesen gekommen, die Bischöfe Prandotha von Krakau, Boguphal von Posen, Michael von Wladislaw, Andreas von Plock, Wilhelm von Lebus und Heinrich von Kulm. Dazu erschienen noch eine Vielzahl von Prälaten, Notaren und Äbten von Klöstern. Auch Bodo, der betagte Abt von Heinrichau, gehörte zu ihnen. Gastgeber war natürlich der Hausherr in Breslau, der Bischof Thomas.

Agnieszka war mit den anderen Jungfrauen, die bei der Herzogin Anna Hofsitte erlernten, und einigen älteren Hofdamen hinunter gezogen in die Stadt um das Spektakel des feierlichen Einzugs aus allernächster Nähe mit eigenen Augen zu sehen. Seit Agnieszka am Hofe der frommen Herzogin weilen durfte, hatte sich eine völlig neue Welt für sie eröffnet. Die ländliche Abgeschiedenheit der Schweinhausburg war der erregenden Atmosphäre der Herzogsresidenz gewichen. Agnieszka genoss die vielen neuen Dinge, die sie sah und hörte und das ungewöhnliche Leben bei Hofe und in der großen Stadt Breslau. Sie lernte auch gerne und sie vertrug sich ohne Mühe mit den anderen Mädchen, auch wenn sie zuweilen die Ruhe, die überschaubare Häuslichkeit der Schweinhausburg und die Nähe ihrer Lieben vermisste.

Die Herzogin kümmerte sich persönlich um die Mädchen. Streng wachte sie darüber, dass sie fleißig beteten, die Messen besuchten und ein gottgefälliges Leben führten. Anna ließ die heranwachsenden Frauen in allen Dingen unterweisen, die ihr wichtig schienen für das Leben am Hofe oder in den einflussreichen Familien ihres Landes. Sie sorgte auch dafür, dass die Mädchen im Gesang und im Tanz unterrichtet wurden und im Gebrauch von Nadel und Faden. Im Haushalt und bei Tische mussten sie mit anpacken. Agnieszka war schon in der Lage kunstvolle Stickereien anzufertigen, die das Wohlgefallen der Herzogin fanden.

Jetzt glühten Agnieszkas Wangen, als sie die feierliche Prozession mit den ›Nachfolgern der Apostel und Gesandten Jesu Christi‹ heranziehen sah. Sie stellte sich auf die Zehenspitzen, um nichts zu verpassen. Agnieszkas warmer Umhang war aufgegangen und ihre kleine Kappe auf dem Kopfe verrutschte, als sie sich ganz nach vorne drängelte.

Der Legat des Heiligen Vaters führte die Bischöfe und hohen geistlichen Würdenträger in den wieder aufgebauten Dom. Die Menschen standen an der Straße und gafften, niemand wollte sich dieses Schauspiel entgehen lassen. Agnieszka sah einfache Leute in ärmlicher Kleidung, einige trotz der kühlen Jahreszeit immer noch barfuss, aber auch Kaufleute und Bürger in reichen Gewändern, ein paar von ihnen sogar mit Pelzen. Als der Zug daherkam, knieten sie nieder. Agnieszka folgte ihrem Beispiel. Der Legat schritt segnend durch ihre Mitte. Das Haupt der Bischöfe schmückte die Mitra, die mit zwei an der Rückseite herabhängenden Kopfbändern versehene Bischofsmütze. Prächtig ihre Messgewänder mit dem großen goldenen Bischofskreuz auf der Brust und prächtig der gekrümmte, bis zur Schulterhöhe reichende Stab in ihrer Rechten. Staunend sah Agnieszka an jedem der Krummstäbe einen glänzenden Knauf und eine immer wieder anders gearbeitete Krümme, reich verziert aus edlem Metall oder Bein. Fest lag der Stab in der Hand der Bischöfe und sie schienen ihn so zu halten, dass ihr kostbarer Bischofsring für alle gut sichtbar blieb. Durch die hohen Bogenfenster fiel gedämpftes Licht in den Innenraum des Domes, als der feierliche Zug durch das weit geöffnete Portal einzog. Die Farben Rot und Schwarz, Purpur und Gold beherrschten das Kirchenschiff. Langsam verschwand der Zug durch das Portal des Domes und feierlich schloss sich der große Eingang.

Die Mädchen erholten sich schnatternd von dem ungewöhnlichen Anblick. Lange hielten sie sich noch am Dome auf, aber das Portal öffnete sich nicht mehr. Schließlich machten sie sich zögernd wieder auf den Weg zur Burg.

Nach einem feierlichen Dankgottesdienst begannen die Beratungen der großen Synode. Sofort machte der päpstliche Legat deutlich, was ihm am meisten am Herzen lag. »Wir haben die kirchlichen Autoritäten der Gnesener Kirchenprovinz zusammengerufen um die Übelstände, die in Schlesien nach dem Mongoleneinfall überhand zu nehmen drohen, mit der Wurzel auszurotten. Die heilsame Kirchenzucht wollen wir mit Entschiedenheit erneuern«, verkündete er. »Nicht nur im Hause des Herrn selbst soll die heilige Ordnung wieder hergestellt werden sondern besonders auch gegenüber der weltlichen Gewalt!« – Damit waren alle Herren im Lande gemeint, vor allem aber Boleslaw Rogatka, der Herzog von Liegnitz. Welches neue Unheil sich da über dem Kopf Boleslaws zusammenbraute, konnte er nicht ahnen. Aber er wusste, dass er harte Anklagen zu gewärtigen hatte. Deshalb wich der Herzog der Begegnung mit den Kirchenfürsten aus, er blieb Breslau fern.

»In den Sprengeln der hier Versammelten habe ich Leute von sehr hohem Alter angetroffen, die nicht gewusst haben, was sie glauben«, beklagte sich der Legat. Aber das war nur als Einleitung gedacht. Denn dann richtete er seine Anschuldigungen gegen Boleslaw direkt. Boleslaw wurde zum zentralen Thema der Kirchenversammlung.

»Da wir gehört haben, dass der Raub von Jungfrauen in diesen Gegenden immer wieder vorkommt, so beauftragen wir Euch«, er richtete seine Augen auf die versammelten Kirchenoberen, »in Euren Synoden zu befehlen, dass keine geistliche oder weltliche Person sich unterfange die geraubte Jungfrau oder Frau auszufragen, ob sie dem Räuber ihre Zustimmung gegeben habe ...« Dem Legaten war bekannt geworden, dass Boleslaw sogar seine Schwestern Elisabeth und Agnes aus dem Kloster Trebnitz hatte entführen lassen. Die Anschuldigungen des Legaten waren ungeheuerlich. Dann wetterte er weiter und verlangte, dass »gegen jene, die mit gleichem Leichtsinn Kirchen wie Tavernen anzünden und solche berauben und plündern, welche sich in die Kirchen flüchten«, die Exkommunikation verkündet werde. Er erwähnte Neumarkt in Schlesien und verdammte ausgiebig das Verbrechen. Aber auch in Kalisch hatte Boleslaw während seiner Kriegszüge nach Polen Kirchen in Brand gesteckt. Der Legat wusste auch, dass Boleslaw Geistliche gefangen nahm oder sie von ihren Stellen vertrieb um sich der Zehnten der Kirche zu bemächtigen. Wie tief waren die Herzöge von Schlesien gefallen! Die Herzogin Anna mochte vor Scham vor den versammelten Kirchenfürsten schier versinken.

»So seht ihr den Unterschied im Benehmen der Fürsten und den Niedergang des Gehorsams gegenüber dem Gebot Gottes. Herzog Heinrich der Bärtige, Gott sei seiner Seele gnädig, hat in Neumarkt das Hospital für aussätzige Frauen gestiftet. Seine Gemahlin, die Herzogin Hedwig, schickte jede Woche Geld, Wildfleisch und Kleider für die armen aus der Gemeinschaft ausgeschiedenen Frauen. Auch ihr Sohn war bekannt für seine frommen Klostergründungen. Ich erwähne hier nur das Kloster Heinrichau. Und Herzog Boleslaw, der Herzog von Liegnitz? Der steckt eben diese Kirchen in Brand!«

Das Urteil war abzusehen: Die Synode verhängte über Herzog Boleslaw den Bann, sein Land verfiel dem Schrecken des Interdikts. Boleslaw verfiel nach der Exkommunikation in eine tiefe Lethargie. Der Kirchenbann musste eine tiefe Vertrauenskrise bei den Gläubigen im Lande heraufbeschwören. Er brachte Unruhe ins Land. Diese praktischen Auswirkungen des Kirchenbannes trafen Boleslaw mehr als die Schande.

VII.

Sogar in Prag riefen die Ereignisse, die der Erbteilung in Schlesien durch die Herzogin Anna folgten, Unruhe hervor. Es konnte dem böhmischen König nicht gleichgültig sein, was sich jenseits von Böhmens nördlicher Grenze im Nachbarland abspielte. Auch wenn die Sicherheit seiner Länder im Augenblick nicht bedroht war, so hatte Wenzel doch stets ein wachsames Auge auf seine Schwester Anna und seit der Regentschaft Boleslaws besonders auf deren Söhne. Verwandtschaftliche Beziehungen bedeuteten eben nicht nur Verpflichtungen. Manchmal ergaben sich daraus auch Rechte und damit Gelegenheiten, sich einzumischen – zum eigenen Vorteil. Was Wenzels Vertrauensleute meldeten, deutete ganz darauf hin, dass sein Neffe weiterhin Unruhe stiften würde.

Wie viele in Prag verfolgte auch Herman aufmerksam die Nachrichten über die unglaublichen Ereignisse, die aus Schlesien zu ihnen drangen. Aber dann erreichten ihn diese wunderbaren Zeilen von Stan: »Herman, deine Unschuld wird zu Hause nicht mehr angezweifelt!« Eine größere Genugtuung hätte ihm niemand bereiten können. Herman hätte jubeln können. Es dauerte aber etwas, bis er erfasste, was Stan ihm da eigentlich noch offenbarte.

»Piotr! Also doch, Piotr! Er war der Mörder! Ich habe es geahnt... Das wird er mir büßen«, stieß er hervor, »das schwöre ich.« Hermans Kopf war randvoll mit Rachegedanken. Er malte sich eine ganze Reihe von Grausamkeiten aus. Herman brauchte das um mit dem Zorn auf den Mörder zurecht zu kommen, mit dem unfasslichen Wissen, dass Piotr von Jauer all dieses Leid verursacht hatte. Aber gegen Abend legte sich die ungebändigte Rachsucht etwas und eine tiefe Zärtlichkeit für Wanda überkam ihn. Die Erinnerung an sie gewann die Oberhand in seinen Gefühlen. Wanda, seine erste Liebe, seine erste große Leidenschaft. Noch einmal ergriff eine tiefe Traurigkeit von ihm Besitz. Wanda war das Opfer einer alten, unsinnigen Welt geworden, einer Welt des Neides, des Hasses, voller verbohrter Engstirnigkeit und Feindschaft. Ungezügelte Feindschaft auf alles Fremde. Wanda hatte ihr Leben lassen müssen, weil sie frei sein wollte und weil sie keine Grenze kannte zwischen ihrem Volke und den Neuankömmlingen. Weil sie unbefangen gewesen war und weil sie das Leben und die Zukunft gewählt hatte – eine Zukunft, die sie selbst nicht erleben durfte.

›Sie ist das Opfer einer großen Idee geworden‹, sagte sich Herman jetzt. ›Wanda ist gestorben, aber die Idee wird überleben. Die beiden Völker werden ein blühendes Schlesien schaffen, miteinander und nicht gegeneinander. Dieses Ziel muss einfach die Oberhand behalten!‹ Ja, die Vision würde am Ende siegen, dessen war Herman sich gewiss. Das war Wandas Vermächtnis!

Ein tiefes Gefühl von Dankbarkeit überkam Herman bei diesen Gedanken an Wanda. Es überlagerte alle Nachrichten von den Streitereien, die Boleslaw immer wieder vom Zaun brach. Und Herman war jetzt auch sicher vor falschen Anschuldigungen. Gott sei Dank! Aber die Mörder Wandas liefen immer noch frei herum. Piotr von Jauer und Stefan aus Striegau hatten sich ihrer wohlverdienten Strafe entziehen können. Noch immer war der Mord ungesühnt. Und jedes Mal, wenn Herman sich in der folgenden Zeit wieder daran erinnerte, stieg eine unheimliche Wut in ihm auf. Wieder schwor er sich fürchterliche Rache zu nehmen. ›Tränen sind Sache der Weiber, den Männern geziemt die Rache.‹ Schon deshalb würde er nach Schlesien zurückkehren. Mörder ihrer Bestrafung zuzuführen, war die Pflicht jedes christlichen Ritters. Er malte sich aus, wie er die Mörder der armen Wanda vor sich hertreiben, stellen und zerstückeln würde. Und dann würde er in das Grüne Tal zurückreiten. Wehmütig dachte er an die heimatliche Idylle. Zu lange war er nun schon fort gewesen. Würden sie ihn überhaupt wiedererkennen, wenn er heimkam? Wer würde sich über seine Rückkehr freuen? Gesichter zogen vor Hermans Augen vorüber, auch das eines jungen Mädchens war darunter. Herman dachte an Heimkehr nach Schlesien.

VIII.

Auch in Prag hielt die friedliche Stimmung, die noch geherrscht hatte, als Herman aus dem Reich der Mongolen-Khane zurückgekehrt war, nicht lange an. Aus heiterem Himmel hatte der König von Böhmen ein eigenes Problem am Halse. Ein Teil des Hochadels in Böhmen und Mähren zettelte eine Verschwörung gegen König Wenzel an. Geschickt wussten die Verschwörer sich des Ehrgeizes seines noch sehr jungen zweiten Sohnes, des Prinzen Ottokar, für ihre Ziele zu bedienen. Ottokar war ein äußerst begabter, aber eben auch äußerst ehrgeiziger Anwärter auf den Thron. Er war ungeduldig, er wollte seine Zeit nicht abwarten. Anfänglich hatte der Aufstand der Adligen Erfolg. König Wenzel musste fluchtartig die Stadt verlassen. Herman befand sich unter den wenigen Vertrauten, denen es gelang, mit dem König ins Gebirge zu entkommen.

Die Fliehenden stießen zuerst nordwärts in das unwirtliche Land und die unwegsame Bergwelt vor. Fahrbare Wege gab es selten, die Pfade waren schmal und in den dichten Wäldern in ihrer Streckenführung völlig unübersichtlich. Nur ortskundige Führer wussten, wo die Wege hinführten. Nachdem der König sich mit seinen Getreuen vor den Aufständischen erst einmal in Sicherheit wiegte, entwickelte er einen Plan, wie er sein kleines Häuflein wieder zu einer Streitmacht ausbauen konnte. Tage- und wochenlange Ritte führten sie durch den Norden und den Nordwesten des Landes. Und mit jedem Tag stießen weitere Ritter zu ihnen, die die Schar der Anhänger des Königs verstärkten. In erstaunlich kurzer Zeit gelang es Wenzel so in aller Eile ein Heer zu sammeln, mit dem er sich den Aufständischen entgegen stellen wollte.

Auch Herman war mit einigen Männern unterwegs um weitere Getreue zu rekrutieren. In einer schmalen Waldschneise begegnete ihnen eine Gruppe kriegerischer Gestalten. Die fünf Fremden befanden sich offensichtlich auf einer Pirsch. Nach der Art, wie sie sich bewegten und ihre Speere im Anschlag hielten, hatten sie wohl ein Rudel Wildschweine erspäht, das sie verfolgten. Sie machten aber keinen feindlichen Eindruck. Die beiden Gruppen begrüßten sich. Plötzlich stutzte Herman. Das Wappen des Anführers sprang ihm förmlich ins Auge. Das waren doch die Farben der Bolkoburg! Und das war der Vater! Herman rieb sich die Augen: Wolrad von Hayn!

Auch Wolrad hatte seinen Sohn erkannt. Als sich die beiden von ihrer Überraschung erholt hatten, sprangen sie wie auf einen Befehl ab, stürzten mit ausgebreiteten Armen aufeinander zu und umarmten sich. »Und das hier, mitten im Urwald der Böhmen!« Aber dann folgte gleich die Frage: »Mit oder gegen König Wenzel?«

»Ich wollte zu König Wenzel stoßen«, erklärte Wolrad zur Erleichterung Hermans. »Wir in Schlesien waren doch immer freundschaftlich verbunden mit den Böhmen.« Wolrad berichtete, dass er mit seiner Schar aus Polen herunter geritten war, angezogen von den Unruhen in Böhmen, um ihre Dienste anzubieten.

»Wo hast du denn gesteckt die ganze Zeit?«

»Ach, mal hier, mal da«, antwortete Wolrad ausweichend. »Die meiste Zeit aber in Masowien. Dort werden immer tapfere Männer gebraucht. Dort oben«, fügte er hinzu, »in Masowien und in Großpolen, da gibt es jetzt eine ganze Anzahl von Rittern, die sich auf die Seite der Aufständischen hier unten schlagen wollen. Da wollen wohl einige Leute bis hinauf in die höchsten Adelsschichten ihr eigenes Süppchen kochen.«

Wolrad war die Freude über das unverhoffte Wiedersehen mit seinem Sohne anzusehen. Auch Herman freute sich aufrichtig, aber er fühlte sich plötzlich merkwürdig verunsichert. Er hatte oft an seinen Vater denken müssen. Bei ihm lagen jetzt häufig ganz unterschiedliche Gefühle miteinander im Wettstreit. In seinen jungen Jahren hatte er den Vater über alle Maßen bewundert. Das hatte sich zu einem guten beiderseitigen Verstehen und Anerkennen entwickelt. Nachdem Herman aber die mysteriösen Dokumente im Versteck auf der Bolkoburg gefunden hatte, war diese Vertrautheit einer tiefen Verunsicherung gewichen. Einer Unsicherheit, die vor allem Angst war – Angst, dass die Befürchtungen, die Herman wegen seines Vaters hegte, wahr sein könnten. Aber seine Zuneigung konnte das nicht schmälern. Nun stand der lang Verschollene vor ihm. Freudestrahlend umarmte Herman seinen Vater ein zweites Mal. Sie beschlossen, da wo sie sich getroffen hatten, Rast für den Tag zu machen.

Die hereinbrechende Dunkelheit hatte die Farben noch nicht völlig erlöschen lassen. Das flackernde Holzfeuer, an das sie heranrückten, warf schon erste unstete Schatten und beleuchtete ungleichmäßig ihre Gesichter. Bärtige, hagere Gesichter, die von der Anstrengung der letzten Wochen gezeichnet waren. Besonders bei Wolrad hatten Entbehrungen ihre Spuren hinterlassen, er war alt geworden. Vater und Sohn saßen nahe beieinander und rieben ihre Hände. Die Glut wärmte sie. Die anderen Weggefährten hatten abseits an einem größeren Feuer Platz genommen. Wolrad erzählte, dass er zuerst nach Meißen gezogen war, nachdem er das Grüne Tal verlassen hatte. Er kannte Meißen von früher her gut. Beim Markgrafen Heinrich hatte er Dienst angenommen. Aber dann hatte es ihn nach Masowien verschlagen. Der Herzog dort war immer wieder in Kämpfe gegen die Pruzzen verwickelt und suchte ständig nach mutigen Streitern. Aber Wolrad hatte es wieder in südlichere Gefilde gezogen.

»Eine gottverlassene Gegend hier«, beklagte er sich nun. »Und ausgerechnet diese Jahreszeit musste sich Ottokar für seinen Aufstand aussuchen. Wo es auf den Winter zugeht«, murmelte er kauend. Wolrad redete vom Wetter. Viel schien er seinem Sohn nicht zu sagen zu haben.

Herman wollte von zu Hause erzählen. »Auch in Schlesien haben wir genug Missgunst und Feindschaft. Selbst die Burg Liegnitz ist davon nicht mehr ausgenommen. Dieser Piotr von Jauer soll jetzt sogar dem Herzog Boleslaw nach dem Leben trachten, hat Stan mir geschrieben. Ich halte überall nach dem Mörder Ausschau, aber bisher habe ich keine Spur von ihm gefunden.«

»Mörder?«, fragte Wolrad erstaunt.

»Natürlich!«, rief Herman und als er Wolrads verständnisloses Gesicht sah, fiel ihm ein: »Ach so, du kannst das ja gar nicht wissen. Piotr ist der Mörder! Piotr! Er war es, der Wanda von der Schweinhausburg umgebracht hat! Und Stefan aus Striegau hat ihm dabei geholfen.« Und dann erzählte Herman dem Überraschten, was inzwischen ans Tageslicht gekommen war. Trotz der Härte, die von Wolrad in den letzten Jahren Besitz ergriffen hatte, konnte er die Erschütterung nicht verbergen, die

die Aufklärung des Mordes bei ihm auslöste. Der Unfriede, der sich in seiner Heimat ausgebreitet hatte, traf ihn ebenso mitten ins Herz.

Plötzlich richtete Wolrad sich auf und horchte. Auch Herman hatte das Geräusch gehört. Ein Knacken, als ob ein schwerer Mann auf einen dürren Ast getreten wäre. Automatisch rollten sich die Männer vom Helligkeit verbreitenden Feuer weg, ihre Waffen hielten sie jedoch abwehrbereit fest. Herman umklammerte sein Schwert fest mit seiner Faust. Wolrad tat das Gleiche mit einem langen Speer, dessen glänzende Eisenspitze in die Richtung zeigte, aus der das Geräusch gekommen war. Da, es krachte wieder, etwas leiser diesmal. Hinter dem Gebüsch schien sich ein Zweig zu bewegen. Wolrad richtete sich etwas auf, ging in die Hocke und entfernte sich weiter vom Feuer, die Waffe wie beim Turnier fest mit Fäusten und Ellenbogen an die rechte Seite geklemmt. Auch die anderen Männer waren jetzt aufmerksam geworden und griffen nach ihren Waffen.

»Wer da?«, rief Wolrad. »Ist da jemand?« Keine Antwort. »Komm raus du Feigling!«

Herman richtete sich ebenfalls etwas auf und kroch langsam nach links. Er versuchte in einem Halbkreis die andere Seite des Busches zu erreichen. ›Hätte ich doch nur den Hund mitgenommen‹, dachte er. Er stieß an einen Steinbrocken. Er war nicht gerade leicht, aber er ließ sich aufheben. Herman legte sein Schwert nieder und mit einer blitzschnellen Bewegung schleuderte er den Brocken auf die Stelle, an der er den versteckten Gegner vermutete. Statt eines Aufschreis, den er erwartet hatte, brach ein riesiger schwarzer Eber aus dem Buschwerk hervor, weitere Wildschweine folgten ihm. Der Eber stürmte schnurstracks auf Wolrad zu. So schnell war Wolrad noch nie in seinem Leben aufgesprungen. Mit dem Speer im Anschlag visierte er kaltblütig das massige Tier an. Dann stemmte er seine Füße fest in das Erdreich und rammte dem Eber die scharfe Waffe knapp unterhalb des Kopfes in die Brust. Von der Wucht des heranstürmenden Tiers voll getroffen, konnte er jedoch nicht standhalten. Wolrad wurde von dem Anprall wie ein Ball zurückgeworfen. Mühsam versuchte er sich gegen die Bewegung zu stemmen, verlor aber endgültig das Gleichgewicht und stürzte zu Boden. Die Lanze noch immer fest im Griff rutschte er ein Stück auf den Knien rückwärts – bis der Schaft mit einem hässlichen Krachen entzwei brach. Aber der Eber war zum Stehen gekommen und blickte Wolrad – nur einen halben Arm lang entfernt – auf gleicher Höhe in die Augen. Wolrad gefror das Blut in den Adern.

Herman hatte dem Geschehen nicht tatenlos zugesehen. Er war ebenfalls aufgesprungen und seinem Vater mit erhobenem Schwert zu Hilfe geeilt. Als er den geschliffenen Stahl zu einem rettenden Streich erhob, spritzte ihm Blut entgegen. Das scharfe Eisen von Wolrads Lanze hatte sich in die Sau hineingebohrt. Aus der Wunde schoss das Blut. Der Eber stand noch einen Moment lang still – wie erstaunt. Er schien Wolrad ungläubig anzusehen, die leicht gebogenen gelblich weißen Hauer weiter angriffslustig auf ihn gerichtet. Dann knickten erst die Vorderläufe, kurz darauf auch die Hinterläufe ein. Unter heftigen Zuckungen fiel das schwere Tier auf die Seite und verendete.

Herman brach in freudiges Siegesgeheul aus, in das die anderen einstimmten. Er half Wolrad, der völlig zu Boden gegangen war, auf die Beine und klopfte ihm anerkennend auf die Schulter. »Gut gemacht, mein Alter!«, lachte er erleichtert. Und bewundernd fügte er hinzu: »Ein Meisterstoß! Besser hätte das niemand machen können.«

Wolrad lächelte jetzt auch, obwohl er schwer atmete und etwas wacklig auf den Beinen stand. »Bin doch nicht mehr der Jüngste«, brachte er hervor. »Das ist aber auch ein Prachtstück von einer Sau.« Dann machten sich die Männer gemeinsam daran, ihre Beute auszuschlachten und zu zerstückeln. Auf die anderen Wildschweine hatte niemand mehr geachtet. Sie hatten sich schnell aus dem Staub gemacht.

Die Episode mit der Wildsau lockerte die Atmosphäre. Vater und Sohn erinnerten sich an andere Gefahren, die sie gemeinsam bestanden hatten, und kamen sich auf diese Weise wieder ein bisschen näher. Aber als die Aufregung abgeflaut war, verkam das Gespräch zu allgemeinen Feststellungen.

»Nicht für alle hier ist die Heeresfolge noch eine heilige Pflicht. Aber wir sind natürlich sofort dem Ruf des Königs gefolgt.«

»Ich habe mich auf das neue Abenteuer gefreut«, bemerkte Wolrad dazu. »Aber bis jetzt ist es leider noch nicht zu einem richtigen Kampf gekommen.«

So redeten sie noch bis tief in die Nacht hinein. Aber Vater und Sohn waren sich fremder geworden. Für Herman war das Wiedersehen eine Enttäuschung. Er hatte sich von dem unerwarteten Zusammentreffen ein Wiederaufleben ihrer engen Verbindung erhofft, doch der Funke war nicht übergesprungen.

Am nächsten Morgen ritten Vater und Sohn zusammen mit den anderen Männern noch eine Weile gemeinsam, aber dann trennten sich ihre Wege. Sie verabschiedeten sich. Herman erklärte Wolrad, wie er am ehesten auf den König treffen würde.

»Ich hoffe, wir sehen uns bald wieder.«

»Ja, das hoffe ich auch. Lebe wohl, Herman.« Und jeder zog seiner Wege. Hermans Herz war schwer geworden. Eine tiefe Traurigkeit erfüllte ihn.

Es gelang König Wenzel sich gegen die Aufständischen zu behaupten. Aber die Kämpfe flackerten auch den ganzen Winter über immer wieder auf. Und nicht immer waren es Freunde oder Gegner des Königs, die sich gegenüberstanden. Auch manche marodierende Haufen, die ihre eigenen Raubzüge machten, hielten sich in den unwegsamen Bergen auf.

Zu Beginn des Jahres sprengte Herman bei einem dieser Treffen mit ein paar seiner Leute mitten in ein Kampfgetümmel hinein. Er hatte gesehen, wie zwei Ritter Gefahr liefen von einer gegnerischen Übermacht eingeschlossen zu werden. Es war nicht immer leicht Freund und Feind auseinander zu halten. Aber offensichtlich gehörten die beiden Eingeschlossenen zu den Ihrigen, so schien es Herman. Die Gegner, die sie bedrängten, konnte er überhaupt nicht einorden. Die beiden Kämpfenden hatten große Mühe, sich ihrer Haut zu erwehren. Wild schlugen sie um sich. Sie waren nun völlig eingekreist und die Gegner setzten ihnen hart zu. Herman galoppierte in den Knäuel hinein. Wie eine Bugwelle schob der schwere Hengst die Gegner links und rechts zur Seite. Kräftig hieb Herman von oben dazwischen, dass die Funken stoben. Das verschaffte den beiden Eingeschlossenen wieder Luft. Gemeinsam schlugen sie sich eine Gasse und fochten sich frei. Die beiden Freigekämpften wendeten und schienen davonreiten zu wollen. ›Kein Wort des Dankes?‹, dachte Herman. Er stieß einen der beiden mit seinem flachen Schwert an. »Heh, wo kommst du denn her?« Der klappte sein Visier auf und antwortete noch schwer atmend mit heiserer Stimme: »Aus Jauer! Und du?«

Herman zügelte seinen Hengst. Tausend Gedanken stürmten blitzschnell durch seinen Kopf. Jauer! Das Grüne Tal! Sein eigenes Zuhause. In der Hitze des Gefechtes hatte er die einzelnen Schilde nicht richtig wahrgenommen. Aber jetzt erkannte er das rot und silber geschachte Wappen. Natürlich, das Wappen von Jauer. Der Schild war ihm gleich so bekannt vorgekommen. Dann musste er den Reiter doch auch kennen! Und auch der Zweite – dieses rote zinnenbewehrte Stadttor auf blauem Grund! Das war doch das Striegauer Wappen!

»Und wer ist dein Herr?«, stieß Herman hervor, bevor er noch über seine Fragen nachgedacht hatte.

»Der Herzog von Krakau. Und wer bist du?«

Dass er damit zwei Kämpfenden geholfen hatte, die nicht auf seiner Seite standen, erfasste Herman gar nicht. Es war auch völlig bedeutungslos. Etwas anderes war viel wichtiger. »Siehst du das nicht? Wenn du aus Jauer bist, musst du doch die Farben der Bolkoburg kennen!«

Da fuhr der andere wie von einer giftigen Otter gebissen auf. »Zum Teufel! Herman! Du Hund!« Piotr riss sein Pferd herum, zog sein Schwert und hob es zum Schlag. Herman hatte Mühe auszuweichen, Piotr hatte ihn völlig überrascht. Nun war Herman sich sicher. Der hatte nicht erwartet, dass hier jemand etwas von Jauer wusste. Deshalb hatte er unbedacht seine wahre Herkunft preisgegeben.

»Stefan, los, pack ihn von hinten!«

Aha, er hatte also richtig gesehen, das war der Zweite aus der Mörderbande, Stefan aus Striegau. Herman wich zurück, sah aus dem Augenwinkel, wie Stefan mit seinem Schwert zum Schlage ausholte – und stieß zu. Er traf Stefan genau zwischen zwei Ringen seiner Rüstung knapp unterhalb der linken Achsel. Der scharfe Stahl fuhr mühelos mitten durch den Mann hindurch. Herman musste höllisch aufpassen das Heft nicht loszulassen und nicht vom Pferd gezogen zu werden. Jetzt war Piotr wieder herangekommen, blitzschnell konnte Herman ausweichen. Der Schlag pfiff an ihm vorbei, berührte ihn nur, verletzte ihn nicht und traf seinen Sattel. Zwei weitere Ritter waren inzwischen ebenfalls herangeeilt. Sie griffen in das Hauen und Stechen ein, versuchten die Streitenden auseinander zu halten.

»Du Mörder!«, schrie Herman.

»Du Mörder!«, brüllte Piotr. Fast im Gleichklang beschuldigten und verfluchten sich die beiden gegenseitig. Und nun sausten die scharfen Klingen nur so durch die Luft. Verflucht! Herman war am linken Arm getroffen. Das machte Piotr unvorsichtig. Er wagte sich zu weit vor – und Herman traf ihn. Er schlug ihm den Helm vom Kopf. Die scharfe Klinge riss ihm das Gesicht auf. Aus einer langen Wunde floss ein breites Blutband. Jetzt endlich gelang es einigen weiteren Rittern, die nun ebenfalls herbeigeeilt waren, die Kämpfenden zu trennen. Das rettete Herman vor dem Rasenden. Piotr wandte sich ab und galoppierte davon.

»Dich bring ich um, du Hund!«, hörte Herman noch. Aber Piotr floh nicht, weil er dem Kampf ausweichen wollte. Piotr gab nicht auf, das wusste Herman. Es war wohl die stark blutende Wunde, die ihn zwang sich abzuwenden.

Herman folgte ihm nicht sondern bemühte sich um Stefan. Stefan war von seinem Pferd gesunken. Er lag röchelnd am Boden, tödlich getroffen. Er regte sich kaum. Als ihm die beiden Männer zu Hilfe kamen, die Herman vor dem rasenden Piotr hatten schützen wollen, konnte er nur noch mühsam und ganz leise sprechen. Blut quoll aus seiner Rüstung und ein dünner roter Faden sickerte aus seinem Mund. Er flüsterte noch etwas, dann hauchte er sein Leben aus.

Hermans Behauptung, dass Piotr und Stefan mitten im Frieden eine junge Frau erschlagen und dass sie einen Aufstand gegen den Herzog von Liegnitz angezettelt hätten, wurden mit Staunen zur Kenntnis genommen. Dazu waren christliche Ritter fähig? Männer, die geschworen hatten, christliche Rittertugenden vorzuleben? Unglaublich!

»Piotr von Jauer ist tatsächlich ein Mörder und Stefan aus Striegau auch. Die beiden haben die unschuldige Schwester meines Freundes erschlagen!«

Einer der beiden Männer, die als Erste am Kampfplatz zur Stelle gewesen waren, vermochte die letzten Worte des sterbenden Stefan zu wiederholen: »›Herr vergib mir, ich habe ihren Tod nicht gewollt‹, hat er geflüstert, und ›Herr, sei meiner Seele gnädig.‹« Diese Worte Stefans, die einer der beiden noch gehört hatte, waren die letzte Bestätigung für Herman, wenn es einer solchen noch bedurfte. Herman erkundigte sich nach den Namen der Männer. Es handelte sich um einen Ritter von Dohna und um einen Ritter von Tauffkirchen. »Wir haben uns den Leuten des Königs angeschlossen und sind in seine Dienste getreten«, berichteten sie. »Aber eigentlich haben wir keine Herzensbindungen an Böhmen.«

Die beiden hatten auch keine Eile weiterzuziehen und Herman erzählte ausführlich die Geschichte von dem Mord an Wanda und der Feindschaft zwischen Piotr und den Leuten von der Bolkoburg. Er vergaß auch nicht die Verschwörung gegen den Herzog von Liegnitz zu erwähnen. Die Verschwörung beeindruckte die Männer mehr als die Mordgeschichten. Aber keinem schien die Sache wichtig genug um sich weiter Gedanken darüber zu machen. Was hätten sie auch unternehmen sollen? Piotr des Mordes anklagen? Dafür musste man ihn erst einmal fangen. Dann hätte man ihn einem peinlichen Verhör unterziehen können. Die Männer lachten wissend. Gerade erst hatte sich herumgesprochen, dass der gute Papst Innozenz die Folter wieder erlaubt hatte um Aussagen bei Verhören zu erzwingen. Jeder wusste um die Methoden, die angewandt wurden um das gewünschte Geständnis zu erhalten.

Für die beiden war die Sache erledigt. Gemeinsam beerdigten sie noch den toten Stefan. Dann bedankte sich Herman und sie verabschiedeten sich voneinander mit einem Handschlag.

Aber wo war Piotr? Piotr war verschwunden. Alles Suchen nach ihm blieb ohne Erfolg. Der Verschwörer hatte sich aus dem Staube gemacht. Hinterher wurde erzählt, dass ein kleines Kontigent aus Polen dem aufständischen Prinzen Ottokar zu Hilfe geeilt war, weil sich der Krakauer Herzog, den sie den »Keuschen« nannten, davon eine Schwächung des böhmischen Königs versprach. Und von Piotr wussten einige Leute, dass seine Verletzung schwerer war, als es den Anschein gehabt hatte. Ein Auge solle er verloren haben, hieß es. Aber in Böhmen tauchte er nicht mehr auf.

Herman schwor noch einmal Rache. »Einen der beiden Mörder habe ich schon ins Jenseits befördert. Der andere wird mir ebenfalls nicht entkommen. Ich werde ihn finden und dem Henker ausliefern. Der Herrgott soll mein Zeuge sein.«

Bis Mitte des Jahres kam es noch zu einer Reihe von Treffen zwischen den Aufständischen und den loyalen Truppen des Königs. Dann gelang dem König der entscheidende Schlag. König Wenzel setzte sich gegen die Aufständischen durch und gewann wieder die Kontrolle über das Land. Im Sommer zog Herman mit dem König und seinem Gefolge nach Prag, wohin sich der rebellische Prinz zurückgezogen und mit seinen Freunden verschanzt hatte. Die Königstreuen konnten Prag zurückerobern, worauf Ottokar und seine Anhänger die Waffen streckten. Der Staatsstreich war missglückt.

König Wenzel hatte aus dem Geschehen seine Lehren gezogen. Er ließ seinen Sohn samt seinem Gefolge auf der Burg Týrov gefangen nehmen. Alle wurden eingehend verhört. Der König kannte keine Gnade. Er befahl alle Anführer des Aufstandes zu enthaupten. Das bittere Ende seiner Mitverschwörer versetzte dem jungen Prinzen einen ungeheuren Schock. Es hielt ihn aber auch ein für alle Mal davon ab ein solches Abenteuer zu wiederholen. Unschlüssig überlegte der König nun, wie er mit Ottokar verfahren sollte.

»Was soll er machen?«, fragte Ullrich, der um des Königs Sorgen wusste. »Nach dem Tode seines Erstgeborenen ist Ottokar sein einziger Sohn, er ist der Thronfolger. Einen anderen Erben hat er nicht. Er wird ihn wohl früher oder später wieder in Gnaden aufnehmen müssen – auch wenn es schmerzt.«

IX.

Herzog Boleslaw litt immer noch unter den praktischen Auswirkungen des kirchlichen Interdikts. Da traf sein Bruder Conrad, der gewählte Bischof von Passau, in Liegnitz ein. In langen Gesprächen versuchte Conrad mäßigend auf den Herzog einzuwirken. »Das gesamte Leben im Lande leidet unter deiner Exkommunikation – aber auch du bist betroffen. Denn der Einfluss der Kirche reicht bis in das Herz deiner Untertanen, dein Einfluss nur bis zu ihrem Geldsack.«

Mit solchen Argumenten gelang es seinem Bruder schließlich einen Sinneswandel des Herzogs herbeizuführen. Er konnte ihn dazu bewegen ein langes Sündenbekenntnis abzulegen. Niemand wusste, ob seine Reue und seine Versprechen der Besserung aufrichtig waren. Niemand wusste, wie lange sie anhalten würden. Aber er bereute seine Sünden und schwor sogar Schadenersatz zu leisten. Da geschah das Unerwartete: Boleslaw erlangte tatsächlich die Aufhebung des Bannes und des Interdiktes, die über sein Land ausgesprochen worden waren.

Allerdings dauerte es nicht lange, bis Boleslaw alle guten Vorsätze wieder in den Wind schrieb.

Kaum hatte König Wenzel sein Land wieder fest in der Hand, strömten Flüchtlinge nach Böhmen hinein, die vor den Kämpfen flohen, die Boleslaw erneut in Schlesien vom Zaun brach.

»Jetzt kämpft dieser Rogatka doch tatsächlich schon wieder gegen seinen Bruder Heinrich! Er hat im Mai in Goldberg ein Heer gesammelt und ist auf Breslau marschiert. Wieder will er Heinrich die Hauptstadt entreißen. Und das Pikante ist: Auch sein Bruder Conrad, mit dem er gemeinsam sein Erbteil regieren soll, kämpft nun Seite an Seite mit ihm – gegen den anderen Bruder, gegen Heinrich.«

Boleslaw und Conrad brachten Heinrich so sehr in Bedrängnis, dass der sich Hilfe suchend an König Wenzel wandte. Er reiste sogar selbst nach Prag. Boleslaws Bündnisse mit dem Westen stellte Herzog Heinrich als eine Bedrohung für Böhmen dar. Er konnte die Abschrift einer Urkunde präsentieren, die zwischen dem Erzbischof von Magdeburg und seinem Bruder ausgehandelt worden war.

»Boleslaw, Herzog von Schlesien und Polen, bekundet, dass Erzbischof Wilbrand und seine Kirche vorgeschlagen haben mit ihm und seinen Erben einen Bund aufrichtiger und dauernder Freundschaft zu schließen. Deshalb hat er sich entschlossen, Lebus, ... Stadt, ... Burgbezirk, ... an den Erzbischof von Magdeburg zu ...« Heinrich war mit dem Finger über die Zeilen gefahren und hatte nur ein paar Stichwörter vorgelesen.

»Was immer da noch stehen mag, König Wenzel«, stieß er hervor, »für Euch stellt dieser Bund und eine Preisgabe von Lebus eine Bedrohung dar!« Aber Wenzel ließ sich nicht beeindrucken. Er fühlte sich vom Erzbischof von Magdeburg nicht bedroht. Zudem war Wenzel selbst in Kämpfe mit Österreich und Bayern verwickelt. Herzog Heinrich konnte seinen Oheim nicht zum Eingreifen in Schlesien bewegen.

Boleslaw fühlte sich nun ermutigt zum dritten Mal auf Breslau zu marschieren, obwohl Conrad inzwischen die Seite gewechselt hatte und zu Heinrich stand. Jedoch blieb ihm auch diesmal der Erfolg versagt. Die deutschen Bürger der Stadt, die er selbst angesiedelt hatte, schlugen ihn tapfer zurück. Sie verteidigten nicht nur ihr Leben und ihr eigenes Hab und Gut, sie verteidigten auch ihren Fürsten Heinrich, den sie liebten, und sie beschützten seine geängstigte Mutter, die Herzogin Anna.

Und dann widerfuhr Heinrich und Conrad das unwahrscheinliche Glück, dass sie Boleslaw überraschen und gefangen nehmen konnten. Sogar in Prag lachte man hämisch, dass der Rogatka so gedemütigt wurde.

Bei einem Gastmahl für eine Gesandtschaft des Kaisers Friedrich hörte Herman, was Reinmar, der Sänger, der sich wieder einmal an Wenzels Hof aufhielt, darüber zu singen wusste.

Herzog Boleslaw ist es schlimm ergangen,
Seine eigenen Brüder haben ihn gefangen.
Jeden Tag hört man sein lautes Klagen,
Nur Surrian kann's noch ertragen.
Der Geiger allein ist ihm geblieben,
Die andren in alle Winde stieben.
Kein einzig's Leid wurde ihm zu bitter.
Boleslaw wollte ihm das lohnen.

Gar reich gedacht' er ihn zu machen,
Doch andre wollte er nicht schonen,
Wenn jemals seine Fesseln brachen.

Immer wieder betonte Reinmar einzelne Passagen seiner Erzählung, wiederholte einen Refrain und schabte dabei wild auf seiner Fiedel. Dann fuhr er fort.

›*Alle Ritter lassen mich im Stich,*
Nur mein Geiger der verlässt mich nicht.
Erheitern kann mich der allein.
Ach könnt' ich doch in Freiheit sein.‹
Und wirklich – Heinrich ließ ihn frei,
Doch war die Not noch nicht vorbei.
Aller Würde entblößt in schändlicher Weise,
Nicht einmal ein Ross für den Herzog zur Reise,
Wie ein Knecht musste er zu Fuße wandern.
Das wünsche ich auch keinem anderen.
Schier verzweifelt wäre der Herzog wieder,
Ohne Surrian und seine Lieder:
Die Hälfte des Landes hat Conrad genommen,
Des Herzogs Freundschaften sind auch zerronnen,
Mit der Kirche verfeindet war er schon,
So ist er dann nach Lähn geflohn,
Von den Untertanen mehr gehasst als betrauert.
Auch ich habe Boleslaw diesmal bedauert.

Tatsächlich musste sich Boleslaw nun zum letzten bleibenden Erbteilungsvertrag bereit erklären. Seine Widerstandskraft war durch die Haft gebrochen. Dass der Breslauer Bischof diese Vereinbarung schließlich zuwege brachte, erntete ihm zwar den größten Dank der Mutter und der jüngeren Brüder, aber für Boleslaw war es ein weiteres Saatkorn des Hasses auf Bischof Thomas, das er nicht vergessen konnte.

Kapitel 8

Heimkehr der verlorenen Söhne

I.

Ganz im Gegensatz zu den Zwistigkeiten innerhalb der schlesischen Herrscherfamilie konnte man in Prag miterleben, wie König Wenzel und sein Sohn Ottokar sich wieder aussöhnten. Es hatte Herman geschmerzt, die beiden als Gegner zu erleben. Er hatte Hochachtung vor dem König, aber er mochte auch den jungen Königssohn, ja, er bewunderte ihn. Ein frischer Wind schien um ihn zu wehen und Herman fühlte sich zu ihm hingezogen, er wollte von diesem Wind angeblasen werden. Nicht selten waren Herman und Ottokar sich auf dem Prager Burgberg begegnet und ab und zu war es zu einem Gespräch zwischen ihnen gekommen. Ottokar war ein sympathischer, aufgeschlossener junger Mann. Für Herman verkörperte er die neue, die moderne Zeit. Der Prinz war in der höfischen Kultur zu Hause, er liebte die Kunst, die Musik, die Architektur und beherrschte die lateinische Sprache. Er war außergewöhnlich gebildet – selbst für einen jungen christlichen Fürsten konnte man das sagen, meinten die Hofleute. Auch der Kriegskunst war er ergeben.

Zu Hermans großer Freude setzte König Wenzel seinen Sohn schon bald erneut in seine Rechte als Markgraf von Mähren ein. Nun, da sich die Dinge in Prag wieder beruhigten, wagte Herman seinen eigenen geheimen Wunsch in die Tat umzusetzen. Die Sehnsucht nach seinem Schlesien war übermächtig geworden. Er erbat Urlaub vom dem König, dem er treu gedient hatte. König Wenzel hatte Hermans Verdienste nicht vergessen und versuchte ihn zum Bleiben zu bewegen. Aber als dieser nicht von seinem Wunsch abrückte, lenkte der König ein.

»Das ist nun einmal der Gang der Dinge«, erklärte er verständnisvoll. »Die jungen Rittersleute heutzutage sind ein unruhiges Völkchen. Da ist es sinnlos sie halten zu wollen. Du bist keine Ausnahme, Herman. Also, zieh los, mit Gottes Segen und den guten Wünschen deines Königs. – Vielleicht kommst du doch wieder zurück«, fügte er dann noch hinzu. »An meinem Hofe bist Du jedenfalls immer willkommen.«

So sattelte Herman an einem schönen Frühsommermorgen sein Ross, packte seine Siebensachen in die Satteltaschen, und ritt aus Prag fort. »Lebe wohl, stolze Burg auf dem Hradschin. Lebt wohl, ihr Wasser der

Moldau und du, rote Sandsteinbrücke, deren hohe Pfeiler ich immer bestaunt habe. Lebe wohl vertraute Stadt mit deinem bunten Völkergemisch. Gehabt euch wohl, ihr Tschechen, Deutsche, Juden, Polen. Sogar Italiener habe ich hier getroffen und die Frauen habe ich bewundert. Es war eine schöne Zeit. Aber nun gehabt euch alle wohl!«

Als Stan bei einem seiner Besuche auf der Schweinhausburg noch mit Agnieszka darüber rätselte, ob Herman wohl jemals ins Grüne Tal zurückkommen würde, war der schon auf seinem Ritt nach Norden.

»Herman ist heimgekommen!« Ein Lauffeuer hätte nicht schneller sein können als diese Nachricht. Durch Hayn eilte sie, den gewaltigen Bergkegel schallte sie hinauf und oben wirbelte sie die Burg Bolkos durcheinander. Sie waren noch alle da, alle, die Herman dort oben zurückgelassen hatte. Und alle kamen sie in den Hof gerannt um ihn willkommen zu heißen: Walburga, die Witwe von Bolkos Bruder Theo, Hand in Hand mit seinem Onkel Reinhard. Bolkos Sohn Gernot und der junge Wulf. Herman war überrascht, wie der gewachsen war. Wladimir, der Franziskaner, war noch älter geworden, aber er lächelte immer noch gütig. Bolko, der Burgherr kam gemessenen Schrittes auf ihn zu und zur allgemeinen Überraschung umarmte er seinen Neffen sogar.

»Willkommen daheim, Herman. Wir freuen uns alle.« Bolkos Frau Magda wartete bescheiden hinter ihm mit ihrer Tochter Gertrude, die nun auch schon zehn sein musste. Herman nahm sie alle nacheinander in seine Arme. Er war den Tränen nahe. Nur sein Vater fehlte. Von Wolrad hatten sie schon lange nichts mehr gehört. Und Oda fehlte auch.

»Wo ist Oda?«, fragte er. Odas Entschluss den Schleier zu nehmen, berührte ihn mehr, als er sich eingestehen wollte. Sie hatte zur Familie gehört. Sie tat ihm Leid, denn ihre Entscheidung schien ihm eine Flucht aus der Wirklichkeit zu sein. Doch dann fing das Erzählen an, lenkte ihn von seinen traurigen Gedanken ab und schien kein Ende nehmen zu wollen.

Schon am nächsten Tag ritt Herman zur Schweinhausburg hinüber. Um zu sehen, ob sich sein Freund Stan vielleicht dort aufhielt, so sagte er.

Janko trat ihm in einer langen, ärmellosen blauen Jacke mit glänzenden Knöpfen entgegen. Er war fülliger geworden. Über die weite Hose, die in Stiefeln steckte, trug er eine bauschige weiße Bluse mit langen Ärmeln. Janko war jetzt der Burgherr und auch der Kastellan. Man sah ihm Amt und Würde an. Und da war auch Agnieszka – erstaunt erstarrte Herman. War das möglich? Er traute seinen Augen nicht.

»Was starrst du mich so komisch an?«, fragte Agnieszka auch prompt. Aus dem Kind war ein hübsches, schlankes junges Mädchen – ja, fast eine junge Frau geworden. Aber das war es gar nicht, was ihn so völlig überraschte. Auch nicht der weite rote Rock und die weiße Bluse mit aufgestickten Blumenmustern, die ihr ausgezeichnet standen. Ihm war, als stünde Wanda leibhaftig vor ihm, als sei seine Geliebte auferstanden.

Das braune Haar, das strahlende Gesicht, diese Augen, die Nase, die Lippen, die Ohren, der Hals ...

»Du siehst Wanda so ähnlich«, brachte Herman schließlich hervor. »Jünger noch natürlich, aber wie Wanda.« Er suchte nach Worten, trat näher an sie heran und fuhr ihr hilflos über den Kopf. »Auch ihr braunes Haar und dieselben Augen hast du. Ihre Augen und ihren Mund.«

Sie ließ ihn ruhig gewähren. Dann lachte sie und wandte sich ab. »Ich bin's aber selber. Ich bin's und nicht meine Schwester!« Kess drehte sie sich im Kreise, damit er sie von allen Seiten ansehen konnte, dann rannte sie ins Haus zurück.

Ja, es war Wanda, und es war sie auch wieder nicht. Agnieszka war zurückhaltender, stellte er bald fest. Sie war nicht abweisend, aber ihr Lächeln ermunterte ihn auch nicht. Wandas Lächeln war immer eine Herausforderung gewesen, wie eine Aufforderung etwas zu tun, auf sie zuzugehen, sie zu berühren. Und Herman hatte zuerst auch immer das Gefühl gehabt, dass Wanda ihn aufzog, ihn auf den Arm nehmen wollte. Jetzt fühlte er sich von Agnieszka angezogen. Eine knisternde Wallung schien seine Brust und seinen Bauch erfasst zu haben. Aber bald wurde er gewahr, dass Agnieszka einen feinen Abstand hielt. Es war eine eigenartige Spannung, die zwischen ihm und dem Mädchen lag.

Über der ersten Begegnung mit Agnieszka hätte er Stan fast vergessen. Herman hatte Glück. Tatsächlich traf er auch seinen Freund an. Der kehrte im Laufe des Tages von der Jagd zurück. Das Wiedersehen der beiden Freunde war ein Wiedererwachen ihrer langen engen Freundschaft. Es kam ihnen so vor, als hätte sich überhaupt nichts verändert, seit sie sich zuletzt gesehen hatten. Sie lachten viel und wenn sie sich nur ansahen, dann wussten sie schon, was der andere dachte. Sie genossen die Vertrautheit der ländlich familiären Umgebung – und sie hatten sich so viel zu erzählen. Bald stellten sie fest, dass sich eben doch Wesentliches verändert hatte.

»Seit Piotr sich aus dem Staub gemacht hat, ist im Grünen Tal wieder Frieden eingekehrt zwischen den Nachbarn«, erzählte Stan. »Piotr trug einen guten Teil Schuld an dem Unfrieden, der sich hier bei uns breit gemacht hatte.«

Es dauerte nicht lange, bis Herman das nächste Mal auf die Schweinhausburg kam. Es zog ihn nun immer öfter auf die Nachbarburg. Er ritt mit Stan zur Jagd, sie tranken und feierten miteinander und ließen gemeinsame Erlebnisse wieder aufleben. Es war eine herrliche Zeit, die er zusammen mit seinem Freund genoss. Dabei bereitete es Herman zunehmend mehr Spaß, Agnieszka anzutreffen und sich um sie zu bemühen. Ja, er sagte ihr auch, wie sehr sie ihm gefiel. So ritt er dann auch auf die Schweinhausburg, wenn er wusste, dass sich sein Freund gerade nicht dort aufhielt.

II.

Seinen Onkel Rupert traf Herman nicht auf der Bolkoburg an, als er aus Böhmen zurückkehrte. Er hatte auch gar nicht mit ihm gerechnet. Von dem hatte man schon lange nichts mehr gehört. Den ließ Italien offensichtlich nicht mehr los. Herman kannte den Jüngsten der fünf Brüder seines Vaters kaum, er war noch nicht einmal zehn Jahre alt gewesen, als Rupert nach Westen aufbrach. Voller Abenteuerlust war er an den Rhein gezogen um sein Glück zu suchen. Am meisten war Herman der nach der Mongolenkatastrophe immer wieder aufs Neue wiederholte Spruch im Gedächtnis geblieben, als jeder Mann zum Wiederaufbau der Burg gebraucht wurde: »Wenn doch nur Rupert hier wäre und helfen könnte! Aber der zieht in Italien mit dem Kaiser umher.«

Herman wusste auch, dass Bolko damals eine Nachricht nach Italien geschickt hatte. Aber Rupert hatte nichts von sich hören lassen. Das war auch schon alles, woran Herman sich erinnern konnte. Deshalb war er ausgesprochen neugierig, als nicht lange nach seiner Rückkehr aus Prag völlig unerwartet Rupert in die Burg einritt.

Ein untersetzter kräftiger Mann in den besten Jahren, mit rotem Pagenkopf, das war sein jüngster Onkel. Ein offenes, lachendes Gesicht mit Sommersprossen hatte er und strahlend blaue Augen. Mit seinem riesigen Schild, auf dem das Wappen der Bolkoburg prangte, einer langen Fahnenlanze, an deren Spitze der Stauferadler flatterte, und einem glänzenden Brustpanzer erschien er Herman wie der ideale Ritter. In Ruperts Begleitung waren ein Kamerad namens Rosskopp, zwei Packpferde, ein großer Hund und – ein kleiner blonder Knabe. Der Junge ritt auf seinem eigenen Pferd, als hätte er schon seit seiner Geburt darauf gesessen. Rupert stellte ihn als seinen Sohn Heinrich vor, den er aus Italien mitgebracht hatte. Sofort stürzte sich Walburga auf den kleinen Italiener und schloss ihn in ihr großes Herz. Sie hatte keine eigenen Kinder. Aber der kleine Heinrich schien von ihrem Herzen und Schmusen gar nicht erbaut zu sein. Immer wieder wand er sich aus ihren Armen.

»Warum hast du denn deine Frau nicht mitgebracht?«

»Heinrichs Mutter lebt nicht mehr. Giulia ist bei den Wirren in Umbrien umgekommen.« Rupert war es mit einem Seufzen über die Lippen gekommen, aber es klang wie etwas, das weit in der Vergangenheit lag, weit zurück.

»Wirren in Umbrien?« Niemand wusste, wo Umbrien lag. In Italien wahrscheinlich, wo Rupert gewesen war. Aber Wirren? Nie etwas davon gehört. Rupert würde das alles genau erzählen müssen.

Der kleine Heinrich lief sofort neugierig in der Burg umher. Er bestaunte alles und hatte schon nach kurzer Zeit von der Burg Besitz ergriffen. »Sieht alles so neu aus bei euch«, stellte er fest. »Seid ihr gerade erst eingezogen?«

»Nein«, erklärte Herman ihm, »die alte Burg ist abgebrannt, die Tataren haben sie angezündet.«

»Die Tataren? Wer ist das denn?« Herman erzählte ihm von den Mongolen, wie sie auf ihren schnellen Pferden überraschend auftauchen konnten, alles niedermachten und dass sie am liebsten die Häuser anzündeten. Da ging ein Aufleuchten über das Gesicht des Kleinen.

»Ah, ich verstehe. Heiden sind es! Wie die Araber. Wir haben nämlich bei uns auch solche Heiden.« Er erzählte es voller Stolz. »Sie heißen Sarazenen, sie sind auch ganz tolle Reiter. Und schnell und ganz wild und grausam sind sie. Sie bringen alle Christen um.« Nicht schlecht, Junge, dachte Herman.

»Kluges Kind! Genauso sind die Mongolen auch«, sagte er. »Hast du die Sarazenen denn schon einmal selbst gesehen?«

»Weißt du, Herman, ich bin kein Kind mehr«, entgegnete Heinrich altklug mit verhaltener Stimme. »Vater sagt immer, ich stehe schon ganz alleine meinen Mann. Ich habe auf unserem Weg von Italien her sogar manchmal mit Bello die Wache gehalten, wenn Vater schlief!« Wie um den Satz zu unterstreichen, kam der Hund angetrabt, setzte sich neben Heinrich und sah ihn erwartungsvoll an.

›Hoho‹, dachte Herman, ›wahrlich ein ganzer Mann.‹ Laut sagte er: »Komm, wir streifen miteinander durch die Burg.«

Zuerst betraten sie das Haupthaus, ›unser Herrenhaus‹, wie es Herman lächelnd nannte, mit der großen Halle, die als Speisesaal, Schlafraum und Versammlungshalle diente. Die Räume hatten tatsächlich noch nicht den speckigen und rußgeschwärzten Glanz, wie er sonst auf den Burgen üblich war. Auch roch es noch frisch und appetitlich, da hatte der Junge Recht. Dann spazierten sie hinüber zum Eingang des wuchtigen runden Burgfrieds. »Siehst du, mit dem Bau dieses Turmes sind wir praktisch fertig. Der ist ebenfalls ganz neu. Früher hatten wir nur einen hölzernen Turm. Jetzt ist sogar die Stirnkante aus massiven Felsbrocken. Den wird niemand mehr abbrennen.« Sie traten ein. »Im unteren Teil befindet sich ein Burgverlies.« Heinrich war sehr enttäuscht, dass niemand darin schmachtete.

»Aber man kann nie wissen, wozu wir es einmal brauchen werden«, versuchte Herman ihn zu trösten. Auf einer schmalen Treppe, die durch mehrere Öffnungen spärlich erleuchtet wurde, erstiegen sie den dunklen Turm und hielten von seiner steinernen Plattform aus Umschau. »Du wirst kaum noch Spuren der Verwüstung durch die Tataren erkennen können. Die Zerstörungen sind überwachsen. Unseren großen Wohnbau dort drüben haben wir jetzt auch fertig, aber immer noch wird überall gebaut. Die Bolkoburg soll eine starke Festung werden. Sie ist jetzt zwar etwas kleiner geworden als früher, aber dafür sind sogar die Außenmauern aus Steinen. Den Ring haben wir vollständig geschlossen. Später wollen wir einmal das Dorf am Hang in eine Befestigung mit einbeziehen. Und wie du siehst, hat der kleine Flecken am Fuße des Felsens auch schon wieder einige Hütten.«

»Waren die denn auch abgebrannt?« Der kleine Heinrich passte genau auf und folgte interessiert seinen Erklärungen. Herman ging gerne auf seine Fragen ein, er war stolz auf das, was hier entstanden war.

»Siehst du die Burg dort drüben? Die ist viel älter als die unsrige.«

»Und wem gehört die?«

»Wir nennen sie Schweinhausburg.«

»Ach ja, ich erinnere mich, die gehört den Schweinen.«

»Was?« Herman sah den Kleinen überrascht an und lachte dann belustigt. »Aber doch nicht den Schweinen, junger Mann. Wer hat dir den Unsinn erzählt?«

»Vater hat oft von der Burg am anderen Ende des Grünen Tals gesprochen. Er hat gesagt, die gehört den Schweinen«, beharrte Heinrich auf seinem Wissen.

»Die heißen ›de Swyn‹, aber nicht ›Schweine‹. Das ist ein polnischer Name. Die Burgherren sind nämlich Polen. Sie haben einen wilden Keiler in ihrem Wappen. Den leiten sie von einem Vorfahren ab, der einen Kampf mit einem Wildschwein bestanden hat. Das ist lange, lange her. Das ist viel, viel länger als wir in diesem Waldland leben.«

Als es dunkel wurde, ließ Bolko ein Lagerfeuer im Burghof anzünden. Gertrude und ihre Freundinnen waren die Ersten, die Rupert umschwärmten. Aber auch die anderen Burgleute versammelten sich schnell um das Feuer. Sie brauchten ihn gar nicht lange zu bitten. ›Der Italiener‹, wie sie ihn nannten, genoss es seine Erlebnisse zum Besten zu geben. Seine Geschichten aus Italien brachten frischen Wind in die Burg, in der sonst zu oft eine ernste, von Arbeit und Pflichterfüllung geprägte Atmosphäre herrschte. Besonders die Jüngeren, also Gernot und Wulf und natürlich die Mädchen, hingen wie Herman an Ruperts Lippen. Und Rupert redete und erzählte und er malte ein Bild seiner Abenteuer, das ihnen die Augen für eine neue Welt eröffnete. Zu später Stunde, während das Holzfeuer noch leise knisterte, sang Rupert italienische Lieder. Hingerissen lauschten die Leute der Bolkoburg den südländischen Klängen seiner Laute.

III.

Geblendet von den wundersamen Schwärmereien, die auf den kalten Burgen Schlesiens vom sonnigen Süden Italiens erzählt wurden, war Rupert damals zur Pfalz der Staufferkaiser nach Hagenau im Elsaß geritten. Unglaubliches wurde von dem Kaiser Friedrich und seinem Reich jenseits des Alpengebirges erzählt. Das musste Rupert sich selbst ansehen. Er wollte in das Gefolge dieses mächtigen Herrschers, der die ganze Welt in Staunen versetzte, er wollte mit ihm nach Italien ziehen. In Hagenau hörte Rupert die Hofleute zwar auch von Aussichten auf schnelle Beförderungen und große Vergünstigungen in den italienischen Besitzungen des Reiches sprechen, aber das war ihm nicht wichtig. Er zog mit dem kaiserlichen Heerbann über die Alpen, weil er das Abenteuer suchte und die Nähe zu dem größten Menschen, der auf dieser Erde lebte. Aber ohne es anfangs noch recht selbst zu wissen, suchte er damals doch nicht nur das Glück. Er suchte die Sonne, die sich in den deutschen Landen zu oft rar machte – und er suchte die Liebe.

»Nicht weil es dort Sonne gibt, reizte mich der Süden, sondern weil es dort so angenehm ist, im Schatten zu sitzen.« So sprach er heute. Rupert lachte und strahlte über das ganze Gesicht, wenn er daran dachte.

Corcorone, aus dem später Montefalco werden sollte, war eine kleine Festung in Umbrien, in der ›der Italiener‹ sein Glück und seine Liebe fand. »Umbrien ist das grüne Herz Italiens, dort war ich glücklich. Dort ist auch Heinrich geboren.« Er streichelte den Kopf seines kleinen blonden Sohnes, der zwischen ihm und Walburga saß und an einem Hühnerschenkel kaute. »Da habe ich seine Mutter gefunden, meine Giulia, mein geliebtes Eheweib. Und da habe ich auch alles wieder verloren: Haus, Hof, den zweiten Sohn und meine Eheliebste.«

»Mama hat für den Kaiser gekämpft!«, rief Heinrich stolz.

»Ja, mein Sohn, das ist wahr. Sie hat für den Kaiser gekämpft. Im Grunde ist sie für ihn ums Leben gekommen.«

»Und wie ist es zu dem großen Unglück gekommen?«

Nun erzählte Rupert die lange Geschichte des Kampfes des Kaisers mit dem Papst um die Herrschaft auf der Welt – und um Umbrien. »Der Kaiser hat den Papst in Rom immer als obersten Priester und als Stellvertreter unseres Herrn Christus auf Erden anerkennen wollen. Aber das genügt dem Papst nicht. Er will auch der oberste Kaiser auf dieser Erde sein. Er will herrschen wie Friedrich, will selbst das Schwert führen und er will in Italien ein eigenes Königreich einrichten. Da sind die beiden arg aneinander geraten. Ich hatte doch keine Ahnung von der Politik und vom Streit des Kaisers mit dem Papst. Plötzlich aber war ich mitten drin in seinem Kampf um den Besitz des Landes Umbrien, das der Kaiser von seinen Vorfahren geerbt hat. Dieses Land bedeutete für Friedrich die Verbindung des Nordens mit dem Süden seines europäischen Reiches. Aber der Papst hatte Umbrien schon den Besitzungen der Kirche einverleibt. Damit war es ihm gelungen das Königreich Sizilien vom Heiligen Römischen Reich abzutrennen. Und das zerriss das Herz unseres Kaisers Friedrich, denn er ist doch auch der König des südlichen Italiens, von Apulien und von Sizilien.«

Auch von seinen Freunden in dem Städtchen Montefalco erzählte Rupert. Dabei entfaltete sich die Geschichte der Bergfestung nahe Assisi vor den Zuhörenden, die mit glänzenden Augen rund um das Lagerfeuer saßen. »Montefalco, das dem Kaiser huldigte, als ich mit ihm dort einzog, das lehnte sich plötzlich gegen ihn auf. Ein Schurke hat die braven Bürger aufgewiegelt. Da hat der Kaiser die Festung stürmen lassen. Dabei ist sie fast völlig zerstört worden. Auch wir haben dabei alles verloren.« Er zog Heinrich zu sich heran. »Sogar deine geliebte Mama, mein Sohn ...« Der Knabe nickte. »Mein Papa ist nämlich ein großer Held«, erklärte er wichtig, »er hat die Schurken eigenhändig mit seinem Schwert erschlagen.«

»Ich bin auch heute noch fasziniert vom Leben und von der Schönheit der italienischen Länder des Kaisers Friedrich! Besonders hat es mir die orientalische Märchenwelt an seinem Großhof angetan. ›Der getaufte Sultan‹, so nennen sie ihn«, schwärmte Rupert. »Weil der Herrscher den Arabern, ihrem Hofleben und ihren Wissenschaften besonders zugetan ist. Euch würden die Augen übergehen, könntet ihr diese märchenhafte Pracht erblicken, die der Imperator zu entfalten versteht. Herrliche Seidenteppiche, phantasievolle Wasserspiele, prachtvolle Lampen, duftende Blütenmeere, exotische Tiere. Einer fruchtbaren arabischen Oase in der glühend heißen Wüste gleicht sein Hof in unserer nüchternen Welt. Eine Pracht umgibt euch da, wie –«, er suchte nach einem passenden Vergleich, von dem sie vielleicht auch schon gehört hatten, »– wie bei einem Kalifen. Ja, wie beim Kalifen von Cordoba oder bei den maurischen Emiren von Granada. Genau so fühlte ich mich in der Umgebung des Kaisers. So wie diese beschäftigt auch der erhabene Friedrich ein Heer arabischer Gelehrter in Turbanen, Kaftanen und fremdländischen Pantoffeln. Viele Bücher besitzen sie und sie schreiben sogar welche. Natürlich gibt es auch gelehrte Juden und vornehme Griechen am Hofe, christliche Ritter und allerlei Mönche. Zu den Zisterziensern und den deutschen Ordensrittern hat der Kaiser ein besonderes, persönliches Verhältnis. Und dann die Frauen! Diese wunderhübschen Frauen!« Er schnalzte mit der Zunge. »Braune, weiße, schwarze, gar liebliche Wesen mit zierlichen Gliedern und einem bezaubernden Lächeln. Das Leben auf der Erde lassen sie zum Himmel werden.« Ein verklärtes Lächeln lag auf seinen Zügen. Er machte eine Pause, wie um die Spannung zu erhöhen.

»Minnesang, wie er an den Fürstenhöfen in Deutschland und in Frankreich gepflegt wird, war am Hofe des Kaisers nicht sonderlich beliebt. Warum fehlt der ausgerechnet dort für die Dame des Hauses?« Er blickte in die Runde. »Des Kaisers Frauen erwarten ihn – ihn allein. Und ›die Frauen‹, nicht eine nur! Von Eunuchen bewacht warten die reizenden Sarazenenmädchen in seinem Harem. Da braucht kein Sänger zu singen.« Er lachte fröhlich. »Die attraktiven Geschöpfe, die überall am Großhof des Kaisers beschäftigt werden, stehen im Palast unter ständiger Aufsicht dieser Wächter, denen die Fähigkeit genommen worden ist, den Mädchen gefährlich zu werden. Die meisten aus der großen Schar der vielen weiblichen Angehörigen des Hofes üben eine nützliche Tätigkeit aus – als Dienerinnen, Näherinnen, Wäscherinnen, oder sie verrichten andere häusliche Dienste. Aber auch als Tänzerinnen, Sängerinnen und Artistinnen haben sie ihre Aufgabe. Der Kaiser ist empfänglich für weibliche Reize. Ich habe viele Residenzen des Kaisers kennen gelernt. Eine ganze arabische Stadt hat er für seine Sarazenen errichten lassen. Da wohnen überhaupt keine Untertanen christlichen Glaubens, da gibt es nur Sarazenen und die glauben an einen Gott, der Allah heißt.« Vor den Augen der biederen Rittersleute am Rande des wilden undurchdringlichen Grenzwaldes entstand ein faszinierendes, fremdländisches Panorama, in dem Rupert zu Hause gewesen war. Ihre Augen leuchteten und da war keiner, der Rupert nicht beneidet hätte und der an diesem Abend nicht auch gerne nach Italien gezogen wäre.

Den ersten Abenden um das knisternde Feuer im Burghof folgten viele weitere, in denen Rupert immer neue Geschichten auftischte. Als es im Herbst draußen ungemütlich wurde, zogen sie um »in die gute Stube« des Haupthauses. Dann ging auch der Herbst dahin und immer noch freute sich Rupert, wenn sie ihn anbettelten noch ein paar Geschichten zum Besten zu geben. »Ach, du hast so viel erlebt, Rupert. Bitte, bitte, erzähl doch wieder eine Geschichte!« Er gefiel sich in der Rolle des orientalischen Märchenerzählers. Besonders, wenn auch hier hübsche Frauen wie Jana an seinen Lippen hingen.

Jana war überraschend von der Schweinhausburg für ein paar Tage herübergekommen. Magda, Bolkos Frau, hatte sie eingeladen. Es war das erste Mal, dass Jana wieder einer Einladung folgte. Sicher hatte dazu beigetragen, dass die Leute auf der Schweinhausburg ebenfalls schon viel von Rupert sprachen, von seinen Abenteuern und seinen wunderbaren Geschichten. Da siegte selbst bei Jana die Neugier. Aber sie hatte sich immer noch nicht von ihrer schwarzen Trauerkleidung getrennt. Als Jana zu seinem Zuhörerkreis stieß, sprach Rupert gerade davon, wie der Kaiser in dem schönen Land Apulien, das Friedrich II. mehr als jedes andere liebte, einen großen Tierpark hatte anlegen lassen. In San Lorenzo, vor den Toren seiner Pfalz in Foggia, hatte er das riesige Tiergehege zu einer einmaligen Sehenswürdigkeit ausbauen lassen. Er hatte alles getan um Foggia den Anstrich eines für Europa außergewöhnlichen Großhofes zu geben. Damit wollte er seine kaiserliche Majestät ins Unermessliche steigern und die fremden Gesandtschaften und die vielen Gäste beeindrucken, die er empfing. Die kaiserlichen Heger und Tierhüter hielten so viele Tiere, wie sie Italien seit den Zirkusspielen zur Zeit des alten

Römischen Reiches nicht mehr gesehen hatte: Dromedare und Kamele aus den Wüsten Afrikas und Asiens sah man da. In besonderen Gattern mit starken Eisengittern befanden sich schwarze Panther, Löwen und Leoparden. Luchse und weiße Bären gab es, auch Hunde, sowohl riesig große und wilde, wie sie zur Jagd und im Kriege verwendet wurden, als auch winzige kleine, wie die Frauen sie liebten. Für die Vögel des Kaisers gab es besondere Käfige. Gerfalken, Habichte, weiße Falken, bärtige Eulen und ein paar große Pfauen waren darunter. Auf den Höckertieren hüpften putzige Affen herum, die an einem Seil angebunden waren. Exotische Tiere aus aller Herren Länder, die dem Kaiser zum Geschenk gemacht worden waren oder die er selbst hatte einfangen lassen.

»Das größte Wunder, das Gott der Herr in der Tierwelt geschaffen hat, das findet ihr ebenfalls vor den Toren der Stauferpfalz zu Foggia.« Erwartungsvoll sahen sie ihn an. »Den Elefanten! Der Elefant ist eines der Lieblingstiere des großen Kaisers. In fast allen der vielen Bauwerke Friedrichs erscheint er irgendwo als steinernes Abbild. Die riesigen Tiere sind mit einem Fuß an gewaltigen Bäumen angebunden.« Er bemerkte die hilflosen Blicke seiner Zuhörer.

»Wie sieht er denn aus, dieser Elefant?«, fragte Jana.

»Bedrohlich sieht der Elefant aus. Wie ein großer Ochse, mit einem viereckigen Kopf. Er passt bestimmt nicht durch das Tor der Burg von Liegnitz hindurch. Mit zwei riesigen Ohren, so groß wie die Fahne auf eurem Turm, fächelt er sich Luft zu, weil es doch so heiß ist dort drunten. Grau wie eine Maus ist die Farbe des Elefanten, aber er hat kein haariges Fell. Wie die eines Schweines sieht seine Haut aus, nur rau und runzelig und ohne die Borsten. Und hinten hat er einen lächerlichen, klitzekleinen Pinselschwanz.« Jana lachte amüsiert. »Und dort, wo ihr die Schnauze erwartet, da hat er eine viele Ellen lange Nase, wie eine dicke Schlange hängt sie herab. ›Rüssel‹ nennen sie die Nase. Damit kann er dich packen!« Er griff blitzschnell nach Jana und sie fuhr erschrocken zurück.

Alle lachten und Bolko, der als Einziger bei Ruperts Aufzählung genickt hatte, meinte gutmütig: »Aufschneiden tut der gute Rupert aber nur ein ganz kleines bisschen.« Dabei lachte er.

Gernot fiel sofort mit seinem großen Mundwerk ein: »Ich glaube dir kein Wort, Rupert. Ein Riesenschwein? Grau wie eine Maus? Kein Fell? Vorne und hinten einen Schwanz? Du gibst vielleicht an mit deinen Geschichten! Kann er vielleicht auch fliegen mit seinen großen Ohren?« Sie lachten, aber Jana war zutiefst beeindruckt.

»Hast du schon jemals einen Elefanten gesehen, Gernot?« Und da der junge Mann den Kopf schütteln musste, begnügte sich Rupert mit einem »Na, also! Wusste ich's doch«. Damit schien seine Glaubwürdigkeit wieder hergestellt. Aber Rupert verließ dennoch den Elefanten und wandte sich anderen Tieren und anderen Themen zu.

»Die Valets und die Knappen am Hofe verbringen einen Großteil ihrer ›Lehrzeit‹ bei den Tieren des Kaisers. Da lernen sie auch die Kunst Falken aufzuziehen und abzurichten. Verwendet man hier bei euch jetzt auch Falken?« Er sah sich fragend um.

»Herzog Boleslaw hat eine Falkenzucht begonnen«, meldete sich Herman. »In Liegnitz frönt er diesem edlen Sport. Und König Wenzel von Böhmen hat sogar dem Kaiser Friedrich einen Falkner abgeluchst. In Prag habe ich es gesehen. Dort haben sie vieles von dem übernommen, was der Kaiser ihnen vorgemacht hat. Besonders der Prinz Ottokar ist total begeistert von dem großen Herrscher.«

»In Breslau soll der Herzog Heinrich auch mit Falken jagen, habe ich gehört«, sagte Gernot mit wichtiger Mine.

»Aha, sehr gut. Ich habe den Tieren, die für die Jagd abgerichtet wurden, immer besonderes Interesse entgegengebracht.« Rupert ergriff wieder das Wort: »Ich liebe die Welt der Jagdleoparden, der Hetzhunde und ganz besonders der Beizvögel. Welche unendliche Geduld und Sorgfalt es doch kostet die jungen Greifvögel zu zähmen und an den Umgang mit den Menschen zu gewöhnen. Immer wieder habe ich beobachtet, wie die Falkner des Kaisers das Geschüh, die Langfessel, und die Bell bei den verschiedenen Falken anbringen. Der Kaiser hat nämlich neue Methoden für die Aufzucht, das Abrichten und die Jagd mit Falken an seinem Hof eingeführt, modernere als bis dahin üblich. Bei seinem Aufenthalt im Orient hat er erlebt, wie die Araber den Kopf des Falken mit einer Haube bedecken und diese Methode auf seinem Kreuzzug ins Heilige Land selbst anzuwenden gelernt. Kunstgerechtes An- und Abhauben ist äußerst schwierig und erfordert viel Übung. Die Beizvögel beunruhigen sich nämlich sehr leicht und wollen abspringen. Der Falkner muss alles tun um zu verhindern, dass sich die Vögel solche schlechten Gewohnheiten aneignen.«

»Ist es wahr, dass die Araber den Falken auf eine andere Art ansetzen, als wir es in Europa tun?«, wollte Herman wissen und dachte dabei auch an Babur und die Falken Batus, des Khans der Goldenen Horde.

»Da hast du richtig gehört. Die Araber bevorzugen den kurzen, direkten Flug. Sie werfen den Falken wie einen Speer in Richtung auf das Beutetier. Ich dagegen erfreue mich daran, wenn der schnelle Jäger sich kühn in große Höhe hinaufschwingt und dann von oben auf die Beute herabstößt, in steilem, elegantem Sturzflug.« Rupert überlegte einen Augenblick. »Das Fangen und Abrichten der Falken sieht der Kaiser als den Triumph des menschlichen Geistes über das freieste und flüchtigste Tier an. Hier spielt sich jedes Mal von neuem eine Machtprobe ab, die es zu bestehen gilt, pflegte der große Jäger zu sagen: Kehrt der auf die Beute geworfene Falke, selbst wenn er sich verstößt, auf die Faust seines Herrn zurück oder nicht? Der Kaiser glaubt, der Falke muss einfach zurückkehren. Nicht weil er die Freiheit verachtet, sondern weil er unter dem Zwang des menschlichen Willens steht, der ihn wie an einer unsichtbaren Langfessel hält. Für mich waren es immer herrliche Stunden voller Aufregung und voller Genugtuung.«

»Habt ihr euch denn immer nur mit den Viechern des Kaisers abgegeben?«, fragte Gernot am nächsten Tage. »Für mich wäre das schon bald zu langweilig. Auf in den Kampf! Das wäre mein Leben.«

»Ach Gernot!«, lachte Rupert. »Das Leben am Hofe ist so vielfältig und so abwechslungsreich, Langeweile kommt da nicht auf. Da gab es ständig etwas Neues. Auch Kämpfe gab es wahrlich genug. Aber die Jagd, die der Kaiser über alles liebt, war mit ihm eine besondere Erfahrung. Für mich jedoch ist der Kaiser selbst immer das größte Erlebnis gewesen.«

»Komm, erzähl schon«, forderte Jana ihn auf.

»Während andere in diesem neuen Baustil aus Frankreich Kirchen errichten, mit zum Himmel strebenden schlanken Säulen und Filigranen, schuf Friedrich sich eine moderne Burg. Er hat viele Burgen errichten lassen, aber diese eine erhebt sich wie ein Stoßgebet über eine Bergkuppe in Apulien. In immer wiederkehrender, achteckiger Vollendung zeigt sie himmelwärts, mehr als eine Kirche. Nur ein einziges Gotteshaus hat er bisher bauen lassen. Mit Kirchen müsst ihr wissen, hat der Kaiser nämlich nicht viel im Sinn. Vielleicht liegt es daran, dass er mit der Kirche in Rom und dem Papst wenig Freude hat sondern nur Ärger. Aber sein Castel del Monte ist mehr als eine Kirche, es ist ein Glaubensbekenntnis mit himmlischen Dimensionen.«

Und dann brach es aus Rupert heraus, fast zornig wurde er. »Unheimlich kam es mir vor, wie die Kurie gegen den Staufer intrigierte, wie der Papst den Sturz des Kaisers vorbereitet hat. Aus Umbrien ist der Papst nach Lyon entflohen um ihn bloßzustellen. Da hat Friedrich in einem kühnen Feldzug das Herzogtum Spoleto der Kirche tatsächlich wieder entrissen und seinem Reich einverleibt.« Fast traurig fuhr er fort: »Aber dann ist die politische Situation Friedrichs immer schwieriger geworden. Der Kaiser musste sein Heer gegen die Aufständischen führen, Umbrien wurde wieder zum Schlachtfeld. Sogar unsere Stadt musste er zurückerobern. Doch auf den Trümmern der zerstörten Stadt ist eine neue Stadt entstanden und sie heißt jetzt Montefalco.«

Nach dem tragischen Tod seiner Frau und seines zweiten Sohnes hatte Rupert das Heimweh gepackt. Ganz plötzlich war es über ihn gekommen. Lange hatte er mit sich gerungen, denn er hatte Italien und das gefällige Leben unter der südlichen Sonne lieben gelernt. Ein üppiges Land, das von Gott mit Überfluss gesegnet zu sein schien. »Gute Freunde habe ich gefunden. Mein lieber Sohn wuchs dort auf. Ein eigenes Lehen hatte ich vom Kaiser erhalten. Alles, was ich mir vom Leben erhofft habe, schien nur auf mich zu warten. Es schien mich zu fragen: Warum willst du nicht hier bleiben?« Aber Rupert war auch enttäuscht von der Leichtigkeit und der Unverbindlichkeit, die überall Einzug gehalten hatte. Er wollte zurück nach Schlesien. Seine Heimat war Schlesien. Die Burg seines Vaters und seines Großvaters, die weiten Ebenen des Landes, die nach Osten hin unendlich waren, die kleine Ansiedlung am Fuße des Burgberges, der wütende Fluss, der durch das hügelige Land toste, das fruchtbare Tal mit dem schweren schwarzen Erdreich, die dichten Eichenwälder, die es säumten, und die vielen kleinen silberklaren Bäche, deren Plätschern er zu hören vermeinte – alles stand ihm eines Tages wieder sehnsüchtig vor Augen. Seine Heimat, wo sich in der Ferne, im Süden, von Sonnenaufgang bis Sonnenuntergang das mächtige Gebirge vom Himmel abhob, wo die Auen und die Wälder reich waren an Rehen, Hirschen und Hasen, wo genug Vögel für die Jagd hausten und die Bäche voller leckerer Forellen waren und das Fischen zu einer Lust machten. Dunkle Wolkenfetzen sah Rupert über den Himmel jagen, Sturmböen die ächzenden Bäume biegen, den Tau auf den Gräsern glitzern, Nebel an den Baumwipfeln kleben und eine weiße Schneedecke die Landschaft zudecken. Aber im Frühjahr brach strahlender Sonnenschein die prallen Knospen auf, ein Blumenteppich schmückte die Auen, das Korn wogte im sanften Wind und Beeren und Früchte erfreuten den Gaumen. »Mir fehlte plötzlich die Sprache, die ich als Kind gesprochen habe, die bedächtigen Menschen meiner Heimat, die treu zu dir stehen, wenn sie dich in ihr Herz geschlossen haben, ihre schwermütigen Lieder und ihre vertrauten Bräuche.«

Rupert erzählte, wie er von dieser Sehnsucht übermannt schließlich dem Kaiser mit seiner Bitte unter die Augen zu treten wagte. »Ich bitte um Urlaub, erlauchter Herrscher. Zur Heimat zieht es mich hin, ich möchte auf die Burg meiner Väter zurückkehren.«

Zu Ruperts großer Überraschung hatte der Kaiser ihn sogar in seiner Absicht bestärkt, »denn im Osten des Reiches werden gute Männer gebraucht, die die Marken beschützen«, hatte der Imperator gesagt.

»Ihr müsst nämlich wissen, dass der Kaiser auch mit einem einfachen Ritter wie ich es bin, durchaus ernsthafte Gespräche führt.«

Ohne langes Verweilen war Rupert aufgebrochen. Mit seinem kleinen Sohn Heinrich war er über die Brennerstraße gezogen. Die Stadt Ulm und das herrliche Münster hatte er gesehen, war dann auf einer der großen Heerstraßen, der Hohen Straße, immer weiter nach Osten gezogen, bis er Schlesien erreichte. »Nun bin ich glücklich wieder zu Hause. Also lasst uns fröhlich sein und guten Mutes, dann hilft uns der Himmel!« Sie stießen mit ihren Bechern an und gemeinsam begannen sie zu singen.

Zu Weihnachten kam Jana wieder von der Schweinhausburg herüber. Immer noch wirkte sie scheu und unsicher. Mit ihren großen dunklen Augen und dem wehmütigen Zug um ihren hübschen Mund sah sie verletzlich aus, so als ob sie danach verlangte beschützt zu werden. Das mögen die Männer, aber Jana spielte es nicht, Jana war verletzlich. Jana solle das Fest mit den Leuten auf der Bolkoburg feiern, hatte Magda gesagt. Magda mochte die junge Frau und das beruhte offensichtlich auf Gegenseitigkeit. Dann kam jener große Schneesturm, der selbst für das bergige Land und das Grüne Tal, das es säumte, ungewöhnlich war. Für Wochen waren die Burgen und die Gehöfte eingeschneit und von der Umwelt abgeschnitten. So blieb Jana auf der Burg Bolkos. Hatte sie eigentlich noch wirkliche Bindungen zur Schweinhausburg?

Herman beobachtete mit Schmunzeln und vielleicht auch mit etwas Eifersucht, wie Rupert die Gelegenheit nutzte, die sich ihm bot. Der Ritter bemühte sich um Jana, er widmete ihr all seine Aufmerksamkeit. Jana blieb davon nicht unbeeindruckt. Ihr gefiel der weltgewandte Mann, es tat ihr gut, wie er sich um sie kümmerte. Mehr und mehr schien sich die junge Frau ihm zuzuneigen und dem Schwerenöter zu verfallen. Zur Jahreswende passierte es. Rupert war es gelungen die verhärtete Schale der jungen Witwe aufzubrechen und nicht nur Herman gewahrte, wie er wieder eine liebende Frau aus Jana machte. Von Rupert konnte Herman viel lernen, das merkte er sofort. Deshalb suchte Herman jede Gelegenheit um mit Rupert auch über die Frauen zu sprechen.

»Echte Freundschaft zwischen einer Frau und einem Manne ... ?« Rupert machte eine Pause, wie um nachzudenken. »Ja, echte Freundschaft zwischen einer Frau und einem Mann ist möglich. Aber nur in einer logischen Reihenfolge: Kamerad – Geliebte – Freund. Nur wenn du mit ihr in Liebe vereint warst, lernst du sie richtig kennen. Nur dann wird sie dir auch ihr Innerstes aufschließen wollen. Und deine eigene hirnlose Gier lässt nach, macht erst einer lustvollen Erfüllung Platz und dann gewinnst du diese ruhige Heiterkeit gegenüber dem Weib zurück, die dem Manne ansteht. Dann wirst du ihr auch ein guter Freund sein können.« Herman hatte den Eindruck, dass Rupert sich an etwas erinnerte, denn ein Lächeln trat auf sein Gesicht, als er hinzufügte: »... und sie wird dir eine wirkliche Freundin sein, die du nicht missen möchtest.«

Herman sah ihn skeptisch an. Da fragte Rupert gerade heraus: »Wo stehst du denn mit deinem Mädchen? Ist sie schon deine Geliebte? Wenn nicht, dann lasse dir was einfallen. Meine Philosophie stimmt immer. Denke darüber nach, dann weißt du auch, wie es bei ihr weitergehen muss und was du zu tun hast.«

IV.

Seit Tagen gab es nur noch ein Thema auf der Burg: Konnte es wahr sein, was Janko da berichtet hatte, was den Kastellan der Schweinhausburg veranlasst hatte, trotz des strengen Frostes und der hohen Schneeverwehungen herüberzureiten? War der erhabene Kaiser Friedrich tatsächlich gestorben? War das ›Staunen der Welt‹ erloschen? Wie der Blitz schlug die Nachricht ein und niemand auf der Bolkoburg vermochte es zu glauben. Zu viel Wunderbares, Unerhörtes, ja Übernatürliches war von dem Stauferkaiser berichtet worden. War er überhaupt sterblich? Herman erklärte rund heraus, dass er die Nachricht für eine Lüge halte. »Eine dieser Lügen, wie sie immer wieder aus nur zu durchsichtigen Gründen über den großen Herrscher verbreitet werden.«

Bolko, der Burgherr, neigte Ruperts Meinung zu. »Der kann es wohl am Besten beurteilen«, erklärte Bolko. Und Rupert hielt die Nachricht für echt. »Ich fürchte, es stimmt«, sagte er bedrückt. »Wenn die Nachricht vom Königshof in Prag kommt! Was wollt ihr noch mehr?«

»Es ist bestimmt wieder einer dieser Tricks, von denen die Welt heutzutage so voll ist.« Herman blieb bei seiner Meinung. »Ich habe genügend Intrigen an den Höfen erlebt, sage ich euch – sogar in Prag. Selbst bei den Tataren waren sie gang und gäbe. Gerüchte werden ausgestreut, Leute hinter vorgehaltener Hand mit falschen Informationen gefüttert – mit gezieltem Rufmord kannst du spielend jemanden kaputt machen.«

Immer wieder prallten die unterschiedlichen Ansichten der Burgleute aufeinander. Mussten nicht viele Herren ein Interesse daran haben eine solche Todesnachricht des Kaisers zu verbreiten? Herman konnte eine ganze Reihe aufzählen. An erster Stelle einmal der Papst, denn der hatte den göttlichen Friedrich zum Antichristen erklärt, hatte ihn exkommuniziert, ihn sogar für abgesetzt erklärt, seine Untertanen hatte er von der Gehorsamspflicht entbunden. Dann waren da alle die, die auf den deutschen Königsthron spekulierten oder die sogar schon – von Papstes Gnaden – unrechtmäßig draufsaßen. Nicht der legitime Erbe, Friedrichs Sohn Konrad, sondern die anderen, wie der holländische Graf Wilhelm. Wie die Aasgeier würden sie sich jetzt auf die Erbschaft des Staufers stürzen. Gehörte nicht sogar König Wenzel, von dem Janko die Nachricht erhalten hatte, im Zweifelsfall zu den Nutznießern? Dann waren da viele Reichsfürsten und Bischöfe, denen ein starker Kaiser schon immer wie ein Dorn im Fleische saß. In der heutigen Zeit, bei den wirren Machtverhältnissen im Reich, war ein toter Kaiser doch so gut wie gar kein Kaiser. Je weniger zentrale Gewalt im Reiche, je weniger Macht bei den Staufern, umso besser für einen macht- und landhungrigen Fürsten – egal ob weltlich oder geistlich.

Auch Rupert musste zugeben, dass es viele einflussreiche Herren gab, die den Kaiser lieber tot als lebendig sahen. Aber dennoch, wer würde es wagen ein solches Gerücht auszustreuen?

Herman schüttelte den Kopf. »Es kann nicht wahr sein.« Was er meinte, war »Es darf nicht wahr sein.« Er wollte es einfach nicht glauben. »Der Kaiser war zwar nicht mehr so jung. Anfang fünfzig ist immerhin schon ein schönes Alter. Aber wie wir auch von dir gehört haben, Rupert, dem

211

Kaiser waren die Jahre noch in keiner Weise anzumerken. Was denkst du wirklich, Rupert? Wie kannst du dir so sicher sein?«

Herman hätte ihn nicht fragen brauchen. Rupert wartete nur darauf endlich wieder einen Zuhörerkreis für sich zu haben. »Natürlich kann ich mir nicht wirklich sicher sein. So einmalig der große Herrscher auch sein mag, er ist eben auch sterblich. Ich fürchte sogar, dass er umgebracht worden ist. Es ist oft genug versucht worden. Ich selbst habe es einmal miterlebt, wie er nur knapp einem Anschlag entkam. Und immer scheint der Papst dahinter gesteckt zu haben. Einige Male konnte sogar bewiesen werden, dass dieser Hohepriester der Auftraggeber war. Ist es das, was du wissen willst? Innozenz hasst den Staufer geradezu unmenschlich. Er hasst alle Staufer. Und mit unmenschlichen Mitteln bekämpft er sie auch. Bei mir hat der Papst seine moralische Integrität schon lange verspielt.«

»Unmenschlich sagst du? Der Papst unmenschlich?«

»Ich habe gelehrte Herren sagen hören, dass sein Kampf gegen den Kaiser zu einem ›nicht gerechtfertigten Krieg‹ geworden ist. Er hat jedes Maß überschritten, weil er ihn maßlos hasst. Schon Aristoteles soll gesagt haben: ›Die Tugend ist die Mitte zwischen den Extremen.‹ Und eine Moral, die das Maß verliert, ist in Wahrheit unmenschlich.« Rupert erinnerte sich gut an die Gespräche am Hofe und mit dem Kaiser. Da hatte Friedrich immer die Lehren des Aristoteles zitiert. Davon zehrte Rupert jetzt.

»Und? Du glaubst es also?«

»Tja, Herman.« Rupert zuckte nun doch mit den Schultern. »Bisher war der Kaiser jedenfalls viel zu klug und zu geschickt, als dass er sich in eine tödliche Falle hätte locken lassen. Aber ich denke, die Nachricht von seinem Tode ist kein Gerücht.«

»Was wird jetzt geschehen, denkst du?«

Rupert wusste es nicht. Niemand wusste es. Sie spekulierten und mutmaßten, aber dann war eben alles noch so vage, dass sich die Gemüter auch wieder etwas beruhigten. Selbst wenn der Kaiser gestorben war, bei ihnen würde er doch weiterleben.

Mit dem Frühling erwachte das Land zu neuem Leben, so wie immer, als wäre nichts geschehen. Die Monate vergingen. Aber die Nachricht vom Tode des Kaisers beschäftigte dennoch die Gemüter. Nach und nach wurden dann Einzelheiten bekannt, die Rupert sofort zu interpretieren wusste. »In Liegnitz erzählen sie jetzt schon Genaueres. Zum Beispiel, dass die Zisterzienser ihn auf den Tod vorbereitet haben, dass er sogar ihre graue Kutte zum Sterben angelegt haben soll.« Diese Nachricht brachte Herman mit.

»Die Zisterzienser! Seine treuesten Mönche! Ja, genau so hat es sein können. Friedrich liebte die Zisterzienser, wohl weil sie ebenso praktisch veranlagt sind wie er. Sie beten nicht nur, sie arbeiten auch, und das mit System und mit Verstand.« Herman hätte dazu einiges aus seinen eigenen Erlebnissen mit den Zisterziensern beitragen können. Aber Rupert wandte sich schon wieder den Feinden Friedrichs zu. »Ich bin jedenfalls überzeugt, das kann kein natürlicher Tod gewesen sein.« Und damit spekulierte er weiter über die möglichen Todesursachen und die Gründe, die seine Feinde haben mochten, sich des großen Gegners zu entledigen.

Herman war nicht der Einzige auf der Burg, dem es schwer fiel die Nachricht für wahr zu halten. Auch Gernot und Wulf blieben den Geschichten gegenüber skeptisch. Es waren meistens die jungen Leute, die sich weigerten, an den Tod des Kaisers zu glauben. Sie wollten eine Vision, ein Leitbild am Leben halten, das Hoffnung im Diesseits versprach. Unter Friedrichs Regierung konnte auch im Diesseits schon Friede und Ordnung, Recht und Wohlstand herrschen. Da musste man nicht erst auf den Tod warten und auf das Himmelreich. Der Kaiser brachte Menschlichkeit und Klarheit in die Welt, seine Herrschaft versprach Sicherheit. In Jauer hatte Herman gehört, dass sogar die Sänger sich schon der Zweifel angenommen hatten und sie in ihren Liedern auf die Burgen trugen.

Schläft er oder denkt er nach?
Man kann's nicht genau ermitteln;
Doch wenn die rechte Stunde kommt,
Wird gewaltig er sich rütteln.

Sie sangen auch, dass, wenn der Kaiser erwache, er jene bestrafen werde, die einst seine Getreuen gemeuchelt und die teure, goldlockige Jungfrau Germania verraten hatten, indem sie die Königswürde an Fremde oder Unwürdige verkauften. Bald kursierte auch eine Legende, wonach der Kaiser an den Hängen des gewaltigen Berges Ätna auf der Insel Sizilien schlafe. Aber er werde mit einem Heer die Flanken des Vulkans herabstürmen, wenn das Reich in Gefahr sei.

Herman konnte der Versuchung nicht widerstehen, eine Parallele zu ziehen zwischen dem Tod des Kaisers und einem anderen großen Toten. »Wie anders doch die Christenheit reagierte, als unser Papst Gregor starb. Auch er hat unsere Welt in hohem Maße geprägt – aber hast du da beim Bekanntwerden seines Todes bei uns Zweifel bemerkt?«

Rupert nickte zustimmend. Er hatte den Tod Gregors hautnah miterlebt, er lag damals mit dem kaiserlichen Heer vor Rom. »Du hast Recht«, entgegnete er. »Der Kaiser hat damals sofort die Belagerung Roms abgebrochen. Er wolle Krieg gegen diesen Papst führen, sagte er damals, nicht gegen die Kirche.« Rupert überlegte. »Ansonsten hat das die Leute und

auch die Herrscherhäuser kaum berührt, soviel ich weiß. Wir waren halt jahrelang ohne Papst, weil sich die Kardinäle nicht auf einen Kandidaten einigen konnten.«
»Bis dann auf einmal dieser Innozenz der Vierte herauskam!«
»Leider, ja.«

V.

Agnieszka rannte zu Stan, der gerade sein Pferd mit einem Strohballen abrieb. »Das hättest du sehen sollen, wie platt er war, als ich ihn angefasst habe«, sprudelte es aus ihr heraus. Sie war ganz außer Atem. Stan sah gar nicht auf. Er kannte ihr Temperament.

»Du bist verrückt. Wer war es denn?« Nun blickte er sie doch an, ausnahmsweise war es ein missbilligender Blick. Er sah in ein strahlendes, vom Laufen gerötetes Gesicht. Sie war voller Erregung über ihr kleines Abenteuer. Wie konnte er seiner Schwester böse sein?

»Kennst du doch nicht. Dich interessieren ja die Leute im Flecken unten nicht.«

»Und wie alt ist der Ärmste?«

»Sei nicht so hässlich zu mir. So alt wie ich ist er auch.«

»Lass den Blödsinn, Agnieszka. Warte lieber, bis sich ein erwachsener Mann für dich interessiert. Dann ist es immer noch früh genug und da hast du mehr davon.«

»Ich wette, er will mich ...«

»Ich habe gesagt, lass den Blödsinn. Geh lieber in die Küche und hilf der Alten.«

»Was soll ich machen, Stan? Was meinst du? Ihn lassen?« Stans Ermahnungen erreichten sie gar nicht. Sie war voller jugendlichem Erlebnishunger.

»Ich habe gesagt, geh' in die Küche und mache dich nützlich. Schluss damit, verstanden? Sonst versohle ich dir ganz tüchtig den Hintern. Das gibt dir bestimmt Linderung.« Sie wird doch eine Frau jetzt, dachte Stan. Ich muss Janko mahnen, dass wir mehr auf sie aufpassen müssen, damit sie keine Dummheiten macht.

»Sie wird schon bald vierzehn, Janko. Mutter und Vater sind nicht mehr da. Ich wünschte, du kümmertest dich mehr um sie.«

»Ich habe anderes im Kopf als Burgherr. Ich kann doch nicht hinter meiner Schwester herrennen.«

»Jana scheint es jetzt auch mehr auf der Bolkoburg zu gefallen als bei uns. Jedenfalls ist Agnieszka zu viel mit sich selbst beschäftigt. Nur die alte Oma ist noch im Hause, aber die ist wirklich alt. Die brauchte schon selbst jemanden, der auf sie aufpasst. Du solltest wirklich ein Auge auf Agnieszka haben.«

Mit Jankos Hilfe konnte er nicht rechnen, stellte Stan enttäuscht fest. Agnieszka erschien erneut unter der Tür. Sie hatte ihr Haar jetzt über die Schultern herabhängen, schlich leise hinter Stan, der sie noch nicht bemerkt hatte, und trat ihm mit einem kräftigen Tritt in den Hintern. »Du bist ein Miesepeter. Keinen Spaß gönnst du mir!« Stan rutschten die Beine weg und er fiel unter das Pferd. Die Schecke trat gutmütig zur Seite. »So, das hast du verdient«, kreischte sie, »das nächste Mal gibst du einer Rat suchenden Frau nicht so eine dämliche Antwort.« Stan rappelte sich auf und rannte hinter dem laut schreienden Mädchen her. Sie hetzten zweimal um den Ziehbrunnen herum und über den Hof, ohne dass Stan sie zu fassen bekam. Agnieszka war gertenschlank und flink wie ein Wiesel. Es gelang ihm nicht sie einzuholen. Schließlich warf er einen Knüppel hinter ihr her, aber der verfehlte sein Ziel. Agnieszka verschwand wieder im Haus.

Herman donnerte an das Tor der Burg. Er war auf dem Weg nach Liegnitz, er wollte nach seiner langen Abwesenheit nun wieder in die Dienste seines Landesherrn Boleslaw treten. Aber an der Burg konnte er nicht vorbeireiten, ohne wenigstens hineinzuschauen. Stan begrüßte ihn.

»Es geschieht immer seltener, dass du auf der Schweinhausburg anzutreffen bist.«

»Weißt du, ich fühle mich plötzlich einsam im Grünen Tal«, gestand Stan. »Besonders abends, wenn es langsam dunkel wird. Frauen gibt es hier auch keine mehr.« Er lachte. »Einmal habe ich ein junges Weib gesehen unten im Dorf. Aber dann sind da gleich zwei Kerle hinter ihr her gewesen. Mit denen ist sie in einer Kate verschwunden. Das ist alles, was du hier erlebst.« Dann erwähnte Stan eine junge Frau in Liegnitz. Sie beschäftigte ihn offensichtlich sehr. Ihretwegen würde er lieber in der Stadt bleiben als hier auf dem Land. »Vielleicht hast du sie auch schon gesehen, Herman. Zu der Familie der Rabensteiner gehört sie.« Herman horchte auf. Er hatte immer noch eine Scheu vor diesem Namen. Für ihn war der Name mit dem Fund im Versteck seines Vaters verbunden. Die Frage, ob die Dokumente etwas mit dem Mord im Wald von Swiny zu tun hatten, hatte ihn nicht mehr losgelassen.

»Dient ihr Vater auch am Hofe in Liegnitz?« Gespannt sah Herman seinen Freund an.

»Nein, der lebt nicht mehr.« Hermans nächste Frage schwebte ihm Raum – aber er stellte sie nicht.

Eine Rabensteinerin also war es, deretwegen es Stan nicht nach Swiny zog. Hatte Herman sie auch schon in Liegnitz gesehen? Er war sich nicht sicher. Das Mädchen behandle ihn freundlich, erzählte Stan, aber sie reagiere nicht auf seine Werbung. »Als ob sie gar nicht bemerkt, wie sehr ich mich um sie bemühe.« Und dann vertraute er Herman sein Leid an.

»›Was ich so sehe hier, das flößt mir nicht allzu viel Vertrauen ein‹, hat sie zu mir einmal gesagt. ›Die Männer reden dir das Blaue vom Himmel herunter und die Mädchen sind dumm, wenn sie es glauben. Männer wollen viele Erfolge bei Frauen haben. Dann fühlen sie sich großartig.‹« Stan erfüllte es mit Bitterkeit, besonders seit er herausgefunden hatte, dass sie sich dennoch für Männer interessierte. Und dann auch noch für Otto, den Kastellan von Liegnitz. Von dem wusste man doch, dass er ein Schürzenjäger war. Das schmerzte Stan. Aber es hielt ihn nicht davon ab sich weiter um das Mädchen zu bemühen.

Aus Hermans kurzem Hereinschauen auf der Schweinhausburg wurde ein langes Zusammensein mit Stan. Nichts zog Herman fort und es wurde immer später. Bei seinem Freund fühlte er sich wohler als zu Hause. Und nach einer Weile setzte sich Agnieszka wie selbstverständlich zu ihnen. Sie hörte aufmerksam zu. Da konnte Herman sich schon gar nicht mehr trennen. Immer wieder musste er Agnieszka anschauen. Ja, es war Wanda und es war sie auch wieder nicht. Zu dieser Frau fühlte er sich auf eine ganz neue, bisher unbekannte Weise hingezogen. Nein, es war weniger die Erinnerung an Wanda, die ihn faszinierte – es war Agnieszka selbst.

Als das Mädchen einmal weggegangen war, gestand er Stan, wie sehr er sich von seiner Schwester angezogen fühlte.

»Lass ihr noch Zeit, Herman. Agnieszka ist noch ein großer Kindskopf. Aber sie ist ein gutes Mädchen. Lass ihr noch ein bisschen Zeit.« Stan wusste, wovon er sprach. Und Herman wollte dem Bruder Glauben schenken. Aber das änderte nichts an seinen Gefühlen.

Als Herman sich endlich aus der Gesellschaft der Menschen, die ihm so viel bedeuteten, löste, war es wesentlich später, als er eigentlich beabsichtigt hatte. Er rief auch nach Agnieszka, aber sie schien verschwunden zu sein. So sagte er Stan wieder einmal Lebewohl und ritt zum Tor hinaus. Da sah er das Mädchen unweit des Tores auf einem umgefallenen Baumstamm sitzen und an einem Blumenstängel kauen. Herman sprang ab und setzte sich zu ihr.

»Ich werde viel an dich denken, Agnieszka. Weißt du, dass du mir sehr gefällst? Ich werde dich vermissen.« Sie antwortete nicht. »Immer werde ich an dich denken und ich freue mich schon auf unser Wiedersehen.«

Sie sah ihn mit ihren großen Augen offen und ernst an.

»Vater hat immer gesagt, du bringst uns Unglück.«

Herman war wie vom Blitz getroffen. Das war es also! Was sollte er darauf erwidern? »Glaubst du das auch?«

»Ich weiß nicht, was ich glauben soll.« Ein scheues Lächeln huschte über ihr Gesicht.

»Dein Vater hatte Unrecht. Unglück kam von anderen, das weißt du auch. Nicht von mir. Ich bringe niemandem Unglück.« Er verstummte. Er legte seine Hand auf die ihre und wiederholte mit leiser Stimme:

»Dein Vater hatte Unrecht, Agnieszka. Was du da sagst, das tut mir sehr weh.« Langsam zog sie ihre Hand unter seiner weg.

»Und dann siehst du auch gar nicht mich. Du siehst in mir immer nur meine Schwester!« Das überraschte ihn noch mehr. Dann aber frohlockte er doch: ›Sie ist eifersüchtig!‹, freute er sich. Ja, sie war eifersüchtig auf ihre Schwester. Agnieszka rutschte vom Stamm herunter auf die Erde und lehnte sich mit ihrem Rücken gegen den umgefallenen Baum. Sie blickte ihn nicht an, ihre Augen waren in die Ferne gerichtet.

Leise begann sie mit ruhiger Stimme zu sprechen: »Vater hat gesagt, dass alles vielleicht schon einmal da gewesen ist. In unserem Leben wiederholt sich vieles immer wieder, hat er gesagt, und im Leben der Völker ebenfalls. Auch mit Wanda und mit dem Unglück – und auch mit den Deutschen war das schon so, hat er gesagt. Auch damals hat einer von deinen Leuten Unglück über unsere Prinzessin gebracht.« Herman sah Agniszka verständnislos an.

»Wanda, die Prinzessin von der Weichsel.«

Er schüttelte den Kopf. »Ich kenne sie nicht.«

»Nein? Das ist eine ganz alte Geschichte. Aber bei uns erzählen sie die Leute immer noch.« Agnieszka hatte jetzt ihre hübschen Augen geschlossen, so als ob sie in sich hineinhorchte. Sie sah hinreißend aus. Aber Herman wagte nicht mehr sie zu berühren. Er war mucksmäuschenstill.

»Ein deutscher Prinz war von der Schönheit und dem Reiz der Prinzessin so sehr verzaubert, dass er nur noch an sie denken konnte. Aber sie wollte keinen Fremden zum Mann. Sie war das schönste, reinste und liebste Mädchen von Krakau. Das Volk liebte sie abgöttisch. Und nun war sie Königin geworden. Der Prinz aber begehrte nur sie zu seiner Gemahlin. Sie wies ihn jedoch immer wieder ab. Denn hätte sie ihn erhört, dann wäre Krakau und auch ihr Reich in die Hände des Fremden gefallen. Deshalb wollte die tugendhafte junge Frau nur einen polnischen Edlen zu ihrem Ehegemahl nehmen. Aber dann wurde sie gewahr, dass ihre Schönheit den deutschen Prinzen so sehr verzaubert hatte, dass er sich nicht scheute sie auch mit Gewalt heimzuholen. Mit tiefem Schmerz erkannte sie, dass sie immer nur Unheil über ihr geliebtes Volk bringen würde. Das machte sie sehr, sehr traurig. Dann rückte der Prinz mit einem großen Heer gegen Krakau vor. Es kam zu einer großen Schlacht. Mit Hilfe der Götter gelang es der herrlichen Königin sogar den Prinzen und sein Heer zu bezwingen und der Prinz fand den Tod. Aber die schöne Königin wusste, dass nun andere kommen würden, von ihrer Schönheit unwiderstehlich angezogen. Ihr wurde klar, dass sie ein großes Opfer bringen musste, wenn sie ihr Volk nicht noch einmal einer solchen Gefahr aussetzen wollte.« Agnieszka sah Herman jetzt an. Ein leichtes Lächeln lag auf ihrem hübschen Gesicht. »Die Königin wollte ihren Brautkranz und die Blüte ihrer Jugend den Göttern opfern. Der Geist der Nation, der durch dieses Opfer geweckt wurde, sollte es ruhmreich und glücklich machen. Auf dem Felsen vor der Burg von Krakau ließ sie einen Altar aufrichten. Ihr blondes Haar glänzte golden in den Strahlen der Sonne, als sie, ganz in ein blütenweißes Gewand gehüllt, vor den Altar trat. Ihre himmelblauen Augen bekamen einen schwermütigen Glanz, als sie zum Himmel aufsah. Sie nahm ihren Blütenkranz vom Haupt, legte ihn auf den Altar und sprang in die Fluten der Weichsel. Für immer schlugen sie über ihr zusammen.« Agnieszka schwieg. Herman fand ebenfalls keine Worte. Ihn berührte Agnieszkas Geschichte zutiefst. Er betrachtete ihr andächtiges Gesicht und fand sie schöner als jemals zuvor. Da stand sie langsam auf und strich ihren Rock glatt.

»Lebe wohl Herman. Es ist besser, du denkst nicht an mich.«

Sie ließ ihn einfach stehen. Das konnte doch nicht alles sein, was sie ihm zu sagen hatte. Eine Erklärung für das Misstrauen ihres Vaters hatte sie ihm gegeben. Aber das war auch alles. Sollte er hinter ihr hereilen? Sollte er sie zurückhalten? Ihre abweisenden Worte konnten ihn doch nicht wirklich entmutigen! Sprach nicht auch gekränkter Stolz aus ihrem Verhalten? Herman schüttelte den Kopf. Er hatte seine Zuversicht nicht verloren. Ihre Worte hatten ihm auch Hoffnung gelassen. Agnieszka hatte es ihm angetan, Herman würde zu ihr zurückkommen.

VI.

Die trüben Tage des Herbstes mit einer verhangenen Sonne waren dem dicken Nebel gewichen, der jetzt in den Tannenspitzen hing. Dann kamen die langen, feuchtkalten Winternächte. Schon zweimal hatte Rupert wieder diese ungemütlichste Zeit des Jahres auf der Burg ertragen. Eiskalt waren die Räume und die Lager, der Wind heulte um die Mauern, Schnee trieb durch die Luft und durch die Ritzen in die Gebäude. In einer steifgefrorenen Burg, die zugig und eng war, drängten sich frierende Menschen zusammen. Wie alles schon so ganz anders roch, als er es jemals in Italien gekannt hatte. Er schüttelte sich. Und es fehlten ihm das Licht, die hellen klaren Konturen und der hohe, blaue Himmel. Am Hofe des großen Friedrich hatte er gelernt, welches wunderbare Gefühl Sauberkeit ausströmen konnte. In dieser Kälte hier zog man sich auch nachts nicht aus. Das Wasser gefror einem beim Waschen nahezu in den Händen. Wie konnte man da Sauberkeit entwickeln?

Als dann doch der Frühling kam, bogen sich die Bäume im Sturmwind, Regenböen peitschen gegen die Mauern und dunkle Wolkenfetzen trieben tief über den Burgberg hinweg. Es regnete viel. Und endlich, endlich, begann wieder der Sommer. Ein weiteres Jahr lang hatte der

›verwöhnte Italiener‹ es auf der Burg über dem Grünen Tal ausgehalten. Aber je länger er verweilte, umso weniger verstand er, was ihn wieder nach Hause gezogen hatte, umso mehr sehnte er sich nach dem sonnigen Süden. Nicht dass Rupert sein schlesisches Zuhause nicht geliebt hätte. Es war ein wunderbares, fruchtbares, weites Land, das zur Heimat für seine Familie und für seine Landsleute geworden war. Mit großem Eifer und mit Freude hatte sich Rupert auch bemüht seinen Sohn mit der deutschen Heimat vertraut zu machen, sie ihm ans Herz zu legen. Aber selten half ihm das Wetter dabei. Auch jetzt regnete es schon wieder seit Tagen. Kalt war es auch noch einmal geworden. Erfreulich nur, dass Heinrich sich davon nicht unterkriegen ließ. Heinrich war schon ein richtiger kleiner Krieger. Das Wetter beeinträchtigte sein Wohlbefinden nicht. Als am Morgen endlich wieder die Sonne durch die Wolken lugte, da waren sie gleich bei Tagesanbruch losgeritten, Rupert, Heinrich, Wulf und Bello, der Hund. Herman war gerade wieder zu Besuch zu Hause und hatte sich ihnen bei dieser Gelegenheit angeschlossen. In Ruperts Gesellschaft fühlte er sich an seine Zeit bei Hofe in Prag zurückversetzt und das gefiel ihm. Den ganzen Tag streiften sie durch den Bergwald. Nun hielten sie unweit des Steinberges. Eine Schneise gab den Blick frei hinauf zum grauen Gemäuer des mächtigen viereckigen Kolosses der Schweinhausburg. Rupert wendete sein Pferd in Richtung Bolkoburg. Sie ritten zurück durch das hübsche grünende Tal. Die Gräser und die Büsche standen in voller Blüte. Aber nichts konnte Rupert heute so recht begeistern. Herman fiel das auf.

»Du bist in letzter Zeit wirklich unzufrieden, Rupert. Heute bist du besonders unruhig. Was ist los? Gefällt es dir bei uns nicht mehr?«

»Nein, das ist es nicht. Natürlich vermisse ich den sonnigen warmen Lichtzauber des Südens. Italien, das warme Meer, die saftigen Früchte, die berauschenden Düfte. Dennoch liebe ich meine Heimat. Und der Winter ist auch vorbei. Nein, das ist es nicht. Meine Unruhe hat einen besonderen Grund. Du hast es doch auch gehört, nicht wahr? Die Nachricht aus Deutschland! König Konrad soll ein Heer sammeln, nach Italien will er ziehen um sein Erbe zurückzufordern. Rom und das Königreich Sizilien sollen sein Ziel sein!«

»Und? Was hat das mit uns zu tun?«

Rupert hielt sein Pferd an. »Weißt du, Herman, mit mir hat das sehr viel zu tun. Ich kämpfe mit der Versuchung mich wieder in ein Abenteuer zu stürzen. Mich fasziniert dieser Zug des deutschen Königs nach Italien.«

Ruperts Zeit am Hofe des großen Kaisers hatte ihm die Augen geöffnet. Die aufgeschlossene und aufgeklärte Sicht der Dinge, an der Kaiser Friedrich seinen Hof teilhaben ließ, seine geradezu revolutionäre Vision der Welt, die er seinen Edlen aufschloss, sie hatte alle beeinflusst, Freund

und Feind. Die Menschen bewundernd, die der Imperator um sich versammelte, hatte Rupert den Umgang mit ihnen gesucht. Ein Tor war für Rupert aufgestoßen worden, das ihn von Grund auf verändert hatte, eine Welt hatte sich ihm erschlossen, die hier so fern zu sein schien wie der Mond. Als Rupert in die Burg seiner Väter heimgekehrt war, war er sich dessen noch nicht bewusst gewesen. Aber jetzt, jetzt war das alles an die Oberfläche gestiegen, wie die großen Blasen, die aus der schlammigen Tiefe des Teiches unten im Dorf aufstiegen. Jetzt konnte Rupert in die Welt hineinsehen mit den Augen eines Mannes, der außerhalb zu stehen schien, so, als stünde er auf dem hohen Zobten und blickte wie die alten Götter von oben herab auf das weite Land. Manche Einzelheiten sah er ganz scharf, andere waren verschwommen und nur in ihren Umrissen erkennbar. Aber das Ganze, das weite Rund, so weit das Auge reichte, von Horizont zu Horizont, das konnte er erfassen, mit den Augen und mit dem Verstand. Rupert sah, wie alles zusammenpasste, wie es ein großes, gewaltiges Bild ergab, in das sich die Einzelheiten harmonisch einfügten, diejenigen, die glasklar hervorstachen und auch die anderen, die nur verschwommen zu erkennen waren.

Und nun wollte der Sohn des verstorbenen Kaisers in die Fußstapfen des Imperators treten, wollte wieder hinunterziehen in diese Welt, nach Rom, nach Apulien. Sicher brauchte der König Männer, die ein Schwert zu führen wussten und die ihm dabei halfen. Brachte Rupert nicht auf Grund seiner Erfahrung die besten Voraussetzungen mit dem jungen König gute Dienste zu leisten? Und diese ganze wunderbare Welt des Südens würde sich wieder auftun, wenn Rupert sich dem König anschloss. Rupert versuchte Herman die Faszination zu erklären, die Italien auf ihn ausübte. Aber Herman hatte das so gelobte Land nie erlebt und verstand Ruperts Drang nach Italien nicht.

Rupert kämpfte mit sich, ob er seinen Traum Wirklichkeit werden lassen sollte. Der Abschied von der Bolkoburg würde ihm nicht mehr schwer fallen. Das Einzige, was ihn überhaupt noch darüber nachdenken ließ, ob er bleiben oder weiter ziehen sollte, war sein Sohn Heinrich. Heinrich war der Einzige, der seinem Herzen wirklich nahe stand. Also: konnte er seinen Sohn allein zurücklassen? Aber Heinrich war doch gar nicht allein. Die ganze Familie liebte ihn. Und Walburga hatte geschworen sich um ihn zu kümmern wie um ihren eigenen Sohn. Da gab es doch keinen Grund sich zu sorgen! Der Weg nach Süden lag frei vor Rupert. Er brauchte nicht länger mit sich zu kämpfen. Nur eine Vorsorge würde er noch treffen: Es war wohl besser, wenn auch ein Mann ein Auge auf Heinrich warf. So legte Rupert seinen Sohn auch Herman ans Herz.

»Du passt auf, dass er ein ordentlicher Ritter wird!« Herman versprach es ihm. Heinrich konnte mit dem Hund Bello auf der Bolkoburg bleiben. Und Jana? Als er nicht mehr umhin konnte, auch an den Abschied von Jana zu denken, da war ihm unwohl zumute und er wäre ihr am liebsten aus dem Wege gegangen. Aber der Gedanke an Jana konnte Rupert nicht halten.

Es wurde ein tränenreicher Abschied. Jana war wieder allein.

Mit Rupert zogen Gernot und Wulf in ein neues Abenteuer. Wulf, der wie eine Klette an ihm hing, nahm Rupert als seinen Knappen an. Freudestrahlend fiel der Knabe vor ihm auf die Knie. Bei Gernot war die Sache weniger einfach. Sein Vater hatte schon lange auf ein Ausbrechen seines Sohnes gewartet. Würde er sich von Bolko raten lassen? Oder würde er eigenwillig und unvernünftig handeln? Bolko wusste, einmal musste es sein. Konnte er nicht schon froh sein, dass sein Sohn ihn überhaupt von seinem Entschluss in Kenntnis setzte? Heutzutage war es üblich, einfach hinauszureiten ins Abenteuer, und keiner wusste um das Wohin und Warum. Dennoch zog sich Bolkos Brust schmerzlich zusammen, als Gernot verkündete, er wolle mit nach Italien ziehen. Der Vater versuchte seinen Sohn zu verstehen und seinen abenteuerlichen Drang in die Ferne zu akzeptieren. Da war es ihm schließlich eine Beruhigung, dass es sein eigener Bruder war, mit dem Gernot fortzog. Ja, Rupert konnte er seinen Sohn anvertrauen. Bolko hoffte, so wie alle Väter in einer solchen Situation hoffen, dass er das Richtige tat, das Richtige für seinen Sohn.

Kapitel 9

GLÜCKSSTRÄHNEN

I.

Herman stand schräg hinter der Herzogin Anna. Die fromme Frau war erregt, jeder konnte es sehen. Äußerlich machte sie einen beherrschten Eindruck, aber auf ihren bleichen, eingefallenen Wangen bildeten sich hektische rote Flecken. Immer wieder gab sie noch eine letzte Anweisung. Dabei war der ganze Hof schon seit Tagen bestens auf den Besuch vorbereitet. Alles war geputzt und gewienert worden, das Silber poliert, die Tore geschmückt, Teppiche in den Sälen ausgerollt, Küche und Keller gefüllt, die Diener und die Wachen eingewiesen. An den Wänden steckten frische Fackeln in den Halterungen und dicke Kerzen in den Leuchtern an der Decke. Die Frauen hatten ihre besten, farbenfrohen Kleider angelegt, die Ritter sahen aus, als ginge es zu einem Turnier und nicht zu einem Kreuzzug gegen die heidnischen Pruzzen. Wie oft schon hatte die Herzogin dem Herrgott gedankt, dass er ihr gestattete ihren kleinen Beitrag zu leisten zu dieser christlichsten aller Unternehmungen.

Herman trug ebenfalls eine prachtvoll glänzende Rüstung, den Helm mit dem roten Busch unter dem Arm, das lange, kostbare Schwert gegürtet. Ach ja, das Schwert! Das stammte von König Wenzel, dem Vater des Erwarteten. Herman war am Hofe Boleslaws mit offenen Armen aufgenommen worden. Und der Herzog hatte Herman gleich mit dem Auftrag nach Breslau gesandt sein eigenes Fernbleiben zu entschuldigen und dem Anführer des Kreuzzuges seine Referenzen zu erweisen. Neben Herman baute sich Stanislaw von Swiny auf. Ihn hatte Boleslaw für seine Treue belohnt. Stan befehligte das Aufgebot aus Niederschlesien, das mit in den heiligen Krieg ziehen sollte. Man sah Stan seine neue Würde förmlich an. Er freute sich, dass er einer so großen Ehre teilhaftig geworden war. Auch er war herausgeputzt zum Empfang des hohen Gastes. Das bunte Wappenhemd der Swinys mit der angriffslustig aufspringenden wilden Sau bedeckte seinen Brustpanzer.

Da trat er ein, der böhmische König, der Anführer des allerchristlichsten Kreuzritterheeres. Jugendlich schwungvoll schritt er auf die Herzogin zu. »Meine edle Muhme!« Galant küsste er seiner Tante die Hand. In Prag pflegte man Rittersitte! Erschrocken entzog ihm Anna ihre

Hand. Durfte man eine Hand küssen, die nicht göttlich oder wenigstens geweiht war?

»Willkommen in Breslau, hehrer König Ottokar! Ich freue mich ungemein, dass Ihr Breslau mit Eurem Besuch beehrt.« Ihre Freude war berechtigt, denn Ottokar besuchte Breslau zum ersten Mal, seit er die Nachfolge seines verstorbenen Vaters angetreten hatte.

»Welcher Freudentag für mich euch so wohlauf zu sehen«, erwiderte artig der Angesprochene. »Und welche Genugtuung dieses christliche Heer, das zu Ehren Gottes streiten will, vor den Toren der Stadt lagern zu wissen. Heinrich hat mir schon von eurem starken Beitrag berichtet. Ich danke euch dafür. Es wird unser gesegnetes Unterfangen zum Siege führen.«

»Hochverehrter Herr Vetter, unsere frommen Ritter haben ihr Leben dem Kampf gegen die Heiden geweiht. Wie auch mein lieber Sohn Heinrich voller frommer Freude mit euch zieht. Herzog Boleslaw muss ich entschuldigen.« Sie bekreuzigte sich, als sie ihren Ältesten erwähnte. Wieder einmal entzog sich Boleslaw seiner Christenpflicht. Herzog Heinrich war das genaue Gegenteil von seinem Bruder. Er hatte das Herz seiner Mutter und die Frömmigkeit seines Vaters geerbt. Er machte sich bereits einen Namen als musischer Herrscher und als ein loyaler Piastenfürst.

»Aber auch Herzog Boleslaw hat ein ansehnliches, kampfbereites Kontingent entsandt«, fügte Anna entschuldigend hinzu. »Hier ist sein Anführer.« Sie deutete auf Stan, winkte dann auch Herman vorzutreten. Ottokar nickte beiden freundlich zu, dann jedoch rief er aus: »Ah, wir kennen uns! Herman, nicht wahr – von der Bolkoburg!« Der junge Mann machte eine vollendete Verbeugung.

»Jawohl, mächtiger König! Von den Tagen in Prag her, als ich Eurem großherzigen Herrn Vater diente. Gott hab den König selig.«

Herman war ungemein beeindruckt, dass der junge König sich sogar an seinen Namen erinnerte. Erst im vorigen Jahr, nach dem Tod seines Vaters Wenzel, war Ottokar zum König gekrönt worden und schon hatte er sich als Feldherr, als Fürst und als Mensch gleichermaßen tapfer, weise und fromm gezeigt. Man nannte ihn den »eisernen König«, so energisch verstand er die Verhältnisse in Böhmen und Mähren zu ordnen. Herman überraschte das nicht. Ottokar hatte Margarete von Österreich zur Frau genommen, sie war bereits eine gekrönte Königin, die Witwe des unglücklichen deutschen Königs Heinrich. Da im Hause Babenberg auch die weibliche Erbfolge garantiert war, brachte Margarete ihrem Gemahl Ottokar nicht nur einen gewissen Anspruch auf das Erbe des großen Stauferkaisers mit ins Ehegemach, sondern auch auf das Erbe der Babenberger. Das war Ottokar! Herman blickte mit Bewunderung auf den böhmischen König.

Mit dem Herrscher waren auch Herzog Heinrich und Bruno von

Schauenburg, der Bischof von Olmütz, in den Saal getreten. Der König legte seinen Arm um Herzog Heinrich.

»Bialy und ich verstehen uns glänzend«, ließ er die Herzogin wissen. Und sie freute sich über das Lob. Er nannte Annas Sohn ›Bialy‹, wie die Polen es tun, ›der Weiße‹. Niemand nannte ihn hier Heinrich der Dritte. Der Herzog war ein gutes Stück älter als Ottokar, aber die beiden hatten sich schon gut verstanden, als Heinrich am Hofe in Prag Rittersitte gelernt hatte.

Die Herzogin forderte die Heerführer auf ihr zu der festlich geschmückten Tafel zu folgen. In dem sonst eher nüchternen und sparsamen Hof in der Hauptstadt war ein großes Festmahl angerichtet. Sogar für höfische Unterhaltung war gesorgt worden. Die Breslauer konnten nicht jeden Tag einen König in ihrer Burg begrüßen. Ottokar sorgte jedoch auch selbst für Kurzweil. Zu seinem großen Tross, den er mit nach Breslau gebracht hatte, gehörten zwei bekannte Sänger. Sie nutzten den günstigen Augenblick, den königlichen Kreuzritter ins rechte Licht zu rücken.

Ulrich von Eschenbach verglich Ottokar mit dem großen Alexander und nannte ihn »das beste Glied der Christenheit«.

»König Ottokar von Böhmen, ein glänzender Krieger; er breitet sich aus wie das Sonnenlicht im Nebel«, sang er, und dann wurde es recht pathetisch:

… Es leidet und darbt das Heer der Christen,
Und dennoch klirren ihre Schwerter
Für die Befreiung Deines Grabes, oh Christus,
So wacker, als würden sie übers Meer pilgern.
Es wäre besser für sie, nicht geboren zu sein,
Als hier nicht zu siegen.
Vergib uns, Herr, bei Deinem Martertod,
Denn bei Gott, wenn Ottokar nicht siegt,
Sind wir verloren.

Ottokar freute sich über die Lobeshymnen, aber er schien nicht übermäßig davon beeindruckt zu sein. Er kannte das wohl schon zur Genüge.

Der andere Sänger, Sîgeher aus Bayern gab dagegen nach so viel Ernst eine lustige Geschichte von Herzog Wladislaw von Posen zum Besten. Der hatte damals, zu Zeiten von Heinrichs Großvater, zur Sühnung alten Frevels ebenfalls das Kreuz genommen. Aber er war kränklich und – Sîgeher malte das farbig aus – gewöhnt, Bier und Met zu trinken. Auf dem Kreuzzug ins Heilige Land, so fürchtete der Herzog von Posen, würde er Wein und einfaches Wasser vorgesetzt bekommen, ein Trank, den der Ärmste nicht vertragen konnte. »Da hatte selbst der Papst ein Einsehen«, sang Sîgeher, »er musste ihn von dem Gelöbnis einer

Kreuzfahrt nach Palästina entbinden.« Herzog Wladislaw durfte sich den Gewappneten anschließen, die gegen die Heiden im hohen Norden kämpfen wollten. Da blieb ihm das Weintrinken erspart, dafür aber gab es reichlich Bier und Met.
»Mir tun die Pruzzen eigentlich Leid«, wandte sich Herman an Stan.
»Nanu?« Stan war überrascht. »Was ist denn mit dir plötzlich los? Wir kämpfen für Gott und die Ausbreitung des Christentums. Der Heilige Vater in Rom hat zu dem Kreuzzug aufgerufen und allen Teilnehmern Ablass ihrer Sünden gewährt. Eine gerechte und fromme, wahrhaft christliche Sache ist es doch das Kreuz zu nehmen! Was gibt es da zu zweifeln? Wenn die Pruzzen die Lehre des Heils nicht freiwillig annehmen wollen, dann müssen wir eben etwas nachhelfen.«
»Das sagst du so leicht, Stan. Glaubst du, dass der Herzog von Masowien wieder einmal um Hilfe gerufen hat, weil der fromme Drang das Christentum auszubreiten übermächtig sein Herz erfasst hat? Ziehen alle diese Männer hier in den Kampf, weil ihnen die Bekehrung der Heiden zum Christentum eine heilige Verpflichtung ist?« Sie sahen sich gleichzeitig um. Eine großartig herausgeputzte Ritterschar saß und stand in den festlich geschmückten Räumen der Burg. Ihre bärtigen Gesichter waren fröhlich erregt ob der bevorstehenden Abenteuer. Es ging sehr laut her und nicht besonders fein. Bier, Met und Wein flossen in reichem Maße. Überall wurde gegessen und die Reste wurden achtlos herumgeworfen. Auch waren da nicht nur offene und fromme Mienen. Eher schienen von vielen Händeln und Kämpfen zernarbte Gesichter und verschlagene Augen in der Mehrzahl zu sein.
»Ich denke, dass die meisten hier aus Abenteuerlust oder Beutegier nach Norden ziehen. Oder siehst du irgendwo so etwas wie einen gottgefälligen Heiligenschein?«
»Herman, du übertreibst wieder. Sie tragen das Kreuz sichtbar auf ihrem Wappenhemd. Sie versprechen sich die Loslösung und Vergebung von Schuld und Sünden, so wie der Papst es verkündet hat. Und natürlich folgen sie ihren Fürsten. Wenn dein Lehnsherr ruft, dann bist du zur Heerfolge verpflichtet, auch wenn es dir nicht immer recht ist. Die Bekehrung der Heiden und die Ausbreitung unseres Glaubens ist für alle der erste, der wahre Grund.«
»Du bist ein Schwärmer, Stan. Und dein Herzog kann machen, was er will, du wirst ihn immer verteidigen. Nun ist hier sogar noch ein König der Anführer. Da kannst du an Kritik schon gar nicht mehr denken. Auch für mich ist es eine Pflicht meinem Fürsten Heerfolge zu leisten. Aber Heidenbekehrung? Heidenverfolgung sage ich! Dem Herzog von Masowien sind seine Nachbarn zu stark geworden. Sie bedrängen ihn, fallen in sein Land ein. Da können sie Heiden sein oder auch Christen, dagegen muss vorgegangen werden. Und wie bekommst du Bundesgenossen, die

dich unterstützen? ›Kreuzzug‹ ist das Zauberwort! Da ruft sogar der Papst zur Unterstützung auf. So sehe ich das. Und wenn dann fromme Lieder gesungen werden und von frommer Leidenschaft gesprochen wird, so sind das bestimmt ganz wenige, auf die das Wort ›fromm‹ tatsächlich zutrifft. Die Ordensritter und unsere Priester sind sicherlich mit ganzem Herzen und einem tief verwurzelten Glauben an eine heilige Verpflichtung dabei. Aber hier wird ein Machtkampf ausgetragen, es geht um eine Ausweitung unseres Einflusses, um eine Landnahme oder eine Eroberung, wie immer du es nennen willst. Aber Heidenbekehrung? Das ist doch nur ein schöner Vorwand.« Sie konnten sich stundenlang streiten. Aber deswegen blieben sie doch Freunde. Manchmal dachte Herman, dass sie sich überhaupt nur deswegen so ausdauernd streiten konnten, weil sie Freunde waren.

Herman sah sich wieder im großen Burgsaal um, der von unzähligen Fackeln und Kerzen erhellt wurde. Der Ruß an der Decke der Halle war bei der ungleichmäßigen Beleuchtung und den Rauchschwaden nicht mehr zu erkennen. Aber die Wappenschilde und die Prunkwaffen, die die Wände schmückten, waren geputzt worden. Sie glänzten in ihrem Licht. Kohlenschalen wärmten die Halle und die vielen Menschen trugen mit dazu bei, dass eine erträgliche Wärme herrschte. Diener, Mägde und Knappen eilten geschäftig hin und her um die Gäste mit Speise und Trank zu versorgen.

Ottokar schien Wert darauf zu legen nicht nur seine engen verwandtschaftlichen Verbindungen zu den Herrschern aus dem Geschlecht der Stauferkaiser zu betonen, sondern er wies auch darauf hin, wie eng er mit dem Haus der Piasten verwandt war. Schon sein Vater hatte es in den letzten Jahren seines Lebens verstanden über die Schwestersöhne in Schlesien eine väterliche Aufsicht auszuüben. Das Augenmerk des böhmischen Königs schloss auch die Nachbarn der Piasten ein. Seine Tochter Beatrix hatte er mit dem Markgrafen Otto III. von Brandenburg vermählt und Agnes mit Heinrich dem Erlauchten von Meißen und Thüringen. König Ottokar setzte diese Politik der verwandtschaftlichen Einflussnahme fort. Für ihn waren die gemeinsamen Prager Jahre mit dem jungen Heinrich aus Breslau das Band, mit dem er jetzt sein Interesse an Schlesien erklärte. Verwandschaftliche Verbindungen, Freunde, Abhängigkeiten, sie waren alle wichtig. Man konnte nie wissen, was die Zukunft brachte und wann man es vorteilhaft zu nutzen vermochte.

II.

Ottokar wollte den Kreuzzug zu Anfang des Winters eröffnen, da er erwartete, dass dann die unzähligen Gewässer in Preußen zugefrorenen und seinem Marsche gegen die Heiden nicht mehr hinderlich sein würden. Deshalb verließ das schlesische Kontingent im Januar Breslau und zog mit dem übrigen Heer ins Weichselgebiet.

Papst Innozenz IV. hatte sich voll hinter diesen Kreuzzug gestellt. Eingedenk der Verheerungen, die die Tataren bei ihrem ersten Einfall in das christliche Abendland angerichtet hatten, hatte der Papst dringende Aufrufe an die christlichen Fürsten und an die Völker Polens, Böhmens, Mährens, Pommerns und Russlands erlassen. Allen, die gegen die Heiden die Waffen ergriffen, bewilligte er dieselben Gnadenerweise wie den Streitern im Heiligen Land. Der Papst fürchtete, dass die Tataren mit den heidnischen Pruzzen und den Litauern in geheimem Einverständnis einen Hauptschlag gegen die Christenheit planten. Deshalb wollte er den Deutschen Ordensrittern durch ein großes Aufgebot zu Hilfe kommen. Den Hochmeister des Deutschen Ordens, Poppo von Osternau, hatte er daher eigens aus Palästina nach Böhmen kommen lassen um die Lage in Preußen mit König Ottokar zu besprechen.

Viele der noch heidnischen Stämme in Osteuropa hatten schon vor Jahren bei dem großen Mongolensturm Anstalten gemacht sich den Eroberern anzuschließen. Damals standen unter den baltischen Völkern besonders die Litauer bereit in Preußen einzufallen. Der Ausgang der Schlacht auf der Wahlstatt und der Rückzug der Mongolen hielt sie schließlich davon ab. Dazu beigetragen hatte auch, dass das Aufgebot des Deutschen Ordens, das damals zur Unterstützung Herzog Heinrichs nach Liegnitz gezogen war, fast geschlossen nach Preußen zurückkehren konnte. Dank ihrer hervorragenden Disziplin und ihrer sich gegenseitig deckenden Kampftaktik hatten die Ordensritter die Schlacht überlebt. Dennoch war es in Preußen wieder zu Aufständen gekommen. Die Pruzzen und die Litauer überfielen das Land und versuchten die alten Burgen zurückzuerobern.

Als die Kreuzfahrer nach Norden zogen, fehlte auch Herzog Heinrich von Schlesien. Er war am Ende doch nicht mitgezogen. Seine Regierungsgeschäfte machten ihn zu seinem großen Bedauern unabkömmlich, hatte er erklärt. Aber Rudolf von Habsburg war unter den Streitern, die König Ottokar unterstützten. Der Habsburger mit dem eisigen Pferdegesicht, ›der große Schweiger‹, wie er genannt wurde, war erstaunlicherweise überall dort, wo sich Bedeutendes ereignete. Das sagte man ihm auch zu Zeiten, als Kaiser Friedrich noch lebte, schon nach.

Herman verließ Breslau bald nach dem Auszug der Kreuzritter wieder und kehrte an den Hof Herzog Boleslaws nach Liegnitz zurück. Zu seiner großen Überraschung kam das schlesische Kontingent ebenfalls schon zu Beginn des Frühlings wieder vom Kreuzzug zurück. Überall, wo die Kreuzritter einzogen, wurden sie jubelnd empfangen. Sie waren in einer triumphalen Stimmung, denn sie fühlten sich als Sieger.

Herman traf Stan in Liegnitz, als der mit dem schlesischen Kontingent durch ein Spalier Beifall klatschender und Blumen werfender Bürger in die Stadt einzog. Herman konnte es nicht abwarten, Stan nach dem Hergang des Feldzuges auszufragen.

»Nun erzähle doch, Stan!« Und aus Stan sprudelte es nur so heraus, was er alles im Lande der Pruzzen erlebt hatte. Die Burgen, die Kämpfe, die Kreuzritter, die heidnischen Pruzzen, das wunderbare stille Land. Die Erzählungen und Berichte Stans zogen sich mit den unvermeidlichen Jubelfeiern über mehrere Tage hin.

»Der Sieg war dem König sicher, als er auf Romove, das Hauptheiligtum der Preußen, loszog. Einst hatte dort der heilige Adalbert, ein Bischof aus Prag, den Märtyrertod erlitten. Nun widerstand nichts mehr dem christlichen Heer. Bald standen unsere Ritter inmitten des heiligen Waldes der Pruzzen. Als Erstes brannten wir die alte Eiche mit ihren Götzenbildern nieder. In unserem frommen Eifern fielen mit ihr alle Zeichen, die an den früheren Götterdienst erinnerten, der Vernichtung anheim. Erst bei Rudau stellten sich die Samländer. Es kam zu heftigem und blutigem Kampf. Aber wir schlugen sie schließlich in die Flucht. Immer wieder haben mich der Mut und die Glaubensstärke der Ordensritter beeindruckt. Ihre überlegene Taktik und ihre Kampferfahrung kann man nur bewundern. Man kann sie in ihrem weißen Mantel mit dem großen schwarzen Kreuz ja schon von weitem leicht ausmachen. In ihrem Wappen führen sie den deutschen Reichsadler. Kaiser Friedrich hatte dem damaligen Hochmeister Herman von Salza das neue Panier persönlich verliehen, wusstest du das? Die Ritter dürfen den Reichsadler allerdings nicht auf goldenem Grund führen sondern abgewandelt gemäß ihren Ordensfarben im Innern eines schwarzen Kreuzes auf weißem Grund. Selbst eine größere Anzahl Gegner verstehen die Ordensritter eindrucksvoll in Schach zu halten. Wenn sie aber selbst angreifen, ist der Anprall ihrer Attacke nicht aufzuhalten.«

»Und dann?«

»Ja«, erwiderte Stan gedehnt. »Das Wichtigste war wohl die Gründung von Königsberg.«

»Königsberg?«

»Nun, so heißt jetzt die neue Festung. Eine gewaltige Ordensburg soll dort entstehen. Die Mauerreste einer alten Fliehburg der Pruzzen bezog Ottokar in die Befestigung seines Lagers ein. Zu Ehren des Königs haben sie diese Festung nach dem siegreichen Fürsten und Anführer des Kreuzzuges ›Königsberg‹ genannt. Sie soll am Unterlauf des Flusses Pregel in geringer Entfernung vom Haff eine beherrschende Stellung einnehmen. Schau her«, Stan malte mit einer Bierpfütze auf dem Tisch die Lage der Festung auf, so dass Herman eine bessere Vorstellung bekam, »am unteren Pregel kreuzen sich nämlich zwei Handelsstraßen. Bei der günstigen strategischen Lage der Festung zum Fluss und zum Meer wird sie das gesamte nördliche Pruzzenland beherrschen. Bei den Festreden, die da gehalten wurden, kam auch eine erstaunliche Tatsache zum Vorschein. Weißt du, wie die Ordensritter dort oben einmal angefangen haben?« Herman schüttelte den Kopf. »Dietrich von Grüningen pries in einer Rede seine Ritter. Dabei erwähnte er, dass das Aufgebot des Ordens einschließlich des Landmeisters aus ganzen acht Rittern bestand, als sie das erste Mal im Kulmer Land gegen die Pruzzen zogen. Ganze acht Ritter! Kannst du dir das vorstellen?« Beide schüttelten vor Hochachtung ungläubig den Kopf.

»Der Kreuzzug ist jedenfalls ein glänzender Erfolg gewesen. Wir haben überall gesiegt, die Stellung der Ordensritter ist gestärkt, aller direkter Widerstand gebrochen, die Ordensburgen des Landes vom Druck feindlicher Horden befreit. Ottokar verließ dann auch das eroberte Land sofort und erreichte im Februar bereits wieder die Grenze seines Gebietes in Troppau. Und wir sind ihm schnell gefolgt, deshalb sind wir auch schon wieder zu Hause.«

»Dann ist König Ottokar jetzt der mächtigste Reichsfürst«, sagte Herman.

»Ja, seine Macht erstreckt sich von den Kämmen des Riesengebirges bis hinab zu den Gestaden Venedigs und im hohen Norden bis hinauf zu den Stränden des Meeres.«

Während ihres Gespräches hatte Stan ein kleines Säckchen hervorgeholt. Er legte es zwischen sich und Herman auf den Tisch und streichelte es bedeutungsvoll. Er wollte Herman neugierig machen, das war offensichtlich. Als Herman ihn endlich fragte, was er denn in dem geheimnisvollen Säckchen verborgen habe, war Stan sichtlich froh den Inhalt auf dem Tisch ausbreiten zu können.

»Für Heida!«, strahlte er. »Samländisches Gold! So nennen die Ordensritter den Bernstein!« Herman hatte schon viel erzählen hören von den reichen Vorkommen des Bernsteins, der an der Küste des Meeres gefunden wurde. Auch dass er seinen Weg auf vielen Handelswegen über Schlesien, Böhmen und über die Alpen fand bis nach Rom und in den Orient. Im Sonnenlicht entfaltete der Fund eine vielfältige Farbenpracht und funkelte und blitzte in warmen Tönen. Stan hatte schöne Stücke gesammelt. Hellgelb bis orangerot, bräunlich oder gelblich weiß war der Stein aus dem Norden, undurchsichtig bis klar und fettglänzend. Einige Steine schlossen sogar Insekten und Spinnentiere ein und in einem besonders schönen Stück entdeckte Herman eine kleine Blüte.

»Wenn man solch ein glänzendes Stück in einem Schälchen verbrennt, verbreitet es einen angenehmen, aromatischen Geruch«, erzählte Stan. »Der Sonnenstein wird von den Pruzzen für kultische Zwecke benutzt. Denn er soll Unheil abwehren.« Stan machte eine Pause und zeigte Herman ein besonders schönes Stück, das er sorgfältig mit dem Ärmel seiner Bluse säuberte.

»Oh, das will ich haben!«, rief Herman aus. »Nicht umsonst natürlich, ich zahle dafür. Ich möchte den Sonnenstein meinem Sonnenschein schenken!« Nach einigem scherzhaften Hin und Her gelang es Herman seinem Freund das versteinerte Schmuckstück abzuluchsen.

Es war eine ungetrübte Freude, in der die zwei Freunde ihr Wiedersehen begingen. Der einzige Wermutstropfen war, dass Piotr von Jauer immer noch frei herumlief. Bei jedem Zusammentreffen besprachen sie dieses Thema erneut, doch der Mörder blieb spurlos verschwunden.

III.

Herman fühlte eine tiefe Stille in sich aufsteigen. So weit das Auge reichte, sah er zu Füßen des Berges riesige Waldflächen sich ausbreiten. Am Horizont konnte er die gewaltigen Höhenzüge des Grenzgebirges erkennen. Nach einer langen Zeit war er wieder an diesen Ort zurückgekehrt, der in seinem Herzen unauslöschlich eingegraben war. Heimatlich vertraut lächelte das Grüne Tal herauf. Stan war in Liegnitz geblieben. Der Herzog wollte ihn zum Kastellan von Liegnitz machen, ging das Gerücht. Aber Herman hatte es zum Grünen Tal gezogen und zur Bolkoburg. Jetzt wollte er endlich zur Schweinhausburg hinüberreiten und Grüße von Stan bestellen. Machte ihn dieser Besuch neugierig? Auf jeden Fall erfüllte er ihn mit Unruhe. Es waren die Bewohner dort drüben, die ihn beschäftigten, besonders die eine. Was mochte wohl aus ihr geworden sein? ›Die Kleine!‹ Er lächelte. Sie musste jetzt sechzehn sein.

Je näher er ihr kam, umso glühender wurde die Erinnerung an Agnieszka, umso unerträglicher erschien ihm seine Ferne von ihr. Die ganze Zeit war sie in seinen Gedanken bei ihm gewesen. Niemals war er weiter als einen Gedanken von ihr entfernt, seit er sie das erste Mal bewusst gesehen hatte – seit sie kein Kind mehr war. Herman spornte sein Ross auf dem letzten Wegstück den Steinberg hinauf zu einem Galopp an. Sein Gesicht in den Wind, sein Lieblingspferd unter sich, gute Freunde, die zu ihm hielten, welches Leben konnte besser sein als dieses? Die Frau, die er liebte, zum Greifen nahe. Und eines Tages würde er sie heimführen in seine Burg, in dem Land, das er liebte. Die ganze Welt schien vor ihm zu liegen und nur auf ihn zu warten – Herman war frohen Mutes.

Wie auf der Lauer lag Herman an der dichten Hecke, wie auf der Pirsch nach einem scheuen Wild. Er wartete geduldig. War nicht ein solches Warten auf einen Menschen schon ein Ausdruck von Zuneigung? Als Herman auf der Schweinhausburg von seinem Pferd gesprungen war, hatte Janko ihm gesagt, dass sie hinunter in den Flecken geritten sei um eine Freundin zu besuchen. Vielleicht sei sie auch zu Fuß gegangen. Herman hatte sich erklären lassen, wo die Hütte stand. Obwohl der Boden feucht war und die Feuchtigkeit überall in seine Kleider kroch, wartete er geduldig.

Nur dem Geduldigen öffnet sich die Blume der Freude.
Wer eine Knospe frühzeitig aufbricht,
wird nie volle Entfaltung erleben.

Von wem mochte wohl das Gedicht stammen, das ihm nun in den Sinn kam? Es war ein schöner Vergleich. Er würde ihr einmal davon erzählen müssen.

Jetzt trat das Mädchen aus der Kate. Er sprang auf und wollte zu ihr hinrennen, sie in die Arme reissen – aber sein Herz sank tief nach unten, als er sich im gleichen Augenblick an die ernüchternden, ja entmutigenden Worte erinnerte, die sie ihm als Letztes mit auf den Weg gegeben hatte. Auch wenn das nun schon mehr als zwei Jahre her war.

Agnieszka hatte ihn gesehen – aber sie verzog keine Miene. Er konnte ihre Gedanken nicht erraten. Hatte sie ihn überhaupt erkannt? Sie schritt weiter auf dem Waldpfad bergan. Also war sie nicht auf ihrem Pferd herunter geritten. Er ging auf sie zu. Sie ist Wanda tatsächlich wie aus dem Gesicht geschnitten, dachte er. Aber er schwor sich ihr das nicht noch einmal zu sagen.

Agnieszka trug ein kleines weißes Hündchen auf dem Arm. Herman trat zu ihr und begrüßte sie.

»Sieh mal einer an«, erwiderte sie, »ein Ritter von der Bolkoburg, der hier jungen Mädchen auflauert.« Sie griff mit ihrer freien Hand an ihren Gürtel. Da trug sie einen Dolch. »Aber die Jungfrauen wissen sich heutzutage ihrer Haut zu erwehren.« Fest hielt sie den Griff der Waffe in der Hand. Irgendwie hatte Herman ein gutes Gefühl. Ihre Worte klangen für ihn wie ein Friedensangebot. Er bot ihr an auf seinem Hengst aufzusitzen und mit ihm zur Burg hinaufzureiten. Sie nickte. Mit den Worten »Pirat, sei nett zu ihm« reichte sie ihm ihren Hund und sprang behände auf das Pferd. Herman saß hinter ihr auf. Vorsichtig hielt er sie mit seinem Arm um ihre Hüften fest. Er hoffte, sie könnte durch diese Berührung seine Gefühle erahnen. Aber er wollte nicht zu kühn sein. Viel zu schnell gelangten sie in den Burghof. Das Gefühl ihres warmen Leibes und ihrer Haut waren himmlisch. Nachdem er ihr beim Absitzen geholfen hatte, lud Agnieszka ihn zu einem Trunk ein. Herman hüpfte das Herz. Sie saßen nebeneinander am Brunnen und er erzählte von seinen Erlebnissen in der letzten Zeit. Agnieszka hing an seinen Lippen, obwohl er es nicht darauf anlegte den Helden zu spielen. Herman freute sich.

»Hast du denn gar keine Angst gehabt?«, fragte sie ihn. Er sah sie offen an und antwortete: »Doch Agnieszka, ich habe manchmal Angst gehabt.« Dieses ehrliche Geständnis machte ihn in ihren Augen erst recht bewundernswert. Sie sah ihn mit einem so liebevollen Ausdruck an, dass ihm warm ums Herz wurde und er unbefangen fortfuhr: »Wenn du in einen Kampf gehst, noch mehr in so einen Zweikampf, hast du allerdings gar keine Zeit, über deine Angst nachzudenken. Ich glaube an Gott und ich habe meine Seele und mein Leben in seine Hände gelegt. Nach dem Kampf habe ich mich hin und wieder an ein Wort erinnert, das mir einmal ein weiser alter Rittersmann sagte, als ich noch ganz jung war: ›Der Furchtsame erschrickt vor der Gefahr, der Feige in ihr, der Mutige nach ihr.‹ Seit er mir das sagte, weiß ich, dass alle Angst haben. Es macht es einfacher ihr ins Auge zu sehen. Nur wer Gott und das Leben nicht liebt, der hat keine Angst.« Ihre schönen Augen sahen ihn ganz ernst an. Da ergänzte er leise: »Ist das Leben nicht eine ständige Auseinandersetzung mit der Angst, Agnieszka? Im Großen und im Kleinen? Du kannst der Angst und der Ängstlichkeit nicht entrinnen. Aber du musst dich ihr stellen und nicht vor ihr weglaufen. Ganz besonders der Angst vor dir selbst. Um Neues zu schaffen, um etwas zu erreichen, etwas zu bewirken, um vorwärts zu gehen, ja um zu leben, musst du Angst überwinden!«

Solche Worte mochte sie. Agnieszka fühlte, dass sie zu Herman aufsehen und ihm vertrauen konnte. Herman war für sie der lebenserfahrene, der kampfgestählte Mann.

Die Dämmerung brach zu schnell herein. Bevor er sich widerstrebend verabschiedete, zog Herman einen kleinen Lederbeutel hervor und überreichte ihr das Säckchen. »Das habe ich dir mitgebracht. Es ist ein Sonnenstein aus dem großen Bernsteinmeer. Ich habe es von Stan erstanden. Er hat es vom Kreuzzug mitgebracht.« Agnieszka öffnete das Beutelchen und mit einem kleinen Aufschrei hielt sie das golden glänzende, tropfenförmige Schmuckstück gegen den noch hellen Himmel. »Ach, wie schön. Wie warm und glatt es sich anfühlt. Und wie rein der Stein schimmert. Ich danke dir, Herman. Ich werde an dich denken, wenn ich ihn trage.« Freudestrahlend trat sie an ihn heran und gab ihm einen Kuss auf die Wange.

Vergnügt pfeifend und singend ritt Herman durch das Grüne Tal zurück. »Es ist ein Anfang, es ist ein Anfang – ein schöner Anfang …«, sang er vor sich hin. Er fühlte sich ungeheuer ermutigt und er würde sie jetzt oft aufsuchen.

»Nun wird alles gut!« war eine weitere Melodie, die Herman hoffnungsvoll vor sich hinsummte. Er würde Agnieszka gewinnen, nun war er sich sicher. Aber er würde ihr Zeit lassen. Herman hatte ein wunderbares Gefühl, so als ob er genau wüsste, dass die junge Frau von alleine zu ihm kommen würde.

IV.

Walburga war unglücklich. »Ich weiß nicht mehr, was ich machen soll. Ich habe mir solche Mühe mit Heinrich gegeben«, beklagte sie sich bei Herman, »aber der Junge ist mit nichts mehr zufrieden.«

Auch Herman war aufgefallen, dass Ruperts Sohn jetzt tagaus, tagein mit missmutigem Gesicht auf der Bolkoburg herumlief. Er schnappte sich den Jungen und ritt mit ihm zur Jagd. Sie jagten bergab und bergauf, platschten durch die Gewässer und waren ausgelassen wie zwei junge Hunde. Heinrich schien das zu gefallen. ›Heute ist er überhaupt nicht schwierig‹, stellte Herman fest. Als sie rasteten, begann Herman deshalb ein ernsthaftes Gespräch und erzählte Heinrich von der Geschichte des Landes. Er versuchte ihn für die große Aufgabe zu sensibilisieren, die er für sie alle sah.

»Zusammen mit den Polen, die schon einige hundert Jahre vor uns im Grenzwald eingetroffen sind, wollen wir das Land aufbauen. Damals fürchteten die polnischen Herzöge mehr die Böhmen, nicht uns. Heute fürchten wir alle die Mongolen. Aber jetzt wollen wir in Frieden leben, wollen unsere Nachbarschaft versöhnlich gestalten. Eine Gemeinschaft von Gleichen wollen wir schaffen, Gegensätze abbauen und dir und unseren Kindern eine gemeinsame, friedliche Zukunft ermöglichen.« Hörte Heinrich überhaupt zu? Heinrich starrte an ihm vorbei und folgte mit weit aufgerissenen Augen dem Flug eines Adlers. Es war offensichtlich, dass ihn der Vogel, der hoch über ihren Köpfen kreiste, weit mehr interessierte als Herrschaftsverhältnisse und Familiengeschichten in Schlesien. Auch Herman verfolgte unwillkürlich die weiten, schwerelos erscheinenden Kreise des großen Raubvogels.

»Wundervoll, diese unnahbare Majestät. Den kannst du auch mit einer Armbrust nicht erreichen.« Bewundernd entschlüpfte es Heinrich. »Der König der Vögel sieht auf uns herab, für ihn sind wir klein wie Spielzeug, so hoch steht er.« Es war ein Seufzer. Er drückte eine Sehnsucht aus, losgelöst zu sein, nach Ferne, nach Unerreichbarem zu greifen. »Fliegen müsste man können!«

Herman blickte voller Zuneigung auf seinen Neffen herab. Unvermittelt fragte er: »Was bedrückt dich, Heinrich?«

Da brach es wie ein Wasserfall aus dem Jungen heraus. »Ich bin das ewige Einerlei auf der Burg so leid, Herman. Du glaubst das gar nicht. Du kannst kommen und gehen, wann immer du willst. Du siehst die schöne weite Welt. Aber ich? Ich habe das Gefühl, dass ich einen Tag nach dem anderen hier vertrödele. Wie eingesperrt komme ich mir vor. Ich möchte etwas unternehmen, etwas erleben, etwas lernen. Ich möchte raus!«

»Aber du kannst doch in der Burg ein und ausgehen, wie du willst, Heinrich. Bringt dir denn Walburga nichts bei? Und was ist mit Bruder Wladimir?«

»Ach, die beiden. Sie meinen es gut mit mir. Und Onkel Bolko nimmt mich auch hin und wieder mit auf die Jagd. Aber was die zu sagen haben, das habe ich alles schon so oft gehört. Ich liebe das Reiten, ich liebe

Abenteuer, ich möchte mit der Lanze stechen und ein Schwert durch die Luft sausen lassen. Ich will den Gebrauch von Pfeil und Bogen, des Speeres und der Armbrust von einem echten Waffenmeister lernen. Ich möchte fort von hier!« Er sah Herman bittend an. »Kannst du mich nicht als deinen Knappen mit dir ziehen lassen?« Herman nickte.

»Ich kann dich verstehen, Heinrich. Mir ging es genauso, als ich in deinem Alter war. Und niemand wird dir verwehren alles zu erlernen, was du dir wünschst. Aber denkst du nicht auch, dass dir eine ordentliche Erziehung in den Wissenschaften des Geistes bei einem guten Magister zunächst besser anstehen würde? Jetzt wäre dafür die richtige Zeit. Du bist doch noch etwas zu jung um schon als Knappe mit einem Ritter zu ziehen.«

»Ein Magister? Selbst das wäre mir noch lieber, als immer auf der Bolkoburg herumzuhocken.« So ging das Gespräch weiter. Herman aber erkannte, dass etwas geschehen musste. Heinrich war sozusagen aus der Burg herausgewachsen. »Ich will sehen, was ich für dich machen kann«, sagte er schließlich, als sie wieder aufsaßen. Sie wendeten ihre Pferde und machten sich auf den Heimweg.

Herman besprach die Sache mit Bolko und mit Walburga. Auch den Pater Wladimir zogen sie hinzu. Heinrich durfte die meiste Zeit ebenfalls dabei sein. Es bereitete wenig Mühe sie alle davon zu überzeugen, dass es das Beste wäre, Heinrich nicht länger auf der Burg zu halten. Sie kamen überein für ihn einen Platz in einem Kloster zu finden. Er sollte einen ordentlichen Unterricht erhalten, richtig Lesen und Schreiben und auch die lateinische Sprache erlernen, eine Erziehung für das Leben mitnehmen.

Herman dachte gerne an seine Zeit in Heinrichau, an die gütigen, gelehrten Mönche und an die vielen gemeinsamen Stunden mit seinem Freund Stan zurück. Für ihn war es eine fruchtvolle Zeit gewesen, auch wenn gerade damals der Mongolensturm so viel Unheil über alle gebracht hatte. Er hatte gehört, dass die Mönche dort immer noch deutsche und manchmal auch polnische Zöglinge aufnahmen. Wie zu seiner Zeit schienen sie da keinen großen Unterschied zu machen.

Deshalb schlug Herman vor Heinrich in die Obhut der Mönche des Klosters Heinrichau zu geben. Auch das wurde in der Familie beraten, und mit Heinrich selbst besprachen sie es ebenfalls eingehend. Herman war daran gelegen seine Zustimmung zu erreichen. Und Heinrich war einverstanden. Für ihn bedeutete es, dass er aus der Burg herauskam und das war ihm das Wichtigste.

So geschah es, dass Herman an einem schönen Frühsommermorgen mit dem Knaben nach Heinrichau aufbrach.

Kapitel 10

Bischof Thomas

I.

Mir wird das nicht passieren! Mit mir macht der Breslauer Bischof das nicht! Das kommt mir schon so vor wie der Kampf des Papstes gegen den deutschen Kaiser. Nur hat der Kaiser Friedrich den Fehler gemacht, immer wieder dem Papst nachzugeben. Und als er Innozenz nach Lyon entweichen ließ, ist ihm die Sache völlig missraten. Das war der Anfang von seinem Ende. Das wird mir nicht passieren. Ich werde den Bischof Thomas *mores* lehren!«

»Ja«, pflichtete Herman dem Herzog bei. »Der macht es wirklich schon genauso wie der Papst.«

Und der Herr von Biberstein, der jetzt mit Herman zu den wichtigsten Ratgebern Boleslaws gehörte, ergänzte: »Auch Innozenz war zuerst des Kaisers großer Freund. Als er aber Papst geworden und an das große Geld gekommen war, da sah er plötzlich im Kaiser nur noch den Rivalen um die Macht auf dieser Erde. Da wurde er plötzlich Friedrichs ärgster Feind.«

»Das Tragische ist, dass der Bischof Thomas sogar der Pate des Herzogs ist«, flüsterte Herman leise. »Und die Patenschaft seiner Kinder hat er ebenfalls übernommen.«

»Eigentlich haben die Breslauer Bischöfe ihr Ziel nie aus den Augen verloren. Schon zwischen Eurem verehrten Großvater und dem Breslauer Bischof gab es Streit wegen der Zehntzahlung der im Wald siedelnden Deutschen«, ließ sich nun der Magister Gerlach, der Notar des Herzogs, vernehmen. »Auch Euer Vater nährte alten Groll im Herzen gegen den Landesbischof.«

»Für mich gilt, was auch für meinen Vater und meinen Großvater galt: Die Kirche und ihre Geistlichen sind in erster Linie unsere Beamten. Sie sind Beamte meines Staates.« Bei den Worten »unsere« und »meines« donnerte der Herzog jedes Mal mit der Faust auf den Tisch. Boleslaw warf sich in die Brust. Sein Gesicht war hochrot angelaufen, die Zornesader bläulich angeschwollen. Im Zustand dieser Erregung war mit ihm nicht gut Kirschen essen. Der Herzog war nicht gewillt, sich diese Einnahmequellen wegnehmen zu lassen – nicht vom Breslauer Bischof.

»Wir schlesischen Herzöge sind die Patrone unserer Kirche. Ja, wir sind auch bereit manche Wünsche des Landesbischofs zu akzeptieren. Aber was das Kirchgut angeht, da üben wir die oberherrlichen Rechte aus. Wir beanspruchen die Abgaben und Leistungen und wir sitzen über den Klerus zu Gericht.« Boleslaw donnerte wieder mit der Faust auf den Tisch. »Ob es dem Bischof Thomas gefällt oder nicht.«

»Die Breslauer Kirche will sich von dieser weltlichen Vorherrschaft befreien. Sie orientiert sich an den Oppelner Herzögen, die erkennen die kirchliche Immunität an und gestehen der Kirche sogar die volle Gerichtsbarkeit für all ihre Besitzungen im Herzogtum zu.« Der Magister Gerlach hatte dies wieder eingeworfen.

Aber der Herzog blieb hart. »Das kommt bei uns nicht in Frage«, erklärte er kategorisch. »Das werde ich den deutschen Siedlern nicht antun. Sie bleiben freie Leute. Wenn sie mühsam den Wald gerodet und den Boden fruchtbar gemacht haben, sollen sie wenigstens einige Freijahre haben, in denen sie nicht den Feldzehnten abgeben müssen. Das haben schon mein Vater und mein Großvater versprochen. Der Breslauer Kirche werden wir weder Immunität noch eine allgemeine Freiheit ihrer Güter von den landesherrlichen Lasten gewähren. Einen Teufel werde ich tun.« Das war sein letztes Wort und dabei blieb er.

Wieder einmal ging es nicht nur um Geld sondern auch um die Grenzen zwischen geistlicher Macht und landesherrlicher Gewalt. Auf einen Einwurf des Notars, der Herzog habe aber mit dem Bischof eine Vereinbarung über die Abgabenfreiheit der Kirche abgeschlossen und der Bischof berufe sich darauf, war Boleslaw nicht eingegangen. Herman griff sie aber nach der Beratung auf.

»Es geht eben nicht nur um die Abgaben der Bauern«, bemerkte er zu Stan. »Boleslaw will weiter Deutsche ins Land ziehen, deshalb kann er nicht zusehen, wie der Bischof die Zehnten mit unnachsichtiger Härte einfordert, solange sie noch mit der Rodung des Landes beschäftigt sind. Das hält die Siedler ab. Da werden sie gar nicht erst kommen.«

»Da hat er wirklich ein Argument«, pflichtete ihm Stan bei. »Die polnischen Bauern kennen nichts anderes und der Bischof glaubt offensichtlich immer noch, er kann so weiter machen wie bisher.«

»Aber dieses Ärgernis hat sich der Herzog jetzt selbst zuzuschreiben«, griff Herman seinen Gedankengang wieder auf. »Als er in jungen Jahren unerfahren die Regierung übernahm, hat ihn der Bischof übertölpelt. Aber dann ist dem Herzog klar geworden, welche Einnahmequelle er sich da hat aus der Hand nehmen lassen. Er besann sich der Rechte seiner Vorfahren. Seitdem versucht Boleslaw, seinen Fehler rückgängig zu machen. Deshalb hält er sich nicht mehr an die Vereinbarungen.«

»Natürlich kann das dem Bischof nicht gefallen«, erwiderte Stan. »Er wirft Boleslaw auch vor, dass er trotz der Vereinbarung weiterhin das

Kirchenvolk unterdrückt. Und leider wissen wir ja, dass der Herzog Geistliche sogar gefangen nimmt oder sie von ihren Stellen vertreibt um sich der Zehnten zu bemächtigen.«

»Bist du überrascht?«, fragte Herman. »So sehr Boleslaw in den vergangenen Jahren einen unreifen, ja fast kindischen Eindruck gemacht hat, was seine landesherrlichen Rechte gegenüber dem Breslauer Bischof angeht, beweist er jetzt eine geradezu bewundernswert geradlinige Haltung.« Herman hatte in der letzten Zeit engen Zugang zu Boleslaw erhalten, weil dieser erkannt hatte, wie wertvoll dessen Erfahrungen bei den Mongolen ihm möglicherweise werden konnten.

»Bei mir ist er im Ansehen gestiegen«, gestand nun auch Stan. »Seine Gegner übersehen leicht, dass er auf manchen Gebieten von Anfang an wusste, was er wollte. Zum Beispiel hat er innerhalb weniger Jahre eine Reihe größerer Städte gegründet, denke nur an Bunzlau, Schweidnitz und Münsterberg. Und auch Jauer und Striegau hat erst Boleslaw das Stadtrecht verliehen. Von der Neugründung der Metropole Breslau bald nach dem Mongoleneinfall gar nicht zu reden. Der Wiederaufbau von Liegnitz war ihm ebenfalls ein großes Anliegen. Diese städtefreundliche Politik, die dem Landesausbau dient, steht ganz im Kontrast zu seinen sonstigen Schwächen, nicht wahr?« Die beiden waren sich wieder einmal einig, aber das löste nicht das augenblickliche Problem.

»Der Bischof ist genauso unnachgiebig wie er. Der gleiche Dickkopf. Keinen Fußbreit Boden gibt er auf. Im Gegenteil, Thomas hat Boleslaw niemals Geld geliehen, obwohl er doch sein Pate ist. Boleslaws Bruder Heinrich dagegen bewilligt er laufend erhebliche Unterstützung. Sogar Geld aus der Breslauer Dombaukasse soll er dem Herzog Heinrich geliehen haben. Ich habe von zweihundert Mark Silber gehört.«

»Heinrich kümmert sich um seine Mutter. Die fromme Herzogin hat beim Bischof immer schon hohes Ansehen genossen und sie hat in jedem Streit zum Bischof gehalten. Außerdem regiert Heinrich mit seinem Bruder Wladislaw friedlich zusammen. Das gefällt dem Bischof ebenfalls. Dagegen hörst du doch von Boleslaw und Conrad von Anfang an nur Zank und Streit. Conrad hat Boleslaw immerhin gezwungen sein Land noch einmal aufzuteilen, damit er seinen Anteil selbstständig regieren kann. Und es war der Bischof, der diese Abtrennung des Herzogtums Glogau zustande gebracht hat. Du glaubst doch wohl nicht, dass Boleslaw das dem Bischof nicht ebenfalls nachträgt? Der Bischof müsste wirklich einfältig sein, wenn er glaubte, Boleslaw würde sich das alles gefallen lassen.«

Bischof Thomas war alles andere als einfältig. Schon seit 1232 regierte er als Bischof von Breslau. Er kannte die schlesischen Verhältnisse gut und er kannte die Breslauer, war er doch vor seiner Amtsübernahme Kanonikus am Breslauer Dom und Notar Herzog Heinrichs I. gewesen. Besonders war er dessen Gemahlin verbunden. Bei der Ausbreitung des christlichen Glaubens hatte er eng mit der energischen und Gott ergebenen Herzogin Hedwig zusammengearbeitet. Das hatte ihn aber nicht daran gehindert mit Boleslaws Großvater genauso wie mit Boleslaws Vater um die Lastenfreiheit und die Patrimonialgerichtsbarkeit der Kirche zu streiten. Eine Menschengeneration lang hatte er die wechselnden politischen Verhältnisse in Polen verfolgt und war dabei in Ehren alt und grau geworden. Thomas hatte die Piastenfürsten Schlesiens kommen und gehen sehen und dafür gekämpft, dass die römische Kirche unter ihren dynastischen Streitereien keinen Schaden erlitt. Der Bischof war ein geistlicher und ein weltlicher Fürst. Er trug den Krummstab genauso wie die Fahnenlanze oder das Gerichtsschwert. Wegen seiner Sittenreinheit und seiner Aufgeschlossenheit stand er bei seinen Zeitgenossen in so hohem Ansehen, dass sie ihn den ›Spiegel des polnischen Klerus‹ nannten. Bischof Thomas erkannte in der Rolle der römisch-katholischen Kirche in Polen für sich einen klaren Auftrag: Es galt die dauerhafte Verbindung mit Rom und mit der großen Welt des katholischen Christentums zu stärken. Sie war ein wichtigeres Band im Leben der Nation als die fluktuierende Herrschaft der Piastenfürsten oder die unterbrochene Geschichte des Staates der Piasten. Danach hatte Thomas seine Politik ausgerichtet, dafür stritt er. Wer der römischen Kirche entgegenkam, dem kam auch er entgegen. Wenn er dort lohnende Investitionen sah, war er auch bereit Opfer zu bringen. Da mochten sie selbst über die Mittel hinausgehen, über die er verfügen konnte. Auf diese Art hatte er Boleslaws Bruder Heinrich Geld in solcher Höhe aus dem Kirchenvermögen vorgestreckt, dass dieser bis zu seinem Tode wohl nicht in der Lage sein würde seine Schuldverschreibungen voll zurückzuzahlen. Aber Boleslaw lieh er keinen einzigen Denar!

Für den Bischof war der Herzog von Liegnitz genauso eine harte Nuss wie der Bischof für den Herzog. Aber Bischof Thomas scheute die Konfrontation mit dem Herzog nicht. Er war tief im Glauben verwurzelt und er fühlte sich im Schoße der Kirche geborgen.

II.

Herman zügelte sein Ross. Er wartete, bis die anderen aufgeschlossen hatten. Boleslaw war seit dem frühen Nachmittag mit einer unglaublichen Energie vorwärtsgestürmt. Sie hatten sein Liegnitzer Territorium verlassen und waren in das Land seines Bruders Heinrich, des Herzogs von Breslau, eingedrungen. Da wurde auch dem letzten Mann in der kleinen Reitergruppe klar, dass ihr Herzog mit ihnen nicht zur Bärenjagd unterwegs war, wie anfangs behauptet wurde. Wer sich die Ausrüstung genau ansah, hatte das auch vorher schon ahnen können. Es wimmelte von blitzenden Rüstungen und scharfen Schwertern.

Sie ritten geradewegs auf den Zobtenberg zu, dessen Silhouette von Stunde zu Stunde immer höher und immer dunkler wurde. ›Und immer geheimnisvoller‹, dachte Herman. Nun, mit Einbruch der Dämmerung hob sich der Bergrücken deutlich gegen den noch hellen Abendhimmel ab. Nur langsam verschwand der bewaldete Höhenzug in der dunkler werdenden Nacht. Für Herman hatte der Zobten immer wieder etwas Mystisches an sich.

Niemand begegnete ihnen. Die Pfade, die der Führer ihres kleinen Trupps Gewappneter gewählt hatte, waren menschenleer. Der Mann kannte offensichtlich seinen Weg genau, denn selbst in der Dunkelheit kamen sie noch zügig voran. Langsam schob sich die halbe Scheibe des Mondes über den Horizont. Hermans Augen hatten sich an die Dunkelheit gewöhnt. Dennoch war er froh, dass sie in einer Reihe ritten, dicht einer hinter dem anderen. Wie bei den Elefanten, von denen Rupert erzählt hat, dachte er. Da umfasste angeblich beim Marsche ein Elefant mit seinem Rüssel den Schwanz des vor ihm marschierenden. Die Umrisse mehrerer, geduckt am Rande einer Lichtung stehender Hütten tauchten auf. Die Kolonne kam zum Stehen. Da war auch eine Kirche, von einer Wallanlage umzogen. Daneben gab es zwei feste Häuser. Die anderen Hütten schienen Stallungen zu sein. Der kleine Flecken lag friedlich im bleichen Mondlicht vor ihnen. Einige der Kriegsleute überstiegen die Wehrmauer, die an einer Senke durch Palisaden zusätzlich verstärkt war, und drangen in die befestigte Anlage ein. Lautlos überwältigten sie zwei Wachen. Die waren völlig überrascht und leisteten keinen Widerstand. Die Wächter hatten wohl geschlafen anstatt die Propstei zu schützen. Als die Männer des Herzogs das schwere Holztor öffneten, ritt Herman mit den Reisigen bis vor das Haus. Der Herzog saß als Erster ab. Die dunkel daliegende Kirche beachteten sie nicht. Herman ließ die Männer das Haupthaus umstellen. Der Herzog voran brachen sie die Tür auf und besetzten das Haus. Während die Soldaten zwei weitere Wachen ohne Schwierigkeiten überwältigten, ließ Herman Fackeln entzünden.

»Wo ist der Bischof?«, brüllte Boleslaw und stürmte die Holztreppe hinauf.

Erst bei der letzten Rast war der Herzog mit dem wahren Zweck des Unternehmens herausgerückt. »Diesmal werde ich dem Breslauer Bischof ein für alle Mal das Handwerk legen«, hatte er verkündet. »Das wird das letzte Mal sein!«

Es hatte also tatsächlich nicht lange gedauert, bis Boleslaw einen neuen, dramatischen Versuch unternahm den Widerstand des Bischofs zu brechen. Wieso er ihm das Handwerk ausgerechnet in dem kleinen Nest Gorkau am Zobtenberge legen wollte, hatte er auch Herman nicht verraten. Boleslaw hatte offensichtlich nicht die Absicht preiszugeben, durch welche Kanäle er erfahren hatte, dass der Bischof sich in der Michaeliswoche in dieser Propstei der Augustinerchorherren aufhielt. Sonderbar, dachte Herman, ganz entgegen seiner sonstigen Gewohnheit prahlt er diesmal nicht mit seiner Informiertheit und mit seiner Gerissenheit.

Die Bewohner der Propstei schienen alle zu schlafen. Nacheinander stießen die durch das Haupthaus polternden Eindringlinge die Türen auf und zerrten die Aufgeschreckten aus ihren Betten. Bischof Thomas sah in seinem langen, wollenen Nachthemd erbarmungswürdig verletzlich aus. Er war ein greiser Herr, der solchen Überraschungen nicht mehr gewachsen war. Das kümmerte Boleslaw jedoch wenig.

»Ha«, schrie er triumphierend, »habe ich dich endlich erwischt! Diesmal sollst du mir für deine Bosheiten bitter bezahlen. Packt ihn! Sucht seine Breslauer Pfaffen aus dem Gesindel heraus und bindet sie alle fest. Und dann auf die Pferde mit ihnen und ab.« Den Bischof stieß er persönlich vor sich her die Treppe hinunter. Die Reisigen trieben alle Männer in eine Kammer, während Boleslaw mit zwei Rittern weiter nach unten polterte um den Keller und die Vorratskammern zu durchsuchen. Ein paar Habseligkeiten der Breslauer und was ihm aus der Propstei und auch aus der Kirche mitnehmenswert erschien, ließ der Herzog auf die Packpferde laden.

Herman verabscheute die Rolle, in die er hier unvorbereitet gedrängt wurde, aber auf Geheiß Boleslaws musste er die in der Kammer zusammengedrängten Verängstigten nach ihrem Woher und ihrem Wohin ausfragen. Nicht alle Überraschten hatten Zeit gehabt sich voll anzukleiden. Sie zitterten vor Angst und vor Kälte. Bald hatte Herman herausgefunden, dass zusammen mit dem Bischof noch der Breslauer Dompropst Boguslaus und der Kanonikus Ekkehard nach Gorkau gekommen waren. Das kurze Verhör ergab auch, dass Bischof Thomas die beschwerliche Reise auf sich genommen hatte um zu Sankt Michaelis die Propsteikirche in Gorkau einzuweihen. Sie gehörte zum Besitztum des Sandklosters auf der Oder-Insel in Breslau. Die Kirchenmänner aus Breslau und ihre Begleiter wurden gefesselt und ohne viel Federlesens auf Pferde verfrachtet. Die anderen Bewohner des kleinen Außenpostens im Wald und auch die Mönche waren so verstört, dass sie widerstandslos alles mit sich geschehen ließen, was Herman anordnete. Er vermeinte förmlich das Klappern ihrer Zähne zu hören. Hilfe suchend murmelten die Mönche Gebete vor sich hin. Herman ließ sie nach dem Verhör in eine Kammer einsperren, aber ansonsten blieben sie unbehelligt.

Nachdem sich die Herzoglichen den Bauch in der Küche voll geschlagen hatten, trabte der kleine Beutezug noch vor Anbruch des Tages in Richtung Westen ab.

»Warum hast du den Bischof nicht festgebunden?«, herrschte Boleslaw Herman an. Herman hatte Mitleid mit dem Bischof, deshalb hatte er ihn nicht fesseln lassen. Er hatte ihm sogar ein paar Stiefel und eine warme Jacke geben lassen, denn im Oktober war es nachts schon empfindlich kalt.

»Herr Herzog! Der alte Mann wird uns nicht weglaufen. Wenn wir nicht ein bisschen für ihn sorgen, kann er sich ohne weiteres den Tod holen. Das kann Euch bestimmt nicht dienlich sein. Ich bürge für ihn.« Der Herzog knurrte vor sich hin, ließ Herman aber gewähren.

Den ganzen Tag über führte Boleslaw den Zug in forschem Ritt an. Aber je länger sie unterwegs waren, umso deutlicher wurde, dass der Bischof sich kaum noch im Sattel halten konnte. Als der Herzog sich am Abend des ersten Tages mit Herman über den weiteren Weg beriet, verriet er auch, welches Ziel er anzusteuern gedachte. Das würden sie auch am nächsten Tage noch nicht erreichen können. Und Herman nahm sich vor den Herzog zu einer zusätzlichen Rast zu überreden. Er fürchtete, dass die Erschöpfung des langen Rittes dem greisen Bischof ernsthaft schaden könnte. Deshalb kümmerte sich Herman besonders um ihn. Er bestimmte auch, dass die Gefangenen ordentlich versorgt und verpflegt wurden.

Erst am dritten Tage erreichten sie abends das Ziel ihres Rittes. Der Bischof kannte die Burg. »Lähn!«, sagte er leise zu Herman. »Warum schleppt ihr uns in diese einsame Gegend?« Herman wusste inzwischen, dass der Herzog mit seinem Bubenstück nicht nur Zugeständnisse sondern auch viel Geld vom Bischof erpressen wollte. Die Privilegien der Kirche in seinem Herzogtum sollten ein für alle Male abgeschafft werden. Aber warum Lähn? Das wusste auch er nicht.

»Recht sagen kann ich euch das auch nicht, Herr Bischof. Lähn ist eine Lieblingsburg des Herzogs. Er hält sie für besonders sicher. Vielleicht, weil sie so weit westlich liegt, weit entfernt von seinem Bruder und von Breslau.« Der Bischof nickte, schwieg aber.

Die Schandtat Boleslaws erregte bald das ganze Land. Die Nachricht davon lief wie eine mächtige Flutwelle bis nach Rom und nach Viterbo. Papst Innozenz hatte nach dem unerwartet frühen Tode König Konrads seinen Triumph über die Staufer im Königreich Sizilien nicht mehr auskosten können. Er war – ebenfalls noch im Jahre 1254 – in Neapel gestorben. Inzwischen regierte Alexander IV. die römische Kirche. Das Breslauer Domkapitel wandte sich sofort Hilfe suchend an ihn, als die Gefangennahme des Bischofs und die Geldforderungen Boleslaws bekannt wurden.

Reinald Segni, ein tugendreicher Mann, war Kardinalbischof von Ostia und Velletri gewesen, als ihn die Kardinäle auf den Stuhl Petri wählten. Er setzte die antistaufische Politik seines Vorgängers fort, auch er wollte der Herrschaft des Staufergeschlechts in Deutschland und in Italien ein Ende bereiten. Das machte ihn zu einem Gegner der Ghibellinen, der

241

Anhänger der Staufer in Italien. Weil die Ghibellinen unter den Römern ihm in der Ewigen Stadt keinen Frieden gönnten, hatte er seine Residenz von Rom nach Viterbo verlegen müssen, einer stolzen, uneinnehmbaren Festung im Norden der Ewigen Stadt. Hier erreichte ihn die Kunde von den ungeheuerlichen Geschehnissen in Schlesien. Auch an den Hof des neuen Papstes war der Ruf von der Tüchtigkeit des Bischofs von Breslau gedrungen. Bischof Thomas galt als eine ›Leuchte der Kirche‹. Papst Alexander reagierte sofort und er reagierte hart. Er ließ durch den Erzbischof Fulko von Gnesen und die Bischöfe, die zu seiner Kirchenprovinz gehörten, erneut den Bann über Boleslaw aussprechen. Auch über jeden Ort verhängten die Bischöfe vorsorglich das Interdikt, an dem sich Boleslaw aufhalten oder wo er den Breslauer Bischof und die gefangenen Geistlichen fest halten würde. Den feierlichen Gottesdienst untersagten sie dort, nur die Taufe durfte den Neugeborenen und die Letzte Ölung den Sterbenden erteilt werden. Das Interdikt sollte so lange wirksam bleiben, bis Boleslaw dem Bischof vollen Schadenersatz geleistet haben würde. Bischof Thomas erfuhr in der Gefangenschaft von all dem nichts.

III.

Es war einer dieser wunderbaren letzten Spätherbsttage, an dem die Sonne noch einmal die Natur mit ihren Strahlen aufwärmt und alle Gedanken an den kommenden Winter verdrängt. Herman erfüllte jetzt nur ein Gedanke, ein Bild stand vor seinem inneren Auge und besetzte all sein Denken und sein Hoffen: Agnieszka! Wie viele Tage hatte er sich schier verzweifelnd nach diesem Wunschbild gesehnt. Herman war rettungslos verliebt. Den ganzen Tag nur hoffen auf das Zusammensein mit der Geliebten, sich ausmalen, wie er neben ihr liegen und ihren Atem spüren, ihre Haut fühlen und ihr Haar berühren würde. Aber das war jetzt vorbei. Er hatte die erste Gelegenheit ergriffen, die sich ihm bot, nachdem seine Aufgabe in Lähn beendet war. Nun eilte Herman zu ihr, nun betrat er die Burg, nun stand Agnieszka vor ihm.

Selbstbewusst trat Herman ihr gegenüber, er wollte sie in seinen Bann ziehen. Agnieszka fühlte den Mann mehr auf sich zukommen, als dass sie ihn sah. Sie schlug die Augen nieder. Herman sah sie allerliebst erröten. Sein Herz schlug schneller, Agnieszkas Herz klopfte bis zum Hals hinauf. Sie spürte den starken Drang zu ihm hin, ihm entgegen. Herman nahm ihre beiden Hände in die seinen. Immer noch hatte sie ihre Augen niedergeschlagen. Da hob er ihr Gesicht sanft an. »Agnieszka, ich möchte, dass du immer zu mir gehörst.« Seine Stimme bebte, ihr Körper bebte, er hielt sie fest.

Und dann lag er tatsächlich neben ihr in dem lebendig warmen Grasteppich der Burgwiese. Er richtete sich auf und sah sie liebevoll an. Was für eine wunderbare glatte Haut sie hatte. Die ebenmäßigen Züge ihres Gesichtes strömten Ruhe und Zufriedenheit aus. Die leichte Bluse und der lange Rock umflossen ihre lange, schlanke Gestalt. Sie hatte wieder die Augen geschlossen und atmete gleichmäßig. Herman wagte nicht, dieses wunderbare Bild zu stören, das ihm wie eine Erfüllung all seiner Träume und Gebete erschien. Mit einem tiefen, fast seufzenden Atemzug hob sich ihre Brust.

»Warum berührst du mich nicht?«, fragte sie leise und schlug die Augen auf. Hermans Herz machte einen gewaltigen Sprung. Ihre Augen hatten einen eigentümlichen dunklen Schimmer bekommen. »Du siehst so friedevoll aus. Ich möchte dieses Bild nicht stören«, gab er verhalten zurück. Kullerte da eine Träne ihre Wange herab?

»Das würde mich nicht verletzen«, erwiderte sie ruhig. »Ich habe so lange darauf gewartet.«

»Ich auch, Agnieszka!«

Und Herman küsste sie auf die Stirn, auf die Wangen, auf den Hals – und dann presste er seine Lippen mitten auf ihren Mund. Zärtlich öffnete er ihre Lippen. Er glaubte, dass sie salzig schmeckten. Von einer einzigen Träne? Er strich über ihr Gesicht um alle Tränen wegzuwischen. Sie ließ ihn gewähren und öffnete sich seiner Zunge. Als sie ihre Arme um ihn schlang, verging Herman vor Freude und eine wilde Gier kam über ihn. Fest drückte er sie an sich, sein Körper begann zu fiebern. Sein ganzes Verlangen floss in seine Hände und in die Spitzen seiner Finger, mit denen er ihren Körper streichelte.

»Agnieszka!« Es klang wie ein zärtliches Gebet. »Agnieszka, werde meine Frau.« Hingebungsvoll drängte sie sich ihm entgegen und Herman hielt sie fest. Es war, als habe sich der warme strahlende Himmel aufgetan und sie in eine Zauberwolke gehüllt. In dieser Wolke schwebten sie empor. Endlich war ihre Liebe erfüllt.

IV.

»Dicker!«

»Ja, Stan?«

»Sind die Pferde fertig? Gebürstet und das Sattelzeug aufgelegt?«

»Natürlich. Wie du es befohlen hast.«

»Dann führt sie heraus und lasst uns losreiten.«

Die Knappen in ihren eng anliegenden grünen Wollanzügen machten kehrt und verschwanden in dem Stallgebäude, der ›Dicke‹ voran. Stan hatte die Nachfolge Tammos als Zuchtmeister und Waffenmeister der Knaben angetreten. Tammo von Tettau war vom Herzog aufs Altenteil gesetzt worden. Die jungen Edelknappen führten die herrlichen Rösser am Zügel aus dem Stall heraus. Stan ließ sie aufsitzen.

Da trabte ein Reiter auf einem prächtigen schwarzen Hengst in den Burghof. Er trug einen hochgeschlossenen Lederkoller und auf dem Kopf eine braune Pelzkappe. Eine kleine Schar Gepanzerter folgte ihm. Sie führten in ihrer Mitte drei Pferde am Zügel, auf denen sich mühsam drei müde aussehende Männer hielten. Sie trugen Handfesseln. Einige Knechte und ein paar Knappen mit einer Meute Hunde folgten nach. Die Bekleidung der drei Gefesselten sah arg mitgenommen aus. Einer trug etwas, das wohl einmal ein schwarzer, talarähnlicher Umhang gewesen war. Alle drei machten keinen glücklichen Eindruck.

»Na, Stan, wie macht sich mein Söhnchen?«, brüllte der im Lederkoller herüber. Stan verbeugte sich höfisch beflissen.

»Herr Herzog, ich bin's zufrieden. Er ist wirklich zu Kräften gekommen in den letzten Monaten. Wir wollen jetzt größere Aufmerksamkeit auf seine Ausdauer richten.«

»Gut, gut!«, brüllte der Herzog wieder. »Er wird's brauchen.« Dann zeigte er auf die drei unglücklich aussehenden Gestalten. »Sieh her, welch' feinen Fang wir gemacht haben. Das wird Geld in unsere Kasse bringen.«

Einer der Ritter, die mit dem Herzog in den Burghof geritten kamen, verhielt sein Pferd und stieg neben Stan ab. Sein Gesicht war schweißverklebt und man sah ihm an, dass er einen langen Ritt hinter sich hatte.

»Was habt ihr denn diesmal wieder angestellt, Rulo?«, fragte Stan ihn vorwurfsvoll.

»War wirklich lustig«, antwortete der junge Reiter, »der Herzog hatte einen guten Riecher. Jetzt kommen wir aus Lähn. Aber den Fang haben wir in Gorkau gemacht, am Fusse des Zobtenberges. Da haben wir die Herren eingefangen. Sie wollten eine Kirche einweihen. Hahahaha!« Er lachte aus vollem Halse.

Stan fand das nicht besonders lustig. »So ...«, brummte er gedehnt, »und wer sind die drei Unglücksraben?«

»Domherren sind es, die wir überfallen haben. Aber das kostbare Stück ist der kleine Alte. Ein Bischof! ›Thomas‹, hat der Herzog ihn angeredet. Bischof von Breslau soll er sein. Der Herzog will sie alle drei jetzt in Liegnitz in den Kerker werfen, hat er gesagt.« Rulo lachte wieder. »Zahlen sollen sie, bis sie schwarz werden, hat der Herzog gesagt.«

»Du lieber Gott! Ist das wirklich der Bischof Thomas? Das darf doch nicht wahr sein!« Stan schüttelte entsetzt den Kopf, als er das Ausmaß der Schandtat nun mit eigenen Augen erblickte. Wortlos wandte er sich von Rulo ab, schwang sich auf sein Pferd und ritt mit den fünf Pagen, die sich zum Ausritt aufgestellt hatten, zum Tor hinaus. »Komm her zu mir und reite an meiner Seite!«, befahl er dem Dicken. Er musste ihn besonders im Auge behalten. Es war Heinrich, der älteste Sohn Herzog Boleslaws.

Wenige Tage später verbreiteten Fackeln am Abend ein warmes Licht in der größeren der beiden Hallen der Burg. Qualm und Ruß hatten die Wände und die Decke gezeichnet, aber der Dunst zog durch die Öffnungen, die der Belüftung dienten, gut ab. So tränten nicht einmal die Augen. Die Männer hatten an dem schweren Eichentisch Platz genommen und löffelten eine kräftige Gemüsesuppe aus drei in der Mitte aufgestellten Töpfen. Auch Herman war nach seinem Besuch bei Agnieszka inzwischen wieder in Liegnitz eingetroffen.

»Und dann …?«

»Ich lasse mir doch nicht vorschreiben, was ich tun und lassen darf! So weit kommt das noch! Niemand schreibt mir das vor, das kann ich euch versichern.« Der Herzog erzählte mit kräftiger Stimme von seinem ›erfolgreichen Fischzug‹, wie er es nannte. Vorwurfsvoll sah ihn die Herzogin an, die hinzugetreten war. Aber sie sagte kein Wort. Wer sehen wollte, konnte mühelos erkennen, wie unglücklich sie über die neuen Auswüchse war, die ihr Ehemann sich gestattete.

›Dabei ist die Herzogin so eine gute Frau‹, dachte Stan. ›Aber er ist einfach durch nichts aufzuhalten.‹

»Gut ist das jedenfalls nicht für dich«, gab Ulrich von Biberstein zu bedenken. »Das bringt die Leute gegen dich auf.« Die Herren von Biberstein hatten ziemlichen Einfluss auf den Herzog. Er hatte den drei Brüdern große Lehen gegeben, sie sichtbar bevorzugt, zum Ärger manch eines anderen. »Du solltest nicht völlig unbeachtet lassen, was die Leute denken«, assistierte Günther von Biberstein seinem Bruder. »Erst am Nachmittag hast du wieder gehört, dass es auch unter dem Adel Unzufriedene gibt. Das kannst du doch nicht einfach mit einer Handbewegung abtun.«

Eine Delegation von Vertretern des polnischen Adels hatte schon tagelang in Liegnitz auf die Rückkehr des Herzogs gewartet. Sie wollten Klage gegen die Deutschen führen.

»Sie beherrschen den Handel in unserem Lande, wenn es nicht die Juden tun«, hatten sie dem Herzog vorgeworfen. »Sie kontrollieren die Einfuhren und du kassierst. Wir gehen leer aus. Uns nehmen sie das beste Land weg, dabei gewinnen sie an deinem Hofe ständig an Einfluss – auch auf unsere Kosten. Sind wir, deine polnischen Landeskinder, dir denn völlig gleichgültig geworden?«

»Ich verstehe euer fortwährendes Lamentieren nicht«, verteidigte sich der Herzog. »Ihr seid mir genauso viel wert wie alle anderen. Aber ich habe großen Ärger mit meinen eigenen Landsleuten. Unter meinen eigenen Verwandten gibt es sogar einige, die dem König von Böhmen zuneigen. Mein lieber Bruder Heinrich gehört ebenfalls dazu. Dann sind da diejenigen, die wieder einen polnischen König wollen. Gut, sollte man meinen – aber auf keinen Fall darf er aus Schlesien kommen. Und vor allem darf er nicht Boleslaw heißen. Beide Gruppen wollen sich jedoch ganz Schlesiens bemächtigen. Ihr hört richtig, des ganzen Schlesien. Das heißt auch meines Herzogtums, von dem sie mir schon zwei große Stücke entrissen haben. Da muss ich mir doch Verbündete suchen, verlässliche Verbündete. Helft ihr mir da? Wenn ihr mich unterstützt, dann werdet ihr keinen Grund zur Klage haben. Diejenigen, vor denen ich mich jedenfalls am wenigsten fürchten muss, das sind die Deutschen.«

Er hatte verschwiegen, dass auch die Deutschen ihren eigenen Vorteil nicht aus den Augen verloren. Sie hatten ihn bisher tatsächlich nicht im Stich gelassen. Sie rüttelten auch nicht an seiner Macht, sie hielten loyal zu ihrem Landesherrn. Allerdings taten sie all das nicht aus reiner Freundschaft. Sie wollten dafür bezahlt oder auf andere Weise entschädigt werden. Das musste er hinnehmen. Am wenigsten jedenfalls traute Boleslaw seinen eigenen Brüdern.

Es war nicht der Tag, an dem der Herzog noch vernünftigen Argumenten und Ratschlägen zugänglich war. Zu sehr erfüllte ihn eine überschäumende Siegesstimmung nach seinem ›erfolgreichen Fischzug‹ gegen den Bischof. Schon am Nachmittag hatte er sich taub gestellt und diesmal hörte er nicht einmal auf den Rat Günther von Bibersteins. »Mich stört die Exkommunikation und das Interdikt über mein Land nicht. Was mich ärgert, ist der Erfolg, den das Breslauer Domkapitel mit seinen Klagen beim Papst hat. Die brauchen nur zu jammern, schon springt er an.« Aufgebracht leerte er seinen Becher. Aber der Herzog wusste auch, dass Strafmaßnahmen der Kirche nicht auf die leichte Schulter zu nehmen waren. Vorerst jedoch fühlte er sich als Sieger.

»Der Bischof gibt trotz seiner Kerkerhaft nicht nach. Sein Leiden zieht sich dadurch immer mehr in die Länge. Ich fürchte, er wird sich noch den Tod holen im Turm.« Herman hätte dem greisen Kirchenfürsten gern geholfen, wenn er einen Ausweg gesehen hätte.

»Das ist doch seine eigene Schuld«, brauste Boleslaw auf. »Mich ärgert seine Starrköpfigkeit schon lange. Ich werde seine Haftbedingungen verschärfen. Das wird ihn weich machen.«

Herman war nicht so leicht zum Schweigen zu bringen. »Der Turm von Liegnitz ist ohnehin ein schlimmer Aufenthalt. Ist das denn wirklich notwendig, Herr Herzog?«

»Lass mich mit deiner Gefühlsduselei in Ruhe«, herrschte ihn Boleslaw an. Und zu Ulrich Biberstein gewandt befahl er: »Der Bischof soll zusätzlich in Ketten gelegt werden! Jeder Besuch ist von ihm fern zu halten. Auch sein Beichtvater wird nicht mehr zu ihm gelassen. Das wäre doch gelacht, wenn wir seinen Widerstand nicht brechen könnten.«

Der Papst fand sich nicht mit der Gefangenschaft eines seiner Bischöfe ab. Alexander IV. beauftragte nun sowohl den Erzbischof von Magdeburg als auch den Erzbischof von Gnesen damit zum heiligen Kreuzzug gegen den Liegnitzer Herzog aufzurufen. Schon begannen die Erzbischöfe gegen den Frevler das Kreuz zu predigen und sicherten allen Teilnehmern an dieser Strafexpedition denselben Ablass zu, wie er den Rittern im Heiligen Land für einen Kreuzzug gegen die Ungläubigen gewährt wurde. Jetzt bemerkte auch Boleslaw, dass der Boden unter seinen Füßen zu heiß zu werden begann. Aber er hielt den Bischof Thomas weiter unerbittlich im Turm von Liegnitz fest. Sechs Monate lang konnte der alte Mann die Qualen der Gefangenschaft ertragen, dann gab er auf. Bischof Thomas unterschrieb die Bedingungen, die Boleslaw ihm diktierte.

»Weißt du, was Boleslaw von dem gequälten alten Mann erpresst hat, bevor er ihm die Freiheit zurückgegeben hat?« Herman hatte an den Verhandlungen teilgenommen.

»Nein, erzähle!«

»Eintausend Mark Silber hat er als Lösegeld hingelegt und die Zahlung von weiteren eintausend Mark Silber hat er versprochen. Außerdem hat er eingewilligt, dass er von nun an auch Zugeständnisse im Bereich strittiger kirchlicher Ansprüche machen wird. Vor allem hat er eingewilligt die Abgaben im ganzen Bistum zu erhöhen. Boleslaw hat sich also durchgesetzt.«

»Meinst du, dass er jetzt endlich zufrieden ist?«, fragte Stan.

»Jedenfalls ist der Bischof freigekommen, bevor der heilige Auftrag zum Kreuzzug von seinen Empfängern in die Tat umgesetzt werden konnte. Dieser Gefahr wollte Boleslaw sich auf keinen Fall aussetzen. Denn dass er dabei sicher verloren hätte, ist ihm dann doch klar geworden. Die Heiligen Krieger benehmen sich, wenn es drauf ankommt, alles andere als heilig. Sie hätten unser Land verwüstet und mit großer Wahrscheinlichkeit auch noch versucht es dem Herzog wegzunehmen.«

Dem Kreuzzug war tatsächlich mit der Freilassung des Bischofs von Breslau die Grundlage entzogen. Wieder einmal hatte Boleslaw Glück gehabt. Aber der Papst dachte deshalb noch lange nicht daran den Bann und die Exkommunikation Boleslaws aufzuheben.

Kapitel 11

Hoffnung

I.

Der Kastellan von Liegnitz war ein großer, stattlicher Mann. In seinem wie Silber glänzenden Brustpanzer sah er aus wie ein junger griechischer Gott. Lange Zeit hatte sich Heida keinen begehrenswerteren Mann vorstellen können. Sie hatte schon für Otto geschwärmt, als sie noch ein kleines Mädchen war. Jetzt war sie vierundzwanzig Jahre alt geworden und noch immer hatte er einen Platz in ihrem Herzen. Viel war geschehen in der Zwischenzeit. Aus dem Schwarm hatte sich eine ernsthafte Beziehung entwickelt. Eine Liebesgeschichte war daraus geworden. Ja, Heida war die Geliebte dieses Mannes geworden. Aber nachdem Otto es zum Kastellan von Liegnitz gebracht hatte, hatte sich in ihre Liebe so etwas wie ein blinder Fleck eingeschlichen, eine zunehmende Leere. Sicher lag es nicht daran, dass nur wenige Männer eine Frau heiraten wollten, die schon über zwanzig war. Nein, der Schlüssel lag bei Otto. Otto war nie der Mann gewesen, der sich binden wollte. Aber er war keinem Liebesabenteuer abgeneigt.

Auch die Rabensteinerin grübelte nicht den ganzen Tag darüber nach, wie sie unter die Haube kommen konnte. Sie hatte ihren eigenen Hang zur Selbstständigkeit und zur Unabhängigkeit. Und sie hatte ein gesundes Selbstbewusstsein. »Mich kannst du nicht einfach nebenbei einplanen«, hatte sie zu ihm gesagt. Das hätte Otto gerne gemacht. Als er jedoch amüsiert lachte, hatte sie nachgesetzt: »Du weißt, was ich für dich fühle. Aber du kannst mich nicht als Anhängsel betrachten. Ich mag klare Verhältnisse. Und eines merke dir: Heimlichkeiten sind schon gar nicht nach meinem Geschmack.«

Otto hörte es sich an, er hielt nicht dagegen. Wenn Otto bei der einen einen Dämpfer erhielt, warf ihn das nicht um. Da wandte er sich eben einer anderen zu. Er hatte viele Eisen gleichzeitig im Feuer. So hatte sich der blinde Fleck entwickelt.

Frauen und Mädchen flogen Otto zu. Sogar Agnes, die Tochter des Herzogs, war vor ihm nicht sicher gewesen. Das Mädchen war aber auch wirklich hübsch, musste Heida eingestehen. Und er schien sofort Erfolg mit seinem Werben gehabt zu haben. In einem Anflug von Aufrichtigkeit hatte Otto es Heida selbst erzählt: Der Herzog hatte ihm höchstpersönlich auf die Finger geklopft. Boleslaw verfolgte andere Pläne mit Agnes. Seine Kinder waren für ihn vor allem ein Mittel seiner Politik. Er wollte sie nutzen um seine Beziehungen zu deutschen Fürsten auszubauen und zu festigen.

Nein, von Ottos ständigen Weibergeschichten wusste Heida sonst wenig. Sie vermutete sie lediglich. Aber sie konnte sich dennoch seiner Anziehungskraft nicht entziehen. Sie brauchte jemanden, der sie herausforderte – und das konnte Otto. So wie er hätte sie auch sein wollen, wenn sie ein Mann gewesen wäre. Stieß Ottos Triebhaftigkeit sie ab? Wenn sie darüber nachdachte, musste sie sich eingestehen, dass sie eher davon anzogen wurde. Sie bewunderte ihn deswegen. Es war, als ob sie von Otto lernen wollte, wie man sich andere Menschen zu Willen macht. Es musste herrlich sein Macht über andere auszuüben. Musste das dem Manne nicht eine große Genugtuung bereiten, sogar über den Körper der Frau zu herrschen und über ihre Bewegungen? Manchmal war Heida richtig eifersüchtig auf die Männer.

Aber dann war da noch Stan. Stan, der sie so selbstlos verehrte. Vielleicht ahnte Heida, dass sie ihrem Verlangen, Macht über einen Mann auszuüben, bei Stan näher kommen konnte. Auch wenn sie es fühlen mochte, bewusst war es ihr nicht – wenn ihr der Gedanke gekommen wäre, sie könnte den Mann tatsächlich beherrschen, wäre sie wohl doch erschrocken. Denn sie war trotz allem ein Weib, ein Weib mit einer empfindsamen Seele und einem guten, großen Herzen. Sie wollte geliebt und verehrt werden. Heida hatte einen ausgeprägten Wirklichkeitssinn. Sie konnte sich besser an Tatsachen als an Gefühlen orientieren. Ihren Verstand vermochte sie nie völlig auszuschalten. Immer wieder brach dieser Hang nach geradliniger Klarheit und nach Selbstständigkeit bei ihr durch. Zu ihrem eigenen Ärger sogar dann, wenn sie glaubte, verliebt zu sein. Aber hatte sie nicht allen Grund zu befürchten, dass Otto sie gar nicht ernst nahm? Dass er nur mit ihr spielte? Wenn es nun bei ihm nicht mehr als eine Liebelei war, war es dann nicht klüger sich woanders umsehen?

Seit der Herzog ihm seinen Traum erfüllt hatte, Kastellan zu werden, hatte Otto tatsächlich noch weniger Lust sich an ein Weib zu binden. Er wähnte sich auf dem Höhepunkt seines Lebens. Da mochten solche gefühlsbedingten Schwärmereien einen Tag anhalten – oder eine Nacht. Aber auf die Dauer konnten sie nur Fesseln sein. So waren Heida und er nach und nach immer unzufriedener miteinander geworden. Heida nahm zwar in ihrer direkten, aufrechten Art noch einige Male einen neuen Anlauf zu ihm hin, aber sie erreichte nicht, was sie wollte.

Stan ahnte von alledem weniger, als er hätte wissen können. Er wollte gar nicht sehen, was für andere offensichtlich war. Stan wollte Heida anbeten, da waren ihm Zweifel im Wege. Aber er war nicht weniger unglücklich als sie. Denn die Rabensteinerin war freundlich zu ihm, aber sie hielt nun schon über Jahre eine kühle, sachliche Distanz. Stan verehrte die junge Frau aufrichtig. Er fühlte sich von ihrer frischen, geraden Art magisch angezogen. In ihrem Wesen fand er all das, was er an einer Frau bewunderte. Wenn Heida etwas anfasste, dann hatte es Hand und Fuß.

»Bei mir geht das ruckzuck«, konnte sie sagen und Stan glaubte ihr. Er konnte sie sich gut als Burgherrin vorstellen, mit all den Burgleuten und Hörigen, die ihren Anweisungen folgen würden. Und wie sie redete! Sie flößte ihm einen gehörigen Respekt ein: Heida schien das Leben zu kennen und Heida wusste, was sie wollte. Vielleicht hatte es etwas damit zu tun, dass sie ohne Vater aufgewachsen war und sich ihrer Haut immer alleine wehren musste, dachte Stan. Jedenfalls gefiel ihm ihr forsches, bestimmtes Auftreten, das auch zu ihrer verhaltenen Weiblichkeit gut zu passen schien. Instinktiv fühlte Stan, dass sie das ideale Eheweib für ihn sein würde. Und sauber und adrett sah sie immer aus, ob sie nun ein Kleid trug oder eine Schürze umgebunden hatte. Ein rotes Seidenband schmückte ihr braunes Haar: ›Wie eine wilde Bergblume‹, dachte er oft. Er war in sie verliebt, er wollte die Blume in seiner Burg heimisch machen.

Stan war kein Draufgänger. Er war ein einfühlsamer, herzensguter Mann, der zu den kampfwütigen, wilden Ritterscharen um Boleslaw eigentlich wenig passte. Stan hatte damit selbst seine Schwierigkeiten, aber auch er wusste, was er wollte. Er war fest entschlossen Heida für sich zu gewinnen. Er würde es auf seine Art tun. Das würde etwas länger dauern, aber das Mädchen würde sich seinem beständigen Werben nicht entziehen können, so hoffte er.

Otto selbst ebnete unfreiwillig den Weg für Stan. Mit seiner Abneigung sich festzulegen, verspielte er endgültig seine Chancen bei Heida. Nach einem langen unsicheren Hin und Her zog Heida endlich einen Schlussstrich. Sie wollte das nur Wünschenswerte vergessen. Nun erkannte sie immer klarer das Machbare – und lernte es zu schätzen. Otto entschwand aus ihren Träumen und Heida sah die Wirklichkeit. Zum ersten Mal in den vielen Jahren standen die Sterne günstig für Stan. Jetzt bekam seine beständige uneigennützige Zuneigung eine Chance.

Ein guter Freund von Heidas Mutter war ebenfalls nicht ganz unschuldig an dieser Entwicklung. Günther von Biberstein, der Älteste der drei Brüder, kannte den Kastellan gut. Otto und er waren Freunde. Aber er betrachtete Stan ebenfalls als seinen Freund. Stans offenes und aufrechtes Wesen beeindruckte ihn, er hielt große Stücke auf den jungen Mann. Günther war es auch gewesen, der Stan noch einmal an die Geschichte des Ritters Albrecht vom Rabenstein erinnerte – soweit sie bekannt war. Denn immer noch wusste niemand, auch Günther nicht, der mit dem Fall bei Hofe befasst gewesen war, zu sagen, was sich tatsächlich damals bei dem Mord an dem Ritter und seinem Knappen im Wald von Swiny zugetragen hatte. Stan hatte die Geschichte lange mit Günther besprochen. Günther hatte ihm alle Informationen zugänglich gemacht, die bei Hofe bekannt waren. Aber sie waren in ihren Überlegungen zu keinem Abschluss gekommen.

Günther von Biberstein hatte die Liebelei Heidas mitverfolgt. Er bekam auch mit, wie wenig glücklich Heida war, auch wenn sie nie ein Wort darüber verlor. Heida teilte sich anderen nicht mit. Schließlich hatte Günther als alter Freund der Familie eine Aussprache mit ihr gesucht. Sehr deutlich hatte er Heida über seinen Freund Otto die Augen geöffnet. Sie war zwar keinem seiner Argumente zugänglich gewesen, denn dafür war Heida zu stolz. Aber offensichtlich war durch das Gespräch doch etwas bei ihr in Bewegung geraten. Jedenfalls war Heida in sich gegangen um endlich mit sich selbst ins Reine zu kommen. Sie wollte ihren zukünftigen Weg selbst bestimmen.

Ja, nun sah die Rabensteinerin Stan mit anderen Augen und Heida erkannte plötzlich, dass sie ihn mochte. In manchem waren sich Otto und Stan sogar ähnlich. Beide erschienen ihr nicht so engherzig, rechteckig und starrsinnig wie viele der deutschen Ritter. Und dennoch unterschieden sie sich wesentlich von einander. Heida empfand sich selbst als recht ernst, als zu wenig leichtherzig. Deshalb suchte sie einen fröhlichen, unbeschwerten Menschen, einen Mann, der lachte und tanzte und sang. Stan war etwas scheu, aber Heida hatte erfahren, wie herzlich er lachen konnte. Und die Verbindung zwischen Lachen und Liebe war ihm nicht fremd. Es ermutigte Stan, wenn sie errötete und lachte – wenn er sie zum Lachen brachte und sie sich vor Vergnügen am ganzen Leib schüttelte. Einmal hatte Heida ihm dabei unwillkürlich die Hand aufs Knie gelegt. »Bring mich weiter zum Lachen«, hatte sie gesagt.

»Das Lachen«, hatte Günther von Biberstein ihm erklärt, »erwärmt, reizt und schmilzt das Fleisch der Frau. Du musst das heiße Eisen sofort weiterschmieden.« Stan wusste, jetzt musste er handeln.

Es war November geworden. Wie ein feuchtes Tuch lag der Monat über der Landschaft. Sein nasskalter Stoff hüllte sorgfältig und eng alle Bäume und Sträucher, alle Menschen und Tiere ein. Der Himmel war verschwunden, fast stieß der Kopf an die kalte Decke, die sich an seiner Stelle von oben herabsenkte. Kleine Tröpfchen bildeten sich, sie glitzerten nicht, es fehlte das Licht. Das Strahlen des Tages schien erloschen und langsam ging das trübe Restlicht in die Dämmerung über.

Stan hatte schon eine kurze Zeit vor der Tür gestanden. Schließlich klopfte er an. Heute sollte es sein.

»Tritt ein!«, tönte es von drinnen. Er öffnete die Tür und blieb stehen. Es war stockdunkel in dem Raum und seine Augen mussten sich erst daran gewöhnen.

»Hallo, Stan! Komm rein und nimm Platz.«

»Gott zum Gruße! Aber ich kann noch kaum etwas erkennen. Gefällt euch das hier so ohne eine Kerze oder ein Talglicht herumzusitzen?« Nun nahm er zwei Personen wahr, die auf einer Bank saßen. »Gott zum Gruße, meine Damen.«

Die Rabensteinerin lachte. »Ich sitze mit meiner Mutter hier häufig abends im Dunkeln. Wir nennen es ›die Dunkelstunde‹. Komm setz dich auch her.«

»Die Dunkelstunde? Hört sich geheimnisvoll an – und romantisch.«

»Geheimnisvoll ist es überhaupt nicht. Romantisch vielleicht. Wir erzählen uns nämlich Geschichten. Mutter sagt, auch ihre Mutter in Franken habe immer abends Geschichten erzählt, in der ›Dunkelstunde‹.«

»Ich will nicht stören …«

»Du störst nicht, Stan. Wir haben auch noch gar nicht richtig angefangen heute.«

»Und wer beginnt?«

»Du!«, bestimmte die junge Frau und lachte wieder. »Du kommst gerade richtig. Wir haben wohl auf dich gewartet.« Stan hatte das Gefühl, dass er rot wurde. Aber in der Dunkelheit konnte das niemand bemerken. Er räusperte sich. Ja, er würde eine Geschichte erzählen.

»Wahre oder erfundene Geschichten? Wie ist es der Brauch?«

»Das bleibt völlig dir überlassen. Also, fängst du an?«

Die Mutter hatte kein Wort gesagt, Heida führte das Gespräch. Nur den Gruß hatte die Alte erwidert. Es war jetzt, als ob sie gar nicht anwesend wäre. Stans Entschluss stand fest. Er begann.

»Es war einmal ein junger Ritter – in einem fernen Land. Dem fiel beim Kirchgang ein hübsches Mädchen auf. Sie gefiel ihm schon, als er sie zum allerersten Mal sah. Die Kleine war aber noch sehr jung und er wollte sie nicht verschrecken. Deshalb war er nur höflich und zuvorkommend. Der junge Ritter hatte Geduld, denn das Mädchen bedeutete ihm viel. Er konnte warten. Er war wohl auch etwas scheu – und so wartete er. Das Mädchen wuchs heran und erregte das Interesse vieler junger Männer, denn sie war hübsch und begehrenswert. Wie sie so heranwuchs, wuchs auch in dem jungen Ritter die Zuneigung zu der hübschen Maid. Schließlich entbrannte er in heißer Liebe zu ihr. Er begehrte sie sehnlichst, er wollte sie in seine Arme schließen und ihr seine Liebe gestehen. Aber das Mädchen hatte einen eigenen Kopf und mit dem wurde der Ritter nicht fertig. Er sann darüber nach, warum sie so abweisend zu ihm war. Eine Weile lang dachte er, es müsse ihr schon mit dem Namen in die Wiege gelegt worden sein, wie man es so oft hört. ›Wildes Feld‹ bedeutete ihr Vorname oder ›wildgewachsen‹. Aber es gab da auch noch einen anderen Wortstamm ihres Namens, der bedeutete ›edel‹ und ›heiter‹. Wer war sie wirklich, die Schöne? Noch wichtiger aber schien ihm die Frage: Wer wollte sie sein? Und er kam zu dem Schluss, dass sie beides war, dass sie es aber selbst noch nicht wusste. Deshalb, so erkannte er, musste er weiterhin warten. Wie hatte der weise Mönch in Heinrichau doch gesagt? ›Nur dem Geduldigen öffnet sich die Blume der Freude. Wer eine Knospe frühzeitig aufbricht, wird nie volle Entfaltung erleben.‹ Der verliebte Ritter glaubte auch, dass seine Herzensliebste von den Männern nichts wissen wollte. Sie lebte ihr eigenes, junges Leben, unbeschwert, wie es schien, und unbekümmert. Er wusste nicht, dass er sich irrte. Aber eines Tages bemerkte er doch, dass seine Angebetete einen anderen mit verliebten Augen ansah. Eine tiefe Traurigkeit überkam ihn und er entschied sich, weit, weit fortzugehen.

Aber sein Mädchen ließ ihn auch in der Ferne nicht los. Er kam wieder zurück, er sah sie wieder und immer noch begehrte er sie heftig. Sie hatte sich auch gewandelt. Aus dem Mädchen war eine reife Frau geworden. Und dann kam es ihm so vor, als seien andere Männer nun in weite Ferne gerückt, er selbst aber fühlte sich ihr viel näher gekommen. Wusste sie jetzt, dass diese Männer sich gerne ihre eigenen Regeln machen? Seine Angebetete war auf einmal viel freundlicher zu ihm, viel aufgeschlossener. Als unser Ritter das bemerkte, da lachte er, da war er glücklich – und er fasste Mut. Nun würde er doch noch den Panzer um das Herz seiner Angebeteten aufbrechen können. Jetzt war seine Zeit gekommen, jetzt würde er sie zu seiner Frau machen.«

Die beiden Frauen hatten zugehört, ohne einen Laut von sich zu geben. Als Stan nun eine Pause machte, fragte Heida: »Und? Hat er es geschafft?«

»Das weiß ich noch nicht. Der junge Ritter hat mir verraten, dass er sich vorgenommen hat, die hübsche Maid heute Abend zu fragen, ob sie seine Frau werden will.«

»Heute Abend?«, fragte die Mutter.

»Dein junger Ritter scheint mir aber ein Angsthase zu sein. Warum hat er die Maid nicht schon vorher einmal gefragt?«, bemerkte Heida angriffslustig.

»Gute Frage«, erwiderte Stan. »Aber der junge Ritter glaubte, dass sie ihn auslachen würde. Auch nahm er an, sie sei gebunden. Vielleicht hatte er auch tatsächlich Angst. Erst jetzt sieht er klarer, erst jetzt ist er mutiger.«

»Aha«, machte Heida. »Ich würde aber doch schon mal gefragt haben.«

»Ja, so bist du. Das mag ich eben auch an dir. Du bist so ehrlich und geradeheraus. Richtig erfrischend.«

Nun hatte Stan tatsächlich Mut gefasst. Die Dunkelheit machte es ihm leichter. Und die Anwesenheit der Mutter störte überhaupt nicht. Im

Gegenteil, sie ermunterte ihn. »Da gibt es noch viel mehr, was mir an dir gefällt. Deine forsche und natürliche Art, deine Gewandtheit in allen praktischen Dingen ...« Er holte tief Luft. »Ich mag dich einfach, ich hab dich gern.«

»Ich dachte, du wolltest eine Geschichte von dem jungen Ritter erzählen ...« Sie machte es ihm nicht leicht.

»Der Ritter – er steht vor dir. Das bin ich. Und ich möchte dich zu meiner Frau. Heida, willst du meine Frau werden?«

In dem dunklen Raum herrschte tiefe Stille. Es war ihm, als ob sie beide alleine wären. Da entstand auf der Bank eine Bewegung, Stoff raschelte. Stan konnte erkennen, dass sich Heida erhob. Langsam kam sie auf ihn zu. Stan war schon aufgestanden. Sie berührte ihn mit ihrer Hand. Er ergriff sie mit beiden Händen und hielt sie ganz fest.

»Heida, willst du meine Frau werden?«

Heida fiel ihm nicht um den Hals, Heida sagte laut und deutlich: »Ja, Stan.«

Da nahm Stan sie in die Arme.

II.

Stan nahm die Rabensteinerin mit nach Swiny. Es war Frühling geworden und das Grüne Tal ein schwellender Aufbruch des Lebens. Der Neubeginn der Natur schien wie geschaffen zu dem neuen Anfang, den Stan machen wollte. Es war das erste Mal, dass Heida das Grüne Tal sehen sollte. Sie war nicht sonderlich erregt, aber gespannt war sie doch. Wie würde es dort wohl aussehen, auf dem Lande, auf der Schweinhausburg? Heida würde Stans Familie kennen lernen. Von Stans Schwester wusste sie schon viel, Stan hatte oft von ihr erzählt. Sie hoffte, dass sich zwischen ihr und Agnieszka Freundschaft entwickeln würde. Heida hatte sich etwas ganz besonderes für Agnieszka ausgedacht.

Heida trug ein eng anliegendes, grünes Reitkleid. Sie saß auf ihrem Ross, als hätte sie es ihr Leben lang nicht anders gekannt. Einen Zelter hatte sie nicht reiten wollen, sie ritt einen weißen Hengst. Auf ihrer Faust trug sie einen Jagdfalken. Stan hatte sie davon abhalten wollen, ein solches Geschenk nach Swiny mitzunehmen, aber es war ihm nicht gelungen. Wenn Heida sich etwas in den Kopf setzte ...

Der Falke schien es als ganz natürlich zu empfinden, mit Heida auszureiten. Sie hatte ihm keine Haube übergestülpt, die ihn blind gemacht hätte. Mit seinen großen, kugelrunden Augen verfolgte er aufmerksam, was um ihn herum vorging.

Heida war von der Schweinhausburg überrascht. Sie hatte sich die Kastellanei auf dem Lande viel kleiner vorgestellt. Ihr gefiel die Gegend und ihr gefiel die Burg. Und Heida fühlte sich sofort zu Agnieszka hingezogen. Es war erfrischend, wie die junge Frau ihrer Freude Ausdruck zu verleihen vermochte. Diese wärmende Begrüßung, diese offenen, herzlichen Worte. Das Geschenk traf Agnieszka jedoch völlig unvorbereitet. Die Überraschung war gelungen.

»Was für ein hübsches Tier«, rief sie begeistert aus. »Sieh doch seine intelligenten, wachsamen Augen! Seine festen Schenkelchen sitzen an wie Stiefelchen. Richtig ritterlich sieht er aus. Und das hellgrauweiß gesprenkelte Kleid! Es macht ihn vornehm wie einen Edelmann.«

Aber Agnieszka wusste nicht so recht, was sie mit dem Tier anfangen sollte. Sein starker gebogener Schnabel und die scharfen gelben Greifwerkzeuge ließen es nicht ratsam erscheinen, ihn anzufassen. »Du brauchst einen Handschuh«, sagte Heida und blickte auffordernd die Männer an. Stan winkte den alten Dietsche heran.

»Nähe ihr aus dickerem Leder einen großen Handschuh, der bis zum Ellenbogen reicht, damit der Falke ihren Arm nicht in Stücke reißt.«

»Guckt nur, was der für Krallen hat«, staunte der Alte. Inzwischen hatte Stan ein Stückchen Hühnerfleisch besorgt, das er dem Falken vorsichtig zuwarf. Der hielt das Fleisch mit seinen gespreizten scharfen Fängen festgekrallt. Mit seinem gelben Hakenschnabel riss er kleine Stückchen heraus. Immer wieder hob er den Kopf um seine Umgebung zu kontrollieren. Dabei schauten die runden, dunkelbraunen Augen Stan klug an.

»Stan, kannst du dem Vogel nicht eine Bleibe verschaffen, damit ich mich an ihn gewöhnen kann?«, bat Agnieszka.

»Und er sich an dich«, ergänzte Heida. Sie lachten.

Janko löste das Problem. Er trug dem Burgzimmermann auf, einen großen Käfig zu bauen, den er im Hof an einer geschützten Stelle aufstellen sollte. Agnieszka freute sich.

»Sobald Herman morgen kommt, werde ich ihn bitten sich um den Vogel zu kümmern. Der Falke hat so wunderbar kluge Augen ...«, wiederholte sie voll Bewunderung. Sie überlegte. »Ich werde ihn Herman nennen.«

Die beiden jungen Frauen verstanden sich auf Anhieb. Heida erzählte vom Leben am Hofe in Liegnitz. Agnieszka hörte der Älteren gespannt zu. Aber auch Heida ließ sich gleich in den ersten Tagen von Agnieszkas liebenswürdigem Wesen gefangen nehmen und von ihren vielen Interessen anstecken. Zuerst musste sie die Haustiere bewundern, die es auf der Burg gab und für die Agnieszka sich besonders zuständig fühlte. Außer ihrem kleinen weißen Hündchen gab es da noch Eichhörnchen, Kaninchen und Vögel. Dann ging es in die Küche. Heida imponierte, wie Agnieszka den Mägden in der Küche vormachen konnte, wie die Speisen angerichtet werden sollten. Aber besonders war sie von ihrer Kunstfertigkeit in Handarbeiten angetan.

»Sticken und Häkeln machen mir große Freude. Auch den Spinnrocken zwischen den Knien zu halten, ist eine solche stille Arbeit, bei der man viel nachdenken kann.« Solche ›stillen‹ Tätigkeiten erfreuten sich keiner allzu großen Beliebtheit bei Heida. Aber sie ließ sich gerne erklären, wie Agnieszka kunstvolle Stickereien mit Goldfäden ausführte.

»Und was soll das werden?«

Agnieszka errötete etwas. »Ein Altardeckchen.«

»Wo hast du das denn gelernt?«, fragte Heida. Und Agnieszka erzählte, dass sie zwei Jahre lang in Breslau gewesen und von der Herzogin Anna wie eine Tochter behandelt worden war. »Zuerst war das für mich eine fremde Welt. Aber nach einer Weile habe ich mich etwas wohler gefühlt. Die Frau Herzogin war so freundlich und so lieb zu mir. Dennoch war ich froh, als ich am Ende wieder nach Hause zurückkehren durfte.« Sie lächelte, als sie sich an diese Zeit zurückerinnerte.

»Und dann lebte hier lange Jahre auf der Burg die Witwe unseres Burgvogts. Sie kannte alles, was eine Frau wissen muss. Von ihr habe ich sogar das Schachspielen gelernt.« Nach einer kleinen Pause gestand sie auch, dass sie im letzten Jahr dem Kloster in Trebnitz ein Tuch für den Abendmahl-Kelch und einen Liturgie-Schal geschenkt hatte, ebenfalls von ihr selbst gestickt. »Es sollte ein kleiner Dank dafür sein, dass die frommen Schwestern für meine unglückliche Schwester beten. Sie hieß Wanda.«

»Stan hat mir von deiner Schwester erzählt. Er hat gesagt, dass sie ein glückliches Mädchen war und dass sie mit ihrer Umwelt in Frieden lebte.« Agnieszka nickte. »Stan mag Recht haben. Ich weiß es nicht, ich war noch zu klein.«

Plötzlich horchte sie auf. »Hörst du es?« Heida wusste nicht, was sie meinte.

»Gib auf den Ruf des Kuckucks acht!«, rief sie. »Lieber Kuckuck sag mir wahr, wie lang soll ich leben, wie viel Jahr?« Jetzt hörte Heida den Rufer auch. »Wer keine Denare bei sich hat, wenn er den Kuckuck zum ersten Mal rufen hört, muss darunter leiden, denn das bedeutet schlechte Einnahmen für das ganze folgende Jahr«, erklärte Agnieszka und lachte. »Bei uns gilt der Kuckuck nicht nur als Frühlingsbote, musst du wissen, sondern auch als prophetisches Wesen. Wir sind sicher, dass er seine Beziehungen zu bestimmten Gottheiten hat.« Sie sah Heida fragend an, und als die nicht antwortete, fügte sie entschuldigend hinzu: »Das hat aber nichts mit unserem christlichen Glauben zu tun. Das sind nur alte Weisheiten unserer Ahnen.« Agnieszka hatte sich ein paar frische Wiesenblumen gesucht und einen Blumenkranz für Heida gewunden, den sie ihr aufs Haar setzte.

›Als ob der Frühling den Sommer begrüßt‹, dachte Stan. ›Agnieszka sieht wie der Frühling selbst aus, mit ihrer schwarzen Weste über der weißen Bluse, dem mit Blumen bestickten Kopftuch und der seidenen

Schleife.‹ Dann erfasste sein Blick die stramme Gestalt Heidas und voller Genugtuung fügte er hinzu: ›Und mein ist der Sommer!‹

Die beiden jungen Frauen setzten sich auf der kleinen Lichtung in Sichtweite des Burgtores nieder. Agnieszka begann Heida von ihrer ersten und einzigen Liebe zu erzählen. Heida kannte Herman kaum. Sie hatte ihn zwar in Liegnitz gesehen und vielleicht auch schon einmal ein Wort mit ihm gewechselt, aber mehr auch nicht. Agnieszka schwärmte von Hermans Rechtschaffenheit, seinem Mut und seiner Kühnheit.

›Wie verliebt sie ist‹, stellte Heida fest. Sie freute sich für ihre neue Freundin.

»Sein ritterliches Wesen spürst du in allem, was er tut. Immer achtet er darauf, dass die Dinge gerecht zugehen. Er ist ein richtiger, von Gott erfüllter, christlicher Edelmann. Ich liebe ihn sehr, ihm will ich gerne dienen und ihm ein gutes Eheweib sein.«

Die skeptische Heida, realistisch wie sie war, dachte sich ihren Teil. So viele gute Eigenschaften bei einem einzigen Mann? In ihrer Verliebtheit war es für ihre Freundin sicher unmöglich Herman unvoreingenommen zu beurteilen. Aber das beeinträchtigte ihre Zuneigung zu Agnieszka in keiner Weise. Nur die Sache mit dem ›Dienen‹, die konnte Heida so nicht stehen lassen.

»Das meinst du doch nicht ernst, Agnieszka? Dienen?«

»Doch, doch«, antwortete die junge Frau schnell. »Ich will ihm gerne untertan sein und ihm dienen.«

»Aber Mädchen! So sehr darfst du doch die Männer nicht in den Himmel heben. Das macht sie nur übermütig. Und wenn es für sie zur Gewissheit wird, dass die Frauen ihnen so ergeben sind, dann macht es sie überheblich und rücksichtslos.«

Agnieszka lächelte nachsichtig. Da fasste Heida ihre Freundin bei den Händen und sagte: »Weißt du, ich will dir eine kleine Geschichte erzählen. Ein Sänger hat sie einmal vorgetragen, und mir ist sie im Gedächtnis geblieben. Sie gefällt mir nämlich gut. Sie geht so: ›Gott hat das Weib nicht aus Adams Kopf geschaffen‹, hat der Sänger gesungen. ›Denn sein Weib sollte nicht über ihn herrschen. Gott hat auch das Weib nicht aus seinen Füssen geschaffen, denn sie sollte nicht seine Sklavin sein. Gott schuf das Weib aus seiner Seite.‹ Und weißt du warum?« Agnieszka sah sie erwartungsvoll an. »Weil sie seine Gefährtin und sein Freund sein sollte.«

»Ach, lass uns einfach fröhlich sein«, rief Agnieszka. »Ich liebe das so sehr.« Die beiden fassten sich an den Händen und sangen und tanzten miteinander und es war, als ob sie sich schon immer gekannt hätten.

Währenddessen unterhielten sich die Männer über die Frauen. »Ehen zwischen den Neuzugewanderten und den Alteingesessenen sind doch nichts Außergewöhnliches. Das haben uns unsere Fürsten doch schon lange vorgemacht. Alle haben sie deutsche Frauen genommen.«

»Nun übertreibe nicht gleich wieder, Herman. Es haben nicht alle unsere Fürsten deutsche Frauen geheiratet. Die Frau Heinrichs des Frommen zum Beispiel ist eine böhmische Königstochter. Die Frau des Herzogs von Breslau ist eine Polin und ....«

»Was mir dabei einfällt«, kam es von Herman, »sogar die ›urdeutsche‹ heilige Elisabeth war eine ungarische Königstochter!«

»Ja – und ohnehin ist diese Unterscheidung, deutsch oder polnisch oder böhmisch, oder was sonst, doch reichlich überholt, oder? Sie sind doch sowieso schon alle miteinander verwandt und verschwägert. Den Leuten gefällt es aber immer nach solchen scheinbar trennenden Merkmalen zu suchen. Eben nicht nur bei den Fürsten sondern auch bei uns. Um das Zusammenwachsen voranzutreiben, muss man doch das Verbindende betonen. Das haben unsere Fürsten schon recht früh erkannt.«

»Ich denke immer, das mag der Grund dafür sein, warum die Kinder der Edelleute schon so früh verheiratet werden. Oft schon, bevor sie auch nur das zehnte Lebensjahr erreicht haben, nicht wahr? Die Absicht kann doch nur sein sie gemeinsam zu erziehen, damit ihnen diese Unterschiede eben gar nicht erst bewusst werden. Dabei kommen sie sich auch geistig und kulturell näher und alles Trennende wird ›spielend‹ überwunden. Dann können sie auch ein gemeinsames Leben führen, das auf einer vergleichbaren Grundlage basiert. Zeigt nicht gerade dieses Beispiel der Fürstenhöfe, dass sie uns einiges voraushaben?«

»Aber lass uns lieber wieder über unsere eigenen Frauen reden. Komm, Stan, verrate mir endlich, wie du die Rabensteinerin eigentlich rumgekriegt hast.« Stan war froh, von seiner Heida sprechen zu können. Mit gerötetem Gesicht erzählte er die lange Geschichte seiner scheuen Liebe zu ihr und wie er sie am Ende doch noch für sich hatte gewinnen können. Herman freute sich mit seinem Freund, er freute sich, dass Stan rundherum glücklich war.

III.

»Der Herzog weiß nun nicht mehr ein noch aus. Jetzt zieht er wieder rastlos mit seinem Geiger Surrian durchs Land. Niemand weiß, wo die beiden sich aufhalten. In Liegnitz werden die Regierungsgeschäfte von seinen Rittern und seinen Notaren mal wieder ohne ihn besorgt.«

»Alle Pflichten und alle Verantwortung werden so abgeschoben. Wie können die Leute zu diesem Herzog aufblicken? Wie sollen sie ihn als den von Gott gesandten Landesvater sehen? Eine Günstlingswirtschaft ist das!« Da waren sich Stan und Herman einig.

»Und doch ist das ungerecht, Herman. Nenne mir einen unter den Piasten, der wie Herzog Boleslaw die althergebrachten landesherrlichen Rechte so entschlossen und heftig gegenüber der Kirche verteidigt hat.«

»Aber mit welchen Mitteln hat er seine Ziele verfolgt! Ohne jede Rücksicht auf Recht, Sitte und Moral. Erinnere dich nur daran, wie er sich an dem Bischof versündigt hat.«

»Seine Tragik ist, dass er versucht, die Politik seiner Vorfahren fortzusetzen, ohne über deren Machtfülle zu verfügen«.

Herman schüttelte den Kopf. »Du verteidigst ihn fast bedingungslos, Stan?«

»Ich kann ihn verstehen – als Landesherren. Was ich ihm nicht vergebe, ist seine moralische Haltung. Wir alle müssen täglich gegen unsere animalische Natur kämpfen, wenn wir Recht und Unrecht unterscheiden und die Zehn Gebote erfüllen wollen«.

»Er kämpft ja gar nicht darum. Er verletzt sie, ohne darüber auch nur nachzudenken. Ein gar wackerer Held! Weder Lanze, noch Schwert, noch die Bibel vermögen ihn zu Fall zu bringen, nur zuweilen der Wein der Kellermeister zu Leubus und zu Grüssau.« Herman lächelte ironisch. Aber Stan wollte sich nicht zufrieden geben.

»Du machst es dir leicht, Herman, den Überlegenen zu spielen. Du brauchst seine Verantwortung nicht zu tragen. Und dass er das Erbe der Väter erhalten möchte, das kann nun wirklich niemand bestreiten. Ich möchte nicht in seiner Haut stecken. Er hat Fehler gemacht, ja, große Fehler. Aber hinterher sieht alles viel einfacher aus und hinterher weiß jeder alles besser. Und wenn er sein Auge auf das ganze Polen richtet wie sein Vater und sein Großvater auch – kannst du ihm das vorhalten?«

»Warum ruft er dann nicht den deutschen König zu Hilfe?«

»Hach«, Stan lachte bitter. »Wenn die Staufer im Reich noch wirklichen Einfluss und Macht ausübten, dann könnte man vielleicht darüber reden. Aber jetzt ... ?« Er schüttelte den Kopf. »Der große Kaiser ist tot. Sein Sohn, König Konrad, ist nach Italien gezogen und starb dort völlig unerwartet.«

»In Italien, natürlich! Wie sein Vater und sein Großvater auch. Alle sind sie da unten gestorben, in Italien!« Herman sprach es mit einem Ton tiefen Bedauerns aus. »Das ist offenbar das Los der Staufer. Aber andererseits soll der Kaiser ja gar nicht gestorben sein.«

Stan lachte. »Rede nicht dummes Zeug, Herman. Wir haben es doch nun schon oft genug gehört. Der Kaiser Friedrich ist in Apulien gestorben.«

»Aber man hört auch immer wieder das Gegenteil, nicht wahr?« Und Herman begann mit ernster Miene und geschlossenen Augen ›Die Moritat vom verlorenen Kaiser Friedrich‹ zu deklamieren:

»Kaiser Friedrich war vom Papst in den Bann getan worden, man verschloss ihm Kirchen und Kapellen und kein Priester wollte ihm die Messe mehr lesen. Da ritt der edle Herr kurz vor Ostern, als die Christenheit das heilige Fest begehen wollte, auf die Jagd. Er wollte nicht

259

im Wege stehen, wenn seine Untertanen das christliche Fest feierten, weil er ja im Bann stand. Keiner von des Kaisers Leuten wusste, was in ihm vorging und keiner kannte seine Absicht. Der Kaiser legte ein edles Gewand an, das man ihm aus dem Morgenland geschickt hatte, nahm ein Fläschchen wohlriechendes Wasser zu sich und bestieg ein schönes Ross. Nur wenige Herren waren ihm in den tiefen Wald nachgefolgt. Da nahm er plötzlich einen wunderbaren Ring in seine Hand und wie der Kaiser das tat, war er aus ihrem Gesicht verschwunden. Seit dieser Zeit sah man ihn nimmermehr und so war der hochgeborene Kaiser verloren. Wo er hinkam, ob er in dem Wald das Leben verlor, ob ihn die wilden Tiere zerrissen, oder ob er noch lebendig ist, das kann niemand wissen. Doch erzählen alte Bauern, der Kaiser lebe noch und lasse sich hin und wieder bei ihnen sehen. Dabei hat er öffentlich ausgesagt, dass er noch auf römischer Erde gewaltig werden und die Pfaffen stören wolle und nicht eher ablassen wolle, bis er das Heilige Land wieder in die Gewalt der Christen gebracht hat. Dann wird er seines Schildes Last hängen an einen dürren Ast.«

Herman machte eine Pause und öffnete seine Augen. Während seines Liedes war Agnieszka zu ihnen gekommen und hatte sich still neben ihren Liebsten gesetzt. Jetzt nahm er ihre Hand und sagte lächelnd: »Ich kann es schon auswendig. Immer wieder singen sie das auf den Burgen. Und auch, dass der Kaiser bis zum Jüngsten Tage leben wird und dass kein rechter Kaiser nach ihm mehr aufkommen wird. Bis dahin sitzt er verhohlen in dem Berge Kyffhausen. Interessant an den Geschichten finde ich auch, dass der Baum grünen wird, wenn der Kaiser wieder daherkommt. Er hatte nämlich seinen Schild an einen dürren Baum gehängt. Und dann, wenn er wiederkehrt, dann soll alles besser werden und eine bessere Zeit anbrechen. Zuweilen redet der Kaiser offenbar sogar mit den Leuten, die in den Berg kommen. Na, was sagst du?«

»Eine schöne Geschichte, Herman. Aber ich glaube sie so wenig wie du.«

Ohne auf Stans Kommentar einzugehen, wechselte Herman unvermittelt das Thema. »Weißt du, was mich jetzt wirklich beschäftigt?« Stan schüttelte den Kopf, gespannt, womit sein Freund nun wieder herauskommen würde. »Da gibt es doch noch Konrads Sohn Konradin. Warum wird denn der nicht König?«

Agnieszka hatte bisher aufmerksam aber schweigend zugehört. Nun blickte sie ihn fragend an. »Ist das dieser blond gelockte Knabe, von dem die Sänger auch immer so viel Schönes erzählen?«

»Ja, genau der ist es.« Und ohne eine Antwort Stans abzuwarten, beantwortete Herman seine Frage schon selbst. »Die Ohnmacht des Reiches und der Untergang der Staufer sind in seiner Person vereinigt. Konradin ist der rechtmäßige Erbe des Thrones. Schon zweimal – mindestens – hatten die Kurfürsten die Absicht ihn zum deutschen König zu wählen. Besonders die bayrischen Wittelsbacher sollen sich immer wieder für ihn stark gemacht haben. Aber diejenigen, die keinen Staufer mehr auf dem deutschen Thron sehen wollen, sind zu mächtig. Da ist zuallererst der Papst. Auch wenn er jetzt Alexander heißt, unterscheidet sich seine Politik kein bisschen von der seines Vorgängers Innozenz. Er hasst alles, was von der Burg auf dem Hohenstaufen abstammt. Deshalb hat er jedes Mal Konradins Wahl zu verhindern gewusst.« Herman hatte sich in Fahrt geredet. »Als Wilhelm von Holland im letzten Jahr im Friesenkrieg fiel, da war wieder die große Chance für Konradin da. Aber ein neuer Gegner gesellte sich zu seinen alten Feinden und zum Papst: Unser lieber König Ottokar! Der böhmische König ist inzwischen der mächtigste Reichsfürst. Obwohl er ein großer Bewunderer des Kaisers Friedrich war – für seinen Enkel als deutschen König zu stimmen ist eine völlig andere Sache. Konradins Wahl zum König hat er fein hintertrieben. Die deutsche Königskrone würde ihm selbst doch viel besser stehen, wird er sich wohl gedacht haben.«

Agnieszka konnte viel erfahren aus den Gesprächen der Männer. Ihr wurde die Zeit nicht langweilig, wenn sie ihnen zuhörte. Bisher hatte die Burg solche Gespräche nicht gekannt. Janko war ein recht bequemer Burgherr und Kastellan. Außerdem war er redefaul. Mit ihm war ein solches Gespräch undenkbar. Auch interessierte ihn die große Politik wenig. Ihn interessierten seine Burg und seine Kastellanei. Aber selbst die Verantwortung, die damit verbunden war, hätte er gerne an jemanden anderen abgegeben, wenn ihm die mit den Ämtern verbundenen Annehmlichkeiten und Ehren erhalten geblieben wären. Janko nahm dann auch an den Gesprächen gewöhnlich nicht teil. Er saß da, war mit sich selbst zufrieden und beschäftigte sich am liebsten mit einem Stück Knoblauchwurst und einem Krusten Brot, den er immer wieder in einen Humpen Bier tauchte.

»Du denkst also nicht, dass die Wahl des Engländers Richard von Cornwall da etwas ändern könnte? Den hat Papst Alexander doch jetzt als deutschen König anerkannt.«

»Stan! Glaubst du, dass der Engländer an Deutschland oder gar an Schlesien interessiert wäre? Der sieht doch auch wieder nur dieses Schmuckstück aus dem Stauferschatz, das Königreich Sizilien. Dieses Juwel möchte er zu gerne in seine Krone einfügen.« Dann fiel Herman noch etwas ein. »Übrigens habe ich in Liegnitz gehört, dass es jetzt zusätzlich wieder einen zweiten deutschen König gibt – neben Richard von Cornwall. Und da seht ihr, wie weit wir gekommen sind.«

»Und wo kommt der her?«, fragte Agnieszka.

»Aus Spanien!«, rief Herman. »Ein spanischer König! Alfons der Zehnte von Kastilien und Leon ist jetzt ebenfalls deutscher König. Armes

Deutschland! Keiner von denen ist wohl daran interessiert Herzog Boleslaw beim Durchsetzen seiner Ansprüche zu helfen.« Er lachte.

Agnieszka bewunderte ihren Herman. Er wusste um die Dinge in der großen Welt und seine Redegewandtheit war doch allem überlegen, was sie bisher gehört hatte.

»Also«, Stan ließ sich nicht irritieren, »wenn du mal unvoreingenommen urteilst, da musst du die Geduld und das unermüdliche Bemühen der Päpste doch bewundern – mögen sie heißen, wie sie wollen. Erstens haben sie über die Staufer triumphiert. Und dann, was Polen anbetrifft: ganz Polen, und damit auch Schlesien, ist römisch-katholisch. Mit dem Erzbischof in Gnesen haben wir jetzt sogar eine selbstständige Kirche in Polen. Schließlich halten die polnischen Gläubigen auch eine Schlüsselstellung für die Ausbreitung des römischen Glaubens – und sie dienen als Schutzwall gegen unerwünschte Missionsversuche aus dem Osten oder gar aus Konstantinopel. Wir Polen danken dem Papst einige Privilegien. Denke nur einmal an die Heiligsprechung des Bischofs Stanislaw von Krakau. Was für eine Hochstimmung herrschte da, als der Papst den Jubelnden anlässlich der Erhebungsfeier diese Nachricht verkünden ließ! Wenn er selbst dabei gewesen wäre, hätte der Papst die Polen sofort gegen die Italiener und besonders gegen alle Römer eintauschen wollen.«

IV.

»›Deine Politik gefällt mir nicht, Boleslaw‹, habe ich zu ihm gesagt. ›Wir standen vor Magdeburg‹, habe ich gesagt, ›und jetzt? Wo stehen wir jetzt?‹« Piotrs Gesicht verzog sich in Erinnerung an die heftige Auseinandersetzung damals, bevor er aus Liegnitz hatte fliehen müssen. Als Lächeln war die Grimasse kaum zu erkennen, so sehr verunstaltete ihn eine hässliche rote Narbe. Sie verlief vom Haaransatz quer über das Auge bis zum linken Mundwinkel. Das Auge war geschlossen. Man sah nur einen bläulich schimmernden Fleck, der einmal das Auge gewesen war. Als die Wunde verheilte, hatte sie den linken Mundwinkel etwas nach oben gezogen. Das gab seinem Gesicht einen grinsenden Ausdruck, als ob er sich ständig über irgendetwas amüsierte.

»›Was heißt hier ›wir‹? Wer stand vor Magdeburg?‹, hat er mir geantwortet. ›Weder du noch ich standen jemals vor Magdeburg. Wir standen niemals vor Magdeburg.‹

›Wir, die Polen!‹, habe ich geantwortet. ›Und jetzt dringen die Deutschen schon bis zu den Karpaten vor!‹

›Kindisches Geschwätz!‹, hat Boleslaw erwidert. ›Die Deutschen sind ein großer Gewinn für unser Land und die beste Einnahmequelle, die wir jemals bekommen konnten. Und verlässliche und fleißige Untertanen sind sie auch.‹

›Das Land Lebus hast du auch an sie verschachert‹, habe ich ihm geantwortet. ›Bei deiner Politik wird bald ganz Schlesien in ihre Hand fallen. Und das ist nur der Anfang, wenn dir nicht Einhalt geboten wird.‹ Rot angelaufen vor Zorn ist Boleslaw da. ›Du bist ein Verräter!‹ hat er mich angeschrieen. ›Von dir lasse ich mir doch keine Vorhaltungen machen!‹«

Jetzt grinste Piotr tatsächlich leicht. »Den habe ich ganz schön in Rage gebracht. Es war mir egal, was daraus wird. Für mich ist er nicht mehr der Herzog. Dennoch war es ein Glück, dass wir alle schon zu viel gesoffen hatten. In diesem Zustand konnte man ihm viel an den Kopf werfen. Aber diesen Ausbruch hat er mir nicht mehr vergessen.« Piotr richtete sich auf.

»Ich hätte trotzdem weitergemacht und noch manchen Freund für unsere heilige Mission gewinnen können, wenn nicht dieser Stan von Swiny hinter unseren Bund gekommen wäre. Den hasse ich genauso wie seine Freunde. Er hat uns verraten. Da wurde mir der Boden unter den Füßen zu heiß. Deshalb sind wir aus Liegnitz abgehauen. Nach Osten, dahin, wo noch wahre Patrioten regieren.«

Piotr strich sich das lange schwarze Haar aus dem Gesicht. »Und das hier ist meine Erinnerung an diesen Spitzbuben aus Hayn, diesen Herman.« Er deutete auf die Verletzung, die sein Gesicht entstellte. »Das werde ich ihm noch heimzahlen. Wenn ich daran denke, bin ich richtig froh, dass ich ihm schon einmal die Suppe richtig versalzen habe.« Die beiden Kameraden an seinem Tisch sahen ihn fragend an. Er lachte hässlich. »Wenn uns jemand verrät und mit ihm gemeinsame Sache macht, hat er sein Leben verwirkt – auch wenn es ein Weib ist.« Mehr war aus ihm aber nicht herauszubekommen.

Piotr war heimlich wieder nach Liegnitz gekommen um weitere Gefolgsleute zu finden, die er gegen den Herzog aufwiegeln konnte. Zuletzt hatte er in Glogau Unterschlupf gefunden. Herzog Conrad hatte ihn mit Geld und mit Pferden ausgestattet. Nur von zwei Gleichgesinnten begleitet, um das Unternehmen geheim zu halten, war er aufgebrochen. Aber die Leute in Liegnitz hielten zu Herzog Boleslaw. Bald schon trugen einige Burgmannen Günther von Biberstein Kunde davon zu, dass sich Fremde in der Stadt aufhielten, die aufrührerische Reden gegen den Herzog führten. Günther sandte einige Ritter aus nach diesen Fremden zu forschen und sie auf die Burg zu bringen. Auch Herman und Stan beteiligten sich an den Nachforschungen. Die beiden Freunde streiften durch die Absteigen und Herbergen, aber sie fanden niemanden, auf den die Beschreibung passte. Schließlich wurden sie im »Ochsen« fündig.

»Ja, Herr, ein stattlicher, bärtiger Fremder, der sich als Kaufmann ausgab, hat bei mir übernachtet«, berichtete der Wirt. »Das war aber kein Fremder, Herr. Er sprach unsere Sprache, Herr, genau in der Art wie wir auch. Über ein Auge trug er eine schwarze Binde. Sie verdeckte nicht ganz eine rote Narbe. Zwei Knechte haben ihn begleitet, mit vier guten Pferden, Herr. Aber ich habe nichts Unrechtes getan«, beteuerte der Wirt. »Ich wusste nicht, dass Ihr sie sucht, Herr.«

»Hatten die Männer Waren bei sich?«, wollte Herman wissen.

»Waren?«, fragte der Wirt erstaunt. »Nein, Herr, Waren habe ich nicht gesehen.« Die Gesuchten hielten sich aber nicht mehr in seinem Gasthause auf. Sie waren am Morgen weggeritten, wusste der Wirt.

»Weißt du, wohin sie ritten?«

»Nein, Herr, das haben sie mir nicht gesagt. Aber es sah so aus, als ob sie nach Süden aus der Stadt ritten, Richtung Jauer.«

»Also, auf nach Jauer!«

Auf dem Markt von Jauer begegnete Herman zu seiner großen Überraschung seinem Vater. »Wolrad! Vater!«

»Herman!«

»Wo kommst du denn her?« Es war ein rührendes Wiedersehen und ebenso überraschend wie beim letzten Mal in den böhmischen Bergen. Aber wie hatte der Vater sich verändert! Herman fühlte sich eigentümlich angerührt. Damals in Böhmen hatte Wolrad müde und alt ausgesehen, von den Anstrengungen des Lebens gezeichnet. Jetzt machte er fast einen jugendlichen Eindruck. Einen bunten Hut trug er, einen roten Wams offen über einem modischen Brustpanzer und enge blaue Beinkleider. Das lange Schwert schien geradezu trotzig an seinem breiten Gürtel zu prangen. Fröhlich blickte der Vater seinem Sohn in die Augen. Nur zu bereitwillig berichtete er Herman, wie es zu diesem Wandel gekommen war. »Ich bin meines Abenteurerlebens und meines Wanderns überdrüssig«, gestand er. Und dann verriet Wolrad, warum es ihn wieder in das Grüne Tal gezogen hatte: Die hübsche Jana wollte er wieder sehen und um die Hand der immer noch jungen Frau anhalten. Aber Jana hielt sich nicht mehr auf der Schweinhausburg auf, hatte er herausgefunden. Sie war nach Jauer zurückgekehrt, wo sie aufgewachsen war. In Jauer besaß sie noch Verwandte. Wolrad wusste nicht, dass auch Janko, der Herr der Schweinhausburg, sie gebeten hatte zu bleiben. Der Burgherr war immer noch ohne Eheweib und er war froh gewesen ein junges weibliches Wesen in seiner Nähe zu wissen. Aber Jana hatte mit Janko nichts im Sinn. Er war ihr zu wenig aufgeschlossen – und zu bäuerlich. Wenn Rupert sie gebeten hätte sein Eheweib zu werden, das wäre etwas anderes gewesen. Rupert hatte sie geliebt. Aber Rupert war in der Fremde verschollen und Heinrich, Ruperts Sohn, um den sie sich gerne gekümmert hätte, den hatte seine Familie ins Kloster geschickt. So war Jana schließlich nach Jauer zurückgekehrt.

Als Wolrad hörte, was sich inzwischen auf der Schweinhausburg und auf der Bolkoburg ereignet hatte, war er ebenfalls nach Jauer gezogen um Jana zu suchen.

»Jetzt werde ich wohl hier bleiben.« Er sah Herman mit einem freudigen Lächeln an. »Heute Morgen habe ich mit Jana gesprochen. Ich habe um ihre Hand angehalten. Sie hat nicht ›nein‹ gesagt. Sie hat sich lediglich Bedenkzeit ausgebeten. Ich bin sehr froh und ich bin sehr hoffnungsvoll.« Herman freute sich aufrichtig für seinen Vater. Er wünschte ihm von ganzem Herzen Glück.

Sie saßen im Gasthaus »Zum Striegenturm« bei einem Humpen Bier und einer herzhaften Stärkung aus einem Streifen Speck und einem Laib Brot. Stan hatte Vater und Sohn – einfühlsam wie er war – alleine gelassen. Er wollte im Ort herumstreifen, hatte er gesagt, um Erkundigungen über die gesuchten Verschwörer einzuholen.

Da wurde die niedrige Tür aufgestoßen, vier Männer polterten herein, riefen nach dem Wirt und verlangten laut nach Essen und Trinken. Misstrauisch warfen sie den beiden Gästen einen flüchtigen Blick zu, dann setzten sie sich an denjenigen der beiden anderen Tische, der am weitesten entfernt stand.

Herman wusste sofort, wen er vor sich hatte. Die schwarze Augenklappe, das Ende einer roten Narbe am Mundwinkel, das waren Merkmale im Gesicht des ersten Ankömmlings, die nicht zu übersehen waren: Piotr! Auch wenn das lange Haar und ein Schnurrbart die lange Narbe ganz gut verdeckten, es war Piotr! Er war in seinen Heimatort zurückgekehrt. Offensichtlich hatte Piotr ihn nicht erkannt. Die anderen drei waren wohl Ritter aus der Stadt oder aus der Gegend. Ihrer Kleidung und ihren Schwertern nach zu urteilen, konnten es keine Knechte sein. Sobald der Wirt ihnen das verlangte Bier gebracht hatte, begannen sie geheimnisvoll zu tuscheln.

Herman flüsterte nun ebenfalls. Er weihte seinen Vater ein, mit welchem Auftrag er Liegnitz mit Stan verlassen hatte. Wolrad blickte unter seine buschigen Augenbrauen hinüber zu den vier Verschwörern. Dann nickte er. Ja, auch er war bereit gegen den Mörder anzutreten. Herman schlug vor auf Stan zu warten, bevor sie sich der Vier zu bemächtigen suchten. Aber Stan kam nicht. Die Zeit verging. Die vier tranken reichlich, aßen aber wenig. Dabei redeten sie unaufhörlich, zum Teil recht heftig, so dass Herman einmal ›Herzog‹ und einmal ›Glogau‹ verstehen konnte. Schließlich schienen sie ihre Besprechung beendet zu haben. Sie riefen wieder nach dem Wirt und machten sich zum Aufbruch fertig. Jetzt galt es zu handeln, oder Piotr würde wieder entwischen. Herman sprang auf, schob den schweren Balken vor die Tür und zog sein Schwert.

»Piotr, im Namen des Herzogs, du bist verhaftet! Und ihr Drei legt eure Waffen nieder. Niemand verlässt den Raum«, brüllte er.

Wolrad blockierte die schmale Hintertür, durch die der Wirt noch schnell wie ein Wiesel an ihm vorbeigeschlüpft war und sich in Sicherheit gebracht hatte. Von draußen hörte Wolrad ein Geräusch, wie der Wirt einen Balken in die Halterung fallen ließ. Jetzt saßen die Verschwörer fest.

Aber noch waren sie nicht überwältigt. Sie waren ebenfalls aufgesprungen und hatten sich kampfbereit gemacht. Piotr hatte erst überrascht gestutzt, dann aber ebenfalls sein Schwert gezogen. Jetzt lachte er.

»Bist du es, Herman? Die Brut von Bolkow ist doch überall. Das kommt mir gerade recht.« Auch seine drei Kumpanen zogen blank und stellten sich abwehrbereit auf. Innerhalb weniger Augenblicke entbrannte ein wildes Hauen und Stechen in dem kleinen Raum. Schon nach wenigen Streichen wurden Herman und Wolrad von je zwei Gegnern arg bedrängt. Aber Vater und Sohn waren kampferprobte Recken, die sich nicht so leicht unterkriegen ließen. Geschickt deckten sie sich gegenseitig und wichen den wilden Schlägen aus. Da traf Herman mit einem gezielten Hieb Piotrs Schwertarm. Mit lautem Klirren fiel das Schwert zu Boden. Erstaunt blickte Piotr auf seinen Arm. Seine Hand hielt noch am Boden die Waffe umklammert, aus seinem Armstumpf schoss in hohem Bogen das Blut. Herman hatte mit einem glücklichen Schlag die Hand vom Arm abgetrennt. Piotr taumelte. Dann stürzte er zu Boden. Gleichzeitig wurde Herman von dem zweiten Angreifer am Oberschenkel getroffen. Er fluchte laut. Er hatte zu sehr auf Piotr geachtet. Die Wunde schmerzte, aber er konnte den anderen noch gut in Schach halten.

Wolrads Gegner griffen ihn nicht von vorne an. Sie schoben einen Tisch vor ihn hin und gingen dann von zwei Seiten auf ihn los. Sie hatten ihn eingeklemmt und schlugen erbarmungslos auf ihn ein. Während er dem links von ihm Kämpfenden das Schwert in den Leib stoßen konnte, rammte der Rechte, Kleinere, ihm einen langen Dolch in die Seite. Er traf eine ungeschützte Stelle, wo die Rüstung für den Arm eine Öffnung lässt. Wolrad wand sich vor Schmerzen und stürzte zu Boden. Da stieß der Kleine noch einmal zu. Herman wirbelte bei Wolrads Aufschrei herum und schlug mit voller Wucht von schräg oben auf den Kleinen. Die Decke war zu niedrig für einen gewaltigen Schlag direkt von oben herab. Dennoch gelang der Hieb. Er traf den Kleinen über der Metallborte am Hals und verletzte ihn tödlich. Lautlos sank er zu Boden.

»Gib auf!«, schrie Herman den Letzten an, der bei Piotrs Fall erschrocken in eine Ecke zurückgewichen war. Aber der Mann lachte bitter. »Auch dann bin ich des Todes.« Und wieder stürmte er auf Herman los. Blindlings rannte er in Hermans Schwert. Es schlitzte ihm die Seite auf. Er wich zurück. Herman trieb ihn wieder in die Ecke.

»Herman, Herman! Mach auf! Mach doch endlich auf!« Es war Stan. Er donnerte gegen die Holztür und versuchte vergeblich in den Raum einzudringen. Aber die Tür war verrammelt.

Erst jetzt nahm Herman sein Rufen wahr. »Komm durch die Hintertür, Stan«, brüllte er. Herman musste den Letzten in Schach halten, er konnte den Türbalken nicht öffnen.

Welch ein grauenhaftes Bild bot sich da dem Freund. Blut überall. Vier Männer am Boden, zwei davon regten sich nicht mehr. Herman und der letzte noch kämpfende Gegner ebenfalls verwundet, blutend. Gemeinsam überwältigten sie ihn. Er war schwer verletzt und wand sich wie eine Schlange.

Herman kniete neben seinem Vater nieder. Er bettete ihn auf die Seite, so dass er die Wunde verbinden konnte. Stan kümmerte sich sofort um Piotr, der am Boden saß und sich krümmte. Stan versuchte seinen Arm abzubinden um den Blutverlust zu stoppen. Aber Piotr verfluchte ihn und wollte ihm mit der gesunden Hand ins Gesicht schlagen. Als das nicht gelang, trat er nach ihm.

»Du warst es, der meine Schwester ermordet hat. Du bist ein Vieh!«, schrie Stan ihn an. »Trotzdem helfe ich dir. Gib Ruhe.«

»Fahr zum Teufel, du bist ein elender Schweinehund, der sein Vaterland verrät«, geiferte Piotr zurück. »Genau wie deine feine Schwester.«

»Wenn du nicht sofort Ruhe gibst, wirst du nicht mehr lange Gift sprühen.« Aber Piotr hörte nicht auf ihn. »Du und Boleslaw, ihr passt hervorragend zusammen. Verräter!«, setzte er seine Beschuldigungen und seine Flüche fort. Stan drückte Piotrs Oberkörper zurück um ihm besser helfen zu können. Da schlug Piotr wieder wild um sich und traf Stan mit seinem verstümmelten Arm. Der Schmerz, den er sich damit selbst zufügte, musste fürchterlich sein. Es war das letzte Mal, dass Piotr um sich schlug. Der Blutverlust wirkte sich schnell aus.

»Dass dich die Mäuse fressen!«, war die letzte Verwünschung, die er zwischen seinen Zähnen herauspresste, dann verlor er das Bewusstsein. Nun band Stan seinen Arm ab. Aber es war zu spät. Sein Todeskampf dauerte nicht mehr lange. Der Aufwiegler war tot. Ein leidenschaftliches, fehlgeleitetes Herz hatte aufgehört zu schlagen. Stan erhob sich, vollgespritzt mit Blut, und blickte auf den Toten herab.

»Er hielt sich für einen Patrioten«, sagte er leise, während er nun versuchte, dem anderen Überlebenden noch zu helfen. »Und er wurde zum Mörder.«

»War er ein Patriot?«, fragte Herman, ohne von seinem Vater aufzusehen.

»Ja, auch er war ein Patriot.«

Kapitel 12

Versöhnung

I.

»Ich glaube, sie waren miteinander verwandt.«
»Wer?« Hermans Gedanken waren bei Agnieszka.
»Piotr war ein Vetter von Jana, habe ich gehört.« Wolrad drehte ihm seinen Kopf zu. »Ein Glück, dass er schon so bald aus der Gegend verjagt wurde, sonst hätte die arme Frau einen noch schwereren Stand gehabt.« Er schwieg eine Weile. Dann fragte Wolrad plötzlich: »Glaubst du, dass es eine göttliche Gerechtigkeit gibt, Herman?«
»Nein, das glaube ich nicht«, antwortete Herman ohne zu überlegen. Dann dachte er nach. Wie sollte er es ausdrücken? »Ich stelle mir vor, dass Gott nicht in unseren Größen denkt. Wir können seine Gerechtigkeit nicht erkennen. Wir sehen doch nur ganz wenig von dem, was um uns herum auf dieser Erde vorgeht. Und was wissen wir schon? Aber Gott ...« Herman machte eine weitausholende Bewegung mit beiden Armen und verstummte nachdenklich.
»Gerechtigkeit ist nur in der Hölle«, erwiderte Wolrad leise. »Im Himmel ist Gnade – und auf der Erde ist das Kreuz.« Das klang wenig zuversichtlich.

Herman hatte seinen verletzten Vater auf die Bolkoburg bringen können. Wolrad ging es schlecht. Er wurde jetzt jeden Tag bedrückter. Die kräftig geführten Stiche mit dem langen Dolch mussten innere Organe verletzt haben. Die beiden Wunden sahen äußerlich gar nicht gefährlich aus, aber Wolrad hatte große Schmerzen und keuchte ganz eigenartig. Dann setzte auch noch ein böses Fieber ein. Herman holte aus Striegau einen Arzt herbei. Seit Striegau Stadt geworden war, gab es dort auch ein Hospital, an dem sogar zwei Ärzte die Kranken betreuten. Aber Herman glaubte, dass Wolrad auf der Bolkoburg besser aufgehoben war als in einem Hospital. Trotzdem verfiel er von Tag zu Tag mehr und Herman fürchtete das Schlimmste. Der Sohn spürte, dass seine ständige Anwesenheit dem Vater gut tat. Deshalb widmete er sich ganz dem Verletzten und verbrachte seine Zeit fast ausschließlich am Krankenlager. Wolrad redete viel, obwohl es ihm manchmal schwer fiel. Er erzählte aus seinen jungen Jahren, von seinen Streifzügen durch das Land, und

dass er es eigentlich nie lange auf der Burg ausgehalten hatte. Als Wolrad schließlich merkte, dass es mit ihm zu Ende ging, erzählte er endlich, was ihn im Innersten die ganze Zeit beschäftigte.
»Herman!«
»Ja, Vater?«
»Ich möchte dich um Verzeihung bitten.«
»Warum das denn, Vater?«
»Herman, ich habe schwer gesündigt. Ich habe einen Freund erschlagen.« Herman sah seinen Vater betroffen an. Ihm wäre es lieber gewesen seinen Vater als einen untadeligen christlichen Ritter und ehrenwerten Edelmann in Erinnerung zu behalten. Auch wenn Wolrad ein Abenteurer gewesen war, Herman hatte seinen Vater immer geachtet. Das Geständnis entsetzte ihn. Aber Wolrad wollte jetzt loswerden, was ihm auf der Seele brannte.

»Ich habe einen Freund gehabt, den Ritter Albrecht von Rabenstein. Wir kannten uns gut.« Stockend kam es heraus. »Den habe ich im Zorne erschlagen – und seinen jungen Knappen dazu.« In Herman brach eine Welt zusammen. Seine schlimmsten Befürchtungen sah er bestätigt. »Vater!«

Sollte er nicht besser einen Priester rufen, damit sein Vater diesem beichten konnte? Vielleicht konnte der Gottesmann ihn von seinen Sünden lossprechen! Aber dann unterbrach Herman seinen Vater nicht mehr sondern hörte zu. Wolrad hatte wohl einen Grund, warum er ausgerechnet seinem Sohne anvertrauen wollte, was ihn so schwer bedrückte. Von langen Pausen unterbrochen berichtete er, wie der Ritter Albrecht von Rabenstein zu Tode gekommen war.

»In Striegau habe ich mich mit dem Rabensteiner getroffen. Schon als wir durch das Gräbentor aus der Stadt herausritten, kam es zum ersten Streit. Der Rabensteiner wollte sich meiner Unterstützung versichern bei seinen Forderungen gegenüber Michal, dem Kastellan von Swiny. Er hielt nicht viel von dem Polen, er hielt ihn für habgierig. Albrecht war immer voller herabsetzender Sprüche und fühlte sich diesen Leuten überlegen. Michal hatte er einige Waldstücke zwischen Swiny und Jauer abgehandelt. Ich habe dem Rabensteiner Hilfe versprochen, aber ich mahnte ihn zur Mäßigung. Das gefiel ihm überhaupt nicht. Da hat er mich beschimpft. Ich wollte es mit dem Kastellan von Swiny nicht verderben. Auf seiner Burg lebte doch Jana.

Wir kannten uns schon lange, der Rabensteiner und ich, und manchen Streich haben wir miteinander ausgefochten. Der Rabensteiner war wirklich ein schlauer Fuchs. Er verstand es immer die Gunst der Stunde zu nutzen. Ihm gehörten schon Besitzungen in Jauer und auch in Neumarkt. Den alten Michal hat er über's Ohr gehauen. Ich wusste das. Aber mit seinen Urkunden war das Recht auf der Seite des Rabensteiners. Nach außen wollte er den Eindruck eines ehrenwerten Ritters erwecken, aber er war ein geschäftstüchtiger Abenteurer. Ihm war jedes Mittel Recht, wenn es um seinen eigenen Vorteil ging.« Wolrad machte eine längere Pause. Da fragte ihn Herman doch, ob er einen Priester holen sollte.

»Um Gottes willen!«, wehrte Wolrad erschrocken ab. »Nur du sollst wissen, was wirklich geschehen ist.« Herman beruhigte ihn und Wolrad fuhr fort.

»Während wir miteinander nach Swiny ritten, besprachen wir noch einmal die Taktik seiner Verhandlungen. Da habe ich wieder ein gutes Wort für den alten Kastellan eingelegt, denn Michal war eigentlich kein schlechter Kerl. Ich wusste auch, wie schwer es für die Burgherren in jenen Tagen war. Alle litten sie noch an den Folgen der Verwüstungen durch die Tataren.« Wolrad verlangte nach einem Becher Wein. Herman gab ihm, was er haben wollte.

»Der Rabensteiner war schon immer ein aufbrausender Mann, der leicht seine Beherrschung verlor. Er fasste meine Parteinahme als einen Verrat an der gemeinsamen Sache auf. ›Immer suchst du bei mir Schuld. Immer verteidigst du die anderen.‹ Darüber geriet er dermaßen in Wut, dass es erneut zu einem fürchterlichen Streit kam. Und dabei kam plötzlich etwas ganz anderes in ihm hoch.

›Du hast mich schon immer hintergangen‹, brüllte er mich an. ›Du bist ein ganz gemeiner Schuft.‹ Ich erschrak. Nicht nur wegen seines unkontrollierten Wutanfalls. Plötzlich hatte ich ein schlechtes Gewissen. Wusste er mehr, als gut für mich war? Konnte es sein, dass er ahnte, dass ich etwas mit seiner Frau gehabt hatte?

›Du hast mich schon lange betrogen. Ich weiß alles!‹ Da war es heraus. Das konnte ich doch nicht zugeben!«

Wolrad machte eine Pause. Die Last, die auf seiner Seele lag, schien ihn noch tiefer auf das Lager niederzudrücken. Und Herman merkte auch, dass er schwächer wurde.

»Willst du dich nicht etwas ausruhen, Vater?«

»Nein, nein«, erwiderte Wolrad. Aber es klang schon nicht mehr sehr energisch. »Albrecht zog im Zorn sein Schwert und ritt gegen mich los. Ich zog ebenfalls blank und verteidigte mich. Da geschah das Unglück! Ich konnte gerade noch einen Schlag abwehren, schlug zurück – und traf ihn so unglücklich, dass er das Gleichgewicht verlor und vom Pferd stürzte. Blut quoll ihm aus Mund und Nase und er blieb regungslos liegen. Der Rabensteiner hatte sich beim Sturz das Genick gebrochen!« Wolrad war sichtlich erschöpft von seiner Beichte. Herman sah ihm an, wie er immer noch unter der Erinnerung des grausigen Geschehens litt. Er gab ihm noch etwas Wein zu trinken. Wolrad brauchte eine Weile, bis er weiter sprechen konnte. Und nun kam das Tragische des Unglücks vollständig ans Licht.

Der junge Knappe Albrechts hatte anfangs fast teilnahmslos dem Streit der beiden Männer zugesehen, er kannte das Temperament seines Herrn. Als der Rabensteiner jedoch vom Pferd stürzte, ging ein Ruck durch seinen jungen Körper. Er ergriff das Schwert des Gefallenen und ging damit auf Wolrad los. »Durch meinen Kopf stürmten tausend Gedanken gleichzeitig. Den Tod Albrechts hatte ich nicht beabsichtigt«, fuhr Wolrad fort. »Aber würde mir jemand meine Unschuld glauben? Der Knappe war offensichtlich auch nicht von meiner Unschuld überzeugt. Der einzige Zeuge wandte sich gegen mich! Also sah er in mir den Schuldigen am Tode seines Herrn. Was würden dann erst die anderen denken! Konnte ich da dem Blutgericht des Herzogs entgehen? Des Herzogs, der bisher große Stücke auf den Rabensteiner gehalten hatte? Nein, das Blutgericht würde kurzen Prozess mit mir machen: Mord! Mich schauderte bei dem Gedanken. Auf Mord stand der Tod. Halsgericht! Sie würden mich am Halse aufhängen! Während diese Gedanken noch durch meinen Kopf und wie ein Schüttelfrost durch meinen Körper flogen, war der Knappe heran. Er wollte mir das lange Schwert in den Leib rennen.«

Wolrad hatte den Griff seiner scharfen Waffe noch immer fest umklammert. Er hätte leicht mit dem Jungen fertig werden können. Aber er schlug zu. Wolrad schlug zu ohne zu denken. Er schlug mit aller Kraft zu – und er spaltete das Haupt des Jünglings mit einem Schlag. Sein Kopf war nur von einer Lederkappe geschützt gewesen.

»Mir kam es vor, als ob mein Ross verächtlich schnaubte. Es bäumte sich auf. Dann stand es ganz still vor den beiden Toten, den Kopf gesenkt.« Wolrad stöhnte leise.

»Was nun? Nun entstand erst recht Chaos in meinem Kopf. Ich bekam einen riesigen Schrecken. Die Angst umklammerte schmerzhaft mein Herz wie mit zwei großen Fäusten. Wenn das herauskam! Wenn ich auch nur verdächtigt wurde, dann war es um mich geschehen. Aber meine Verwirrung dauerte nicht lange. Ich riss mich zusammen. Mein Verstand fing wieder an zu arbeiten. Ich wischte mein Schwert ab. Aber ich steckte es nicht in die Scheide am Sattel. Ich begann wie wild umherzureiten, damit mein Pferd den Boden niedertrampelte. Gleichzeitig schlug ich auf die Äste und die Blätter ein, das umherstehende Buschwerk hieb ich nieder. Das Pferd des Rabensteiners suchte ich vergeblich, es war rechtzeitig verschwunden. Dann stieg ich ab und durchsuchte die Toten. Beim Rabensteiner fand ich zwei prall gefüllte Geldkatzen und ein paar Dokumente. Ich nahm alles an mich. Dann ergriff ich sein Schwert und fügte den beiden unschuldigen Toten mit Stichen und Hieben noch etliche schreckliche Wunden zu. Schließlich warf ich das Schwert auf seinen Besitzer und ritt in wilden Galopp davon, Richtung Jauer. Unweit der Burg sprang ich vom Pferd und trank gierig das frische Wasser aus dem Brunnen. Ich war niemandem begegnet. Es kühlte mein Gesicht. Gerade hatte ich auch mein Pferd getränkt und abgerieben, als Janko von Swiny mit seinen Leuten unter lautem Hallo aus der Burg geritten kam. Sie hielten an und grüßten mich freundlich.

›Na, Wolrad, alter Schwerenöter, was machst du denn hier?‹

›Geschäfte, Geschäfte!‹, habe ich vielsagend erwidert, ›Ich komme aus Liegnitz und will gerade nach Hayn, ins Grüne Tal. Wohin seid ihr des Weges?‹

›Wir wollen auch nach Swiny. Dann lass uns doch miteinander reiten.‹

So kam es, dass wir gemeinsam den Weg zurückritten, den ich gerade gekommen war. Gemeinsam fanden wir die Toten. Und niemand hat auch nur den geringsten Verdacht geschöpft.«

Wolrad atmete nur noch flach. Er hatte die Augen geschlossen und seinen Kopf wie im Schlaf zur Seite geneigt. Herman hielt den Sterbenden mit beiden Armen umschlungen. Da öffnete Wolrad noch einmal die Augen. Ganz leise sagte er etwas. Herman beugte sich nieder, mit seinem Ohr an den Mund des Vaters.

»Er wusste es. Er wusste, dass ich ihn mit seinem Weibe betrogen habe.« Er schwieg wieder. Nach einer Pause setzte er hinzu. »Da ist noch etwas.«

Konnte es tatsächlich noch Schlimmeres geben? Würde der Vater den Seelenfrieden seines Sohnes in der letzten Stunde völlig zerstören? Nein, Herman musste die Beichte des sterbenden Mannes annehmen. Das war er seinem Vater schuldig, dass er ihn wenigstens seine Schuld bekennen und erleichtert sterben ließ.

»Die Papiere und die Urkunden, die der Rabensteiner bei sich trug, die habe ich an mich genommen. Große Ländereien und Waldstücke hier in der Gegend gehören eigentlich ihm. Die Dokumente sind hier auf der Burg versteckt.« Und Wolrad erklärte Herman, wo er das Versteck finden würde. »Sie sollen dein sein, Herman. Mache du damit, was du für richtig hältst.« Er wurde immer matter. Herman hielt seine schlaffe Hand mit beiden Händen fest.

»Es gibt noch eine Tochter ... Zumindest lebte sie damals noch in Liegnitz ... die Tochter der Rabensteinerin ...«

»Ich kenne die Tochter, Vater.« Wolrad lächelte jetzt. Sollte Herman ihm sagen, dass er die Papiere ebenfalls gefunden hatte?

»Vater sei unbesorgt. Ich werde mich darum kümmern. Das werde ich in Ordnung bringen.«

Da wurde Herman plötzlich klar, was seinem Vater da über die Lippen gekommen war. Er hatte gesagt »die Tochter der Rabensteinerin«, nicht »die Tochter des Rabensteiners«. Ob das Zufall war? Oder war sie vielleicht gar nicht die Tochter des Rabensteiners?

Wolrads Augen hatten einen flehenden Ausdruck bekommen. Es schien, dass er um etwas bitten wollte. Er bewegte seine Lippen, aber kein Ton kam mehr heraus. Sein Kopf rollte zur Seite, Wolrad von Hayn hatte sein Leben ausgehaucht.

Herman drückte dem Toten die Augen zu. Er nahm seine Hände, faltete sie über seiner Brust und kniete zum Gebet nieder. Lange kniete er so da und sah dabei seinen Vater an. Dann betete Herman wieder, diesmal laut. Er bat seinen Herrgott um Gnade und um Vergebung für ein verwirrtes, der schützenden Hand des himmlischen Vaters entglittenes Menschenleben. Schließlich erhob er sich. Herman küsste seinen Vater auf die Stirn und ging gesenkten Hauptes aus dem Raum.

Herman trauerte um seinen Vater. Aber er musste auch an das Mädchen denken, das seinem Vater noch in seiner Todesstunde wichtig gewesen war. Ihr gehörten die Dokumente!

II.

Boleslaw war nun bereits über ein Jahr im Bann der Kirche. Die Bischöfe hatten ihm auf der letzten Synode auch das Kirchenpatronat abgesprochen. Über sein Land das Interdikt zu verhängen und die Untertanen des Frevlers vom Eide der Treue zu entbinden, hatte ihnen nicht gereicht. Die Freilassung des Bischofs Thomas hatte die Entschlossenheit der römischen Kirche, des Herzogs Widerstand zu brechen, nicht mehr beeinflussen können. Und dann fielen Boleslaw auch noch seine eigenen Brüder in den Rücken. Conrad I. von Glogau nahm ihn sogar gefangen, und zwang ihn ihm zusätzlich zu dem Glogauer Herzogtum auch das Gebiet von Bunzlau abzutreten. Heinrich III., der Conrad unterstützt hatte, forderte das Neumarkt-Striegauer Gebiet und entrang es ihm. Boleslaw war vollständig isoliert.

Unsäglich litten unter den Strafmaßnahmen der Kirche seine Mutter Anna und Boleslaws Gemahlin Hedwig. Sie waren beide gottesfürchtige Frauen. Die Herzogin Hedwig hatte seit ihrer Vermählung mit Boleslaw klaglos die Folgen seiner Untaten mit ihm geteilt. Sie hatte erfahren müssen, wie eine bittere Prophezeiung nach der anderen, die seine verstorbene Großmutter über den missratenen Enkel gemacht hatte, in Erfüllung ging. Aber sie fühlte sich unter der ausschweifenden Untreue ihres Mannes so sehr gedemütigt, dass sich ihr Gesundheitszustand immer mehr verschlechterte. Das Maß der Schuld des Herzogs war übervoll.

In dieser Zeit hielt sich Berthold von Regensburg in Schlesien auf, ein in ganz Deutschland berühmter Prediger. Bischof Thomas hatte den redegewandten Franziskaner zu einem Provinzialkapitel eingeladen. Der Breslauer Bischof schätzte den Bruder Berthold auch wegen seiner

Lehren. So waren überall Bertholds Thesen über die Kindererziehung und von der Heilsamkeit der ›Tracht Prügel‹ bekannt geworden: ›Für das Kind das Gute schafft nur die Rute‹ war einer der Leitsätze Bertholds, die ihn auch in Schlesien bekannt machten.

Bischof Thomas beschwor den Bruder Berthold ihm zu helfen. Er forderte ihn auf Boleslaw ins Gewissen zu reden und ihn zur Umkehr zu bewegen. Der Bruder gehorchte. Er machte sich mit einigen Mönchen auf und zog nach Goldberg. Dorthin hatte sich Boleslaw in die Abgeschiedenheit zurückgezogen.

Berthold hatte die Gabe die Worte auszusprechen, die seine Zuhörer selbst gerne gesagt hätten. Die Hingabe, mit der er sprach, überzeugte auch die verstocktesten Gegner, sie hingen an seinen Lippen und nicht selten wurden sie zu seinen treuesten Anhängern. Zuerst schaffte Berthold es Boleslaws engste Begleiter zu überzeugen ihn mit dem Herzog zusammentreffen zu lassen. Als die Unterredung zustande kam, sprach der Mönch wie mit Engelszungen zu dem Verstockten. Und dem kleinen, bescheidenen Bruder Berthold gelang, was niemand für möglich gehalten hatte, was weder die Drohungen des Papstes oder der Bischöfe vermocht noch der Bann oder die Exkommunikation zustandegebracht hatten. Wo auch die Klagen und das Weinen seiner Mutter und seiner Ehefrau von einem versteinerten Herz abgeprallt waren, da siegte die Überzeugungskraft des Mönches. Die isolierte, ja, fast hoffnungslose Lage, in der der Herzog sich befand, tat ein Übriges. Berthold von Regensburg und seine Franziskaner brachten den gebannten Herzog dazu Reue zu zeigen.

»Ihr müsst dem Breslauer Bischof ein Versöhnungsangebot machen, dann wird alles wieder gut werden, Herr Herzog. Der Bischof wird euch verzeihen und Gott wird euch eure Sünden vergeben«, versprach der Mönch. Da überwand sich Boleslaw. Er gelobte, in einem barfüßigen Bußgang mit hundert seiner Ritter von Goldberg bis nach Breslau zu pilgern. Berthold lobte den Herrn und segnete den Herzog. Dann zog er mit seinen Mönchen nach Breslau um Bischof Thomas die gute Nachricht persönlich zu überbringen.

»Boleslaw hat auf der ganzen Linie nachgeben müssen. Auch seine landesherrlichen Rechte hat er nicht durchsetzen können.« Es klang kleinlaut aus Stans Mund. »Der geschlagene Herzog muss abermals versprechen die kirchliche Immunität zu wahren und die Schäden wiedergutzumachen, die er angerichtet hat. Sogar ihren eigenen Gerichtsstand muss er der Geistlichkeit geben.«

»Sein Kampf gegen den Bischof hat in der totalen Niederlage geendet«, resümierte Herman mit einer gewissen Genugtuung. »Für seine Regierung ist das kein gutes Zeichen«, orakelte er dann.

Durch das Land ging eine Welle der Erleichterung. Nun schien der ewige Streit zu Ende zu sein. Die Meinungen über den Herzog blieben dennoch geteilt. Herman vertrat die eine Richtung. »Mir scheint seine Reue unglaubwürdig. Seine Vergehen haben sich schon zu oft wiederholt. Wir alle müssen täglich gegen unsere animalische Natur kämpfen um Recht und Unrecht zu unterscheiden und Gottes Gebote zu erfüllen. Und er, der Landesherr? Wie oft hat er schon seinen Eid gebrochen, und damit auch das dritte Gebot – warum sollte diesmal seine Reue echt sein?«

Stan war mit einem Großteil des Landes anderer Ansicht. »Dem Landesfürsten steht es zu zu entscheiden, was für sein Land gut ist und was nicht. Meiner Meinung nach muss ein Mensch, der immer nur Gutes tun will, zugrunde gehen unter so vielen, die nicht gut sind. Daher muss der Fürst, der sich behaupten will, auch imstande sein nicht gut zu handeln – und zwar zum Wohle seines Landes!« Einig waren sie sich in ihrer Freude darüber, dass der Herzog nun mit dem Bischof seinen Frieden gemacht hatte.

Sogar Janko war glücklich. Und entgegen seiner sonstigen Wortkargheit redete er voller Begeisterung auf Stan ein. »Nun wird es hoffentlich auch für unsereins etwas leichter werden. Ich habe diese ewigen Streitereien gründlich satt. Zu all den Aufgaben und der Verantwortung, die meine vielen Ämter sowieso schon bedeuten, bereiten mir diese Auseinandersetzungen, die nie enden wollen, noch zusätzliche Scherereien.« Er sah Stan an und holte tief Luft. Dann sprach er endlich aus, was ihn schon lange bewegte: »Ich würde es wirklich begrüßen, Stan, wenn du mir einen Teil dieser Pflichten abnehmen könntest.«

Stan war nicht sonderlich überrascht. Er hatte die Klagen seines älteren Bruders schon oft gehört. Und Stan sah sich nicht ewig als Ritter Boleslaws in dessen näherer Umgebung. Liegnitz hin und Liegnitz her, so interessant das Leben dort auch sein mochte – Swiny lag Stan besser. Das Angebot Jankos reizte ihn. Es würde seinen Weg nach Swiny lenken. Janko strahlte, als Stan sein Interesse bekundete. Die beiden berieten sich lange und überlegten, wie sie Jankos Wunsch gerecht werden könnten und was das alles mit sich bringen würde. Eine Überlegung Jankos schien Stan besonders bedeutungsvoll.

»Weißt du Stan, die ganze Verantwortung wäre noch erträglicher, wenn ich ein wackeres Weib hier auf der Burg hätte. Die Frau besorgt den Haushalt. Aber das ist nur ein kleiner Teil ihrer Pflicht. Der Burgherr mag gerade von seinem Fürsten mit einem seiner dauernden Kriege fern gehalten werden. Wer kümmert sich dann um das Haus und die Bediensteten? Wer sorgt für die Reparaturen, überwacht die Bestellung der Felder, kümmert sich um die Rechte des Hausherrn. Das Weib ist sein Statthalter auf der Burg und sie wird alles wieder geordnet in seine Hände geben, wenn er zurückkehrt. Ich habe noch kein Weib gefunden,

das diese Pflichten mit mir teilen könnte. Wenn ich da deine energische Heida sehe, dann beneide ich dich um sie, Stan. Die kann das! Ich bin mir sicher, sie vermag alle diese Pflichten hervorragend auszufüllen.«
Stan war gerührt über dieses Eingeständnis seines Bruders. Aber der war noch nicht zu Ende mit seiner Rede. »Diese Frau wäre sogar in der Lage die Burg zu verteidigen, wenn sie angegriffen wird. Deshalb habe ich mir gedacht, dass du der bessere Burgherr hier bist. Ich habe noch genügend andere Aufgaben.« Gutmütig schmunzelnd fügte er hinzu: »Und die Kastellanei erhält mir auch weiterhin alle meine Ehren und Posten.«
Herman war bei diesem Gespräch auf der Schweinhausburg nicht anwesend. Aber als Stan ihm bei seinem nächsten Besuch von der Absprache der beiden Brüder erzählte, nutzte Herman die Gelegenheit sein Herz zu erleichtern. Er wollte sich endlich der Verpflichtung entledigen, die er gegenüber seinem Vater übernommen hatte. Und es traf sich gut, dass Heida, die sich jetzt meistens auf der Burg aufhielt, ebenfalls bei ihnen saß.
»Ich habe einem Menschen in seiner letzten Stunde ein Versprechen gegeben«, begann er. »Und ich möchte es heute einlösen.« Als er die erstaunten Gesichter von Heida und Stan sah, machte er gleich einen Vorbehalt. »Ihr dürft mich nicht nach Einzelheiten fragen, ich habe dem Verstorbenen versprochen sie für mich zu behalten. Aber er fühlte sich Heida gegenüber verpflichtet und bat mich dir diese Dokumente zu übergeben.« Heida nahm die gefalteten Papiere, glättete sie, blätterte sie durch und überflog sie. Sie schüttelte den Kopf.
»Was soll das bedeuten? Ich verstehe das nicht.« So einfach war aus den gestelzten Sätzen der Dokumente tatsächlich nicht zu entnehmen, worum es da ging.
»Die Papiere gehörten deinem Vater!«
»Ja, hier steht sein Name, das sehe ich schon. Aber was bedeuten die Schreiben?«
Die Namen ihres Vaters und Michas, des alten Kastellans von Swiny, die Unterschriften von Notaren und die Spuren roter Siegel waren ein deutlicher Hinweis, dass es hier um Bedeutendes ging. Sie rückte zu Stan heran und gemeinsam drangen sie in den Inhalt der Schriftstücke ein.
»Woher hast du die Dokumente?«, fragte Heida.
»Heida! Du bist eine reiche Frau«, rief Stan plötzlich aus. »Das sind Besitzurkunden von Ländereien und Wäldern und Grundstücken! Los, Herman, erzähle!«
»Ja, Herman, erzähle schon, erklär uns das alles!«
Aber Herman schüttelte nur den Kopf. »Ich kann es euch nicht sagen. Findet erst einmal heraus um was es sich da alles handelt. Und dann müsst ihr euch natürlich darum kümmern, wie Heida zu ihrem Besitz kommt.«

»Komm, Herman, lass dich doch nicht lange bitten. Woher hast du die Dokumente?«
»Vielleicht können wir später einmal darüber reden. Jetzt jedenfalls nicht. Gebt Ruhe und werdet glücklich damit.« Und dabei blieb er.

III.

»Warum kommst du nicht vorher zu mir auf die Burg, Stan«, lockte Herman. »Da können wir uns gemeinsam den ganzen Abend lang auf den heiligen Bund vorbereiten.« Dabei lachte er wie ein kleiner Junge. Stan fand die Idee großartig und er kam. Zu dem Abschied vom Junggesellenleben waren auch Ekhard von Mülbitz und Günther von Biberstein, die guten Freunde aus Liegnitz, ins Grüne Tal geritten.

Bolko, der vom Alter gezeichnete Burgherr, führte die Gäste voller Stolz durch seine Burg. Der mächtige Wehrturm und das Untergeschoss des Haupthauses waren jetzt fertig gestellt. Am Obergeschoss wurde immer noch gebaut. Nach einem Rundgang über den Wehrgang kamen sie in die Versammlungshalle, die auch als Speisesaal und als Schlafraum diente. Hier stieß Bolkos Bruder Reinhard zu ihnen. Bald füllten die Trinksprüche und der laute Gesang der fröhlichen kleinen Runde die große Halle. Eine Zeit lang nahmen auch Magda und Walburga mit den Mädchen an einem Tisch Platz. Aber nach dem ausgiebigen Mahl zogen sich die Frauen zurück. Es wurde eine lange Nacht auf der Bolkoburg und eine feuchte dazu. Aus der ›Vorbereitung auf die Ehe‹ wurde zwar nicht viel, dafür tranken sie umso mehr – auch Stan, der sich sonst lieber zurückhielt.

Zu ganz später Stunde saßen nur noch Herman und Stan mit dem alten Bolko zusammen. Und da kam dann doch noch ein Gespräch zustande, das sich mit dem großen Ereignis befasste, das auf die beiden jungen Männer am nächsten Tag zukam. Es begann damit, dass Herman überschwänglich von Agnieszka schwärmte.

»Ein von Gott geschenktes Glück ist unsere Liebe. Und doch – für mich ist es plötzlich das Natürlichste, was es gibt. So, als ob mir Agnieszka schon immer vertraut gewesen wäre. Nichts anderes ist mir mehr wichtig. Mich dünkt, dass die Welt um uns herum versinken könnte und wir bemerkten es nicht einmal.« Zu dieser Stunde konnte er frei aussprechen, was ihn bewegte. Wortlos konnten sie sich in die Augen sehen und wussten doch, was der andere fühlte und dachte. Ihre Liebe, ihre körperliche und seelische Einheit schienen vollkommen. Agnieszka war ganz Wärme, Weichheit, Sanftmut und Seide. Und Herman konnte sich völlig in ihrer wundervollen Weiblichkeit verlieren.

Bolko wollte Hermans Begeisterung nicht zerstören, aber er hob dennoch warnend den Finger. »Das verzehrende Feuer einer Liebe zwischen

Mann und Frau ist nur von kurzer Dauer, sage ich dir. Selbst dort, wo diese Liebe ein ganzes Leben hält. Einmal abgekühlt, folgt die gemäßigte Jahreszeit der Gefühle. Ich bin bereit euch ein, zwei Jahre doch wenig mehr zu geben. Und du solltest dir von einem alten Manne sagen lassen, dass im Gegensatz zur Fleischesgier nur zwei Gefühle nicht untergehen – wenn sie gesund sind. Sie wachsen sogar noch mit der Zeit: Es sind die Mutterliebe und die Freundschaft.«

Herman wehrte ab, überzeugt, dass Bolko das nicht mehr recht beurteilen könne. Er war sich sicher, dass die Liebe und die Leidenschaft zwischen ihm und Agnieszka ewig währen würde.

Auch Stan lächelte über Bolkos Worte. »Auf mich treffen deine ernüchternden Warnungen auch nicht zu. Für mich ist diese Begierde nicht das Wesentliche. Für mich ist die Liebe etwas ganz anderes. Liebe hat für mich etwas Mystisches und Übernatürliches. Wie der volle Mond eine unendlich weite Flusslandschaft in sein mildes Licht taucht, so bereitet die Liebe dem Weibe ein glitzerndes, silbernes Bad. Erst die Liebe gibt ihren Leib dem Auge preis und macht sie begehrenswert. Und doch bleibt Heidas Wesen für mich in ein geheimnisvolles Halbdunkel gehüllt. Ich blicke zu ihr auf, ich sehe sie ganz nahe, ich greife mit beiden Händen nach ihr. Aber auch wenn ich mich noch so sehr strecke, bleibt sie unerreichbar, ich berühre sie gerade nur mit meinen Fingerspitzen. Das macht sie nur noch begehrenswerter. Bei mir wird das nicht vergehen.«

Obwohl es schon spät war und sie so freimütig sprachen, wollte Stan trotzdem nicht eingestehen, dass er sich gerade wegen seiner romantischen Visionen Heida gegenüber immer etwas unterlegen fühlte. Solche ›mystischen Faseleien‹, wie sie es nannte, waren an ihr verloren. Heida liebte Stan, weil er sie liebte. Das ahnte Stan auch. Aber es belastete ihn nicht. Heida war eben anders als er und sie würde sich nicht wandeln. Sie würde ihre Welt, ihre Vorstellungen, ihr Wollen nicht seinetwegen aufgeben. Dennoch war ihre Zuneigung zu Stan echt. »Heida liebt mich und ich liebe sie«, sagte Stan so auch voller Gewissheit. »Unsere Liebe wird durch Irdisches, Vergängliches nicht verblassen.«

Günther von Biberstein hatte die Runde schon kurz nach Einbruch der Dämmerung verlassen. Er war hinüber zur Schweinhausburg geritten. Günther sollte morgen eine der beiden Bräute zu ihrem Ehegemahl führen. Auf der Schweinhausburg warteten nämlich die beiden junge Frauen. Sie bereiteten sich auf ihre Art auf den großen Tag vor. Heida hatte freudig zugestimmt, als der gute Freund ihrer Mutter den Vorschlag gemacht hatte. Umso mehr, als ihre Mutter nicht mehr wagte, die Reise von Liegnitz nach Swiny zu machen. Der Brautführer der zweiten Braut sollte Janko sein. Er würde seine Schwester Agnieszka in die Ehe geben.

Agnieszka war nervös. Sie biss auf ihren Fingernägeln herum. »Lass

das!«, rügte Heida sie. »Wie sieht das denn aus, wenn deine Nägel abgekaut sind? Da wird der Bräutigam gleich einen schönen Eindruck von dir bekommen.«
»Du bist wohl überhaupt nicht aufgeregt, was?«
Heida schüttelte den Kopf. Doch dann nickte sie. »Doch, ein bisschen bin ich es auch. Es soll doch ein schöner Tag werden, der schönste in unserem Leben – vielleicht. Jedenfalls sagen das die Leute immer. Da möchte ich nichts falsch machen. An einem solchen Tag graben sich so viele Einzelheiten ganz besonders tief in das Gedächtnis ein. Ein ganzes Leben lang werden wir dann davon zehren. Nein, ein bisschen aufgeregt bin ich schon.«
»Ich bin furchtbar aufgeregt«, gestand Agnieszka. »Alle diese Leute! Alle schauen sie auf dich und auf mich. Richtig nackt werde ich mir vorkommen und ganz rot werde ich anlaufen. Die Leute wollen doch alles ganz genau sehen, damit sie darüber reden können. Jeden Schritt, den du tust, jedes Wort, das du sagst, werden sie weitergeben.« Sie holte tief Luft. »Und dann küsst mich Herman in aller Öffentlichkeit. Wenn ich daran denke, werde ich jetzt schon rot.« Sie schauderte.
»Du Dummerchen«, Heida lachte und gab ihr liebevoll einen Klaps.
»Und denke erst einmal, was dann kommt ...!« Nun kicherten sie beide wie kleine Mädchen. Immer wieder überlegten sie noch einmal, ob nicht vielleicht doch noch etwas vorzubereiten wäre für den großen Tag, etwas zu verbessern, etwas noch schöner zu bestellen. Sie spielten mit goldenen Haarnadeln, silbernen Gürteln und glänzenden Ringen herum, denn Schmuck musste man genauso wie die ganze Kleidung immer noch einmal durchdenken. Schuhe mit Riemchen? Geschlitzte Tuniken oder Kleider mit tiefem Ausschnitt? Vielleicht sogar einen Pelz? Lange Schleppen in bunten, strahlenden Farben? Vielleicht war doch noch etwas zu nähen. Aber im Grunde gab es gar nichts mehr zu bereiten, denn alle Entscheidungen waren längst gefällt, die Vorbereitungen abgeschlossen und die Kleider lagen ausgebreitet vor ihnen.
Am nächsten Morgen bewegte sich der festlich gekleidete Zug, würdevoll angeführt von Janko in seinem langen schwarzen Rock mit glänzenden Knöpfen, langsam von der Schweinhausburg den Hang hinab zu dem kleinen Kirchlein unterhalb der Burg. Noch war die St. Nikolauskirche das einzige Gotteshaus im Grünen Tal.
Ein Kranz frischer Wiesenblumen schmückte den blonden Kopf Agnieszkas genauso reizend wie den braunen Heidas. Agnieszka trug nicht die volkstümliche bunte Tracht ihrer Landsleute. Sie hatte sich von Heida zu einem Kleid überreden lassen, wie es die Damen in der Residenz bei festlichen Anlässen trugen. Ihr langes, bequem geschnittenes blassgrünes Kleid aus feinem Brokatstoff war an den Ärmeln, am Hals und am Rock mit einer breiten Borte gesäumt, die ein Blumenmuster

zierte. Heida trug ein rosa Kleid, das enger anlag als das von Agnieszka, wie eine seidige Haut, und das ebenfalls mit Borten umsäumt war. Die beiden Bräute sahen zum Stehlen aus. Man sah ihnen an, wie glücklich sie waren.

Von der anderen Seite, auf der die Bolkoburg stand, nahte in gestrecktem Galopp vom Tal herauf eine Schar Ritter in blitzenden Rüstungen. Vor der Kirche zügelten die Herren ihre mit prachtvollen Decken geschmückten Rösser und sprangen ab. Mit geröteten Gesichtern traten Herman und Stan heran, die Helme mit den farbenfrohen Federbüschen unter dem Arm. Hermans Haar und sein blonder Bart waren kurz gestutzt, Stan trug sein Haar und auch seinen schwarzen Schnurrbart wie immer etwas länger. Ihre Blicke gingen in die gleiche Richtung. Bewundernd und voller verehrender Zuneigung lagen sie auf den beiden hübschen jungen Frauen, die ihnen liebenswerter erschienen als je zuvor.

Der Bruder Wladimir gab die Paare in einem christlichen Ritus zusammen. Seine Predigt war kurz, sein Gebete ebenfalls. Gemeinsam sangen sie eine Hymne und auch diejenigen, die vor der Tür warteten, stimmten in den Gesang ein, mit dem sie Gott für seine große Güte dankten. Als die beiden Paare vor die Tür des Kirchleins traten, klatsche alles und rief laute Glück und Segenswünsche. Das Grüne Tal von Bolkenhayn bis Swiny schien sich vollzählig eingefunden zu haben. Alle zogen sie anschließend gemeinsam hinauf zur Schweinhausburg. Auch Bodo, Ekhard, Reinhard und Günther ritten hinter den frisch vermählten Eheleuten mit auf die Burg.

Janko hatte ein großes Fest vorbereitet. Das Tor, der Hof und der Hauseingang waren mit Linden und Birkenreisern geschmückt. Die Burgleute hatten noch andere Blumen, besonders die Zweige des blühenden Johanniskrautes in die grünen Reiser gesteckt. Das erweckte sofort einen festlichen Eindruck. Auch in der Burg waren in der Halle und in den Stuben Lindenbüsche sowie einige Eichen und Holunderbüsche aufgestellt. »Dadurch sollen auch die Hexen von den Wohnungen fern gehalten werden!«, hatte Agnieszka lachend erklärt.

Im Hof standen zwei lange Holztische und vor dem Burgtor hatte Janko auf der Waldlichtung unter der großen Linde noch drei weitere ausladende Tische aufbauen lassen. Dennoch fanden draußen nicht alle einen Sitzplatz, aber das hatte auch niemand erwartet. Für den Festschmaus waren Speise und Trank in Hülle und Fülle bereitgestellt. Janko ließ einen Hammel am Spieß braten. Daneben drehte sich über der Feuerstätte noch ein Wildschwein, das von der Bolkoburg herübergebracht worden war. Die Burgleute der Schweinhausburg und die von der Bolkoburg wetteiferten mit den Bewohnern der beiden Flecken an den Abhängen der beiden Burgberge, wer am meisten von dem Fleisch und dem in zwei großen Kesseln gekochten Kraut vertilgen konnte. In einem weiteren Kessel simmerte ein dickes Linsengericht und in großen Körben lag Roggenbrot aus. Zu trinken gab es reichlich Bier und Met, beides hatte man aus dem Kloster Leubus herangeschafft. Rübenschnaps hatten die Burgleute selbst gebrannt.

Heida, für die ein solches großes Fest in ländlicher Umgebung neu war, betrachtete besonders aufmerksam die vielen Gäste. Die Männer trugen kurze blaue Tuchjacken oder auch lange Röcke, jeweils mit hohen Stehkragen und blanken Knöpfen. Das gab ihnen ein würdevolles Aussehen. Einige hatten eine Lederhose aus dem Kasten geholt und sogar Pelze aus weißen Schaffellen entdeckte Heida. Auch manch niedriger Hut oder eine hohe Mütze waren aus Pelzwerk gefertigt. Einige Hörige hatten kurze Jacken angezogen, aber nicht aus Tuch sondern aus Barchent, dazu Leinenhosen und einen flachen schwarzen Hut. Festliche hellrote Barchentjacken waren besonders zahlreich vertreten.

Noch origineller war die Tracht der Frauen und der Mädchen. Sie liebten das Bunte: Ein lilafarbener Rock, eine rote Schürze, ein blaues Mieder und ein grünes Kopftuch waren nichts Ungewöhnliches. Die jungen Mädchen gingen entweder mit bloßem Kopfe um den sie sich Wiesenblumen gewunden hatten, oder sie trugen weiße Tücher mit aufgestickten Blumenmustern. In ihre Zöpfe hatten sie bunte, lang herunterhängende Bänder eingeflochten. Die verheirateten Frauen trugen zu ihrem Sonntagsstaat eine weiße, eng am Kopf anliegende Spitzenhaube oder eine Haube aus Woll- oder Seidenstoff, die bisweilen auch mit Stickereien verziert war. Die Hauben reichten weit in die Stirn und zwei große Lappen hingen über die Wangen bis zu den Schultern herab. Das sah nicht immer vorteilhaft aus, fand Heida. Von diesen Lappen, wie vom hinteren Teil der Kopfbedeckung hingen breite, sehr hübsch aussehende lange Bänder herab. Manche ältere Frauen schlugen ein großes Tuch um Kopf und Leib, aus dem nur die Augen hervorguckten. Bei anderen hielten Schoßleibchen, die nicht bis zur Hüfte reichten, die hoch gebundenen Röcke fest, so dass die Füße mit zierlichen Schuhen zu sehen waren.

Es gab auch einfarbige Röcke mit einem oder zwei am unteren Rand herumlaufenden bunten Streifen. Zusammen mit den ebenfalls bunten, von den Hauben oder Zöpfen herabhängenden Bändern sahen besonders die Mädchen recht malerisch aus. Die Röcke standen so weit vom Körper ab, dass Heida zuerst glaubte, die Frauen trügen einen steifen Unterrock darunter. Dem war aber nicht so. Wenn sie sich im wilden Tanze drehten und die Röcke hoch wirbelten, konnte sie das sehen. Die Röcke waren offensichtlich durch Stärke so steif geworden. Diesen steifen Kranz hüteten die Frauen sorgfältig vor dem Zerdrücken. Ihre Schürzen waren meistens so lang und breit, dass sie den größten Teil des

Rockes verdeckten. Nicht alle Mädchen trugen Schuhe. Manche zogen sie auch zum Tanzen aus.

Für die ländliche Hochzeitsgesellschaft war wohl das Essen und Trinken das größte Vergnügen, aber Scherzen und Singen kam ebenfalls nicht zu kurz. Die jungen Leute wollten jedoch tanzen. Schon während des Festschmauses spielte eine kleine Kapelle mit zwei Fiedeln, einer Handpauke und einem Krummhorn im Burghof auf. Ein Sänger mit einer Laute sang dazu. Nach dem Essen folgten die Spielleute der Jugend nach draußen und spielten auf der Wiese unter der großen Linde zum Tanze auf.

Die beiden Brautpaare eröffneten den Tanz. Agnieszka bereitete das besondere Freude. Ihr ganzer Körper tanzte und hüpfte. Auch Heida wirbelte im Takt der Musik wie ein Kreisel herum. Die frisch gebackenen Ehemänner waren nicht ganz so geschickt und leichtfüßig, aber sie taten ihr Bestes es ihren Ehefrauen gleich zu tun.

Dann bildeten die Jungen und die Mädchen zwei Reihen und zogen von zwei Seiten in die Wiese ein. Die Musik wurde schneller und die beiden Brautpaare gingen in den tanzenden und hüpfenden Gruppen unter. Erst bildeten die schön geputzten Mädchen und die Jungen noch zwei Gruppen.

»Die schönen Jungfrauen sind hinter den schmucken Jünglingen her«, witzelte Stan. Ein spöttischer Knicks, ein freches Gesicht, schöner Jüngling – schönes Fräulein – darf ich's wagen – galante Werbungen, eine kleine Verführungsszene für die Geliebte, Jüngling und Fräulein necken sich, haben sich gegenseitig auf Abwegen ertappt … Es war ein Scherzen und ein Lachen und ein Singen und ein Tanzen. Einmal ging es im harmonischen Reigen, dann wieder nahm der Tanz wilde Formen an. Gegen Mitternacht tanzten die jungen Leute nur noch paarweise zusammen und hin und wieder sangen sie dazu.

Ein Höhepunkt war der Moment, als erst Heida und dann Agnieszka ihren Jungfernkranz den tanzenden Mädchen zuwarfen. Denn das Mädchen, das den Kranz der Braut auffing, würde die Nächste sein, die einen Ehemann fand. Begierig griffen die Mädchen nach den Blumen. Die beiden Glücklichen, die einen Kranz erhascht hatten, durften sich zumindest erst einmal selbst den Tanzpartner aussuchen, der ihnen am besten gefiel. Aber das schien an diesem Abend auch vorher schon geschehen zu sein.

Inzwischen hatten einige junge Burschen begonnen mit ihren Mädchen um das Feuer auf der Wiese herumzuspringen. Bei dem herrschenden Jubel und der Ausgelassenheit war es ein Wunder, dass sich keiner die Kleider verbrannte. Sie tanzten um das Feuer, schwangen flammende Brände und warfen sie hoch in die Luft. Ein junger Mann sprang sogar in tollem Übermut über den lodernden Holzstoß. Als der Brand so weit erloschen war, dass nur noch ein Gluthaufen übrig war, wagten auch andere es darüber hinweg zu springen.

»Das Springen ist bei uns eine Feuertaufe, es bedeutet Reinigung«, erklärte Stan seiner Braut. »Komm, lass es uns auch tun.« Und unter dem Beifall der Zuschauer hüpften sie über das verglimmende Feuer.

Am frühen Morgen, als die Sonne schon aufgegangen war, führte Herman seine Braut heim, hinüber zur Bolkoburg. Stan und Heida hatten es nicht so weit bis zu ihrem Ehebett, sie blieben auf der Burg in Swiny.

IV.

»Die Winde hören auf zu wehen, die Sterne stürzen vom Himmel und die sündige Menschheit stirbt unter den Rossen der Apokalyptischen Reiter.« Wie ein Stoßseufzer hörten sich die Worte des greisen Bruders Wladimir an. Mit gefalteten Händen blickte er himmelwärts. Der Mönch war in sich zusammengesunken, er war sehr alt geworden. Herman wusste nicht, ob er betete oder ob er mit ihm sprach.

»Das Weltuntergangsgesicht des Evangelisten Johannes verängstigt wieder die Christenheit.« Nein, er betete nicht, Wladimir sprach mit ihm.

»So ist es, Wladimir. Man spricht von einem neuen Einfall der Tataren. Sie sollen wieder westwärts reiten.«

Herman liebte den Platz auf der Wehrplatte des neuen Bergfrieds. Am Abend und manchmal auch in der Nacht stieg er hinauf. Hier fühlte er sich sicher und geborgen, gleichzeitig aber schien ihm die Welt zu Füßen zu liegen. Rechts vom Fluss stand jetzt schon eine stattliche Anzahl von Hütten. Zur anderen Seite sah er hinab ins Grüne Tal und rundherum hatte er eine herrliche Sicht in die Ferne. Agnieszka hatte hier oben eine kleine grüne Fichte in einem großen Holzbottich aufgestellt. Sie versorgte das Bäumchen regelmäßig mit Wasser, obwohl die vielen Stufen das Heraufschleppen recht mühsam machten. Hier war Hermans liebstes Plätzchen. Am schönsten fand er es, wenn seine Liebste mit ihm hier oben weilte.

»Schon Papst Innozenz hat vor der Gefahr gewarnt, dass ein neuer Einfall der Mongolen zu befürchten stehe. Er hatte damals seinen Mahnruf an den Bischof Thomas gerichtet. Der Breslauer Bischof sollte bei dem drohenden Unheil abermals die Trebnitzer Nonnen rechtzeitig in anderen Klöstern ihres Ordens unterbringen. Und in der Tat rüsteten sich die Mongolen schon, während du dich mit dem Bruder Johannes von Plan Carpi noch bei ihnen aufhieltst.«

»Du erinnerst dich gut, Bruder Wladimir.« Herman nickte anerkennend. »Ja, wir glaubten schon damals, dass sie sich auf einen neuen Heereszug gegen unsere Christenheit vorbereiteten. Aber – Gott sei's gedankt – bisher sind sie nicht geritten. Es ist lange ruhig geblieben bei uns.« Herman entgegnete es mit besorgtem Gesicht. Jetzt erreichten sie wieder die schlimmsten Schreckensnachrichten. Die Heiden sollten von neuem in die christlichen Länder einfallen. Wilde Gerüchte machten die Runde. Die Leute bekamen Angst. Nur zu gut erinnerten sie sich an die Schrecken des letzten Einfalls.

»Es scheint sehr ernst zu sein. Der Herzog hat nach mir senden lassen. Ich soll umgehend nach Liegnitz eilen. Es hat mit den Tataren zu tun, meinte der Bote.« Wladimir bekreuzigte sich und betete lautlos, nur seine Lippen bewegten sich.

Schon am nächsten Morgen machte sich Herman auf dem Ruf Boleslaws zu folgen. Und er hatte richtig vermutet. Seine Erfahrungen, die er damals sammeln konnte, als er den Bruder Johannes auf seiner Tatarenmission begleitet hatte, waren wieder gefragt. Herzog Boleslaw empfing ihn sofort.

»Die Tatern kommen wieder. Durch Wolhynien und Galizien sind sie schon mordend und sengend durchgezogen. Die Verwüstungen, die sie anrichten, sollen verheerender sein als bei ihrer Invasion im Jahre 1241. Wir müssen etwas unternehmen.« Die Worte des Herzogs klangen erregter, als Herman es von ihm gewohnt war. »Ich habe die Ritter auf der Burg zusammengerufen und sie angewiesen dir zuzuhören. Du sollst mit ihnen sprechen. Du sollst uns sagen, wie wir die wilden Reiter abwehren können. Du kennst die Tataren doch.«

»Morgen werden sie alle hier versammelt sein«, bestätigte Günther von Biberstein. Dann ergänzte er, was bisher bekannt geworden war. Der mächtige Herrscher Batu, an dessen Hof Herman damals ein Jahr lang gelebt hatte, lebte nicht mehr. Er war der erste Khan der Goldenen Horde gewesen. Das Khanat war in den folgenden drei Jahren von Batus Sohn schnell an seinen Enkel weitergereicht worden, bis Batus jüngerer Bruder Berke schließlich zu seinem Nachfolger und Herrscher über die Goldene Horde gewählt worden war. Das war eine Zeit unstabiler politischer Verhältnisse bei den Mongolen gewesen. Da sich außerdem der Großteil der Armee mit Hulagu auf einem Feldzug in Syrien befand, nutzten russische Prinzen die Gelegenheit das mongolische Joch abzuschütteln. Prinz Daniel von Galizien, unterstützt von Prinz Mendovg von Litauen, war es gelungen die mongolischen Außenposten aus Wolhynien zu verdrängen.

»Aber Berke Khan hat sofort die Zügel wieder fest in die Hand genommen. Er hat die Grenzen seines Reiches neu festgelegt. Von der unteren Wolga und den Steppen um Don und Dnjepr über die Krim-Halbinsel und die nördlichen Ausläufer des Kaukasus erstreckt es sich jetzt bis nach Bulgarien und Thrakien. Die Boten meldeten auch, dass Berke Khan ohne Zeitverzug ein großes Heer versammelt hat, das zur Bestrafung ausgezogen ist. Sein General Burundai führt die berittenen Krieger nach Westen«, führte Günther aus. »Brennend und mordend zieht er durch

Wolhynien und Galizien und zwingt alle Städte dort ihre Befestigungsanlagen zu zerstören. Offensichtlich verfolgt der Feldherr die russischen Prinzen, die jetzt auf der Flucht vor dem Zorn der Mongolen sind.«

»Burundai wird seine Armee auch nach Schlesien lenken«, klagte Boleslaw. »Wir müssen etwas tun, Herman, sonst werden wir überrollt. Wir müssen sie aufhalten, bevor sie über die Oder setzen. Wenn sie erst einmal diesseits des Stromes stehen, ist es zu spät.« Boleslaw dachte jetzt nur noch an sein Herzogtum, die Polen ostwärts des Oderflusses interessierten ihn offensichtlich nicht mehr.

»Damals, auf der Wahlstatt, hat jeder so gekämpft, wie es ihm gefiel«, begann Herman, bedächtig an die letzte Schlacht anknüpfend. »Vorausschauend planen, auf den anderen achten, sich gegenseitig unterstützen, gemeinsam handeln – davon scheint damals niemand etwas gewusst zu haben. Alle waren sie Einzelkämpfer in dem großen Ritterheer! Das Ergebnis kennen wir, eine Katastrophe! Wenn wir nicht noch einmal eine solche schreckliche Niederlage erleben wollen, müssen wir aus dem Unglück lernen.«

Boleslaw nickte heftig. »Deswegen habe ich dich zu uns gerufen.«

»Wir brauchen Verbündete, Herr Herzog. Was machen denn die anderen polnischen Fürsten?«, fragte Herman.

Boleslaw zuckte die Schultern und Günther von Biberstein meinte resignierend: »Auf eine gemeinsame Verteidigung, ein gemeinsames Kommando und auf eine Armee aller Bedrohten haben wir uns bisher nicht einigen können. Die Fürsten schicken sich gegenseitig Boten, beratschlagen, machen große Worte..., aber nichts geschieht. Währenddessen fallen die heidnischen Ungeheuer in ihre Länder ein. Totschlag, Vergewaltigung, ungeheure Gräuel, niedergebrannte Dörfer und abgebrannte Felder, überall das gleiche Bild.«

»Wir haben auch einige Berichte über sie«, warf Ekhard von Mühlbitz ein, der genau wie der Kastellan bisher schweigend zugehört hatte. »Hier lies das. Ich habe es in unserer Kanzlei ausgegraben. Es stammt noch vom Kaiser Friedrich und enthält einige Ratschläge.« Herman überflog das Dokument und nickte dabei bestätigend. Dann sagte er: »So verkehrt lag der Kaiser gar nicht. Bedenken müsst ihr jedoch, dass seine Erkenntnisse schon weit mehr als ein Jahrzehnt alt sind.« Er überlegte einen Augenblick. »Siebzehn Sommer sind es jetzt schon her. Und der Kaiser kannte die Mongolen nur vom Hörensagen, aber ich bin lange genug selbst bei ihnen gewesen. Und ich habe ihre Kriegsspiele sehr aufmerksam beobachtet.«

Bevor die Beratung zu Ende ging, wies er jedoch noch einmal darauf hin, dass starke Verbündete die größte Garantie für eine erfolgreiche Abwehr wären. »Man muss die Unterstützung der Kirche und des Papstes für die Mobilisierung aller Christen gewinnen!« Aber das war nicht seine Sache. Er blickte Boleslaw herausfordernd an. Der Herzog musste sich damit befassen.

Dann machte Herman sich an die Arbeit. Nun kamen ihm seine Erlebnisse bei der Goldenen Horde zugute. Einzeln und in Gruppen versammelte er die Ratgeber und die Anführer des Herzogs um sich und besprach mit ihnen die Schlüsse, die er daraus zog.

»Das einzige Gebiet, auf dem wir in den christlichen Ländern glänzen, ist die Konstruktion von Befestigungsanlagen und von Maschinerien für die Belagerung«, erläuterte er. »Deshalb sind auch die Stadtbewohner die natürlichen Feinde der Mongolen. Die mongolischen Reiter überziehen das Land wie die Ameisen ein Haus im Hochsommer. Überall tauchen ihre Kundschafter unversehens auf. Blitzschnell verschwinden sie, wie sie gekommen sind nur um von einer größeren Truppe abgelöst zu werden. Da sind Festungen die beste Verteidigung gegen die Reiter. Ihr müsst also als Erstes die Befestigungsanlagen ausbauen und verstärken.« Der Herzog erkannte den Wert dieser Ratschläge und wies die Hofleute an Hermans Anregungen sofort umzusetzen. Herman machte jedoch auch deutlich, dass der Herzog auch den Norden des Landes befestigen müsse. »Die Mongolen sind schlau! Deshalb reicht es nicht aus nur damit zu rechnen, dass sie aus dem Osten heranstürmen oder über die böhmischen Gebirge.«

»Wir beherrschen keine andere Art der Kriegsführung als die der Belagerung und der Verteidigung von Festungen«, fuhr Herman dann fort. »Aber mit diesen Fähigkeiten könnt ihr nur wenig ausrichten, wenn ihr in offener Feldschlacht auf die Mongolen trefft. Deshalb stimme ich mit Kaiser Friedrich überein, dass wir versuchen müssen, offene Feldschlachten zu meiden. Ich werde euch berichten, was ich selbst gesehen und gehört habe, denn wenn ihr den Feind kennt, braucht ihr ihn weniger zu fürchten. Wenn ihr ihn nicht mehr fürchtet, werdet ihr erfolgreicher gegen ihn kämpfen können.« So redete er beschwörend auf die versammelten Ritter ein.

Herman begann damit den Unterschied zwischen der Kleidung des mongolischen Reiters und des europäischen Ritters zu erläutern. Sie führten sich zunächst ihre eigene Ausrüstung vor Augen. Ein Ritter trug eine schwere Eisenrüstung, die praktisch jeden Körperteil bedeckte. Auf seiner nackten Haut hatte er ein Leinenunterhemd, darüber noch eines und zusätzlich ein gepolstertes. Dann kam ein langes Kettenhemd, das ihm ungefähr bis zur Hüfte reichte. Unter diesem Hemd trug er dicke Wollhosen und dann Ketten-Gamaschen, die bis zum Schritt reichten. Auf den Kopf setzte er sich einen Leinenhut, darauf einen schweren Eisenhelm und darüber den kübelförmigen Helm. Über seinem Kettenhemd trug er ein schlichtes Leinenhemd mit dem Wappen seines Ordens, seiner Waffengemeinschaft oder seiner Sippe. Die gesamte

Rüstung, einschließlich Breitschwert, Lanze und großem Schild, wog noch einmal mehr als die Hälfte des Gewichtes eines ausgewachsenen Mannes. Gemeinsam mit dem Reiter war dies eine enorme Last für den Pferderücken. Ein Ritter konnte keine komplizierten Manöver durchführen, der Gepanzerte pflügte mit seinem Ross mitten hinein in das Schlachtgetümmel.

»Den Sieg entscheidet bei uns ein ziemlich simples Draufhauen«, sagte Herman. »Ist der Angriff erfolgt, steigen unsere Ritter meistens ab, wenn sie nicht vom Pferd geholt wurden. Sie führen mit Schild und Schwert einen gefährlichen Nahkampf. Denn Speer und Axt haben sie bereits gegen den Gegner geschleudert.« Der ritterliche Kampf war ein schreckliches Duell bis zum Tod des Gegners. Hinter der Kavallerie kam die Infanterie, meist ein Haufen schlecht ausgerüsteter Bauern, die zum Kriegsdienst gezwungen worden waren und normalerweise von den Reitern des Gegners niedergemacht wurden. Die Ritter selbst waren ebenfalls keine ausgebildeten Offiziere. Ihre individuellen Kampffähigkeiten nützten ihnen nichts, wenn sie ihre Männer in die Schlacht führten. Die Größe ihres Gefolges war ein Zeichen für ihren Reichtum, nicht für ihre Fähigkeiten und es gab vom Kommandanten abwärts keine klare Befehlskette.

Die Männer hörten Hermans Bewertung mit wachsendem Interesse zu, obwohl sie all das selbst wussten. Aber so ungeschminkt hatte ihnen noch niemand ihre eigenen Schwächen dargestellt. Herman fuhr auch schon fort: »Die Krieger der Mongolen unterscheiden sich von unseren vor allem durch die Rüstung. Ein seidenes Unterhemd, ein langer Filzmantel und ein Lederharnisch machen sie leicht und wendig. Zu ihrem eigenen Schutz sind sie lediglich mit leichten Schilden von Weidenruten bewaffnet, die vielleicht noch mit Filz verstärkt wurden.« Herman konnte einen bewundernden Ton in der Stimme nicht unterdrücken. Detailliert berichtete er seinen Zuhörern jetzt von der disziplinierten Kriegsmaschinerie und der ausgeklügelten Kampftaktik, die er damals bei den Übungen des mongolischen Heers beobachtet hatte.

»Die schwere Reiterei greift zum Klang der Naqara an. Das ist eine riesige Trommel, die auf einem Kamel in die Schlacht getragen wird.«

Besonders eindrücklich schilderte er den tödlichen Pfeilregen der feindlichen Bogenschützen. »Die Mongolen halten Abstand zu ihren Opfern und schießen einen Pfeilschwall nach dem anderen auf die Unglückseligen. Dabei benutzten sie auch Pfeile, die einen schrecklichen Heulton verursachen. Allein damit versetzen sie ihre Gegner schon in Angst und Panik. Unsere Kettenhemden sind ein wirksamer Schutz gegen Schwertstreiche, aber gegen die Pfeile und Speere der Mongolen völlig nutzlos.«

Den Kriegsleuten Herzog Boleslaws schwirrte der Kopf. Aber sie hatten erkannt, dass es hier um entscheidende Dinge ging, gewaltige Unterschiede in der Kampfführung. Je mehr sie davon wussten, umso besser würde es für sie sein. Und Herman ließ nicht locker. Nachdem er seine Zuhörer erst einmal mit seiner Schilderung der Kampfweise der Mongolen schockiert hatte, ging er Tag für Tag und immer wieder jede Einzelheit mit ihnen durch. Trotz der knappen Zeit hielt er sogar Übungen in kleinen Gruppen ab, denn er hoffte den Edelleuten Boleslaws damit ihre Unsicherheit zu nehmen und sie zu besseren Führern zu machen.

V.

Langsam verblasste die herrliche Farbenpracht der Laubwälder. Die Blätter begannen sich braun zu färben und von den Bäumen zu fallen. Nur die Eichen zeigten noch keine Schwäche. Herman ritt den altvertrauten Weg zurück nach Süden, zur Bolkoburg. Er nahm nicht allzu viel wahr von der herbstlichen Natur. Nach den aufregenden Tagen in Liegnitz war er voller Tatendrang in Erwartung der Dinge, die da kommen sollten. Er musste aber noch einmal ins Grüne Tal zurückkehren, er wollte sich von Agnieszka verabschieden.

Es war kein leichter Abschied. Wie schwer er Agnieszka fiel, wurde ihm erst bewusst, als er sie in den Armen hielt. Agnieszka weinte. Ihr Glück war bisher so kurz gewesen. Zu oft kehrten die Männer nicht mehr zurück, wenn sie in den Kampf zogen. Es half wenig, dass Herman sie zu trösten versuchte. Und was sollte er Agnieszka sagen? Sie wussten tatsächlich nicht, wann sie sich wieder sehen würden. Sollte er ihr sagen, dass nichts ewig dauern kann? Dass das Herz bereit sein muss zum Abschied, bei jedem Ruf des Lebens?

»In jeder großen Trennung liegt ein Keim von Wahnsinn«, sagte er, »du musst dich davor hüten, ihn nachdenklich auszubrüten und zu pflegen. Du musst versuchen dich selbst zu sehen, dich und dein Leben. Deshalb darfst du aber dennoch hoffen. Wir beide wollen glauben und hoffen, Agnieszka, das wird uns Kraft geben. Dann werden wir uns auch wieder sehen.«

Agnieszka war nicht völlig aufgelöst, aber sie weinte, denn sie war tief traurig. »Ich werde schon darüber hinwegkommen«, versprach sie ihm jedoch tapfer. »Es braucht ein bisschen. Mache dir um mich keine Sorgen. Ich werde jeden Tag ganz fest an dich denken, so dass du es spüren kannst. Und ich werde beten. Ich werde jeden Tag beten, dass du heil zurückkommst.«

»Ich werde auch beten. Ich werde in Gedanken immer bei dir sein, Agnieszka, das wird dich stark machen – und ich werde wiederkommen. Ich verspreche es dir.«

Herman war kaum fortgeritten, da kam Heida herüber. Agnieszka rechnete ihr das hoch an. Ihr Mann hielt sich ebenfalls nicht auf seiner Burg auf, aber Stan würde nicht mit gegen die Mongolen reiten. Der Herzog hatte ihn zu sich nach Liegnitz gerufen. Er sollte den Kastellan unterstützen die Verteidigung der Stadt vorzubereiten.

»Die Männer sind schon ein besonderes Volk, nicht wahr. Der Unterschied zu uns Frauen ist, dass Haus, Küche, Garten und die Kinder uns festhalten. Wir stehen mit beiden Füßen fest auf dem Boden. Die Männer dagegen lassen sich gerne von ihren Träumen leiten.« Wie immer gewann Heida den Ereignissen ihre eigene, praktische Seite ab. »Wie lieben sie es doch mit ihren Träumen hinauszufliegen in Räume, in denen noch nie jemand vor ihnen gewesen ist! Dort bestehen sie gewaltige Kämpfe mit Geistern, mit Ungeheuern und mit Göttern. Immer sind sie auf der Suche nach etwas, immer reizt sie Neues, müssen sie etwas erobern, ein unerwartet aufgetauchtes Rätsel lösen. Sie müssen unbedingt eine neue Welt entdecken. Wir Frauen dagegen wollen bewahren, erhalten und behüten. Keiner Frau wäre es jemals eingefallen nach dem Gral zu suchen. Warum auch, wenn sie doch eine Hütte hat mit einem kleinen Feld und ein paar Kindern? Wenn sie aber tatsächlich ausgerechnet auf den Gral aus ist, kann sie immer noch ihren Mann losschicken.« Da musste auch Agnieszka lachen. Aber sie hatte ihre Freundin im Verdacht, dass ein guter Teil ihrer spöttischen Bemerkungen reines Gerede waren. Heida wäre wohl liebend gerne selbst mit den Männern ausgezogen, wenn das für Frauen möglich gewesen wäre.

Heidas bissige Stimmung trug dazu bei, dass ihr Beisammensein diesmal nicht so harmonisch verlief wie sonst. Zwar freuten die beiden Frauen sich, dass sie beieinander sein konnten, streiften lachend auf den Wehrgängen umher und kletterten miteinander auf den Turm, aber Heida war streitlustig. Reizte sie Agnieszkas hingebungsvolle Gleichmütigkeit, mit der sie alles, was Herman tat, für gut befand? Oder neidete sie tatsächlich den Männern, dass sie einfach fortzogen und ihre Frauen allein zurückließen? Agnieszka freute sich einfach, dass Heida gekommen war und ihr Gesellschaft leistete. Sie stieg mit ihr wieder in den Burghof hinab, wo der Falke in seinem Käfig auf sie zu warten schien. Agnieszka hatte darauf bestanden den Falken mit auf die Bolkoburg zu nehmen. Liebevoll und einfühlsam redete sie mit dem Vogel. Und der blickte sie an, als ob er jedes Wort verstehen konnte. Agnieszka wollte sich einfach nicht von Heida anstecken lassen. Auch wenn Heida stichelte, Agnieszka tat es mit einem Lächeln ab. Ja, sie umarmte ihre Freundin herzlich und lachte.

»Du bist wirklich unglücklich, dass Stan für ein paar Tage nach Liegnitz geritten ist, nicht wahr. Auch wenn du es nicht einmal dir selbst eingestehen willst, ich fühle es doch.«

»Dummes Zeug«, schnaubte Heida. »Er kann machen, was er will. Du siehst ja, dass ich mich auch ohne ihn gut beschäftigen kann.«

Herman und Stan hatten in Liegnitz noch lange beisammen gesessen, bevor sich Herman schließlich auch von seinem Freund verabschiedete. »Viel Glück wünsche ich dir! Stanislaw von Swiny, der Burgherr!« Sie lachten beide, aber Stan sprach die Zufriedenheit aus den Augen. »Ich bin tatsächlich wunschlos glücklich jetzt«, gestand er. »Heida und die Burg! Und ich werde dafür sorgen, dass das so bleibt. Und selbst wenn wir sie gemeinsam verteidigen müssen! Da werden sich selbst die Tataren die Zähne ausbeißen!« Nach einer kleinen Pause fügte er hinzu: »Aber umso mehr tun mir andere Leid, die sich nicht so zu helfen wissen. Was mögen wohl in Heinrichau die Mönche machen, wenn sie von dem neuen Tatareneinfall hören?«

»Was werden sie schon machen?«, erwiderte Herman. »Beten und arbeiten werden sie. Anders können sie sich auf einen Krieg wohl schlecht vorbereiten.«

»Die müssen doch vor Furcht schlottern – nach ihrer Erfahrung beim letzten Überfall.« Aber dann wandte Stan sich wieder Herman zu. »Jedenfalls wünsche ich dir ebenfalls viel Glück, Herman. Wir bauen hier auf dich, du weißt das. Lass nur die Tataren nicht über die Oder kommen! Und pass auf dich auf und halte die Ohren steif. Wir werden uns auch ein bisschen um Agnieszka kümmern. – Komm gesund wieder, Herman!« Zum letzten Mal umarmten sie sich.

Das Gespräch mochte der Grund gewesen sein, warum Herman der Gedanke an Heinrichau nicht mehr aus dem Sinn ging. So kam es schließlich, dass er auf seinem Weg an die Oder eine Straße wählte, die ihn zu dem Kloster führte, in dem er einen Teil seiner Jugend verbracht hatte. Aber das allein hätte wohl nicht ausgereicht um den Umweg zu machen. Er hatte sich entschlossen seinen Neffen Heinrich, Ruperts Sohn, aus dem Kloster zu holen. Der junge Mann ist lange genug in der Obhut der Mönche gewesen, sagte er sich. Ich werde ihn als meinen Knappen mitnehmen. Das würde bestimmt auch Rupert gefallen und Heinrich, da war Herman sich sicher, der würde begeistert sein.

Schon als Herman aus dem Buchenwald heraustrat, war er überrascht. Es war eine Freude zu sehen, was die Zisterzienser in den zurückliegenden Jahren aus ihrem Kloster gemacht hatten. Herman hatte Mühe sich zurechtzufinden, so viel hatte sich in Heinrichau verändert. In der Mitte ihrer Anlage erhob sich eine herrliche neue Kirche. Andächtig stand Herman in dem von Licht durchfluteten Kreuzschiff des Gotteshauses. Ein Wunderwerk schien es ihm zu sein, ein neues Wunder Gottes.

Manches vertraute Gesicht sah Herman noch im Kloster. Aber es waren nicht viele. Auch sein verehrter Lehrer, der Magister Eginhard, war heimgegangen. Abt Bodo jedoch lebte noch. Genau so, wie Herman ihn in Erinnerung hatte, saß er in seiner Studierstube, über seine

Schriftstücke gebeugt, mit heiterem Gesicht und fröhlichen Augen den Besucher begrüßend. Aber er war sehr alt geworden.

»Gott, der Herr, wird auch mich wohl bald abberufen«, sagte er mit einem leichten Lächeln. »Ich habe Bruder Petrus gebeten, alles aufzuschreiben, was ich über das Kloster weiß. Ich bin jetzt der Letzte der Brüder, der von Anfang an hier in Heinrichau dabei war. Es soll eine Niederschrift der Geschichte des Klosters werden. ›Gründungsbuch‹ will Petrus es nennen. Es gibt viel zu schreiben. Die Geschichte des Klosters ist jetzt schon eine lange Geschichte.«

Herman hielt sich zwei Tage lang im Kloster auf. Er nutzte die Zeit um mit Bodo und Petrus zu reden. Der Abt machte eine Ausnahme und erteilte seinem Prior Redeerlaubnis. Und sie philosophierten nicht nur über Gott oder unterhielten sich über die Zukunft des Klosters. Petrus war beim Abfassen seines »Gründungsbuches« tief in die Vergangenheit des Ordens eingestiegen.

»Wir Zisterzienser verdanken den Staufern viel«, erklärte er. »Kaiser Barbarossa hat gleich zwei Mal unser Stammhaus Citeaux im Frankenreich besucht. Sein Enkel, der Kaiser Friedrich, beschäftigte zisterziensische Baumeister. Die Piastenherzöge Schlesiens haben es ihm mit der Förderung unseres Ordens gleichgetan. Ohne Herzog Heinrich den Bärtigen gäbe es unser Kloster nicht. Sein Sohn, Heinrich der Fromme, wurde unser Schirmherr und unser Namenspatron – aber das weißt du ja alles.«

»Ja, die Staufer!«, sinnierte Herman, »Wisst Ihr, dass es noch einen Staufer in Italien gibt, der wieder von sich reden macht?« »Meinst du den Fürsten Manfred, den Sohn des großen Kaisers Friedrich?«

»Gewiss, von dem spreche ich. Uns ist berichtet worden, dass der Prinz sich im August dieses Jahres in Palermo hat zum König von Sizilien krönen lassen.« »So, so.« Das war alles, was Petrus dazu zu sagen hatte.

Heinrich hatte sich zu einem stattlichen jungen Mann entwickelt, der begierig war, sich die Welt zu erobern. Er sah jetzt seinem Vater ähnlich, fand Herman. Hochgewachsen und kräftig, mit hellblauen Augen und einem offenen Blick. Sein hellblondes Haar schimmerte rötlich, ein erster, kurzer blonder Bart stand ihm gut zu Gesicht. Heinrich war außer sich vor Freude, mit Herman ziehen zu können. »Dir, mein Herr, will ich dienen wie einem Fürsten«, gelobte er. »Einen besseren Knappen soll es nicht geben.« Herman war ebenfalls froh, dass er seinen Vetter in seine Obhut nehmen konnte.

Schließlich bat Herman um Abschied, nicht ohne den Mönchen noch ein ansehnliches Geschenk zu machen. Die Letzten, die sie sahen, als sie das Kloster verließen, waren der Bruder Pförtner und der Abt Bodo. Vor dem Torhaus standen die beiden an der neuen steinernen Brücke, die über den Bach führte, und warteten auf die Scheidenden. Erst jetzt schien Abt Bodo sich darauf zu besinnen, wohin Hermans Reise führte.

»Der Heilige Vater hat auch die uns benachbarten Fürsten aufgerufen dem Lande zu Hilfe zu kommen«, berichtete er. »Erneut ruft er zu einem Kreuzzug gegen die Mongolen auf. So viele sind von den Unsrigen schon beim letzten Sturm gefallen. Die Herren von Abschatz, Brauchitsch, Busewoy und Pogrell, Radak, Rheinbaben und Tschammer und viele andere waren unter den Gefallenen. Wir beten, dass dieses Mal den Besten des Landes und allen seinen Bewohnern dieses Schicksal erspart bleibt.«

»Wir hatten gehofft, dass der Herr uns den Krieg überhaupt erspart«, erwiderte Herman.

»›Die Zukunft hat der Auferstandene versprochen – Friede auf dieser Erde hat er nicht versprochen‹, schreibt schon der Heilige Augustinus«, war die Erwiderung des ehrwürdigen Mannes. Dann hob der greise Abt seine Rechte zum Segen. »Ziehe mit Gott, mein Sohn. Ziehet mit Gott!«

VI.

»Los, Heinrich«, rief Herman, »lass uns reiten. Wir haben noch viel vor.« Die vertraute Silhouette des Zobtenberges begleitete sie auf ihrem Ritt nach Norden. Dort oben, auf dem höchsten schlesischen Bergheiligtum, hatte Herman von Jugend an die Legenden angesiedelt, die die Alten von der Vergangenheit Schlesiens erzählten. Seine Phantasie quoll über von diesen Geschichten, hatte sie noch vertieft und angereichert. Begeistert sprach Herman auch zu Heinrich von der Geschichte des Berges.

»Häng aber dennoch dein Herz nicht zu sehr an die großen Mythen, Heinrich!«, ermahnte er seinen Neffen. Aber offensichtlich hatte Heinrich ohnehin nicht viel davon mitbekommen. Zu seiner Enttäuschung stellte Herman fest, dass sein Knappe seinen Worten wenig Beachtung schenkte. Heinrich beobachtete zwei Falkenpärchen, die einander in der Luft umflatterten. Hoch am Himmel zogen sie ihre Kurven, Heinrich war davon völlig gefesselt. Plötzlich legte einer der Vögel seine Flügel an, sein Körper wurde zu einer Pfeilspitze, senkrecht sauste er nach unten. In einer eleganten Kurve fing er den Sturz ab und schlug die Beute, einen Vogel. Die Federn stoben und miteinander trudelten sie zur Erde.

»Ist es nicht eine Freude, sie zu beobachten?«, entfuhr es Heinrich leise. Herman hätte ihm sagen können, dass auch Rupert, sein Vater, einen großen Teil seines Lebens mit diesem Spiel verbracht hatte. Es schien, als ob Heinrich Hermans Gedanken erraten hatte. »Eines Tages werde ich meinem Vater folgen. Auch ich möchte einmal an den Hof des Staufers ziehen. Vielleicht schicken sie mich sogar nach Sizilien. Ja, wenn König Konradin einmal sein Erbe in Italien antritt, möchte ich als sein Falkner mit ihm ziehen. Vielleicht begegne ich da meinem Vater.« Er hielt inne.

Dann fügte er mit leiser Stimme hinzu: »Rupert von Bolkenhayn.« Und verstummte. Herman beobachtete aufmerksam den jungen Mann und störte ihn nicht in seinen Gedanken, er gönnte ihm seine Träume.

Sie ritten den ganzen Tag. Als im Westen die Sonne unterging, machten sie im Freien Rast. Schweidnitz hatten sie nicht mehr erreicht. Nun, mit Einbruch der Dämmerung hob sich der Höhenzug des Zobten immer noch deutlich gegen den hell leuchtenden Abendhimmel ab. Das rot angehauchte Himmelsgewölbe bot ein wunderbar farbenprächtiges Schauspiel mit einigen schmalen, dunkelroten Wolkenbänken, die langsam in ein helleres Blau getaucht wurden. Allmählich verschwand der bewaldete Berg in der dunkler werdenden Nacht. Über ihren Häuptern wirkte der mächtige Schirm einer Eiche wie ein Schutzdach. Die Vögel verstummten einer nach dem anderen. Herman entzündete das Holz, das sie zu einer kleinen Pyramide aufgeschichtet hatten. Knisternd und Funken sprühend leckten die Flammen gierig nach den trockenen Ästen und züngelten in die Höhe. Während die natürlichen Farben langsam verblassten, warfen die Flammen schnell springende Schatten auf die beiden Männer, die vor dem Feuer saßen. Die Luft war lau, es roch nach Harz und verbranntem Holz. Das flackernde Feuer beleuchtete ungleichmäßig ihre Gesichter.

Wanda war Herman plötzlich wieder in den Sinn gekommen, ganz unverhofft. Wanda, seine erste große Liebe. Seine Wanda hatte, anders als ihre große Vorfahrin, die Wanda in der Legende des polnischen Volkes, den Schritt hin zum Neuen gewagt. Sie hatte keine Angst gehabt vor dem Aufbruch und vor einer Zukunft, die sich noch nicht klar abzeichnete. Für sie hatte es auch keine Kluft gegeben zwischen den polnischen Menschen, die bereits auf der schlesischen Scholle saßen, und den deutschen Einwanderern, die eine neue Heimat suchten. Seine Wanda hatte einen entscheidenden Schritt getan, sie hatte allen beiden Völkern furchtlos ihre Hand entgegengestreckt. Nein, ihr großes Herz hatte die Herzen der anderen geöffnet. Und Wanda hatte ihr Leben dafür geben müssen.

Deutsche und Polen in Schlesien waren in den letzten Jahren näher zueinander gerückt. Nun standen sie gemeinsam gegen die drohende Gefahr aus dem Osten auf, mutig zogen sie ihr entgegen, gemeinsam, alle Bewohner dieses schönen Landes. Hatte damit die Zeit nicht Wanda Recht gegeben? Ja, Wanda konnte ein Symbol sein. Sie war zu früh gestorben, aber sie hatte ein Vermächtnis hinterlassen. Plötzlich sah Herman es ganz klar. Ihr war es nicht geglückt, ihr war es nicht vergönnt gewesen. Aber er selbst konnte es jetzt einen guten Schritt weiter vorantreiben. Sie alle waren dazu aufgerufen. Er holte tief Luft und blickte geradezu mit Zärtlichkeit auf Heinrich. Was ihm noch nicht gelang, das würde dessen Generation schaffen. Eine fröhliche Zuversicht ergriff Herman. Ja, sie würden es schaffen. Auch dieser Feldzug würde die beiden Völker weiter zusammenschweißen. Gemeinsam bestandene Gefahren konnten Wunder wirken in der Gedankenwelt der Männer und Frauen, die Schulter an Schulter kämpften. Und dann würden alle Frieden finden, Frieden in Schlesien. Tief in Gedanken versunken starrte Herman in die Flammen. Es war das erste Mal, dass ihn eine gewisse Fröhlichkeit befiel, wenn er wieder an Wanda dachte.

Als er noch eine Weile seinen Gedanken nachhing, wurde Herman bewusst, dass es auch das erste Mal gewesen war, dass er nicht fröhlichen Mutes aus dem Grünen Tal hinausgezogen war. Nein, es war ihm schwer gefallen diesmal. Diesmal wäre er lieber zu Hause geblieben. Was zog ihn eigentlich immer wieder hinaus? Oder besser, was hatte ihn bisher eigentlich immer wieder hinausgezogen? Der Ruf des Herzogs, natürlich. Aber warum folgte er dem Ruf des Herzogs so ohne irgendein Widerstreben? Vielleicht hatte er sich bisher nie wirklich zu Hause gefühlt, obwohl er doch die Burg und das Tal liebte. Ja, das Grüne Tal und die Bolkoburg waren seine Heimat. Aber das hatte ihn nicht gehindert voller Ungeduld und voller Unternehmungslust in die Ferne zu streben. Es gab so viel zu sehen, so viel zu erleben, zu entdecken. Das Grüne Tal war ihm immer sicher gewesen. Das lief ihm nicht weg. Dorthin konnte er immer wieder zurückkehren, wenn ihm danach zumute war. Es schien Herman nun, als hätte er immer befürchtet, er könnte etwas verpassen, wenn er in seiner vertrauten Umgebung blieb.

Aber jetzt, jetzt war da nicht nur das Grüne Tal. Jetzt war da auch ein Mensch, eine Frau, die er liebte und die ihn liebte. Agnieszka war es, die ihn verändert hatte. Alles hatte sich mit ihr verändert. Konnte er denn nicht auch zu ihr immer wieder zurückkehren, wenn ihm danach zumute war? Sie würde auf ihn warten. Ja, Agnieszka würde immer auf ihn warten, da war er sich sicher. Aber – nein, das war dennoch etwas anderes, das war völlig anders. Mit Agnieszka hatte das Fortziehen seine Selbstverständlichkeit verloren. Agnieszka konnte man nicht einfach warten lassen. Mit Agnieszka war das tägliche Abenteuer des ›Bei-ihr-Seins‹ zu einer größeren Herausforderung geworden als die lockende Ferne es für ihn jemals wieder bedeuten konnte. Und ein weitaus befriedigenderes Abenteuer war es ebenfalls mit ihr! Liebevoll musste er lächeln, wenn er an sie dachte. Und Herman musste sich eingestehen: »Ja, ich wäre lieber bei Agnieszka geblieben. Jeder Tag fern von ihr ist eine Verschwendung; ein kostbarer Tag, den ich vergeude.« Wenn er heimkehrte, würde er bei ihr bleiben und nicht mehr wegziehen. Er würde Agnieszka nach Liegnitz mitnehmen, an den Hof des Herzogs. Und sie würden ihr Haus mit einer Schar fröhlicher Kinder füllen.

»Warum nennen wir unsere Burg eigentlich Bolkoburg?«, fragte Heinrich kauend und riss ihn aus seinen Gedanken. »Wir haben uns im

Kloster ein paar Mal über den Namen unterhalten, aber keiner wusste genau Bescheid.«

Herman versuchte sich auf die Frage zu konzentrieren. Es fiel ihm schwer. Er war gerade dabei den Sinn zu erkennen, den er seinem Leben geben wollte.

»Ich weiß auch nicht so genau, woher der Name der Burg und dann auch Bolkenhayn für den Flecken Hayn eigentlich kommt«, gestand er schließlich. »Bolko war schon der Name meines Großvaters – wie auch der des jetzigen Burgherrn. Das mag der Burg den Namen gegeben haben.« Dann fügte er schmunzelnd hinzu: »Von Herzog Boleslaws Sohn wird er wohl nicht stammen. Der heißt zwar auch Bolko, aber die Burg ist Jahrzehnte älter als Boleslaw selbst. Jedenfalls waren die Herzöge an unserer Gegend und unserer Burg immer sehr interessiert. Sonst hätten sie auch nicht genehmigt, dass von deutschen Siedlern neben der benachbarten Schweinhausburg noch eine weitere Burg errichtet wird. Das Grüne Tal am Rande des Gebirges ist ihnen wichtig, weil es an der Straße von Liegnitz nach Böhmen liegt, mit einem Flussübergang über die Wütende Neiße.«

»Als wir aus Italien zu euch kamen, habe ich geglaubt, das Grüne Tal und seine beiden Burgen sind der Mittelpunkt der Welt«, erzählte Heinrich und lächelte über sich selbst. »Dabei liegt die Bolkoburg am Rande der Welt, wo sich Fuchs und Hase gute Nacht sagen.«

»Und doch sind wir mitten drin, Heinrich. Welchen weiten Weg sind wir nicht schon gegangen, seit unsere Ahnen hier eine neue Heimat gefunden haben. Damals war hier tatsächlich das Ende der Welt. Nun zeichnen sich große Veränderungen ab, neue Reformen kündigen sich an. Die Welt rückt näher zusammen. Wir werden uns auch ändern müssen. Eine verbindende Freundschaft wird sich entwickeln zwischen den verschiedenartigen Familien. Für mich sind die beiden Burgen im Grünen Tal wie ein Symbol. Auf diesen beiden Burgen sind wir jetzt schon miteinander verwandt und verschwägert. Gut, nicht wahr? Da kann ich mich richtig auf das Morgen freuen, auf die Zukunft – und auf zu Hause. Wenn wir wieder zurückkehren in das Grüne Tal, werden wir hinabblicken auf die schmucken Häuser, die langsam aber stetig zwischen Bolkenhayn und Swiny zusammenwachsen. Stan wird bestimmt ein gerechter und geachteter Kastellan sein und Heida die wahre Herrin auf der Schweinhausburg.« Er lachte. »Stan wird jedenfalls dafür sorgen, dass sich die Menschen im Grünen Tal nie wieder befehden.«

Hermans Gedanken schweiften wieder ab. Er erinnerte sich an ein Gespräch mit Stan, in dem er ebenfalls von seinem Traum erzählt hatte. ›Erinnerst du dich an die Legende von Lech, unserem Stammvater?‹, hatte Stan daraufhin gefragt.

Herman hatte genickt. ›Ja, warum?‹

›Der war schon ein sehr weiser Fürst. Lech hat die Völker unterworfen, die er in dem neuen Land antraf. Aber er beließ es nicht bei den kriegerischen Mitteln sondern er gewährte ihnen die Freiheit. Er behandelte sie mit Weisheit und Gerechtigkeit. Lech löste sie von ihren Ketten, ließ sie in ihre Häuser und zu ihren Familien zurückkehren und nahm sie auf in seinem Volk. ›Euer Volk und unser Volk seien eins‹, gebot Lech.‹ Stan hatte damals tief Luft geholt, so nahe gingen ihm seine eigenen Worte. ›Lass uns auch daran arbeiten, Herman. Lass uns streiten dafür, dass wir alles Vergangene überwinden und dass der alte Zwist und Streit begraben bleibt.‹

»Weißt du, Heinrich«, nahm Herman seinen Faden wieder auf, »auf uns blickt eine lange Geschichte herab. Wenn wir beide an die Oder reiten, dann reiten die Hoffnungen aller Schlesier mit uns. Uns schenken sie ihr ganzes Vertrauen. Von uns erwarten sie, dass wir sie vor den Tataren schützen. Auf uns kommt es an, Heinrich. Auf jeden von uns. Wir tragen eine große Verantwortung. So wie wir, so muss jeder sich verantwortlich fühlen, verantwortlich für die anderen, nicht nur für sich sondern verantwortlich für das Land.« Er hielt inne, gedankenversunken. Unvermittelt fuhr er mit einer neuen Festigkeit in seiner Stimme fort. »Dann werden wir auch siegreich sein. Diesmal werden wir die Tataren nicht ins Grüne Tal kommen lassen. Ja, wir werden das Land verteidigen. Diesmal werden wir siegen.« Er blickte seinen Neffen mit einem selbstsicheren Lächeln an.

»Und, Heinrich, noch etwas, glaube ich, ist wichtig. Weißt du, es kommt gar nicht darauf an, wie wir uns nennen. Ob wir uns als Piasten fühlen, oder als Sachsen, oder als Staufer, oder als Habsburger – oder auch als Deutsche, oder Polen, oder Böhmen. Vielleicht haben wir ohnehin schon von allen etwas. Aber wenn wir der Verantwortung gerecht werden, die jeder von uns trägt, dann wird der Tag kommen, an dem nur zählt, dass die Menschen dieses Land lieben – so wie wir es lieben: Frauen wie Agnieszka und Heida, Männer wie Otto und Günther und besonders die jungen Menschen – so wie du. Dann sind wir alle einfach Schlesier.« Er überlegte einen Augenblick. »Vielleicht sind es gerade diejenigen, die uns von außen bedrängen, die uns zum Kampf zwingen, vielleicht machen sie uns erst bewusst, wer wir eigentlich sind. Gegen die verteidigen wir uns und das wird uns einig werden lassen.« Herman machte eine weit ausholende Handbewegung: »Ja, wir alle sind einfach Schlesier!«

Heinrich sah seinen neuen Herrn, der mit solchen bewegenden Worten sprechen konnte, schelmisch an. »Und der Herzog Boleslaw?«, fragte er. »Wie passt der denn in deine heile Welt?«

»Der? Der Wilde Boleslaw? Der war schon immer ein Schlesier!«

Epilog

Schlesien wurde im Jahre 1259 von den wilden Horden der Mongolen nur gestreift. Bolkoburg und Schweinhausburg blieben diesmal unversehrt, das Grüne Tal verschont. Lag es daran, dass die Erinnerung an den tapferen Widerstand des deutsch-polnischen Ritterheeres, das Herzog Heinrich II. angeführt, einen bleibenden Schock bei ihnen bewirkt hatte? Oder lag es daran, dass sich Herzog Boleslaws Ritter diesmal gut vorbereitet schon an der Oder zum Kampf stellten?

Genau wissen wir es nicht. Wir wissen jedoch, dass die Heere der Mongolen alle Städte und Dörfer Nordpolens zerstörten, ebenso die Städte Lublin, Sandomir und das unglückliche Krakau, das sich noch kaum von der letzten Besetzung erholt hatte. Tausende Menschen wurden ermordet, Abertausende in Angst und Schrecken versetzt. Gleichzeitig rannten die kriegerischen Horden der Mongolen gegen die moslemischen Reiche in Asien an. China, Persien, Syrien waren ihre Ziele, Bagdad eroberten sie – und sie zogen gegen die christlichen Fürstentümer in Palästina.

Auch wenn Schlesien diesmal das Schicksal von 1241 erspart blieb, gab es dennoch keinen dauerhaften Frieden im Lande. Die Piastenbrüder hörten nicht auf sich gegenseitig zu bekämpfen. Und die Versöhnung, die sich zwischen Herzog Boleslaw und Bischof Thomas anbahnte, führte zwar zu einer Annäherung von Kirche und Staat in Schlesien, aber zur völligen Freiheit der Kirche führte sie nicht. Im Gegenzug ließ sich die Kirche mit ihrem Widersacher Boleslaw Zeit. Es dauerte noch Jahre, bis die über den Herzog verhängte Exkommunikation aufgehoben und er im Auftrag Papst Urbans IV. vom Bann gelöst wurde.

Im Osten Europas sollten alle Initiativen der Päpste ihr strategisches Ziel verfehlen. Am Ende sind die Mongolen und die Turkvölker nicht zum christlichen Glauben übergetreten sondern zum moslemischen.

Und die Polen und die Deutschen? Wandas Vermächtnis hat ihnen damals noch nicht den Weg zueinander gewiesen. Viele Jahrhunderte voller Irrungen und Wirrungen mussten vergehen. Heute stehen sie sich wieder an der Oder gegenüber. Aber heute haben sie aus der Vergangenheit gelernt. Diesmal reichen sie sich die Hand über den Strom hinweg. Die Geschichte hat beiden Völkern eine Chance gegeben ihre so wechselvollen Beziehungen neu zu gestalten. Eine neue, eine bessere Zeit ist angebrochen für die Deutschen und die Polen und für ganz Europa. Eine Zeit voller Hoffnungen. Und Schlesien ist zu einer Brücke geworden in Europa, über die nicht nur Polen und Deutsche friedlich aufeinander zugehen können.

Schlesien um 1252 / 1298

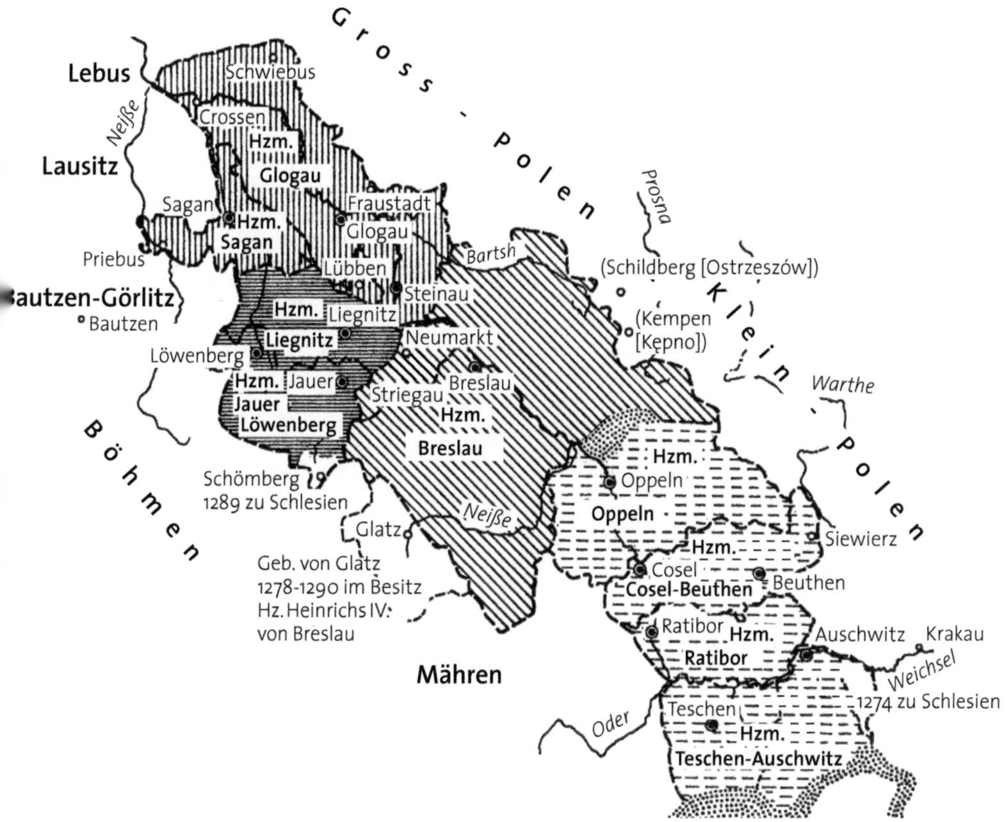

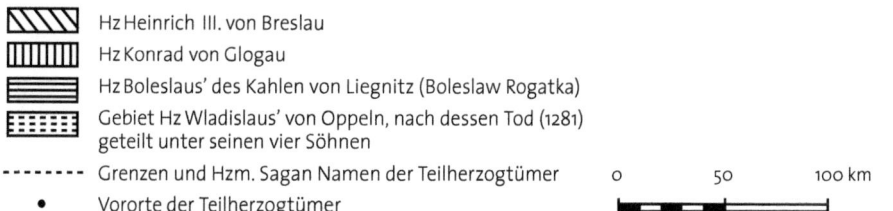

Gebiete der Söhne Hz Heinrich II. von Breslau (um 1252)

- ▨ Hz Heinrich III. von Breslau
- ▥ Hz Konrad von Glogau
- ≡ Hz Boleslaus' des Kahlen von Liegnitz (Boleslaw Rogatka)
- ⋮⋮⋮ Gebiet Hz Wladislaws' von Oppeln, nach dessen Tod (1281) geteilt unter seinen vier Söhnen
- ------ Grenzen und Hzm. Sagan Namen der Teilherzogtümer
- • Vororte der Teilherzogtümer

0 50 100 km

Das Reich der Staufer